Als Maja das Haus ihrer Großeltern in in der Prignitz erbt, hat sie zwar eine Menge Träume, doch zu wenig Mut, sie zu verwirklichen. In einer alten Truhe entdeckt sie Erinnerungen an ihren Großvater, die Maja auf die Insel Usedom führen. Dort trifft sie auf eine ältere Dame, die sich nicht mehr allein um Haus und Garten kümmern kann. Sie macht Maja das Angebot, auf der Insel zu bleiben und sich darum zu kümmern. Doch was wird aus dem Haus ihrer Großeltern? Über das Online-Magazin »Mervins Garten« erfährt sie von der jungen Altenpflegerin Nelly, die sich mit einem eigenen Seniorenheim selbständig machen möchte. Die beiden Frauen lernen sich kennen und merken bald, dass sie sich gegenseitig helfen können. Und dass ein Neuanfang oft dann möglich ist, wenn man am wenigsten damit rechnet …

Patricia Koelle ist eine Berliner Autorin mit Leidenschaft fürs Meer – und fürs Schreiben, in dem sie ihr immerwährendes Staunen über das Leben, die Menschen und unseren sagenhaften Planeten zum Ausdruck bringt. Bei FISCHER Taschenbuch erschienen bisher, neben Romanen und Geschichten-Sammlungen, die Ostsee-Trilogie und die Nordsee-Trilogie. ›Die Zeit der Glühwürmchen‹, ›Das Lächeln der Libellen‹, ›Die Träume der Bienen‹ sowie ›Das Geheimnis der Grashüpfer‹ gehören zu ihrer Inselgärten-Reihe.

Weitere Informationen finden Sie auf www.fischerverlage.de

Patricia Koelle

Das Geheimnis der Grashüpfer

Ein Inselgarten-Roman

FISCHER Taschenbuch

Aus Verantwortung für die Umwelt hat sich der S. Fischer Verlag zu einer nachhaltigen Buchproduktion verpflichtet. Der bewusste Umgang mit unseren Ressourcen, der Schutz unseres Klimas und der Natur gehören zu unseren obersten Unternehmenszielen.

Gemeinsam mit unseren Partnern und Lieferanten setzen wir uns für eine klimaneutrale Buchproduktion ein, die den Erwerb von Klimazertifikaten zur Kompensation des CO_2-Ausstoßes einschließt.

Weitere Informationen finden Sie unter: www.klimaneutralerverlag.de

FSC
www.fsc.org
MIX
Papier aus verantwortungsvollen Quellen
FSC® C014496

Originalausgabe
Erschienen bei FISCHER Taschenbuch
Frankfurt am Main, Oktober 2021

Dieses Werk wurde vermittelt durch die Literarische Agentur Michael Gaeb

Lektorat: Susanne Kiesow

Satz: Fotosatz Amann, Memmingen
Druck und Bindung: GGP Media GmbH, Pößneck
Printed in Germany
ISBN 978-3-596-70624-2

Für alle, deren Träume so lebendig bleiben,
dass diese sich noch ändern können.
Und für alle, die das Lied des Sommers
nie aus den Ohren verlieren.

Maja

Lenzerwische, Prignitz

2017

1

Abschied und Anfang

Vor fünfzig Jahren hatte Maja die Stufen vor der Haustür meist mit einem Satz übersprungen, so leicht schien das Leben und so eilig hatte sie es gehabt hinauszukommen in den Garten, wo der Tag für sie bereit war.

Damals hatte nur dieser eine lange neue Tag Bedeutung gehabt, der sich mit der aufgehenden Sonne aus den Elbwiesen erhob. Kein Gestern. Kein Morgen. Nur das Jetzt. Der geheimnisvolle große Fluss lag für alle unerreichbar hinter dem metallenen Zaun, doch das grüngoldene wispernde Reich des Gartens und der Wiesen mit ihren zahllosen Blüten und Bewohnern wartete immer auf Maja. Deshalb nahm sie die Treppe vor lauter Ungeduld oft mit einem großen Sprung. Wenn sie es übertrieb, kam sie unten zu heftig auf, mit einem Ruck, der in den Knien und Fußgelenken schmerzte und ihren Kopf durchrüttelte. Einmal hatte sie sich dabei sogar in die Zunge gebissen.

»Bist halt kein Grashüpfer, Kind«, hatte Elsie dann mit sanftem Tadel und einem Lächeln gesagt. »Auch wenn der Opa dir das in den Kopf gesetzt hat.« Und dann hatte sie Maja über die Haare gestrichen und halb zu sich selbst gesagt: »Aber ich habe das früher auch so gemacht.«

»Und jetzt nicht mehr, Elsie?«

»Nein. Jetzt nicht mehr.«

Doch Maja hatte einmal durch das Fenster gesehen, wie Elsie

es heimlich doch getan hatte. Wahrscheinlich, weil Frühling war und auch Elsie es nicht erwarten konnte, die ersten Pusteblumen zu finden.

Mittlerweile aber war Elsie achtundneunzig und sprang schon sehr lange nicht mehr. Und Maja schwang gerade die Sichel, um den überwucherten Weg für Elsies neuen Rollator freizumachen.

Mit der Sichel umzugehen war sie noch gewohnt. Das war nicht der Grund, warum ihr heute ähnlich zumute war wie damals, als wäre sie viel zu unsanft auf dem Boden gelandet und der harte Ruck hätte alle ihre Knochen und ihr Hirn schmerzhaft erschüttert.

Es lag vielmehr daran, dass vorgestern ihr endgültig letzter Arbeitstag gewesen war.

Ein halbes Leben lang war sie wie ihre Kolleginnen Tag für Tag mit ihrem kleinen Auto für den ambulanten Pflegedienst durch die Stadt gefahren und hatte sich um betagte Menschen gekümmert. Viele davon betreute sie seit Jahren, hatte mit ihnen gelitten und gelacht, geweint und gescherzt, ihnen Neuigkeiten erzählt, sie gewaschen, frisiert und verbunden, hatte ihnen zugehört und unendlich viel von ihnen gelernt.

Und jetzt war sie Frührentnerin. Mit achtundfünfzig, weil ihr Rücken einfach nicht mehr mitmachte. Maja hatte es so lange wie möglich hinausgeschoben, aber nun ging es nicht mehr. Es reichte noch für den Alltag und dafür, Elsie zu helfen, aber eben nicht mehr für den Dienst. Maja war längst nicht die Einzige unter den Altenpflegerinnen, der es so ging. Es war weder schlimm noch ungewöhnlich, aber sich mit dem Gedanken vertraut zu machen, war schwer.

»Ich werde mich schon noch daran gewöhnen«, sagte sie zu dem Rotkehlchen, das zwischen den Brennnesseln hervorhüpfte und sie fragend ansah. »Schließlich habe ich ein Riesenglück. Ich habe Sebastian!« Wärme erfüllte sie, als sie an ihren Mann dachte und an die Liebe in seinen Augen, als er ihr gestern nachgewinkt hatte.

»Ich möchte übers Wochenende zu Elsie fahren«, hatte sie zu ihm gesagt. »Ist das in Ordnung für dich?«

Er hatte von seinen Büchern aufgesehen und den Stift aus der Hand gelegt. Er widmete ihr immer seine volle Aufmerksamkeit, auch nach all den Jahren. »Natürlich, mein Engel. Ich weiß doch, dass du jetzt Hummeln im Hintern hast. Fahr nur, es wird dir guttun. Und Elsie auch. Ich hole dich dann am Montag ab.«

»Das wäre wunderbar! Ich freu mich drauf.« Sie hatte ihn geküsst und war voller Dankbarkeit. Weil er da war. Immer. Weil sie sich nach all den Jahrzehnten so gut kannten, dass sie einander nichts mehr erklären mussten.

Sebastian hatte sich wieder in seine Studien vertieft. Er war ein wenig älter als Maja und schon seit zwei Jahren pensioniert. Historiker war er und hatte an der Uni gelehrt. Nun schrieb er an einem Buch und war immer noch glücklich und ausgefüllt.

Finanziell hatten sie auch nur selten Sorgen.

Doch anders als Sebastian fühlte Maja sich eben nicht ausgefüllt, schon nach einem Tag nicht mehr. Sie hatte jede Menge Projekte für diese neue Zeit geplant, aber sie war es doch gewohnt, sich nützlich zu machen und gebraucht zu werden! Die Kinder waren schon lange aus dem Haus. Nun war da eine Leere, die ihr Angst machte, auch wenn sie zuversichtlich war, dass sie irgendwie damit fertigwerden würde.

Im Augenblick half es, den Brennnesseln zu Leibe zu rücken, die den alten Plattenweg überwucherten. Der Garten war erschreckend verwildert. Sie hatte seit Jahren nie genug Zeit und Kraft dafür übrig gehabt. Das Grundstück war einfach zu weitläufig, und Maja war viel zu selten hier gewesen. Ihre Großmutter war gern unabhängig und immer noch wunderbar allein zurechtgekommen, mit der Hilfe einer Frau aus dem Dorf, die stundenweise ins Haus kam. Nachdem Elsie sich aber nun endlich bereit erklärt hatte, ihren Stock beiseitezustellen und den Rollator zu benutzen, sollte sie damit auch wenigstens diesen einen Weg wieder benutzen können. Zeit hatte Maja nun ja, und die Kraft musste sie sich eben einteilen, auch wenn es ihr seltsam vorkam.

Seltsam, weil sie hier in ihrem alten Paradies innerlich prompt wieder zum Kind wurde, sobald sie es betrat. Irgendein geheimnisvoller Prozess verschluckte die Zeit, die dazwischenlag. Hier war sie nicht älter geworden, egal, was der Spiegel und das Stechen in ihrer Wirbelsäule behaupteten. »Etwas läuft da schief mit dem Altern«, erklärte sie dem Rotkehlchen. »Äußerlich klappt es, aber innen funktioniert es nicht. Sogar Elsie geht das so. Hat sie gesagt.«

»Weißt du, Kind, ich komme mir so albern vor mit dem Stock, und mit dem Rollator erst recht«, hatte ihre Großmutter gerade vorhin mit einem verlegenen Lächeln erklärt. »Ich habe doch genau hier als kleines Mädchen mit meinem Reifen gespielt. Bin Roller gefahren, da auf dem Weg, und hab da hinten bei den Johannisbeeren meinen Puppen Kuchen serviert. Und später hab ich mit Clemens getanzt, bei Mondlicht, auf der Wiese und unten am Fluss. Auch wenn er nicht mehr da ist, ich fühle mich noch ganz genauso. Nur die Beine machen nicht mehr mit.«

»Stell dir halt vor, der Rollator wäre dein Roller«, hatte Maja mit einem Kloß im Hals vorgeschlagen. »Ich mach jetzt den Weg frei, dann wirst du sehen, wie flott du damit bist.«

Elsie hatte gelacht. Ihr Lachen klang auch nicht alt. »Na, dann mach mal, Kind.«

Dass Elsie sie aus alter Gewohnheit mitunter immer noch »Kind« nannte, trug wohl dazu bei, dass Maja sich hier selbst immer so jung fühlte, sogar heute, als frischgebackene Frührentnerin. Vielleicht auch, dass Maja nie »Oma« zu ihr gesagt hatte oder »Opa« zu Clemens. Darauf hatten sie sich geeinigt, als Majas Eltern vor so langer Zeit im Elbsandsteingebirge verunglückt waren. Maja war während jenes Urlaubs ihrer Eltern bei Elsie und Clemens gewesen. Und da war sie dann geblieben.

»Aber wenn Mama und Papa nicht mehr da sind, dann kann ich doch auch keinen Opa und keine Oma haben«, hatte Maja gesagt, sechsjährig und verstört, weil alles so falsch und durcheinander war. Ihre eine Welt war zerbrochen. Doch die andere war unerschütterlich. Elsie hatte sie fest in den Arm genommen. »Dann sagst du jetzt einfach Elsie und Clemens«, sagte sie. »Das ist immer noch eine Familie. Maja, Clemens und Elsie.«

An ihre Eltern konnte sich Maja nur dunkel erinnern. Ein Lachen, eine Geste, Beine in Strumpfhosen mit einer Laufmasche, der Geruch von Tabak, das Kratzen von Barthaaren beim Gutenachtkuss. An die Wohnung in Cottbus jedoch nicht. Ihr Zuhause war hier in der Prignitz gewesen, im Grunde schon immer. In dem großen alten Haus hinter dem Elbdeich mit den unzähligen Zimmern, den roten Klinkern und den alten Balken unter dem ausladenden Dach, unter das einfach alles passte.

Nicht nur all die Mitbringsel aus Clemens' Seefahrerzeit hatten hier reichlich Platz. Auch Trauer und Glück und Geborgenheit, erzählte Geschichten und Streiche, Kaffeegäste und Freunde und Feste, reiche Ernten und unzählige Haustiere, junge und alte Menschen, Erinnerungen, ein bisschen Strenge, Hoffnungen, Liebe und Träume. Es gab drinnen Stürme und natürlich auch draußen, wenn die Herbstwinde über den Deich fuhren, wie sie es auch jetzt bald wieder tun würden. Dann seufzte das Haus ein wenig, denn es war sogar noch viel älter als Elsie, und ruckelte sich gemütlich zurecht wie eine brütende Henne. Die Balken knackten, die Dielen erzählten von früher, und die Kälte blieb vor der Tür. Das Haus fürchtete sich nie vor dem Winter.

Aber ich vielleicht, zum ersten Mal, dachte Maja, während sie wieder die Sichel schwang. So viele lange, dunkle Tage, und das ohne die gewohnte Arbeit.

»Wie das wohl wird?«, fragte sie das Rotkehlchen, das immer noch neben ihr her hüpfte und nach aufgestörten Käfern Ausschau hielt. Auch eine Bachstelze flog heran, saß einen Augenblick mit wippendem Schwanz auf dem Weg, wo Maja die Steine bereits befreit hatte, und verschwand dann über die Wiese. Wohl wegen der Katze, die nun hinter den Sonnenblumen hervorschlich. Sie war dreifarbig. Eine Glückskatze! Maja hatte sie noch nie gesehen, aber es gab viele Katzen in der Gegend, immer wieder andere. Mäuse huschten genug umher, trotz der vielen Greifvögel. Vor allem, seit der Deich rückverlegt worden war und die Elbe wieder die Freiheit besaß, die Auen zu überfluten, gewann hier eine Vielzahl an Lebewesen ihren Lebensraum zurück.

Der Wind pflückte goldene Blätter von den Weiden und ließ

sie ins Gras trudeln. Ein Schwarm Zugvögel näherte sich vom Fluss her und kreiste über dem Haus. Dass es schon so herbstlich war, hatte Maja in der Stadt gar nicht bemerkt. Eigentlich mochte sie diese Jahreszeit sehr – das klare Licht, die satten Farben, die leichte Wehmut in dem Wissen, wie kostbar jeder warme, bunte Tag war.

Dieses Jahr war es anders. Sie wollte sich an das klammern, was gewesen war, und wusste doch, dass das nichts half und gar nicht gut war. Clemens wäre enttäuscht von ihr. Er hatte sie anderes gelehrt.

»Kind! Komm! Pause!«, rief Elsie von der Terrasse her und hob etwas mühevoll einen Krug.

»Ich komme gleich!« Maja wischte die Sichel im Gras sauber. Wenn sie morgen ein ebenso langes Stück des Weges bewältigte und dann alles fegte, würde ihre Großmutter wieder bis zu dem Platz kommen, wo das Herz des Gartens schlug.

»Ich bin da schon lange nicht mehr gewesen«, hatte Elsie gestern leise gesagt, und Maja hatte sich geschämt, dass sie nicht eher auf dem Rollator bestanden hatte. Dass Elsie mit dem Stock so gar nicht mehr zurechtkam, war ihr nicht bewusst gewesen, vor lauter Papierkram und Abschiedsfeiern bei der Arbeit.

Aber Elsie hatte den Rollator ja nie gewollt. Nun sollte der Garten sie so sehr locken, dass sie sich an das neue Hilfsmittel gewöhnte. Wenn das keine Motivation war, was dann?

Das schräge Licht der Herbstsonne wärmte die roten Steinfliesen auf der Terrasse, die so alt waren wie das Haus. Maja hatte darauf Laufen gelernt und kannte jeden einzelnen Riss, in dem sich Moos breitmachte. Auch die hölzernen Möbel hatten scheinbar ewig gehalten. Jetzt fingen sie an zu splittern, und das eine Tischbein wies eine weiche Stelle auf. Holzwürmer? Ich muss mich darum kümmern, dachte Maja.

Es gab hier viel, um das man sich kümmern musste, aber eigentlich war es nie anders gewesen. So war das mit alten Häusern, die schon jede Menge erlebt hatten. Und mit den Menschen war es genauso.

»Morgen gehen wir zusammen in den Garten, Elsie«, sagte Maja.

»Vielleicht, Kind«, sagte ihre Großmutter vage. »Trink erst mal dein … dein Blätterwasser.« Sie schob Maja das Glas hin und lehnte sich zufrieden zurück. Sie hatte kalten Kräutertee gemacht, mit Eiswürfeln darin, so wie Maja es mochte. Nur das richtige Wort war ihr wieder einmal nicht eingefallen. Sie hatten sich beide daran gewöhnt. In Elsies Alter konnte man daraus wirklich kein Problem mehr machen. Sie fand dann immer ein anderes Wort, und Maja wusste meistens sofort, was sie meinte. Oft fand sie Elsies Wort sogar besser als das eigentliche.

Da Elsie so zufrieden aussah, entspannte sich auch Maja. Sie war angenehm müde von der Gartenarbeit. Die half hervorragend gegen Grübeln. Auch das hatte sie fast vergessen. Seit ihrem Abschied vom Pflegedienst hatte sie sich nicht mehr so gut gefühlt.

Nun ja, das war noch nicht lange her. Erschreckend lang erschien dagegen die Zeit, die sich vor ihr erstreckte. Obwohl die Herbstsonne noch so viel Wärme in sich trug, überlief Maja ein Frösteln. Ihr ging es ja schon wie ihren Senioren! Wie oft hatten diese von der Furcht vor dem Winter erzählt. Nicht nur, weil die Kälte in verschiedenen Knochen schmerzte, sondern weil mit Winterbeginn auch immer die Angst kam, dass sie nie wieder einen Sommer sehen würden, dass der vergangene tatsächlich der unwiderruflich letzte für sie gewesen war. Maja hatte sich dann gewünscht, sie könne ihnen diese Angst nehmen, könne die ganze kalte Jahreszeit ungeschehen machen und den Frühling auf der Stelle herbeizaubern.

Sie hätte ihnen allen einen Garten gegönnt, in dem es auch bei Frost und in den ganz kurzen Tagen blaue und leuchtend rote Beeren gab, wo der gelbe Winterjasmin durchweg von Dezember bis März blühte und die Schneeforsythie gleich nach Weihnachten, wo sich die Winterlinge im Januar durch die Schneedecke arbeiteten und im Februar die Schneeglöckchen, und wo die Wiese im März zu einem Teppich aus zartvioletten Elfenkrokussen wurde. Ein Blick aus dem Fenster würde ihnen zeigen, dass das Leben nicht vorbei war, dass es auch im Winter andauerte und jeder Morgen es wert war, begrüßt zu werden.

Elsie hatte das genau so beschrieben, als Maja sie vor Jahren gefragt hatte, ob sie vielleicht zu ihr in die Stadt ziehen wollte, wo sie nicht allein wäre. Oder lieber in ein Seniorenheim, wo sie Freunde finden und mit ihnen über ihre Angst sprechen könnte.

»Aber Kind«, hatte Elsie gesagt, »ich habe keine Angst! Hier nicht. Hier, wo mich das Rotkehlchen besuchen kommt und das Eichhörnchen. Und die Rosen, die blühen noch im November, und die Stockrosen auch manchmal. Etwas blüht immer – wie sollte ich da Angst haben oder mich allein fühlen? Nein, solange ich noch irgendwie zurechtkomme, rühre ich mich hier nicht vom Fleck! Außerdem ist Clemens hier. Hier gehöre ich hin.«

Clemens war da schon lange tot, aber Maja wusste genau, was Elsie meinte. Auch sie spürte den Großvater überall. Im Flur, wenn die Treppe unter ihren Schritten knarrte. Im Gartenhaus, wenn sie ein Werkzeug suchte. Beim Einschlafen, wenn die alten Balken knarzten und sich manchmal anhörten wie seine Stimme beim Vorlesen. Und vor allem im Garten, dort, wo das bronzene Schiff stand und die Lilienblüten und die Grashüpfer von Liebe sangen.

O ja, Clemens war hier, und Elsie gehörte hier ebenfalls hin, daran war nicht zu rütteln. Und das war gut so, denn einen anderen Gedanken hätte Maja kaum ertragen können. Zum Glück war ihre Großmutter so rüstig wie viele ihrer Generation. Nichts konnte sie erschüttern. Sie hatte den Krieg durchgestanden, die Mauer überlebt und den Tod ihres geliebten Mannes verkraftet. Das bisschen Alter konnte ihr noch lange nichts anhaben. Erst in letzter Zeit fiel es ihr schwerer, die Worte zu finden, die sie suchte, sich daran zu erinnern, was gestern gewesen war, und das Gleichgewicht zu halten.

Wenigstens habe ich jetzt mehr Zeit für Elsie, dachte Maja, auch wenn ihr die anderen Patienten fehlen würden. Zu einigen hielt sie noch Kontakt, und eine Weihnachtsüberraschung wollte sie auch vorbereiten.

»Du warst heute so fleißig«, sagte Elsie. »Du solltest noch ein bisschen ans Wasser hinuntergehen. Das tut dir gut. Ich sehe doch, dass du Kummer hast.«

»Es ist kein großer Kummer, Elsie. Nur, ein Abschied macht nun mal traurig. Das geht vorbei.«

»Nein«, sagte Elsie, »das geht nicht vorbei. Nie. Aber es gehört dazu. Die Freude über das, was war, auch. Wie die dunklen Rosen und die hellen.«

Maja stand auf und umarmte sie. »Da hast du recht. Und deine Rosen sind immer noch die schönsten, die ich je gesehen habe.«

»Ja. Clemens hat sie gepflanzt. Und die alten hat er gerettet. Für mich.«

»Ja. Für dich. Ich weiß noch, wie er sich jeden Morgen, wenn er nach dem Frühstück hinausging, zuerst darum gekümmert hat. Ich finde, diesen Sommer waren sie besonders schön.«

»Ja. Sie erinnern sich auch. Geh ein bisschen ans Wasser, Kind.« Elsie schloss die Augen mit einem Lächeln und verfiel in eines ihrer häufiger werdenden Nickerchen. Maja legte ihr eine Decke über die Knie und ging ums Haus. Es gab keine Wand, an der nicht eine Rose rankte. Dunkelrote, orangefarbene, rosafarbene, goldgelbe, weiße oder pfirsichfarbene. Immer noch schwer vor Blüten hingen die Ranken in die Fenster und über die vielen Bänke, die für eventuelle Gäste an der sonnenwarmen Wand standen. Auch damit musste sich Maja bald befassen. Die Ranken mussten angebunden werden, die verwelkten Blütenköpfe abgeschnitten.

Doch Majas Rücken schmerzte. Heute würde sie es nicht mehr schaffen, also befolgte sie Elsies Rat, ging zum Gartentor hinaus und stieg auf den Deich, hinter dem die Elbe auf sie wartete, der breite Fluss aus Licht, der so nahe war und den sie dennoch erst nach dem Mauerfall kennengelernt hatte. Dabei hatte Clemens sie als Baby vor dem Mauerbau noch mit Elbwasser getauft.

Vom ersten Tag an war der funkelnde Fluss ihr Freund, Ratgeber und Trostbringer gewesen, in jeder Lebenssituation.

Oben auf dem Deich, als Silhouette vor dem Himmel, der sich bereits leicht orange färbte, saß die Glückskatze und putzte sich.

2

Herbst am Deich

Maja mochte es, wie man zuerst nur diesen hellen, weiten Himmel sah, wenn man auf den Deich stieg. Dann, wenn man auf der Krone stand, breitete sich die ganze Elbaue vor einem aus. Von hier blickte man noch nicht auf den Fluss. Dafür war das Gras wie ein grünes Meer, in das der Wind Wellen drückte. Wolkenschatten wanderten darüber hinweg wie dicke Schafe. In der Ferne grasten braune Kühe. Hier und da standen Weiden oder eine Reihe alter Eichen.

Das Gras war nicht nur einfach grün, es wirkte bei jedem Licht anders. Durch die vielen Wildpflanzen, die hier gediehen, gab es auf der weiten Fläche alle Farbschattierungen. Von Hellgelb bis Dunkelgrün, Orangerot bis Rostrot, hier und da ein Hauch von Blau. In der Ferne verschwammen die Farben wie zu einem Aquarellgemälde. Maja konnte sich niemals daran sattsehen. Sie hockte sich für einen Augenblick zu der Katze und kraulte sie, dann lief sie los.

Es wanderte sich gut hier oben auf dem neuen Deich. Rechts lagen alte Häuser und Höfe, jeder mit seinem eigenen Charakter. Leider verfiel eine große Zahl von ihnen, vor allem die Nebengebäude. Die Dächer einiger Scheunen bestanden nur mehr aus nackten Balken, von anderen standen bloß noch einzelne Wände, aus denen Hölzer wie Rippen staken und der Lehm bröckelte. Es tat Maja weh, das zu sehen. Am liebsten hätte sie jedes dieser Gebäude gerettet. Was für ein Glück, dass

Elsie ihr Haus niemals aufgegeben hatte! »Es ist ein Teil von mir. Ich bin hier geboren. Wir gehören zusammen und haben immer gut miteinander gelebt, auch in schweren Zeiten. Es war meine erste große Liebe, vor Clemens. Und jetzt ist es die einzige Liebe, die mir geblieben ist«, hatte sie erklärt.

Aber es war Clemens gewesen, der dem Haus den Namen »Elbschwarm« gegeben hatte, wie es auf dem Schild über der Tür stand. »Denn kaum hatte ich Elsie kennengelernt, war sie schon mein großer Schwarm«, erklärte er mit einem Augenzwinkern, wenn ein Gast danach fragte, und küsste Elsie. »Und sie und das Haus waren unzertrennlich.«

»Ich habe den Namen nur akzeptiert, weil es so gut zu den Schwärmen der Zugvögel passt, die bei uns in der Elbaue Rast machen«, erwiderte Elsie, die jedes Mal rot wurde, wenn Clemens das sagte.

Früher, noch lange vor Elsies Geburt, war das Haus eines der typischen Hallenhäuser der Prignitz gewesen, in denen einst nicht nur die Wohnstuben der Bauern, sondern auch die Ställe und der Heuboden untergebracht waren. So wärmte man sich gegenseitig.

Später dann war das nicht mehr üblich, die Tiere wurden ausgelagert, die Vorratshaltung auch, und die Häuser nach und nach umgebaut.

Als Elsie dort aufwuchs, war es immer noch ein Bauernhof mit Feldern und Vieh. Er gehörte ihrer Mutter. Ihr Vater war bei der Polizei und hatte in den Hof eingeheiratet. Für die Landwirtschaft interessierte er sich kaum, auch wenn er es anfangs versuchte. Aus dem Ersten Weltkrieg jedoch kehrte er mit einem kaputten Bein und einem schlecht geheilten Lungendurchschuss zurück, und so war es Elsies Mutter, eine tüchtige Frau, die mit Hilfe einiger Angestellter die Arbeit verrichtete. Elsie, die ein Jahr nach seiner Heimkehr geboren wurde, war der ganze Stolz ihres Vaters, der sich mehr als die Mutter, die wenig Zeit hatte, um sie kümmerte. Als Elsie siebzehn war, wurde die Mutter, die mit ihren Kräften am Ende war, krank und starb.

»Lass uns das Haus verkaufen, Elsie«, hatte ihr Vater damals gesagt, der immer öfter in Depressionen verfiel. Elsie war da bereits sehr selbständig, und er fühlte sich noch hilfloser in Bezug auf die Arbeit als zuvor schon.

»Ich habe eine ganze Nacht darüber nachgedacht«, hatte Elsie Maja gestanden. »Und dann bin ich hinunter an den Fluss gegangen. Der Mond schien. Ich fühlte mich furchtbar allein, aber als ich das Licht auf dem Wasser und den Wiesen sah, und wie der Fluss so ruhig und ungestört seinem Weg folgte, da wusste ich, ich könnte es schaffen mit dem Haus! Was ich nicht konnte, war fort von hier zu gehen. In der Ferne sah ich eine dieser verfallenden Scheunen wie ein Gerippe vor dem Himmel stehen. Das konnte ich nicht zulassen, nicht bei uns!«

Also krempelte Elsie die Ärmel hoch, setzte sich mit anderen Landwirten und ihren Angestellten zusammen und fasste einen Plan. Ein Großteil des Viehs wurde verkauft, einige Felder verpachtet und das Haus weiter umgebaut und renoviert. Nun gab es Zimmer, wo einst die Ställe gewesen waren, und auch oben, anstelle des Heubodens. Elsie strich Wände und sammelte in der Umgebung Möbel, die nicht mehr gebraucht wurden, und dann vermietete sie diese Zimmer. An Menschen, die sich von der Stadt erholen wollten, und an Menschen, die in der Gegend für eine Weile arbeiteten. Es sprach sich herum, wie heimelig es bei Elsie war, wie lecker die Verpflegung und wie schön die Landschaft, und die Zimmer waren bald meistens belegt. Elsie hatte ihr Auskommen. Das Haus war gerettet, auch wenn ihr Vater die Fremden nicht gerne sah. Selbst, als er schließlich starb und seine Rente wegfiel, kam sie zurecht.

Maja war voller Dankbarkeit, dass Elsie niemals aufgegeben hatte. Nicht auszudenken, wenn sie nicht hier hätte aufwachsen können und den »Elbschwarm« das gleiche Schicksal ereilt hätte wie viele dieser Höfe! Jetzt folgte sie dem Deich bis hin zu dem Pfad, der mitten durch die Auenwiesen hinunter zur Elbe führte. Er war so schmal, dass man ihn kaum sah, wenn man nicht wusste, dass er da war, so lang waren jetzt die Gräser.

Elsie hat es damals so viel schwerer gehabt als ich, dachte Maja. Sie hat nicht gewusst, wie es weitergehen sollte. Dann hat sie einen Plan gefasst und eine Entscheidung getroffen. Und ich bin bedrückt, nur weil für mich ein neuer Lebensabschnitt anfängt und ich noch nicht weiß, wie er aussehen wird?

Doch Jahrzehnte eines Berufs, den sie mit Leidenschaft ausgeübt hatte, waren nicht so einfach abzustreifen wie ein altes Kleidungsstück.

Am Anfang des Pfades stand ein Fahrrad. Maja zögerte. Sie hatte sich darauf gefreut, am Wasser allein zu sein, aber nun war sie einmal hier und mochte nicht umkehren.

Ihre Socken in den Sandalen waren nass vom abendlichen Tau, als sie unten ankam. Auf ihrem Lieblingsplatz, der Landzunge, die in den Fluss hineinragte, stand eine große, schlanke Silhouette. Der Mann blickte neugierig den Fluss erst hinab, dann hinauf. Maja nickte ihm höflich zu, als er sie bemerkte, und bückte sich, um ihre Schuhe und Socken auszuziehen. Sie ließ beides stehen und watete ein kleines Stück ins Wasser. Es roch nach der wilden Kamille, die hier überall wuchs. So vertraut war dieser Duft nach Kindheitssommern, und auch das Wasser fühlte sich an wie eine verständnisvolle Berührung. *Ich kenne dich*, schien es ihr zu sagen, *alles wird gut*.

»Schön hier, nicht wahr?«, sagte der Mann, der unbemerkt näher getreten war. Maja blickte zu ihm auf. Er war ungefähr in dem Alter ihres Sohnes Luca. Unwillkürlich lächelte sie ihn an. Er erinnerte sie ein wenig an Sebastian in dem Alter. Sie waren oft zusammen hier gewesen, kurz nachdem sie sich kennengelernt hatten. Sebastian wusste, wie gern sie hier war. Ihm hatte es auch gefallen. Es war ein schöner Beginn ihrer gemeinsamen Geschichte gewesen. Er hatte sofort begriffen, was Maja an dieser Landschaft immer wieder aufs Neue verzauberte, so vertraut sie auch war. Schließlich änderte diese sich ständig.

»Ich weiß«, sagte Maja. »Ich bin hier aufgewachsen.«

»Ach, wirklich?« Der Fremde kam noch einen Schritt näher. »Ich mache eine Tour durch die Prignitz und bin auf dem Elberadweg unterwegs. Hinter jeder Biegung erscheint mir alles noch schöner. Was für eine faszinierende Gegend! Ich studiere Biologie, wissen Sie. Ich habe noch nirgendwo anders eine solche Vielfalt von Wildkräutern gesehen. Und Insekten. Da zum Beispiel!«

Er hockte sich hin und ließ eine knallbunte Raupe auf seine Hand klettern. Sie war so groß wie sein Finger, trug ein gebogenes Horn am Hinterteil und am ganzen pechschwarzen Körper ein wildes Flecken- und Streifenmuster in Weiß und Rot.

»Wissen Sie zufällig, was für eine Art das ist? Ich denke, eine Art Schwärmer. Aber welche?«

»Das ist die Raupe vom Wolfsmilchschwärmer«, sagte Maja,

die hier oft genug Raupen gesammelt hatte, um später den Puppen beim Schlüpfen zuzusehen. »Sie fressen die giftige Wolfsmilch, um selbst giftig für Vögel zu werden. Raffiniert.«

Diese Art Nachtfalter war schon vor langer Zeit eingewandert, doch jetzt wieder selten geworden, weil es kaum noch das passende Biotop für sie gab. Die bizarren Raupen waren die realen Drachen ihrer Kindheit gewesen, vor denen sie sich nie gefürchtet hatte, denen aber immer etwas Mystisches anhing.

»Aha, danke!« Der Mann setzte das Tier sanft zurück. »Sagen Sie, wenn Sie sich hier auskennen – warum nennt man die Gegend eigentlich die Lenzer Wische?«

»Wische ist das niederdeutsche Wort für Wiese. Der Ort Lenzerwische hat seinen Namen erst vor einigen Jahren durch den Zusammenschluss mehrerer Gemeinden erhalten. Im Grunde aber ist dieses ganze Gebiet zwischen Löcknitz und Elbe, das wie eine Insel zwischen den Flüssen liegt, die Lenzer Wische.«

»Aha, verstehe. Und noch eine Frage: Ich habe vor einer Weile ein Schild gesehen, das auf einen sogenannten ›Bösen Ort‹ hinwies. Können Sie mir sagen, was es damit auf sich hat? Das scheint mir so gar nicht in die Gegend zu passen.«

Maja setzte sich auf einen angeschwemmten Baumstamm. Ihr wissensdurstiger Gesprächspartner folgte ihrem Beispiel. »Der Name bezieht sich auf einen Ort, an dem die Elbe an einer verengten Stelle eine fast rechtwinklige Biegung macht. Die davon geplagten Binnenschiffer haben den Namen geprägt. Dazu kommt, dass dies bei Hochwasser eine sehr kritische Stelle war. 2002 musste man mit vielen Sandsäcken darum kämpfen, dass der Deich hielt, denn dort drückte die Elbe nicht nur seitlich, sondern auch frontal darauf. Sie können sich vorstellen, was da für Kräfte am Werke waren! Drei Jahre später begann man, einen Plan umzusetzen, von dem schon vorher eine Zeitlang die Rede war. Der alte Deich wurde rückverlegt, um dem Wasser mehr Raum zu geben. Das heißt, man hat landeinwärts einen neuen gebaut, und als er fertig war, hat man den alten an mehreren Stellen durchbrochen.«

»Ich habe davon gelesen. Man hat die Gelegenheit zugleich genutzt, um ein Naturschutzgroßprojekt zu verwirklichen. Das wollte ich mir gerne ansehen.«

»Ja, die Feuchtwiesen und auch die Auenwälder wurden durch das Trockenlegen für die landwirtschaftliche Nutzung in großen Teilen zerstört. In den späten sechziger Jahren hat man das Gebiet hier mit enormem Aufwand entwässert, um die Erträge zu steigern. Mein Großvater war darüber sehr traurig.«

»Aus gutem Grund. Mit den Feuchtwiesen ging ein wichtiges Biotop für viele Pflanzen und Lebewesen verloren. Es gibt zu viele Orte, an denen das geschehen ist. Das ist so schade.« Er runzelte die Stirn.

»Ja. Aber hier ist es zum Glück tatsächlich gelungen, es wiederherzustellen. Es wird natürlich dauern, ehe sich der Baumbestand erholt, aber man pflanzt nach und nach etwas an. Es wurden über eine Million Tonnen Erde bewegt, ist das nicht beeindruckend? Als es 2013 das schlimme Hochwasser gab, konnte der Wasserspiegel dadurch um fast einen halben Meter abgesenkt werden. Ich war damals nicht oft hier, aber wenn, war es wohltuend zu sehen, wie sich alles veränderte und was der Mensch wieder in Ordnung bringen kann, wenn er nur möchte.«

»Ja, ein Lichtblick!«, sagte er. »Ich habe auf den Schildern gesehen, dass die Elbtalaue Lebensraum für über hundertfünfzig Vogelarten ist und außerdem zehn Amphibienarten nachgewiesen wurden, sogar sechs von der Roten Liste. Zum Beispiel die Rotbauchunke. Das nenne ich einen Erfolg! Aber die Herde Wildpferde, die ich glaubte, gesehen zu haben, war sicher eine Halluzination, oder?«

Maja lächelte. »Nein, das sind tatsächlich Wildpferde. Die Rasse nennt sich Liebenthaler Wildlinge. Sie dienen der Landschaftspflege und sollen auf dem Gebiet eine halboffene Weidelandschaft erhalten.«

»Und gleichzeitig haben sie ein schönes Leben. Großartig!«

Maja und der Fremde sahen noch eine Weile auf den Fluss, dann stand er auf. »Vielen Dank für Ihre Auskünfte. Ich will Sie nicht weiter belästigen. Ich muss auch weiter. Wenn ich irgendwann Lehrer bin, werde ich meinen Schülern von diesem gelungenen Projekt erzählen. Das macht wirklich Hoffnung.«

»Ja, tun Sie das. Alles Gute weiterhin!«

Maja sah ihm nach. Er war so voller Schwung und Begeisterung. Sein Berufsleben würde erst beginnen. Sie konnte sich noch erinnern, wie sich das anfühlte. Das war erschreckend lange her. Wie sehnte sie sich nach dieser Aufbruchsstimmung!

Aber ging das noch in ihrem Alter?

Sie warf einen Kiesel ins Wasser, wie sie es früher getan hatte, und tröstete sich damit, dass sich wenigstens noch dieselben Ringe ausbreiteten. Doch, man konnte immer etwas bewegen, man musste nur damit anfangen.

Im Wasser lag noch mehr Sommerwärme, als sie angenommen hatte. Das Ufer war sandig hier am Rand, erst oben auf der Landzunge lag der Kies, zwischen dem Wolfsmilch und Kamille wucherte, Labkraut, Königskerze und wilder Thymian. Der

Sand hatte eine wärmere Farbe als an der See, und doch musste Maja, während sie ihre Zehen darin bewegte, unversehens an Usedom denken. Seltsam, warum gerade heute? Das war so ewig her. Sie musste lange überlegen. Fünfundvierzig Jahre! Sie war dreizehn gewesen, als Clemens sich plötzlich nicht mehr in der Lage sah, in den Ferien dorthin zu fahren. Er hatte gesundheitliche Gründe vorgeschoben, aber sie hatte das Gefühl gehabt, dass da mehr dahintersteckte. Er wollte einfach nicht mehr. Zumindest hatte sie sich das damals eingebildet und war ein wenig wütend auf ihn gewesen. Dann aber wurde der Sommer an der Elbe so schön, dass sie ihren Ärger vergessen hatte. Im nächsten Jahr war kaum noch die Rede davon, dass sie in früheren Jahren Sommer für Sommer auf die Insel an der Ostsee gefahren waren.

Clemens' Argument, dass es ihm dort zu voll geworden war, war nicht von der Hand zu weisen. Die ganze DDR schien damals an der Ostsee Urlaub zu machen. Es war günstig, und viele Alternativen gab es ja nicht. Man bekam nicht immer einen Platz in einem der Ferienheime, aber Clemens hatte dort jemanden von früher gekannt, der zwei Zimmer in einer Privatwohnung vermietete. Das war ein Glücksfall. Frau Zwicken war die Cousine eines früheren Kriegskameraden von ihm. Der Kamerad war im Krieg gefallen, erzählte Clemens, aber sie hatten sich schon in ihrer Jugend gekannt und viel schöne Zeit zusammen auf Usedom verbracht. Er fuhr gern dorthin, um sich an diesen Helmut zu erinnern und an die guten alten Zeiten.

Usedom, das war Softeis und Planschen im Wasser. Clemens, der Maja auf seinem Rücken trug und in die Wellen warf, wo es flach war, und sie vor Vergnügen quietschte. Usedom war Sandburgen bauen und Elsie, die ihr die Schultern und die Nase eincremte und den Sand aus den Haaren kämmte.

Abends auf dem Balkon spielten sie Rommé und Mau-Mau. Und Schummellieschen. Clemens konnte wunderbar schummeln. Elsie überhaupt nicht. Maja versuchte, von Clemens zu lernen, aber beim Schummeln gelang ihr das nur selten. Dafür brachte er ihr andere Dinge bei. Viele andere Dinge. Aber erst zu Hause, nicht auf Usedom. Dort war er, wenn sie nicht gerade herumalberten, ungewöhnlich still und schweigsam.

»Der Clemens muss sich mal entspannen. Dafür ist Urlaub ja gedacht«, hatte Elsie erklärt, wenn Maja sich wunderte oder beschwerte. »Lass ihn einfach in Ruhe.«

Als Maja älter wurde und die Geschichte von dem gefallenen Kriegskameraden hörte, dachte sie sich, dass Clemens die Erinnerung an seinen Freund gewiss manchmal traurig machte, und dann brachte sie ihm ein Stück Kuchen von ihrem Taschengeld, drückte ihn und ließ ihn in Frieden.

Zurück an der Elbe erzählte er dafür umso mehr. Zum Beispiel von den Grashüpfern, die er so mochte, dass er sogar ein Kinderbuch darüber geschrieben und gezeichnet hatte, nachdem er nicht mehr zur See fuhr. Die Zeichnungen waren sehr schlicht, da Clemens kurz vor Ende seiner Kapitänslaufbahn bei einem Sturm zwei Finger verloren hatte, als er sich in einem Tau verfangen hatte. Dennoch oder vielleicht gerade dadurch besaßen sie einen eindringlichen Charme. Maja liebte das Buch vom kleinen Grashüpfer Tim.

Das Konzert der Grashüpfer begann meist gerade dann so richtig, wenn sie aus den Ferien zurückkehrten. Überall hüpfte es plötzlich, flirrte und sprang und trällerte. Meist waren sie so schnell, dass man die kleine Gesellschaft auf der Wiese und unter den Blättern nur huschen sah, und schon waren sie wieder fort. Kobolde waren es, flüchtige Wesen, die Maja neckten und in die Irre führten, wenn sie sie zu fangen versuchte.

Auf Usedom war sie seither nie wieder gewesen. Erst war da ihre Ausbildung, dann Clemens, der immer kränker wurde, und schließlich hatte sie Sebastian kennengelernt. Mit ihm fuhr sie dorthin, wo er alte Handelswege erforschen konnte, und das war nicht an der Ostsee. Die Hanse interessierte ihn kaum, über die wusste man schon so viel, fand er.

Auch jetzt und hier sprangen jede Menge Grashüpfer in den Kräutern umher und fingen die letzte Wärme der Sonne zwischen den aufgeheizten Steinen ein. Maja hockte sich hin und sah ihnen zu. Einer sprang über ihren Fuß und blieb einen Augenblick vor ihr sitzen. Eine Goldschrecke, wenn sie sich richtig erinnerte.

»Wo hängen denn die Grashüpfer ihre Puppen auf?«, hatte sie Clemens einmal gefragt. Damals hatte Elsie ihr gerade gezeigt, wie die Raupen sich verpuppten und später aus den Puppen ein Schmetterling schlüpfte. Maja fand es unendlich spannend, wie aus diesem kleinen braunen Ding etwas so Schönes entstehen konnte.

»Grashüpfer verpuppen sich nicht. Aus den Eiern schlüpfen kleine Larven, die sehen schon fast so aus wie die erwachsenen Grashüpfer. Sie häuten sich einige Male, während sie größer werden. Wenn ihnen die alte Haut zu eng wird, streifen sie sie einfach ab. Darunter tragen sie eine neue, die besser zu ihnen passt. So verändern sie sich mindestens fünfmal, bevor sie die letzte Haut ablegen und richtige Grashüpfer mit Flügeln werden.«

Eigentlich ist das einfacher, als sich mit einem Mal so sehr zu verwandeln wie die Schmetterlinge. Man muss nur mehr Geduld haben, dachte Maja. Ich habe schon so oft eine alte Haut abgelegt und mich verwandelt. Damals, als Mama und Papa verunglückt sind. Dann, als ich mit der Schule fertig war und Altenpflege gelernt habe. Und dann wieder, als ich Sebastian geheiratet habe, und später, als ich Mutter wurde. Jetzt muss es mir eben noch einmal gelingen. Jetzt muss ich meine Berufshaut ablegen. Das wäre das fünfte Mal. Danach müsste ich eigentlich meine Flügel bekommen.

Wenn Grashüpfer flogen, starteten sie nicht vom Boden aus. Sie sprangen erst ganz hoch, und oben dann breiteten sie ihre Flügel aus.

Maja musste also nur den Mut finden zu springen – doch wohin?

Die Sonne verschwand hinter den Weiden, aber ein letzter Glanz des Tages lag noch silbrig blau auf dem Wasser. Das Konzert der Grashüpfer schwoll an, ein Fisch sprang mit einem Platschen, doch davon abgesehen herrschte rundherum Ruhe. Gemächlich zog der Fluss seines Weges. Die Kräuter dufteten. In Maja wurde es still.

Es war einfach zu schön hier, um traurig zu sein.

Für die Grashüpfer war es bestimmt auch nicht einfach, sich aus ihren alten Häuten zu schälen. Doch all jenen, die hier am Elbufer in den neu belebten Wiesen ihre Stimmen erhoben, war es gelungen.

3

Im Garten

Die Herbstsonne schien auf Majas Nase und weckte sie. Zuerst telefonierte sie mit Sebastian, weil die Nacht ohne ihn so lang gewesen war. Dann lief sie barfuß zum Fenster, öffnete es weit und lehnte sich hinaus. Draußen funkelte der Tau auf dem Gras. Die feinen silbernen Spinnfäden des Altweibersommers glänzten in der Luft. Es roch würzig nach fallenden Blättern und reifen Äpfeln.

Elsie schlief jetzt immer ein wenig länger, in der Küche rührte sich noch nichts. Maja hätte ihrer Großmutter gern einen Tee ans Bett gebracht, aber Elsie lehnte das jedes Mal strikt ab. »Ich kann noch sehr gut aufstehen. Damit fangen wir gar nicht erst an«, sagte sie dann oft.

Dafür aber mochte sie es, wenn Maja ihr abends noch etwas vorlas, wenn sie bereits im Bett war. Am liebsten aus der neuen Zeitschrift »Mervins Garten«, die Elsie abonniert hatte. Es war das einzige Abonnement, das sie je abgeschlossen hatte. »Diese Leute verstehen etwas von Gärten und wie sie sein sollen, wenn man darin glücklich sein möchte, und die Pflanzen und Tiere auch«, sagte sie.

Zwar spürte man deutlich, dass es nicht mehr Sommer war, aber es war trotzdem ein milder, windstiller Morgen. Maja konnte nicht widerstehen. Sie griff in eine Dose, die stets auf dem Tisch bereitstand, stieg im Schlafanzug aus dem Fenster und lief zum Karpfenteich, am alten Birnbaum vorbei, um dessen abgestorbenen Stamm großzügig eine Rose wucherte. Der herbsüße Duft der letzten dunkelroten Blüten folgte ihr. Die Wolken spiegelten sich auf der stillen Oberfläche, und darunter bewegten sich wie Geister die grauen Silhouetten der Karpfen. Es sah aus, als würden sie durch die Wolken schwimmen.

»Rico!«, rief sie leise und klopfte sachte an das Holz des kleinen Stegs, der ins Wasser ragte. Es dauerte nur einen Wimpernschlag, bis das große Maul ihres Lieblingskarpfens sich an der Oberfläche öffnete. Sie warf erst ihm einen Krümel zu, dann auch den anderen. Rico zählte schon beinahe zwanzig Jahre, die anderen sechs waren alle unterschiedlich groß und alt. Sie waren Nachkommen der Karpfen, die es schon in Majas Kindheit und lange davor hier gegeben hatte. Rico war ihr spezieller Freund, dem sie manchen Kummer geklagt und viele Freuden erzählt hatte. Jetzt kam er ganz nahe heran. Sie hatte stets den Eindruck, dass er ihr gerne zuhörte. Wie ihre Stimme wohl klang, wenn man ihr von unter dem Wasser lauschte? Wahrscheinlich wie ein ungleichmäßiges Gluckern.

Als die Krümel alle waren, griff Maja nach der Schaufel, die unter dem Sommerflieder steckte, und grub ein paar Regenwürmer aus. Sie bildete sich ein, einen Ausdruck der Zufriedenheit auf Ricos Gesicht zu sehen, als er schließlich gesättigt davonzog, seine Familie im Schlepptau. Maja setzte sich auf den Steg und ließ die Füße in das erfrischende Wasser hängen.

»Wenigstens manche Dinge ändern sich nicht«, sagte sie. »Hab einen schönen Tag, Rico.«

Am Ufer blühten violette Astern, die sich im Wasser spiegelten. Das war jetzt blau, die Wolken hatten sich verzogen. Seit

Maja denken konnte, war der Himmel im Karpfenteich das Erste, was sie morgens aus ihrem Fenster betrachtet hatte. Als sie klein war, hatte sie dazu noch auf eine Kiste klettern müssen.

Jetzt aber fuhr ein Wind heran, und Maja fröstelte. In der Küche hörte sie Elsie heißes Wasser aufsetzen. Rasch lief sie zurück, stieg durch das Fenster zurück ins Zimmer und zog sich an. Ihre Füße prickelten vom kalten Wasser. Jetzt war sie hellwach.

»Hast du gut geschlafen, Elsie?«, fragte sie, als sie in die Küche kam. Vorsichtig umarmte sie ihre Großmutter, die so schmal und zerbrechlich geworden war. Maja freute sich, wie geschickt Elsie das Frühstücksgeschirr auf dem Tablett ihres Rollators zum Tisch fuhr. Rasch half sie decken.

»Ja, Liebes, du auch?«

»Na klar, bei dir immer. Auch wenn ich Sebastian vermisse.«

Elsie nickte. »Ich weiß, wie das ist. Ich vermisse Clemens immer noch jeden Morgen und jeden Abend, nach all den Jahren. Und dazwischen genauso.«

»Ich vermisse ihn auch, Elsie.« Maja schraubte das Honigglas auf und legte den Löffel daneben, schluckte wieder gegen den Kloß in ihrem Hals an. »Magst du heute mit mir rauskommen in den Garten? Du kannst den Weg entlangfahren, soweit ich ihn schon freigemacht habe, und mir dann Gesellschaft leisten, während ich den Rest mache.«

»Ich freue mich drauf«, sagte Elsie. »Aber du fängst am besten schon an, ich komme dann ein wenig später nach. Ich muss erst ein bisschen verdauen und mich ausruhen.« Doch ihr Honigbrötchen aß sie mit Appetit.

So arbeitete sich Maja wenig später den Plattenweg entlang. Es tat ihr leid, neben dem wuchernden Gras auch Löwenmäulchen, Astern und Sonnenbraut aus den Ritzen herausziehen zu müssen, doch sie sammelte vorher die Samen in einer Tüte, um sie später zu verstreuen, und im Übrigen blühte ja immer noch genug. Wenigstens waren der Mohn und der Fingerhut schon vertrocknet, und auch hier gab es viele Samen, die sie ernten konnte.

Sie war ein gutes Stück vorangekommen, und es fehlte nicht mehr viel zu ihrem Etappenziel, als sie den Rollator auf den Platten rattern hörte. Sie sprang auf und lief Elsie entgegen. Sie war erleichtert, wie sicher diese sich mit dem neuen Hilfsmittel bewegte. Aber Elsie kam trotzdem nur langsam vorwärts, denn sie blieb immer wieder stehen und sah sich um. Ein glückliches Lächeln lag auf ihrem Gesicht.

»Wie schön, Kind! Ich war so lange nicht mehr hier. Ich hätte auf dich hören und viel eher dieses wunderbare … Auto benutzen sollen. Jetzt kann ich alle meine … Liebsten wiedersehen.« Meine Freunde, hatte sie sagen wollen. So hatte sie die früher schon genannt, die Levkojen und die Ringelblumen und alles, was hier blühte. Aber »meine Liebsten« klang noch besser, fand Maja.

Als sie zusammen wieder dort angekommen waren, wo Maja gerade einen großen Haufen Grünschnitt aufgeschichtet hatte, setzte sich Elsie gemütlich auf den Rollator und sah Maja bei der Arbeit zu. Licht fiel durch die Bäume und ließ Sonnenflecken über ihr Gesicht tanzen.

»Es ist für mich sogar nach mehr als neunzig Jahren noch ein Wunder, was der Frühling und der Sommer so fertigbringen, jedes Mal wieder«, sagte sie.

Maja richtete sich auf. »Wirklich, Elsie? Ist es tatsächlich noch so für dich? Das macht mir Mut. Weißt du, ich habe von so vielen meiner Patienten gehört, dass sie eigentlich schon alles gesehen und gar keine Lust mehr haben, noch länger zu leben. Ich konnte manche gar nicht mehr dazu bringen, sich noch über etwas zu freuen oder zu staunen. Sie sagten, alle, die sie gekannt haben, seien schon tot, und das Dasein wäre überhaupt nur noch mühsam und langweilig.«

Elsie dachte darüber nach. »Vielleicht haben sie keinen Garten«, sagte sie. »Ich glaube, wenn man in einen Garten schauen kann, ist einem nicht langweilig. Aber ein bisschen kann ich die Leute auch verstehen, Maja. Mühsam ist es. Irgendwann ist es einfach genug. Aber solange ich noch da bin, möchte ich meine Liebsten ansehen. Und riechen. Und fühlen.«

Sie beugte sich nach vorn, pflückte eine Levkoje und schnupperte mit einem glückseligen Ausdruck daran. Der Rollator stand zum Glück fest und kippte nicht um.

Maja pflückte ein paar Blüten und legte sie zwischen die Seiten von Elsies Zeitung, die im Korb des Rollators lag. Später würde sie die in einem dicken Buch pressen. Sie hatte etwas vor damit.

Endlich kamen sie beim Lilienplatz an. Maja war bekümmert, dass niemand die welken Taglilien abgeschnitten hatte und überall dazwischen Quecke und Brennnesseln wucherten. Aber darum konnte sie sich gerade nicht auch noch kümmern. Wenigstens leuchtete hier und da noch eine späte Blüte in glühendem Orange. Maja fegte das gefallene Laub von den grünen Bänken. Der ganze Sitzplatz war rund und mit einem Mosaikmuster aus goldgelben und terrakottafarbenen Fliesen ausgelegt. In der Mitte befand sich ein großes rundes Beet voller Lilien, und auch außen herum, hinter den Bänken, verlief eine Rabatte. Zwischen den Lilien stand als Mittelpunkt die bronzene Skulptur, die Clemens von seiner letzten Seefahrt mitgebracht hatte.

»Ganz ohne Schiff kann ich nicht sein«, hatte er gesagt. Auf einer stilisierten Welle ritt stolz ein Segelschiff.

Das Kupfer war zwar angelaufen und trug grüne Patina auf den Segeln, doch der Rumpf und die Welle glänzten dunkel und geheimnisvoll. Das Schiff und diese Welle waren eins, eine klare schwungvolle Form. Maja war sich immer sicher gewesen, dass es anfing, sich zu bewegen, wenn man nur lange genug hinsah.

Hier hatten sie an unzähligen sonnigen Nachmittagen bei einem guten Stück Kuchen fröhliche und ernste Gespräche geführt, Probleme gelöst und Erinnerungen nachgehangen. Die Bänke boten viel Platz auch für Freunde und Gäste, und dazwischen standen kleine bewegliche Tische. Der größte Zauber hatte aber früher in den Taglilien gelegen, die Clemens' ganzer Stolz gewesen waren. In allen Farben von Dunkelrot über Violett und flammendem Orange bis hin zu zartem Hellgelb blühten sie, lange schmale Trichter, kürzere gefüllte, niedrigere und hohe, zierlichere und robuste. Doch allen war dieses innere Glühen eigen, eine Farbe, die sie von kaum einer anderen Blume kannte.

»Taglilien lehren uns etwas über das Leben«, hatte Clemens ihr erklärt, als sie ihn einmal fragte, warum er gerade die Lilien so mochte. »Jede Blüte öffnet sich nur für einen einzigen Tag. Den muss sie ausnutzen, darum leuchtet sie so schön und öffnet sich so weit. Jeden Tag bringen die Pflanzen eine neue Blüte hervor. Sie fangen meist damit an, wenn viele anderen Blumen schon müde geworden sind und nur noch reifende Samen tragen. Die Taglilien singen ein Lied des Sommers, wenn du genau hinhörst, ebenso wie die Grashüpfer, nur still. Denn in ihren Farben tragen sie die ganze Wärme der Sonne, sogar an Regentagen. Und auch vom Herbst erzählen sie schon, denn du weißt ja, die Bäume leuchten dann in genau diesem Gold und Orange, wenn die Sonne darauf fällt. An den Lilien kannst du dir ein Beispiel nehmen, sie verschwenden keinen Tag. Es gibt keinen einzigen, den sie nicht mit einer Blüte krönen. Und das, obwohl sie wissen, dass diese sich abends für immer schließt.« Zärtlich hatte er über Majas Kopf gestrichen. »Du erinnerst mich immer an eine von ihnen. Deine Haare haben dieselbe Farbe wie meine Lieblingssorte, die *Piratenfeuer* heißt. Siehst du?« Er hatte eine Strähne an die Blüte gehalten, die er meinte, und es war tatsächlich beinahe dieselbe Farbe.

»Aber in der Schule lachen sie mich manchmal aus und sagen, meine roten Haare sind hässlich.«

»Die sind nur neidisch«, sagte ihr Großvater. »Vielleicht, weil sie selbst nichts mit einer Blume gemeinsam haben.«

Er war traurig gewesen, als sie ihre Haare einmal abschneiden musste, weil sie sie aus Versehen in einen Eimer mit Leim gehängt hatte, der sich nicht mehr entfernen ließ. Seitdem hatte Maja sie immer lang getragen. Clemens schenkte ihr Haarreifen, die er von seinen Reisen mitgebracht hatte, geschnitzte aus Neuseeland, mit buntem Stoff bespannte aus Afrika. Lederne aus Südamerika. Manche trug sie immer noch. Inzwischen hatte sie weiße Strähnen an den Schläfen und fand, dass dies zu ihrem langen roten Zopf irgendwie gut aussah. Ein bisschen wie Flügel, auch wenn sie nicht zum Fliegen taugten. Clemens hätte es gewiss gefallen. »Die weißen Lilien geben den roten einen schönen Rahmen«, hatte er erklärt, wenn er neue Sorten pflanzte und genau überlegte, wo sie am besten wirken würden.

Die Sommersprossen seiner Enkelin mochte er auch. Maja saß gern im Schatten zwischen den Sonnenflecken, die über die Erde huschten, und dachte, diese Sommersprossen hätte sie mit dem Garten gemeinsam, denn im Winter gab es die Flecken dort auch nicht.

»Es tut mir leid, Elsie, dass ich mich nicht genug um die Lilien und alles andere gekümmert habe«, sagte Maja jetzt. »Das wird ab jetzt wieder besser.«

»Es ist alles gut, Maja. Das ist mir gar nicht aufgefallen. Mir erscheint alles noch so, wie es immer war.«

Maja half ihr auf die Bank und setzte sich daneben. Gemeinsam sahen sie zu, wie das Sonnenlicht über das bronzene Schiff wanderte.

»Erzähl mir, wie ihr euch kennengelernt habt, Clemens und du«, bat Maja.

»Aber Kind, das weißt du doch!«

»Ich höre es aber so gern.«

Elsie warf ihr einen belustigten Blick zu. »Du denkst, es könnte das letzte Mal sein.«

»Nein! Aber wenn du es erzählst, ist es für mich, als ob er wieder lebendig wäre. Ich denke dann immer, er kommt gleich um die Ecke.«

Elsie seufzte, lehnte sich zurück und blickte verträumt auf die Lilien, ohne sie zu sehen. »Es war 1938. Im Frühling. Clemens war von einer langen Fahrt zurückgekehrt. In Indien war er gewesen, mit seinem Schiff. Seit er Kapitän geworden war, war er immer froh, wenn er seine Aufträge erledigt, die Fracht abgeladen, sein Schiff und seine Männer gut nach Hause gebracht hatte. Unterwegs sammelte er interessante Dinge, denn jede Fahrt war einzigartig und er wollte sich später daran erinnern können. In diesem Frühling wollte er Kurt besuchen und ihm ein Geschenk mitbringen. Kurt war damals nach seinem Unfall zurück in Dömitz, wo er herstammte und eine Tante hatte, die für ihn sorgte. Aber dort war kein Platz für Gäste, und so mietete sich Clemens für ein paar Tage ein Zimmer bei uns. Die Tante hatte uns empfohlen. Sie war zwar eine Schreckschraube, aber dafür bin ich ihr noch heute dankbar.«

Maja musste schmunzeln. Elsie konnte sich noch immer sehr klar ausdrücken.

Ein Besuch bei Kurt stand für den nächsten Tag unbedingt auf ihrem Plan. Er war Clemens' sehr viel jüngerer Cousin, eine Kriegswaise, für den Clemens so etwas wie ein Vater gewesen war. Der junge Kurt hatte in Wismar in einer Gießerei für Schiffsschrauben gearbeitet. Beim Gießen so einer riesigen Schraube war einmal die Form gesprungen, und das flüssige, glühende Metall hatte sich in den Raum in Richtung der Arbeiter ergossen. Mehrere waren verletzt worden. Kurt verlor durch die Verbrennungen ein Bein. Es dauerte lange, bis er wieder zu Kräften kam. Man nahm damals an, dass er kein hohes Alter erreichen würde. Aber da kannten sie ihn schlecht. Zwar kam er mit seiner Prothese schon lange nicht mehr zurecht und saß im Rollstuhl, aber mittlerweile war er unglaubliche hunderteins. Er war Majas Patenonkel, und sie hing sehr an ihm.

Immer, wenn sie sich vor etwas fürchtete, dachte sie an Kurt und die feurige Lawine, die an jenem verhängnisvollen Tag auf ihn zugerollt war. Nichts konnte so schlimm sein wie das, sagte sie sich dann und fasste Mut.

Die Tatsache, dass sie nicht mehr berufstätig sein konnte, war damit wahrlich nicht zu vergleichen, obwohl es sich in letzter Zeit genauso angefühlt hatte – wie etwas Beängstigendes, das auf sie zurollte.

Maja stellte sich vor, wie Kurt damals ausgesehen haben mochte, so jung und verletzt. Und wie er sich gefreut haben musste, als Clemens, den er verehrte, nach langer Abwesenheit endlich bei ihm auftauchte.

»Clemens sah so gut aus in seiner Uniform«, erinnerte sich Elsie. »Sogar mein Vater, der zu jener Zeit schon kaum noch ein freundliches Wort verlor, war beeindruckt. Er wunderte sich, dass ein Kapitän auf unserem bescheidenen Hof nächtigen wollte, aber Clemens war nicht so. Er war eine enge Koje gewohnt und hielt unsere gemütlichen Zimmer für den reinsten Luxus. Ich glaube, er sehnte sich einfach nur danach, sich einmal irgendwo zu Hause zu fühlen, und sei es nur für ein paar Nächte. Er hatte ja kein Zuhause, so viel, wie er unterwegs war. Er lobte den Duft der Bettwäsche und die Farbe der Wände und das Frühstück, das ich ihm vorsetzte, vor allem die selbstgemachte Stachelbeermarmelade. Sogar die Blumen auf dem Tisch. So viel Freundlichkeit war ich überhaupt nicht gewöhnt, mein Vater kommandierte mich ja nur noch herum. Ich war erst neunzehn, aber Clemens war so aufmerksam, dass ich mir beinahe wie eine feine Dame vorkam.« Elsie lächelte. »Ich hatte zwar nie davon geträumt, eine feine Dame zu sein, aber es tat trotzdem gut. Das hat nur nicht lange gedauert. Als Clemens eines Nachmittags von einem Besuch bei Kurt zurückkam, fand er mich im Garten. Ich saß auf einem Baumstamm und heulte.

War nichts mehr mit feiner Dame. Ich hatte ihn vor lauter Schniefen gar nicht kommen hören, bis er mir sein Wisch… Wisch…«

»Taschentuch«, half Maja.

»… Taschentuch vor die Nase hielt. Es war mir furchtbar peinlich, dass er mich so sah. Aber er setzte sich einfach neben mich und sagte nichts, bis ich mich beruhigt hatte. Auf einmal war es mir gar nicht mehr peinlich. Seine Gegenwart war so angenehm und beruhigend. Er war ja viel älter als ich. Fünfundzwanzig Jahre! Er hätte gut mein Vater sein können, und er wäre ein besserer gewesen als meiner. Aber ich bemerkte nur, wie viel Ruhe und Fürsorglichkeit er ausstrahlte und was für schöne Hände er hatte, die so braungebrannt und still auf seinen Knien lagen. Du glaubst nicht, wie gut er aussah, Maja.«

»Doch. Das glaube ich. Er sah auch später noch sehr gut aus.«

»Er ließ mir Zeit. Schließlich fragte er mich, was mich dermaßen bekümmerte. Ich erklärte ihm, dass ich so traurig war, weil ich die Gartenarbeit nicht mehr bewältigen konnte. Die Arbeit im Haus, mit den Gästen und der Pflege meines Vaters, die habe ich geschafft, aber der Garten bestand längst nur noch aus verfilztem Dickicht und Unkraut. Ich konnte nichts mehr pflanzen und ernten und bekam gerade noch ein paar mickrige Sträuße für die Tische zusammen. Und an dem Nachmittag hatte ich entdeckt, dass auch noch die letzten Stachelbeerbäumchen im Winter erfroren waren und es keine Stachelbeermarmelade mehr geben würde.«

»Dann hat es wohl so ausgesehen wie jetzt«, sagte Maja schuldbewusst. Elsie schüttelte heftig den Kopf. »Nein, nein! Es war viel schlimmer. Dabei hatte ich doch die Blumen so geliebt, und das Ernten. Der Garten war das Einzige, was mir immer noch Kraft gegeben hatte, nachdem meine Mutter gestorben war und mein Vater immer kränker wurde. Und nun wusste ich einfach nicht mehr weiter.

Aber da war jetzt Clemens. Er strich mir die Haare aus dem Gesicht und sagte: ›Liebe Elsie – darf ich Sie so nennen? –, liebe Elsie, weinen Sie nicht mehr! Ich habe noch einige Wochen Zeit, bevor ich wieder in See steche. Wenn Sie erlauben, würde ich Ihnen gern helfen. Ich sehne mich danach, wieder einmal eine Arbeit an Land zu verrichten und die Erde zwischen meinen Fingern zu spüren. Sie brauchen keine Angst zu haben, dass ich dabei etwas zerstöre. Als junger Mann habe ich oft in einem Garten gearbeitet.‹ Er klang richtig sehnsüchtig. ›Aber Sie sind ein Kapitän!‹, protestierte ich. ›Das geht doch nicht!‹ Er lachte herzlich. Ich habe sein Lachen so gerne gehört. Es rückte die ganze Welt wieder gerade. ›Warum um Himmels willen soll das nicht gehen, liebe Elsie? Alles geht. Nur Frösche hüpfen.‹ Er brachte mich auch zum Lachen. Und ich brachte ihm Gartenwerkzeuge. Und so blieb er.« Elsie lächelte vor sich hin.

»Das hast du noch nie erzählt. Und Clemens auch nicht.« Maja wunderte sich. »Ich meine, dass er als junger Mann in einem Garten gearbeitet hat. Wo war das denn?«

»Habe ich das gesagt?« Elsie blickte verwirrt, dann angestrengt. »Ich weiß nicht mehr … weiß nicht …«

»Ist ja unwichtig«, sagte Maja hastig. »Und dann habt ihr euch verliebt?«

»Ja. Wie hätte ich mich nicht in ihn verlieben können? Er fing an dieser Stelle mit der Arbeit an. Genau hier legte er das runde Beet an. Und dann bestellte er die Lilien in einer Gärtnerei, die er kannte, und holte sie in Dömitz von der Post ab. Er überraschte mich damit. Danach arbeitete er sich voran. Er brachte die Wege in Ordnung, pflanzte neue Johannisbeerbüsche und Stachelbeerbäumchen rechts und links vom Weg, damit ich bequem ernten und man sich beim Spazierengehen freuen konnte, wie sie reiften. Er legte große Gemüsebeete an, schnitt die Obstbäume, pflanzte Blumenzwiebeln und Stauden. Wo er unter dem Wildwuchs meine alten Blumen wiederfand, düngte und rettete er sie. Unter seinen Händen blühte alles wieder auf. Stück für Stück eroberte er den Garten zurück und machte ihn für mich schön, und gleichzeitig eroberte er mich.« Elsie war ganz außer Atem geraten. »Meine Welt war seit dem Tag, an dem er das erste Mal zum Tor hereinkam, nie wieder so wie vorher. Ich konnte mir überhaupt nicht vorstellen, wie es sein würde, wenn er wieder fortging! Ich würde dann nur noch den Garten haben und bei jeder Blüte an ihn denken.« Gedankenverloren drehte Elsie an ihrem abgetragenen Ehering, der ein wenig weit für ihren Finger geworden war.

»Clemens zögerte seine Abreise hinaus. Oft waren wir unten an der Elbe. Er hatte sich angewöhnt, mich abends noch zu einem Spaziergang zu überreden. Wir schlichen uns heimlich davon, damit mein Vater nicht schimpfte. Einmal tanzte er mit mir, dort unten am Ufer. ›Hörst du die Grashüpfer, Elsie? Sie kennen drei Melodien, aber heute singen sie von Liebe. Eine andere Musik brauchen wir nicht.‹ Also tanzten wir, und danach küsste er mich, und ich war so glücklich. Dann hielt er inne. ›Ach Elsie, ich bin doch viel zu alt für dich!‹, sagte er traurig.

›Aber nein, Clemens! Ich fühle mich ja selber zum ersten Mal jung, seit du da bist‹, sagte ich.

Und dann musste er doch fort. Es war furchtbar ohne ihn. Zum Glück ging es ihm genauso, und als er endlich zurückkehrte, fragte er mich sofort, ob ich ihn heiraten wollte. ›Die

Nächte auf See waren dieses Mal unerträglich einsam, und jeder Stern hat von dir gesprochen‹, sagte er. Mein Vater war da schon so krank, dass ihm alles egal war, also stimmte er zu. Ich war ja noch nicht volljährig.

›Ich glaube immer noch, dass ich zu alt für dich bin, liebste Elsie‹, sagte Clemens. ›Aber es wird Krieg geben, und ich möchte, dass du abgesichert bist.‹ Mir war es gleich, warum er mich heiratete, Hauptsache, er tat es, denn ich zweifelte keinen Augenblick an unserer Liebe. Und dann war ich schwanger mit deiner Mutter, und Clemens musste fort, denn der Krieg begann. Ich hatte jeden Tag Angst um ihn. Doch er hatte Erfahrung aus dem Ersten Weltkrieg. Er befehligte wie damals einen Hilfskreuzer, der die Handelsschiffe schützen sollte, und er brachte es fertig, sich aus den meisten Kampfhandlungen herauszuhalten. Clemens hielt nichts vom Krieg. Gar nichts. Aber er hatte ein Ziel. Er wollte heil nach Hause kommen und für seine Tochter da sein. Und für mich. So furchtbar viele haben es nicht geschafft! Ich bin bis heute jeden Tag dankbar dafür, dass er zurückkehren konnte. Wir hatten so ein Glück!« Elsie fasste nach Majas Hand und drückte sie.

»Ich auch, mit euch«, sagte Maja leise, aber dann sah sie, dass Elsie in eines ihrer plötzlichen Nickerchen gefallen war.

Maja wartete, bis ihre Großmutter wieder aufwachte, und lauschte derweil den Grashüpfern, zu deren Stimmen Clemens und Elsie getanzt hatten. Die Sonne wanderte weiter den Nachmittag entlang und färbte die bronzene Welle unter dem Schiff golden. Auf dem Sockel lag immer noch eine Handvoll heller Muscheln, jetzt altersgrau, die Maja und Clemens in einem lang vergangenen Sommer in ihren Taschen heimgebracht hatten.

Früher einmal waren sie gelb gewesen, fast golden im Sommerlicht, als Maja sie am Strand gesammelt hatte. Solche Muscheln hatte sie nie wieder irgendwo gefunden.

»Warst du eigentlich noch einmal auf Usedom?«, fragte Maja, als Elsie erfrischt wieder aufwachte, sich gerade hinsetzte und Majas Blick folgte.

Maja wusste, dass Elsie sich im Alter schließlich noch einige kleine Reisen gegönnt hatte. Doch Elsie schüttelte den Kopf.

»Niemals. Nicht ohne Clemens«, sagte sie bestimmt. »Das ging einfach nicht. Und die Ziege war ja auch gestorben.«

Maja musste lachen. Sie hatte ganz vergessen, dass sie die Wirtin von damals immer »Ziege« genannt hatten.

Noch am Abend musste Maja an die Geschichte von Clemens und Elsie denken und sah alles deutlich vor sich, während sie sich oben in der Dusche die Spuren der Gartenarbeit abspülte. Unten klapperte es, denn Elsie hatte der Ausflug in den Garten so gutgetan, dass sie beschlossen hatte, zum Abendessen einen Obstsalat zu machen.

Auf dem Weg die Treppe hinunter, in Bademantel und Pantoffeln, stieß Maja sich nicht zum ersten Mal die Zehen an der gewaltigen Eichentruhe im Flur. »Au!«, entfuhr es ihr. Dabei bemerkte sie zwei Motten, die von dem Ruck aufgeschreckt hinter der Kiste emporflatterten und in einer Zimmerecke verschwanden.

»Elsie«, sagte sie, als sie in die Küche kam, »diese alte Truhe – kann es sein, dass da die Motten hineingeraten sind? Wir sollten sie unbedingt aufmachen und nachsehen. Du hast doch mal gesagt, da sind Clemens' Uniformen drin.«

Elsie ließ den Löffel fallen, mit dem sie gerade den Salat mischte. »Ach was. Da wird schon nichts sein. Es tut mir zu weh hineinzusehen. Außerdem habe ich vergessen, wo der Schlüssel ist.«

»Vielleicht passt ein anderer«, schlug Maja vor. »Wir könnten es versuchen.«

Elsie wandte sich um. Ihre Augen funkelten. »Auf gar keinen Fall!«, sagte sie barsch. »Die Truhe bleibt zu!«

4

Burg Lenzen

»Kind, es tut mir leid, dass ich dich gestern wegen der … Kofferdings so angeblafft habe«, sagte Elsie am nächsten Morgen. Maja war überrascht, dass ihre Großmutter das noch wusste. Meist vergaß sie fast alles, was am Vortag gewesen war. Es war die Vergangenheit, die ihr ganz genau präsent war.

»Kein Problem«, sagte sie.

»Weißt du, irgendwie ist es gut so. Unsere Körper werden wieder zu Staub. Da ist es doch richtig, wenn die Uniformen das da drin auch tun, so allmählich mit den Jahren. Das passt schon. Ich mag nicht mehr daran rühren«, sagte Elsie. »Lass die Motten ihre Arbeit tun, dann sind sie beschäftigt und machen woanders keinen Unfug. Ich finde es einfach schön zu wissen, dass es da noch etwas gibt, was durch und durch Clemens ist und seitdem niemand mehr angefasst hat.«

»Na ja, von Clemens ist ja nun wirklich überall im Haus etwas«, meinte Maja und betrachtete die Figur zweier Liebenden auf dem Kaminsims, eine Holzschnitzerei aus Afrika. Sie dachte an die vielen ungenutzten Gästezimmer im Haus. Dort hatten die unzähligen Souvenirs des Kapitäns unter Staubschichten alle dieselbe graue Farbe angenommen, als wollten sie für immer im Nebel der Zeit verschwinden.

»Ja, aber die Uniformen, das ist was völlig anderes als Souvenirs«, erklärte Elsie. »Persönlicher. Wie eine zweite Haut. Ganz und immer Kapitän, das war Clemens. *Mein* Kapitän.«

Das stimmte. Sogar auf dem Kinderbuch, das er veröffentlicht hatte, hatte als Name des Autors »Kapitän Clemens« gestanden. »Damit können die Kinder was anfangen«, hatte er gemeint.

Maja ließ die Sache auf sich beruhen und hoffte, dass die Motten wirklich nichts anderes anstellen würden, auch wenn sie da nicht so optimistisch war wie Elsie.

Elsie zog es an diesem Morgen vor, in ihrem Schaukelstuhl auf der Terrasse zu bleiben. Der lange Gang in den Garten hatte sie doch ein wenig ermüdet. Maja arbeitete eine Weile im Lilienbeet, entfernte das schlimmste Unkraut und schnitt Verwelktes ab. Als sie zu ihrer Freude auf ihre alte Hängematte stieß, die weiter hinten im Garten noch immer zwischen zwei alten Birnenbäumen hing, legte sie sich eine Weile hinein, nicht ohne vorher die Haltbarkeit zu testen, und sah in den Himmel. Die Schiffstaue waren altersdunkel, aber immer noch fest. Wie hatte sie es geliebt, hier vor sich hin zu träumen! Nun dachte sie darüber nach, dass sie nicht nur die Hängematte wiedergefunden hatte, sondern vorhin auch auf einen Stapel von Elsies kreativen Blumentöpfen gestoßen war.

Durch den Krieg waren die zahlenden Gäste damals schließlich ausgeblieben. Als später dann die Mauer gebaut und die Elbe zum Grenzfluss wurde, war hier alles Sperrgebiet geworden. Niemand hatte mehr kommen dürfen, nur die, die hier wohnten und arbeiteten, durften mit Passierschein hinein. Elsie hatte sich etwas einfallen lassen müssen. Damals hatten sie zwar wieder etwas Vieh, und Clemens verdiente ja auch, aber ein Zuverdienst war willkommen, und Elsie musste ihre Einsamkeit bekämpfen, wenn Clemens auf See war.

Maja konnte sich erinnern, wie sie morgens mit Elsie die Kühe durch das Tor in dem metallenen Grenzzaun auf die Weide bringen durfte, unter den wachsamen Augen der Soldaten.

Danach hatten sie im Garten junge Pflanzen ausgegraben und in Töpfe gesetzt. Denn nachdem Clemens den Garten so schön hergerichtet hatte, hatte Elsie in der neuen Freizeit ihr Händchen für Blumen entdeckt. Die Leute aus der Umgegend beneideten sie bald um ihren Garten und alles was darin blühte, und so begann Elsie, Ableger zu ziehen und in Töpfe zu pflanzen, um sie an einem Stand vor dem Tor zu verkaufen. Die schlichten Tontöpfe erschienen ihr jedoch nicht interessant genug, um Kunden anzulocken. Sie trieb einen Kitt auf, den sie unter den Rändern um die Töpfe legte und in den sie Dinge presste wie alte Taue, Steine, Äste und Blätter. Die Abdrücke, die diese hinterließen, ergaben ein interessantes Relief um die Töpfe, das die bunten Blumen darin wunderbar ergänzte. Die kleine Maja hatte ihr oft dabei geholfen und ihre eigenen Muster erfunden.

Diese bepflanzten Töpfe waren ein großer Erfolg. Clemens strich einen alten Schrank mit wetterfester Farbe und eine Leiter und einen Schubkarren, und stellte alles zusammen vor das Tor. Dort ordnete Elsie ihre Töpfe mit den Blumen darin. Daneben stand ein Schild, wie viel Geld die Kunden für welchen Topf in die Büchse stecken sollten. Es funktionierte wunderbar. Fremde kamen ja nicht vorbei, und in der Lenzer Wische wurde nicht betrogen. Auch die Soldaten kauften bei Elsie, wenn sie ein Geschenk für ihre Familie brauchten.

Schade eigentlich, dass sie das nicht mehr kann, dachte Maja. Nicht alle Touristen fahren auf dem Fahrrad vorbei. In den neuen Hotels und Pensionen in der Gegend gibt es genug, die mit dem Auto kommen und übernachten. Ich wette, der eine oder andere würde gern etwas für seinen Garten mitnehmen, etwas, das er nicht in jedem Baumarkt kaufen kann.

In seinem jetzigen Zustand allerdings war der Garten weit davon entfernt, Ableger zu produzieren. Höchstens die Grashüpfer mochten ihn so, wie er war.

Das ist auch eine Menge wert, dachte Maja, denn sie wusste, dass vielerorts mit den natürlichen Wiesen auch die Zahl einiger Grashüpferarten schwand und manche ganz verlorengingen. Es durfte nicht sein, dass ihre Musik eines Tages schweigen würde.

Später, als Elsie sich zum Mittagsschlaf zurückzog, fuhr Maja nach Lenzen. Dort wohnte ihr Patenonkel Kurt in einem kleinen Pflegeheim. Früher war er im Seniorenheim auf der Burg Lenzen gewesen, doch das war nach der Wende geschlossen worden. Die Burg gehörte inzwischen dem Bund für Umwelt und Naturschutz und war ein Besucherzentrum, in dem man viel über die Gegend lernen konnte. Clemens hätte das gefallen.

Bevor Maja das Heim betrat, blieb sie einen Augenblick vor dem Rathaus stehen und blickte zu der Uhr am Turm hinauf. Diese hatte nur einen einzigen Zeiger, den Stundenzeiger. Sie zählte keine Minuten und verkündete auf diese Weise still, dass das Leben auch funktionierte, wenn man es mit der Zeit nicht ganz so genau nahm. Maja tat es immer gut, sie zu betrachten. Sie hatte sich oft so gehetzt gefühlt, wusste sie doch, dass sie bei der Arbeit nie allen gerecht werden konnte. Sie hätte so gern mehr Zeit mit diesem oder jenem Menschen verbracht. Hätte Frau Mandeler länger zugehört, Frau Hinrichs Haare schöner geflochten, sich die Geschichten über Herrn Rothmanns Hund zum dritten Mal angehört, weil es ihn so freute. Aber da war stets irgendwo eine Uhr, die mahnend die Minuten heruntertickte und daran erinnerte, dass diese Minuten von Majas Zeit bei jemand anderem fehlen würden.

Nun aber, da niemand mehr auf Maja angewiesen war und auf sie wartete, bekam die Rathausuhr eine ganz neue Bedeutung. Maja fragte sich, was sie ihr wohl diesmal sagen mochte. Sie kam zu keinem befriedigenden Schluss und riss sich schließlich los. Immerhin erwartete sie ihr Patenonkel.

Kurt war immer ein wichtiger Teil von Majas Welt gewesen. Viel jünger als Clemens, hatte er viel Unfug mit ihr angestellt, als sie noch klein war. Damals war er noch recht beweglich gewesen mit seiner Beinprothese. Jetzt saß er im Rollstuhl, aber weder das noch sein erstaunliches Alter konnten ihn davon abhalten, mit Leidenschaft am Leben teilzunehmen.

Nachdem er damals nach dem Unfall schließlich einige Kraft wiedergewonnen hatte, hatte er angefangen zu schnitzen. Er probierte vieles aus, Buchstützen und Marionetten, und war schließlich dabei geblieben, kleine Schatztruhen und Schmuckschränkchen zu zimmern, die er danach polierte. Er versah sie mit wunderbaren Schnitzereien, filigran, schlicht und dennoch ausdrucksvoll. Manchmal waren es maritime Motive, manchmal Bäume oder Blüten, ein andermal Wildvögel. Es sprach sich herum, die Nachfrage stieg stetig. Heutzutage verkaufte er sie sogar online. Mit seinem ungebrochenen Charme hatte er einen jungen Pfleger überredet, ihm für eine Gewinnbeteiligung eine Website zu gestalten und beim Versand zu helfen. Wenn aber jemand wenig Geld hatte und ein Geschenk brauchte, dann bekam er bei Kurt auch schon einmal eines seiner besten Werke umsonst.

Als Maja Kurts Zimmer betrat, saß ein Junge auf seinen Knien, und Kurt las ihm vor.

»›*Weißt du, niemand kann so weit springen wie wir Grashüpfer. Jedenfalls niemand, der so klein ist. Im Verhältnis zu unserer Körpergröße springen wir am weitesten von allen Lebewesen! Deshalb musst du dich niemals klein fühlen. Egal, was dir passiert. Wir haben sogar noch viel mehr Gaben, die dir im Leben weiterhelfen werden‹, sagte Großvater Grashüpfer zu Tim, der ängstlich seine Beine streckte.*«

Es war das Buch vom kleinen Grashüpfer Tim, das Clemens geschrieben hatte. Der Junge lauschte andächtig. Kurt blickte auf und sah Maja. »Oh, Besuch! Wie schön!« Er klappte das Buch zu und gab es dem Jungen. »Du kannst es mitnehmen und dir die Bilder ansehen, und vielleicht magst du ja selbst ein Stückchen lesen, Thomas«, sagte er. »Morgen kommst du wieder und dann lesen wir zusammen weiter, ja?«

»Ich wollte nicht stören«, sagte Maja.

»Muss sowieso jetzt Kuchen essen«, sagte Thomas wichtig und lief hinaus, das Buch wie ein Schatz in den Händen.

»Sie lieben es immer noch«, sagte Kurt. »Auch wenn die Gäste aus der Stadt noch nie einen Grashüpfer gesehen haben, außer vielleicht im Fernsehen.«

»Ich wünschte, sie könnten alle mit Grashüpfern befreundet aufwachsen, so wie ich. Wie geht es dir?« Maja zog einen Stuhl heran und setzte sich zu ihm. Er hatte eine weiße Mähne wie Einstein und wache braune Augen in einem Netz aus Falten, die von seinem Leben erzählten. Schmal war er schon immer gewesen, aber er saß noch kerzengerade in seinem Stuhl.

»Gut!«, sagte er. »Ich mache es wie die Grashüpfer. Ich springe weiter, als es mir eigentlich zusteht, wenn auch nur im Kopf. Wer neugierig bleibt, lebt lange, und wer viel lacht sowieso. Die Kinder ermöglichen es mir, wieder Unfug zu machen. Irgendwer lädt immer seines bei mir ab. Das liegt am Personalmangel. Alle ziehen weg, und Nachwuchs gibt es nicht. Wenn jemand keinen Babysitter findet oder die Kita gerade geschlossen ist, muss er trotzdem arbeiten. Und da komme ich ins Spiel. Ich kann zwar nicht musizieren wie ein Grashüpfer, aber ich kann gut vorlesen.«

»O ja, das kann keiner so wie du«, stimmte Maja zu. Kurt konnte hervorragend Stimmen imitieren und spielte die Rollen der handelnden Figuren mehr, als dass er sie nur vorlas.

Kurt musterte sie mit seinem klugen Blick. »Und du, liebes Patenkind? Wie geht es dir mit der neuen Situation? Es ist doch verrückt, dass ich so alt geworden bin, dass mein Patenkind nun Rentnerin ist!«

»Frührentnerin. Es ist *zu* früh, und so fühlt es sich auch an. Ich muss mich erst sortieren. Beinahe geht es mir wie meinen Senioren. Ich fürchte mich vor dem Winter.«

Kurts Miene wurde streng. »Ich habe mich noch nie vor dem Winter gefürchtet! Keiner sollte das. Im Winter gibt es Kerzen und Tannenduft und manchmal auch noch Schnee, und vor allem gibt es Zeit zum Lesen und Musikhören und Nachdenken und Lernen und sich darüber klarwerden, was einem im Leben alles Gutes zuteilgeworden ist! Und wie man das Schlechte überlebt hat. Außerdem kann man sich neuen Unfug ausdenken«, fügte er hinzu. »Wusstest du, dass man hier aus dem Badezimmerfenster Wasserbomben auf den Briefträger werfen kann?«

»Kurt, das hast du doch nicht etwa mit dem Thomas …?«

»Nur als es neulich so heiß war«, sagte er hastig. »Der Postbote fand es auch lustig, ehrlich.«

»Irgendwann werfen sie dich hier noch raus.«

»Nein. Sie brauchen mich«, sagte er einfach.

Er war über hundert, und man brauchte ihn. Und was war mit ihr?

»Du wirst auch noch gebraucht!«, sagte er mit Nachdruck. Er hatte immer gewusst, was sie dachte. »Denk an Sebastian. Und Elsie sowieso. Und außerdem kommt da etwas, von dem du noch nichts weißt. Etwas Großes, Schönes.«

»Bist du jetzt auch noch Hellseher? Das würde mich nicht wundern.«

»Nein, nur altersweise. Guck nicht so zweifelnd. Einem Hundertjährigen widerspricht man nicht. Zu irgendwas muss dieses Alter ja gut sein. Wie geht es Elsie?«

»Überraschend gut. Ich bin froh, dass sie jetzt den Rollator benutzt.«

»Schon? Sie ist ja noch ein Küken im Vergleich zu mir.«

Maja musste lachen. »Ihr seid noch nicht mal vier Jahre auseinander!«

»Aber eine ganze Zahlenstelle mehr.«

Sie gönnte es ihm so sehr, dass er hundert geworden war. Das hatte er sich zum Ziel gesetzt, als man ihm einen frühen Tod prophezeit hatte. Nicht einmal eine glühende Schiffsschraube hatte ihn niedergerungen.

»Du machst jedem Grashüpfer Ehre, Kurt«, sagte sie.

Er hob einen Finger und zitierte aus dem Buch, das sie beide auswendig konnten. »*Grashüpfern fehlt es niemals an Mut. Sie springen einfach los. Und das, obwohl sie nie wissen, wo sie landen werden. Weil sie so weit springen, können sie das vorher nicht sehen. Es ist immer eine Überraschung. Aber sie springen trotzdem, in dem Vertrauen, dass es gutgehen wird und sie sicher an einem Ort landen werden, der sie weiterbringt.*« Kurt lehnte sich zurück und fixierte Maja streng. »Und du wirst es jetzt ebenso machen!«

Auf dem Rückweg legte Maja an der Burg Lenzen noch eine Pause ein. Sie parkte und sah zu dem Storchennest auf dem hohen Schornstein hinauf. Es lag jetzt verwaist, aber im Sommer hatten dort drei Storchenkinder hungrig ihre Schnäbel aufgesperrt, eine lebendige Silhouette vor dem hitzehellen Himmel.

Dann folgte sie dem kopfsteingepflasterten Weg durch die beiden Torbögen aus Feldsteinen hindurch. Dick, rund und gemütlich wachte der alte Turm unter dem herbstlichen Himmel. Er hatte ihr immer gefallen. Es war beruhigend, so solide, wie er dastand. Nichts hatte ihn umwerfen können. Die Jahrhunderte nicht, die Kriege nicht, die wechselnden Herrscher nicht.

Schade, dass hier keine Senioren mehr leben durften, aber andererseits war es auch gut, dass das Haus jetzt dem Naturschutz diente. Sie ging daran vorbei und stieg hinunter in den verwunschenen Garten. Es war niemand hier. Der Elberadweg war zwar beliebt, und auch die Burg und ihre Ausstellungen wurden gern besichtigt, doch allzu viele Gäste verirrten sich um diese Jahreszeit nicht hierher.

Im Brunnen war kein Wasser, wahrscheinlich gab es kein Geld für Reparaturen. Trotzdem stand die steinerne Frau in der Mitte so gelassen in der Sonne wie immer, umringt von den vier großen Fröschen, die Maja als Kind so gern betrachtet hatte. Dafür waren die Buchsbäume rundherum zu säuberlichen

Kugeln geschnitten. Dazwischen blühten Rosenbüsche. Ein Lehrpfad führte hinunter zum Karpfenteich und dann zur Löcknitz, der kleinen Schwester der Elbe, die zusammen die Lenzer Wische umarmten und zu einer Insel machten.

Maja saß eine Weile auf einer Bank, betrachtete den Brunnen und sog die Atmosphäre ein. Hier schien es noch immer, als würde gleich eine Figur aus dem Märchen hinter einem Busch hervortreten. An der geheimnisvollen Stimmung hatte sich nichts geändert.

Maja dachte daran, dass Sebastian sie abends abholen würde. Sie spürte die vertrauten Schmetterlinge im Bauch, die immer noch da waren, nach all den Jahren.

Dann wanderte sie den Pfad zur Löcknitz hinunter. Hier gab es auch einen Lieblingsplatz. Mitten in der Landschaft am Rande des Pfades stand ein schweres steinernes Tor, von uraltem Efeu umschlungen. Maja hatte nie herausgefunden, welchem Zweck es einmal gedient hatte. Es stand einfach da, und wenn man auf dem Pfad war und hindurchblickte, sah man die Löcknitz, auf der Sonnenflecken tanzten. Die sah man allerdings auch rechts und links davon, doch der Rahmen des Tores gab ihr eine ganz eigene Magie. »Es gibt kein Tor, hinter dem nicht eine Geschichte wartet«, hatte Kurt einmal gesagt, als sie hier entlanggegangen waren. »Gerade die Tore, die scheinbar keinen Zweck erfüllen, sind es, hinter denen du das meiste finden kannst.«

Maja lehnte sich an den steinernen Torpfosten, der sich angenehm kühl und solide anfühlte, und sah den Libellen zu, die über dem Fluss schwirrten. Dann schob sich eine Wolke vor die Sonne. Auf einmal lag die Löcknitz in rätselvollem Schatten.

»Eine Antwort würde ich gern finden«, dachte Maja. In

diesem Moment fühlte sich das Tor an wie ein Titelbild ihrer Zukunft.

Ein Windstoß fegte ein paar kupferne Blätter auf die Oberfläche des Wassers und brachte den Geruch von Herbst mit. Ein Schwarm Wildgänse landete am anderen Ufer und begann, Gras zu rupfen. Maja lächelte, als ihr die Wildgans einfiel, welche einmal in einem Unwetter gegen die Hauswand geflogen war. Clemens hatte ihr den Flügel geschient, und zusammen hatten sie den Vogel gepflegt, bis er wieder fliegen konnte. Bald war der Gänserich so zahm gewesen, dass er Maja selbst im Haus hinterherwatschelte.

»Wie heißt er denn, Clemens?«, hatte Maja gefragt.

»Ich denke, sein Name ist Adlerino.«

»Warum?«

»Weil jeder Vogel im Herzen ein Adler ist«, hatte er gesagt.

Maja zog einen Schuh aus und tauchte ihre Zehen in die Löcknitz. Ein Fisch sprang, als hätte sie ihn erschreckt.

»Und ich? Was bin ich?«, fragte sie ihn.

Er antwortete nicht einmal mit einem Blick und verschwand wieder in den geheimnisvollen grünen Tiefen des Wassers. Sie sah ihm nach und kniff die Augen zusammen. Für einen Augenblick war ihr, als sähe sie dort ein Bild, die Erinnerung an einen alten, fast vergessenen Traum. An einen Plan, den sie einmal gehabt hatte und über den das Leben mit einem großzügigen Pinsel und reichlich Farben Schicht für Schicht gestrichen hatte, bis er darunter nicht mehr zu sehen war.

Nelly

Weimar

2017

5

Ein buntes Team

»Glauben Sie wirklich, dass Sie dieser Aufgabe gewachsen sind?«

Der Herr musterte Nelly zweifelnd. Sein Ton war nicht etwa herablassend oder unfreundlich, er meinte es ganz ehrlich. Nelly seufzte innerlich. Aus irgendeinem Grund ärgerte sie genau das jedes Mal am meisten. Sie hätte ihm jetzt ihr Diplom unter die Nase halten können und die Zertifikate über all ihre Fortbildungen seitdem. Oder ihm vorschlagen, die Kommentare auf der Website ihres Pflegedienstes zu lesen. Aber das hatte er wahrscheinlich längst getan. Hier ging es gar nicht um sachliche Argumente.

Herr Schornbach mochte ein gestandener Manager mit Anzug und Krawatte, einem neuen Geländewagen und regelmäßigen Besuchen im Fitnesscenter sein, aber jetzt hatte er einfach nur Angst um seine Mutter, fühlte sich hilflos und hoffte, dass Nelly und ihr Team sie gut versorgen würden. Dass er hier hinter dem Schreibtisch im Büro, wo alle Fäden des Pflegedienstes zusammenliefen, lieber einen erfahrenen Mann mit Autorität und seriösen grauen Schläfen gesehen hätte, konnte sie ihm nicht wirklich übelnehmen.

Vielleicht hätte sie sich einen Dutt machen sollen, eine weiße Bluse anziehen und das schlichte Kostüm, das Klienten wie ihn beruhigt hätte. Doch so was mochten erstens die Menschen nicht, um die sie sich kümmerte. Und zweitens passte das überhaupt nicht zu ihr. Sie war sicher, dass allen mit einer echten Nelly mehr geholfen war.

Mit dieser Überzeugung sah sie Herrn Schornbach geradewegs in die Augen und erwiderte einfach: »Ja. Das glaube ich nicht nur, das weiß ich. Ihre Mutter wird bei uns gut aufgehoben sein.«

Er hielt ihrem Blick lange stand. Dann musterte er sie erneut. Ihr buntes Shirt. Ihre Blumenohrringe, die sie sich ihren Schützlingen zuliebe angewöhnt hatte. Solche hatte sie vor einigen Jahren im Herbst zu tragen begonnen, als die fünfundneunzigjährige Frau Ammann sie in ihrer engen Wohnung in einem grauen Mietshaus morgens mit den Worten empfangen hatte: »Ach, liebe Nelly, wenn Sie kommen, ist es wie ein Frühling. Nun liegt ja der ganze lange Winter vor mir, dunkel und trüb, meine Knochen schmerzen, und ich weiß nicht, ob ich das neue Jahr noch erleben werde. Aber Sie sind eine frische Narzisse in meinem Morgen.« Einen Strauß Narzissen hatte Nelly Anfang November nicht auftreiben können, aber irgendjemand hatte ihr einmal diese lustigen Narzissenohrringe aus buntem Filz geschenkt, und damit kam sie am nächsten Tag zu Frau Ammann, die in ein herzliches Lachen ausbrach, wie sie es noch nie von der alten Dame gehört hatte.

»Wunderbar, liebe Nelly! Das macht mir nicht nur Freude, das steht Ihnen auch. Heute sind Sie mir ein doppeltes Glück.«

Auch den anderen alten Menschen auf ihrer Runde hatte es gefallen, und seitdem sammelte Nelly Blumenohrringe. Am liebsten hatte sie die filigranen, silbernen, mit nur ein paar bunten Steinchen oder Perlen oder Akzenten aus Emaille. Ihre Freunde und ihre Familie brachten ihr aus aller Herren Länder mit, was sie finden konnten. Die Senioren schlossen bereits Wetten ab, womit Nelly das nächste Mal aufkreuzen würde.

Seitdem wirkte sie allerdings noch weniger wie eine Diplompädagogin, der die Hälfte des Unternehmens gehörte. Ihre Haare halfen dabei auch nicht gerade, doch die beiden kurzen Zöpfe waren die einzige Frisur, in die sich ihre krause dunkelblonde Mähne überhaupt zwängen ließen. Außerdem passten sie zu Nelly, auch wenn sie ihr einen Anstrich von Pippi Langstrumpf gaben und sie wie neunzehn statt neunundzwanzig aussehen ließen.

Aus Herrn Schornbach wich auf einmal die Anspannung. »Ich glaube, Sie bekommen das schon hin«, sagte er müde und unterschrieb den Vertrag.

»Sie können mich jederzeit ansprechen, wenn es Probleme gibt oder Sie Bedenken haben«, versicherte Nelly. »Das Gleiche gilt natürlich für jeden aus meinem Team. Aber ich werde Ihre Mutter die erste Woche persönlich versorgen.«

Er hob die Brauen. »Ist das üblich?« Sie sah die Gedanken hinter seiner Stirn förmlich rattern. Eine Chefin, die Nachttöpfe leerte und Windeln wechselte?

»Ich lerne die Menschen gern kennen, die wir betreuen. Und die Schwierigkeiten, die sich eventuell in der Praxis ergeben, kann ich am besten und schnellsten lösen, wenn sie sich mir persönlich gleich vor Ort erschließen.«

»Aha. Das klingt gut.« Er nickte und steckte seine Kopie des Vertrags sorgfältig in die Tasche.

Er musste ja nicht erfahren, dass Sabine, eine der Krankenschwestern des Teams, gerade an den Nachwirkungen einer Knieoperation litt und Nelly ihr dafür ihren Platz im Büro angeboten hatte. Es war ihr ohnehin recht, so oft wie möglich eine

Tour zu den Patienten selbst zu übernehmen , da sie es im Büro auf Dauer kaum aushielt. Sie brauchte frische Luft und Bewegung so sehr, wie sie den Papierkram hasste.

Sie war erleichtert, dass sie in dem langen Gespräch mit Herrn Schornbach an keiner Stelle die Geduld verloren hatte. Geduld war so gar nicht ihre Stärke. Von ihrer mexikanischen Mutter hatte sie die braunen Augen und das Temperament geerbt, von ihrem schleswig-holsteinischen Vater die Haare, eine gewisse Sturheit und einen Sinn fürs Praktische.

Ihre Geschäftspartnerin Amanda war zum Glück ein Ruhepol und konnte es ausgleichen, wenn mit Nelly einmal die Pferde durchgingen. Sie stammte aus Somalia und begegnete jeder Krise mit der Gelassenheit, welche die Menschen in warmem Klima häufig entwickeln, und dazu mit einem strahlenden Lächeln. Ganz anders als bei Nelly ließen Amandas Zöpfe sie älter und seriöser wirken. Es waren sehr viele, sehr feine schwarze Zöpfe, und sie reichten ihr bis zur Taille. Nellys Liebe zu bunten Farben teilte Amanda allerdings. In Berlin wären die beiden jungen Frauen nicht aufgefallen, aber in Weimar hatte man sich an sie gewöhnen müssen. Immerhin war Nelly hier aufgewachsen. Das half.

Manchmal half es auch, dass man sie unterschätzte, wenn man sie zu Gesicht bekam. Vor allem bei Behördengängen. Wenn sie wieder einmal eiligst einen Stempel benötigte oder einen nicht bearbeiteten Antrag einfordern musste, versuchte man oft, sie mit einem herablassenden Lächeln zu vertrösten. Doch fast immer stand Nelly kaum zehn Minuten später mit ihrem Stempel oder ihrem unterschriebenen Antrag in der Hand wieder draußen. Sie konnte sich durchsetzen, mit einer fein ausgewogenen Mischung aus der norddeutschen klaren Sturheit und der mexikanischen Intensität.

Dass der Herr Schornbach unterschreiben würde, war nur eine Frage der Zeit gewesen. Sie hatte ihn nicht überredet, sondern überzeugt. Doch es hatte Kraft gekostet, und das nach einem ohnehin schon langen Arbeitstag. Nelly wollte gerade einen Kaffee herunterstürzen, als Amanda kam.

»So, deine Ablösung!«, verkündete sie und schnappte Nelly die Kaffeetasse aus der Hand. »Danke, den kann ich gebrauchen. Und du solltest jetzt lieber einen schönen Cocktail trinken gehen. Du hast Feierabend.«

Sie hatten zusammen studiert. Schon am ersten Tag waren sie sich auf der Suche nach der Einführungsveranstaltung begegnet, und seitdem hatten sie bis zum Diplom ungefähr alles an der Uni zusammen absolviert. Von Semester zu Semester hatten sich ihre Pläne deutlicher abgezeichnet. Natürlich gab es manchmal Diskussionen, aber im Großen und Ganzen waren sie ein hervorragendes Team. Dass Amanda für Nellys Geschmack manchmal ein wenig *zu* geschäftstüchtig war, war wahrscheinlich der Grund, warum *Nellymandas Pflegeteam* nach der ersten Phase des vagen Träumens nicht nur tatsächlich entstanden war, sondern mitsamt seinen inzwischen zweiunddreißig Beschäftigten noch immer existierte. Nelly ihrerseits sorgte mit Humor und Liebenswürdigkeit für immer neue Kunden, so wie eben den zweifelnden Herrn Schornbach.

Gemeinsam schafften sie fast alles. Allerdings gab es auch Probleme, die sie selbst mit dem ganzen Team nicht lösen konnten, Dinge, die nicht zu ändern waren und die Nelly zunehmend zu schaffen machten.

»Bevor du gehst: Was gibt es Neues?«, erkundigte sich Amanda. Nelly händigte ihr den Vertrag aus, die Krankschreibung von Schwester Elli, die Rezepte für Herrn Kuhn und die Quittung fürs Benzin. »Frau Klingbeils Hörgerät ist kaputt, sie braucht einen Termin beim Ohrenarzt. Und Herr Siegert ist im Krankenhaus, sein Blutdruck spielt verrückt. Ich habe Sabine stattdessen im Büro eingeteilt. Sie weiß Bescheid. Sonst ist alles ruhig.«

»Wunderbar.« Amanda legte die Papiere auf ihren Schreibtisch und machte eine wedelnde Handbewegung. »Schweb ab!«

»Frohes Schaffen dir.« Es waren ja nur noch ein paar Stunden, bis das Büro schloss, die Nachtwachen losgeschickt und die letzte Tour gefahren war. Und Amanda hatte alles im Griff. Nelly versuchte abzuschalten, während sie nach Hause radelte. Die Runden zu den Senioren musste sie mit dem Auto absolvieren. Das Fahrrad auf dem Nachhauseweg dagegen war eine willkommene Abwechslung. Sie brauchte mehr Bewegung.

Als sie am Goethe-Schiller-Denkmal vorbeisauste, hob sie als kleinen Gruß einen Finger von der Lenkstange. Es war eine Angewohnheit aus ihrer Kindheit. Sie hatte immer gefunden, die beiden Herren, die da so selbstbewusst und zugleich nachdenklich auf ihrem Sockel standen, hätten etwas Solides, Beschützendes. Sie hatte ihnen schon aus dem Kinderwagen zugewinkt. Als sie später begriff, wer das war, fand sie es ermutigend, dass man damals schon hatte kreativ und anders sein können. Auch wenn es nicht jeder verstand.

In der Wohnung trat sie als Erstes auf den Balkon. Befriedigt betrachtete sie die Schale, in die sie vor einigen Monaten Zwiebeln gesteckt hatte. Da blühten jetzt fröhlich die Herbstzeitlosen, als würde es niemals Winter werden. Dann wandte sie sich dem kleinen Gewächshaus in der windgeschützten Sonnenecke zu und kontrollierte, ob die Erde noch feucht genug war. Nachts musste jetzt schon der schützende Deckel darauf, und in den nächsten Tagen würde sie es wohl mit hinein in die Küche nehmen. Darin gedieh ihre Sammlung von ungewöhnlicheren Küchenkräutern wie Zimtbasilikum, Olivenkraut, Ananassalbei, Marokko-Minze und der Queller, den ihr Vater von einem Nordseebesuch mitgebracht hatte. In der freien Wildbahn durfte man ihn nicht pflücken, da war er geschützt, aber manche Gärtnereien boten ihn an. Man musste ihn mit Salzwasser gießen. Nelly liebte den Geschmack und brach auch jetzt ein kleines Stück ab. Es schmeckte wie frische Salzstangen. Und nach Meer. Am liebsten aß sie ihn im Kräuterquark.

Manchmal brachte sie Frau Döring, die früher an der Nordseeküste gelebt hatte, etwas davon mit. Der Geschmack brachte ihr die Kindheit zurück und legte ihr ein Lächeln ins Gesicht.

Drinnen, im Winter, wurde der Queller zickig, aber im Frühling erholte er sich wieder. Genau wie die Menschen.

Die Linden vor dem Haus waren jetzt schon golden. Nelly betrachtete sie mit etwas Wehmut, freute sich aber dennoch über ihre Pracht.

Dann schob sie eine Pizza in den Ofen und ging duschen. Sie konnte sich noch immer nicht ganz daran gewöhnen, dass dies jetzt *ihre* Wohnung war. Eigentlich hatte sie ihren Eltern gehört, doch diese hatten sich kürzlich ihren Traum erfüllt und waren nach Rügen gezogen, um dort ein Friseurgeschäft zu eröffnen. Nellys Vater war früher Unternehmensberater gewesen. Jetzt wollte er dem Beispiel seiner Tochter folgen und selbst ein Unternehmen auf die Beine stellen. Was lag da näher, als seiner

Frau den Wunsch nach einem eigenen Friseursalon zu erfüllen? Zurück ans Meer hatte er immer schon gewollt. Seine Kindheit hatte er an der Nordsee verbracht, das Alter wollte er an der Ostsee erleben. Und so war Nelly aus ihrem engen WG-Zimmer in die Wohnung gezogen.

»Richte dir alles ein, wie du willst, Nellymädchen«, hatte ihre Mutter gesagt. »Wir kommen nicht mehr zurück. Außer zu Besuch natürlich.« Nelly zweifelte nicht daran. Wenn sich ihre Eltern für etwas entschieden hatten, dann machten sie keinen Rückzieher mehr. Sie hatten alles gut durchdacht und fühlten sich von Monat zu Monat glücklicher auf Rügen. Der Charme ihrer Mutter lockte die Kunden an wie Klee die Bienen. Zu Stammkunden aber wurden sie wegen der pfiffigen Frisuren, für die sie überall Komplimente bekamen. Und Nellys Vater ölte im Hintergrund die Rädchen der Organisation.

Nelly vermisste die beiden. Trotzdem war es schön, dass sie jetzt wenigstens einen Balkon hatte, wenn auch keinen Garten. Dafür hätte sie sowieso keine Zeit.

Es war kühl. In dem Versuch, ein wenig zu sparen, hatte sie die Heizung wohl zu weit heruntergedreht. Nelly zog sich einen dicken Pullover an, kuschelte sich in ihren Lieblingssessel und rief ihre Eltern an.

»Alles gut, Nellymädchen. Dein Vater hat die Fensterrahmen und die Tür gestrichen. Friesenblau. Und die Bank davor weiß mit blauen Möwen. Den Leuten gefällt es.«

»Nur deine Mutter findet es ein bisschen zu blau«, sagte ihr Vater im Hintergrund.

»Ach was. Das bringt die Sonne im nächsten Sommer wieder in Ordnung. Und du, Nellymädchen?«

»Hier ist auch alles okay. Ich muss nur die Blumentöpfe bald reinräumen.«

»Polter nicht zu sehr damit«, warnt ihre Mutter. »Sonst fällt wieder der Putz von der Unterseite des Balkons auf den von Professor Putorf. Das regt ihn auf.«

»Verständlich. Das letzte Mal ist der Putz ja auch in seine Kaffeetasse gefallen«, ergänzte Nellys Vater.

»Ich pass schon auf. Macht's gut, ihr beiden.«

Nelly saß noch eine Weile und genoss die Stille der Wohnung. Heute mal kein Telefonklingeln, keine besorgten Angehörigen, kein Notfall, keine Krankmeldungen. Nur das Flöten einer Amsel vor dem Fenster. Die war wohl noch in Sommerstimmung.

Doch nach kurzer Zeit wurde Nelly sich einer nagenden Unruhe bewusst. Das Gefühl schlich sich von irgendwoher an. Sie wanderte ziellos in der Wohnung umher, fing an zu grübeln und konnte sich auf nichts konzentrieren.

Unschlüssig blieb sie vor dem Kühlschrank stehen. Lag es vielleicht daran, dass immer noch dieser Schnappschuss von Jörg und ihr dort klebte? Halb versteckt unter dem Flyer einer Gärtnerei, hatte sie sich so daran gewöhnt, dass sie ihn gar nicht mehr wahrgenommen hatte. Dabei war das Bild ja nun wirklich nicht mehr aktuell. Sie zog es unter dem Magneten hervor, wusste nicht wohin damit und legte es schließlich in ein Kochbuch. Die Kochbücher benutzte sie fast nie. Dabei hatte gerade Jörg sie damit aufgezogen, dass sie es nie fertigbrachte, Fotos wegzuwerfen. »Die braucht heutzutage sowieso kein Mensch mehr«, hatte er gesagt. »Ist doch alles in der Cloud, kannst du jederzeit drauf zugreifen.« Aber Lieblingsfotos druckte Nelly nach wie vor gerne aus. Die später wegzuwerfen erschien ihr dann irgendwie ungehörig. Gesichter gehörten nicht in Mülltonnen, auch wenn man sie nicht mehr sehen wollte.

Sie hatte lange gedacht, dass es mit Jörg passen würde. Aber so war es ihr mit ihrem Jugendfreund Hardy auch gegangen. Nach der Ausbildung musste sie dann feststellen, dass sie und Hardy sich in sehr verschiedene Richtungen entwickelt hatten. Sie hatten sich sehr jung kennengelernt und waren wohl einfach nur aneinander gewöhnt. Jetzt waren sie immer noch locker befreundet, was sehr viel besser klappte.

Einen gewissen Jörg Schmeling, der an der Uni im Bereich Physik forschte, hatte es dann viel Mühe gekostet, bis Nelly sich zwei Jahre später auf ihn eingelassen hatte. Es hatte schwierig angefangen und war immer besser geworden. Doch wahrscheinlich hatte Jörg sich etwas zu sehr bemüht und Nelly zu wenig. Auf jeden Fall war er nicht so, wie sie gedacht hatte, und sie selbst entsprach wohl am Ende auch nicht seinem Bild von ihr. Sie schüttelte sich unwillkürlich bei dem Gedanken an ihr letztes Beisammensein und schob das Kochbuch ganz hinten in das Regal.

Gegen ihre innere Unruhe aber half das nicht. Sie schloss die Augen und spürte dem Gefühl nach, versuchte herauszufinden, woher es kam. Sie hatte das manchmal. Amanda nannte es »ihren unheimlichen siebten Sinn«.

Und dann änderte sich das Gesicht von Jörg, das noch vor ihrem inneren Auge stand wie ein hartnäckiger Fleck, in das von Frau Schwan. Zusammen mit einem Gefühl der Dringlichkeit. Das war es! Seit sie heute früh leise die Haustür von Frau Schwans Wohnung hinter sich geschlossen hatte, hatte sie das Gefühl gehabt, hier für heute noch nicht fertig zu sein.

6

Erde

Nellymandas Pflegeteam unterstützte bei Frau Schwan auf deren Wunsch hin die häusliche Palliativpflege. Frau Schwan wollte zu Hause sterben. Sie wurde rund um die Uhr versorgt und bekam inzwischen Morphium gegen die Schmerzen. Nelly kannte den begleitenden Palliativarzt, er machte das wunderbar. Er war immer auf Abruf. Im Augenblick war Schwester Tina bei Frau Schwan. Und doch hatte Nelly das dringende Gefühl, dort gebraucht zu werden. Jetzt sofort. Sie warf ihre Jacke über und schwang sich wieder auf ihr Fahrrad. Für Schiller und Goethe hatte sie diesmal keine Zeit übrig, als sie an ihnen vorbeisauste.

»Ist es so weit?«, fragte Nelly, als Schwester Tina ihr öffnete. Tina nickte nur. Nellys Mitarbeiter wunderten sich schon lange nicht mehr, woher sie solche Dinge wusste, ohne dass ihr jemand Bescheid gesagt hatte. Der Doktor war auch schon da, saß am Tisch und schrieb einen Bericht. Er nickte Nelly zu. Sie ging direkt ins Schlafzimmer. »Nimm dir ein bisschen Zeit für dich und mach dir einen Kaffee«, raunte sie Tina zu, die dankbar in der Küche verschwand.

Nelly setzte sich auf den Stuhl am Bett. Frau Schwan hatte die Augen halb geschlossen, ihre Brust hob und senkte sich kaum noch. Ihre Hände lagen auf der Bettdecke. Nelly griff nach einer und spürte, wie kalt sie war. Sie ahnte, dass Frau Schwan mit diesen Händen schon nichts mehr spüren konnte und legte stattdessen ihre eigene Hand sanft an die blasse Wange. Frau Schwans Augen flatterten und öffneten sich. Verwirrt blickte sie Nelly an, sah im Zimmer umher, dann wieder zurück zu Nelly. Ihr Blick wurde klarer. Ihre Lippen bewegten sich. Nelly beugte sich herab. »Ich bin hier, Frau Schwan.«

»Garten«, flüsterte Frau Schwan kaum hörbar. Nelly wusste, was sie meinte, und holte die große gerahmte Fotografie vom Schreibtisch, wo sie auf Frau Schwans Wunsch immer stand. Sie hatte das Bild vom Bett aus sehen können, aber ihr Blick reichte nun wohl nicht mehr so weit. Nelly legte ein dickes, leichtes Kissen auf die Bettdecke und lehnte die Fotografie daran, so dass Frau Schwans Blick darauf ruhen konnte. »Hier ist Ihr Garten, Frau Schwan. In ein paar Monaten wird wieder Frühling sein. Die Ableger von all den Blumen, die Sie dort gepflanzt haben, werden grüne Blätter bekommen. Der Flieder wird blühen und sein Duft sich überall verbreiten. Sie haben ihn gepflanzt, und er wird noch vielen Menschen Freude schenken.«

Als es ihr noch viel besser ging, hatte Frau Schwan Nelly oft von ihrem Leben als Gärtnerin erzählt und von ihrem eigenen Garten, den sie an eine befreundete Familie hatte verkaufen müssen, als sie nicht mehr in dem Haus leben konnte. Eine eigene Familie hatte sie nicht. »Gärtnern hat mich glücklich gemacht, glücklich genug für ein ganzes Leben, Schwester Nelly«, hatte sie gesagt. »Ich hatte ein großartiges Leben. Es ist wie zaubern zu können, wissen Sie, wenn man die Samen sät und dann sehen darf, was dabei herauskommt.« Jetzt stahl sich ein ganz kleines, müdes Lächeln in Frau Schwans Mundwinkel. »Erde«, flüsterte sie. Nelly überlegte einen Augenblick, dann sprang sie auf, grub mit einem herumliegenden Teelöffel ein wenig Erde aus einem Blumentopf auf der Fensterbank, wärmte sie in ihrer Handfläche an, damit sie zu duften begann und hielt sie Frau Schwan an die Nase. Das Lächeln vertiefte sich, und auch der Atem noch einmal.

»Erde ...«, flüsterte Frau Schwan. »Frühling ...«

Frau Schwans Augen schlossen sich wieder. Eine Weile später hörte ihr Atmen auf, während die Erde in Nellys warmer Hand nach Leben roch.

Irgendwann stand sie auf, brachte die Erde zurück in den Topf und drückte sie fest. Sie brach eine Blüte ab und legte sie in Frau Schwans Hand, dann ging sie hinaus und nickte dem Arzt zu. »Sie hat es geschafft.«

Der alte Arzt berührte sie sanft an der Schulter und reichte ihr ein Taschentuch.

»Gut, dass Sie gekommen sind. Sie hatte vorhin schon nach Ihnen gefragt. Ich hatte Sie gerade anrufen wollen. Die Formalitäten können Sie Schwester Tina und mir überlassen. Gehen Sie nach Hause.«

Nelly, die auf einmal unsäglich müde war, aber auch einen tiefen Frieden spürte, stieg wieder auf ihr Fahrrad. Diesmal hielt sie bei Goethe und Schiller an und setzte sich einen Augenblick auf eine Bank, um sich bei den beiden Herren ein wenig Kraft zu holen.

Der Abschied von Frau Schwan beschäftigte Nelly noch tagelang, obwohl sie schon unzählige Male zuvor jemandem beim Sterben begleitet hatte. Vielleicht wegen der Sache mit dem Bild vom Garten und der Erde.

»Die Wolken auf deiner Stirn?«, erkundigte sich Lulu, die Wirtin von Nellys Lieblingslokal, eines Abends. »Du hängst hier am Tresen wie ein Schluck Wasser und hast noch nichts zu meiner neuesten Kreation gesagt. Dafür isse viel zu schade, dass du gar nicht bemerkst, was du trinkst.«

»Entschuldige!« Nelly setzte sich gerade und sog an ihrem Strohhalm. »Grüner Tee? Ingwer? Honig? Und jede Menge Pfeffer oder so was. Aber warum ist er so trüb?«

»Maracujasaft. Und die Gewürze verrat ich nicht«, erklärte Lulu. »Schmeckt's?«

»Schon. Gibt's das auch in heiß?«

Lulu verschwand in der Küche und kehrte brummelnd mit einem Teller zurück, den sie Nelly vor die Nase stellte. »Da haste was Heißes! Du musst mehr essen. Isses wirklich so kalt draußen?«

»Oktober eben. Ein schlecht gelaunter Oktober. Meinen Senioren bekommt das gar nicht.«

»Wann kommt meine Freundin?«, hatte Frau Merten heute früh wieder einmal gefragt.

»Ihre Freundin kann leider nicht mehr kommen, Frau Merten. Sie ist im Frühling gestorben.« Frau Merten war dement. Aber Nelly hielt nichts davon, sie einfach nur mit »irgendwann« zu vertrösten. Nur weil jemand dement war, war es noch lange kein Grund, ihn anzulügen.

»Ach ja«, hatte Frau Merten nach einer Pause gesagt. Und dann im nächsten Augenblick und im selben Tonfall: »Wann kommt der Frühling?«

»Bald, Frau Merten. Erst kommt Weihnachten, und dann ist es nicht mehr lange bis zum Frühling.«

Frau Merten war nicht die Einzige, die jetzt schon darauf wartete. Die frühe Dunkelheit schwächte viele. Das Schlimme war, selbst wenn der Frühling dann schließlich kam, würde es ihnen wenig nützen, jedenfalls nicht jenen, die in einer engen Wohnung saßen, schlecht zu Fuß waren, krank oder allein. Das Einzige, was sich für diejenigen änderte, war, dass der Baum vor dem Fenster wieder grüne Blätter bekam und es nicht mehr so zum Fenster hereinzog. Vorausgesetzt, dort stand überhaupt ein Baum.

Lulu blickte streng auf den Pfannkuchen, bis Nelly hastig begann, ihn zu essen. Mit dem Essen kam der Appetit. Es schmeckte herrlich.

»Geht doch!«, sagte Lulu zufrieden. Ihr Mann Lennart kam aus der Küche. »Hallo, Nelly! Schön, dass du mal wieder hier auftauchst. Schmeckt's? Ist ein neues Rezept. Mit Äpfeln und einem Spezialgewürz.«

»Total lecker. Lass mich raten, dein Gewürz bleibt ein Geheimnis?«

»Ganz genau.« Lennart schwenkte fröhlich sein Geschirrtuch und verschwand wieder.

Lulu und Lennart waren alte Freunde. Genau genommen waren sie schon Freunde von Nellys Eltern gewesen, ehe Nelly geboren wurde. Sie betrieben ein vielseitiges Lokal namens *Distel*. Bei Tag war es ein solides Café, vornehmlich für die Touristen. Nach zwanzig Uhr verwandelte sich der Nebenraum in eine Disco. Oder vielmehr Club, wie es heutzutage hieß. Dort tanzte nicht nur die Jugend, und Lulu und Lennart ließen sich trotz ihres Umfangs und ihres Alters nicht davon abhalten mitzumachen.

Nelly hatte noch nie ein Problem gehabt, das sie nicht mit Lennart und Lulu hätte besprechen können.

Nur, momentan wusste sie gar nicht, was ihr Problem überhaupt war. Da war einfach nur dieses vage Unbehagen.

»Du solltest heute Abend unbedingt mal zum Tanzen kommen. Das machste doch gerne«, sagte Lulu.

Nelly warf einen Blick zum Fenster hinaus. Eigentlich wäre sie viel lieber wieder einmal an der Ilm spazieren gegangen, an Goethes Gartenhaus vorbei. Die Wiesen um den kleinen Fluss herum und der ganze schöne Park mit seiner grünen Weite taten ihr immer gut. Und jetzt lagen dort die bunten Herbstblätter.

Doch bei diesem Wetter war Tanzen wohl die bessere Option.

»Wenn du meinst«, sagte sie lustlos.

»Du hast den Blues. Ich versteh immer noch nicht, warum du dich von Jörg getrennt hast. Ihr habt doch so gut zusammengepasst.« Ungebeten stellte Lulu ihr einen Schnaps hin. »Probier mal den. Auch neu. Der wärmt.«

»Jörg und ich sind inkompatibel.« Nelly probierte den Schnaps und schüttelte sich. »Huh! Was ist *das* denn?«

»Kräuter eben.« Lulu lächelte. »Wart's ab.« Tatsächlich wurde Nelly auf einmal warm. Wohltuend warm, von innen heraus. Sie hielt sich entschlossen die Nase zu und trank den Rest auch noch.

Mit Jörg war sie vor zwei Monaten wieder einmal essen gewesen. Er hatte ihr mit einer Zeichnung auf der Serviette den Aufbau eines physikalischen Experiments samt der Ergebnisse der Versuchsreihe erläutert. Er konnte interessant und gut erklären, und das hatte sie ihm gesagt. Er hatte die Augenbrauen hochgezogen. »Na ja, hier geht es ja auch um klare, sachliche Fakten. Das ist anders als bei euch sozialpädagogischen Gutmenschen, wo alles immer so verschwommen ist.«

Nelly hatte es einen Augenblick die Sprache verschlagen. Gar nicht so sehr wegen seiner Worte, sondern wegen seines gönnerhaften Tonfalls.

»Oh, unter den sozialpädagogischen Gutmenschen gibt es auch eine Reihe, die hochwissenschaftliche, ausführlich belegte Statistiken und Diagramme erstellen. Ganz sonnenklare«, hatte sie schließlich erwidert. »Fakten über Fakten. Andererseits bin ich der Meinung, dass eine Statistik über den einzelnen Menschen rein gar nichts aussagt.«

»Ist doch gut, wenn dir deine Arbeit Spaß macht. Die Alten freut's sicher.« Er hat eine wegwischende Handbewegung gemacht, die deutlich zeigte, dass ihn das Thema nicht weiter interessierte.

Nelly hatte aus einer Mücke keinen Elefanten machen wollen, aber seitdem fielen ihr an Jörgs Umgang mit Amanda und anderen Menschen Aspekte auf, mit denen sie sich nicht abfinden wollte. Doch wenn sie es ansprach, lachte er nur. »Nelly, ich bin eben nicht einer deiner naiven Gutmenschen. Ich weiß, dass ihr alle in eurem Studium so verkorkst geredet habt. Aber ich kann damit nichts anfangen.«

Den endgültigen Ausschlag hatte aber gegeben, als er sie bat, ihn auf die Verlobungsfeier seines Kollegen zu begleiten. »Ich würde mich wirklich freuen, wenn du mitkommst. Aber bitte mach dir eine andere Frisur. Für die Zöpfe bist du wirklich zu alt, das ist ein bisschen peinlich.«

Nelly hatte sich an dem Abend nicht festgelegt. Sie war nach Hause gegangen und hatte getan, was Lulu ihr immer geraten hatte. »Schlaf drüber, Nelly. Wenn dich was aufregt, schlaf drüber, ehe du eine schnelle Entscheidung triffst. Du hast das Temperament deiner Mutter, und die hat oft im Zorn was gesagt, wasse später bereut hat. Mach nicht denselben Fehler!«

Sie hatte also den nächsten Tag abgewartet, stolz auf ihre

Selbstbeherrschung. Dann hatte sie mit Amanda darüber gesprochen. Danach hatte sie sogar noch einen langen Spaziergang gemacht, obwohl der Wind ihr an jenem Tag kalten Regen ins Gesicht peitschte.

Und dann hatte sie festgestellt, dass sie gar nichts mehr entscheiden musste. Sie liebte Jörg nicht. Vielleicht hatte sie ihn nie geliebt. Es war ein bisschen lustig und ein bisschen spannend mit ihm gewesen, und auch manchmal richtig schön, aber es genügte nicht. Die Zutaten schienen anfangs alle zusammengepasst zu haben, so gut wie die Zahlen und Pfeile und Balkendiagramme auf Jörgs Serviette. Aber das Drumherum um das bloße Gerüst, das Menschliche, das Bunte, die Füllung zwischen den Fakten – all das, was in seiner Zeichnung gefehlt hatte, das passte eben nicht. Nelly hatte es ihm so sachlich wie möglich erklärt, und er hatte es höchst verwundert, aber mit auffallend wenig Widerstand zur Kenntnis genommen.

Inzwischen hatte sie ihn einmal von weitem gesehen. Mit einer Frau, die einen glatten Pagenschnitt trug, wie mit dem Lineal geschnitten. Es gab ihr keinen Stich. Sie vermisste ihn nicht. Sie fühlte sich befreit, schon seit dem Tag der Trennung.

»Es hat nicht funktioniert, Lulu. Er wollte mir meine Zöpfe verbieten. Und er hat mich einen Gutmenschen genannt.«

»Na, das geht natürlich überhaupt nicht«, sagte Lulu todernst. »Wie unmöglich von ihm.«

Aber Nelly kannte sie und sah das Augenzwinkern. »Lulu, du bist auch unmöglich. Ich bin eben allergisch gegen dieses Wort. Er kann gern sachliche Kritik an meinem Beruf äußern oder mir jede Menge gute Argumente liefern, warum er mich für naiv hält, aber der Ausdruck ist einfach nur respektlos und dämlich! Gib mir noch so einen Schnaps.«

Lulu schüttelte den Kopf. »Später. Wennde in den Club kommst, kriegste, was du willst.«

Nelly rutschte vom Barhocker und zog ihre Jacke an.

Ihr Gefühl des Unbehagens lag nicht an der Trennung von Jörg, da war sie sich sicher. Es konnte nur mit ihrer Arbeit zusammenhängen. Sie musste da bald etwas ändern. Etwas besser machen.

Nelly tanzte tatsächlich gerne. Auch das hatte sie von ihrer Mutter. Als sie klein war, waren sie oft zusammen zu irgendeiner Radiomusik durch das Zimmer gefegt, während ihr ruhigerer, nachdenklicher Vater mit einem amüsierten Lächeln zusah.

Für Nelly half bei schlechter Stimmung beides: das Tanzen im Club zusammen mit vielen Menschen, guter Musik und der passenden Beleuchtung, und auch das Alleinsein in der Natur, am liebsten auf einer Wiese oder am Wasser.

Zum Nachdenken war die Natur geeigneter, aber da alles Grübeln der letzten Tage nicht viel geholfen hatte, musste sie Lulu recht geben. Das Tanzen war heute genau das Richtige. Die Gedanken hörten auf, sich im Kreis zu drehen, lösten sich, und irgendwann war da nur noch der Rhythmus. Nelly fühlte sich leicht wie schon lange nicht mehr. Auch wenn das Wetter so ungemütlich war, und ihre Gedanken manchmal auch, so freute sie sich doch auf Weihnachten. Und auf das neue Jahr danach.

Maja

Lenzerwische

2017

7

Die Seebrücke

»Nun geh schon, Liebes. Ich komme wunderbar zurecht. Frau Herrlich ist doch hier.« Elsie nahm eine Hand vom Rollator und gab Maja einen liebevollen Stups. »Sei froh, dass du deinen … Glücksmann hast. Verschwende keine Minute mit ihm, nur wegen mir Fossil.«

»Ja, gehen Sie nur«, sagte Elsies treue Hilfe und nickte bekräftigend. »Ich sorge schon für Ihre Großmutter, das wissen Sie doch.«

Frau Herrlich hieß eigentlich Frau Noglinski, aber das konnte Elsie sich schon lange nicht mehr merken und nannte sie »Frau Herrlich, weil sie so herrlich Ordnung macht, weißt du?«

Für herrliche Ordnung war das Haus viel zu weitläufig und vollgestopft, aber Frau Herrlich sorgte eindeutig liebevoll für Elsie, und das war alles, was zählte.

Auch Sebastians Name fiel Elsie oft nicht mehr ein. Aber »Glücksmann« traf es genau, fand Maja. Und nun war Montag, und Sebastian nahm ihre Hand. »Ja, komm«, sagte er, »ich habe eine Überraschung für dich im Auto.«

»Wir werden den Garten genießen«, sagte Elsie, »wo ich doch jetzt so schön über den Weg rollern kann.«

»Ist dir eigentlich noch eingefallen, wo Clemens früher in einem Garten gearbeitet haben könnte?«, fragte Maja, die das immer noch beschäftigte. Ihr Großvater hatte so viel erzählt. Warum nie davon?

»Ach weißt du, er hat so wenig von dem erzählt, was er erlebt hat, bevor wir uns kennenlernten. Es war wegen dem Krieg. Nachdem er aus dem Ersten Weltkrieg zurückkam, hasste er alles, was mit Krieg zu tun hatte. Das ist doch nicht wichtig, oder? Er hat mir meinen Garten gerettet. Und er war *mein* Glücksmann. Das ist wichtig.«

»Natürlich, Elsie.« Maja umarmte sie. »Ich komme bald wieder«, versprach sie. »Dann mache ich mit den Wegen weiter, damit du endlich wieder mehr Stellen erreichen kannst.«

»Ach was.« Elsie wischte ihre Sorge beiseite. »Jetzt ist doch Herbst. Da fallen sowieso die Blätter drauf. Ich freue mich einfach an den Farben.«

Im Auto drückte ihr Sebastian einen Umschlag in die Hand. Er hatte eine etwas unbeholfene Schleife darumgebunden und ein Sträußchen mit Hagebutten und Heide hindurchgesteckt. »Für dich!«

Maja war gerührt. »Mir genügt es doch, dass du da bist.«

Er lächelte sie an. »Ich habe dich auch vermisst. Deshalb ist es eigentlich ein Geschenk für uns beide.«

Es war ein Gutschein für ein langes Wochenende in Zinnowitz auf Usedom. Für das nächste Wochenende schon.

»Ich dachte, es wäre schön für uns, vor dem Winter noch mal was zu unternehmen«, sagte er, während sie durch eine Allee dicker Eichen fuhren, aus deren Kronen rot-gelbe Blätter auf die Straße rieselten. »Nur wir beide, ohne Zeitdruck und Termine. Als du mir am Telefon von den alten Muscheln im Garten erzählt hast und dass du an Usedom denken musstest, da dachte ich, das würde dir vielleicht gefallen.«

Ob es dort immer noch diese goldgelben Muscheln gab?

Eine unerwartete Welle der Freude durchfuhr Maja. »Schatz, das ist eine wunderbare Idee!« Doch dann kamen ihr Zweifel. »Wird es dir da nicht zu langweilig sein?«

Er warf ihr einen belustigten Blick zu. »Es ist nur ein Wochenende, Maja. Außerdem muss ich mich auch daran gewöhnen, nicht immer nur zu arbeiten. Wir können uns gegenseitig dabei helfen.«

Maja lehnte sich hinüber und küsste ihn auf die Schläfe, um ihn nicht zu sehr vom Fahren abzulenken. Auf einmal fühlten sich ihre Sorgen viel leichter an.

Das Hotel lag an der Promenade, mit Blick über den Kurpark hinweg auf das Meer und die Seebrücke. Es hieß schlicht »Haus am Meer«, aber es war ganz im Stil der alten Bäderarchitektur erbaut, ebenso wie die imposanten Villen aus dem frühen zwanzigsten Jahrhundert zu beiden Seiten der Promenade, stuckverziert und schneeweiß, taubenblau oder hellgelb gestrichen. Sie wirkten würdevoll und irgendwie so, als stünden sie ganz außerhalb der Zeit. Die meisten trugen verspielte Türmchen, die ihrer Würde eine heitere Krone aufsetzten. Maja konnte sich dunkel an diese Türmchen erinnern.

Sonst aber sah alles ganz anders aus, stellte sie fest, als sie sich aus dem Fenster des Hotelzimmers lehnte.

So gepflegt waren die Häuser damals nicht gewesen. Auf der Strandpromenade hatte es keine solchen Gärten mit Bänken und Skulpturen, Ziersträuchern und Rasenflächen gegeben. Und auch nicht die Seebrücke. Von der Seebrücke, die es vor dem Ersten Weltkrieg gegeben hatte, hatte Clemens einmal erzählt. »Wir haben darauf getanzt, als wir jung waren. Die Musik war so schön, und der Weinmond warf Licht über die See.«

Dabei trug er Maja auf dem Arm und machte unwillkürlich ein paar Tanzschritte.

»Mit wem hast du denn getanzt?«, fragte sie.

»Ja, mit wem denn?«, erkundigte sich auch Elsie.

Aber Clemens' verträumter Blick war gewichen, und er stellte Maja wieder auf den Boden. »Ach, mit Freunden eben. Helmut war auch dabei. Lasst uns Eis essen gehen.«

Und Maja und Elsie, die seine Trauer um seinen gefallenen Freund kannten, fragten nicht weiter.

Die Seebrücke war später zerstört worden. Maja hatte das sehr schade gefunden, denn sie stellte sich eine Seebrücke wie einen großen, geschwungenen Bogen vor, der über das ganze Meer bis nach Norwegen zu den Nordlichtern hinführte oder bis Sibirien, wo es so viel Schnee gab.

In Zinnowitz waren sie damals allerdings eher selten gewesen. »Zu viele Menschen, zu viel Trubel«, fand Elsie, und auch Clemens gefiel es besser im nächsten, kleineren Ort, in Zempin, wo sie bei der »Ziege« gewohnt hatten.

Das Riesenrad, das jetzt nicht weit von der Seebrücke stand, hätte Clemens und Elsie sicher auch nicht gefallen. Und die Anlagen an der Promenade waren gut gemeint, aber viel zu künstlich und schnurgerade, fand Maja. Dennoch, beeindruckend war es – und vor allem: Nun gab es wieder eine Seebrücke! Auch wenn sie nicht bis zu den Nordlichtern reichte, wollte sie jetzt unbedingt darauf bis zum Ende laufen.

»Gefällt es dir hier?«, fragte Sebastian hinter ihr.

Sie schloss das Fenster und umarmte ihn. »O ja! Lass uns hinuntergehen. Ich möchte zuallererst mit dir auf die Seebrücke!«

Auf dem Weg sah Maja sich verstohlen um und brach dann unauffällig die strahlend gelbe Blüte einer Chrysantheme ab, die in einem Beet so reich blühte, dass es nicht auffallen würde. Nicht einmal Sebastian bemerkte es. Sie steckte die Blüte in die Jackentasche und legte schützend ihre Hand darum.

Auf einem Bohlenweg durchquerten sie die Dünen mit ihren Frisuren aus Strandhafer.

Die Brücke war länger, als sie von oben gewirkt hatte, und schien direkt zum Horizont zu führen. Maja atmete tief ein. Ja, an den Geruch konnte sie sich jetzt erinnern, wenn sie die Augen schloss. An diesen Geruch von Meer, von Tang und Fisch und einem Wind, der Ahnungen von Geheimnissen herantrug. Angler saßen auf Bänken und in Rollstühlen und angelten nicht nur nach Fischen, sondern auch nach Ruhe, Gesprächen, Weite und eben diesem Duft.

Von hier aus wirkten die imposanten Villen und das Riesenrad wie Spielzeug, beliebig angeordnet am Rande eines blauen Teppichs.

Maja lehnte sich über das Geländer und ließ die gelbe Blume fallen. »Für dich, Clemens!«, flüsterte sie.

Sebastian legte seinen Arm um ihre Schultern. Zusammen sahen sie zu, wie die Blüte, einer kleinen Sonne gleich, auf den Wellen schaukelte und dann gemächlich aufs Meer hinausgetrieben wurde. Maja wischte sich eine Träne aus dem Augenwinkel. Gerade hier vermisste sie Clemens besonders, und doch war er ganz nahe. Was für ein Glück, dass er ihr Großvater gewesen war! Dass sie so viel Zeit mit ihm hatte verbringen dürfen. Dass er, anders als sein Freund Helmut und so viele andere, den Krieg überlebt hatte.

Hoffentlich erinnerte sich an die anderen auch jemand.

»Wollen wir Kaffee trinken?«, fragte Sebastian, als sie die Blüte nicht mehr erkennen konnten.

Clemens war ihr nahe, dachte Maja, als sie über das Wasser, das an den Pfeilern gluckerte, wieder auf die Küste zugingen. Doch der Ort blieb ihr seltsam fremd. Von dem alten Zauber war wenig spürbar. Entweder war es zu lange her, oder es hatte sich zu viel verändert.

Dennoch genoss sie es, jetzt mit Sebastian hier zu sein. Sie schlenderten in den Ort hinein, tranken einen Kaffee, stöberten in der Strandbuchhandlung. Maja kaufte einen dicken Kalender für das nächste Jahr, mit einem Bild für jede Woche. Vielleicht würde sie sich so mit der Zeit wieder an die Insel gewöhnen und die alte Vertrautheit zurückgewinnen.

Auf dem Weg zurück ins Hotel fing es an zu nieseln. Sebastian zog Maja in eine Nische zwischen zwei kleinen Häusern, wo jemand einen Stand aufgebaut hatte und allerhand urige Sachen verkaufte. Er schenkte Maja einen handtellergroßen Grashüpfer aus Ton und einen verwegenen Regenhut. »Passt zu deinen Piratenfeuerhaaren!«, sagte er lachend, setzte ihr den Hut auf und küsste sie im Schutz der breiten Krempe.

»Hätte ich dir das bloß nicht erzählt!« Maja lachte auch und betrachtete sich in einem Spiegel, der zwischen geschnitzten Kobolden hing. Ein wenig erinnerte der Stand sie an den »Elbschwarm«, dessen Zimmer so voller bizarrer Souvenirs waren. Der Hut stand ihr wirklich.

Als Sebastian bezahlte, kredenzte ihnen die Frau noch einen Vogelbeerschnaps. »Geht aufs Haus«, sagte sie.

Er schmeckte scharf und süß zugleich, wie die Trauer und die Erinnerungen.

Es regnete sich ein. Die Dämmerung fiel und verwischte den Blick aufs Meer. Maja und Clemens genossen das Hotelschwimmbad, danach die heiße Dusche, und dann führte Sebastian sie erst in die Bar, dann ins Restaurant. Maja stellte fest, dass so ein Rentnerinnendasein durchaus seine guten Seiten hatte. Für so etwas war früher kaum Zeit gewesen und wenn, gab es so viel Wichtigeres zu erledigen. Oder sie hatte Schichtdienst und war einfach zu erschöpft.

Selbst zu einem extravaganten Nachtisch ließ sie sich heute hinreißen.

Ob es von all der Seeluft kam oder dem seltenen Gefühl der Entspannung, Maja schlief ungewöhnlich tief und traumlos in dieser Nacht. Bis sie etwas aufschreckte. Verwirrt setzte sie sich auf. Dann fiel ihr ein, wo sie war. Ein heller Schein hatte sie geweckt, der ihr direkt ins Gesicht fiel. Sie hatten nach der Rückkehr aufs Zimmer noch die Lichter an der Seebrücke bewundert und dann den Vorhang offen gelassen.

Maja stand auf und trat ans Fenster. Es war der Mond, der über dem Meer aufgegangen war. Vollmond. »Der Weinmond!«, flüsterte sie. Manche nannten ihn auch den »Jägermond«.

Clemens hatte zum Vollmond jeden Monats den Namen gekannt, manchmal sogar mehrere. »Das ist eine gute Art, das Vergehen der Zeit zu würdigen«, hatte er gesagt. »Es verleitet noch weniger zur Eile als die Uhr mit nur dem Stundenzeiger. Und es gibt der Zeit Charakter. Wenn du dich an etwas erinnerst, kannst du es gut einordnen, wenn du weißt: Das war zur Zeit des Erdbeermonds. Oder des Erntemonds. Dann hast du sofort einen Geruch in der Nase und siehst vor dir, welche Farbe das Licht damals hatte.«

Die Regenwolken waren fort, der Himmel klar, und am Rande des Mondlichts funkelten mehr Sterne, als Maja seit langem gesehen hatte. An der Elbe konnte man viel mehr davon sehen als in der Stadt, aber hier waren es noch unzählige mehr.

»Ist alles in Ordnung?«, fragte Sebastian.

»Entschuldige, ich wollte dich nicht wecken.« Maja setzte sich auf seine Bettkante. Sie fühlte sich unternehmungslustig. »Der Mond scheint. Ich möchte gern hinuntergehen. Kommst du mit? Lass uns neue Erinnerungen machen!«

Er setzte sich auf und sah nach der Uhr. Sie folgte seinem Blick. Es war ein Uhr nachts.

Er runzelte die Stirn, dann zuckte er mit den Schultern und schlug die Bettdecke zurück. »Ich hätte dir wohl den Piratenhut nicht schenken sollen. Der macht dich verwegen.« Im Vorbeigehen nahm er ihn vom Bettpfosten und setzte ihn ihr auf.

Draußen steckte sie den Hut hastig in die Tasche, weil ein launiger Wind drohte, ihn zu stibitzen. Für Oktober war es überraschend mild. Unter den Hecken auf der Promenade zirpte ein letzter Grashüpfer. Menschen waren außer Maja und Sebastian keine unterwegs, nur aus einem Haus in der Ferne drang Lachen.

»Hier singen sie länger als woanders. Wusstest du, dass Grashüpfer verschiedene Lieder haben?«, fragte Maja, die sich bei Sebastian eingehakt hatte.

»Findest du, dass man das als Lieder bezeichnen kann?«, fragte er amüsiert.

»Ja. Es gibt eines, das ihr Revier markiert und den anderen Männchen anzeigt, dass sie Abstand halten sollen. Und eines, um die Weibchen anzulocken. Und wieder ein anderes, wenn die Weibchen da sind. Ein Lied der Liebe.«

»Wie gut. Wenn sie es tun, muss ich nicht singen«, sagte er. »Ich kann das nicht so gut, wie du es verdient hättest.«

»Aber tanzen könntest du«, sagte sie, als sie wieder auf der Seebrücke standen, die jetzt, da sie allein hier waren, viel länger und so ganz anders wirkte. In der Dunkelheit sah man nicht, wo das Wasser aufhörte und der Himmel anfing. In der Fahrrinne glänzten Lichter an Schiffen, darüber die Sterne, und das Mondlicht warf eine silberweiße Brücke über das Meer.

Das Schild über der Brücke war beleuchtet. Bei Tag war es Maja gar nicht aufgefallen.

Vinetabrücke stand da, *Ostseebad Zinnowitz.*

Vineta. Die sagenhafte Stadt, von der Clemens ihr einst erzählt hatte und die angeblich hier vor Usedom gelegen hatte.

»Die Stadttore waren aus Erz und die Glocken aus Silber. Man besaß so viel Silber, dass die Menschen jeden Tag aus silbernen Bechern tranken und die Kinder auf der Straße mit Silbermünzen spielten.« Maja hatte die Vorstellung silberner Glocken sehr schön gefunden, aber gleichzeitig beschlich sie ein beklommenes Gefühl, dass das alles nicht richtig gewesen sein konnte.

»Auch ihre Pferde beschlugen sie mit Silber oder Gold anstatt mit Eisen«, fuhr Clemens fort, und Maja sah die Pferde vor sich, und wie ihre Hufe glänzten, wenn sie durch Schnee galoppierten. »An einem Herbsttag aber erschien eine Wasserfrau im Meer vor der Stadt und warnte alle, mit diesem Hochmut und dieser Verschwendung aufzuhören. Sie warnte dreimal, aber niemand hörte auf sie. Da brach im November eine vernichtende Sturmflut über Vineta herein, und die herrliche Stadt versank mit all ihren Reichtümern und Bewohnern.«

Maja hatte sich erschrocken an Clemens' Hand geklammert,

und er hatte sie beruhigend gedrückt, seine Geschichte aber dennoch beendet.

»Manchmal, so heißt es, hört man in Herbstnächten noch die silbernen Glocken aus den Wellen heraufklingen. Doch man sagt auch, wer sie vernimmt, sollte lieber eilig davongehen, weil er sonst davon in die Tiefe gelockt werden könnte.«

Das war lange her, aber Maja hörte seine Worte, als hätte sie seiner Erzählung erst gestern gelauscht. Ihr fröstelte, und sie dachte daran, wie man die Elbauen trockengelegt und den Lebensraum so vieler Wesen zerstört hatte, um mehr Ernte einzufahren. Immerhin brachte man das gerade wieder in Ordnung. Aber was die Menschen sonst noch so anstellten … Vorhin erst hatte sie in einer der Zeitschriften im Hotel gelesen, dass das Meer sich aufgrund der Treibhausgase dermaßen erwärmt hatte, dass die Heringe ganze zwei Monate zu früh hier in die westliche Ostsee kamen, um sich fortzupflanzen. Das hatte zur Folge, dass ein großer Teil ihrer Larven verhungerte, weil sie um diese Zeit noch nicht genug Nahrung fanden. Zu wenig Algen, zu wenig Plankton. Das, nicht nur die Überfischung, war ein Hauptgrund für den dramatischen Rückgang der Bestände.

Eigentlich war die Sage von Vineta also eine sehr moderne Erzählung. Die warnende Wasserfrau nahm die Form zunehmender Stürme an. Und wie leicht konnte die Geschichte wahr werden, wenn zum Beispiel eines der Kreuzfahrtschiffe, die so groß waren wie eine kleine Stadt, einem solchen Sturm oder einer der inzwischen nachgewiesenen Riesenwellen zum Opfer fiel, oder wenn der Wasserspiegel weiter stieg. Auch Usedom war dann gefährdet.

Die silbernen Glocken von Vineta aber blieben heute stumm, und Sebastian, der nichts von ihren Gedanken ahnte, nahm sie in den Arm und schwenkte sie ungewöhnlich ausgelassen herum.

Und so tanzte Maja wie einst Clemens unter dem Weinmond auf der Seebrücke von Usedom. Die Grashüpfer zirpten dazu im Strandhafer von Liebe und Mut, begleitet von Wind und Wellenrauschen.

8

Schatten

Nachdem sie herrlich lange geschlafen und ausgiebig das Frühstücksbuffet genossen hatten, schlenderten sie am nächsten Tag den Strand entlang Richtung Zempin. Maja zog die Schuhe aus und lief immer wieder ein Stück in die Wellen, obwohl es nach einer Weile mächtig an den Füßen prickelte.

»Ich friere schon beim Zusehen!« Sebastian schüttelte sich.

»Aber es ist so herrlich! Da merke ich, dass ich wirklich hier bin«, erklärte Maja. So schön es auch war und so sehr sie die Auszeit mit Sebastian genoss, es fühlte sich noch immer völlig fremd an. War es, weil hier in all der Zeit und durch die Wende so vieles anders geworden war? Oder eher, weil sie selbst sich verändert hatte?

Wo war die magische Insel ihrer Kindheit, das Gefühl, dass hier alles möglich und alles in Ordnung war, egal, was auf der Welt geschah? Der Glaube, dass silberne Glocken vielleicht wirklich einst geläutet hatten, dass man in diesem klaren Wasser bis zum Horizont schwimmen könnte, wenn man nur geduldig und eines Tages alt genug war? Dass sie am nächsten Tag oder im nächsten Sommer ganz sicher eine noch größere, schönere Muschel finden würde und die von heute dennoch die schönste von allen bisherigen war?

Maja wusste auch nicht, was sie erwartet hatte. Dass ihr Großvater ihr hier entgegenkommen würde? Dass er irgendwann aus dem Dunst in der Ferne auftauchen könnte, seine große, leicht gebeugte Gestalt mit den gewohnten langen Schritten? Oder dass sie seine Stimme noch einmal hören durfte, im Flüstern der See, wie er von Piraten, bizarren Seeungeheuern und Abenteuerreisen auf den Weltmeeren berichtete?

Wenigstens verstummten nun die Stimmen der vielen Menschen auf der Promenade und der Seebrücke. Sie blieben ebenso hinter ihnen zurück wie die großen Villen. Jetzt war da nur noch der Waldstreifen aus Kiefern, Silberpappeln und Buchen, davor die Dünen. Der Strand gehörte ihnen beinahe allein, bis auf die Möwen und Kormorane. Breit und leer lag er vor ihnen. Die Strandkörbe hatte man bereits fast alle eingeräumt.

»Ist das jetzt schon der Strand von Zempin?«, fragte Sebastian.

»Ich glaube, ja.« Maja zog ihr Handy aus der Hosentasche und versuchte, ihren Standort auf dem Display zu erkennen, doch sie hatte keinen Empfang.

»Da ist ein Strandzugang«, sagte Sebastian, »komm, lass uns nachsehen. Vielleicht finden wir das Haus, in dem ihr früher gewohnt habt, wenn ihr hier wart. Wie hieß die Wirtin doch gleich?«

»Wir haben sie ›Ziege‹ genannt.«

Maja, steh auf, du kleine Schlafmütze, die Ziege wartet mit dem Frühstück. Es gibt frische Waffeln mit Sanddorngelee …

»Womit hatte sie das denn verdient?«

Maja musste lächeln, als sie zurückdachte. »Es war meine Schuld. Eigentlich hieß sie Sieglinde. An ihren Nachnamen kann ich mich nicht erinnern. Clemens kannte sie von früher. Ich konnte Sieglinde nicht richtig aussprechen und sagte *Zieglinde.* Clemens fand das furchtbar lustig, weil sie sehr dünn war und ein ziemlich langes Gesicht und recht große Ohren hatte. Außerdem klang ihr Lachen ein bisschen wie Meckern. Sie war aber sehr nett und hatte viel Humor. Irgendwann sagten alle nur noch ›Ziege‹ zu ihr, und sie malte sogar zwei Hörner daneben, wenn sie etwas unterschrieb.«

»Klingt, als ob ihr viel Spaß hattet«, sagte Sebastian.

»O ja, das hatten wir.«

Sie spazierten durch das Dorf, bewunderten die Häuser, niedrige, schlichte Ferienhäuser und auch ein paar größere Komplexe mit Ferienwohnungen und ein Seniorenheim. Wäre es nicht so oktoberkühl und herbstlich gewesen, hätte es in einigen Straßen beinahe mediterran gewirkt, weil die Häuser in so vielen verschiedenen, heiteren Farben gestrichen waren.

»Kannst du dich erinnern, wo das Haus der Ziege war?«, fragte Sebastian. »Wie sah es aus?«

»So ähnlich wie das hier. Aber damals gab es nicht so viel Farbe. Das heißt, bunt waren manche Häuser auch, aber die Farbe war alt, blätterte ab, man bekam ja kaum welche. Das Haus der Ziege war noch gelb, ein helles, warmes Gelb, auch wenn es an manchen Stellen Risse oder Flecken hatte. Ich nannte es das ›Septemberhaus‹, weil die Blätter an den Bäumen zum Teil dieselbe Farbe hatten. Sie leuchteten besonders nachts im Licht der Straßenlaterne vor meinem Fenster. Einmal stand auch der Vollmond darüber. *Das ist der Maismond, Maja. Weißt du noch, die Puppe aus Maisblättern, die ich aus Amerika mitgebracht habe? Sie steht im blauen Zimmer. Die Sioux haben sie gemacht, sie schützt vor den Frostgeistern …*

Maja sah sich um. Sie konnte sich nicht erinnern, nur dass sie immer irgendwo hier entlang zum Strand gegangen waren.

Aber da hatten die Wege aus zerbröselnden Betonplatten bestanden, nicht aus diesem glatten Asphalt. Und die Bäume hatten ganz anders ausgesehen.

Das war schließlich fünfundvierzig Jahre her.

Als sie an einer Ecke wieder Empfang hatte, rief sie Elsie an. »Elsie, wo stand das Haus der Ziege? Weißt du die Straße noch?«

»Ziege … die Ziege …«, murmelte Elsie ratlos.

»Ist nicht so wichtig, Elsie, macht nichts«, sagte Maja hastig. »Ich wollte dich ja eigentlich nur vom Meer grüßen.«

»Es hatte was mit Netzen zu tun«, sagte Elsie. »Weißt du noch, wie gut die Brötchen schmeckten, die die Ziege gebacken hat?«

Daran hatte Maja nicht mehr gedacht, aber sofort hatte sie wieder den Geschmack auf der Zunge. Die Ziege hatte irgendwelche Kräuter zugefügt, und wenn die frische Landbutter golden auf den noch ofenwarmen Brötchen zerschmolz, entfaltete sich das ganze Aroma. Sie sah Clemens' große Hände vor sich, wie er eine Hälfte mit Honig bestrich und auf Majas Teller legte, die andere auf seinen.

»Warte mal. Fischerstraße!« Jetzt klang Elsie triumphierend. »Die Fischerstraße natürlich.« Sogar die Hausnummer fiel ihr schließlich noch ein.

Maja und Sebastian fanden die Fischerstraße schon an der nächsten Kreuzung. Das Haus der Ziege aber fanden sie nicht. Auch die Nachbarhäuser nicht. Stattdessen stand da ein moderner Supermarkt, der aussah wie alle modernen Supermärkte. Zweckdienlich und keine Spur von Septembergelb, bis auf ein paar Blätter, die der Wind durch den Rinnstein trieb.

Sebastian legte den Arm fest um Maja. »Tut mir leid«, sagte er. »Vielleicht war es doch keine gute Idee hierherzukommen.«

Maja flüchtete in seine Umarmung und versteckte ihr Gesicht an seiner Schulter, sog den tröstlichen Geruch seiner Jacke und seiner Haut auf. »Doch! Es ist so schön hier mit dir. Es war ja eigentlich klar, dass nichts mehr ist wie früher. Mir fehlt eben nur Clemens«, sagte sie schließlich. »Lass uns was Warmes trinken gehen.«

Sie fanden ein gemütliches Fischlokal und ließen es sich schmecken. Der anschließende Espresso wärmte Maja wieder restlos auf.

»Jetzt freue ich mich auf den schönen Strandspaziergang zurück«, sagte sie und hängte sich bei Sebastian ein. Gestern war gestern, und Heute war auch wunderbar.

Er küsste sie. »Und später noch mal schwimmen, eine Massage und zum Abschluss einen Cocktail an der Bar. Ich freue mich, dass auch du zur Abwechslung mal verwöhnt wirst! Eigentlich schade, dass wir nicht länger bleiben können.«

»Ja, allerdings geht es mir auf Dauer besser, wenn ich etwas zu tun habe«, stellte Maja fest. »Aber so ein Wochenende, nur wir beide, das können wir gerne wieder machen.«

»Unbedingt. Vielleicht schon an Silvester?«

Maja hob ein paar Blüten auf, die am Wegrand lagen, noch nicht ganz verwelkt, aber vom Wind abgerissen. Die würde sie in dem Kalender pressen, den sie gekauft hatte. Sie hatte etwas damit vor, und außerdem verliehen sie ihr das Gefühl, wenigstens etwas mitnehmen zu können, das wie früher war.

Am Strand gab sie nicht auf, bis sie einige der Sandklaffmuscheln mit der gelben Färbung fand. Die wollte sie Elsie mitbringen.

Die frühe herbstliche Dämmerung setzte ein, und der Tag malte zum Abschied einen versöhnlichen rosaroten Streifen über den Horizont, auch wenn die Sonne auf der anderen Seite Usedoms unterging. Und nun geschah etwas, das sich doch noch wie ein Gruß von Clemens anfühlte. In der Ferne blitzte ein Licht auf. Und noch einmal.

»Der Leuchtturm!« Maja blieb stehen und packte Sebastian am Arm. »Sieh mal, der Leuchtturm auf der Greifswalder Oie! Er ist der einzige an der deutschen Ostseeküste, dessen Licht sich linksherum dreht. Nur an der Nordsee, auf Norderney, gibt es noch einen.«

»Ich habe noch nie darüber nachgedacht, in welche Richtung sich ein Leuchtturmlicht dreht. Greifswalder Oie, ist das eine Insel?«

»Ja, eine ganz kleine. Sie ist wohl jetzt ein Naturschutzgebiet, es darf nur eine begrenzte Anzahl Menschen dorthin. Und man züchtet Honigbienen, weil es so schön abgelegen ist. Ein Seenotrettungskreuzer ist auch da stationiert.« Sie hatte gestern in der Hotelzeitung darüber gelesen, aber an den Leuchtturm hatte sie lange nicht gedacht. »Wenn wir hier waren, ging Clemens jeden Abend noch mal zum Strand, bis der Leuchtturm zu blinken anfing. Früher war ich da längst im Bett, aber später durfte ich mit. Ich glaube, das Licht hat ihm sehr viel bedeutet. Klar, er war ja Kapitän. Leuchttürme haben ihm auf der ganzen Welt den Weg gewiesen. Vielleicht war es deshalb, weil er nicht mehr zur See fuhr und das vermisste.«

»Kann gut sein.« Sebastian wartete geduldig. Maja stand immer noch wie angewurzelt und konnte sich nicht von dem Anblick des hellen, wandernden Strahls in der Ferne losreißen. »Weißt du, was Clemens immer gemacht hat? Jedes Mal, wenn wir eine Kerze angezündet haben – er tat das oft, wenn es draußen kalt und dunkel war –, hat er sie nach dem Anzünden zweimal linksherum gedreht. ›Das bringt Glück‹ sagte er, als ich ihn gefragt habe, warum er das tut.«

»Warum gerade zweimal?«

»Keine Ahnung.«

Schließlich gingen sie weiter, aber Maja sah immer wieder zum Leuchtturm hin. Sicher würde es Clemens freuen zu wissen, dass sie jetzt wieder hier war und das Licht sah, das immer noch über das Meer blinkte. Linksherum.

Maja genoss den Abend mit Sebastian. Doch als sie am nächsten Tag auf dem Weg nach Hause waren, kämpfte sie gegen das unbestimmte Gefühl an, etwas Wichtiges unwiederbringlich verloren zu haben. War das, weil ein geliebter Ort ihrer Kindheit sein Gesicht so verändert hatte? Weil die Trauer um Clemens an der See wieder aufgeflackert war? Oder weil sich das Ende ihres Arbeitslebens mit dieser alten Trauer vermischte? Sie musste sich zusammenreißen. Das brachte rein gar nichts. Was hatte sie denn gedacht, was sie hier finden würde? Eine Antwort? Ein neues Lebensziel?

Das Einzige, was sie gefunden hatte, war eine Handvoll Muscheln und eine unbestimmte Sehnsucht.

In Zempin, in der gemütlichen Koje des Dachzimmers im Haus der Ziege, hatte Clemens ihr einst zum ersten Mal aus seinem Buch vorgelesen.

Der kleine Grashüpfer Tim sah sich um. Überall um ihn her war ein Wald aus hohem Gras, das im Wind schwankte. Große Schmetterlinge verdunkelten über ihm immer wieder die Sonne. Auch andere, noch größere Schatten waren unterwegs, und man konnte sich nie sicher sein, ob es nur Wolken oder nicht doch die gewaltigen Schwingen einer Krähe waren, die darauf aus war, kleine Grashüpfer zu fressen. Aber Tim hatte mächtigen Hunger. Und an der Stelle, auf der er nun schon so lange saß, kannte er jetzt jeden Krümel Erde. Zu fressen gab es hier nichts mehr für ihn, dabei wollte er doch unbedingt groß werden, so wie sein väterlicher Freund Hugo. Was hatte der ihm noch gleich geraten? »Du musst irgendwann springen, Tim, ganz gleich, wie viel Angst du hast. Die geht nicht weg, wenn du stillsitzt. Sie frisst dich nur auf. Das ist auch nicht besser als eine Krähe.«

Also nahm Tim allen Mut zusammen, und schließlich sprang er. Er konnte schon sehr hoch springen für einen Grashüpfer, der noch so klein war. Aber er wusste nie, wo er landen würde, denn er konnte es ja nicht sehen.

Für diesen Augenblick, da die Luft ihn trug, sah die Wiese von oben nicht mehr wie ein Wald aus. Es war nur eine friedliche grüne Fläche mit bunten Blumentupfen. Keine Krähe weit und breit. Und dann landete er, fiel auf den Bauch, richtete sich auf und stellte fest, dass er mitten in einem weichen Kraut saß, das ausnehmend lecker roch und hier sicher extra für Tim gewachsen war.

Ich muss mich auch trauen, dachte Maja. Einfach in diese neue Zeit springen, und irgendwann werde ich wie Tim feststellen, dass ich genau das Richtige getan habe.

»Das mit Silvester ist eine schöne Idee«, sagte sie zu Sebastian, der gelassen durch den zunehmenden Lastwagenverkehr manövrierte.

»Wir könnten nach Berlin fahren. Den Ku'damm mit Weihnachtsbeleuchtung sehen und das Feuerwerk am Brandenburger Tor«, meinte er.

Maja stellte sich das vor. Da wären sie jedenfalls mitten im Leben. »Das wäre schön.«

»Vielleicht gibt es sogar mal wieder Schnee«, sagte er hoffnungsvoll.

»Wusstest du, dass Grashüpfer bei Kälte langsamer singen?«, hatte Clemens einmal gefragt, als er und Maja nach einer überraschend frühen Frostnacht auf den Bänken an der Schiffsskulptur saßen und zusahen, wie der Raureif an den Dahlien schmolz. »Bei einer Wärme von über 25 Grad sind es beim Gemeinen Grashüpfer fünf Silben pro Sekunde, aber wenn es kälter wird, hören sie nicht gleich auf zu singen. Sie singen einfach nur langsamer.«

Dass »gemein« in der Biologie nicht wirklich gemein bedeutete, sondern nur »normal« oder »verbreitet«, hatte er ihr schon vor Jahren beigebracht, aber Maja zuckte bei dem Wort immer noch zusammen. Gemein, so fand sie, war nur, dass sie nicht auch so gut springen konnte wie die Grashüpfer. Die konnten über dreißigmal so weit springen, wie sie lang waren!

Sie hatte das mit dem Springen geübt. Auf der Treppe. Im Garten. Am Strand. Aber sie kam nicht weit, oder sie fiel hin.

»Das macht nichts«, sagte Clemens, hob sie auf und putzte ihr die Nase. »Wichtig ist, dass du es versuchst. Außerdem gibt es etwas, das die Menschen können und die Grashüpfer nicht.«

»Was denn, Clemens?«

»Menschen können über ihren Schatten springen.« Clemens hatte es wohl mehr zu sich gesagt als zu Maja, aber Maja versuchte es schon am nächsten Tag, als ihr Knie nicht mehr so weh tat.

Es ging nicht. Clemens lachte, als sie sich bei ihm beschwerte.

»Da musst du wohl warten, bis du erwachsen bist«, sagte er. »Wenn man klein ist, braucht man Geduld. Manche Dinge gehen nur langsam voran.«

Vielleicht ist es wieder genauso, wenn man eben nicht mehr jung ist, dachte Maja, als Sebastian zu Hause in die Garage fuhr. Über meinen Schatten gesprungen bin ich inzwischen oft. Aber wenn man älter wird, muss man vielleicht auch einfach mal langsamer singen und Geduld haben. Wer weiß, was dann dabei herauskommt.

9

Schatzkästchen

Dann kam der Spätherbst mit Entschiedenheit. Er fegte den Himmel klar und blau, jagte im nächsten Augenblick alle Schattierungen von Grau darüber und hämmerte mit Graupelkörnern ein willkürliches Musikstück auf die blechernen Fensterbretter vor Majas Wohnung in Leipzig. Sebastian liebte dieses Wetter, bei dem er sich mit einer Kanne Kaffee in das Arbeitszimmer zurückziehen und in sein Manuskript vertiefen konnte. Er kam nur ab und an heraus, um durch die Wohnung zu spazieren, Maja einen Kuss zu geben, ein paar Gymnastikübungen zu machen und dann wieder im Geiste auf antiken Handelswegen zu wandern.

Maja versuchte, es ihm gleichzutun, und arbeitete an ihrem Weihnachtsprojekt für ihre ehemaligen Klienten. Sie freute sich schon darauf, die fertigen Geschenke auszuliefern, denn sie vermisste so viele Menschen. Frau Christensen mit ihren lieben Augen und Herrn Klopstock, der umso mehr Witze gerissen hatte, je schlechter es ihm ging. Frau Hardenberg, die ständig ihren Schlafanzug versteckte, weil sie immer noch lieber ohne schlief. Herr Deering, der, nachdem man ihm die Bohrmaschine weggenommen hatte, mit einem Handbohrer Löcher in die Wände bohrte, um, wie er sagte, die vielen Bilder aufzuhängen, die er in seinem Kopf hatte.

Maja, die von Kurts Schatztruhen zu einer Idee angeregt worden war, ging in einen Laden für Bastelmaterialien und kaufte Kästchen aus Holz, unbehandelte Rohlinge ohne Muster. Dann fuhr sie in den Baumarkt und besorgte transparenten Sprühlack und bunte Farben. Zu Hause steckte sie ihren Kopf in Sebastians Zimmer. »Schatz, hast du etwas dagegen, wenn wir die nächsten Tage in der Küche essen?«

Sebastian hob verwundert den Kopf. »Nein, warum sollte ich? Schmeckt doch genauso gut.«

Maja verwandelte also den Tisch im Esszimmer in einen Arbeitstisch und legte eine Wachstuchdecke darüber. Dann begann sie, die Kästchen alle sorgfältig abzuschleifen, bis sie seidenglatt waren. Das tat sie lieber auf dem Balkon, wo der Wind den Staub mit sich nehmen konnte. Er trug ihn weit fort, an den Häusern vorbei in den Wald, wo er wieder Teil der Erde wurde. Ein allzu neugieriger Spatz, der bei Maja auf dem Balkongitter saß und ihr zusah, musste niesen und flog empört davon.

Nun strich Maja die Kästchen, jedes in einer anderen Farbe. Sie hatte zarte, pastellene Kreidefarben gewählt, denn sie sollten ja nur den Hintergrund darstellen. Die Lieblingsfarben ihrer Leute, soweit sie es wusste. Frau Buchmann mochte Blau, Herr Krings Gelb, Herr Solm Grün.

Während die Farbe trocknete, suchte Maja behutsam die Blumen aus den Büchern und Kalendern, in denen sie welche gepresst hatte. Sie verteilte Teller auf dem ganzen Tisch und ordnete die Blüten und Gräser und Blätter darauf zu lockeren Mustern, als wären die Blüten gerade eben auf einer Wiese aufgeblüht.

Es war eine tröstliche Arbeit. Ein leichter Duft haftete den

Blüten noch an, es waren auch Lavendel dabei und Minze, Thymian und Vanilleblume. Vom Frühling erzählten sie und vom Sommer und auch noch vom Herbst, wenn er gerade sein freundliches Gesicht zeigte. Von allem, was schön gewesen war, sprachen sie, von Elsies Lächeln, als sie am Lilienbeet gesessen hatten, von Majas langen Spaziergängen Hand in Hand mit Sebastian, seiner Stimme, wenn sie abends mit einem Wein auf dem Balkon saßen und er aus seinem Manuskript vorlas. Von den Schwätzchen mit Kolleginnen, wenn sie nach der Arbeit im Büro aufeinandertrafen. Von den Momenten, in denen die alten Leute ihre Sorgen und Schmerzen vergaßen, weil Maja da war und mit ihnen plauderte. Von den Morgen, wenn sie an der Elbe aufwachte und als Erstes hinaus zu den Karpfen ging. Und von Usedom, wo sie die letzten Blüten eingesammelt hatte.

Maja hätte schwören können, dass ein wenig Meeresrauschen durch die Stube klang, als sie diese aus dem Kalender schüttelte.

Inzwischen hatte sie im Garten des »Elbschwarms« für Elsie noch einige Wege mehr freigeräumt und auch die ersten gefallenen Blätter beiseitegefegt, als könnte sie damit ihre eigenen Befürchtungen wegwischen. Doch Elsie hatte schließlich recht behalten, es wurden zu viele. Nun lagen sie wie eine Decke über allem, und der Garten ruhte bis zum Frühling. Dort, wo der Wind die Blätter in Ecken aufhäufte, schliefen Igel und Kröten. Die Samenstände der Stauden wurden erst im Frühling abgeschnitten, inzwischen durften sich die Distelfinken und Wacholderdrosseln daran bedienen, und der Raureif würde sie in Skulpturen verwandeln. Maja und Elsie liebten es, wenn dieser zarte Frost an den bizarren Disteln saß oder an den leuchtend roten Hagebutten und alles mit einem weißen Fell oder zierlichen Stacheln überzog.

Am Telefon versicherte Elsie stets, dass es ihr gutging, und Frau Herrlich bestätigte das. »Ich hatte immer schon gern Zeit für mich und überhaupt kein Problem mit dem Alleinsein, Maja, das weißt du doch. Wenn du kommst, ist es sehr schön, aber nötig ist es nicht.«

Trotzdem freute sich Maja schon wieder auf ihren nächsten Besuch bei Elsie. Sie würde alle Adventswochenenden dort verbringen.

Jetzt stellte sie das erste Kästchen auf eine alte Zeitung und besprühte den Deckel mit Klarlack. Danach musste sie schnell sein und das bereitgelegte Blumenmuster vom ersten Teller auf den Deckel bringen, bevor die Oberfläche trocknete. Mit einer Pinzette ließ sie die Blüten und Blätter auf den feuchten Lack fallen, wo sie sofort festklebten. Die besonders Zarten veränderten zum Teil ein wenig ihre Farbe dabei, und das Muster wurde auch nicht ganz genauso, wie es auf dem Teller gewirkt hatte, aber das machte nichts, das war wie draußen in der Natur, wenn der Wind in die Wiese fuhr.

Als alles getrocknet war, ging sie mit einer zweiten und dritten Sprühschicht darüber. Nun war die Oberfläche wieder glatt und die Blumen geschützt. Ein Kästchen nach dem anderen reihte sich mit der Zeit auf der Fensterbank, wo sie noch eine Weile richtig austrocknen und den Geruch nach frischem Lack verlieren sollten. Inzwischen arbeitete Maja an dem Inhalt, denn die Kästchen waren ja nur die Verpackung.

Über die Jahre hatte sie in ihrem Notizbuch, das stets in ihrem Rucksack steckte, manches aufgeschrieben, das sie von den alten Menschen gehört hatte und nicht vergessen wollte.

Ich weiß, dass ich viel Geld auf dem Konto habe, ich bin doch nicht senil! Aber sparen ist einfach eine Herausforderung, die mir Freude macht. Frau Schwiers.

Wissen Sie, wie Kirschen schmecken? Nein, das wissen Sie nicht. Das wissen Sie nur, wenn Sie aus dem Krieg durch die Ruinen und die Toten an der Straße nach Hause kommen, und Ihr Haus steht noch, und in der Speisekammer ist nichts mehr bis auf ein Glas eingemachte Kirschen aus dem letzten Friedenssommer. Herr Hoffmann.

Maja, wissen Sie, was Glück im Leben ist? Wenn Sie sechzig Jahre lang demselben Mann einen guten Morgen wünschen können. Aber glauben Sie nicht, dass man das geschenkt kriegt, junge Frau. Das muss man sich verdienen. Das ist Arbeit. Frau Niepelt.

Ich bin nicht alt, ich habe nur so viele Erinnerungen auf meiner Festplatte gespeichert, dass kaum noch Platz darauf ist. Das war Herr Rudolf gewesen, der im Alter noch zwei Kurse mitgemacht und gelernt hatte, mit einem Computer umzugehen, obwohl es in seiner Kindheit noch nicht einmal Kühlschränke gab.

Maja schrieb all diese Dinge jetzt aus ihrem Notizbuch ab, zum Glück hatte sie eine schöne Handschrift. Sie hatte überlegt, ob sie es auf dem Computer tippen und ausdrucken sollte, aber sie entschied sich für die Handschrift, weil es einfach besser zu den Menschen passte. Sie wählte dafür dezentes verschiedenes Briefpapier mit schönem Muster, schnitt es in Streifen, rollte die Zitate auf und band sie mit einem Bändchen zusammen, dann legte sie diese in die jeweiligen Kästchen. Jeder bekam nur seine eigenen Worte. Alles andere wäre ein Vertrauensbruch gewesen. Doch sie wollte den Menschen zeigen, dass sie zugehört hatte und dass ihre Worte für Maja selbst ein Schatz geworden waren. Außerdem erinnerte sich vielleicht der eine oder andere selbst irgendwann nicht mehr, und so konnte sie die Worte für sie sichern.

Und dazu würde es noch ein Tütchen selbstgebackene Plätzchen und Schokolade in das Kästchen geben.

Sebastian blickte ihr über die Schulter. »Das machst du aber schön, liebe Weihnachtsfrau. Bekomme ich auch so eins?«

»Du hast so viel Kluges zu mir gesagt, das passt in kein Kästchen!« Aber später stellte sie eines beiseite, das er besonders lange angesehen hatte. Zu dem Inhalt würde ihr schon etwas einfallen.

Am Ende musste sie noch ein paar Kästchen mehr aus dem Baumarkt holen, auch weil ihre Tochter Lisa vorbeikam und ihre Werke betrachtete. »Mama, bekomme ich auch so eines? Es muss gar nichts drin sein. Ich finde sie nur so schön. Und eines wäre ein super Geschenk für meine Mitbewohnerin.«

»Wenn du mir dabei hilfst, die Plätzchen mit Zuckerguss zu bemalen?«

»Deswegen bin ich ja gekommen.« Lisa grinste verschmitzt. »Deine Plätzchen rieche ich schon am anderen Ende der Stadt. Außerdem kann ich dann Luca neidisch machen, wenn wir heute Abend telefonieren.« Zum Glück hatte sie ein gutes Verhältnis zu ihrem Zwillingsbruder, noch besser sogar, seit er nach London gezogen war. Sie telefonierten fast täglich und redeten über Dinge, die sie sich früher im selben Raum nicht zu sagen getraut hätten.

»Es scheint ihm gutzugehen mit seiner neuen Freundin und der Arbeit in dem neuen Reisebüro«, sagte Maja. Und hörte genau auf den Tonfall ihrer Tochter, ob das stimmte oder nicht.

»O ja.« Lisa griff nach einem Plätzchen. »Der ist total happy. Aber das bleibt er nur, wenn du nicht vergisst, ihm seinen Anteil Plätzchen zu schicken. Sonst ist für den kein Weihnachten.«

Maja freute sich. »Na, dann an die Arbeit.« Sie war froh über die Unterstützung. Lisa war Schneiderin, weil das ihre Leidenschaft war. Und so sorgfältig, wie sie feine Stoffe zuschnitt, so bemalte sie auch die Plätzchen. In den Kästchen würden lauter kleine Kunstwerke liegen, und sie würden mitten im Winter ein Lächeln auf die Gesichter von Majas alten Freunden zaubern.

»Wie geht es dir denn?«, fragte Lisa, während sie ihren Teelöffel in das Schälchen mit dem grünen Zuckerguss tauchte und einen Tannenbaum bemalte. »Gewöhnst du dich langsam ans Rentnerinnendasein?«

»Mhmnja«, brummelte Maja. In Wahrheit hatte sie sich bereits gefragt, was sie nach Weihnachten machen sollte. Bei der Durchsicht ihrer Notizen hatte sie überlegt, ob sie nicht doch das Einverständnis ihrer alten Leute einholen und einen Kalender mit den besten Sprüchen für nächstes Jahr in Angriff nehmen sollte. Schließlich fotografierte sie auch gern, sie könnte die Zitate mit Blumen- oder Landschaftsbildern versehen. Aber wer würde das haben wollen, und hatte sie wirklich Lust, Marketing dafür zu betreiben? Der Druck würde schließlich viel Geld kosten.

»Weißt du noch, die ›Einschleife‹?«, fragte Lisa und deponierte das fertige Plätzchen zum Trocknen auf dem Gitter.

Aus ihren Gedanken gerissen, sah Maja sie verwirrt an.

»Als ich klein war und meinen Schuh nicht richtig zugebunden bekam«, erinnerte Lisa sie. »Elsie hat mit endloser Geduld versucht, mir das Schleifebinden beizubringen. Luca konnte es längst, aber ich nicht, und es hat mich sehr wütend gemacht. Ich kam mir so dumm vor.«

»Stimmt«, fiel Maja ein, »es war dir ungeheuer wichtig.«

»Schließlich bekam ich die Schnürsenkel zu, aber nicht mit einer richtigen Schleife. Nicht mit zwei ›Ohren‹ wie es sich gehörte. Meine Schleifen hatten partout nur ein Ohr. Ich nannte es eine ›Einschleife‹ und ärgerte mich weiter. Aber Elsie sagte: ›Die Einschleife hält doch, siehst du? Sie macht, was sie soll. Nur eben auf ihre Art.‹ Sie nahm mich auf den Schoß und sah mich ganz ernst an. ›Lisa, es muss nicht immer alles so sein, wie andere Leute es richtig finden. Auch, wenn es noch nicht richtig aussieht oder sich so anfühlt, kann es trotzdem völlig in Ordnung sein. Und jetzt lauf los! Trau dich!‹«

Maja lächelte. »Richtig, die Einschleife. Die hatte ich ganz vergessen.«

Lisa nahm sich ein neues Plätzchen. Diesmal einen Engel, dem sie ein geblümtes Kleid verlieh. »Manchmal habe ich später mit Absicht eine Einschleife gebunden. Um mich daran zu erinnern, dass nicht alles gleich perfekt sein muss. Weißt du, ich glaube, du machst auch gerade eine Einschleife. Das mit der Rente, das kommt dir noch nicht richtig vor. Aber du übst ja noch. Du probierst alles Mögliche aus und bist immerhin in kein innerliches Loch gefallen. Du machst doch jeden Tag etwas. Das wird schon noch.«

Maja stand auf, ging um den Tisch und nahm sie in den Arm. »Lisa, du … danke!«

»Ich muss Elsie mal anrufen und ihr erzählen, dass ich immer noch daran denke, was sie gesagt hat«, meinte Lisa. »Weißt du, was ich immer am meisten an ihr bewundert habe? Dass sie so gut allein sein kann. Das macht sie ungeheuer souverän. Sie trauert bis heute um Clemens, aber sie lebt nun schon seit sechsunddreißig Jahren allein, und es hat ihr nie etwas ausgemacht. Sie sagt immer, sie fühle sich nie einsam und hätte großes Glück deswegen, weil nicht alle Menschen gut mit sich allein sein könnten. Wenn man das könnte, dann könnte einem gar nicht viel passieren, meint sie.« Lisa verpasste dem Engel ein verschmitztes Lächeln und wandte sich einem Stern zu. »Ich beneide sie darum. Mir fällt schon die Decke auf den Kopf, wenn in der WG abends niemand da ist. Mir macht nicht mal Kino allein Freude.«

»Vielleicht muss man dazu älter werden.« Aber Maja konnte und wollte sich auch nicht vorstellen, wie es ohne Sebastian wäre.

Sebastian half ihr, wo er konnte, um die Umstellung abzufedern. Er nahm sich Zeit für Maja, und sie war dankbar und genoss es, obwohl sie wusste, dass es ihm immer schwerfiel, seinen Schreibtisch zu lange allein zu lassen. Andererseits taten ihm die Pausen gut, und so freute sie sich, dass er sie an den Adventswochenenden zu Elsie begleitete.

Sie schliefen dann in einem der oberen Zimmer, in dem ein Doppelbett stand. Sebastian nahm es in Kauf, dass er mit seiner langen Gestalt immer wieder mit einer der exotischen Lampen, Mobiles oder Marionetten zusammenstieß, die überall an den Decken hingen.

»Ach was, das hat Clemens doch dahin gehängt«, sagte die sonst so vernünftige Elsie, wenn ihr jemand vorschlug, etwas woandershin oder gar in den Keller zu räumen. »Es gehört ins

Haus.« Maja konnte das auch verstehen, es ging ihr ja selber so, dass all diese Dinge Clemens irgendwie gegenwärtig machten. Aber nötig waren sie nicht. Er lebte in ihren Erinnerungen, für immer.

Frau Herrlich putzte einfach um die Dinge herum, murmelte gelegentlich etwas wie: »Verrückter Kramladen, verflixter!« und hatte sich ansonsten längst damit abgefunden.

Sie machten es sich gemütlich in dem alten Haus an diesen Dezemberwochenenden. Die Grashüpfer waren längst verschwunden und die Karpfen in die wärmeren, schlammigen Tiefen abgetaucht. Dafür drängten sich das Rotkehlchen, die Meisen und der Kleiber am Futterhaus, der Fuchs schnürte durch den Garten, und die Eichhörnchen fraßen Nüsse aus Majas Hand. Der Sturm zerzauste die kahlen Weiden und zeichnete Muster auf die Elbe, und wenn Sebastian und Maja durchgepustet und mit kalten Füßen vom Spaziergang heimkamen, feuerte er den Kamin an, und Elsie machte Grog. Meistens holten sie dann auch Kurt aus dem Heim und spielten den ganzen Nachmittag so leidenschaftlich Karten, dass sogar Sebastian alles andere vergaß.

In der Woche nach Nikolaus fuhr Maja durch die Stadt und verteilte ihre Geschenke. Sie war zu Tränen gerührt, weil beinahe alle nach ihren Händen griffen und sagten: »Wie schön, Sie zu sehen, das ist, als wäre ein Weihnachtsengel gekommen!«, oder: »Sie bringen den Sommer mit, Maja, Sie wärmen die Seele!«

Die Kästchen kamen auch gut an, und als Maja das letzte übergeben hatte, freute sie sich auf das erste Weihnachten, das sie mit Sebastian, Elsie und Lisa in Ruhe verbringen würde, ohne an einem der Feiertage Dienst zu haben.

Sie feierten natürlich im »Elbschwarm«. Maja und Sebastian luden die größte Tanne aufs Auto, die noch darauf passte. Frau Herrlich half, den Baum im Wohnzimmer aufzustellen, neben dem großen Fenster zur Terrasse hin, in dem sich die Lichter spiegeln würden und Elsie ihn vom Schaukelstuhl aus sehen konnte. Und Lisa öffnete eine Flasche Johannisbeerlikör, den sie auf dem Weihnachtsmarkt erstanden hatte, während Maja die Kiste mit dem Baumschmuck auspackte. Clemens hatte ihn in aller Welt gesammelt. Während Elsie schaukelte und mit Genuss an ihrem Likörglas nippte, Kurt mit dem Rollstuhl prüfend um den Baum fuhr und die Stellen meldete, wo noch eine Kugel fehlte, stellte Maja fest, dass zumindest für den Augenblick ihre Welt in Ordnung war.

»Das war ein gutes Jahr«, sagte Lisa, die neben dem Baum stand und versonnen eine gläserne Glocke betrachtete, »und das nächste wird noch besser.« Sie lächelte etwas angespannt in sich hinein. Maja fragte lieber nicht, woran sie dachte. Lisa erzählte Dinge nur von selbst, nie, wenn jemand danach fragte.

Eine Woche später stand Maja an Sebastian gelehnt vor dem Brandenburger Tor und zählte vor Mitternacht laut mit der Menge den Countdown herunter. Während sie zur aufbrandenden feierlichen Musik die bunten Sterne in den Himmel steigen sah, fragte sie sich, wie lange ins neue Jahr hinein die Einschleife wohl halten würde.

Nelly

Weimar

2018

10

Nachtwerk

Vor Weihnachten hatte Nelly die alten Leute noch mit Vorfreude auf das Fest ablenken können, obwohl sich diese mit zunehmendem Alter bei den meisten immer mehr in Grenzen zu halten schien. Doch im Januar und noch viel mehr im Februar waren sie alle erschöpft von den langen Nächten und kurzen, kalten Tagen. Das gesamte Pflegeteam wusste schon gar nicht mehr, wie es seine Schützlinge aufheitern sollte.

»Liebe Frau Becker, habe ich mir die Ohren nicht gewaschen?«, fragte Nelly. Sie hatte bereits Frau Beckers Pillen für die ganze Woche in das dafür vorgesehene Kästchen einsortiert, ihr die Kompressionsstrümpfe angelegt und ein Pflaster erneuert, nebenbei eine durstige Topfpflanze gegossen und Geschirr in die Küche getragen – und die ganze Zeit wandte Frau Becker den Blick nicht von ihren Ohren.

»Nein, nein, entschuldigen Sie, Frau Nelly. Es sind bloß Ihre Ohrringe.«

Nelly fasste sich unwillkürlich an die baumelnden Sträußchen aus Stiefmütterchen und Veilchen, die ihr jemand aus Stoff genäht hatte.

»Ich sehne mich so sehr nach dem Anblick von Frühlingsblumen, wissen Sie«, erklärte Frau Becker. »Ist doch auch kein Wunder, wenn man den ganzen Tag das da vor Augen hat, finden Sie nicht? Ich kann es nicht mehr ertragen.«

Weimar war eigentlich eine schöne Stadt, da hatte Nelly schon ganz andere erlebt. Aber auch hier gab es enge oder graue Straßen. Sie sah aus dem Fenster, auf das Frau Becker zeigte. Da war die Hauswand gegenüber. Unten nur der Asphalt der Straße. Und zwei kleine Bäume, noch winterkahl. Balkons gab es keine. Wobei das in diesem Augenblick auch nicht viel geändert hätte. Auf Nellys eigenem Balkon tat sich noch wenig. Eine Handvoll frühe Krokusse zeigte schon Knospen in der einen Blumenschale, aber ihre Kräuter konnte sie noch lange nicht hinausstellen. Von den Tulpen und Narzissen war außer ein paar verfrorenen Blattspitzen auch noch nichts zu entdecken.

Im Januar war ein Sturm über Deutschland gefegt, der Februar war so winterlich gewesen, wie es sich für einen Februar gehört, und nachdem es dann im März ein wenig milder geworden war und sie schon gedacht hatten, es geschafft zu haben, war der Winter zurückgekehrt. Immerhin, die Tage wurden langsam länger. Aber Nelly konnte die müden, entmutigten Gesichter auf ihren täglichen Runden nur schwer aushalten. Sie musste etwas unternehmen.

»Es ist, weil man so gar nichts machen kann, wissen Sie, Frau Nelly«, sagte Frau Becker. »Außer Geduld haben, und das sollte man in meinem Alter eigentlich gelernt haben. Aber so einfach ist das nicht! Früher hatte ich alles selbst in der Hand, es gab zwar Krieg und schwere Zeiten, aber irgendetwas konnte man immer auf die Beine stellen, wenn man nicht aufgab. Und jetzt kann ich nur noch hier sitzen und warten. Das fühlt sich falsch an. All die Zipperlein machen mir nicht so viel aus, aber dieses Grundgefühl, hilflos zu sein, das kostet alle Kraft.«

Nelly sah wieder auf die Straße. Um die Bäume herum lagen

Hundekot, leere Kaffeebecher und Zigarettenkippen zwischen vertrockneten Brennnesseln vom Vorjahr.

Und dann hatte sie eine Idee. »Dagegen werden wir was unternehmen, Frau Becker!«, versprach sie.

Frau Becker wandte den Blick vom Fenster und sah sie hoffnungsvoll an. »Wirklich? Wissen Sie, was ich gerne mal wieder machen würde? Unfug! Irgendetwas, was nicht ganz legal ist. Ich meine, wann kann man das tun, wenn nicht in meinem Alter?«

»Wo Sie recht haben, haben Sie recht.« Nelly hatte einen ganz ähnlichen Gedanken gehabt. Sie schüttelte das Kissen in Frau Beckers Rücken auf und ging noch eine frische Kanne Kaffee kochen. »Haben Sie nur noch ein bisschen Geduld.«

Frau Beckers Grundstimmung begegnete ihr an diesem Tag, der so besonders grau war, noch bei einigen der anderen, die sie besuchte. Am späten Nachmittag saß sie im Büro über eine Liste gebeugt. Frau Becker bekam das erste Kreuzchen, und dann kam sie noch auf mindestens elf andere, die für das in Frage kamen, was sie vorhatte.

»Was treibst du da?«, fragte Amanda, als sie hereinkam, und sah ihr über die Schulter. Aus dem künstlichen Fellkragen ihrer Jacke stiegen Kälte und ein Geruch nach Winter.

»Unfug«, antwortete Nelly. »Ist ein Auftrag. Eigentlich eine Pflegeleistung. Glaubst du, man kann das über die Kasse abrechnen?«

»Für Unfug bin ich immer zu haben. Aber vielleicht solltest du es besser *Behebung einer seelischen Notlage* nennen.« Amanda ließ sich in den bequemeren der beiden Stühle in der Besucherecke fallen. »Kann ich dir irgendwie helfen?«

»Ja, ich brauche einen Kleinbus oder zwei große Autos und einen sehr hilfsbereiten Menschen im Gartencenter. Die Autos erst spätabends, wenn es schon dunkel ist.«

»Soll ich jetzt fragen, wofür du das brauchst?«

»Besser nicht. Einer von uns muss überzeugend sagen können, er habe von nichts gewusst.«

»Ich weiß ja von nichts. Aber habe neulich so einen Eckardt auf einer Party getroffen. Der hat erzählt, er hätte einen von diesen alten Bullys. Da gehen eine Menge Leute rein. Und dann, warte mal …« Sie betrachtete ihre rot lackierten Fingernägel. »Richtig, Stefan. Der Sohn vom Bestatter, weißt du? Der hat diesen riesigen SUV. Total bunt angemalt, ganz schön verrückt. Er sagt, er braucht das als Gegenprogramm zu den schwarzen Limousinen seines Vaters. Um sich aufzuheitern. Bei Nacht dürften die Farben ja nicht allzu sehr auffallen. Glaube ich.«

»Super. Kann ich die beiden Telefonnummern haben?«

»Klar doch. Was das Gartencenter angeht, musst du dich allerdings selbst bemühen. Ist nicht so mein Interessengebiet.«

»Ach, so vielseitig ist deine Liste von Männern dann doch nicht?«, fragte Nelly interessiert.

Amanda warf einen Kugelschreiber nach ihr.

Am nächsten Tag nach Feierabend fuhr Nelly in das Gartencenter, in dem sie schon öfter Kräuter und Blumenzwiebeln gekauft hatte. Doch dort war es voll, der Verkäufer, den sie kannte, hatte angeblich gekündigt, und der einzige, den sie finden konnte, hatte viel zu viel zu tun und war kurz angebunden. Entmutigt suchte sie auf ihrem Handy nach einem anderen Gartengeschäft und stellte überrascht fest, dass es in einer Seitenstraße, von der sie noch nie gehört hatte, noch eines gab.

Es wirkte zwar kleiner, hatte aber einen freundlichen Auftritt auf seiner Website zu bieten.

Kurz entschlossen machte sich Nelly auf den Weg, obwohl nur noch eine halbe Stunde geöffnet war. Dort wanderte sie erst einmal zwischen den Verkaufstischen umher, sog den Duft von unzähligen Stiefmütterchen im Gewächshaus ein und überlegte noch, wie sie ihr Anliegen am besten vorbringen sollte, als eine freundliche Stimme sie fragte: »Kann ich Ihnen helfen?« Er war so leise gewesen, dass sie ihn nicht hatte kommen hören. Oder vielleicht lag es an seiner Kleidung, die ihn so gut tarnte, dass er zwischen den Blumen aufgetaucht war wie ein grüner Kobold. Er war ein bisschen älter als Nelly, aber bestimmt nicht viel. Und er trug ein so jungenhaftes, breites Lächeln und ein so heiteres Zwinkern in gutmütigen Augen, dass Nelly sich sicher war, Amanda würde seine Nummer ganz bestimmt haben, wenn sie ihm begegnet wäre.

»Sehr gerne«, sagte sie erleichtert. »Das heißt, ich weiß nicht. Es ist ein bisschen kompliziert.«

»Kompliziert steht ganz oben auf der Liste meiner Serviceleistungen«, sagte er. »Nur raus mit der Sprache.«

Nelly sah sich unwillkürlich um.

»Keine Polizei in der Nähe«, sagte ihr Gegenüber lachend.

Nelly las das Schild auf seiner Latzhose. »Es ist so, Herr Ahrens …«

»Manuel«, unterbrach er sie.

»Freut mich, Manuel. Ich bin Nelly. Ich bin Altenpflegerin und habe da ein Problem, weil der Frühling nicht schnell genug kommt.«

»Da bist du bei mir richtig. Wir machen alles. Frühling, Sommer, Herbst und Winter. Was ist daran kompliziert?«

»Ähm, die Kosten! Ich dachte, vielleicht gibt es Kisten mit aussortierter Ware. So wie beim Gemüse. Stiefmütterchen mit abgeknickten Blättern. Narzissen, wo von drei Knospen zwei beim Transport abgebrochen sind. Tulpen, die ein wenig Frost abbekommen haben, aber trotzdem noch aufblühen werden, nur mit ein paar braunen Rändern. Die Ränder sieht man aus dem Fenster nicht.«

Manuel hatte sich auf eine Bank zwischen dichte Reihen von Primeln in knalligen Farben gesetzt, schob ein paar Eimer beiseite und deutete Nelly an, sie möge Platz nehmen.

»Angenommen, wir hätten so was, wie ginge es dann weiter?«

»Ich, äh, ich dachte … ich könnte … wir könnten …« Nelly atmete tief durch. Hoffentlich lag es nicht an diesem Blick und diesem Lächeln, dass sie anfing zu stottern. Das war wirklich nicht ihre Art. Aber er hatte so etwas an sich …

»Manu, hast du das Anschlussteil gesehen von – oh, ich wusste nicht, dass du im Gespräch bist, entschuldige bitte.« Eine zierliche junge Frau mit blondem Pferdeschwanz und ebenso sympathischem Lächeln wie Manuel nickte Nelly zu.

»Lilo, du kommst gerade richtig, du kannst uns helfen. Die Frage dieser Kundin ist, glaube ich, genau dein Ding.« Manuel legte einen Arm um die Frau und zog sie neben sich. Sie schob ihre Hand in seine. »Wirklich? Ich bin ganz Ohr!«

Schade, dachte Nelly, und wunderte sich dann über sich selbst. Eigentlich hatte ihr den ganzen Winter nichts gefehlt. Und über Jörg war sie wirklich hinweg.

»Es geht um Unfug, würden meine alten Leute sagen.«

»Perfekt. Immer her damit!«, sagte Lilo.

Manuel grinste. »Sag ich doch. Das ist genau ihr Ding. Meins übrigens auch. Also, wir waren bei den Kisten mit Ausschuss. Was machen wir damit?«

Nelly nahm sich zusammen und räusperte sich. »Na ja, ich dachte mir das so …«

Als sie sich eine Stunde später von Manuel und Lilo verabschiedete, überkamen sie Zweifel.

»Ich habe ein schlechtes Gewissen«, bekannte sie. »Ich möchte auf gar keinen Fall, dass ihr Ärger mit eurem Chef bekommt. Die beschädigten Pflanzen kommen doch sonst bestimmt immer auf den Kompost und leisten da gute Dienste, anstatt für eine solche Aktion verwendet zu werden.«

Manuel schmunzelte und sah Lilo an. »Lilo, glaubst du, wir bekommen Ärger mit dem Chef?«

Lilo blickte todernst. »Ich denke nicht«, sagte sie bedächtig. »Aber wer weiß?« Dann fing sie an zu lachen. »Mach dir keine Sorgen, Nelly! *Ich* bin der Chef. Jedenfalls einer davon.«

»Und ich der andere«, ergänzte Manuel.

Nelly fühlte förmlich, wie sich auf ihrem Gesicht erst Empörung, dann Erleichterung und schließlich Belustigung abzeichnete. Manuel und Lilo betrachteten sie amüsiert. Lilo zuckte mit den Schultern. »Wir sehen halt nur nicht so aus.«

Nelly ärgerte sich über sich selbst. Nun war sie selbst in die Falle getappt, in die sonst ihre Kunden gerieten. Nur weil Lilo ein Sweatshirt mit einem *Coldplay*-Aufdruck und eine Fußballkappe von *Energie Cottbus* trug, weil die abgewetzte Latzhose und die grüne Strickmütze mit dem Zipfel Manuel wie einen Kobold aussehen ließen, hatte sie automatisch falsche Schlussfolgerungen gezogen.

Aber sie erholte sich schnell. »Umso besser«, sagte sie.

Doch nun wurde Manuel ernst. »Hast du es dir denn gut überlegt? Das Gleiche gilt schließlich für dich! Du solltest dich auch nicht in die Bredouille bringen. Was ist denn mit *deinem* Chef?«

Nun konnte sie sich rächen. Sie zog die Stirn in Falten und nickte. »Das ist allerdings ein Problem. Die Chefin bin ich. Jedenfalls eine davon. Und ich kann sehr ärgerlich werden!« Genüsslich sah sie die anderen erst verblüfft, dann betreten dreinblicken, und schließlich lachten sie alle drei.

»Jetzt sind wir quitt«, stellte Lilo fest. »Das kann ja nur gut werden. Also dann, bis nächste Woche. Du meldest dich noch wegen des genauen Datums, ja?«

Amandas Telefonnummern wurden gar nicht gebraucht. Manuel und Lilo besaßen zwei Lieferwagen, so dass sie zusammen mit Nellys Dienstwagen gut vierzehn Personen unterbringen konnten, mitsamt der Fracht.

Die nächsten Tage fragte Nelly auf ihrer Runde die Senioren, zu denen ihr Plan passte, ob sie mitmachen wollten. Alle waren Feuer und Flamme und wurden schon bei dem bloßen Gedanken sichtlich jünger. »Aber den Rollator müssen wir mitnehmen«, sagte Frau Meinhardt bedenklich. »Sonst schaffe ich das nicht!«

»Aber natürlich, Frau Meinhardt«, beruhigte Nelly sie. »Den kann man doch prima zusammenklappen. Außerdem habe ich immer meine Notfalltasche dabei. Pflaster, Desinfektionsmittel, Verbände. Sie müssen sich keine Sorgen machen.«

»Haben Sie schon öfter nächtliche Überfälle geplant, liebe Schwester Nelly?«

»Nein. Das ist eine Premiere. Aber wir alle zusammen haben

schließlich mehrere hundert Jahre Lebenserfahrung, was soll da schiefgehen?«

Frau Meinhardt lächelte erfreut. »Da haben Sie recht. Da fühle ich mich direkt noch mal nützlich.«

Da Nelly nie Geheimnisse vor ihren Eltern hatte, erzählte sie ihrer Mutter am Telefon von ihrem Plan. Die bedauerte nur, nicht dabei sein zu können. Dafür hatte sie eine Idee.

»Nellymädchen, ich habe eine wunderbare Zeitschrift entdeckt, von einer lokalen Journalistin herausgegeben, die hier auf Rügen einen besonderen Garten angelegt hat. Darin berichtet sie von allen möglichen Geschichten, die mit Garten und Pflanzen und Natur zu tun haben, und mit Menschen natürlich. Ich glaube, deine Aktion würde super zu dieser Zeitschrift passen. Du müsstest nur daran denken, Bilder zu machen. Ich schicke dir mal ein Heft, ja? Sie heißt *Mervins Garten*, und sie wird dir gefallen. Da gibt es auch Artikel über Kräuter und wie man Balkons in einen Garten verwandeln kann.«

»Fotos machen bei Nacht wird schwierig«, sagte Nelly.

»Ach was! Die neuen Handys können das.« Nellys Mutter war ein Technikfreak, nicht nur wegen des Friseursalons. »Dann stell doch einfach den Blitz an. Wo ist das Problem?«

»Mama. Das ist eine heimliche Aktion. Wir wollen nicht auffallen! Wie soll ich da blitzen?«

»Na, ganz ohne Licht werdet ihr sowieso nicht auskommen. Und im Taschenlampenkegel kann man auch sehr stimmungsvolle Fotos machen. Sieht aus wie im Krimi, wirst sehen. Versuch es einfach! Die Herausgeberin Remona Kreyhenibbe ist eine Kundin von mir. Ich werde sie fragen, ob sie Interesse hat.«

Nelly widersprach nicht. Das hatte bei ihrer Mutter keinen

Sinn. Aber der Tipp mit den Taschenlampen war gut. Fast hätte sie die vergessen.

Sie war froh, dass sie so beschäftigt war, denn sie hatte sich mehrfach dabei ertappt, an Manuel zu denken. Und daran, wie glücklich und vertraut Lilo und er miteinander waren. Fehlte ihr vielleicht doch etwas? Sie sollte wieder einmal tanzen gehen, wieder mehr unternehmen, offener sein. Das war doch ein guter Vorsatz. Vielleicht lag es auch überhaupt nur an der Jahreszeit. Da kam man wohl um Frühlingsgefühle nicht herum, selbst wenn das Wetter noch zu wünschen übrigließ. Bei all den Primeln und Stiefmütterchen in den Gewächshäusern der Gärtnerei war das ja kein Wunder.

An einem kalten, aber trockenen Mittwochabend fuhren drei Autos durch die dunklen Straßen. Es war weit nach zehn Uhr und niemand mehr unterwegs. Die Wagen hielten immer wieder an einem Haus, dann stieg jemand aus und kehrte etwas später mit einer zweiten Person zurück. Es gab einiges Klappern zu hören, unterdrücktes Lachen und aufgeregtes Flüstern, dann fuhr das Auto weiter, nur um an einem anderen Haus wieder zu halten.

Wenn in dieser Nacht jemand aus dem Fenster gesehen hätte, anstatt sich unter seine warme Bettdecke zu verkriechen oder den neuesten Krimi zu verfolgen, dann hätte er Lichtkegel um die Bäume huschen sehen und das metallische Aufglänzen von kleinen Schaufeln. Mit diesen Schaufeln hantierten Hände, die zum großen Teil schon über achtzig Jahre lang alle möglichen Dinge verrichtet hatten. Heute pflanzten sie Stiefmütterchen und Veilchen, Tausendschönchen und Narzissen, Tulpen, Krokusse und Primeln. Manches Ächzen war dabei zu hören.

Die Stiefmütterchen waren ein wenig zerdrückt, die Tulpen hatten zerknickte oder eingerissene Blätter, und bei den Narzissen waren einige Knospen abgebrochen, doch das machte gar nichts. Denn in jeder Pflanze steckte noch jede Menge Leben und Hoffnung. Und etwas davon steckte die Menschen an, die sie mit dem erhabenen Gefühl pflanzten, etwas zu tun, was vielleicht nicht erlaubt war und was ihrem Alter und dem Wetter und dem Winter trotzte. Die Hoffnung fand ihren Weg in alte Knochen und drängte die Schmerzen beiseite. Die Aussicht auf bunte Blüten vertrieb die Müdigkeit und das Gefühl der Hilflosigkeit. Heute Nacht wurden, wenn auch nicht die Welt, so doch wenigstens die Straßen ein wenig verschönert. Heute Nacht setzten viele Hände ein Zeichen, einfach weil sie es konnten und auch taten.

»Frau Nelly«, sagte Frau Becker am nächsten Morgen, »das war ein feines Abenteuer! Ich habe mich noch nie so verwegen gefühlt. Jetzt sehe ich wieder gern aus dem Fenster. Ich glaube, wir haben dem Frühling ganz schön Beine gemacht.«

»War es auch nicht zu anstrengend?«, fragte Nelly besorgt. Es war doch ganz schön spät geworden, bis sie alle wieder nach Hause gebracht und versorgt hatten, nachdem auch das letzte kleine Pflänzchen irgendwo untergebracht worden war.

»Und wenn schon! Ich habe lange nicht mehr so viel frische Luft und Bewegung gehabt. Ich habe wunderbar geschlafen. Und es ist sehr, sehr lange her, dass ich Erde unter den Fingernägeln hatte.« Frau Becker betrachtete ihre Hände mit so viel Stolz, als hätte sie gerade eine Auszeichnung gewonnen. Vielleicht hatte sie das.

Draußen um die Bäume herum in dieser und in vielen anderen Straßen, sogar in einigen Mauerritzen und zwischen Gehwegplatten, blühten an diesem Morgen Stiefmütterchen, wuchsen Tulpenknospen in die Höhe, öffneten sich vorsichtig Narzissen und trotzten Primeln dem kühlen Wind. Die Polizeistreife und das Ordnungsamt, die auf dem Weg zu ihrem Frühstückskaffee waren, schüttelten den Kopf und fragten sich, ob sie etwas unternehmen mussten.

Und alle anderen, die nacheinander verschlafen ihre Rollläden hochzogen, wurden wacher als die Tage zuvor, spürten ein Aufatmen und die Gewissheit, dass bald wärmere und farbenfrohere Zeiten bevorstanden, in welchen einen morgens ein Stiefmütterchen anlächeln würde.

11

Denk mal

Wenige Tage später fand Nelly eine Mail in ihrem Posteingang.

Liebe Frau Cleve, Ihre Mutter hat mir von einer sehr interessanten Aktion erzählt. Mögen Sie mir vielleicht einen Bericht schicken, und auch Bilder, wenn Sie welche haben? Ich würde sehr gerne einen Artikel darüber veröffentlichen. Die Aktion gefällt mir sehr und ist ganz im Sinne unserer Zeitschrift, schrieb Remona Kreyhenibbe von »Mervins Garten«.

Nelly hatte zwar Bilder gemacht, aber die Empfehlung ihrer Mutter längst vergessen. Nun googelte sie Remona Kreyhenibbe und ihre Zeitschrift. Dann las sie auf der Website von dem Geschichtengarten, den diese Remona auf Rügen gegründet hatte. Dort konnten Menschen Ableger von Pflanzen hinbringen, die ihnen etwas bedeuteten, weil eine Erinnerung daran hing. Sie wurden dort eingepflanzt und mit einem Schild versehen, auf dem die dazugehörige Geschichte stand. Kennenlerngeschichten, Liebesgeschichten, Geschichten von überlebten Kriegen und Fluchten, Trauergeschichten, Freundschaftsgeschichten, Erinnerungen an Orte, an Genesung, an Trost. Nelly las sich fest, betrachtete die Fotos von all den Blüten und dachte an ihre Senioren. Besonders an Frau Förster.

Sie sichtete ihre Bilder. Manche waren trotz der Dunkelheit überraschend gut und stimmungsvoll. Die nächtliche Aktion wirkte so noch geheimnisvoller.

Nelly suchte die besten Bilder heraus, schrieb dann einen kurzen Artikel, so lebendig und anschaulich wie möglich, und war erstaunt, wie viel Freude ihr das machte, so ganz anders als der gewohnte Bürokram. Dann schickte sie ihn ab, ehe sie der Mut verließ.

Um die gelungene Aktion zu feiern und sich zu bedanken, lud sie Manuel und Lilo in die »Distel« ein. Dabei stellte sich heraus, dass Lilo einmal in einer Bar gearbeitet hatte. Es dauerte nicht lange, und sie stand bei Lulu hinter dem Tresen und zeigte ihr, wie man mit der Pfeffermühle jonglierte. Die zwei verstanden sich auf Anhieb.

»Großartig«, bemerkte Nelly. »Ihr könntet auftreten. Lulu und Lilo, die Clownissen.«

»Heißt das wirklich Clownissen?«, erkundigte sich Manuel.

»Keine Ahnung.«

»Lulu und Lilo, das klingt wie zwei Pudel«, fand Lulu und stellte die Pfeffermühle weg. »Ich bleibe lieber bei dem, was ich kann. Aber wennde mal was dazuverdienen möchtest, Lilo, jederzeit.«

»Geht nicht. Ich brauche sie in der Gärtnerei. Und auch sonst«, sagte Manuel, und das zärtliche Lächeln, das er und Lilo tauschten, war vielleicht der Grund, warum Nelly einige Zeit später Lulu nur einen vorwurfsvollen Blick zuwarf, anstatt zu protestieren.

Denn als sie sich in einer Tanzpause an der Bar etwas zu trinken holte, stellte Lulu zwei große, erschreckend rote Longdrinks auf den Tresen, schob ihr einen davon zu und den anderen einem Mann, der auf einem der Barhocker saß und etwas verloren aussah. »Nelly, das ist David«, sagte sie. »Er ist neu hier. Nimmste ihn mit rüber?« Dann wandte sie sich wieder ihrem Mixer zu.

»Machst du Urlaub hier?«, fragte Nelly und kostete den Drink. Diesmal schmeckte er wirklich. Fruchtig und erfrischend. So wie sie sich den Frühling vorstellte, wenn er endlich kam.

»Nein, ich recherchiere für einen Artikel. Über geschichtsträchtige Orte, an welchen Literaturschaffende gewirkt haben. Kennst du dich hier aus?« Er hatte freundliche blaue Augen, und sein Lächeln war nicht aufdringlich.

»Ja, ich bin hier aufgewachsen. Aber es ist nicht schwer, in Weimar zu finden, was man sucht. An Goethe und Schiller kommt man nicht vorbei, auch ohne sie zu suchen.«

»Ich bin mir sicher, du könntest mir Dinge zeigen, die ich übersehen würde. Es geht mir gar nicht so sehr um die Orte, sondern darum, wie sie gesehen werden. Deine persönliche Perspektive würde mich interessieren.«

Nelly rutschte vom Hocker. »Wollen wir nicht weitertanzen?« Er zuckte mit den Schultern, folgte ihr dann aber.

Nelly drehte sich um und erwischte Lulu dabei, wie sie ihnen zufrieden nachsah. Nelly schüttelte strafend den Kopf. Am Ende des Abends musste sie jedoch zugeben, dass sie sich mit David gut unterhalten hatte.

Am nächsten Wochenende, an Ostern, traf sie ihn in der »Distel« wieder. Eine Laune der Natur hatte eine dünne Schneedecke über alles gestreut, eine späte Unverschämtheit dieses Winters, nachdem er zuvor fast schneefrei und nur grau und kalt gewesen war. Die gepflanzten Blumen würden das sicher überstehen, aber an ihre Senioren mochte Nelly gar nicht denken. Hoffentlich gab ihnen das nicht den Rest. Gestern noch hatte sie ihnen allen ein Osterkörbchen vorbeigebracht. Manche waren ganz gespannt bei der Aussicht, in einer Zeitschrift erwähnt zu werden. Hoffentlich half das.

»Schön, dich zu sehen«, sagte David. »Ich dachte, wir könnten vielleicht nächste Woche einen Ausflug machen? Zum Abschluss meiner Recherchen könntest du mir zeigen, was dir hier am besten gefällt.«

Nelly zog ihn beiseite. »Nur wenn du mir hilfst, ein sehr schwieriges Versteck für Lulus Osterei zu finden«, flüsterte sie.

»Abgemacht!« Er sah sich unauffällig um und spähte zum Fenster hinaus. »Ist draußen auch erlaubt?«

»Im Vorgarten, ja, alles was innerhalb des Zaunes liegt.«

»Komm mit.« Er griff ihr Handgelenk und zog sie hinaus. Seine Berührung war nicht unangenehm. Nelly widersprach nicht. »Wo ist deine Freundin?«, fragte er.

»Ihr Mann Lennart beschäftigt sie in der Küche. Lulu hat da sowieso genug zu tun. Die Gäste kommen gleich. Wir müssen uns auf jeden Fall beeilen.«

Er ging zu dem Fahnenmast, der vor dem Haus stand, seit Nelly denken konnte. Lennart hatte eine ganze Sammlung von Fahnen. Eine Weihnachtsfahne, eine Geburtstagsfahne, eine für den örtlichen Fußballclub, eine für den Frühlingsanfang, und zurzeit flatterte dort eine mit *Frohe Ostern* und einem Hasen, der nicht ganz schwindelfrei wirkte.

David löste die Leine und ließ die Fahne herunter.

»Was machst du?« Nelly stand verwirrt da, das große Ei mit der Schleife darum in der Hand. Es war eines dieser altmodischen bunten Pappeier, die man aufklappen konnte. Darin befanden sich allerlei Kleinigkeiten, über die Lulu sich freuen würde. Eine von Nelly selbst verzierte Osterkerze, ein Fläschchen Parfüm, ein witziger Kugelschreiber, ein schöner Notizblock.

David streckte eine Hand aus. »Gib mir das Ei!« Er schob den unteren Karabinerhaken, mit dem die Fahne an der Leine befestigt war, durch die Schleife des Eis und wieder durch die Fahne. Dann zog er die Fahne hoch.

Nelly fing an zu lachen. »Das ist genial!«

»Danke, aber die Idee ist nicht von mir. Hab ich mal irgendwo in einer Geschichte gelesen«, erklärte er entwaffnend ehrlich. Hoch oben hing das Ei, für jeden völlig sichtbar. »Das erwartet niemand – und was man nicht erwartet, sieht man nicht«, sagte David.

Nelly musste ihm recht geben. Bis Lulu nach oben sehen würde, würde es dauern. Ostereier sucht man nicht im Himmel.

Zum Glück hatte es aufgehört zu schneien.

Die anderen Freunde kamen, versteckten auch ihre Ostereier, und schließlich eröffnete Lennart mit einem Gong die traditionelle Suche.

»Frohe Ostern euch allen!«, rief er. »Es gibt wie immer für jeden ein Ei zu finden. Die Namen stehen drauf, wer ein fremdes findet, lässt es liegen und verrät es nicht. Aufgrund des Wetters gibt es einen Spezialosterglühwein von mir, wenn das letzte Ei gefunden wurde.«

Die zunehmend gute Laune der Gäste ließ das Wetter vergessen. Die verwirrenden Spuren im Schnee, die nur scheinbar Hinweise auf die Verstecke lieferten, trugen ein Übriges zur Erheiterung bei. Schließlich fehlte nur noch ein Ei, und das war natürlich Lulus. Alle irrten herum und versuchten, ihr zu helfen, denn alle wollten endlich Glühwein. Doch niemand fand es, bis Lennart entnervt stehen blieb, die Hände in die Hüfte stemmte und den Blick nach oben richtete.

»Himmel, hilf!«, sagte er. »Was soll ich sonst mit meinem Glühwein machen?« Und dann fing er an zu lachen. Sein recht beträchtlicher Bauch hüpfte auf und ab und er zeigte mit einem langen Arm auf den Fahnenmast. »Lulu, du solltest dringend deinen Horizont erweitern!«

David gewann eine Flasche Wein für das beste Versteck und überredete Nelly dazu, sie mit ihm zusammen am nächsten Freitag bei einem Picknick zu trinken, bevor er abreiste. Abends dachte Nelly, dass sie vielleicht zu viel Glühwein getrunken hatte. Sonst hätte sie sich sicher nicht darauf eingelassen.

Doch gleich nach Ostern setzte schlagartig warmes Wetter ein. Am Freitag schien der Winter bereits vergessen, und ein grüner Schleier überzog auf einmal die Bäume und die Erde. Nur ein paar heitere Schäfchenwolken zogen über den Himmel, der kürzlich noch so finster gewesen war. Nelly wickelte sich schon nach wenigen Schritten die Jacke um den Bauch und genoss die warme Luft auf ihren nackten Armen.

»Endlich T-Shirt-Wetter! Ich hatte schon nicht mehr daran geglaubt.«

»Na, es ist ja schon noch sehr früh im Jahr«, sagte David amüsiert. Er machte keine Anstalten, seine Jacke auszuziehen.

»Darum geht es doch gar nicht«, sagte Nelly, aber statt von ihren Senioren erzählte sie ihm lieber von ihrem Verhältnis zu dem Goethe-Schiller-Denkmal.

»Für dich ist es vielleicht nur ein Denkmal, wie sie überall stehen«, erklärte sie. »Aber ich wurde in der Schule von den großen Jungs gehänselt und hatte leider keinen großen Bruder, der mich verteidigen konnte. Also bin ich nach der Schule hier vorbeigelaufen, habe mich einen Augenblick zu Goethe und Schiller gesetzt und ihnen mein Leid geklagt. Ich habe mir vorgestellt, diese großen kräftigen Herren würden den gemeinen Jungs eins auf die Mütze geben.«

David lachte schallend. »Was für eine blühende Phantasie.« Nelly zuckte mit den Schultern und grinste. »Schon. Aber sie waren halt so groß und eindrucksvoll. Und zuverlässig. Immer da, wenn ich sie gebraucht habe. Sie haben mich auch nie verpetzt. Ich konnte ihnen alles erzählen.«

»Auch später vom Liebeskummer?«

»Ja klar, warum nicht? Wir kannten uns ja lange genug. Sie haben mich nicht ausgelacht. Jetzt lass uns noch in den Park an der Ilm gehen, ich möchte dir gerne was zeigen.«

»Da war ich schon.«

»Es ist aber ein guter Platz für ein Picknick. Und hast du auch den *Stein des guten Glücks* gesehen?«

»Nein, was soll das sein? Hat es mit Aberglauben zu tun?« Er sah nicht begeistert aus.

»Nein. Mit Philosophie. Und Lebensweisheit.«

Selbst die Ilm schien sich über den Frühling zu freuen, so fröhlich gluckerte sie unter der Brücke hindurch, als sie hinübergingen. Einen Augenblick lehnten sie sich über das weiße Geländer und betrachteten ihr gemeinsames Spiegelbild.

»Ist das immer so ruhig hier?«, fragte David.

»Das hier ist Weimar. Nicht Paris. Goethe wurde von der Ruhe inspiriert.«

Der Stein des guten Glücks stand nicht weit von Goethes Gartenhaus.

»Das war auch immer ein besonderer Ort für mich, jedenfalls als ich älter wurde. Ein Ruhepol. Goethe hat den Stein 1777 errichten lassen. Man sagt, es sei eines der ersten Denkmäler in Deutschland gewesen, die keine Figur darstellen.«

David untersuchte den großen Quader aus Sandstein, auf dem eine Kugel ruhte. »Und was soll das sein?«

»Man sagt, es ist ein Denkmal für seine Freundin Charlotte von Stein. Vor allem aber sollte der Quader das Feste, Ruhende symbolisieren, die Kugel dagegen das Bewegliche, Wandelbare. Das Schicksal. Sein Hintergedanke war wohl, dass Charlotte ihm Halt gab, dass sie ihn erdete und seine Unruhe ausglich. Aber ich glaube, dass er es auch vor allem im weiteren Sinne gemeint hat. Mir hat es immer eingeleuchtet, und ich habe hier oft Trost gefunden. Zwei Gegensätze, die so ein sinnvolles Ganzes ergeben. Man darf ruhig schwanken und sich ändern, wenn man nur das richtige Fundament gefunden hat. Und die Darstellung ist so ansprechend schlicht. Alles wird klarer, wenn man den Stein betrachtet.«

Sie verstummte und berührte den Quader, der von der frühen Sonnenwärme schon etwas angenommen hatte, fuhr über die Rundung der Kugel und betrachtete die Efeuranken, die das Denkmal umgaben. Für einen Augenblick vergaß sie Davids Gegenwart. Denn ihr wurde tatsächlich etwas klar, auch diesmal. Daher rührte ihr Unbehagen. So gut der Pflegedienst auch lief, sie war wie diese Kugel, noch schwankend, aber leider ohne den soliden Untergrund. Ihr fehlte etwas Festes, Dauerhaftes. Keine Beziehung. Eine Art Fundament für ihr Leben. Und es war nicht hier.

David sagte nichts dazu, machte aber einige Bilder. Dann suchten sie sich einen sonnigen Platz für ihr Picknick. Nelly genoss den Duft der feuchten, sich erwärmenden Erde und den warmen Wind, der über die Spitzen der jungen Gräser fuhr. Sie unterhielten sich über dies und jenes, aber irgendwann wurde David unruhig. »Danke für die Einblicke«, sagte er schließlich. »Das war sehr hilfreich. Aber im Großen und Ganzen ist es mir hier zu still und, na ja, grün eben.«

»Es ist nicht still. Hörst du nicht, wie die Meisen und die Amseln sich unterhalten, wie die Elstern um ihr Revier streiten? Und wie die Bienen in den Krokusblüten summen, die gerade aufgegangen sind? Es ist doch auch nicht nur grün! Dort blüht eine gelbe Zaubernuss auf, und die Krokusse und Iris sind so blau und gelb, leuchtender geht's gar nicht! Bald schon werden an Goethes Gartenhaus die Rosen austreiben.«

David sah sich ratlos um. »Tut mir leid, Nelly. Ich bin ein Stadtmensch. Ich kann damit nicht viel anfangen.« Er reichte ihr eine Hand und zog sie hoch. »Aber du hast mir ein paar interessante Ideen für meinen Artikel gegeben. Dieser persönliche Aspekt hat bisher gefehlt. Es war richtig schön mit dir! Lass uns in Kontakt bleiben, ja? Ich schicke dir den Artikel, und du kannst mir deine ehrliche Meinung dazu sagen. Ich würde mich auch sehr freuen, wenn wir uns einmal wiedersehen könnten.«

Vielleicht würde sie ihm ihre Meinung zu dem Artikel schreiben. Und sie wünschte ihm Erfolg und alles Gute. Aber was alles andere anging, wusste Nelly, dass ihr an einem weiteren Kontakt nichts gelegen war. Ja, er war nett, man konnte gut mit ihm tanzen und sich unterhalten. Aber ein Mann, für den ein wunderschöner Park mit einem Fluss und dem ersten Löwenzahn mit seinem lebensbejahenden Gelb einfach nur »grün eben« war und der damit nichts anfangen konnte, mit dem konnte Nelly beim besten Willen auch nichts anfangen. Da hatte sich Lulu umsonst bemüht.

Aber das machte nichts. Nelly wusste jetzt, dass sie etwas ganz anderes suchte als eine Beziehung. Sie wusste noch nicht, was es war, aber früher oder später musste sie es finden. Am besten früher.

Maja

Leipzig

2018

12

Mond und Kerne

Mit einer Mischung aus Bedauern und Erleichterung nahm Maja den Osterschmuck von den Zweigen des welkenden Forsythiensträußes im Flur.

Die Winterzeit hatte sie nun jedenfalls schon mal überstanden. Den Januar, den Clemens mal Wolfsmond, mal Eismond genannt hatte. Den Februar mit dem Schneemond, auch Sturmmond oder Taumond genannt. Den März mit dem Krähen- oder Lenzmond. Die Zeit war sogar schneller vergangen, als sie befürchtet hatte.

Während Sebastian sich mit neuem Eifer in seine Arbeit vertiefte, hatte Maja begonnen, Schrank für Schrank auszumisten, Zimmer für Zimmer, und dann noch den Keller. Dieser Umbruch in ihrem Leben war genau die richtige Gelegenheit dafür, fand sie. Was sich alles so angesammelt hatte, erschien ihr verblüffend. Da war sogar noch Kinderspielzeug von Lisa und Luca, obwohl Maja nie zu denen gehört hatte, die alles aufhoben. Doch es gab wohl immer Winkel, in denen sich Lebensspuren einnisteten, auch unabsichtlich.

Lisa lachte bei allem, zu dem Maja sie befragte. »Nein, Mama, das müssen wir nicht behalten. Unsere Generation hängt nicht so an Dingen. Das ist sicher, weil wir keinen Krieg und keine Not erleben mussten. Wir teilen, tauschen und geben weiter.«

Also gab auch Maja weiter, was in ihrem Haushalt überflüssig geworden war, und entsorgte, was wirklich nicht mehr zu gebrauchen war. Blumenvasen, die sie schon immer hässlich gefunden hatte, Lieblingspullover, die nie wieder passen würden, Gesellschaftsspiele, die niemand ein zweites Mal spielen würde. Kosmetikproben, die einen unerträglichen Geruch hatten, und andere Dinge, welche die Welt nicht brauchte. Mit jedem Quadratzentimeter neuem Platz fühlte Maja sich befreit, und gleichzeitig stieg die Unsicherheit, womit sie all diesen neuen leeren Raum langfristig füllen sollte.

»Du bist so fleißig!«, sagte Sebastian angesichts der vollen Kartons und küsste sie im Vorübergehen. »Kann ich dir irgendwie helfen?«

»Danke, es tut mir gut. Das heißt, doch, du könntest mit mir die Kleidersäcke zum Roten Kreuz fahren.«

Das taten sie und gingen auf dem Rückweg zur Feier des Tages schön essen. Man konnte zum ersten Mal in diesem Jahr draußen sitzen, denn es war plötzlich warm geworden. Als wäre das Land vom langen Winter direkt in den Sommer geraten. In kurzen Ärmeln saßen sie auf der Terrasse des Lokals mit Blick auf das Rosental und schwitzten, während sich die Bäume beeilten, den Temperaturen hinterherzukommen und ihre Blätter so hastig entfalteten, dass man meinte, ihnen dabei zusehen zu können. Das Wetter schien sich zu benehmen wie die Grashüpfer und hatte einen Riesensatz gemacht. Maja fühlte sich beinahe überrumpelt davon. »Das verlangt nach einem Eis«, sagte Sebastian.

Maja leckte also Erdbeereis mit Kokosstreuseln von ihrer Waffel und dachte, wie schön es war, hier so gelöst mit Sebastian Zeit zu verbringen. Ohne ständig zu überlegen, ob Frau Wissing noch genug Insulin vorrätig hatte oder Herrn Schlossers Gehhilfe endlich genehmigt worden war.

Es war April. Der Grasmond. Auch Wandelmond genannt.

Manchmal während der dunklen Tage hatte Maja sich gefühlt wie der Blaue Mond, der überzählige dreizehnte Vollmond, den es manchmal gab. Dann hatte sie kurzerhand auf dem sorgfältig gehegten alten Plattenspieler einen Blues aufgelegt und mit Sebastian getanzt. Das half. Die Einschleife hatte gehalten. Vielleicht würde ihr die Wandlung zur Rentnerin ja doch noch gelingen.

Als sie abends in der Küche einen Obstsalat richtete, bemerkte sie, dass sie vor sich hin pfiff.

»Das hast du lange nicht mehr gemacht«, sagte Sebastian erstaunt, als er in der Tür auftauchte. »Ich habe es immer sehr gemocht. Vielleicht höre ich das jetzt wieder öfter?« Dann räusperte er sich. »Übrigens, da ist etwas, das ich nach dem Abendbrot mit dir besprechen möchte.«

Wenn es etwas Wichtiges zu bereden gab, taten sie das nie beim Essen oder neben einer anderen Tätigkeit, sondern setzten sich in die beiden gemütlichen Sessel in Sebastians Bibliotheksecke, wo sie nichts ablenkte und die Reihen von Büchern in den Regalen eine Art tröstliche Weisheit und Zuversicht ausstrahlten, dass man mit genug Wissen alles schaffen konnte.

Dort reichte ihr Sebastian später ein Glas Rotwein. »Ein Geschenk von Kurt zu Weihnachten. Probier mal. Ich finde ihn hervorragend. Typisch Kurt.«

Kurt hatte noch nie in seinem Leben eine hässliche Blumenvase verschenkt. Er kannte die Menschen, die ihm etwas bedeuteten, und ihre Vorlieben.

»Wirklich gut«, befand Maja. Der Wein schmeckte ein wenig nach den Herbstfarben eines vergangenen Jahres und ein wenig nach Aufbruch, etwas melancholisch und gleichzeitig nach Lebensfreude.

Sebastian lehnte sich zurück und blickte in sein Glas. »Ich habe ein Angebot von der Universität in Palo Alto in Kalifornien erhalten. Sie haben eine großartige Bibliothek. Ich könnte da vier Monate forschen und auch ein paar Gastvorlesungen halten und an einer Arbeitsgruppe teilnehmen. Ich kenne schon zwei Kollegen dort, mit denen ich öfter einen hochinteressanten Austausch hatte. Es wäre sehr anregend, sie persönlich zu treffen. Aber hier, lies selbst.« Er reichte Maja ein Schreiben.

Sie freute sich, wie viel Wertschätzung aus den Zeilen klang. Sie freute sich auch über die glückliche Aufregung in Sebastians Stimme. Und sie wollte noch nicht darüber nachdenken, was das nun eigentlich bedeutete. Eines war sicher. »Das ist wunderbar. Gratuliere! Was für eine Gelegenheit. Das musst du unbedingt machen!« Sie gab ihm den Brief zurück, er legte ihn beiseite und sah sie an.

»Die stellen eine kleine Wohnung zur Verfügung. Würdest du denn mitkommen wollen? Zeit hättest du ja jetzt. Vielleicht wäre es auch für dich ein Abenteuer.«

Maja trank einen Schluck Wein, aber es lag keine Antwort darin. »Ich weiß nicht. Ich muss darüber nachdenken. Aber ob mit oder ohne mich, du solltest es unbedingt tun.«

»Ja, wenn du das auch so siehst und es für dich in Ordnung ist, würde ich diese Chance tatsächlich gern wahrnehmen.« Er fasste nach ihrer Hand. »Ich würde mich freuen, wenn du mitkämst. Aber ich hätte leider nicht viel Zeit für uns. Darum könnte ich verstehen, wenn du lieber hierbleiben möchtest. Schon wegen Elsie. Vier Monate gehen ja schnell vorbei. Denk in Ruhe nach. Ich muss mich nicht sofort entscheiden.«

Maja spürte die Wärme seiner Hand und betrachtete ihr undeutliches Spiegelbild, winzig klein auf der dunklen Oberfläche des Weins.

Tage später hatte sie sich entschieden. Sie wusste nur nicht, wie sie beginnen sollte. Doch Sebastian nahm es ihr ab. Am Sonntagmorgen lag sie an ihn gekuschelt im Bett, während draußen ein launiger Aprilregen auf die jungen Blätter fiel, deren Hellgrün beinah greifbar zum Fenster hereinsickerte. Dieses Hellgrün von Frühlingsblättern erschien Maja immer so schutzlos und so stark zugleich. Von jeher hatte sie gedacht, das wäre nicht nur die Farbe der Hoffnung, sondern auch die der Wahrheit.

»Du möchtest nicht mitkommen, stimmt's?«, fragte Sebastian.

Maja richtete sich auf und sah ihn an. »Ich … nein. Einerseits ist es verlockend, aber andererseits glaube ich, dass du dort sehr gut ohne mich zurechtkommst und dass mein Platz gerade hier ist. Ich möchte jetzt nicht so weit weg von Elsie. Es ist einfach nicht der richtige Zeitpunkt dafür. Und Lisa …«

Sebastian fuhr mit einem liebevollen Finger über ihr Ohr. »Lisa ist erwachsen.«

»Ich weiß. Aber da ist irgendetwas, was sie nicht erzählt. Es ist nur so eine Ahnung. Aber weder Lisa noch Elsie sind der einzige Grund. Wenn ich jetzt mit dir nach Amerika gehe, dann bringt mich das einer Lösung für meinen Teil von unserem zukünftigen Leben kein Stück weiter. Ich will herausfinden, was jetzt noch für mich kommt. Du hast doch nicht vor, langfristig nach Amerika zu ziehen, oder?«

Er schüttelte den Kopf. »Ganz bestimmt nicht! Es ist nur eine bereichernde Erfahrung, mehr nicht. Ich kann dich wie gesagt gut verstehen. Es ist völlig in Ordnung für mich, auch wenn ich dich sehr vermissen werde.«

»Ich dich auch.« Sie legte sich wieder hin, barg ihren Kopf an seiner Schulter, sog seinen vertrauten Geruch ein und war unendlich dankbar für seine Gegenwart.

»Was Elsie angeht, gebe ich dir sowieso recht«, sagte er. »Ich finde, sie hat sich in diesem Vierteljahr irgendwie verändert. Was ja auch kein Wunder ist. Was für ein Alter!«

»Ich weiß. Ich habe die Veränderung auch gesehen. Ich kann sie aber nicht benennen.«

Elsie hatte mit dem Benennen keine Probleme. Sie war immer ein Mensch der klaren Worte gewesen. An dem Wochenende nach Sebastians Abreise fuhr Maja zu ihr.

»Weißt du, ich möchte keine hundert Jahre alt werden«, bemerkte Elsie unvermittelt am Frühstückstisch zwischen zwei Bissen Brötchen mit Johannisbeermarmelade. »Ich bin nicht wie Kurt. Das hat Clemens gestern auch gesagt.«

Maja blieb ihr eigener Bissen im Hals stecken. »*Wann* hat Clemens das gesagt?«

Elsie blickte kurz verwirrt, dann machte sie eine wegwerfende Handbewegung. »Gestern, vorgestern, vor dreißig Jahren. Ist doch egal. Kurt wollte immer hundert werden. Ich nicht.«

»Ich fände es sehr schön, wenn du mindestens hundert wirst«, sagte Maja möglichst ruhig und versuchte, die Welle von Traurigkeit zu unterdrücken, die über sie schwappte.

»Ist einfach nicht mein Ding«, sagte Elsie in einer so gelungenen Imitation von Lisa, dass Maja lächeln musste und es ihr gelang, die Tränen gar nicht erst aufsteigen zu lassen.

»Geht es dir denn nicht gut?«, fragte sie.

»Mir geht es für mein Alter hervorragend«, sagte Elsie. »Aber es gibt einen Punkt, an dem man lange genug gewandert ist.«

»Das hat Clemens immer gesagt!«, fiel Maja ein. »Wenn wir spazieren gegangen sind. Er hat vorher nie ein bestimmtes Ziel genannt, sondern immer gesagt: ›Wenn wir weit genug gegangen sind, werden wir es merken, und dann kehren wir um.‹ Ich fand es immer total spannend, dass wir vorher nie wussten, wie weit wir gehen würden.«

»Weil man eben nie vorher weiß, wann man müde wird«, erklärte Elsie und nickte zufrieden. »Das Ziel ist nicht, wie weit man wandert, sondern dass man es überhaupt tut und dass man es mit Freude und Neugier macht. Das war sein Pinge... pin...«

»Prinzip«, half Maja.

»Jawohl, und es war ein sehr gutes Prinzip. Clemens war ein Mann von Prinzipien.«

»Ja, das war er.«

An dieses Prinzip von Clemens hatte Maja lange nicht gedacht. Es hätte ihr geholfen, an ihrem letzten Arbeitstag. Vielleicht.

»Aber, Elsie ...«

»Lass gut sein, Maja. Ich weiß ja auch noch nicht, wann mein Punkt kommt«, sagte Elsie gelassen. »Aber ich weiß, dass ich müde werde. Das steht mir zu.« Und dann lächelte sie. »Es war ein verdammt interessanter Weg.«

»Elsie!« Jetzt musste Maja trotz allem über den Tonfall lachen.

Elsies Augen blitzen verschmitzt. »Was denn? Nur weil ich dir beigebracht habe, dass man nicht flucht, heißt das noch lange nicht, dass ich in meinem Alter keine Schimpfworte benutzen darf, wenn sie mir gerade einfallen. Über neunzig darf man alles!«

Maja stand auf und umarmte sie. »So wie du das sagst, braucht man vor dem Älterwerden wirklich keine Angst haben.«

Elsie sah sie erstaunt an. »Hast du das etwa? Was für ein Blödsinn! Du kennst Kurt. Du kennst mich. Du weißt, wie Clemens war. Wovor willst du denn Angst haben?«

Maja setzte sich wieder hin und begann, die Brötchenkrümel auf dem Tisch zusammenzufegen. »Vielleicht davor, dass ich es nicht so hinbekomme wie ihr. Vielleicht davor, dass ich mich nutzlos fühle.«

»Blödsinn«, wiederholte Elsie mit Nachdruck. »Es geht nicht immer darum, nützlich zu sein. Es geht darum, die Zeit, die man hat, nicht zu verschwenden. Wenn du sie damit verbringst, mit den Karpfen zu sprechen oder dich über die Blumen zu freuen, dann ist das auch ein guter Weg. Menschen sind unter anderem dazu gemacht, all das zu bewundern, was erstaunlich und schön ist. Mit Nutzen hat das nichts zu tun.«

»Auf jeden Fall habe ich jetzt viel Zeit, dir zu helfen und für dich da zu sein. Dann macht dich auch nicht alles so müde«, erklärte Maja. »Ich könnte ein paar Wochen ganz hierbleiben. Oder länger.«

Elsie verschränkte die Arme vor der Brust. »Das ist lieb von dir, aber nicht nötig. Frau Herrlich ist da, und du weißt genau, wie gern ich allein bin. Ich kann die Vögel nicht hören, wenn zu viele Menschen um mich herum sind. Und Clemens«, fügte sie so leise hinzu, dass Maja sich nicht sicher war, ob sie sich das nur eingebildet hatte. »Und außerdem«, fuhr sie mit lauterer und strenger Stimme fort, »ich bin nicht dein neuer Lebens… kern.«

»Sinn, meinst du? Oder Inhalt?«

»Meinetwegen. Den musst du schon alleine finden.« Sie klang leicht gereizt, aber dann lächelte sie. »Ich weiß, dass du das kannst, meine Maja. Und jetzt lass uns rausgehen. Ich möchte wissen, ob die Narzissen endlich blühen.«

Maja beobachtete Elsie in den nächsten Tagen besonders genau. Doch wie um ihre Sorge zu zerstreuen, war Elsie besonders munter und lebendig. Sie lief mit ihrem Rollator im Garten hin und her und wies Maja auf Keimlinge hin, die sie gar nicht bemerkt hatte.

»Bist du wirklich nie einsam hier, Elsie?«, fragte Maja, als sie wieder einmal mit Tee und Kuchen bei der Schiffsskulptur saßen und die grünen Spitzen der Lilien zählten, die aus der Erde brachen. Ganze Armeen von Elfenkrokussen waren erst erschienen und dann verblüht. Jetzt gab es Tulpen in allen Farben. Die Hyazinthen dufteten. Alles wirkte fast zu perfekt, um wahr zu sein, auch Elsies plötzliche Unternehmungslust. Sie war sogar zu einem Besuch bei Kurt mitgekommen.

»Liebe Maja, ich war noch niemals in meinem Leben einsam, jedenfalls nicht, seit ich Clemens kennengelernt habe. Ich bin immer allein klargekommen.«

»Ich weiß. Aber das Haus ist so groß. Es könnte noch jemand hier wohnen, den du jederzeit rufen kannst. Eine zweite Hilfe. Oder eine andere Frau in deinem Alter oder, na ja, ein bisschen jünger. Jemand zum Kartenspielen.«

»Maja, das möchte ich nicht! Begreif das bitte. Fang jetzt nicht an, mich in meinem Alter noch ändern zu wollen.« Elsie mochte schmal und gebrechlich geworden sein, aber an der Entschiedenheit in ihrer Stimme war nichts gebrechlich. Maja ließ die Sache auf sich beruhen und fuhr zurück nach Leipzig, bevor Elsie sie ausdrücklich hinauswarf.

Schränke aufzuräumen gab es nicht mehr. Maja stürzte sich in ihre Physiotherapie, denn ihre Rückenschmerzen waren wieder stärker geworden. Außerdem war da Lisa. Lisa kam plötzlich öfter zu Besuch, brachte zu viel Kuchen mit, saß am Küchentisch herum und starrte in die Luft. »Lisa, heraus mit der Sprache. Was ist los?«, fragte Maja schließlich. Sie hatte beschlossen, sich ein Vorbild an Elsie zu nehmen, die nie um den heißen Brei herumredete. War Lisa etwa schwanger?

»Ach, Mama. Ich habe Angst.«

Maja wurde flau im Magen. Sie schob ihren Kuchenteller weg. »Lisa, was ist denn passiert? Ist was mit Luca?«

Lisa schüttelte hastig den Kopf. »Nein. Aber was, wenn ich es vermassele? Wenn mich so ein Kritiker verreißt. Oder überhaupt nichts darüber schreibt. Oder wenn die Leute sich alle totlachen, wenn sie es sehen.«

»Lisa, wovon redest du?« Schwanger war sie anscheinend nicht.

Lisa zerriss eine Papierserviette in kleine Fetzen. »Meine Bilder! Ich hab's dir noch nicht erzählt, weil ich nicht so recht daran geglaubt habe. Ich bekomme eine Ausstellung! Eine eigene Ausstellung, stell dir vor! In der ExperiMind-Galerie. Die ist ganz in der Nähe vom GRASSI Museum. Sie hat einen guten Ruf. Es wird eine Vernissage geben und alles, was dazugehört.« Sie hob den Blick und sah Maja verzweifelt an. »Ich hab mir das so sehr gewünscht! Schon immer. Was, wenn es jetzt schiefgeht?« Ihre Stimme zitterte.

Maja starrte sie sprachlos an. Sie wusste, dass Lisa bestimmte

Stoffreste, die bei ihrer Arbeit anfielen, in Farben tauchte, sie mit Leim auf Leinwand zusammenfügte oder auf grobem Papier, und sie dann rahmte, glaslos. Es waren abstrakte Bilder, organische Formen mit einer Andeutung von Pflanzen darin, mit harmonischen Farben, manchmal nachdenklich, manchmal heiter, manchmal wild. Maja hatte einige davon im Flur hängen. Doch sie hatte es immer für ein Hobby gehalten. Sie kannte ihre Tochter so gut. Hatte sie jedenfalls gedacht. Aber dass Lisa einen solchen Traum hegte und ihr das dermaßen wichtig war, davon hatte sie keine Ahnung gehabt.

Kurzerhand nahm sie ihre Tochter in den Arm. »Liebe Lisa, das ist ja toll! Wenn diese Leute dir eine ganze Ausstellung widmen, dann werden sie wissen, warum. Wieso zweifelst du daran?«

»Weil ich es mir eben so sehr wünsche. Ich weiß, das ist verrückt. Ich *habe* einen Beruf. Ich mag meinen Beruf. Aber trotzdem, das ist wichtig für mich, weißt du, das ist …«

»Ein Lebenskern, hat Elsie gesagt«, sagte Maja. Über dieses Wort hatte sie noch eine Weile nachgedacht. Es hatte in ihrer Phantasie Gestalt angenommen. Ein Kern, aus dem eine Pflanze wuchs und irgendwann blühte. Maja gefiel das. Es war viel anschaulicher als »Lebenssinn«.

»Genau.« Lisa nickte.

Für einen Augenblick beneidete Maja ihre Tochter darum, dass sie sich etwas so sehr wünschte, dass ihr die Tränen in die Augen traten, in der Hoffnung, dass sich dieser Traum vielleicht erfüllen würde.

Ging das nur, wenn man jung war? Oder vermochte man auch in ihrem Alter und mit Rückenschmerzen noch einen solchen Kern finden, zum Wachsen bringen und herausfinden, was aus ihm werden konnte?

13

Sommerhitze

Sebastian hatte ebenfalls nichts von Lisas Traum gewusst. Er fiel aus allen Wolken, als Maja ihm am Telefon davon erzählte. Sie waren beide ein wenig erschrocken, dass sie keine Ahnung davon gehabt hatten, und gleichzeitig erfreut, dass Lisa für etwas so heftig brannte.

»Begeisterung hält jung und macht glücklich«, hatte Sebastian einmal zu Maja gesagt. »Ohne Begeisterung kann das Leben sehr schwierig werden.«

Er hatte es da leichter als sie selbst, dachte Maja. Seiner Begeisterung für die Forschung waren keine Grenzen gesetzt. Ihr aber hatte der Rücken einen Strich unter ihre berufliche Leidenschaft gesetzt.

Maja vermisste Sebastian schrecklich. Auch wenn sie jeden Tag telefonieren und sich sogar dabei sehen konnten, es fehlte ihr, morgens neben ihm aufzuwachen und abends neben ihm einzuschlafen. Ihr fehlten sogar die Krümel auf dem Teppich, die er immer hereintrug, weil er vergaß, die Schuhe abzustreifen. Ihr fehlte das gewohnte stumme Verständnis am Frühstückstisch. Dann waren sie beide noch zu verschlafen, um zu reden, aber tauschten ein Lächeln oder ein Augenzwinkern oder eine Berührung, in der all die Jahre enthalten waren, während derer sie sich bereits so wortlos verstanden.

Doch sie wusste, dass er in Kalifornien glücklich war, obwohl sie ihm ebenso fehlte. Glücklich über all die Bücher in der dortigen Bibliothek, über die Gespräche mit seinen Kollegen und die frischen Ideen, die ihm dabei kamen.

Es war sicher gut, dass seine Abwesenheit sie dazu zwang, bewusster zu leben, als es ihr die alte Routine erlaubt hätte. Sie musste sich jeden Morgen fragen, was sie mit dem Tag anfangen wollte, und sich etwas vornehmen, das sie sonst nicht getan hätte.

Beim Aufräumen hatte sie einen alten Lichtkasten gefunden, auf dem man sich früher Negative angesehen hatte. Oder Dias sortieren konnte. Wie lange war das her! Und wie einfach war es doch heute mit dem Fotografieren!

Auf den Lichtkasten spannte sie ein altes Seidentuch, in dem alle ineinanderfließenden Farben des Frühlings enthalten waren, Hellgrün und Himmelblau, Grasgrün und Wasserblau, Ahnungen von Rot und Gelb. Darauf legte sie zarte Blüten und Gräser, frische diesmal, fotografierte sie auf diesem leuchtenden Hintergrund, bearbeitete die Fotos dann und war recht zufrieden mit dem Ergebnis. Die zarten Blüten kamen in all ihren Einzelheiten zur Geltung und bekamen auf dem traumähnlichen Hintergrund gleichzeitig einen märchenhaften Anstrich.

Sie hatte sich vorgenommen, ihre Idee mit dem Wochenkalender in die Tat umzusetzen, und sie hatte auch schon die Genehmigungen der alten Menschen eingeholt, deren Zitate sie den Bildern zuordnen wollte.

»Das ist richtig schön, Mama!«, sagte Lisa, als sie wieder einmal vorbeikam. Maja freute sich jetzt noch mehr über dieses Lob, da sie um Lisas eigenes künstlerisches Interesse wusste.

Der April ging vorüber. Er blieb überraschend warm und ging direkt in einen noch wärmeren Mai über. Wenn Maja bei Elsie war, war sie die ganze Zeit mit Sprengen beschäftigt, so trocken waren jetzt schon die Blumenbeete.

»Das ist ein merkwürdiger Frühling«, sagte Elsie und sah mit zusammengekniffenen Augen zu dem wolkenlosen Himmel auf.

Doch die Lilien trieben, die Rosen trugen schon jede Menge Knospen, und an den Johannisbeersträuchern rundeten sich bald kleine grüne Beeren. Maja kämpfte weiter gegen das wuchernde Unkraut an, aber der Garten sah doch immerhin wesentlich besser aus als in den letzten Jahren, nun, da sie sich regelmäßig darum kümmern konnte. Elsie tat es gut, mit ihr die Wege entlangzuspazieren und in der Sonne zu sitzen, und dann, als es noch wärmer wurde, im Schatten.

So fielen sie in einen Rhythmus, mit dem sie sich beide wohlfühlten. Maja verbrachte regelmäßig ein paar Tage bei Elsie, und wenn Elsie wieder allein sein wollte, fuhr sie zurück nach Leipzig und beschäftigte sich mit ihrem Projekt. Manchmal ging sie mit einer früheren Kollegin ins Kino oder Eis essen, oder besuchte ein paar ehemalige Patienten mit einem Stück Kuchen.

Es war der letzte Tag im Mai, als frühmorgens das Telefon klingelte. Maja tauchte mühsam aus dem Tiefschlaf auf. Wie jeden Morgen wunderte sie sich einen Augenblick, wo Sebastian war, ehe sie richtig wach wurde. Sie setzte sich auf und tastete nach dem Telefon, während sie sich die Brille aufsetzte. Sebastian lachte immer darüber, dass sie ohne Brille nicht telefonieren konnte. Sie fand es selbst sehr lustig, aber so war es nun einmal.

»Frau Maja, es ist etwas passiert!«, drang Frau Herrlichs Stimme zu ihr durch. »Ich wollte es Ihnen gleich sagen.«

Mit einem Schlag war Maja hellwach. Sie klammerte sich an den Hörer. »Was ist mit Elsie?«

»Nun machen Sie das Kind doch nicht verrückt«, hörte sie zu ihrer Erleichterung Elsie im Hintergrund. »Geben Sie mir den Hörer. Maja?«

»Elsie, was ist denn nur?«

»Ich hab mir den Fuß verstaucht, sonst nichts. Ist ja nicht das erste Mal in meinem Leben.« Aber Maja konnte hören, dass Elsie anders klang als sonst.

»Bist du gestürzt? Wo denn?«

»Im Wohnzimmer. Brauchst dir keine Sorgen machen. Ich habe schon einen Verband. Ich geb dir wieder Frau Herrlich.«

»Frau Maja, ich habe Elsie gleich ins Krankenhaus gefahren«, erklärte Frau Herrlich. »Es ist zum Glück nichts gebrochen. Sie hat einen Verband, und sie soll nicht auftreten.«

»Ich komme sofort«, sagte Maja.

Elsie saß in einem Rollstuhl im Wohnzimmer und sah auf einmal klein und zerbrechlich aus. Ihr Fuß war umwickelt und ruhte auf einem Hocker. Sie war blass, aber sie lächelte.

»Du hättest doch nicht alles stehen und liegen lassen müssen! Mir geht es gut. Ich wusste gar nicht, dass diese Rad… Radsesseldinger so bequem sind«, sagte sie.

Maja umarmte sie vorsichtig. »Ich bleibe natürlich erst mal hier«, sagte sie. Dass Elsie nicht widersprach, machte ihr beinahe die meisten Sorgen. »Wann ist denn das passiert?«

Elsie zuckte mit den Schultern.

»So gegen Mitternacht«, sagte Frau Herrlich, die müde aussah. »Sie ist hier gestürzt, da am Fenster, aber sie hat es geschafft, ans Telefon zu kommen, und hat mich angerufen.«

Elsie hatte Maja versprochen, dass sie immer ein Telefon auf den Rollator legen würde.

»Um Mitternacht? Warum warst du denn da noch wach?«, fragte Maja. »Hast du kein Licht gemacht? Worüber bist du gestolpert?«

»Der Blumenmond blühte … ich meine, er schien so schön zum Fenster herein«, sagte Elsie. »Und draußen sangen die Nachtigallen. Da habe ich mit Clemens getanzt. Das haben wir so oft gemacht, weißt du. So eine Nacht darf man doch nicht verschwenden. Schlafen kann ich, wenn ich tot bin.«

Maja wechselte einen Blick mit Frau Herrlich.

»Ich glaube, Elsie hatte keine Schuhe an, und da hat sie keinen Halt gehabt und ist einfach umgeknickt«, sagte diese.

»Ich habe *immer* barfuß getanzt«, sagte Elsie entrüstet. »Im Gras. Und auf dem Teppich auch.«

Maja schluckte den Kloß in ihrem Hals herunter. Was wusste sie denn schon? Nun, da ihr Sebastian so fehlte, konnte sie sich vorstellen, wie Elsies Phantasie ihr Clemens nahe genug gebracht hatte, um sich in seinen Armen zu wähnen. Vor allem im Mondlicht. War das nicht sogar ein Geschenk?

»Vielleicht ist es besser, mit Schuhen zu tanzen, wenn man über neunzig ist«, sagte sie sanft. »Hast du große Schmerzen?«

»Sie hat eine Spritze bekommen. Und hier sind Schmerztabletten.« Frau Herrlich hielt eine Schachtel hoch. »Die soll sie unbedingt nehmen, wenn es nötig ist. Und erst mal nicht auftreten.«

»Ich möchte auf die Terrasse«, verlangte Elsie. »Draußen geht es mir besser.«

Tatsächlich bekam sie an der Luft gleich wieder mehr Farbe im Gesicht.

»Ich mache Tee«, verkündete Frau Herrlich. Maja folgte ihr in die Küche. »Wie schlimm ist es wirklich?«

»Es ist tatsächlich nur eine Verstauchung. Der Doktor war erstaunt, wie fit Elsie noch ist. Aber ein Schock war es schon und hat sie ganz schön durchgerüttelt. Sie muss sich schonen und erholen.«

»Gehen Sie nach Hause, Sie haben ja kaum geschlafen«, sagte Maja. »Ich bin ja jetzt hier.«

Abends, als Elsie schlief, nachdem sie die Tabletten geschluckt hatte, ging Maja zum Teich hinunter.

»Der Blumenmond wird auch Fischmond genannt«, sagte sie zu den Karpfen. »Eigentlich ist es also euer Mond, Rico. Hättet ihr nicht auf Elsie aufpassen können?«

Der alte Karpfen tauchte für einen Augenblick auf und sah sie an, als wolle er sagen, er hätte Elsie und Clemens so oft im Mai auf dem Gras unter dem Mond tanzen sehen, dass er das Geschehen völlig normal gefunden hätte.

Das Gras in diesem Jahr begann sich bereits bräunlich zu verfärben. Jeden Tag ging die Sonne an einem weiteren heißen, trockenen Morgen auf. »Gut, dass du hier bist«, sagte Elsie, »man muss so viel gießen! Ich möchte nicht, dass die Blumen sterben.«

»Das werden sie auch nicht.« Maja war jetzt beinahe froh, dass Sebastian in Palo Alto war. So konnte sie bleiben und sich um Elsie und die Blumen kümmern.

Jetzt zahlte sich aus, dass Elsie schon vor Jahren in eines der unteren Zimmer gezogen war, weil ihr die Treppe so schwerfiel. Mit dem Rollstuhl konnte Maja sie sehr gut vom Schlafzimmer durch das Wohnzimmer, in die Küche und auf die Terrasse bringen. Frau Herrlichs Mann kam und baute eine Rampe neben der Treppe in den Garten, so dass Maja Elsie auch die Gartenwege entlangschieben konnte.

Erstaunlicherweise schien ihre neue Hilfsbedürftigkeit Elsie gar nicht zu stören. »Dieses Radsesseldings ist so bequem«, wiederholte sie oft. Mit einem Ausdruck der Zufriedenheit saß sie in den Kissen, die Maja um sie herumstopfte, weil der Rollstuhl eigentlich zu groß für Elsie war. Sie betrachtete die Blumen oder schloss einfach nur in der Sonne die Augen und genoss die Wärme. Auf einmal schien ihr die Hitze nichts mehr auszumachen, eher im Gegenteil. Wenigstens war es eine trockene Hitze. Von Schwüle keine Spur, denn es regnete ja nie. Maja fand die Hitze bedrückender als Elsie. Die wollte sogar ihren Tee auf einem Stövchen stehen haben. Manchmal beugte sie sich vor, nahm den Deckel ab und drehte das Teelicht zweimal linksherum.

Die Schmerztabletten aber lehnte Elsie nach den ersten beiden Tagen strikt ab. »Die machen mich noch dümmer im Gehirn. Dann sind die Worte ganz weg.«

Einmal fuhren sie zur Nachuntersuchung. Der Arzt war zufrieden mit dem Heilungsprozess. Elsie bekam nun Therapie von einer netten jungen Physiotherapeutin namens Dora, mit der sie gerne ein Schwätzchen hielt, aber ansonsten froh war, wenn diese wieder ging. »Wir müssen Sie doch wieder auf die Beine bekommen!«, schalt Dora gutmütig, wenn Elsie sie früher fortschickte.

»Diese Beine sind alt, Mädchen«, sagte Elsie dann. »Die müssen gar nichts mehr, was ich nicht will!«

Ende Juni rief Kurt an. »Gut, dass du da bist, Maja! Wir haben hier einen Wasserschaden. Alle werden ausquartiert, bis sie herausfinden, ob man das noch reparieren kann. Anscheinend ist die Statik gefährdet. Das ganze Haus wurde unterspült, ohne dass es jemand gemerkt hat.« Er lachte auf. »Wenigstens haben wir hier genug Wasser, im Gegensatz zum Rest vom Land. Hast du die Nachrichten gehört? Diese Dürre verursacht einen riesigen Ernteausfall. Die Landwirte tun mir wirklich leid. Sag mal, wenn du sowieso bei Elsie bist, kann ich ein Weilchen zu euch kommen?«

»Was für eine Frage!«, sagte Elsie, die mithörte. »Jetzt, wo wir sogar hinten eine Rampe haben! Dann sind wir zwei im Radsesseldings. Passt doch.«

Ihr Wunsch nach Alleinsein war offenbar verschwunden.

Maja holte Kurt und seine Sachen ab. Nun war sie froh, dass das Haus so viele ungenutzte Zimmer hatte, auch unten. Kurt bezog eines mit Blick auf den Obstgarten. Maja hörte ihn dort rumoren, als sie selbst ins Bett ging.

Das Haus fühlte sich auf einmal noch gemütlicher an. Ein wenig wie früher, als Clemens noch da war.

Elsie schien sich gut an Kurts Gegenwart zu gewöhnen. Sie widersprach nicht einmal, als sich herausstellte, dass er nicht ins Heim zurückkehren konnte. Es war baufällig und wurde geschlossen.

»Du bleibst natürlich«, sagte Maja.

»Ja, solange du hier bist, geht das noch«, erklärte er. »Aber ich werde herumtelefonieren und mir langfristig etwas Neues suchen müssen.« Begeistert klang er nicht. Sie wussten alle, dass er mit über hundert nicht einfach irgendwo genommen werden würde, nicht in einer Einrichtung, die zu ihm passte. Wenn es so etwas überhaupt gab. Hier in der Gegend war die Auswahl jedenfalls mehr als gering.

Frau Herrlich mochte Kurt. »Aber ich bin schon sehr erleichtert, dass Sie da sind, Frau Maja«, sagte sie. »Ich merke auch, dass ich älter werde. Und dann dieses Riesenhaus! Auch, wenn nur wir paar Leute darin herumeiern wie der Bodensatz in einer leeren Flasche, sauber macht es sich nicht von allein. Und in der oberen Etage veranstalten die Spinnen schon Polonaisen.«

Maja zweifelte nicht daran. Sie war inzwischen bereits mehrfach mit dem großen langen Staubwedel oben durch die Zimmer gegangen, und trotzdem musste sie sich jedes Mal gründlich die Haare bürsten, wenn sie wieder herunterkam.

Die Wochen vergingen. Kurt sprach nicht mehr vom Wegziehen. Stattdessen spielte er mit Elsie Backgammon. Beide schliefen dabei regelmäßig ein, aber sie führten jedes Spiel irgendwann zu Ende.

Es wurde ein Rekordsommer. Im Garten konnte Maja das Gras nicht mehr davon abhalten, gänzlich braun zu werden. Die Fläche war viel zu groß, um alles zu wässern. Sie konzentrierte sich daher auf die Blumenbeete, die Beerensträucher und vor allem auf die Lilien, Clemens zuliebe. Sie band die hängenden Cosmea und die Dahlien an Stützstäbe, schnitt verblühte Rosen ab und pflückte Johannisbeeren.

Wäre nicht das Blühen und Vergehen, das Wachsen und Reifen gewesen, hätte es sich angefühlt, als ob die Zeit stillstand, in einem merkwürdigen Raum zwischen Vergangenheit und Zukunft.

An den Abenden, wenn die alten Leute im Bett waren, nahm sie sich einen Stuhl und ein Glas Wein und verließ das Grundstück durch das hintere Gartentor. Sie setzte sich auf die andere Seite des Deiches mit Blick über die Auen, während die erleichternde Kühle der Dämmerung über sie hinwegstrich. In der Ferne grasten die Wildpferde und die Kühe. Hier war das Gras noch nicht so braun, weil die Erde in Flussnähe feuchter war. Die alten Eichen standen ungerührt, als könnte ihnen nichts etwas anhaben. Sie hatten schon so viele Generationen von Menschen kommen und gehen sehen, hatten Stürme, Dürren und Kriege überlebt. Maja fand ihren Anblick beruhigend. Manchmal leistete ihr die Glückskatze Gesellschaft. Und sie telefonierte mit Sebastian.

»Maja, ich wollte dich etwas fragen«, sagte er eines Abends. »Sie haben mich gebeten, ob ich weitere drei Monate bleiben würde. Ich könnte noch einen Kurs leiten und eine Studie zu Ende führen, die wir begonnen haben. Aber wir beide müssen uns sehen! Ich werde demnächst für ein, zwei Wochen zu euch kommen. Überlege es dir in Ruhe, ja? Ich bleibe nur, wenn es für dich ganz in Ordnung ist. Ich weiß, es ist schwer für uns beide, aber …«

»Aber es ist eine einmalige Chance. Sebastian, es ist natürlich in Ordnung! Du bist glücklich und ausgefüllt dort. Und ich bin mehr als ausgefüllt hier. Ich werde hier gerade gebraucht. Aber ich freue mich riesig auf dich.«

»Bist du ganz sicher, dass ich bleiben soll?«

»Ja, Liebster. Es ist das Richtige für dich.«

Zwei Tage später tauchte Lisa auf. »Mama! Störe ich?«

Maja strich gerade eine Gartenbank, die kürzlich Rostflecken auf Elsies Rock hinterlassen hatte. Maja konnte sie jetzt gelegentlich dazu bewegen, sich vom Rollstuhl auf die Bänke zu setzen. Mehr geschah allerdings nicht, obwohl Dora überzeugt war, dass Elsie mit dem Rollator längst wieder laufen könnte, und auch der Arzt hatte dafür grünes Licht gegeben.

»Meine Beine sind müde. Das Radsesseldings ist so angenehm«, sagte Elsie jedes Mal stur.

Die Bank am Lilienbeet, die Maja erst vom Rost befreit und dann grundiert hatte, bekam jetzt wieder ihr altes helles Grün zurück, das sie zu Clemens' Zeiten gehabt hatte.

»Lisa! Wie schön, dich zu sehen.« Maja legte den Pinsel weg und umarmte ihre Tochter. Dann betrachtete sie sie genauer. »Lisa, was ist los?«

Sie war vor einigen Wochen auf Lisas Vernissage gewesen, war dafür extra in die Stadt gefahren, während Frau Herrlich auf Elsie aufgepasst hatte. Lisa war aufgeregt gewesen wie ein Kind bei der Einschulung. Es waren viele Leute gekommen, es gab leckere Häppchen und viel Sekt. Die Bilder an den Wänden wirkten noch schöner, als Maja sie in Erinnerung gehabt hatte, und die Stimmung war ausgesprochen gut gewesen. Maja war stolz auf ihre Tochter.

In den letzten Wochen jedoch hatten sie kaum Kontakt gehabt. Lisa war schwer zu erreichen gewesen. Mai bis Juli, da gab es in der Schneiderei immer viele Aufträge, Hochzeitskleider, Sommerfeste, es war einfach viel los. Maja hatte sich nichts dabei gedacht, aber vielleicht war sie auch zu sehr mit ihren eigenen Sorgen beschäftigt gewesen.

Lisa sah aus, als wollte sie gleich in Tränen ausbrechen.

»Ach, Mama! Es war einfach kein Erfolg. Es hat keinen Sinn. Ich bin eben bloß eine Schneiderin.«

Die Bank war noch nass. Maja zog zwei Stühle heran. »Was heißt denn ›bloß‹? Und wie kommst du darauf?«

»Es sind nur zwei Bilder verkauft worden. Ziemlich günstig an ein Hotel. Und es gab einen einzigen kleinen Artikel in einer regionalen Zeitung. Noch nicht mal der war besonders begeistert. Es sind auch kaum Leute in die Galerie gekommen. Morgen nehmen sie die restlichen Bilder wieder ab.« Sie fuhr sich durch die Haare. »Na ja. Egal. Ich muss ja nicht davon leben.«

»Es ist nicht egal. Dein Herz hing daran«, sagte Maja. »Du wolltest das unbedingt. Es wollte aus dir heraus, mehr als du jemals etwas anderes wolltest. Hat sich daran etwas geändert?«

Lisa sah zu Boden und zuckte mit den Schultern.

»Magst du deine Bilder noch?«, fragte Maja. »Und hast du noch Freude daran, sie zu erschaffen?«

Jetzt blickte Lisa auf. »Ja. Ja, natürlich!«

»Na, dann ist doch alles in Ordnung. Ich kann deine Enttäuschung verstehen. Aber das ändert nichts daran, was du bist! Erfolg hat nicht unbedingt mit der Qualität der Werke zu tun. War es nicht van Gogh, der zeit seines Lebens nur ein Bild verkauft hat?«

Jetzt musste Lisa lachen. »Mama, ich bin nicht van Gogh.«

»Wer weiß?« Maja war zufrieden, dass Lisa wieder lächelte. Die Enttäuschung ihrer Tochter tat ihr in der Seele weh. Solche Erfahrungen gehörten zum Erwachsenwerden – aber sie erinnerte sich nur zu gut daran, wie sich das anfühlte.

»Bleibst du ein paar Tage hier? Oder musst du gleich zurück in den Laden?«

Lisa schüttelte den Kopf. »Ich habe mir eine Woche freigenommen. Ich muss mich erst mal beruhigen, und wo kann man das besser als hier? Außerdem möchte ich ein bisschen Zeit mit Elsie verbringen. Und mit Kurt. Wie geht es Elsie?«

Jetzt war es Maja, die zu Boden sah und mit den Schultern zuckte. »Ich weiß es nicht«, sagte sie beklommen. »Etwas stimmt nicht mit ihr. Aber Elsie behauptet das Gegenteil. Sie sagt, alles stimme und sei in Ordnung und es wäre ihr lange nicht mehr so gut gegangen.«

»Vielleicht meint ihr beide etwas Unterschiedliches mit ›stimmen‹«, schlug Lisa vor.

»Da könntest du recht haben.«

Elsie sprach in letzter Zeit immer öfter davon, dass sie Clemens gesehen hatte. Bei Maja löste das Angst aus, und gleichzeitig wusste sie, dass es Elsie glücklich machte.

»Kurt ist sehr froh, dass er hier ist«, sagte Lisa, die regelmäßig Kontakt mit ihrem Patenonkel hatte. Er konnte mit seinem Handy besser umgehen als Maja mit ihrem. »Ich geh mal zu ihm.«

»Ich mache hier noch fertig.« Maja begann wieder, die Gartenbank zu streichen. Auf und ab, hin und her. Der Rhythmus tat ihr gut.

Als sie in Lisas Alter gewesen war, hatte auch ihr Herz einmal sehr an etwas gehangen. Damals war nichts daraus geworden, jedenfalls nicht so, wie sie sich das vorgestellt hatte.

Doch jetzt war alles anders. War es wirklich zu spät dafür?

Nelly

Weimar

2018

14

Rittersspornblau

Aktion bei Nacht – Frühling selbstgemacht. Nelly strich über die Überschrift auf dem Papier. Mit Genuss betrachtete sie ihre eigenen Zeilen darunter und die Fotos, die groß und auf wertigem Papier gedruckt ganz anders, aber noch besser wirkten. Die Redaktion der Zeitschrift *Mervins Garten* hatte den Text an den Rändern sogar noch mit feinen Zeichnungen versehen.

Remona Kreyhenibbe hatte sich nicht nur für den Beitrag bedankt, sondern ihr auch ein ganzes Paket Belegexemplare zugeschickt. Nelly rief sofort Sabine an, die sie nun schon öfter im Büro vertreten hatte, und bat sie zu übernehmen und Nelly ihre Runde zu überlassen. Sie konnte es nicht erwarten, die Zeitschriften zu verteilen.

Die Freude war groß, obwohl der Frühling mittlerweile längst mit Macht ausgebrochen und es gleich so warm geworden war, dass die Alten unter dem Wetterwechsel zu leiden hatten. Er schlug auf den Kreislauf und auf die Knochen. Dafür waren die Wärme und das Grün und die Blüten immerhin für die Seele gut und glichen das zum Teil wieder aus. Beim Anblick ihrer Bilder in der Zeitung aber vergaßen sie alle Beschwerden.

»Das bin ja ich! Und unsere Blumen!«, rief einer nach dem anderen aus.

»Dann haben wir das wirklich gemacht? Ich dachte schon, ich hätte es nur geträumt. Ich musste immer ans Fenster gehen und hinuntersehen, ob die Blumen noch da sind.«

»Ich war noch nie in der Zeitung. Dass mir das in meinem Alter noch passiert!«

»Glauben Sie, dass das viele Leute lesen werden, Frau Nelly?«

»Ganz bestimmt.«

Die Zeitschrift hatte keine riesige Auflage, aber eine stetig wachsende Zahl von Abonnenten. Nelly wünschte sich, dass viele ihren Artikel lesen und die, welche mit alten Leuten zu tun hatten, dadurch vielleicht zu einem ähnlichen Ausflug angeregt werden würden. Jetzt, da es draußen so schön war, konnte man doch leicht mal einen alten Nachbarn oder eine Bekannte ins Auto setzen oder in den Zug und mit ihr ins Grüne fahren, und wenn es nur ein einziges Mal war. Ein Tag, ein Geschenk, eine neue Erinnerung.

Wenn sie ein eigenes Seniorenheim führen würde, dann würde sie das zum festen Bestandteil machen. Mit Hilfe von Paten in der Nachbarschaft vielleicht. Oder durch einen Gemeinschaftsgarten ganz in der Nähe. Es gab so viele Möglichkeiten. Nicht überall, aber dort, wo es passte, musste man sie doch schaffen können!

Und sie mussten gehört werden, die Senioren. Den Glanz in den Augen der Menschen heute, als sie die Zeitschrift in ihren Händen hielten, den würde Nelly so schnell nicht vergessen. Der Stolz, mit dem sie das Heft irgendwo hinstellten, wo sie es den ganzen Tag würden sehen können.

In der Zeitschrift waren natürlich noch mehr Artikel. Auch die neuen Geschichten von den Menschen, die auf Rügen wieder etwas in den Geschichtengarten gepflanzt hatten, wurden jedes Mal abgedruckt. Nelly fand das ungeheuer spannend.

Abends las sie noch einmal Remonas Brief.

Liebe Nelly,

ich hoffe, die Belegexemplare reichen für alle. Es tut mir leid, dass wir noch immer keine Honorare zahlen können. Vielleicht hast du ja einmal Lust, bei uns auf Rügen vorbeizukommen und dir den Geschichtengarten anzusehen? Ich würde mich sehr freuen, wenn wir uns persönlich kennenlernen könnten. Wenn ich nicht dort bin, dann ist auf jeden Fall mein Kollege Heiko vor Ort. Melde dich einfach, sollten deine Wege einmal in den Norden führen.

Viele Grüße
Remona

Diesen Garten würde ich wirklich gern sehen und etwas dort pflanzen, dachte Nelly, während sie auf dem Balkon ihre Kräuter goss. Bei der Hitze war das jeden Tag nötig. Dafür gediehen sie aber auch prächtig. Sie wünschte, sie hätte mehr Platz dafür. In dem Heft *Mervins Garten* gab es auch einen Artikel über vertikales Gärtnern. Es gab Blumentöpfe, die dafür gemacht waren, dass man sie an einer Balkonwand in mehreren Reihen aufeinanderstellte. Dazu gehörte sogar ein einfaches und wirkungsvolles Bewässerungssystem. Ganz billig waren die allerdings nicht. Nelly überlegte, ob sie so etwas nicht selbst bauen konnte. Sie würde mit Manuel und Lilo darüber reden. Wie viel mehr Kräuter könnte sie dann unterbringen! Sie würde einige davon trocknen und Kräuterkissen oder Duftpotpourris herstellen und Tee, und mit all dem ihren alten Leuten eine Freude machen.

Die Einladung nach Rügen war verlockend. Schließlich wollte sie auch unbedingt einmal ihre Eltern besuchen. Damit ließe sich das hervorragend verbinden.

In den Geschichtengarten würde sie den Ananassalbei pflanzen. Von der Pflanze hatte sie mehrere Ableger gezogen, seit sie eine von einer leider schon längst verstorbenen Patientin erhalten hatte.

»Das schmeckt nicht nur gut am Essen«, hatte Frau Lingen gesagt. »Diese Pflanze hat mich stets daran erinnert, dass nicht alles so ist, wie es aussieht. Riechen Sie mal daran!« Verblüfft hatte Nelly festgestellt, dass die Pflanze, die wie ein ganz normaler Salbei aussah, durchdringend nach Ananas roch. Wenn sie die Augen schloss, war sie sich sicher, eine frische duftende Ananas vor sich zu haben. Es war ein Sommergeruch nach Urlaub und Ferien, Schwimmen und Barfußgehen, nach Eisbechern auf sonnigen Terrassen. Darüber hinaus stellte der Ananassalbei Ende Oktober und noch im November leuchtend rote Blütenähren in die Tage, wenn alles andere längst aufgegeben hatte.

Seit damals hütete Nelly den Ananassalbei, nicht nur in Erinnerung an Frau Lingen, sondern weil sie die Botschaft dieser Pflanze durchaus zu schätzen wusste. Sie musste selbst öfter daran erinnert werden, wenn ihr mal wieder ein komplizierter Kunde in ihrem Büro gegenüberstand oder einer ihrer Schutzbefohlenen so schwierig schien, dass sie nicht weiterwusste.

Jetzt zerrieb sie ein Blatt zwischen den Fingern und schnupperte daran. Vielleicht hätte sie David eine Chance geben sollen? Vielleicht war etwas in ihm, das anders war, als es aussah?

Doch dann schüttelte sie den Kopf. »Nein. Da war nichts zwischen uns. Nichts«, sagte sie zu der Pflanze.

Aber den Besuch auf Rügen nahm sie sich vor. Für irgendwann. Es war leider nicht absehbar, wann sie dafür Zeit haben würde. Der Dienstplan war gnadenlos.

Doch sie hatte nicht mit Frau Förster gerechnet. Nelly war kaum zur Tür herein, als diese nach ihren Händen griff und beide mit erstaunlicher Kraft festhielt. »Frau Nelly, haben Sie das von dem Geschichtengarten auch gelesen?«

»Guten Morgen, Frau Förster. Ja, das habe ich. Eine schöne Idee, nicht wahr?« Doch sie ahnte, was jetzt kommen würde. An Frau Förster hatte sie ja schon gedacht, als sie das erste Mal vom Geschichtengarten gehört hatte. Ihr wurde ein wenig mulmig zumute.

Frau Förster war dreiundachtzig Jahre alt, Diabetikerin und schlecht zu Fuß. Und sie hatte bereits zwei Schlaganfälle hinter sich.

Aber sie hatte auch einen Krieg und eine Flucht, drei Fehlgeburten, eine Krebserkrankung und den Tod ihres Mannes überlebt, und sie hatte einen Willen wie Granit. Und außerdem einen winzigen Balkon voller Ableger einer einzigen Pflanze.

»Mein Rittersporn muss in diesen Garten! Wenn ich nicht mehr bin, wird er sonst nicht überleben. Ich will, dass er dort wächst.« Sie hielt Nellys Hände weiter mit eisernem Griff umklammert. Ihr Blick ließ Nellys nicht los.

Nelly hatte selbst schon einen Ableger von ihr geschenkt bekommen. Es handelte sich um einen tiefblauen Rittersporn mit einer weißen Mitte in jeder Blüte. Er war so blau wie der Himmel im Frühsommer, so blau wie Frau Försters Augen immer noch waren. Das hatte auch ihr Mann immer gesagt.

Aber das war nicht der Grund, warum Frau Förster so daran hing, dass sie die Pflanze ihr ganzes Leben hindurch immer mitgeschleppt hatte. Auf dem Balkon hatte die Staude sich ständig vermehrt, weil sie in dem Topf so wucherte, dass sie immer wieder geteilt werden musste. Frau Försters Familie hatte bei

Kriegsende aus Ostpreußen fliehen müssen, als Frau Förster ein Kind war, und in dem Dorf, in dem sie angesiedelt wurden, waren sie nicht willkommen gewesen. Man verhöhnte die Flüchtlingskinder, gab ihnen zu verstehen, dass es sowieso nicht genug für alle zu essen gab, man warf mit Stöcken nach ihr, verspottete sie und jagte sie johlend die Straße entlang.

Der Vater war im Krieg verschollen, die Mutter hatte viele Kinder und keine Zeit. Doch die kleine Beate fand einen Trost in dem Rittersporn, der hinter dem Haus neben der Kellertür blühte. Er wuchs im Schatten, aber er reckte sich in die Sonne. Wenn Beate einmal zwischen Kohlenschleppen und Kartoffelnsortieren einen Augenblick Zeit hatte, dann sprach sie mit dieser Blume, die den Himmel in sich trug und niemals aufgab. Die Pflanze war ihre einzige Freundin. Als die Zeiten sich besserten und sie in ein eigenes Heim zogen, nahm sie einen Ableger mit. Später dann, als Beate heiratete, bestand ihr Brautstrauß aus Rosen und Rittersporn. Jetzt wuchs der Rittersporn auch auf dem Grab ihres Mannes. Doch es stimmte. Irgendwann einmal, wenn sie auch nicht mehr war, würde niemand da sein, um das Grab zu pflegen. Die Geschichte der Freundschaft zwischen Beate und ihrem Rittersporn würde vergessen sein.

Frau Förster hatte recht. Dieser Rittersporn war Zeitgeschichte. Er gehörte auf jeden Fall in diesen Garten, in dem er noch lange davon erzählen konnte.

»Sobald ich kann, werde ich sowieso nach Rügen fahren, Frau Förster«, sagte Nelly und setzte sich zu ihr. »Ich habe Ihnen ja erzählt, dass meine Eltern dorthin gezogen sind. Wenn Sie möchten, nehme ich Ihren Rittersporn gern mit und schicke Ihnen dann gleich ein Bild von dem Ort, wo ich ihn eingepflanzt habe. Und die Geschichte für das Schild daneben können wir zusammen schreiben. Sie diktieren mir.«

»Ich diktiere Ihnen jetzt gleich, und Sie können dieser Frau die Geschichte schicken, damit sie das Schild fertig macht. Aber meine Pflanze werde ich selbst einpflanzen. Ich komme mit!« Die Entschiedenheit in Frau Försters Stimme stand so unerschütterlich im Raum wie der Fels von Gibraltar im Meer. Nelly wusste sofort, dass Widerspruch zwecklos war. Selbst ihr Arzt, der Dr. Färbermeyer, den Frau Förster verehrte, würde sie davon nicht abbringen können.

»Und wenn es das Letzte ist, was ich tue!«, sagte Frau Förster mit Nachdruck. »Außerdem möchte ich noch einmal das Meer sehen. Ich bezahle Sie auch, Frau Nelly.«

»Liebe Frau Förster, auf gar keinen Fall, darum geht es doch nicht. Sie können gerne der Kaffeekasse im Büro etwas spenden, wenn Sie möchten. Aber ich mache mir große Sorgen, ob diese Reise nicht zu viel für Sie wäre!«

Frau Förster lächelte. Sie wusste, dass sie gewonnen hatte. »Liebe Frau Nelly, Sie sind doch dabei. Und außerdem, was habe ich denn zu verlieren?«

»Wird ja Zeit, dass du endlich mal kommst. Und natürlich kannst du die alte Dame mitbringen, Nellymädchen. Sie bekommt das Gästezimmer, wenn es ihr nichts ausmacht, dass dein Vater es aprikosenfarben gestrichen hat. Und du kannst auf dem Sofa schlafen. Vielleicht braucht die alte Dame ja auch gleich einen Haarschnitt?«, fragte Nellys Mutter hoffnungsvoll.

»Hast du so wenige Kunden, dass ich sie dir aus Weimar anschleppen muss?«, erkundigte sich Nelly erstaunt.

»Nein, es macht mir nur einfach so viel Spaß. In meinem eigenen Laden! Du musst doch wissen, wie das ist.«

Ja. Das hatte sie mal gewusst. Aber etwas fehlte neuerdings an diesem Gefühl. Sie ahnte inzwischen, dass es noch besser ging.

»Ich muss erst mal sehen, dass ich mir freinehmen kann,« sagte sie.

»Ich schlage vor, diese Frau hier einzustellen«, sagte Amanda und schob Nelly eine Bewerbung über den Tisch. »Ich hatte neulich schon ein Gespräch mit ihr. Sie ist engagiert, erfahren und sympathisch. Dann könnte Sabine dauerhaft ins Büro wechseln. Da hat sie sich bewährt, und es macht ihr Freude. Die Kunden mögen sie. Lass es uns probieren, dann kannst du dir freinehmen, solange du möchtest. Eine Woche, oder auch zwei.«

»So lange brauche ich doch nicht!«, protestierte Nelly.

Doch Amanda hob die Hand. »Ich war letztes Jahr vier Wochen auf Sizilien, weißt du nicht mehr? Da hast du mir den Rücken freigehalten. Jetzt bist du dran! Du hast schon Ringe unter den Augen, und das bei dem schönen Wetter.«

Es stimmte. Nelly schlief schlecht in letzter Zeit. Sie wusste auch nicht, woran das lag. Lulu schob ihr neuerdings nur noch Vitamindrinks über den Tresen.

»Also gut. Dann wohl besser bald. Frau Förster gibt keine Ruhe. Sie hat sogar den Doktor um den Finger gewickelt. Der hat mir schon eine Gebrauchsanleitung für sie geschrieben.«

Amanda schnaubte. »Als ob du die nötig hättest. Pass lieber auf, dass das Auto noch mal durchgecheckt wird.«

»Kann ich den Dienstwagen denn überhaupt entführen?« Daran hatte sie noch gar nicht gedacht.

Amanda tippte auf die Bewerbung. »Diese Schwester Angelika hat einen eigenen Wagen und möchte mit dem die Runden fahren. Das passt schon. Soll ich dir dabei helfen, noch eine Ausrede zu finden, oder hast du jetzt begriffen, dass es auch mal ohne dich geht?«

Nelly musste lachen. Sie umarmte Amanda, die sie verlegen wegschob, und verließ summend das Büro, um mit Frau Förster ein paar Einzelheiten zu besprechen.

Auf einmal freute sie sich unbändig darauf, das Meer zu sehen. Sie stellte sich vor, wie es in der Sonne lag, weit, klar und offen. Rittersopornblau.

15

Auf der anderen Seite der Brücke

Nelly und Frau Förster übernachteten in Potsdam, auf halbem Wege nach Rügen.

Nelly hatte der alten Dame keine Fahrt von über fünf Stunden am Stück zumuten wollen. Doch entgegen ihren Befürchtungen wirkte Frau Förster topfit. Sie genoss die Fahrt.

»Ich habe so lange keine Felder und Wälder mehr gesehen. Und all die Autos! Die sehen inzwischen so anders aus.« Ständig blickte sie um sich, begierig auf neue Eindrücke. »Aber sagen Sie mal, Frau Nelly, früher war die Windschutzscheibe auf solchen Fahrten immer bald voller Insekten. Sind das wirklich so viel weniger geworden?«

»Ich fürchte, ja«, sagte Nelly bekümmert. »Es wird immer schlimmer. Das macht mich auch sehr traurig. Ich halte mich so gerne auf Wiesen auf. Immer, wenn ich mich entspannen möchte oder über etwas nachdenken muss, fahre ich dorthin. Im Gras geht es schon noch lebendig zu. Aber es gibt vor allem so viel weniger Schmetterlinge als früher.«

»Wenn wir einen Rastplatz an einer Wiese finden, können wir dort anhalten?«, bat Frau Förster.

»Sicher, wenn Sie das gern möchten.« Nelly hielt Ausschau nach einem entsprechenden Schild. Es dauerte eine Weile, doch dann wurde sie fündig.

»Lassen Sie uns ein paar Schritte gehen. Das tut mir gut«, sagte Frau Förster. Nelly half ihr aus dem Auto. »Aber Ihren

Rollator nehmen wir mit! Dort ist ein Weg, der ist zwar sandig, aber er sieht recht fest aus.«

»Danke, liebe Nelly. Hören Sie, jetzt da wir zusammen unterwegs sind, können wir uns nicht duzen?« Frau Förster hielt ihr die Hand hin. »Ich bin Beate. Aber das weißt du ja.«

»Gern, Beate. Kommen Sie, ich meine, du, aber sag bitte, wenn es dir zu viel wird. Wir müssen ja auch wieder zurück.«

»Die frische Luft tut mir gut. Und all das Grün! Herrlich!«

Langsam arbeiteten sie sich voran, bis das Gras rundherum höher wurde und sie an einen Waldrand kamen.

»Jetzt wäre eine Pause gut«, gestand Beate. »Nimm du doch dort auf den Baumstumpf Platz. Ich kann auf meinem Rollator sitzen. Das ist so bequem. Ich möchte mir die Wiese in Ruhe ansehen und ein bisschen lauschen.«

Nelly setzte sich. Gemeinsam betrachteten sie die Kornblumen, den Mohn, das Seifen- und das Hirtentäschelkraut. Je länger sie hinsahen, desto mehr Blüten entdeckten sie. Auch Bienen waren da, die im Klee summten, eifrig den buttergelb glänzenden Hahnenfuß besuchten und tief in die wilden blauen Lupinen tauchten. Ein Grashüpfer verweilte einen Augenblick auf Beates Schuh, ehe er erschrocken wieder zwischen den dichten grünen Halmen verschwand. Nur Schmetterlinge sahen sie keine.

»Wie schön es hier ist!«, sagte Beate. »Was meinst du, wird es auf Rügen noch Schmetterlinge geben? Ich vermisse sie. Als Kind bin ich ihnen immer hinterhergesprungen. Damals war alles voll davon. Zitronenfalter, Tagpfauenaugen, Admiral, sogar der Schwalbenschwanz, ganze Schwärme flatterten da herum.«

»Ich denke, im Geschichtengarten werden wir bestimmt

welche sehen. Der ist ja nur ein Teil einer größeren Anlage, die extra dafür angelegt ist, Insekten anzulocken. Remona Kreyhenibbe und ihr Team haben dort alles angepflanzt, was gut für Bienen und Schmetterlinge ist.«

Beate stand auf. »Dann lass uns jetzt zurückgehen und weiterfahren. Ich möchte nicht, dass es dem Rittersporn in deinem Auto zu heiß wird.«

»Und Ihnen, ich meine, dir?«, fragte Nelly besorgt. »Wird dir die Hitze nicht zu viel?«

»Mit diesem albernen Strohhut, auf den du bestanden hast, bestimmt nicht. Früher hatte ich noch dicke Locken wie du, da brauchte ich so was nicht.«

Aber Nelly bestand darauf, dass Beate noch ein paar ordentliche Schluck Wasser trank, bevor sie weiterfuhren.

»Mit dem Wasser, das du mitgenommen hast, kann man ja eine ganze Armee versorgen«, meinte Beate. »Gib den Pflanzen auch etwas.«

»Man kann nie wissen, wann man in einen Stau kommt.« Nelly goss die beiden Töpfe auf der Rückbank. Sie hatte sie in eine Wanne gestellt, damit nichts auf den Sitz lief.

»Du bist so gut organisiert und umsichtig, dass ich mich frage, wer von uns beiden älter ist«, sagte Beate. »Ich selbst fühle mich gerade übermütig, sorglos und beinahe jung. Ich war so lange nicht unterwegs. Danke, dass wir das hier machen, Nelly! Ich weiß das sehr zu schätzen.«

Nelly sah zu ihr herüber. »Liebe Beate, ich bin dir auch dankbar, dass du mich überredet hast. Ich hätte meine Eltern längst besuchen sollen, und ob ich ohne dein Drängen jemals dazu gekommen wäre, diesen Geschichtengarten wirklich zu besichtigen, weiß ich auch nicht. Dabei möchte ich ihn so gerne sehen.«

»Hast du unsere Texte zu den Pflanzen denn schon dorthin geschickt?«, erkundigte sich Beate. »Wie funktioniert das eigentlich?«

»Ja, habe ich. Sie werden dort formatiert und ausgedruckt und dann laminiert und auf ein Schild fixiert, so ähnlich wie es in botanischen Gärten mit den Namen der Pflanzen geschieht. Die Schilder sind nur größer. Mist!« Nelly musste scharf bremsen, weil jemand vor ihr plötzlich die Spur wechselte, ohne zu blinken.

Schließlich kamen sie sicher in dem kleinen Dorf bei Potsdam an.

»Herzlich willkommen!« Nellys alte Freundin Anja begrüßte sie. »Wie schön, dich zu sehen. Guten Tag, Frau Förster. Setzen Sie sich doch dort ins Wohnzimmer. Ich habe Salat gemacht. Kommt gleich.«

»Ich helfe dir.« Nelly folgte Anja in die Küche. Als sie mit Geschirr und Salatschüsseln ins Zimmer zurückkehrten, war niemand mehr da. »Nanu?« Nelly sah sich besorgt um.

»So müde scheint sie nicht zu sein. Sie ist draußen.« Anja deutete durch die offenen Terrassentüren in den kleinen Garten. Dort saß Beate auf ihrem Rollator, eifrig im Gespräch mit einem alten Herrn, der auf einer Bank Pfeife rauchte. »Mein Großvater«, erklärte Anja. »Er wohnt seit einer Weile bei mir.«

»Die beiden scheinen sich bestens zu verstehen«, staunte Nelly. »Und ich dachte, sie wäre erschöpft.«

»Wir trauen den alten Menschen manchmal viel zu wenig zu. Ich erwische mich auch immer wieder dabei. Dabei kann man mit Opa immer noch Pferde stehlen.« Anja trat in die Terrassentür. »Wenn ihr Lust habt, könnt ihr essen kommen!«

Die beiden waren so in ihr Gespräch vertieft, dass sie ein zweites Mal rufen musste.

»Heinrich raucht denselben Tabak wie früher mein Franz«, sagte Beate, während Nelly ihr Salat auf den Teller gab. »Ich mag das so gern. Es riecht so schön nach Mann.«

»Seid ihr schon beim Du?«, fragte Anja amüsiert.

»Nur, weil ich mir keine Nachnamen mehr merken kann«, sagte ihr Großvater seelenruhig und legte seine Pfeife auf den Tisch, wo sie ein Häufchen Krümel hinterließ. Anja schob ihm gelassen einen Aschenbecher hin.

Der Abend verging wie im Flug, und Heinrich und Beate bestanden auf einer Partie Doppelkopf, bevor sie zum Zubettgehen zu bewegen waren.

»In unserem Alter braucht man nicht mehr so viel Schlaf«, sagte Heinrich und zwinkerte Beate zu.

»Kommt Heinrich denn noch allein zurecht, wenn du arbeitest?«, fragte Nelly später, als sie mit einem Wein im Garten saßen und zusahen, wie die Flammen der Windlichter in einem sanften Juliwind flackerten, der keine Abkühlung brachte. Im Hintergrund lief ein Rasensprenger und klapperte beim Drehen gelegentlich dumpf wie ein Herzschlag der Sommernacht. Sie wusste, dass Anja in dem Museum, in dem sie tätig war, oft Überstunden machte.

»Ja, zum Glück. Obwohl ich manchmal befürchte, dass er irgendwann mit der Pfeifenasche das Haus anzündet. Ich weiß auch nicht, was werden soll, wenn es einmal nicht mehr geht. Aber kommt Zeit, kommt Rat. Ich wollte, dass Heinrich sich vorsorglich in einem Heim anmeldet. Du weißt ja, wie lange die Wartelisten dort sind. Aber er weigert sich. Wir haben uns einige angesehen, aber keines davon hat ihm gefallen. Er konnte mir nicht einmal sagen, warum. Eigentlich waren sie alle hell und nett. Doch er war sicher, dass er sich dort nicht wohlfühlen würde. Und ich glaube ihm. Wir werden einen Pflegedienst brauchen, wie ihr es seid.«

Nelly sah in ihr Weinglas. »Ja, die Leute, die ich betreue, leben noch in ihren Wohnungen. Sie wollten auch nicht ins Heim. Aber so richtig glücklich sind viele davon nicht mehr. Sie sind einsam und kommen kaum hinaus. Sie haben zu wenig Kontakt mit anderen, und sie sehnen sich nach etwas Grünem und der Erde. Die meisten freuen sich auffallend über die pflegeleichten Topfpflanzen, die ich ihnen immer mal schenke, und zählen jeden Tag die neuen Blätter, die sie treiben. Aber das genügt nicht.«

»Dieser Garten, zu dem ihr unterwegs seid, klingt schön«, sagte Anja. »Erzähl mir dann mal, wie es gelaufen ist. Vielleicht kann ich mit Opa auch einmal dorthin. Es würde ihm sicher guttun.«

»Mach ich«, versprach Nelly.

Als sie sich am nächsten Morgen verabschiedeten, hatten Heinrich und Beate schon ihre Adressen ausgetauscht.

»Es ist nur wegen dem Tabakduft«, vertraute Beate Nelly im Auto an. »Da konnte ich nicht nein sagen. Aber Heinrich spricht zu viel. Rede ich auch so viel? Sag es ruhig. Ich habe so wenig Gelegenheit, weißt du.«

»Nein«, sagte Nelly. »Du redest auf gar keinen Fall zu viel. Ich höre dir gerne zu.«

Sie stellte fest, dass diese Reise längst nicht so anstrengend war, wie sie erwartet hatte. Im Gegenteil. Frau Försters Lebendigkeit gab ihr selbst Kraft.

Als sie über die Brücke nach Rügen fuhren, hatten sich die Wolken des Morgens verzogen und lagen nur noch als weicher Streifen am Horizont wie eine Sahneschicht auf dem Tag. Unter ihnen glitzerte das Meer, Schiffe fuhren hin und her, die Silhouette von Stralsund mit den alten Kirchen lag hinter ihnen im Dunst wie eine Stadt aus einem Märchen.

»Ach, Nelly, wie schön, dass ich das sehen darf!« Beates Augen glänzten. »Auf Rügen bin ich noch nie gewesen, aber ich war oft mit Franz an der See. Meistens in Dänemark. Dann haben wir uns einen Platz auf einem warmen Stein gesucht, er hat seine Pfeife geraucht, und wir haben einfach nur den Wellen zugesehen und uns gefreut, dass wir uns haben und dass wir am Leben sind. Mehr braucht man gar nicht, weißt du. Aber es tut gut, daran erinnert zu werden. Auf das Meer kann man sich verlassen. Egal, was geschieht und wie viel Zeit vergangen ist, es ist immer für einen da, wenn man zu ihm zurückkehrt. Es kühlt die Füße und wärmt die Seele.«

Nelly sog die blaue Weite in sich auf und gab Beate recht. Das Meer hatte etwas Zeitloses, ganz egal, in welchem Alter man ihm begegnete. Ob man am Anfang, in der Mitte oder am Ende des Lebens stand, es hatte einem immer etwas zu sagen. Und dann die Luft! Sie ließ das Fenster ganz herunter. Wie eine Umarmung war der weiche, frische Sommermeeresduft. Für einen Augenblick wünschte sie, die Brücke wäre noch länger.

Dahinter war es, als begänne hier eine andere Welt, losgelöst vom Festland und mit ihrer ganz eigenen Ruhe. Schweigend fuhren sie durch die alten Alleen mit den mächtigen Bäumen, die wie ein geheimnisvoller grüner Tunnel wirkten, der überallhin führen könnte.

»Wie wunderbar, dass du endlich einmal hier bist, Nellymädchen!« Ihre Mutter umarmte sie fest. »Ich kann es gar nicht erwarten, dir meinen Laden zu zeigen. Herzlich willkommen, Frau Förster! Ich bin Fanny.«

»Und ich Beate. Frau Förster klingt so alt, und ich werde gerade zunehmend jünger«, erklärte Beate.

Das aprikosenfarbene Gästezimmer gefiel ihr ausnehmend gut, und Nelly stellte mit Erleichterung fest, dass das Bett nicht so niedrig war, dass Beate morgens nicht daraus aufstehen konnte.

Der kleine Friseurladen in Baabe war ganz nach dem guten Geschmack ihrer Mutter eingerichtet. Nelly sah sich bewundernd um. Alles war in warmen, freundlichen Farben gehalten und so, dass man genau spürte, dass man im Urlaub und an der See war, mit dezentem Wellenmuster hier und da und feinen Muscheltattoos an den Wänden. Der Boden war aus Holz und erinnerte an die Bohlenwege, die man so oft an Strandübergängen fand. Trotzdem war er so glatt, dass man gut alles zusammenfegen konnte, was bei einem Friseur so herunterfiel.

Nelly hatte ein wenig Bedenken gehabt, ob ihre Mutter die arme Beate nicht sofort zu einem Haarschnitt überreden würde, den diese gar nicht wollte. Doch es kam andersherum. Beate betrachtete begeistert die aufgereihten Scheren, die bequemen Sessel und ein paar ausliegende Prospekte. »Da! Genau diesen Haarschnitt möchte ich!« Sie zeigte mit einem entschiedenen Finger darauf. »Machen Sie mir das, liebe Fanny? Die Zeit dafür haben wir doch, Nelly, oder?«

Nelly musste lachen über die Begeisterung in ihrer Stimme. Dabei hatte sie immer dafür gesorgt, dass ihre Schützlinge zum

Friseur konnten oder dieser ins Haus kam, wenn es nötig war. Aber das hier war ganz offenbar etwas anderes.

»Natürlich. Ich muss sowieso mit Remona Kreyhenibbe telefonieren und den Termin für morgen bestätigen. Amüsiert euch nur.«

»Nehmen Sie Platz. Dieser Schnitt ist eine gute Wahl. Ich würde ihn nur ein klein wenig anpassen, sehen Sie, so …« Eifrig breitete ihre Mutter einen Frisierumhang aus.

Nelly verließ den Laden und machte sich auf die Suche nach ihrem Vater oben in der Wohnung. Er sortierte an seinem Schreibtisch Rechnungen, sah aber ebenso zufrieden aus wie ihre Mutter. »Mein Nellymädchen!« Er musterte sie kritisch. »Du siehst müde aus. Ist alles in Ordnung?«

Sie umarmte ihn. »Ja, Daddy, alles gut. Ich brauche nur ein paar Tage frische Luft und Abwechslung. Es ist zu heiß. Hier habt ihr es gut.«

Er nickte zufrieden. »Es geht nichts über tägliche frische Meeresluft. Es war die absolut richtige Entscheidung. Und deine Mutter ist glücklich.«

»Du nicht?«

»Doch, auf jeden Fall. Aber nicht wegen des Friseursalons. Sondern weil es noch einmal ein ganz neuer Lebensabschnitt ist, den wir richtig genießen können. Nicht zu viel Arbeit, nicht zu wenig. Und dann dieses Stückchen Erde hier.«

Nelly freute sich, wie gut es ihre Eltern getroffen hatten, und fragte sich, ob sie wohl in deren Alter auch einmal so zufrieden sein würde. Bis dahin war es noch ein langer Weg.

Sie erkundigte sich bei ihrem Vater nach der kürzesten Route zum Wasser und spazierte los, während sie mit Remona Kreyhenibbe telefonierte.

Am Strand war es ein wenig zu voll für ihren Geschmack, schließlich war Hochsaison, aber da der Tag sich allmählich neigte, leerte es sich gerade ein wenig. Sie setzte sich in den Sand und betrachtete die Blauschattierungen im Wasser, den grünlichen Schimmer weiter draußen und den Dunst über dem Horizont, wo sich Schäfchenwolken rötlich färbten. Wie lange hatte sie das Rufen der Möwen nicht mehr gehört! Sie dachte eine Weile dankbar an gar nichts und verlor sich in den Farben und dem Rauschen der Wellen.

Bis sie irgendwann der Stich einer Mücke auf ihrem Knie aufschreckte. Inzwischen war sie fast allein. Die vielen Familien mit ihren hungrigen, müden Kindern hatten sich nach Hause getrollt. Nelly beeilte sich ebenfalls zurückzukommen. Beate musste ja denken, sie hätte sie im Stich gelassen.

Doch die saß vergnügt mit den Eltern am Abendbrottisch. »Sieh mal, Nelly, wie schick ich bin!«

»Huch!«, entfuhr es Nelly. Nicht wegen des flotten asymmetrischen Haarschnitts, den ihre Mutter Beates Haaren verpasst hatte, die irgendwie noch strahlend weißer erschienen als ohnehin schon. Sondern wegen der drei knallblauen Haarsträhnen darin.

Beate lachte herzlich über ihr Gesicht. »Gefällt es dir nicht? Mach deiner Mutter bitte keine Vorwürfe. Ich habe es so gewollt. Das war allein meine Idee.«

»Ehrenwort. Aber ich finde, es passt wunderbar zu Beate. Es ist so heiter«, erklärte ihre Mutter.

Nelly sah ein zweites Mal hin. So fröhlich hatte Beate tatsächlich noch nie ausgesehen, seit sie sie kannte. Und die Frisur stand ihr ausgezeichnet. Warum um Himmels willen sollte sie nicht blaue Haarsträhnen tragen?

»Ich finde es auch super«, sagte sie ehrlich. »Ich war nur ein wenig überrascht.«

»Genauso soll es sein«, erklärte Beate. »In meinem Alter wird es schwer, Leute zu überraschen. Wenn es dafür so ein einfaches Mittel gibt, warum soll ich es nicht nutzen?«

»Also, mich überraschst du öfter«, sagte Nelly. Sie setzte sich und wunderte sich, was für einen Appetit ihr die Meeresluft verliehen hatte. Vielleicht war es aber auch nur die leckere Sauce ihrer Mutter und der frische Fisch.

»Hast du die Pflanzen gegossen?«, fragte Beate besorgt.

»Ja, und ich habe sie in den Schatten gestellt, an die Hauswand. Mit Remona habe ich auch gesprochen. Sie klingt wirklich sehr nett. Der Termin morgen geht klar.«

»Sie ist tatsächlich reizend«, sagte Nellys Mutter, und ihr Vater nickte bekräftigend.

»Wart ihr auch schon dort?«, fragte Nelly erstaunt.

»Natürlich. Ich hab dir doch erzählt, wie sehr ich ihre Zeitschrift mag. Sonst hätte ich sie dir ja nicht empfohlen. Wir mussten den Garten unbedingt sehen. Außerdem hatten dein Vater und ich dort etwas einzupflanzen.« Ihre Eltern tauschten einen Blick, in dem all die Liebe und Vertrautheit der letzten Jahrzehnte lag.

»Was denn?« Jetzt war sie neugierig.

»Kannst ja sehen, ob du unsere Geschichte findest, wenn du dort bist«, sagte ihre Mutter schmunzelnd.

Nelly fragte sich, was sie über ihre Eltern noch alles nicht wusste. Und wie groß ein Garten wohl sein müsste, wenn jeder Mensch einen zur Verfügung hätte, in dem er für jede seiner Geschichten eine Blume pflanzen könnte.

16

Gute Plätze

»Können wir heute Abend noch an den Strand gehen?«, fragte Beate auf der Fahrt zum Geschichtengarten. Der lag ein ganzes Stück weit entfernt am Jasmunder Bodden, und so fuhren sie wieder durch die schattigen Alleen, in denen man sich fühlte wie auf einer Zeitreise in eine andere Welt. »Am liebsten würde ich einen Bernstein suchen. Es heißt, an der Ostsee findet man den.«

»Warum gerade Bernstein?«, erkundigte sich Nelly, die von allen Strandfunden die schlichten weißen Muscheln am schönsten fand. Allerdings beschränkten sich ihre Kenntnisse über Bernstein auf die Kette, die eine ihrer Patientinnen trug. Sie hatte eine zunehmend trübe Oberfläche und Nelly fand sie nicht besonders interessant.

»Ich habe Bilder gesehen«, sagte Beate verträumt. »Wenn er gut poliert ist, ist er wie die Seele eines Menschen nach einem langen Leben. Er besitzt einen mal dunklen, mal helleren honigfarbenen Glanz und ist ganz klar. Und manchmal bleibt tief in seinem Inneren etwas Feines, Zerbrechliches unversehrt für alle Zeit erhalten. Der Samen eines Baumes zum Beispiel oder der Flügel einer Libelle oder sogar ein kleiner Grashüpfer. Und trotzdem ist er, wenn man ihn in die Hand nimmt und gegen das Licht hält, warm und ganz leicht. Das ist eine schöne Vorstellung, findest du nicht?«

»Ja, das ist es«, fand Nelly. So hatte sie das noch nicht gesehen. »Wir werden am Strand danach suchen, versprochen.«

»Na ja, es ist die falsche Jahreszeit dafür. Und viel zu viele Menschen hier. Man findet ihn wohl hauptsächlich nach Stürmen und im späten Herbst und Winter«, sagte Beate. »Ich muss nicht unbedingt einen finden, es wäre nur nett, einmal danach Ausschau halten zu können. Es genügt auch, wenn wir eine Weile am Strand sitzen. Ich fürchte, das mit dem Waten im Wasser werde ich wohl nicht mehr hinbekommen. Der Rollator ist schließlich nicht für den Sand gedacht.«

»Ein Stück schaffen wir, wenn du dich bei mir einhängst«, versprach Nelly.

Vorerst war es der Bodden, der glänzte, eine Bucht silberblau im Sommerlicht, und daneben Felder und Wiesen, in denen der Seewind spielte. Es war sogar hier auf der Insel bereits so warm, dass die Grashüpfer schwiegen. Nur ein paar Seevögel riefen und Bienen summten. Sie parkten auf dem kleinen Sandplatz neben dem Schild *Mervins Garten*. Beate stieg etwas mühsam aus, während Nelly den Rollator aus dem Kofferraum hob. In den daran befestigten Korb stellte sie die beiden Blumentöpfe. Vom Rittersporn war zum Glück nichts abgebrochen, er strahlte blau und aufrecht, während der etwas zerzauste Ananassalbei großzügig das ganze Auto mit beinahe zu viel Duft erfüllt hatte.

Gleich hinter dem Torbogen, an dem verschiedene Sorten Clematis blaue und weiße Blütensterne aufgehängt hatten, gingen sie zwischen Reihen von bunten Gladiolen und Dahlien auf ein Blockhaus zu. Auf der Veranda davor saßen ein Mann und zwei Mädchen im Teenageralter an einem Tisch und sortierten Samenpäckchen. Als der Mann Nelly und Beate kommen sah, stand er sofort auf.

»Guten Tag, herzlich willkommen in Mervins Garten!«, begrüßte er sie. »Du bist sicher Nelly.«

»Ja, und das ist Beate Förster. Wir sind mit Remona Kreyhenibbe verabredet.«

»Ja, ich weiß. Sie wurde aufgehalten, aber sie wird bald hier sein. Sie meinte, ihr könnt inzwischen schon mal eure Pflanzen einsetzen. Ich bin Heiko. Wartet kurz, ich habe eure Texte schon fertig gemacht.«

Er verschwand kurz im Haus und kehrte mit zwei Schildern zurück, auf denen in schöner, klarer Schrift mit feinen Zeichnungen am Rand ihre jeweilige Geschichte montiert war. Dadurch, dass es für das Einsenden der Texte eine klare Vorgabe gab, was die Maximallänge anging, passten sie perfekt. Die Schilder hatten einen Neigungswinkel und feste Stöcke mit einer Gabel unten, mit der man sie in der Erde fixieren konnte. Nelly war überrascht, wie stabil und schön das aussah. Für die geringe Gebühr, die sie auf seine Bitte überwiesen hatte, hätte sie nicht so viel Qualität erwartet. Selbst die Namen der Pflanzen in der Überschrift waren von Hand fein verziert.

»Das ist ja zauberhaft geworden«, staunte Nelly, und Beate blinzelte heftig. »Wer macht denn diese Zeichnungen? Ist das dieselbe Illustratorin wie in der Zeitschrift?«

»Nein. Die sind von unserem Nachwuchstalent. Kyana, kommt doch mal bitte!« Er winkte die Mädchen von der Veranda zu sich. »Darf ich vorstellen, das ist Kyana Prevo. Die kleine Cousine von Remona. Sie hat anscheinend das Talent geerbt, das in der Familie schon seit Generationen gelegentlich auftaucht. Sie ist sechzehn und hilft hier im Garten kräftig mit, besonders jetzt in den Ferien. Sie und ihre Freundin Philea betreuen unsere jugendlichen Gäste, sie machen Führungen für

Kinder und sind die Moderatorinnen der kleinen Lehrfilme, die hier und auf Hiddensee für einen Jugendkanal und für Schulen gedreht werden.«

»Wie toll! Alle Achtung«, sagte Nelly. »Danke, dass du unsere Geschichten so wunderhübsch illustriert hast, Kyana. Darüber freuen wir uns sehr.«

»Ich versuche, es zu machen wie meine Großtante«, sagte Kyana stolz und wies auf das T-Shirt, das sie trug und das mit dem ihrer Freundin identisch war. Eine Aquarellzeichnung war da aufgedruckt, zwei zierliche Schwalben vor einem Sommerhimmel und über einer Blumenwiese, über der Bienen und Schmetterlinge schwirrten. Die Freiheit der beiden Vögel in diesem Sommerhimmel schien endlos und glücklich zu sein. Es war so schön, dass man beinahe einen Kloß in den Hals bekam, wenn man es betrachtete. Darunter war noch die Webadresse von Mervins Garten gedruckt.

»Das ist eines der Bilder meiner Großtante Henny Badonin«, sagte Kyana. »Ich möchte einmal so gut werden wie sie.«

»Das wirst du bestimmt. Kann man diese schönen Shirts kaufen?«

»Ja, im Blockhaus und auf der Website.«

»Kyana und Philea, würdet ihr unseren Gästen bitte den Geschichtengarten zeigen, und wo sie sich einen Platz für ihre Pflanzen suchen könnten?«, fragte Heiko, der schon wieder neue Besucher zum Tor hereinkommen sah.

»Na klar. Ich hole noch Schaufeln.« Philea flitzte davon in Richtung eines Schuppens. Kyana wies den Weg entlang. »Kommt ihr, bitte?«

»Vielen Dank«, meinte Nelly, die sich hier zunehmend wohlfühlte. Kyana hatte kastanienbraune Locken mit einem leicht rötlichen Schimmer und grünblaue Augen voller Wärme. Wenn sie lächelte, erschien auf der rechten Seite ein Grübchen. Philea war etwas kleiner und hatte einen langen blonden Pferdeschwanz und erstaunlich blaue Augen. Beide strahlten eine ansteckende Lebendigkeit aus. »Geht ihr zusammen zur Schule?«, fragte Nelly.

»Nein, wir haben uns hier bei der Arbeit für den Garten kennengelernt«, erzählte Kyana. »Meine Cousine hat die Zeitschrift *Mervins Garten* zusammen mit einer anderen Journalistin gegründet. Sie heißt Taru. Philea ist ihre Nachbarin und suchte einen Platz für ein Schulpraktikum, so kam sie hierher.«

»Und jetzt komme ich so oft wie möglich«, sagte Philea. »Es gibt bestimmt keinen schöneren Ort auf der Welt!«

»Das ist ja auch wirklich ein Paradies«, sagte Beate und blickte sich staunend um. »Ich weiß nicht, wo ich zuerst hinsehen soll!« Sie kamen an einem Teich vorbei und an einer Feldsteinmauer, auf der sich Eidechsen zwischen Polstern aus blühenden Glockenblumen sonnten. Auf einer Sonnenuhr saßen Tagpfauenaugen und schlugen langsam mit den Flügeln.

Philea ging neben dem Rollator her, einen Spaten auf jeder Schulter. »Ich helfe beim Graben«, bot sie an. »Sie können sich auf Ihren Rollator setzen und einfach nur zusehen. Aber Sie suchen natürlich den Platz für Ihren Rittersporn aus. Einen, der Ihrem Mann besonders gut gefallen hätte.«

»Du hast meine Geschichte auch gelesen?«, fragte Beate gerührt.

»Natürlich. Wir lesen alle Geschichten, die in unseren Garten kommen. Das ist spannender als viele Bücher.«

»Außerdem hat sie alle Bücher, die sie erwischen kann, immer gleich ausgelesen«, ergänzte Kyana belustigt. »Darf ich mal ein Blatt von dem Ananassalbei pflücken, Nelly? Ich kann gar nicht glauben, dass der wirklich so nach Ananas riecht.«

»Na klar. Die Pflanze wuchert so stark, da könnt ihr in Zukunft öfter mal was ernten.«

Ganz behutsam knipste Kyana ein Blättchen ab. Sie zerrieb es zwischen den Fingern und roch daran. »Hui, das ist ja doll.« Philea schnupperte auch daran. »Genau wie die Ananas auf Heikos Eisbechern«, stellte sie fest. »Ist ja irre!«

»Das müssen wir in unsere Führung aufnehmen«, beschloss Kyana und machte sich eine Notiz in ihrem Handy. Dann lief sie voraus und öffnete ein niedriges schmiedeeisernes Tor, auf dem eine metallene Blume mit einem Stift als Stängel prangte. »Hier beginnt der Geschichtengarten. Es gibt keine Vorgaben, ihr könnt euch ganz in Ruhe einen Platz aussuchen, wo ihr pflanzen wollt. Rittersporn haben wir schon verschiedene Sorten, aber noch keinen, der so aussieht wie dieser. Wir lassen euch in Ruhe, da könnt ihr am besten spüren, welcher Platz der richtige für euch ist. Wenn ihr ihn gefunden habt, braucht ihr nur zu rufen, dann helfen wir mit dem Graben.«

»Das ist lieb von euch«, sagte Nelly. Sie war so viel mit alten Menschen zusammen gewesen, dass sie diese beiden Mädchen sehr erfrischend fand. Beate ging es anscheinend genauso, denn sie sagte: »So nette junge Mädels habe ich lange nicht mehr gesehen. Was für eine angenehme Abwechslung. Und dass sie schon so engagiert sind!«

Darüber freute Nelly sich auch. Überhaupt hatte sie zunehmend den Eindruck, dass die jüngeren Generationen vielleicht besser mit der Natur umgehen würden, als die Menschheit es in letzter Zeit getan hatte. Man lernte eben doch dazu. Zeitschriften wie *Mervins Garten* und dieser magische Ort hier trugen sicher auch etwas dazu bei.

Was waren dagegen die paar Blumentöpfe, die sie den alten Menschen schenkte? In Nelly wurde der Wunsch wach, auch etwas zum Naturschutz beizutragen. Vielleicht etwas, das ihren geliebten Wiesen half.

Ihr fiel ein, dass sie noch die Geschichte ihrer Eltern suchen wollte. Aber erst galt es, eine Stelle zum Einpflanzen zu finden, vor allem eine, die zu Beates Rittersporn passte.

Sie sah sich um. »Was meinst du, wo möchtest du deine Blumen hinpflanzen? Rittersporn braucht viel Sonne, nicht wahr?«, fragte sie.

Beate gab ihr einen liebevollen Klaps. »Geh du mal den Platz für deine eigene Pflanze suchen. Ich spaziere hier ein bisschen allein herum. Dann spüre ich das besser.«

Die geschwungenen Wege hier waren entstanden, indem man einfach den Rasen ganz kurz gemäht hatte. Sie waren sogar breit genug für Rollstühle, daran war gedacht worden. Der Rollator war also nirgends ein Problem. »Wenn ich stürze, kann ich ja um Hilfe rufen. Und wenn ich den Platz gefunden habe, rufe ich auch.« Ohne eine Antwort abzuwarten, machte Beate sich auf den Weg. Nelly sah ihr nach, beruhigt, dass sie sicher unterwegs war, und wanderte gemächlich in eine andere Richtung.

Es gab Beete mit nährstoffreicher Komposterde, Kiesbeete, Sandbeete, Sumpfbeete, magere Beete. Beete für Kräuter, Beete für einjährige Pflanzen und solche für Stauden. Da waren Steingärten, niedrige Mauern, ein kleiner Wasserfall und verspielte Pavillons. Es gab ordentliche Ecken und wilde Ecken, schattige und sonnige. Zwischendurch standen immer wieder Bänke, hier eine Wippe für Kinder, dort eine Schaukel an einem Baum, da eine Hängematte zwischen zwei Kiefern.

Man merkt, dass hier alles und jeder willkommen ist, dachte Nelly. Dies ist ein durch und durch glücklicher Ort!

Immer wieder blieb sie stehen und las die Geschichten auf den Schildern. Leider konnte sie sich nicht für alle Zeit nehmen, denn sie suchte ja auch nach der Geschichte ihrer Eltern. Doch ob sie diese hier jemals finden würde, bei so vielen Geschichten? Sie hätte ihre Mutter wenigstens nach einem Tipp fragen sollen.

Schließlich wäre sie fast daran vorbeigelaufen, auch weil die Pflanze so unscheinbar war. In einem kleinen Beet am Rande eines hügeligen Steingartens steckte ein Schild.

Hohe Schlüsselblume. Fanny und Jürgen lautete die Überschrift. Die Schlüsselblume blühte nicht mehr, doch ein paar vertrocknete Samen hingen noch daran. Nelly hockte sich davor und las.

Wir waren für ein Wochenende in die Berge gefahren, unsere erste gemeinsame Reise. Es regnete fast die ganze Zeit. Aber ich merkte das kaum, denn ich musste die ganze Zeit überlegen, wie ich es anstellen konnte, dass Fanny ihr ganzes Leben mit mir verbringen würde! Ich dachte an nichts anderes mehr. Die Stunden zerrannen, und ich fand nicht den Mut, ihr die Frage zu stellen. Einmal war sie müde und setzte sich auf einen Stein an einem Hang. Bald würde es Abend sein. Ich geriet in Panik und dachte: jetzt oder nie! Aber ich konnte sie doch nicht mit leeren Händen fragen! Da sah ich hinter ihr auf einem überhängenden Vorsprung eine hellgelbe Schlüsselblume. Sie stand aufrecht im Regen und erschien mir wunderschön. »Warte hier«, sagte ich zu Fanny und kletterte die paar Schritte hoch. Ich hatte gerade die Hand nach der Blüte ausgestreckt, als ich ausrutschte. Instinktiv griff ich nach der Pflanze, um mich festzuhalten. Ich bekam sie gerade noch zu fassen, aber sie löste sich mitsamt den Wurzeln aus der feuchten Erde, und ich rollte mitsamt einem Haufen Geröll herunter, direkt vor Fannys Füße. Verstört streckte ich ihr die Blume entgegen, ehe mich der Mut verließ, und fragte »Fanny, würdest du mich heiraten?« Sie sah mich an, schlug erschrocken die Hand vor den Mund und sagte: »O nein! Ist mit deinem Auge alles in Ordnung?«

Ich muss wohl ebenso entsetzt dreingeblickt haben wie sie, weil ich dachte, sie gibt mir einen Korb. Zum Glück brach sie in Lachen aus, nahm ein Taschentuch und wischte mir das Gesicht ab. Ich hatte gar nicht bemerkt, dass ein Steinsplitter mir über meinem rechten Auge einen Schnitt verpasst hatte und mir das Blut an der Schläfe herunterlief. Fanny verarztete mich, und dann sagte sie doch noch ja!

Gemeinsam pflanzten wir die Schlüsselblume wieder sorgfältig in die Erde, denn wir wussten ja, dass man keine wilden Gewächse aus der Natur entfernen soll. Aber Fanny steckte ein paar Samen davon ein. Sie gingen auch tatsächlich auf, und seitdem haben uns diese Schlüsselblumen stets begleitet. Zunächst auf dem Balkon unserer ersten gemeinsamen Wohnung und jetzt im Garten des Hauses, in dem wir den Rest unseres Lebens miteinander verbringen wollen. Das helle Gelb dieser Blüten ist immer eine Farbe der Freude für uns gewesen, und sie hat bis heute zu uns gepasst.

Nelly putzte sich die Nase. Sie konnte sich erinnern, dass die Schlüsselblumen immer im Balkonkasten gewachsen waren, aber sie hatte nie gewusst, dass eine Geschichte dahintersteckte. Sie machte ein Bild von dem Schild und der Pflanze, dann riss sie sich los und ging ein Stückchen weiter um den Steingarten herum. Dort entdeckte sie einen geschützten Winkel, an dem schon eine andere Salbeisorte gedieh, auf deren blauen Rispen ein Zitronenfalter saß. Hier!, dachte sie, hier ist der richtige Platz, ganz in der Nähe der Geschichte der Schlüsselblume.

Sie steckte gerade ihr Schild schon einmal dorthin, als sie Beate rufen hörte. »Nelly? Ich habe den Platz!«

Nelly irrte ein wenig herum, ehe sie Beate wiederfand. Der Ort, den sie gewählt hatte, lag am Rande einer Blumenwiese. Es war ein rundes Beet, in dem rote Rosen und Lavendel neben gelben Lupinen blühten und auch schon ein dunkelblauer und ein weißer Rittersporn standen.

»Hier passt es. Hier wird er in sehr guter und heiterer Gesellschaft sein«, verkündete Beate zufrieden. Sie sah ein wenig erschöpft, aber glücklich aus. »Dann setz dich jetzt hin«, bat Nelly. »Ich rufe die Mädchen mit den Schaufeln.« Sie bog ein paarmal falsch ab, doch dann fand sie zurück zu dem schmiedeeisernen Türchen. Kyana und Philea waren gerade damit beschäftigt, Unkraut aus einem Erdbeerbeet zu ziehen, wobei auch immer wieder eine Beere in den Mund wanderte.

»Hier, koste mal.« Kyana reichte ihr eine. Sie schmeckte süß, nach Sommer und nach Leben pur.

»Wir nehmen für Beate auch welche mit«, sagte Philea und pflückte noch eine Handvoll, ehe sie die Schaufel schulterte.

»Solche Erdbeeren habe ich lange nicht mehr gegessen«, sagte Beate, während sie genüsslich eine nach der anderen aß und zusah, wie Kyana ein Loch grub und Philea eine Gießkanne voller Wasser anschleppte. »Die aus dem Supermarkt schmecken nie so. Wäre es nicht schön, wenn man nur vor die Tür gehen bräuchte und sie direkt pflücken könnte, wenn sie noch warm von der Sonne sind?«

Ja, das wäre schön, dachte Nelly. Ein Garten mit Hochbeeten, und die alten Leute könnten sogar im Sitzen pflücken. Wenn ich einen Garten hätte, dann würde ich ihn genau dafür anlegen …

Als das Loch fertig war, ließ Beate es sich nicht nehmen, ihren Rittersporn eigenhändig hineinzubetten und die Erde darum festzuklopfen. Nur mit der schweren Gießkanne ließ sie sich helfen. Zärtlich strich sie über die blauen Blüten.

»Jetzt werden alle von meinem Mann lesen, und er wird nie vergessen sein.«

»Und du auch nicht, Beate.« Nelly umarmte sie kurz.

Beate wischte sich die Augen und richtete sich auf. »So, und jetzt zu deiner Ananasblume, Nelly.«

Als sie fertig waren, führten die Mädchen sie durch einen weiteren Teil des Gartens zurück zum Blockhaus, vorbei an zarter Wiesenraute, gelbem Mädchenauge, blauem Waldvergissmeinnicht, Löwenmäulchen und Verbenen in allen Farben, dazwischen bizarre Disteln. Es duftete nach Thymian und Rosmarin und Zitronenmelisse, nach Rosen und Jelängerjelieber und Vanilleblume.

»Am liebsten würde ich hierbleiben!«, sagte Beate.

Insgeheim stimmte Nelly ihr zu. Je länger sie sich hier aufhielt, desto mehr löste sich ihre innere Unzufriedenheit auf. Dieser Garten hier schien eine Antwort auf ihre offenen Fragen zu wissen, sie konnte sie nur noch nicht deuten.

17

Ein unerwarteter Vorschlag

Kurz vor dem Blockhaus kam ihnen eine große, schlanke Frau entgegen. Sie trug einen dunklen Pixiehaarschnitt mit einer weißen Strähne an der rechten Schläfe, die sie durch eine Muschel gezogen hatte. Ihre Augen waren von einem ungewöhnlich hellen Blau und ihr Lächeln erfrischend wie eine Meeresbrise.

»Hallo! Ich bin Remona, aber alle sagen Remy zu mir. Ihr habt also gute Plätze für eure Pflanzen gefunden? Ich freue mich, dass ihr zwei weitere schöne Geschichten zu unserem Garten beigesteuert habt. Wenn ihr mögt, würde ich euch gern auf der Terrasse zu einem Eistee einladen.«

»Ich bin restlos glücklich«, sagte Beate. »Sie haben es so schön hier, dass ich gerade zu Nelly gesagt habe, ich würde am liebsten für immer hierbleiben!«

»Was für ein schönes Kompliment«, sagte Remy strahlend. »Dann machen wir etwas richtig mit unserem Garten.«

Der Eistee tat jetzt gut. Der Wind hatte sich völlig gelegt, und inzwischen lag die Mittagshitze über allem wie eine schwere Decke. Auch Beate trank in tiefen Zügen. »Frau Remy«, sagte sie dann. »Wissen Sie, ob man hier Bernstein finden kann?«

Remy setzte ihr Glas ab. »Bernstein? Manchmal. Aber ich weiß, wo er häufiger angespült wird,« sagte sie geheimnisvoll.

»Beate sagt, Bernstein sei ein Sinnbild für gelungenes Altern«, ergänzte Nelly.

»Wirklich?« Remy sah Beate interessiert an. »Ich dachte, ich wüsste alles über Bernstein, aber so habe ich es noch nicht gesehen. Das müsst ihr mir erklären. Und es gibt einen Ort, den ich euch dann unbedingt zeigen muss!«

»Erzähl mal, Frau Remy!«, sagte Beate und beugte sich gespannt vor. »Ich bin gerade so in Abenteuerlaune.«

»Ich spreche nicht von Rügen, ich meine Ahrenshoop«, erklärte Remy. »Ich habe ja schon erwähnt, dass ich nicht immer hier vor Ort bin. Es ist Heiko, der hier wohnt und sich rund um die Uhr um alles kümmert. Mein Büro, die Redaktionsräume und das Archiv der Zeitschrift befinden sich in einem Haus in Ahrenshoop, das ich von meiner Urgroßmutter geerbt habe. In diesem Haus gibt es auch ein kleines Bernsteinmuseum. Das Haus heißt sogar ›Rav‹, das ist das dänische Wort für Bernstein. Meine Urgroßmutter Myra hatte ein besonderes Talent, Bernstein zu finden, schon seit sie ein kleines Mädchen war. Man sagte, sie könne ihn riechen. Ich habe ihr dann später geholfen, ihren Wunsch zu erfüllen und das Museum aufzubauen und zu eröffnen.« Remy trank einen Schluck und sah nachdenklich aus, als wäre sie für einen Augenblick in einer anderen Zeit unterwegs. »Es würde euch bestimmt gefallen«, fuhr sie schließlich fort. »In dem Haus gibt es auch Gästezimmer. Wir haben da oft Journalisten zu Besuch, die dort eine Weile wohnen und schreiben. Oder Wissenschaftler. Wenn ihr nach eurem Rügenaufenthalt noch ein paar Tage Zeit habt, würde ich euch gern einen Vorschlag machen.«

Nelly fühlte sich ein wenig überrumpelt. Aber hatte Amanda nicht gesagt, sie könne sich auch zwei Wochen freinehmen? Warum eigentlich nicht? Sie merkte ja, wie gut ihr die Auszeit tat. Und Beate hatte sie noch nie so lebendig gesehen.

»Das könnten wir wohl möglich machen«, sagte sie zögernd.

»Es ist nämlich so«, erklärte Remy. »Die Resonanz auf deinen Artikel mit der nächtlichen Pflanzaktion war ungewöhnlich groß. Wir haben viele ältere Leser. Und auch die Jüngeren fanden das sehr interessant. Mir ist dabei aufgefallen, dass betagte Menschen in der Zeitschrift viel zu wenig zu Wort kommen! Überhaupt in der ganzen Klima- und Naturschutzdebatte. Dabei sind viele von ihnen in dieser Hinsicht aktiv und wissen noch, wie es früher war. Ich würde gerne ein längeres Interview mit dir machen, Nelly. Und außerdem möchte ich eine Reihe von Interviews mit Senioren führen. Da könnten wir doch gleich mit dir anfangen, Beate! Und du könntest mir noch mehr Gesprächspartner vermitteln, Nelly. Ich möchte sie nach ihren Erinnerungen fragen. Wie war das mit den Insekten in ihrer Kindheit? Was ist der Unterschied zu heute? Was haben ihnen ihre Gärten bedeutet oder die Arbeit in der Landwirtschaft? Welcher Spaziergang, welche Landschaft ist ihnen in ihrem langen Leben am eindrücklichsten in Erinnerung geblieben? Und warum? Es gibt so viel zu erzählen! Das haben mir die vielen Geschichten der Menschen im Garten gezeigt. Sie haben Landschaften gekannt, die es heute gar nicht mehr gibt und die es vielleicht eines Tages wieder geben kann.«

»Das ist eine sehr gute Idee«, sagte Nelly.

»Ich hätte große Lust dazu«, versicherte Beate. »Zeigst du mir dann die Stellen, wo deine Urgroßmutter Bernstein gefunden hat?«

»Ich kann dir auf jeden Fall im Museum jede Menge Bernstein zeigen. Und wir haben auch immer welchen übrig, gegen eine kleine Spende für das Museum«, sagte Remy und fügte mit einem Augenzwinkern hinzu, »oder als Honorar für jemanden, der zu der Zeitschrift ein Interview beiträgt. Aber es gibt auch eine Stelle, an der man mit dem Rollator prima zum Strand hinunterkommt. Dass wir jetzt im Sommer Bernstein finden, ist unwahrscheinlich, aber es wird dir trotzdem gefallen.«

»Nelly, bitte, können wir das machen?« Beates Augen leuchteten. Und Nelly, der im Nachhinein einiges eingefallen war, was sie in dem Artikel noch gern untergebracht hätte und nun in das Interview einfließen lassen könnte, wollte die Gelegenheit ebenfalls nicht ungenutzt verstreichen lassen.

»Es sind nur anderthalb Stunden mit dem Auto«, sagte Remy. »Das könnt ihr auf dem Rückweg doch bestimmt einbauen. Ihr könnt gerne eine oder auch mehrere Nächte bleiben. Übrigens, das Haus hat auch einen Garten, der euch Freude machen könnte. Meine Urgroßmutter hat große bunte Blumen geliebt, Dahlien und Sonnenblumen, Becherblumen und Astern und jede Menge Rittersporn, Beate. Ich habe versucht, das so aufrechtzuerhalten, als ein lebendiges Denkmal.«

»Wann ist sie denn gestorben?«, erkundigte sich Beate. »Man merkt, dass du sie sehr vermisst.«

»Ja.« Auf einmal sah Remy sehr traurig aus. »Sie ist vor zwei Jahren verstorben, mit 89. Ich kann es manchmal immer noch nicht glauben. Sie fehlt mir wirklich sehr.«

»Möchtest du von ihr erzählen?«, fragte Beate sanft.

»Vielleicht, wenn wir dort sind.« Remy stand abrupt auf. »Es fällt mir immer noch schwer, darüber zu sprechen. Sagst du mir Bescheid, wenn ihr euch entschieden habt, Nelly? Ich würde mich wirklich freuen.«

»Das werde ich. Vielen Dank für alles!« Nelly sah sich um. Die Mädchen waren verschwunden. »Grüß Kyana und Philea und sag ihnen danke für ihre Hilfe!«

»Das mache ich gerne. Wenn ihr nach ›Rav‹ kommt, werdet ihr Kyana sicher sehen. Ihre Mutter Carlotta ist meine Tante, und sie wohnen nebenan. Bis bald!«

»Na, diese Einladung würde ich mir nicht entgehen lassen«, sagte Nellys Mutter abends. »Das ist genau das Richtige für Beate. Und ein Interview mit dir in der Zeitschrift würde ich zu gern lesen!«

»Vor allem kann sie dann allen ihren Kunden das Heft vor die Nase legen und mit dir angeben«, sagte ihr Vater und schmunzelte in sich hinein.

»Mit Nelly kann man hervorragend angeben«, sagte Beate. »Das mache ich auch, wenn ich mit alten Freundinnen telefoniere. Ich prahle damit, wie gut ich von ihr versorgt werde.«

»Jetzt hört aber auf!«, sagte Nelly. »Ich glaube, es wird Zeit, dass wir abreisen.«

Sie blieben trotzdem noch drei Tage. Nellys Vater wollte ihnen unbedingt seine Lieblingsstellen auf der Insel zeigen. Die Kreidefelsen, die Seebrücke von Sellin und den Schmetterlingspark in Saßnitz. Dort gab es eine Tropenhalle, in der man jede Menge tropische Schmetterlinge bewundern konnte, unter anderem den Atlas-Seidenspinner, der eine Flügelspannweite von dreißig Zentimetern hatte. Beate fiel das Atmen in der feuchtwarmen Luft schwer, dennoch war sie kaum wieder hinauszubekommen, so fasziniert war sie von diesen Geschöpfen.

»Aber unsere einheimischen Schmetterlinge sind nicht weniger schön, sie sind halt nur kleiner«, verkündete sie, als sie wieder draußen waren. »Ich bin so froh, dass wir in Remys Garten so viele gesehen haben! Ich mache mir wirklich Sorgen, dass sie irgendwann ganz aussterben. Zum Glück werde ich das nicht mehr erleben, aber wie wird das bloß für die jungen Menschen wie Kyana und Philea? Es kann doch nicht sein, dass sie einmal in einer Welt ohne Schmetterlinge leben müssen. Bei der Vorstellung wird mir richtig übel.«

»So weit lassen wir es nicht kommen!«, sagte Nelly und beschloss in genau diesem Augenblick, Remys Einladung anzunehmen. Irgendetwas sagte ihr, dass ihr Remy dabei helfen würde, den Schlüssel zu ihrer eigenen Zukunft zu finden. Wenn junge Leute wie Kyana und Philea etwas zur Erhaltung der Artenvielfalt beitragen konnten, warum dann nicht auch ältere Menschen? Das war etwas, das die Kraft aller brauchte und das alle etwas anging.

Sie hatte gesehen, wie viel Freude Kyana und Philea diese Arbeit machte. Und sie hatte das Glück Beates im Garten gesehen. Sich für die Natur zu engagieren nützte nicht nur den Insekten. Es nützte auch den Menschen, die es taten. Hier geschah Geben und Nehmen ganz von selbst und ergab ein Gleichgewicht. Man musste es nur ermöglichen und Orte schaffen, an denen dies geschehen konnte.

»Ich möchte dir wenigstens noch die Spitzen schneiden, ehe ihr geht«, bat Nellys Mutter am letzten Abend. Nelly eine schicke Frisur zu verpassen hatte sie schon lange aufgegeben und sich darauf beschränkt, die störrischen Locken gelegentlich einzukürzen. Es war gerade nicht unbedingt nötig, aber Nelly wusste, dass dies die Art ihrer Mutter war, sich den Abschied zu erleichtern.

»Ich komm bald wieder«, versprach sie, als sie ihre Eltern umarmte.

Dann fuhren sie nach Ahrenshoop.

»Es ist das dunkelblaue Haus«, hatte Remy gesagt. »Ihr könnt es nicht verfehlen.«

So war es. Schon von weitem erkannten sie es. Nelly schaltete das Navi aus.

»Ich seh den Rittersporn!«, rief Beate aufgeregt. »Ein ganzes langes Beet voll! Alle Farben, sieh nur. Weiß, rosa, hellblau, dunkelblau, violett. Und so groß! Unglaublich!«

Remy war in der Nähe des Gartentores gerade dabei, Unkraut zu zupfen, und öffnete ihnen mit ihrem strahlenden Lächeln. »Wie schön, dass ihr es möglich machen konntet! Ich habe schon Fragen für die Interviews vorbereitet, aber erst einmal zeige ich euch eure Zimmer.«

Das Haus wirkte schon beim Betreten geräumig und luftig. Alles war in Blau und Creme gehalten, angenehm schlicht und kühl nach der Hitze draußen. Nelly war betroffen gewesen, wie dürr und trocken unterwegs alles gewesen war. Kaum irgendwo war noch grünes Gras zu entdecken. Es regnete ja auch nie. Der Garten um »Rav« herum jedoch war eine grüne Oase.

»Ich sprenge und sprenge verzweifelt, und wenn ich nicht da bin, machen es Kyana oder meine Tante«, erklärte Remy. »Ich kann es nicht ertragen, wenn die Blumen meiner Urgroßmutter verdorren! Das hätte sie nicht ausgehalten. Sie waren immer ihr Symbol für Lebensfreude. Es hat noch nie so wenig geregnet, jedenfalls kann ich mich nicht daran erinnern.«

Beate bekam ein Zimmer unten, damit sie keine Stufen gehen musste, Nelly eines in der oberen Etage. Wenn sie auf die Fensterbank kletterte, konnte sie über die Dünen hinweg das Meer sehen.

»Ruht euch etwas aus, und wenn es nicht mehr so heiß ist, kommt einfach in den Garten. Es gibt Tee und Kuchen auf der Terrasse.« Remy ließ sie allein.

Nelly setzte sich einen Augenblick auf das Bett und sah sich um. Die Atmosphäre im Haus war seltsam wohltuend. Sie konnte sich vorstellen, dass Journalisten und Wissenschaftler hier gut arbeiten konnten. Draußen war es ganz still, bis auf ein gelegentliches Auto, das auf der Hauptstraße vorbeifuhr. Vor dem Fenster zwitscherten Schwalben, die unter dem Dach nisteten. Die Einrichtung war schlicht und in kühlen Farben gehalten und wirkte gerade deshalb beruhigend. An der Wand gegenüber hing ein einziges Bild, ein Aquarell von Segelschiffen in einem Hafen.

»Ich mag es, wie das Haus eingerichtet ist«, sagte sie später, als sie auf der Terrasse Eistee tranken und Sanddorntorte aßen.

»Mir gefällt es auch«, stimmte Beate zu. »Man hat immer viel zu viele Möbel und Erinnerungsstücke, vor allem, wenn man so alt ist wie ich.«

»Meine Urgroßmutter Myra war da anders«, sagte Remy. »Sie sagte, sie hätte alles im Herzen und in der Erinnerung, was sie braucht. Außer Bernstein und den nötigsten Möbeln mochte sie nichts um sich haben. ›Je weniger Zeug im Haus ist, desto mehr Platz ist für meine Gedanken‹, sagte sie. Es lag allerdings auch an dem Einfluss meines Urgroßvaters Kjell. Er war Däne und brachte viel von diesem einfachen, klaren Stil mit. Ich bin froh darüber. So war alles bereits ideal gewesen, als ich mein Büro hier einrichtete.« Sie schob Beate noch ein Stück Kuchen auf den Teller. Das erste war überraschend schnell verschwunden. »In dem kleinen Haus im Nachbarort, in dem ich mit meinem Mann Noah wohne, ist das anders. Da gibt es einen ganzen Dachboden voller Gerümpel aus Generationen. Wir geben immer wieder etwas davon an Leute ab, die es gebrauchen können, aber irgendwie scheint es nicht weniger zu werden.« Sie trank den letzten Schluck ihres Tees. »So, wer von euch möchte mir denn zuerst das Interview geben?«

»Mach du mal bitte, Nelly«, sagte Beate. »Ich möchte gern noch ein wenig hier sitzen.«

Von den Büroräumen war Nelly beeindruckt. Sie waren ihren eigenen gar nicht unähnlich, aber sie hatten auf jeden Fall mehr Charme. Sie war sich nicht sicher, woran das lag. Vielleicht einfach daran, dass Remy eine solche Zufriedenheit ausstrahlte. Sie hatte sich mit dieser Zeitschrift ihren Traum verwirklicht. Sie tat genau das, was sie für richtig und wichtig hielt und ließ sich durch nichts davon abbringen.

»Oh, das war ein schwieriger Weg«, sagte Remy, als Nelly sie darauf ansprach. »Am Anfang war ich voller Selbstzweifel und hatte keine Mittel. Aber ich fand Mitstreiter, und wir haben einfach einen Schritt nach dem anderen gemacht. Glück hatten wir allerdings auch. So richtig fing es an zu laufen, als Myra mir vorschlug, dass das Herz der Zeitschrift hier schlagen sollte und ich ein Büro im ›Rav‹ einrichten könnte. Vorher habe ich an irgendwelchen Cafétischen gearbeitet oder am Strand. Das tue ich manchmal immer noch. Aber hier kann ich mich konzentrieren, hier laufen alle Fäden zusammen, und hier funktioniert die Technik. Außerdem war dieses Haus immer schon ein besonderer Ort, der seit Ewigkeiten in der Familie ist. Ich glaube, ›Rav‹ ist ein Mitglied unseres Redaktionsteams. Es hilft auf seine Art. Es gibt uns einen Fokus.« Sie schaltete ihren Computer ein. »Warte kurz, ich möchte nur noch das Diktierprogramm aufrufen. Setz dich doch bitte dorthin und sprich in das Mikrophon auf dem Tisch, wenn ich so weit bin. Dann muss ich nicht alles noch mal abtippen.«

Während Remy sich mit dem Computer beschäftigte, dachte Nelly über ihre Worte nach, über das Haus und darüber, wie wohl nicht nur Journalisten und Wissenschaftler, sondern auch Beate sich hier fühlten.

Wie es wäre, ein ähnliches Haus für alte Menschen einzurichten, ein eigenes Seniorenheim, aber mit einem ganz besonderen Garten? Während sie da saß, wurde dieses Bild immer deutlicher vor ihrem inneren Auge, gepaart mit einer tiefen Sehnsucht und der sicheren Erkenntnis: Ja, das war es, was sie wollte, eines Tages!

Und doch fürchtete sie sich vor der schieren Größe dieses Projekts, das unmöglich schien. So schob sie diesen Traum von sich, ganz hinten in eine Ecke ihrer Gedanken.

Doch Remy hatte eine Art, ihre Gesprächspartner zum Erzählen zu bringen, bohrte auf eine sanfte Art nach, bis sie das Wichtigste herausfand. Ehe Nelly es sich versah, hatte sie Remy von ihrem Traum erzählt. Er war ja nicht ganz neu, aber zum ersten Mal hatte er eine Gestalt angenommen.

»Ich brauche sowieso eine Veränderung. Ich möchte mehr erreichen!«

»Aber du hast diesen wunderbaren Pflegedienst aufgebaut, und Beate sagt, die von euch betreuten Menschen sind mehr als zufrieden damit«, sagte Remy. »Das ist doch schon sehr viel!«

»Ja, aber ich möchte, dass sie viel mehr an die Luft kommen und mit den Händen in der Erde wühlen können. Ich will, dass sie keine Angst mehr vor dem Winter haben müssen, weil sie im

Herbst Weintrauben pflücken können und Nüsse und Äpfel aufsammeln. Und weil sie immer ganz nahe am Frühling sind, wenn sie den Winter hindurch zusehen können, wie die Krokusse und Winterlinge und frühen Iris sich aus der Erde schieben.« Nelly redete sich warm. »Ich wünsche mir, dass sie nicht mehr traurig sein müssen, weil sie ihren Garten vermissen, den sie einmal besaßen, oder weil sie niemals einen hatten. Ich möchte, dass sie beim Essen nicht über Krankheiten reden, sondern darüber, welchen Dünger sie für den erfolgreichsten halten und welche Apfelsorte sie am liebsten mögen. Sie sollen sich darüber streiten, wessen Himbeeren am besten schmecken, und nicht darüber, wessen Rheuma am schlimmsten ist.«

»Das klingt nach einem guten Plan«, meinte Remy, dann schaltete sie das Mikrophon ab und lehnte sich zurück. »Weißt du, als ich damals die Idee mit der Zeitschrift hatte, kam sie mir auch unverschämt groß und unmöglich war. Und doch wusste ich: Das ist es, was ich machen will! Und die dadurch entstandenen Freundschaften führten schließlich sogar dazu, dass wir ›Mervins Garten‹ mit dem Geschichtengarten darin auch in der Wirklichkeit anlegen konnten, nicht nur auf dem Papier. Man muss einfach irgendwo anfangen, dann wächst es weiter. Stück für Stück. Genau wie eine Pflanze. Die blüht auch nicht am ersten Tag. Das Samenkorn hast du ja schon mal: die Idee dazu.«

»Aber niemanden, der mitmacht!«, sagte Nelly betrübt. Denn Amanda verstand ihre Unzufriedenheit nicht. Die war glücklich mit dem Pflegedienst, und das war ihr gutes Recht.

»Es muss ja nicht sofort sein«, sagte Remy. »Aber so, wie ich dich einschätze, wird dieses Samenkorn Wurzeln schlagen, ob du willst oder nicht. Und irgendwann kommt etwas dabei heraus. Vor allem unterschätze nicht deine Senioren! Beate würde dich bestimmt in allem unterstützen, und ich wette, sie ist bei weitem nicht die Einzige.«

Später dann, während Remy das Interview mit Beate führte, wanderte Nelly im Garten zwischen den Blütendolden umher, die zum Teil so groß waren wie sie selbst, und dachte über Remys ermutigende Worte nach. Hier an diesem Ort schien alles möglich.

18

Schätze

»Ich habe so gut geschlafen wie schon lange nicht mehr«, verkündete Beate am nächsten Morgen.

Remy hatte den Frühstückstisch auf der Terrasse gedeckt. »Im Sommer leben wir praktisch draußen«, sagte sie. »Aber arbeiten muss ich meistens im Büro, sonst kann ich mich nicht konzentrieren, weil ich immerzu die Blumen ansehen oder an den Strand gehen muss.«

»Können wir das jetzt machen? An den Strand gehen?«, bat Beate. »Und das Bernsteinmuseum musst du mir bitte auch noch zeigen.«

»Na klar, das habe ich ja versprochen. Das mit dem Museum machen wir gleich nach dem Frühstück. Aber wenn es für euch in Ordnung ist, geht Kyana mit euch an den Strand. Ich habe noch einen wichtigen Termin.«

Nachdem auch das letzte frische Brötchen aufgegessen war, führte sie Nelly und Beate in einen großen Raum, der hinter der Treppe lag und den sie gar nicht bemerkt hatten. Er besaß eine Flügeltür, die sich öffnete wie der Eingang zu dem Schatzkeller eines Königreiches. Dieser Gedanke kam Nelly unwillkürlich, denn der Raum war eher dunkel gehalten, die Vitrinen darin aber dezent beleuchtet, und in ihnen glänzte es golden. Golden an den Wänden, golden in den Regalen und golden auf gläsernen Tischen. Hier war es ein helles, zitronenfarbiges Glänzen, dort ein Schimmern wie Tannenhonig, dann wieder eines, das glitzerte, als wäre Silberstaub enthalten.

»Oh!«, entfuhr es Beate.

Remy beobachtete schmunzelnd die Gesichter ihrer Gäste. Beate setzte sich auf ihren Rollator und sah sich fassungslos um. Nelly schritt an den Vitrinen auf und ab und betrachtete sich alles genauer. Große Bernsteine, kleine Bernsteine, längliche, runde, naturbelassene, geschliffene. Manche waren fast weiß, andere beinahe schwarz und wieder andere grünlich. Aber die meisten bestanden durch und durch aus diesem warmen Goldton. In einem Regal waren es Stücke, die von Natur aus bereits eine tierähnliche Form hatten. Jemand hatte mit behutsamer Hand hier ein Auge eingeschliffen, dort eine Flosse. »Hat das deine Urgroßmutter gemacht?«, wollte Nelly wissen.

»Myra. Ja. Sie fand oft solche Stücke, die schon eine Gestalt hatten und nur noch ein wenig Ermutigung brauchten. Viele davon hat sie als Glücksbringer verschenkt.«

»Und sie hat alle selbst gefunden?«, fragte Beate.

»Ja, nur in den späteren Jahren, als sie nicht mehr alleine ans Wasser konnte, habe ich ihr geholfen. Ich besitze nur leider nicht ihren Instinkt dafür. Sie hat ihr ganzes Leben hier verbracht und konnte Wind und Wellen lesen wie kein anderer. ›Es ist Unfug, dass ich den Bernstein rieche, wie sie behaupten‹, sagte sie. ›Aber ich verstehe seine Sprache.‹«

Auch Beate wanderte jetzt von Vitrine zu Vitrine und betrachtete eingehend jedes Stück. Vor einem blieb sie stehen. »Das da!«, sagte sie. »Das bin ich. Das ist so, wie sich mein Alter anfühlt.«

Remy ging zu ihr hinüber und öffnete die Vitrine. »Dieses?«

Beate nickte. Nelly legte ihr den Bernstein in die Hand. Beate, einst eine sportliche Frau, war dünn und zerbrechlich geworden. Der Bernstein füllte ihre Handfläche beinahe aus. Sie betrachtete ihn selig. »Hier, die eine Seite ist rau und trüb, ein bisschen wie Baumrinde.« Sie drehte den Stein um. »So herum gesehen würde man nicht vermuten, was darin steckt.«

»Die Seite haben wir mit Absicht unbehandelt gelassen, so wie sie von Natur aus ist, wenn das Meer sie freigibt und die Steine angespült werden«, erklärte Remy. »Klar und glänzend werden sie erst, wenn sie poliert sind.«

»Er ist wie ich«, wiederholte Beate. »Das Leben ist wie das Meer. Man wird hin und her geworfen und in die eine oder andere Richtung getrieben. Nun hat es mich am Ende in dem kleinen Zimmer in Weimar angespült und wird mich bald freigeben, wenn ich sterbe. Äußerlich sehe ich aus wie diese raue Stelle hier. Aber innerlich«, sie drehte den Stein erneut um, so dass er wieder glänzte und man durch das klare Gold bis in sein Innerstes sehen konnte, »innerlich fühle ich mich so klar und glänzend und friedlich, wie es diese Farbe ist. Es hat mich viel gekostet, viele Erfahrungen und viel Zeit, bis ich diese Klarheit gefunden habe. Und diese Einschlüsse hier!« Sie zeigte auf eine dunkle, unregelmäßige Stelle im Inneren. »Wahrscheinlich etwas Erde, die hängen blieb, als sich das alte Harz verfestigte«, ergänzte Remy.

»Das ist die Trauer um meinen Mann, meine Eltern, meine Freunde und alle anderen Menschen, die ich auf dem Weg verloren habe. Sie bleibt dunkel, aber deutlich und geborgen in der Klarheit und dem Frieden. Und das hier«, sie wies auf einen kleinen bräunlichen Kern, umgeben von einer silberglänzenden Scheibe, »das hier ist ein Samenkorn, nicht wahr, Frau Remy?«

Remy nickte. »Vor Millionen von Jahren hätte daraus einmal

ein Baum wachsen können, wenn er nicht ins Harz, sondern auf die Erde gefallen wäre.«

»Stattdessen steht er jetzt für meinen letzten Wunsch, der noch offen ist. Wenn er sich nicht erfüllt, bleibt er und leuchtet ein wenig, ein Samenkorn für immer. Das wäre auch in Ordnung, denn er hat seinen Platz als Teil des runden Ganzen.« Beate strich über die glatte Oberfläche. »Du wolltest doch, dass ich es dir erkläre, Frau Remy. Als ich in einem Buch einen Bernstein gesehen habe, habe ich gleich gedacht, das ist genau so, wie sich das Altsein anfühlt, wenn es gelungen ist. Bei dem einen oder anderen werden Risse darin sein oder mehr dunkle Stellen. Aber verstehst du, was ich meine?«

»O ja. Beate, darf ich dich mal umarmen?« Remy wartete, bis Beate gerührt nickte und drückte dann die alte Frau sanft an sich. »Myra hätte diese Sichtweise sehr gefallen.«

»Zeig mir einen Bernstein, der wie deine Urgroßmutter ist«, bat Beate.

Remy dachte nach, ging zu einer Vitrine am Fenster, betrachtete gedankenverloren einen der Bernsteine, schüttelte dann den Kopf und untersuchte eine andere. Aus der dritten nahm sie schließlich einen Stein heraus, hielt ihn gegen das Licht, nickte und kehrte zu Beate zurück. »Hier. Das ist er. Ohne Zweifel«, sagte sie mit einem leisen Lächeln.

Nelly betrachtete den Stein neugierig. Wie war diese Frau gewesen, von der Remy mit so viel Liebe und Anerkennung sprach?

Klar war der Stein, klar und glatt und durchsichtig. Diesmal war die gesamte Oberfläche poliert. Anders als der Stein in Beates Hand war dieser ein wenig länglich, gebogen, beinahe hatte er die Form einer sanften Welle. Auch er besaß einen dunkleren Einschluss, aber diesmal auch durchscheinend, ein Stück Herbstblatt vielleicht, von einer warmen rehbraunen Farbe, und er hatte glatte Kanten. Sonst waren nur kleine Funken wie Glimmer auf Schnee darin zu sehen, die ein wenig aufleuchteten, wenn Remy ihn bewegte. »Das sind winzige Luftblasen«, sagte Remy. »Doch genau so war Myra. Sie hat schwere Zeiten erlebt, und die Trauer um meinen Urgroßvater Kjell war immer da, hier«, sie deutet auf den Einschluss. »Aber sie war unendlich dankbar für ihre Zeit mit ihm, und am Ende ihres Lebens war sie vollkommen mit sich im Reinen. Außerdem war immer etwas Besonderes an ihr, eine Art innerer Glanz, der auf alle abfärbte. Ich denke, es war ihre Verbundenheit mit dem Meer und diesem Ort, und auch die Liebe zu ihren Blumen. Ja, dieser Stein ist wie meine Urgroßmutter.« Remy sah mit Tränen in den Augen Beate an. »Beate, danke, dass du mir deine Gedanken geschenkt hast. Jetzt, da ich diesen Bernstein auf diese Art betrachte, bekommt mein Gedenken an Myra eine neue Färbung. Es macht mir das Trauern leichter. Es gibt dieser Trauer eine Form, ein Bild. Darf ich darüber auch in der Zeitschrift schreiben?«

»Aber gerne, liebe Frau Remy. Ich freue mich, dass ich dir helfen konnte.«

»Den Stein, in dem du dich selbst siehst, behältst du natürlich. Verrätst du mir noch etwas, Beate?«

»Was denn?«

»Du hast einen letzten offenen Wunsch erwähnt. Wie sieht der aus?«

Beate schwieg einen Moment. »Ich habe doch gesagt, es ist nicht wichtig.«

»Bitte, Beate, verrate ihn uns«, bat Nelly.

»Ich wäre gern noch mal für ein kleines Stück Garten verantwortlich«, sagte sie verlegen. »Das damals nachts hat mir so viel Freude gemacht. Das Pflanzen und dann das Wachsen. Es wäre auch egal, wo. Mit Erde eben, und Himmel darüber.«

»Wenn ich einen Garten hätte, wäre das kein Problem«, sagte Nelly bedauernd.

»Du bist auf jeden Fall immer hier willkommen und in Mervins Garten genauso«, verkündete Remy. »Und jetzt zu dir, Nelly! Für dich suchen wir auch noch einen Stein. Bei dir steht er natürlich nicht für das Altern oder für ein Gedenken. Bei dir steht er für die Zukunft. Wie soll er aussehen?«

»Ich habe gerade absolut keine Ahnung«, sagte Nelly überrascht und zuckte ratlos mit den Schultern.

»Ich weiß schon«, sagte Remy, öffnete eine Schublade und nahm dort einen Stein heraus. »Dieser ist nur halb bearbeitet. Du siehst, wie aus einer scheinbar rissigen, trüben Oberfläche immer mehr Klarheit und Glätte wird, je mehr daran gemacht wurde. An diesem Ende wird deutlich, dass sich die Arbeit lohnt. Aber auch am Anfang, wenn man ihn vor das Licht hält, ahnt man schon die geheimnisvollen Einschlüsse, die sich im Inneren verbergen und irgendwann als Überraschung zutage treten. Vielleicht sogar ein Insektenflügel. Ein Blütenblatt, oder ein Grashalm. Man weiß es erst, wenn man fertig ist, aber man möchte unbedingt wissen, was es ist.«

»Vielleicht ist es auch nur Vogeldreck«, sagte Nelly.

Remy lachte und stippte ihr mit dem Zeigefinger auf die Brust. »Nicht bei dir, Nelly. Du hast schon so viel geschafft, ich bin mir ganz sicher, dass da noch mehr Wertvolles drinsteckt. Leg den Stein auf deinen Schreibtisch und denk an meine Worte. Und an Myra, die nie aufgegeben hat, nicht im Krieg, bei

Krankheit, Armut oder Trauer. Nie. Da haben wir es heute leichter!«

»Danke.« Nelly schloss die Hand um den Stein und fühlte sich merkwürdig getröstet, als wäre Remy ein Orakel. Vielleicht war sie wie ihre Urgroßmutter oder würde es eines Tages sein.

Nelly hoffte, dass, wenn sie einmal alt war, auch solche Klarheit und solcher Frieden in ihr sein würden wie in Myra und Beate.

»Übrigens«, sagte Remy, »wenn dir gelegentlich unter deinen Leuten der eine oder andere einfällt, dem ein paar Tage hier besonders guttun würden, dann können wir gern darüber reden und überlegen, wie das machbar wäre. Ich habe freie Zimmer, und ich könnte dann gleich Interviews mit ihnen führen. Das wäre eine Win-win-Situation, was meinst du?«

»Hast du denn genug Zeit für so was?«

»Das machen wir eben nur, wenn ich gerade die Zeit habe. Du brauchst nicht so skeptisch zu gucken. Ich weiß, ich bin keine gelernte Altenpflegerin. Aber ich habe mich jahrelang um meine Urgroßmutter gekümmert, weißt du. Ich kann das gut.«

»Das kann sie bestimmt. Dafür habe ich ein Gespür«, bekräftigte Beate.

Es klopfte an der Tür, dann kam Kyana herein. »Ach, hier seid ihr! Hallo, Beate, hallo, Nelly. Ich wollte euch abholen. Ihr wolltet doch zum Strand.«

»Wisst ihr was?«, sagte Remy. »Ich komme doch mit. Ich muss nur eben kurz telefonieren und meinen Termin verschieben.«

Sie warteten draußen auf Remy. Kyana nutzte die Gelegenheit, eine Sonnenblume mit der Gießkanne zu versorgen. Man sah dem Garten an, dass sich viele liebevolle Hände darum kümmerten, auch wenn er einen sehr natürlichen Charakter hatte und vieles durcheinanderwuchs. Auch hier gab es einige Schmetterlinge, stellte Nelly zu ihrer Freude fest.

Remy kam heraus, und gemeinsam gingen sie hinunter zur Straße und ein Stück daran entlang. »Dort vorn bei der Rehaklinik gibt es eine hölzerne Rampe, da wirst du mit dem Rollator gut bis fast ans Wasser kommen«, sagte Kyana zu Beate.

Die Rampe führte im Zickzack zum Strand hinunter, damit sie nicht zu abschüssig war. Beate hatte ihre helle Freude daran. »Ich komme mir vor wie eine Murmel auf einer Murmelbahn«, sagte sie amüsiert.

Sie saßen eine Weile neben einigen Kurgästen auf der hölzernen Plattform und blickten auf die Wellen. Dann ließen sie den Rollator stehen. Beate hakte sich bei Nelly und Remy ein, damit sie das letzte Stück über den Sand bis zu den Wellen laufen konnte und sogar ein wenig ins Wasser hinein.

»Im Winter gibt es hier oft Bernstein«, sagte Remy. »Früher war das eine der Stellen, wo Myra oft gewesen ist. Aber zu dieser Jahreszeit wird das wohl nicht passieren.«

»Macht nichts«, sagte Beate. »Ich wollte nur einmal diesen Strand sehen, wo die Steine herkommen. Ich habe ja jetzt selbst einen.« Sie blieb stehen. »Aber diese Muschel da! Die möchte ich selbst aufheben, als Andenken.« Nelly hielt sie fest, während sie sich langsam und mühsam bückte. Es gelang ihr, die Muschel zu greifen, und mit Remys zusätzlicher Unterstützung kam sie auch wieder hoch. »So«, sagte sie triumphierend, »jetzt bin ich zufrieden!« Schwer atmend steckte sie die Muschel in ihre Hosentasche. Es fing an, ein wenig zu nieseln, und die meisten Menschen verschwanden eilig vom Strand. Die Bank auf der Plattform war jetzt leer, so dass sie sich hinsetzen konnten, bis Beate sich erholt hatte. Sie sahen zu, wie die Tropfen auf der Meeresoberfläche hüpften.

»Remy? Darf ich dich etwas fragen?«, sagte Beate vorsichtig, als sie wieder zu Atem gekommen war.

»Ja?«

»Wie ist deine Urgroßmutter gestorben?«

Remy blickte zum Horizont und schwieg. Erst dachten alle, sie würde nicht antworten. Doch dann kehrte ihr Blick aus der Ferne zurück. »Hier am Strand«, sagte sie schließlich leise. »Ein kleines Stück weiter in Richtung Weststrand, wo es wilder ist und weniger Menschen sind. Ganz früh am Morgen. Sie stand immer schon gern so früh auf. Es war im Herbst, ein sehr milder Tag, und es wurde gerade erst hell. Einer dieser leuchtenden, klaren Morgen, nur über den Wiesen und am Horizont lag ein wenig Dunst. ›Remy, lass uns zum Strand gehen‹, hat sie gesagt. ›Heute möchte ich etwas suchen.‹ Wir waren so oft zusammen Bernstein suchen gegangen. ›Aber Myra, ich glaube nicht, dass heute Nacht Bernsteinwind gewesen ist. Bei dem Wetter werden wir keinen Erfolg haben‹, habe ich eingewandt. Ich machte mir zu der Zeit immer Sorgen, dass es zu viel für sie sein könnte.

›Aber Kind, ich habe nichts von Finden gesagt, ich sagte *Suchen.*‹ Sie hatte sich schon ihre Jacke angezogen, und sie strahlte richtig. Also half ich ihr mit den Schuhen, und dann hakte sie sich bei mir ein und wir gingen hinunter. Unten setzte sie sich hin und zog die Schuhe wieder aus.

›Ich möchte noch einmal barfuß gehen‹, erklärte sie, ›es ist noch genug Sommerwärme im Wasser.‹ Also half ich ihr. Wir gingen ein Stück und ich sah, dass sie glücklich war. Die Sonne stieg hinter den Dünen höher, das Wasser war golden wie Bernstein, und der Wind wehte vom Land her bunte Blätter um uns. Oben zogen die Kraniche nach Süden. ›Ich höre sie so gern‹, sagte Myra. ›Lass mich ein wenig auf dem Baumstamm dort sitzen.‹ Also setzten wir uns und lauschten den Kranichen und den Wellen. ›Was für ein schöner Morgen‹, sagte Myra und lehnte sich an einen hochstehenden Ast. Sie sah zu den Kranichen auf, und ich dachte über einen Artikel nach, den ich schreiben wollte. Als ich wieder zu ihr hinübersah, hatte sie die Augen geschlossen und war ein wenig zusammengesackt. Sie sah unglaublich friedlich und entspannt aus. In dem Augenblick wusste ich es, noch ehe ich merkte, dass sie aufgehört hatte zu atmen.«

»Sie hat also gefunden, was sie an diesem Tag gesucht hatte«, sagte Beate und legte eine Hand auf Remy. »Was für eine Gnade.«

Remy schluckte. »Ja, das hat sie. An ihrem Lieblingsort. Es muss so still und klar in ihr ausgesehen haben wie in dem Bernstein. Das ist mir jetzt bewusst geworden, durch deine Worte, Beate.«

»Sie war bestimmt sehr stolz auf dich«, sagte Beate.

Remy hob abwesend einen Halm Strandhafer auf und zupfte daran herum. »Als sie mir das erste Mal gezeigt hat, dass zarte Dinge wie Insekten und Samen über Jahrmillionen hinweg im Bernstein erhalten bleiben können, war ich unendlich fasziniert. Da war ich noch ein Teenager und gerade ziemlich verwirrt. Ich war zutiefst ergriffen von einer kleinen Fliege, die in dem alten Harz noch so lebendig aussah. Ich wusste gar nicht wohin mit meinem großen Staunen. Die Klassenkameraden haben mich nicht verstanden, und das hat mich traurig gemacht. Wir sind alle so beschäftigt heutzutage, dass wir das Staunen vergessen. Wir wissen nicht mehr, dass genau dies das Leben magisch macht. Staunen kann man nicht nur über die großen, exotischen Dinge. Es ist wie mit den Schmetterlingen. Beate, du hast mir erzählt, wie dich die riesigen Schmetterlinge in der Schmetterlingshalle auf Rügen beeindruckt haben, aber dass du die kleinen ganz genauso erstaunlich findest.«

»O ja!«, pflichtete Beate ihr bei. »Wenn man älter wird, erscheinen die scheinbar alltäglichen Dinge wieder wundersamer, vielleicht weil man Kindern in einigem wieder ähnlicher wird.«

»Genau das ist der Punkt. Ich möchte die Menschen daran erinnern, über was man alles staunen kann! Denn wenn sie das wieder merken, dann werden sie auch besser auf die bemerkenswerten Dinge achten. Auf die Schmetterlinge, auf all die anderen Insekten und auf die manchmal winzigen, wilden Blumen. Deswegen habe ich dann später diese Zeitschrift gegründet, um darin zusammen mit gleichgesinnten Autoren über diese kleinen Wunder zu schreiben. Im Grunde mache ich nur das, was Myra mich gelehrt hat. Sie hat alles geliebt, was hier um uns ist. Jedes kleine Lebewesen, jede Blume war für sie auf Augenhöhe mit ihr selbst. Das ist ihr Vermächtnis.«

»Siehst du, und das mit der Zeitschrift, das hat sie noch erlebt«, sagte Beate. »Und dass du sie verstanden hast. Deswegen konnte sie in Frieden gehen.«

Remy drehte ihre Hand um und drückte Beates. »Ich wollte euch etwas Gutes tun, und nun ist es auf einmal umgekehrt!«, sagte sie ein wenig heiser. »Nelly, danke, dass ihr hergekommen seid.«

»Nichts zu danken«, sagte Nelly und reckte ihre Arme in den

feinen Regen, der nach der Wärme des Tages so erfrischend war. »Ich nehme auch ganz viel mit von hier. Ich weiß nur noch nicht, wo mich das hinführt.« Doch sie hatte eine Ahnung. Beate und viele andere, auch die, die nicht mehr da waren, hatten auch ihr ein Vermächtnis hinterlassen. Und sie wollte etwas daraus machen, wollte es weitergeben.

»Dann finden wir es eben zusammen heraus«, sagte Beate und sah einer Möwe nach, die am Flutsaum aufflog und auf dem nassen, warmen Wind über das Meer hinaussegelte.

Maja

Lenzerwische

2018

19

Gewitterstunden

Juni. Der Erdbeermond, auch Rosenmond genannt. Beides passt, dachte Maja. Erdbeermond, weil Lisa ihren Kummer damit bekämpfte, Maja beim Erdbeerpflücken zu helfen. Das Erdbeerbeet war groß, wie es immer gewesen war, und Maja hatte es im Herbst gut aufgeräumt und neu bepflanzt, so dass die Erdbeeren reichlich trugen. Lisa schien ebenso viele davon zu essen, wie sie pflückte.

»Die waren früher schon mein Allheilmittel, weißt du noch, Mama? Erdbeeren helfen gegen alles. Sogar jetzt noch ein bisschen. Sie schmecken einfach so gut nach Sommer.«

Maja machte Erdbeerkuchen, Erdbeerquark, Erdbeereis. Elsies Appetit hatte deutlich nachgelassen, aber Erdbeereis und Erdbeerquark aß sie mit Vergnügen. Kurt stand ihr da in nichts nach.

Rosenmond passte auch, denn die Rosen rund ums Haus trugen so dicke Blütendolden, dass sie in die Fenster hineinhingen, das Haus mit Duft erfüllten und man sie erst beiseiteschieben musste, wenn man sich auf eine Bank setzen wollte.

Und außerdem würde Sebastian kommen.

Was die Erdbeeren anging, reiften sie so schnell, dass Maja schließlich am Verzweifeln war. »Mach es doch wie Elsie früher mit den Blumentöpfen«, schlug Lisa vor. »Weißt du noch, als sie die an den Straßenrand gestellt und verkauft hat.«

»Das ist eine gute Idee«, stimmte Elsie zu. »Fast wie in alten Zeiten.«

Nach einigem Suchen in den diversen mit Gerümpel vollgestopften Schuppen und Ställen förderte Lisa triumphierend einen Stapel alter Körbe zutage. »Mama, wir müssten unbedingt etwas für diese Nebengebäude tun«, sagte sie erschrocken. »Der eine Stall ganz hinten ist schon eingestürzt. Es wäre so schade, wenn noch mehr verlorenginge!«

»Ich weiß«, sagte Maja beklommen. Doch sie hatte keine Ahnung, wie sie das machen sollte. Elsie wollte nicht darüber reden. »Das kostet nur Geld, und niemand braucht das mehr«, hatte sie geantwortet, als Maja sie darauf angesprochen hatte. »Vieh wird hier niemand mehr halten. Die Zeit der großen Höfe ist vorbei. Das ist nun mal so.«

»Ich könnte mir in einem der Schuppen ein Atelier einrichten«, sagte Lisa versuchsweise, nur um zu hören, wie das klang. Die Einwände lieferte sie selbst gleich mit. »Aber ich bräuchte viel Geld, um ein Oberlicht zu installieren oder wenigstens große Fenster. Und ich müsste immer aus der Stadt kommen, wenn ich mich gerade kreativ fühle. Schade. Kannst du die Gebäude nicht an Künstler vermieten, die Geld haben?«

Maja schnaubte amüsiert. »Künstler, die Geld haben? Gibt es die denn? Und selbst wenn, so würden sie wohl kaum ausgerechnet hier draußen ihr Glück suchen.«

Gemeinsam spritzten sie die Spinnweben mit dem Gartenschlauch gründlich ab, ließen die Körbe trocknen, füllten sie mit Erdbeeren und präsentierten sie auf einem Gartentisch oben am Deich, wo viele Leute auf Fahrrädern vorbeifuhren. Dazu eine Kasse und ein Preisschild. Darauf bestand Lisa.

»Ich wäre schon froh, wenn sie die Erdbeeren überhaupt mitnehmen«, sagte Maja.

»Dann ist es ja nicht schlimm, wenn der eine oder andere kein Geld in die Kasse legt«, meinte Lisa.

Doch die Leute waren erstaunlich ehrlich. Manchmal setzte sich auch Kurt eine Zeitlang neben den Tisch und hielt ein freundliches Schwätzchen mit jenen, die sich für die Erdbeeren interessierten. Die nahmen meistens dann doppelt so viel mit. »Bin ich wohl doch noch zu etwas zu gebrauchen«, meinte Kurt augenzwinkernd.

»Alter Charmeur«, sagte Lisa und drückte ihm einen Kuss auf die Wange.

»Hast du gemerkt, wie oft Elsie jetzt einschläft?«, fragte sie abends ihre Mutter, als sie den geleerten Tisch wieder vom Deich heruntertrugen.

»Ja.« Maja nickte beklommen. »Aber der Doktor sagt, es ist nur … sie ist eben einfach …«

»Alt und müde«, ergänzte Lisa. »Gut, dass sie wenigstens nicht alleine ist.«

Dann kam Sebastian. Majas Herz fing an zu klopfen, als sie ihn in die lange Einfahrt einbiegen sah. Sie stellte den Korb ab und lief ihm entgegen. Wie unfassbar schön war es, endlich seine Arme um sich zu spüren, seinen Geruch, sein Lächeln, seine Stimme! Sie zog ihn in den Garten, wollte mit ihm allein sein, seine Gegenwart begreifen und ihn nie wieder loslassen. Lange saßen sie auf der grünen Bank, bewunderten die Lilien oder sagten gar nichts und hielten sich einfach nur bei der Hand.

»Ist es nicht verrückt, dass die Zeit so langsam vergehen

kann, wenn man jemanden vermisst, und gleichzeitig so schnell, wenn man so viel zu tun hat?«, fragte Sebastian.

Maja nickte. »Genauso ging es mir auch. Jeder Tag ohne dich war einerseits so lang, und andererseits ist er so schnell verflogen, mit dem großen Haus und dem Garten, der so trocken ist, und dann Elsie und Kurt und die ganze Aufregung mit ihrem Fuß …«

»Das zeigt wohl nur, wie sehr wir beide noch mitten im Leben stehen«, meinte Sebastian. »Wie geht es denn Lisa?«

»Ich glaube, schon wieder ganz gut. Sie ist jung. Sie hat noch so viele Chancen, ihre Träume zu verwirklichen.« Maja stand auf. »Komm, sie wird dich sehen wollen.«

Mit Sebastians Besuch war es auch so, dass die Zeit sich seltsam verhielt. Sie genossen einander so sehr, dass die Tage besonders lang zu sein schienen, und doch war sein Urlaub so schnell wieder vorbei. Aber sie wussten beide, dass sie das Richtige taten, jeder dort, wo er gerade war, und das half. Es war ja nur vorübergehend.

Außerdem hatte Maja keine Zeit zum Grübeln. Der Rosenmond war vorbei. Mit dem Juli kam der Heumond, auch Donnermond genannt. Lisa war wieder fort und hatte sich mit neuem Eifer in ihre Schneiderarbeit gestürzt. An den Wochenenden kam sie gelegentlich vorbei. »Es ist so schön hier im Sommer«, sagte sie, »und wenigstens etwas kühler als in der Stadt.«

Der Juli brachte tatsächlich Donner, in Form eines einzigen Gewitters, das die trockene Hitze unterbrach.

Nachmittags schon hatte man es in der Ferne grollen gehört,

aber es schien nicht näher kommen zu wollen. Die Luft war unerträglich drückend. Auf Majas Drängen hin ließen Kurt und Elsie sich schließlich dazu bewegen, ins Haus zu gehen, wo es wesentlich kühler war. Kurt wollte Backgammon spielen, aber Elsie wehrte ab.

»Schach!«, sagte sie. »Ich habe ewig nicht mehr Schach gespielt. Clemens tat das so gerne.«

»Dann verliere ich«, murrte Kurt, aber als Maja ihm die Figuren brachte, stellte er sie auf, ohne sich weiter zu beschweren. Maja wässerte draußen Blumentöpfe und flüchtete sich dann auch in die kühlere Küche. Amüsiert lauschte sie von dort dem Schlagabtausch zwischen Kurt und Elsie. Einmal nickte Elsie ein. Kurt lehnte sich zurück und wartete, bis sie wieder aufwachte. »Ich hätte schummeln können«, sagte er milde.

»Das hätte ich gemerkt«, protestierte Elsie und betrachtete aufmerksam die Stellung der Figuren. Dann machte sie ihren Zug. »Schach.«

Kurt rettete sich noch einige Züge lang, doch schließlich triumphierte Elsie. »Gewonnen! Ich kann es noch. Clemens wäre stolz auf mich.«

»Das war er immer«, meinte Kurt.

Zum Abendessen wollte Elsie nur Erdbeeren und dann ins Bett.

»Bald wird es regnen«, sagte Maja tröstend.

»Das wäre schön«, sagte Elsie sehnsüchtig.

Maja deckte sie nur mit einem leichten Laken zu, wie Elsie es mochte, und schaltete den kleinen Ventilator am Fenster ein, zu dessen Surren Elsie gut einschlafen konnte. Dann ging sie hinaus und setzte sich auf die Treppe. Sie zündete ein Windlicht an und sah hinaus in die Sommernacht.

Eine gespenstische Stille lag über dem Garten. Kein Zweig und kein Gras bewegte sich. Nicht einmal eine Mücke sirrte. Dann plötzlich setzte das Grollen lauter wieder ein. Der Geruch änderte sich, als hätte es in der Nähe begonnen zu regnen. Eine plötzliche Bö fuhr durch den Obstgarten und blies das Windlicht aus. Jetzt klatschte ein dicker Tropfen auf die Treppe, ein zweiter folgte. Maja sprang auf und streckte dem Regen ihr Gesicht und die Hände entgegen. Wie lange hatte sie das nicht mehr auf der Haut gespürt! Ein Blitz erhellte den Garten, und in diesem Bruchteil einer Sekunde glaubte Maja zu sehen, wie sich die Pflanzen und Bäume den kostbaren Tropfen entgegenreckten, wie sie es eben selbst getan hatte. Dann prasselte es richtig los. Maja beeilte sich, hineinzugehen und die Türe zu schließen, ehe der Teppich nass wurde. Auf dem Weg zu Elsie schlich sie sich zu Kurt hinein und schloss dort das Fenster. Er schnarchte vor sich hin und merkte nichts. Seine Schwerhörigkeit kam ihm jetzt zugute. Kein Donnerschlag würde ihn wecken.

Elsie hingegen hatte sich aufgerichtet und sah mit einem beglückten Ausdruck zum Fenster. Der Wind wehte die Gardinen in den Raum, zusammen mit einigen Regentropfen. Maja schaltete den Ventilator ab und wollte das Fenster schließen, doch Elsie winkte ab. »Lass offen, Maja, bitte, lass offen! Es rauscht so schön, und es riecht so gut. Das tut mir wohl.«

»Wenn du es möchtest.« Maja konnte Elsie verstehen, aber ganz behaglich war ihr nicht dabei, Elsie mit dem offenen Fenster allein zu lassen. Ein zweiter Blitz zuckte. Maja war sich nicht sicher, ob Elsie deswegen so bleich aussah oder ob es ihr nicht gutging. »Möchtest du etwas trinken? Oder deine Kreislauftropfen?«, fragte sie. Doch Elsie schüttelte lächelnd den Kopf. »Der Regen ist die beste Medizin.«

Maja gähnte unwillkürlich. »Leg dich doch ein bisschen zu mir.« Elsie klopfte auf die leere Hälfte des Doppelbetts. »Wir können dem Regen zusammen zuhören.«

Maja legte ein Handtuch dorthin, wo der Boden vom Regen feucht wurde, und folgte dann der Einladung. Es war ein bisschen wie ganz früher, wenn ihre Großmutter vorgelesen hatte.

Elsie hatte recht, das Rauschen war im Augenblick die schönste Musik, die man sich vorstellen konnte. Maja dachte daran, wie begierig draußen die Erde das Wasser aufsog, wie es durch die Risse eindrang und endlich an die durstigen Wurzeln gelangte, wie die Tropfen den Staub von den Blütenblättern spülten und allem neues Leben einhauchten.

Irgendwann schreckte sie davon auf, dass Elsie etwas sagte.

»Entschuldige, Elsie, wie bitte?«

Doch Elsies Blick war zum Fenster gewandt. »Clemens, da bist du ja! Die Erdbeeren haben in diesem Sommer besonders gut geschmeckt, findest du nicht?« Sie lächelte, und ihre Hand suchte auf dem Laken, als wollte sie nach jemandem greifen. Dann schloss sie die Augen und schlief wieder ein, immer noch mit diesem Lächeln. Maja dachte an Clemens, lauschte auf den Regen und Elsies Atem, und irgendwann döste auch sie ein.

Ein besonders lauter Donnerschlag, der das Glas auf dem Nachttisch klirren ließ, weckte sie auf. Vom Fensterbrett tropfte der Regen platschend auf das inzwischen längst nasse Handtuch. Maja sprang auf und schloss jetzt doch das Fenster.

Als sie sich umwandte, erhellte ein Blitz das Zimmer. In der grellen Klarheit dieses kurzen, gleißenden Lichts sah Maja allzu deutlich, dass Elsie für immer eingeschlafen war. Es war nur noch ihre Hülle, die da lag. Ihre Seele war Hand in Hand mit Clemens durch das Fenster hinaus in den Garten gegangen.

Für diesen hellen Augenblick, ehe die Trauer einsetzte, wusste Maja das und spürte Elsies Frieden.

Draußen floss der Regen weiter, aber für Maja war die Zeit stehengeblieben, einem Foto gleich eingefroren in dem längst verlöschten Blitzlicht. Als sie sich endlich umwandte, weil sie ein Geräusch gehört hatte, sah sie vor der trüben Lampe im Flur die Silhouette von Kurt in seinem Rollstuhl in der Tür stehen. Er wog so wenig und trainierte seine Arme so regelmäßig, dass er es immer noch schaffte, sich vom Bett in den Stuhl zu manövrieren.

»Komm her!«, sagte er. »Ich habe gespürt, was geschehen ist.«

Maja legte den Kopf in seinen Schoß, und er streichelte ihr Haar. »Sie hat so oft gesagt, sie möchte auf keinen Fall hundert werden«, sagte er. »Es ist ihr gerade noch gelungen, sich diesen Wunsch zu erfüllen. So, wie sie immer alles geschafft hat. Wir werden sie vermissen. Aber sie wird in uns und um uns sein, immer nahe, genau wie Clemens.«

Ja. Clemens war ihnen immer nahe geblieben. Bei Elsie war es nicht anders. Maja würde zum Beispiel nie wieder Regen hören können, ohne daran zu denken, wie Elsie sich heute Nacht über diesen gefreut hatte.

Draußen ließ das mächtige, erlösende Rauschen jetzt nach und wurde zu einem sanften Tröpfeln. Der Boden war satt durchtränkt, zum ersten Mal seit vielen Wochen. Ein Aufatmen ging über das Land, eine neue Leichtigkeit, von der Maja hoffte, dass auch Elsie diese jetzt fühlte.

20

Neue Fragen, alte Träume

Der Arzt kam, füllte Formulare aus, ging wieder. An Schlaf war kaum zu denken. Bei Sonnenaufgang saßen Maja und Kurt auf der Terrasse zwischen den duftenden Rosen, in denen Tropfen funkelten. Die schönste lag drinnen in Elsies Händen, bis später das Bestattungsinstitut kam.

Maja hatte Sebastian, Lisa und Frau Herrlich bereits benachrichtigt. »Ich komme!«, hatte Sebastian gesagt. »Ich lasse hier alles stehen und liegen. Du solltest jetzt nicht allein sein.«

»Nein, Liebster, tu das nicht, bitte. Du hast gerade erst wieder den anstrengenden Flug hinter dir. Ich komme zurecht. Und ich bin nicht allein. Lisa ist ja da, und Kurt. Es kam schließlich nicht so überraschend. Wir hatten doch darüber gesprochen, dass das kommen kann. Und ich weiß, dass du in Gedanken bei mir bist.« Darüber zu sprechen war nur etwas ganz anderes gewesen als die Wirklichkeit. Manche Dinge konnte man sich nicht vorstellen, ehe sie eintraten.

»Gut, wenn du meinst – aber bitte sag mir sofort, wenn du mich brauchst!« Sie hatte es versprochen.

Essen konnten weder Maja noch Kurt etwas, aber die warme Kaffeetasse in ihren Händen tat gut. Über dem Gras lag ein Hauch von neuem Grün, und die Blumen hatten sich durch den Regen wieder aufgerichtet. Heute musste ausnahmsweise niemand gießen. Der Tag versprach allerdings jetzt schon, wieder heiß zu werden.

Nachmittags kam Lisa. Kurt schlief, erschöpft von der Nacht. Lisa fand Maja auf der Bank am Lilienbeet. Die Lilien leuchteten golden, tiefrot und flammend orange durcheinander. Ihre Farben glühten so sehr, dass man sich kaum traute, sie zu berühren.

Lisa und Maja hielten sich lange in den Armen, dann saßen sie schweigend da.

»Ich glaube, sie sind beide genau hier«, sagte Lisa schließlich. »Ich habe Clemens immer an dieser Stelle gespürt, obwohl ich ihn nicht gekannt habe. Jetzt sind sie es beide.«

»Ich weiß nicht,« sagte Maja. »Mit Clemens geht es mir hier am Lilienbeet auch so. Aber heute bin ich durch das ganze Gelände gegangen und habe Elsie gesucht. Ich habe sie bei den Beerensträuchern gespürt.«

»Das passt auch«, stimmte Lisa zu. Sie wischte sich die Augen mit dem Handrücken und schniefte, als wäre sie wieder sechs. Maja reichte ihr ein Taschentuch.

»Was wird denn jetzt aus Kurt?«, fragte Lisa, als sie sich fertig geschnäuzt hatte.

Ja, was wurde aus Kurt?

»Weißt du, was er mich vor zwei Tagen gefragt hat?« Maja zog die Beine hoch und legte die Arme darum. Das konnte sie immer noch, und es tat ihrem Rücken gut. Sie merkte, wie verspannt sie war. »Er hat einen Freund, einen Zimmernachbarn aus dem Heim. Das Heim musste ja schließen. Der Freund, ich glaube Heiner heißt er, konnte zu einem seiner Söhne ziehen. Aber die hatten schon lange eine Reise gebucht und werden vier Wochen im Ausland sein. Heiner sollte in eine Kurzzeitpflege, aber er war dort schon einmal und findet es furchtbar. Kurt hat zu mir gesagt: ›Es wäre so schön, wenn

Heiner hierherkommen könnte. Aber ich mag Elsie nicht fragen. Ich weiß doch, dass sie nicht mehr gern viele Menschen um sich hat. Ich bin schon froh, dass sie sich an meine Gegenwart gewöhnt hat.‹«

»Und jetzt überlegst du, ob Heiner nicht doch kommen kann?«, fragte Lisa. »Ich kenn dich doch! Für Kurt wäre das bestimmt gut, gerade jetzt, wo er trauert und auf einmal ganz allein ist. Aber was ist mit dir? Willst du jetzt nicht lieber nach Hause?«

»Das kann ich doch gar nicht. Erst mal müssen wir die Beerdigung organisieren. Dann sind da Kurt und der Garten. Außerdem, was soll ich denn jetzt in der Stadt?«

»Stimmt. Aber Mama, ich möchte nicht, dass du dich übernimmst.«

»Es wäre ja nur für ein paar Wochen. Heiner ist jünger als Kurt und braucht nur wenig Hilfe.«

Lisa musste lachen. »Du meinst, er ist erst neunzig oder so?«

Auch Maja musste lächeln. »Nein, siebenundachtzig.« Es fühlte sich falsch an zu lächeln, aber dann fiel ihr ein, wie gern Elsie gelacht hatte. Sie würde es richtig finden.

»Das musst du dir trotzdem gut überlegen. Du brauchst auch Zeit zum Trauern. Andererseits geht es dir ja immer am besten, wenn du dich um andere kümmern kannst. Oder um einen Garten.«

Maja betrachtete ihre Tochter erstaunt. »Wann bist du eigentlich so weise geworden?«

»Ich hatte Vorbilder. Elsie zum Beispiel. Und Kurt. Die besitzen zusammen die Weisheit so vieler gelebter Jahre, das musste ja irgendwann mal abfärben.«

»Das stimmt wohl. Ich bin mir auch gar nicht sicher, ob Kurt nicht einen Hintergedanken hatte, als er mich wegen Heiner gefragt hat. Weißt du, dass ich auch mal einen Traum hatte, so wie du, als ich sogar noch jünger war als du jetzt?«

»Einen, der dir so wichtig war wie mir jetzt meine Bilder? Wirklich?«

»Ja. Und Kurt weiß davon.« Maja sah auf das bronzene Schiff, über das die Sonne wanderte. Eine kleine Eidechse sonnte sich ohne Scheu auf dem Sockel. »Ich hatte damals gerade meinen Führerschein gemacht und fuhr in der Gegend herum. Mit dem Abitur war ich auch seit kurzem fertig und wusste noch immer nicht, was ich mit mir anfangen sollte. ›Lass dir Zeit‹, hat Elsie gesagt, ›Ich kann deine Hilfe hier gut gebrauchen.‹ Dabei brauchte sie mich gar nicht. Wir weckten Beeren ein und verkauften Blumentöpfe, aber das hätte sie zu der Zeit auch noch sehr gut allein geschafft. Ich fuhr also rastlos durch die Gegend und verfuhr mich. Und da kam ich an einem Altersheim vorbei. Damals hieß das noch nicht Seniorenheim oder Residenz. Einfach Altersheim. Das stand auch am Tor.«

»Klingt eigentlich viel schöner«, fand Lisa. »Heimelig eben.«

»Ja. Genau das war es. Es war eine alte Villa in einem großen, etwas verwilderten Garten. Hühner liefen umher, auch einige Katzen, und überall standen Bänke. Es gab Obstbäume und Beerensträucher und eine Wiese mit Blumenbeeten. Dazwischen spazierten die alten Menschen in der Sonne oder saßen im Schatten unter einem Baum, und die meisten hatten Erde an den Händen und ernteten oder pflanzten etwas. Viele gingen am Stock, oder es fiel ihnen schwer, sich zu bewegen, aber sie lachten, waren braun von all der Sonne und wirkten entspannt, viele sogar glücklich.«

»Bist du hineingegangen?«, fragte Lisa gespannt.

»Nein. Aber ich stieg aus und stand eine ganze Weile da am Zaun. Ich dachte an all die leeren Zimmer im ›Elbschwarm‹. Und ich konnte nicht anders, ich wünschte mir plötzlich ganz doll, dass es dort auch einmal so sein würde. In dem Augenblick beschloss ich, die Ausbildung zur Altenpflegerin zu machen. Ich war mir in dem Moment völlig sicher. Und als eine der alten Damen zu mir kam und mir mit einem wortlosen Lächeln einen Apfel reichte, nahm ich es als Zeichen. Seltsamerweise habe ich den Weg dorthin nie wiedergefunden.«

»Aber die Ausbildung hast du trotzdem gemacht. Und dann?«

»Dann musste ich erst mal Erfahrungen sammeln. Du kannst als Berufsanfängerin nicht einfach mal eben so ein Seniorenheim aufbauen. Da brauchst du außerdem noch Zusatzqualifikationen.«

»Die hast du doch längst. Hast du denn nie mehr an deinen ursprünglichen Traum gedacht?«

»Doch. Damals immer. Als Clemens bereits einige Jahre tot war und Elsie noch nicht die Frau Herrlich eingestellt hatte, habe ich Elsie von meiner Idee erzählt und sie gefragt, was sie davon hält. Das Haus war so groß. All diese leeren Zimmer. So hätte sie Gesellschaft gehabt. Aber sie war noch sehr fit. Und sie war gern allein. ›Daran könnte ich mich niemals gewöhnen, Maja‹, sagte sie ungewöhnlich ernst. ›So viele Menschen um mich herum – nein, auf gar keinen Fall! Die Zeiten, in denen ich Zimmer vermieten musste, sind vorbei. Aber du erbst ja den ›Elbschwarm‹ einmal. Dann kannst du das gern machen. Es wird bestimmt schön.‹ Doch ich konnte und wollte mir damals nicht vorstellen, dass sie einmal nicht mehr da sein würde.«

»Warst du sehr traurig, als aus deinem Plan nichts wurde?«, fragte Lisa. »Das kann ich gerade sehr gut verstehen.«

Maja beugte sich vor und zupfte einen Stängel Giersch zwischen den Lilien heraus. »Ja, erst schon. Deshalb habe ich es auch Kurt erzählt. Der fand es im Prinzip eine hervorragende Idee, aber er wusste auch, dass das für Elsie nichts war. Er tröstete mich und meinte, ich könnte ja denselben Plan auch woanders verwirklichen. Hier wäre es ohnehin besonders schwierig gewesen. Der Grenzzaun stand ja noch direkt vor unserer Nase, hier war Sperrgebiet. Na ja, und dann lernte ich Sebastian kennen, irgendwann kamen du und Luca, und Familie war erst einmal das Wichtigste. Darüber habe ich diese alte Idee vergessen. Und später, als ich wieder anfing zu arbeiten, da habe ich mich wohlgefühlt im mobilen Pflegedienst. Die Kollegen waren so nett und die Patienten auch, und ich war sehr zufrieden. Elsie ging es unterdessen weiter gut hier, besonders, als sie dann Frau Herrlich hatte. Ich habe tatsächlich nicht mehr daran gedacht. Erst als ich hier anfing, den Garten in Ordnung zu bringen, fiel es mir wieder ein. Aber es sind eben nicht alle Träume dazu geeignet, verwirklicht zu werden.«

»Wem sagst du das«, meinte Lisa betrübt.

»Ach, Lisa. Du hast noch so viel Zeit. Bitte mach weiter mit deiner Kunst!«

»Ja, irgendwann vielleicht. Puh, ist das wieder heiß!« Lisa wischte sich das nassgeschwitzte Haar aus der Stirn. »Aber hör mal, du meintest, Kurt hatte vielleicht einen Hintergedanken, als er dir von seinem Freund erzählte? Meinst du, er hofft, dass du jetzt noch deinen Plan umsetzt und ein Altersheim aus dem ›Elbschwarm‹ machst? Dann könnte er bleiben. Das wäre typisch Kurt. Eine Win-win-Situation. Ein Zuhause für Kurt, ein erfüllter Traum für dich.«

Maja zuckte mit den Schultern. »Kurt eben. Der steckt voller verrückter Ideen, seit ich ihn kenne. Die darf man nicht alle ernst nehmen. Das tut er auch nicht.«

Lisa sah sie an. Ihre Augen funkelten. »Warum eigentlich nicht?«

»Weil er manchmal einfach ein fröhlicher Spinner ist. Sagt er selbst.«

»Ich rede nicht von Kurt. Ich meine dich! Warum machst du es nicht?«

Nachts konnte Maja nicht schlafen. Lisa hatte wieder zurück in die Stadt gemusst. Kurt war früh ins Bett gegangen. Mit Sebastian hatte sie schon telefoniert, der hatte jetzt Vorlesung, aufgrund der Zeitverschiebung auf der anderen Seite des Meeres. Sie war allein mit ihren Gedanken und den leeren Zimmern. Jetzt war auch noch Elsies verwaist.

Maja stieg wieder einmal kurzerhand aus ihrem Fenster und lief barfuß im Nachthemd über das Gras zur Bank am Teich. Heute schien kein Mond, doch die Sterne flimmerten hell. Rico sah sie in der Hoffnung auf einen Leckerbissen auffordernd an, aber sie setzte sich so herum, dass sie auf das Haus statt auf den Teich blickte. Die alten Laternen an der Hauswand brannten, wie sie immer gebrannt hatten, um Gästen den Weg zu weisen. Sie erleuchteten die Dolden der Kletterrosen über den weißen Bänken und die Fensterläden, an denen die Farbe abblätterte.

Lisa hatte gut reden. Sie war jung und hatte keine Vorstellung, was alles an so einem Plan hängen würde. Investitionen. Personal. Bauaufsicht … die Liste war endlos.

Obwohl, andere Leute schafften das ja auch. Bis zu dem Wasserschaden war in Kurts altem Heim alles glattgelaufen, und das war auch nur ein kleiner Betrieb gewesen.

Außerdem, was sollte sonst aus dem »Elbschwarm« werden, der schon so viele schwere Zeiten überstanden hatte? Maja konnte ihn doch jetzt nicht ohne Not im Stich lassen und einfach an Fremde geben! Schon wegen Elsie. Und er beherbergte all die Erinnerungen aus Majas Kindheit.

Ihr fiel ein, dass sie dem Haus damals vor ihrer Ausbildung heimlich und voller Zuversicht versprochen hatte, dass sie eines Tages ein glückliches Heim für alte Menschen aus ihm machen würde. In einem Anfall von Übermut hatte sie sich hingekniet und das in den Kamin geflüstert.

Jetzt, in ihrem übermüdeten, überdrehten Zustand, war ihr, als würde das Haus sie aus seinen vielen Fensteraugen vorwurfsvoll und flehentlich ansehen.

Sie fühlte sich so allein. Nur das Lied der Grashüpfer um sie herum tröstete sie etwas. Doch es kam ihr leiser vor als sonst. Sicher war das Einbildung, aber es erschien ihr wie eine Mahnung.

Was würde aus den Grashüpfern werden, wenn sie das Grundstück im Stich ließ? Sicher, hier in der Lenzer Wische ging es Flora und Fauna wieder gut, seit man den Deich rückverlegt hatte und das Gebiet renaturierte. Aber es sollte doch auch hier so bleiben. Wenn sie verkaufte, an einen Hotelier zum Beispiel, wer wusste dann, was aus dem Garten wurde – aus Clemens' Lilien, Elsies Beerensträuchern, dem Karpfenteich und vor allem den Wiesen?

»Du musst mutig sein, kleiner Tim, und springen. Aber sei immer vorsichtig! Die Welt besteht nicht nur aus Wiesen, und es werden immer weniger«, sagte der Großvater, während Tim ängstlich lauschte. Eines Tages würde er sich ein fünftes Mal häuten und seine Flügel benutzen

können, und wer wusste, wo er dann landete, wenn er auf einmal so weit vorwärts kam? »Es gibt große, laute Maschinen da draußen, die dich fressen oder zerdrücken, und es gibt Steinwüsten, auf denen sie unterwegs sind. Manchmal verspritzen sie Gift, das uns töten kann«, erklärte der Großvater. »Ich will dir keine Angst machen, ich möchte nur, dass du dich vorsiehst.«

»Warum tun sie das, Großvater?«

»Sie haben auch nur Angst, dass sie nicht genug zu fressen bekommen. Sie meinen es nicht böse. Auf unsere Lieder wollen sie eigentlich auch nicht verzichten. Eines Tages werden sie lernen, mit uns zu leben. Bis dahin musst du schlau sein und hoch springen.«

»Aber Großvater, wenn ich an so viel denken muss und immerzu aufpassen, dann werde ich nie Zeit haben, die Lieder zu lernen und Musik zu machen.«

Der Großvater lächelte ein wenig. Er strich mit seinem Hinterschenkel über die Schrillkante an seinem Flügel, um ein Zirpen zu erzeugen. »Doch, Tim. Du kannst gar nicht anders! Du bist ein Grashüpfer«, sagte er. »Du wirst von Liebe und Landschaften singen, und die Menschen werden wissen, dass es Sommer ist und ein Sommer ohne Grashüpfer nichts wert wäre.«

Clemens' Stimme hallte durch die Jahre, und Maja saß noch lange im Garten.

Als sie schließlich hineinging, bemerkte sie unter Kurts Tür Licht. Leise öffnete sie die Tür. Er lag im Bett und las.

»Kurt«, sagte sie. »Dein Freund Heiner. Der braucht doch nur für vier Wochen eine Unterkunft, richtig?«

Er ließ das Buch fallen und sah sie hoffnungsvoll an. »Genau.«

»Sag ihm, er kann kommen.«

Kurt strahlte, und dieses Strahlen wärmte Maja auf dem Weg

ins Bett und machte ihr ein wenig Mut. Sie hatte sich unendlich einsam gefühlt. Sebastian war weit weg, und Elsie würde niemals wieder da sein, um ihr einen ihrer weisen Ratschläge zu geben. So viele Entscheidungen lagen jetzt auf ihren Schultern. Sie hatte keine Ahnung, wie es weitergehen würde.

Aber ein paar Wochen Besuch eines weiteren älteren Mannes, das war überschaubar. Wenigstens das konnte sie schaffen, und so würde das Haus nicht ganz so leer sein. Denn die nächsten Wochen musste sie ohnehin hierbleiben. Nicht nur wegen Kurt und dem durstigen Garten. Es gab auch die Testamentseröffnung und so viele andere Behördensachen zu regeln.

Heiner kam zwei Tage später und stellte sich sogar als Hilfe heraus. Er kochte gern und diskutierte endlos mit Frau Herrlich über Gewürze. Er füllte die Stille etwas. Das tat Maja gut. Je mehr Tage vergingen, desto weniger konnte sie sich daran gewöhnen, dass Elsie für immer fort war. Sie hoffte, dass die Beerdigung es begreifbarer machen würde. Bis dahin fand sie keine Ruhe.

Während der Pfarrer Tage später schließlich am Grab lange Passagen aus der Bibel zitierte, während die Bienen im Klee summten und alle Anwesenden ihre schwarze Kleidung durchschwitzten, blickte Maja auf die Blumenkränze. Elsie hatte so oft wundervolle Kränze gebunden und damit das Leben gefeiert.

Majas Gedanken wanderten zurück in andere, lang vergangene Sommer, in denen Clemens und Elsie beinahe jung und sehr gegenwärtig waren.

21

Licht auf Usedom

An der Haustür hing damals fast immer ein Kranz, den Elsie selbst gebunden hatte. Jetzt im Herbst war er aus Lampionblumen, reifen Ähren, Hagebutten, Gräsern und Astern. Weil Maja so ungeduldig herumhüpfte, band Elsie diesmal auch noch einen kleineren Kranz und setzte ihn Maja auf den Kopf.

»So, jetzt trägst du eine Krone! Glaubst du, als Herbstkönigin könntest du ein bisschen mehr Geduld haben?«, fragte Elsie.

Maja bewunderte sich im Spiegel. »Aber nur ein klein bisschen, Elsie. Ich möchte doch ans Meer. Warum fahren wir nicht heute? Es sind doch schon Ferien.«

»Weil wir noch zu tun haben. Übermorgen geht es ja schon los. Ich muss mich jetzt um die Wäsche kümmern. Du kannst Clemens im Garten helfen.« Also trollte sich Maja zu Clemens, zeigte ihm stolz ihre Krone und half ihm, die Lilien vom Unkraut zu befreien. »Ihre Wurzeln wollen atmen, während wir weg sind«, erklärte er und klaubte behutsam eine Klette aus Majas langen Locken.

Sie half ihm bereitwillig, aber dabei betrachtete sie immer wieder die Muscheln auf dem Sockel des bronzenen Schiffes und dachte daran, wie sie mit ihren nackten Füßen in den Wellen planschen würde.

Am nächsten Tag stand sie wieder bei Elsie in der Küche. »Warum können wir nicht heute endlich fahren?«

Elsie seufzte. »Komm mal her.« Sie ging zu dem breiten

Fensterbrett, auf dem die alte Küchenwaage stand. »Jetzt wiegen wir hier das Mehl ab für den Butterkuchen, den wir mitnehmen. Auf diese Seite stelle ich das Gewicht für ein halbes Kilo. Und du schüttest jetzt in die Schale auf der anderen Seite das Mehl, bis die beiden eisernen Vogelschnäbel sich in der Mitte berühren, weil die Plattformen auf gleicher Höhe sind. Pass auf, dass nichts daneben geht!«

Vorsichtig füllte Maja das Mehl in die Schale. Sie sah zu, wie die Plattform sich ganz langsam senkte. »Jetzt!«, rief sie triumphierend. »Jetzt küssen sich die Vögel.«

»Halt«, sagte Elsie. »Dann haben wir jetzt genau richtig viel Mehl.« Sie nahm erst das Gewicht von der einen Seite der Waage herunter, dann die Schale mit dem Mehl von der anderen . »So, und jetzt stell dir einmal vor, du würdest dein Problem auf die eine Seite legen. Das Problem, dass wir heute noch nicht fahren können und du bis morgen warten musst.«

»Aber Elsie, das kann ich doch nicht sehen, das Problem.«

»Das macht nichts. Du spürst es ja. Stell dir einfach vor, wie es aussieht und dass du es hier hinlegen kannst.«

Maja zog vor Anstrengung die Augenbrauen zusammen. Doch, jetzt sah sie es, das Problem war rund und stachelig wie ein Igel, nur ziemlich durchsichtig. Sie sah es trotzdem ganz deutlich auf der Plattform liegen. »Und jetzt?«, fragte sie.

»Sind die Vögel noch gleichauf oder hat sich einer ein bisschen nach unten bewegt?«, erkundigte sich Elsie.

Maja starrte angestrengt auf die beiden eisernen Schnäbel. Doch, ja, der eine war ein wenig tiefer. Aber wirklich nur ein wenig. Lange nicht so viel wie bei dem schwarzen Gewicht vorhin, auf dem »500 G« stand.

»Was, meinst du, brauchst du, um es aufzuwiegen? Vielleicht

das hier?« Elsie reichte ihr eine einzelne Weintraube. Maja legte sie auf die andere Plattform. Doch! Jetzt waren die Schnäbel genau gleichauf, und die Vögel küssten sich wieder. Nur weil diese eine kleine grüne Traube auf der anderen Plattform lag, die wohl genauso viel wog wie Majas Problem.

»Findest du jetzt immer noch, dass das ein sehr großes Problem ist?«, fragte Elsie.

Maja nahm die Traube in die Hand. Die war klein und grün und rund und fühlte sich kühl und glatt an. Sie duftete süß. Maja schüttelte den Kopf. »Nein. Gar nicht groß.« Sie aß die Traube und sprang davon, um Clemens weiter zu helfen. Danach würde sie den Karpfen von dem Traubenproblem erzählen. Bis morgen zu warten war gar nicht mehr so schlimm.

Später hatte sie diesen Trick selbst manchmal angewandt und sich vorgestellt, was sie wohl brauchen würde, um eine Sorge aufzuwiegen, die sie gerade hatte. Manchmal waren es Kieselsteine, manchmal eine ganze Wassermelone. Während sie erwachsen wurde, half es Maja, ihre Probleme einzuordnen.

Auch wenn sie inzwischen wusste, dass es unten an der Waage ein sogenanntes »Bescheißerle« gab, an dem man aus den unterschiedlichsten Gründen ein wenig drehen konnte, wenn man es für nötig hielt. Das hatte Elsie damals wohl heimlich ausgenutzt.

Doch in jenem Herbst war sie noch sehr lange nicht erwachsen. Auf dem Weg nach Usedom aß sie drei Stück Butterkuchen.

Am nächsten Morgen spazierte sie glücklich an Clemens' Hand zum Meer. Elsie zog den Bollerwagen mit einer Decke und Büchern, einem Picknick und was man sonst noch am Strand brauchte.

Maja suchte die Stelle aus, an dem sie ihre Decke auslegten und den Windschutz aufbauten. Sie wählte jedes Mal einen Platz in der Nähe einer Pflanze, die auf dicken Stängeln große Blätter mitten aus dem Sand streckte. Wie lauter kleine Schirme standen sie da oder auch wie die Palmen in fernen Ländern, die sie in Bilderbüchern gesehen und von denen Clemens erzählt hatte. Unter diesen Palmen baute Maja Landschaften aus Muscheln, Steinen und Seetang.

»Wie heißt die Palmenpflanze, Clemens?«, wollte sie wissen.

»Das ist die Filzige Pestwurz«, erklärte er. »Wenn du die Blätter anfasst, spürst du, dass sie sich tatsächlich wie Filz anfühlen.« Das stimmte. Sie waren ganz weich. Aber Maja nannte sie insgeheim trotzdem lieber Palmenpflanze. Das klang netter, fand sie.

Sie gingen schwimmen, bauten Sandburgen, sammelten goldgelbe und weiße Sandklaffmuscheln, spielten Ball und taten alles, was man am Strand so machte. Doch weder Clemens noch Elsie hielten viel davon, immer nur an den Strand zu gehen. Genauso oft unternahmen sie lange Wanderungen. Als Maja noch kleiner war, nahm Clemens sie huckepack, wenn sie müde wurde, doch bald war sie stolz darauf, dass sie mithalten konnte. Außerdem machten sie häufige Pausen.

»Das ist schließlich kein Wettbewerb!«, sagte Clemens. »Und es gibt keinen Ort für eine Pause, an dem man nicht etwas entdecken kann, an dem man sonst vorbeigelaufen wäre.« Das konnte ein ungewöhnlicher Pilz sein, eine Libelle mit glänzenden Flügeln, ein Ameisenhaufen oder ein besonders schöner Ausblick.

»Von Wegen muss man sich überraschen lassen. Sie zeigen

dir, wo sie dich hinführen wollen. Und manchmal machen sie einen unerwarteten Knick, damit du flexibel und lebendig bleibst und nicht vergisst, auf deine Gedanken zu hören und die Möglichkeiten dieser Wege zu sehen. Schließlich gibt es immer mehrere«, hatte Clemens einmal gesagt, als sie alt genug war, seine Worte zu verstehen. Da begriff sie, warum die Ausflüge mit Clemens und Elsie immer so anders gewesen waren wie Ausflüge mit Lehrern oder Nachbarn, die jedesmal ganz genau geplant waren.

»Mit Menschen ist das genauso«, hatte Elsie ergänzt, die meist Hand in Hand mit Clemens wanderte. »Du hast nie aufgehört, mich zu überraschen«, sagte sie zu ihm und küsste ihn.

Der Kölpinsee war eines ihrer traditionellen Ziele gewesen. Dazu wanderte man von Koserow aus erst auf den Streckelsberg, eine hohe Kliffranddüne. Er war fast sechzig Meter hoch, und man kam ganz schön ins Schnaufen, bevor man oben war. Doch es lohnte sich. Clemens hielt Majas Hand fest, damit sie nicht vor Übermut vom Kliff stürzte. Es gab hier trügerische Löcher und Wurzeln im Boden und auch noch die Reste eines Turms, von dem aus die Wehrmacht im Krieg die Raketenversuche im nahen Peenemünde beobachtet hatte.

Von hier hatte man einen grandiosen Blick auf das Meer, das weit unter ihnen lag wie ein funkelnder Teppich. Hier zu stehen war fast wie Fliegen.

»Clemens, du warst doch schon überall auf der Welt, wo ist es am allerschönsten?«, fragte Maja.

Clemens blickte aufs Meer. Es dauerte eine Weile, bevor er antwortete. »Hier«, sagte er schließlich. »Genau hier.«

»Und zu Hause«, ergänzte Maja.

»Ja. Und zu Hause«, stimmte Clemens zu und lächelte Elsie an.

Maja liebte diesen Ausflug, nicht nur wegen des Ausblicks. Der Wald auf dem Weg dorthin war wie verwunschen, voller alter Wurzeln und seltsam gebogener efeubehangener Bäume. Die Farne wuchsen höher, als Maja groß war. Wenn es ein wenig neblig war, wirkte vieles noch märchenhafter. Es gab ja nicht nur Bäume dort. Da waren auch all die zarten Lebewesen, deren Namen Elsie ihr beibrachte. Maja sagte sie leise vor sich hin, bis sie sie behielt. Großes Zweiblatt, Weiße Waldhyazinthe, Nestwurz und Rotes Waldvögelein. Springkraut, Knotige Braunwurz, Nelkenwurz, Mauerlattich, Christophskraut und Hexenkraut wurden alle zu Majas guten Bekannten. Sie lernte, dass Gras nicht gleich Gras war. Elsie zeigte ihr die Wald-Zwenke, das Perlgras und den Riesen-Schwingel.

Und auch die Sträucher und Bäume trugen alle Namen. Eberesche, Rote Heckenkirsche, Geißblatt, Schwarzdorn, Hasel, Salweide, Traubenkirsche, Spitz-Ahorn, Berg-Ahorn und Hängebirke. Und natürlich die dicken Rotbuchen und Waldkiefern, die schon uralt gewesen waren, als Clemens noch ein Kind war.

Clemens seinerseits saß mit Maja still, bis sie herausfanden, was da im Strauch geflattert, im Unterholz geraschelt oder im Boden Löcher gegraben hatte. Zaun- und Waldeidechsen, Maulwurf und Waldspitzmaus, Wühlmaus und Rotfuchs, Steinmarder und Eichhörnchen. Im Insektenbuch erkannten sie die Käfer, die sie entdeckt hatten, unter den Namen Buchenbock, Sägebock und Zangenbock, was Maja sehr lustig fand. »Das sind doch keine Ziegen!«

Zu dritt lauschten sie auf Rotkehlchen, Zaunkönig, Kohlmeise, Blaumeise, Amsel, Pirol und Drossel, Weidenlaubsänger, Zwergschnäpper, Klappergrasmücke, Buchfink und Habicht.

Lustig war auch, dass man hier die Wasservögel von oben betrachten konnte: Stockente, Lachmöwe, Sturmmöwe, Silbermöwe, Mantelmöwe, Haubentaucher, Blesshuhn, Kormoran und Höckerschwan.

Maja vergaß nie wieder, dass ein Wald nicht einfach nur eine Ansammlung von Bäumen war.

Im Frühherbst gab es an diesem Ort voller Zauberwesen ein Gestöber aus Birkensamen, die wie goldener Schnee in der Sonne leuchteten. Clemens trug Maja auf seinen Schultern hindurch, und sie war überzeugt, dass die Berührung dieser verzauberten Flocken glücklich machte.

Durch jenen Wald spazierten sie auf der anderen Seite den Berg wieder herunter. Hier begann irgendwo Loddin, und dann erreichten sie den Kölpinsee, wo sie mit einem Tretboot fuhren, das wie ein Schwan aussah. Davon konnte Maja nie genug bekommen: Clemens, Elsie und sie in diesem Schwanenboot. Ihr erschien alles möglich, wenn sie darin saßen. Vielleicht würden sie irgendwann an einem fremden Strand landen, einem mit Palmen, wie Clemens früher mit seinen großen Schiffen, die ihn nach Indien und Brasilien getragen hatten.

Wenn das Wetter nicht so gut war und Elsie damit zu tun hatte, Wäsche zu waschen und der Ziege zu helfen, nahm Clemens Maja mit nach Koserow in den Ort hinein zu der uralten Sandsteinkirche. Dort zündete er jedes Mal eine Kerze an und stand eine Weile nachdenklich an einer kleinen Seitentür, bevor sie weiter zu dem Heldendenkmal gingen. Dort waren die Namen der im Ersten Weltkrieg gefallenen Soldaten eingraviert. Auch der von Clemens' Freund.

Helmut Liening

»Wenn er dein Freund war, warum ist er nicht mit dir auf deinem Schiff gefahren? Dann wäre er doch auch nicht gestorben«, hatte Maja einmal gefragt.

»Er *war* auf meinem Schiff«, hatte Clemens geantwortet und das Thema gewechselt.

Ein anderer Ort, den Maja mochte, war der kleine Hafen von Zempin am Achterwasser. Das Achterwasser lag dem Meer gegenüber zwischen Usedom und dem Festland und machte Usedom zu einer Insel. Es wurde vom mächtigen Peenestrom gespeist. Dort gab es leckeres Softeis, an kühlen Tagen war der Ort windgeschützt, und Clemens hielt den einen oder anderen Schwatz mit einem Fischer, den er noch von früher kannte. Manchmal durften sie mit auf dessen Boot und an dem dichten goldenen Schilfgürtel entlangfahren, wo die Fischreiher standen und die Blesshühner umherhuschten.

Clemens erzählte dann von früher, als er jung gewesen war, vor dem Ersten Weltkrieg. Da hatte er hier selbst noch beim Fischen geholfen. Man fischte mit Reusen. Die waren damals noch aus Garn, darum nannte man die Reusen, mit denen man zum Beispiel unter dem Eis nach Bleien fischte, Wintergarn.

So ein Wintergarn war einige Meter lang, und man brauchte mehrere Männer, um es durch das ins Eis geschlagene Loch mit Hilfe von Stangen hinunterzulassen und später voller Fische wieder heraufzuholen. Die besten Fänge aber machte man im Frühling und im Herbst in dunklen, stürmischen Nächten.

Es gab noch eine andere Art des Fischens, das sogenannte

Blüsen, das eigentlich verboten war, aber hin und wieder, wenn Not herrschte, doch ausgeübt wurde. In stillen Sommernächten fuhren dann Boote mit Eisenkörben am Bug, in denen ein Kienfeuer brannte. Das Licht lockte die Fische an und blendete sie, und dann wurden sie mit Fischspeeren gefangen.

»Das ist nicht nett«, entrüstete sich Maja.

»Ich weiß«, sagte Clemens. »Aber im Grunde war es nicht anders als das, was der Fischreiher mit seinem Schnabel macht. Es sah schön aus, wenn in stillen Sommernächten die Feuer sich im Wasser spiegelten. Manchmal fuhren verliebte Paare in so einem Boot und dachten gar nicht daran, Fische zu jagen.«

»Du auch, Clemens?«, fragte Elsie. »Wer war denn mit dir im Boot?«

Clemens schwieg. »Das weiß ich nicht mehr«, sagte er schließlich. »Ich habe mich auf die Fische konzentriert. Ich wollte endlich lernen, wie man mit dem Speer trifft, aber ich war ungeschickt. Ich habe es nie gemeistert.«

»Sicher war Helmut im Boot und hat dir geholfen«, meinte Maja.

»Ja. Sicher.« Clemens aß schweigend sein Eis auf, und Maja stellte sich vor, wie das Achterwasser unter dem Sternenhimmel ausgesehen haben musste, mit all den kleinen, glühenden Feuern darauf.

Heute, so viele Jahrzehnte später an Elsies offenem Grab, war ihr jener Nachmittag gegenwärtig wie gestern. Sie fragte sich, warum man schwierige Entscheidungen nicht auch mit Licht anlocken oder mit Reusen fangen konnte.

22

Altlasten

Maja war dankbar für die Gegenwart von Heiner, der sich mit den nötigen Formalitäten gut auskannte. Er suchte mit ihr die Papiere für den Anwalt zusammen, um die Testamentseröffnung zu veranlassen. Nun mussten sie warten, und Maja fand endlich Zeit, ein wenig Atem zu schöpfen.

»Elsie ist tatsächlich nicht mehr da«, sagte sie zu den Karpfen. »Langsam beginne ich, es zu begreifen, und doch spüre ich, dass sie beide bei uns sind, wie Lisa gesagt hat.« Ganz allmählich wurde ihr bei aller Trauer ein wenig leichter ums Herz.

Die Karpfen schwammen heran und versammelten sich zu ihren Füßen um das Ende des Steges, als wollten sie Maja trösten. Hinter sich hörte sie Kurts und Heiners Stimmen. Als sie sich umwandte, sah sie, dass Heiner Kurts Rollstuhl mit etwas Mühe über das braune Gras schob, bis sie den Steg erreichten.

»Stören wir?«, erkundigte sich Heiner.

»Natürlich nicht! Seht mal, wie groß die Karpfen geworden sind. Und Nachwuchs gibt es auch, da unten in der Tiefe sieht man Kleine umherhuschen.«

»Ja, das Leben geht weiter«, sagte Kurt. »Das ist eine Floskel, die auf den ersten Blick banal und leer erscheint, aber wenn man einmal richtig darüber nachdenkt, ist das eine ganz große Sache.« Er rollte vorwärts, bis er am Ende des Stegs neben Maja stand, wo er zum Glück sofort die Bremsen anzog. Heiner ließ sich mit leisem Ächzen auf ihrer anderen Seite nieder, zog die

Sandalen aus und hängte seine Füße ins Wasser. »Ohne Hilfe komme ich hier nicht wieder hoch, aber das tut so gut. Ob es in diesem Sommer jemals wieder kühler wird?«

»Ich bin so froh, dass es euch trotz der Hitze einigermaßen gutgeht«, sagte Maja, die von ihren ehemaligen Kolleginnen gehört hatte, wie sehr die alten Leute zum Teil unter dem Wetter litten. Kein Wunder, viele von ihnen saßen in engen Wohnungen und kamen kaum noch hinaus. Und wenn doch, bot die Stadt nicht allzu viel Erholung.

»Wenigstens trinken wir genug«, verkündete Heiner. »Kurt erinnert mich pausenlos daran, und Frau Herrlich ist auch nicht viel besser. Außerdem ist es einfach wunderschön hier. Man kommt nicht dazu, sich selbst zu bemitleiden, wenn man immer etwas Neues entdeckt. Wusstest du, dass eine Kröte unter der Kellertreppe wohnt?«

»Ja, das liegt daran, dass es dort immer feucht ist, weil Frau Herrlich das Düngerwasser aus dem Bokashi-Eimer direkt aus dem Fenster gießt«, sagte Maja. »Deshalb wächst dort die beste Petersilie der ganzen Umgebung.«

»Was, um Himmels willen, ist ein Burschi-Eimer?«, fragte Kurt.

Maja musste lachen. »*Bokashi*-Eimer. Das kommt ursprünglich aus Japan. Hier machen es immer mehr Leute. Es ist ein Eimer mit einem Hahn unten, und oben hat er einen luftdichten Deckel. Dort füllt man die ganzen Küchenabfälle ein, Apfelschalen und Gemüsereste und so etwas, und ab und zu streut man ein paar Mikroorganismen hinein, die sehen aus wie Kaffeepulver. Das Ganze gärt sachte vor sich hin und riecht höchstens ein klein wenig nach Sauerkraut, wenn man den Deckel öffnet. Unten aus dem Hahn kann man Flüssigkeit ablassen, und wenn man die verdünnt, ist sie ein hervorragender Dünger für Zimmerpflanzen oder für draußen. Wenn der Eimer voll ist und noch eine Weile gestanden hat, kann man den Inhalt irgendwo in einem Beet vergraben, wo er fertig kompostiert und zu wunderbarem Humus wird, oder man gibt ihn in den Kompost. Ist praktisch und funktioniert wunderbar. Habe ich zu Hause auch in der Küche«, erklärte Maja.

»Was es nicht alles gibt«, staunte Kurt. »Was für ein Glück für die Kröte!«

»Elsie mochte sie. Sie nannte sie Kunigunde«, sagte Maja wehmütig.

»Dann nennen wir sie jetzt auch so«, sagte Kurt und legte ihr eine tröstende Hand auf die Schulter. Dankbar lehnte sie sich gegen sein Knie und pflückte einen Grashalm aus den Speichen seines Rollstuhls, der sich dort verfangen hatte. In einvernehmlichem Schweigen saßen sie eine Weile beieinander. Es war schön mit den beiden alten Herren.

Warum eigentlich nicht? Lisas Frage in ihrem Kopf gab keine Ruhe.

Es würde dafür noch viele Formulare, Anträge und Genehmigungen brauchen, aber da war ja Heiner, der ihr helfen könnte. Vielleicht würde er länger bleiben. Vielleicht würde er ganz bleiben. Vielleicht … ach, es gab tausend Vielleichts, aber mit einem bisschen Glück – könnte sie womöglich doch noch ihren uralten Traum verwirklichen? Maja dachte an die fröhlichen Leute, die sie damals im Garten des Seniorenheims gesehen hatte. Dachte daran, wie froh und entspannt Kurt und Heiner hier waren, und wie Elsie bis zum Schluss ein erfülltes Leben hatte leben dürfen.

Einer der Karpfen sprang nach einer Fliege und fiel mit einem

Platsch zurück ins Wasser. Ringförmige kleine Wellen breiteten sich ebenso aus wie eine ganz neue, erwartungsvolle Aufregung in Maja.

Ja, warum eigentlich nicht?

Doch während sie auf die Eröffnung des Testaments wartete, gab es eigentlich nur eines, was sie tun konnte. Und das musste sie so oder so anpacken, ganz egal, wie es weitergehen würde.

»Ich muss das Haus aufräumen!« Unwillkürlich hatte sie es laut ausgesprochen.

»Das wäre nicht verkehrt. Gestern im Flur oben ist mir der Speer eines Eskimos vor die Füße gefallen. Der Haken hatte sich aus der Wand gelöst«, bemerkte Heiner.

»Oh, das tut mir leid!« Maja blickte erschrocken auf.

»Nichts passiert. Im Krieg sind mir schlimmere Dinge um die Ohren geflogen.« Heiner zog einen Keks aus der Tasche und warf den Karpfen Krümel zu.

»Weißt du, ich glaube nicht, dass Clemens etwas dagegen hätte«, sagte Kurt sanft. »Er war nie gegen Veränderungen. Er hat die Dinge mitgebracht, damit er sich an seine Fahrten erinnert. Für andere Menschen haben all diese Gegenstände keine Bedeutung. Ich glaube nicht, dass Clemens dich damit belasten wollte. Du musst wirklich kein schlechtes Gewissen haben, wenn du ausmistest.«

»Der Zahn der Zeit nagt auch daran, das lässt sich nicht ändern«, fügte Heiner hinzu. »Wie bei uns. Dieser präparierte Seeteufelfisch da oben auf dem Fensterbrett hat nicht nur noch mehr Zahnlücken als ich, seine Flossen zerfallen bereits zu Staub. Und ich bin mir ziemlich sicher, dass ich in dem roten Zimmer eine Fledermaus gesehen habe. Ich habe das Fenster offen gelassen, damit sie hinaus kann, armes Kerlchen. Wahrscheinlich ist sie durch irgendein Loch im Rahmen hineingekommen.«

»Ich hätte mich mehr um all das kümmern müssen, aber Elsie …«

»Ich weiß! Sie wollte es nicht. Es tat ihr zu weh. Frau Herrlich juckt es schon seit Jahren in den Fingern«, sagte Kurt.

»Ich kann ja jetzt helfen«, sagte Heiner, »und Frau Herrlich ist tüchtig.«

»Ach, du magst sie wohl, was, Heiner?«, neckte ihn Kurt.

»Pfff«, machte Heiner.

»Wenn ich anfange zu entrümpeln, dann wird es zunächst erst einmal noch unordentlicher im Haus. Haltet ihr das aus?«, fragte Maja. »Ich werde natürlich darauf achten, dass der Flur nicht verstellt wird, damit du mit dem Rolli noch hindurchkommst, Kurt.«

Heiner lachte. »Wir haben schon Schlimmeres ausgehalten. Und der Kurt ist sowieso nicht zu bremsen, schon gar nicht von so ein bisschen Zeug im Flur.«

»Na dann.« Maja stand auf und klopfte sich Erde von der Hose.

»Willst du etwa jetzt sofort anfangen?«, fragte Kurt beifällig.

»Ich werde mir erst einmal einen Plan machen«, erklärte Maja.

»Ich bleibe noch ein wenig hier. Hier ist es schön kühl«, meinte Heiner. »Hilf mir bloß kurz hoch, bitte. Soll ich dir mit der Gießkanne etwas kaltes Wasser über die Beine gießen, Kurt?«

Maja lief ins Haus, schnappte sich einen Notizblock und stieg ins obere Stockwerk hinauf. Die freudige Aufregung in ihr war beim Gespräch mit den beiden alten Herren gewachsen. Doch als sie sich oben umsah, wurde ihr die Größe ihres Vorhabens bewusst. Für einen Augenblick stand sie wie erstarrt im dunklen Flur und betrachtete die vielen Zimmertüren. Ihr war gar nicht mehr bewusst gewesen, wie erstaunlich viele Zimmer es waren. Wo sollte sie nur anfangen?

Am anderen Ende des Flurs knackte laut eine Diele. Maja zuckte zusammen. »Mach nicht so was mit mir, Clemens!«, sagte sie leise. »Ich habe auch gerade an Grashüpfer Tim gedacht und daran, dass man manchmal einfach losspringen muss, auch wenn man nicht weiß, wo man landen wird.« Entschlossen schritt sie bis zum Ende des Flurs, in der Absicht, ein Zimmer nach dem anderen zu inspizieren. Unterwegs sah sie den Eskimospeer auf dem Boden liegen und hob ihn auf, damit nicht noch jemand darüber fiel. Hinter ihr knarrte die Treppe. Erschrocken wandte sie sich um, den Speer in der Hand.

»Gnade, Maja!«, rief Frau Herrlich und hob die Hände. »Ich habe Ihnen doch gar nichts getan.«

»Entschuldigung. Dieses gute Stück hier ist heruntergefallen. Frau Herrlich, wo soll ich bloß am besten mit dem Aufräumen anfangen?«

»Erst mal lassen wir endlich das olle Sie beiseite. Ich sage schon so lange Maja zu dir. Ich bin Rita.«

Maja schüttelte ihre Hand. »Vielen Dank. Ich freu mich.«

»Wenn wir das hier in den Griff bekommen wollen, dann müssen wir zusammenhalten«, sagte Rita. »Gib mir mal das Ding da.«

Sie öffnete die erste Zimmertür, ging hinein und lehnte den Speer hinter der Tür an die Wand, wo er nicht umfallen und nichts anrichten konnte. Dann sah sie sich mit verschränkten

Armen um. Maja stellte sich neben sie und betrachtete verzagt, was hier schon so lange im Dornröschenschlaf lag. Es war ein schöner, großer Raum mit einem wundervollen Blick auf den Garten. Das hieß, wenn das Fenster nicht voller Spinnweben gewesen wäre und die Gardinen nicht komplett zerfranst. Ein großer Taubenklecks prangte mitten auf der trüben Scheibe. Afrikanische Masken an den Wänden starrten Maja aus leeren Augen an. Ihr steifes hölzernes Grinsen war alles andere als ermutigend, auch wenn es sich um bewundernswert feine Schnitzarbeiten handelte.

Im nächsten Zimmer war es nicht besser. Die einst freundliche, gelbe Wandfarbe war möglicherweise immer noch freundlich, wenn man Staub und Spinnweben gründlich entfernte. Doch die schönen alten Regale waren dermaßen vollgestopft mit Kartons unklaren Inhalts, die Polster der Möbel so ausgeblichen und durchgesessen und die Ecken so vollgestellt mit alten Steuerrädern, einer Rolle Schiffstau, einigen geschnitzten Paddeln und einem riesigen Kompass, der einen Strohhut trug, dass Maja zunehmend bang wurde.

»Ich wusste nicht, dass es so schlimm ist!«, murmelte sie.

»Wir haben wohl alle vermieden, hier hochzugehen und uns mal gründlich umzusehen«, sagte Rita. »Ich habe gelegentlich die schlimmsten Spinnweben abgesaugt, aber immer, wenn ich Frau Kolmar auf das Chaos angesprochen habe, hat sie nur gesagt: ›Das hat Clemens so gemacht, das ist schon richtig so. Solange ich lebe, mag ich es nicht ändern.‹ Ich wollte sie nicht damit quälen.« Rita blickte betreten. »Einmal bin ich ein wenig drängender geworden. ›Wie soll sich Maja denn eines Tages einmal um all das kümmern?‹, habe ich gesagt. Da hat sie mich ganz verzweifelt angesehen und gesagt: ›Frau Herrlich, ich bin zu alt, ich kann solche Entscheidungen einfach nicht mehr treffen! Was wegkommt und was nicht. Ich kann das nicht mehr. Bitte lassen Sie mich! Es sind doch alles so alte Sachen. Es spielt auch keine Rolle, ob sie noch ein paar Jahre älter werden. Maja macht das schon, wenn es so weit ist. Maja kann so was gut.‹«

»Ja, sie hat es immer abgewehrt, das ging mir auch so. Da habe ich es verdrängt. Aber wie kam Elsie darauf, dass ich so was kann? Ich habe nicht die geringste Ahnung, wo wir beginnen sollen. Oder wie.« Entmutigt setzte sich Maja auf einen orientalisch bemalten Lederpouf und sprang gleich wieder auf, als dieser auf der Seite aufplatzte und begann, sein Füllmaterial in Form von irgendwelchen erbsenähnlichen Samenschoten auf den Fußboden zu entleeren.

»Oje!«

»Ich hole den Staubsauger«, sagte Rita ergeben. »Und Schaufel und Besen. Übrigens, hier, das habe ich gestern aus einer Zeitung gerissen. Vielleicht nützt das ja.« Sie drückte Maja einen Fetzen Papier in die Hand und entschwand nach unten.

Herbert Pfennig, Antiquitätenhändler, las sie. *Sie wissen sich keinen Rat, wohin mit Ihren alten Schätzen? Mit dem Erbe von Tante Annemarie? Mit dem Inhalt des Kellerraums, den Sie seit Ihrer Scheidung nicht betreten haben? Rufen Sie mich an! Sie werden sich wundern, was für Werte ungenutzt bei Ihnen schlummern.*

Werte? Maja hatte noch gar nicht darüber nachgedacht, ob hier irgendetwas einen Wert haben könnte. Sie wusste nur, dass nicht alles im Haus bleiben konnte. Denn mittlerweile hatte sie sich vollends in den Kopf gesetzt, ihren alten Traum zu verwirklichen. Sebastian hatte ihr am Telefon Mut gemacht.

»Warum nicht, wenn du es möchtest?«, hatte er gesagt, genau wie Lisa. »Ich unterstütze dich dabei, wo ich kann.« Seitdem war die unterdrückte Panik fort, die sie seit ihrem letzten Arbeitstag immer wieder gespürt hatte. Sie hatte endlich wieder eine Aufgabe!

Genau genommen führte sie ja sogar bereits ein Seniorenheim. Da war Heiner, da war Kurt. Und im Gespräch mit einer ehemaligen Kollegin hatte sich angedeutet, dass zwei ihrer früheren Patienten bald aus ihren Wohnungen mussten und davon träumten, in einem Heim auf dem Land unterzukommen. Nur, diese Zimmer waren so niemandem zuzumuten, selbst wenn es sonst keine Hindernisse gäbe. Einen Treppenlift konnte man einbauen. Aber alte Menschen brauchten auch Raum, um sich mit ihren Rollatoren zu bewegen, es musste Platz für Toilettenstühle geben und für Pflegebetten, für Haltestangen an den Wänden und für eigene Möbel, falls die jemand mitbringen wollte.

Schon so ein Treppenlift allerdings würde eine Menge Geld kosten. Und das war bloß ein Bruchteil von dem, was nötig war. Die Badezimmer zum Beispiel …! Vielleicht war es gar nicht schlecht, wenn man Clemens' alte Schätze in Kapital umwandeln konnte. Er hätte bestimmt nichts dagegen gehabt, wenn es für einen guten Zweck war. Der Antiquitätenhändler würde die Sachen doch sicher an die richtigen Menschen bringen, an Sammler, die solche Dinge zu schätzen wussten?

Kurzerhand setzte sich Maja, diesmal auf einen stabilen Stuhl, und rief Herrn Pfennig an, während sie mit dem Fuß die Samenschoten zu einem Häufchen zusammenschob.

»Aber selbstverständlich, gnädige Frau, nehme ich Ihr Inventar gern in Augenschein. Wann wäre es Ihnen denn genehm?«

»Er klingt so verstaubt wie die Möbel, aber auch sehr kompetent«, sagte sie nach dem Gespräch zu Rita, die mit einem Müllsack und Putzzeug bewaffnet hereinkam. »Er kommt sich das morgen ansehen.«

»Wunderbar. Dann will ich wenigstens einmal überall durchsaugen und die Spinnweben von der Decke fegen, damit er es nicht für ganz so verkommen hält, wie es ist«, sagte Rita und schwang bereits energisch den Besen. »Das Haus hat wahrlich Besseres verdient als diesen Zustand.«

Dem war nicht zu widersprechen. Maja griff sich den Staubsauger. Es dauerte nicht lange, und Heiner gesellte sich zu ihnen. Mit einer Hand auf seinen Stock gestützt, fing er an, die Decken und die Wände im Flur mit einem Wedel aus Straußenfedern zu säubern, der mehr Federn verlor, als er Staub einfing. Dafür sah man jetzt trotz der spärlichen Beleuchtung genau, wo die Spinnweben waren, weil Stücke der Federn darin hingen.

»Mit den Lampen müssen wir auch was machen«, stellte Maja verzagt fest.

»Eins nach dem anderen«, sagte Heiner, »so sind schon Kriege gewonnen worden.«

»Sag so was nicht. Clemens war ein leidenschaftlicher Kriegsgegner«, rief Kurt von unten herauf. Wie aufs Stichwort stürzte eine Flagge an einem schweren Messingstab von der Wand, die Heiner wahrscheinlich vorhin mit dem Wedel von ihrem Haken gelöst hatte.

»Siehste!«, rief Kurt. »Er hat dich gehört!«

»Das hier ist vielleicht kein Krieg«, sagte Maja und hob die Stange auf, »aber auch Clemens hätte gesagt, dass es eine verdammt große Herausforderung ist. Ich bin sehr froh, dass der Herr Pfennig kommt.«

An diesem Abend schlief sie, todmüde von den Putzarbeiten, zum ersten Mal seit Elsies Tod ohne zu grübeln sofort ein. Doch noch vor Sonnenaufgang wachte sie aus einem Albtraum auf. Soldaten, die grinsende hölzerne Masken mit leeren Augen und Kriegsbemalung trugen, hatten sich im Flur mit Kanonen beschossen, während Fledermäuse und Spinnen zu Scharen aus den Zimmern herausströmten.

Maja stand schweißgebadet auf. Sie ging leise durchs Haus und riss sämtliche Fenster auf, um die kühle Morgenluft hereinzulassen, ehe es wieder heiß wurde. Dann deckte sie draußen den Frühstückstisch für alle und hoffte, dass Herr Pfennig bald kam.

Sie fühlte sich, als wäre sie Kapitän auf einem von Clemens' großen Frachtschiffen und auf direktem Wege, damit ungebremst auf eine felsige Steilküste zuzufahren. Weil sie keine Ahnung hatte, wie man es steuerte.

23

Ein Lichtblick

Maja hatte gehofft, sie könnte einige ihrer Sorgen auf Herrn Pfennigs Schultern legen. Als er kam, sah sie, dass er breite Schultern hatte und ein verbindliches Lächeln, und ihre Zuversicht wuchs. Doch dann bemerkte sie, dass dieses Lächeln seine Augen nicht erreichte. Als sie ihn durch das Haus führte, ähnelte sein Ausdruck mehr und mehr dem von Rita, als sie neulich in der Küche eine haarige Raupe entdeckt hatte. »Wirklich, Kunigunde!«, hatte sie angewidert zu der Kröte unter der Treppe gesagt, als sie die Raupe auf der Kehrschaufel hinaustrug. »Ich dachte, du machst so was weg.«

»Aber Rita, da wird doch ein Schmetterling draus«, hatte Maja protestiert.

»Aber nicht in meiner Küche! Und Kunigunde muss ja auch von was leben.«

Jetzt, da Maja dem Herrn Pfennig von einem Zimmer in das nächste folgte, bereute sie zunehmend, ihn angerufen zu haben, und hätte am liebsten geflüstert: »Kunigunde, mach ihn weg!«

Die Schätze, die Clemens in so vielen Jahren und auf so unzähligen gefährlichen und anstrengenden Reisen gesammelt hatte, die alle von ihm erzählten und von den bunten Völkern, deren Handwerker und Künstler sie hergestellt hatten, bedachte Herr Pfennig nur mit einem leichten Kopfschütteln. »Das sind ja alles primitive, exotische Gegenstände! Ich hatte mit guter alter deutscher Wertarbeit gerechnet. Hier, wie dieser Tisch zum Beispiel.« Er klopfte prüfend darauf. »Worpsweder Möbel. Heimische Harthölzer und traditionelles Binsengeflecht. So was. Allerdings weist dieses Exemplar einige Beschädigungen auf. Das verringert den Wert beträchtlich.«

Maja begutachtete die Schrammen, die sie einmal als Kind bei einer Bastelarbeit versehentlich darauf hinterlassen hatte. »Macht nichts«, hatte Elsie gesagt. »Das sind Lebensspuren. So wie Falten im Gesicht. Gibt Charakter.«

Genau! Das verringerte den Wert nicht, ganz im Gegenteil. Maja beschloss, Herrn Pfennig lieber nichts vom Inhalt des »Elbschwarms« anzuvertrauen, auch wenn er sicherlich eine Menge Fachkenntnis besaß. Er machte sich hier und da Notizen, stand eine Weile vor einer Sammlung ungewöhnlicher Briefwaagen, betrachtete eine nicht ganz jugendfreie balinesische Marionette, die seinen Blick des Missfallens völlig ungeniert erwiderte, und seufzte schließlich. »Ich werde Ihnen für einige Dinge ein Angebot zukommen lassen. Aber ich fürchte, was Sie wirklich brauchen, ist eine Firma, die Ihnen beim Entrümpeln behilflich ist. Und vielleicht – ähm – einen Kammerjäger.«

»Keine Sorge, Herr Pfennig, eine Ratte hatten wir noch nie im Haus«, sagte Maja. »Bis heute«, fügte sie leise hinzu, als sie hinter ihm die Treppe hinunterging. Er wandte sich überrascht um, aber Maja lächelte ihn unschuldig an.

Doch als sein schickes Auto um die Biegung verschwand, ließ sie sich entmutigt in einen Stuhl auf der Veranda fallen, wo Kurt und Heiner so getan hatten, als würden sie Schach spielen, anstatt zu lauschen.

»Das war wohl nix?«, fragte Rita, die mit einem Tablett voller

Limonadengläser herauskam. »Bei dem Anblick seines Gesichtsausdrucks wurde ja sogar die Zitrone noch saurer.«

Kurt tätschelte Majas Arm. »He, Mädchen, du bist ja den Tränen nahe! Es ist doch gar nichts passiert.«

Maja trank ein halbes Glas leer, um sich zu beruhigen. »Ich weiß. Aber der Gedanke, dass er vielleicht recht haben könnte und Clemens' Sammlung im Bauch eines Entrümpelungswagen verschwinden muss, die ist einfach zu schrecklich. Nur – bleiben, wie es ist, kann es auch nicht.«

Da schlug sich Heiner die Hand vor den Kopf. Dabei stieß er an den Tisch. Der König fiel um. »Daran hätte ich eher denken sollen! Ich bin so ein Trottel!«

Kurt stellte den König wieder auf. »Ich möchte deiner akkuraten Selbsterkenntnis keinesfalls widersprechen, aber könntest du etwas deutlicher werden?«

»Evim!«, verkündete Heiner.

»Natürlich! Evim! Daran hätte ich auch denken müssen«, rief Kurt mit einer so begeisterten Geste, dass der König erneut umfiel.

»Wer ist Evim?«, fragte Maja hoffnungsvoll.

»Evim ist ein junger Mann aus der Gegend. Er ist Trödler. Und außerdem sehr nett und hilfsbereit. Er wirft nichts weg, was noch jemand gebrauchen kann. Er hat mich unheimlich unterstützt, als meine alte Wohnung aufgelöst wurde, und auch, als ich aus dem Heim rausmusste. Dort hat er vorher schon immer mal geholfen. Er ist ein Schatz. Du solltest ihn unbedingt anrufen, Maja! Nein, ich werde ihn selbst anrufen. Ich werde ihm sagen, dass ein besonders lieber Mensch seine Hilfe braucht. Und ein besonders schönes Haus mit aufregendem Inhalt.« Heiner kramte sein uraltes Handy aus der Hosentasche und verschwand um die Hausecke, ohne eine Antwort abzuwarten. Maja öffnete den Mund und schloss ihn wieder. Sie konnte jede Hilfe gebrauchen.

Die Testamentseröffnung verlief ohne Überraschungen. Maja erbte den »Elbschwarm« und bekam Zugriff auf Elsies zweites Konto, auf das diese immer, wenn etwas übrig war, eingezahlt hatte. Es war dafür gedacht gewesen, Reparaturen am Haus zu decken. Es war zwar mehr Geld darauf, als Maja erwartet hatte, doch wenn sie damit das Haus renovieren und die nötigen Auflagen für den Betrieb eines richtigen Seniorenheimes erfüllen wollte, würde es ein Wunder brauchen.

»Das Haus *ist* voller Wunder«, erklärte Kurt. »Irgendwas davon muss doch einen Wert haben?«

»Dann hätte der Herr Pfennig es bestimmt gesehen, die Ratte«, bemerkte Rita. »Solche Leute haben einen Instinkt dafür. Nein, ich denke, wir müssen uns selbst helfen.«

»Ich glaube, Evim kann auch streichen«, sagte Heiner hoffnungsvoll.

Aber zaubern wird er nicht können, dachte Maja. Sie setzte sich auf die Treppe, blickte in den Garten und dachte an den Grashüpfer Tim und wie verzagt er gewesen war, als er in einer Wiese saß, deren hohe Gräser ihn auf allen Seiten überragten. Er hatte keine Ahnung, ob er hoch genug springen konnte, um jemals wieder den Himmel zu sehen. Genau so fühlte sie sich jetzt. Doch während sie noch das Bild in Clemens' Buch vor Augen hatte, auf dem man den kleinen grünen Hüpfer in der grünen Wiese hatte kaum sehen können, fuhr ein Auto vor. Ein alter VW Bulli.

Er war grashüpfergrün lackiert.

Maja fing an zu lachen. Und weil sie gerade den Tränen nahe gewesen war, weil Weinen und Lachen so nahe beieinanderlagen und ihre Nerven seit Elsies Tod so angespannt gewesen waren, konnte sie mit dem Lachen gar nicht mehr aufhören. Nun blamierte sie sich auch noch! Sie vergrub das Gesicht in ihren Händen.

»Wie schön«, sagte der junge Mann, der aus dem Bulli stieg. »Ein fröhliches Haus! Gefällt mir.«

»Da bist du ja, Junge.« Heiner stieg die Treppe hinunter. »Ich habe Maja gesagt, dass sie genau dich braucht.«

»Dann werde ich mein Bestes geben, niemanden zu enttäuschen.« Evim ging auf Maja zu, die auf der unteren Stufe immer noch versuchte, ihren hysterischen Lachanfall in den Griff zu bekommen. Er faltete seine lange, schlanke Gestalt zusammen, um sich vor sie zu hocken.

»Dieses Gefühl kenne ich«, sagte er. »Hier.« Er reichte ihr ein Taschentuch.

»Danke.« Sie nahm es und versuchte, sich die Tränen aus den Augenwinkeln zu wischen. Ihre Hand zitterte.

»Tief durchatmen«, empfahl er. »Aus … ein … aus … ein …« Seine Stimme war sanft und beruhigend, und seine warmen braunen Augen auch. Maja stellte fest, dass es bei dem bloßen Anblick ruhig in ihr wurde. »Hallo«, brachte sie erleichtert heraus. »Entschuldigung. Schön, Sie kennenzulernen. Danke, dass Sie gekommen sind!«

»Nicht Sie. Du. Wenn wir zusammenarbeiten wollen, können wir nicht Sie sagen. Das ist viel zu unpersönlich, wenn es um persönliche Dinge geht. Es sind doch persönliche Dinge, nicht wahr?« Evim setzte sich neben sie. »Die Sachen sind von deinen Großeltern. Dann muss man vorsichtig damit umgehen.«

»Ja! Aber niemand will sie haben, und ich weiß nicht, wohin damit.«

»Dann werden wir es herausfinden. Möchtest du sie mir zeigen?«

Am liebsten hätte Maja noch eine Weile hier gesessen und sich von ihm beruhigen lassen. Es tat so gut. Aber sie stand auf. Je eher sie anfingen, desto besser.

»Gerne.«

Wie anders war es doch, mit Evim durch das Haus zu gehen! Interessiert blickte er sich um. Auf der Treppe fuhr er zärtlich über das von vielen Händen blankgewetzte Holz des kurvigen Geländers. »Nicht nur ein fröhliches Haus, auch ein glückliches, ja? Mit vielen Lebensgeschichten. Man spürt es.«

»Ja. O ja«, sagte Maja. Bestimmt hätten Clemens und Elsie Evim gemocht.

Diese warmen braunen Augen nahmen mit Interesse und Respekt dieselben Gegenstände wahr, die von Herrn Pfennig so abfällig betrachtet worden waren. »Dein Großvater hat die Menschen und das Leben geliebt«, bemerkte Evim. »Er wusste, dass jedem Volk etwas Besonderes eigen ist. Das hat er auf seinen Reisen erlebt, und er wollte es nicht mehr vergessen. Ich denke, viele dieser Dinge wurden ihm zum Geschenk gemacht. Zum Abschied.«

»Woher weißt du das alles?« Maja war verwirrt. Es war, als habe Evim ihren Großvater gekannt.

»Ich sehe es an diesen Artefakten. Außerdem hat Kurt mir mal von ihm erzählt. Es war die Art, wie er von Clemens gesprochen hat.«

»Aber was mache ich nun damit?«, fragte Maja. »Ich kann

doch nicht einfach alles entsorgen! Kennst du jemanden, der etwas damit anfangen kann?«

»Oh, nein, nein, auf gar keinen Fall wegwerfen! Diese Dinge bekommen ein Zuhause. Ich werde überlegen. Ich kenne meine Kunden. Da ist auf jeden Fall Frau Entmann, sie mag Briefwaagen. Sie ist Schriftstellerin und beantwortet alle Leserbriefe per Post. Sie feiert das. Diese Briefwaagensammlung deines Großvaters wird sie glücklich machen. Und die Buchstützen hier, mit den geschnitzten Drachen, die werde ich einem Buchhändler zeigen, den ich kenne. Er hat einen gemütlichen Laden, in dem man die Bücher auch gleich lesen und dabei einen Kaffee trinken kann. Da gibt es jede Menge Buchstützen in den Regalen, jede anders. Er wird begeistert sein.«

»Evim«, sagte Maja, »ich glaube, du bist meine Rettung.«

Er strahlte sie an. »Irgendeine Lösung gibt es immer. Für alles.«

»Woher nimmst du deinen Optimismus?«

Er breitete die Hände aus. »Ich lerne auch von meinen Großeltern, so wie du. Die haben niemals aufgegeben. Soll ich die Briefwaagen und Buchstützen gleich einpacken? Ich kann nicht alles auf einmal mitnehmen. So groß sind mein Laden und das Lager nicht. Aber Stück für Stück, das geht. Ich habe Kartons und Polstermaterial im Willi.«

»Willi?«

»Mein Auto. Wir sind seit zehn Jahren ein Team, da muss er doch einen Namen haben.«

Maja half ihm, die Kartons hochzutragen, und sah zu, wie zärtlich er Briefwaage für Briefwaage schützend in weiches Material wickelte. Sie verstaute inzwischen die Buchstützen in einem anderen Karton. Vorher machte sie von allem noch

Bilder. Um etwas festzuhalten. Es war eben doch eine Art Abschied, und es tat ein wenig weh. Wie wenn man ein Pflaster von der Haut reißt.

»Ich erzähle dir, wie die Sachen meinen Kunden gefallen und wo sie ein Zuhause finden«, sagte Evim, als er das bemerkte. »Wir können auch zusammen hinfahren und sie uns dort ansehen.«

»Das wäre schön.«

Seit Evim das Haus betreten hatte, war es, als ob der »Elbschwarm« eine Bedrückung abschüttelte und aufatmete. Vielleicht bildete Maja sich das auch nur ein, weil es ihr selbst so ging.

Sie verstauten die Kartons im Willi, dann gingen sie noch einmal von Zimmer zu Zimmer, und Evim machte sich Notizen.

»Puh! Das ist wirklich eine Menge«, gab er am Ende zu. »Kein Wunder, dass es dich ein wenig erdrückt hat. So gibt es keinen Platz für neue Möglichkeiten. Aber alles ist so schön! Alles erzählt Geschichten. Es ist wie ein zu Gegenständen gewordenes Märchenbuch. Oder eben wie ein ganzes, langes, buntes, weltoffenes Leben.«

Als sie hinuntergingen, sah er noch in sein Heft und stieß sich, wie schon Maja so oft, an der Truhe den Zeh.

»Au!«

»Entschuldige!«, bat Maja hastig. »Das passiert mir auch immerzu.«

»Wir könnten sie ein Stück nach links ziehen, das würde helfen«, bot er an.

»Sehr gern. Allein habe ich es nicht geschafft. Sie ist sehr schwer.«

Gemeinsam gelang es ihnen, die Truhe beiseitezuschieben. Wieder flog eine Motte auf. Maja betrachtete sie besorgt.

»Eine sehr schöne alte Truhe!« Evim untersuchte das Holz, den gewölbten Deckel, dann die Scharniere. »Eiche. Nichts Seltenes, aber schön verarbeitet. Und die Beschläge aus Messing sind besonders. Früher sind die Leute mit so etwas gereist. Was ist denn drin?«

»Ich glaube, das sind nur Clemens' Kapitänsuniformen. Ich habe den Schlüssel noch nicht gefunden.«

»Ich kann bei mir suchen. Ich habe solche Schlüssel, vielleicht passt einer«, bot Evim an.

»Das wäre gut. Vielen Dank! Ich will sie nicht aufbrechen, aber das mit den Motten macht mir schon lange Sorgen. Die Uniformen werden wohl nicht zu retten sein, damit kann ohnehin niemand mehr etwas anfangen. Aber ich möchte die Truhe saubermachen. Vielleicht findest du ja einen Abnehmer. Herr Pfennig hätte die sogar genommen, aber der bekommt sie nicht.«

»Sie sollte im Haus bleiben«, meinte Evim. »Sie gehört hierher. Aber nicht in den Flur. Wir finden einen besseren Platz, wenn wir aufgeräumt haben.«

Wir hatte er gesagt.

Maja fühlte sich nicht mehr so allein und überfordert. Es konnte nicht an der bloßen Begegnung mit Evim liegen, doch auf einmal war sie sich sicher: Der »Elbschwarm« würde eine gute Zukunft haben. Und ihr alter Traum schien plötzlich nicht mehr unmöglich.

»Was willst du aus dem Haus machen?«, erkundigte sich Evim, als hätte er ihre Gedanken gelesen. Maja erklärte es ihm, während sie sich auf die Suche nach Kurt und Heiner machten. Rita war schon gegangen.

»Ein Haus für alte Menschen! Wie schön.« Evim lächelte wieder dieses Lächeln, das irgendwie größer war als er selbst und einen in seine Wärme einhüllte. »Das ist gut. Ich denke, das ist genau das, was dieses Haus möchte.«

Maja musste lachen.

»Was?«, fragte Evim.

»Du sagst Dinge, die ich mich oft kaum zu denken traue.«

»Warum traust du dich nicht? Man soll sich alles zu denken trauen«, sagte Evim mit Nachdruck. »Im schlimmsten Fall lacht dich jemand aus. Na und? Wen kratzt das? Mich nicht.«

»Du hast ja so recht.« Inzwischen waren sie beim Steg angekommen, wo Heiner und Kurt wieder einmal die Karpfen fütterten.

»Evim hat *immer* recht. Manchmal ist das lästig«, sagte Kurt. »Ich habe selber auch gerne einmal recht.« Aber er lächelte.

»Du *hattest* recht! Du hattest absolut recht damit, dass er uns helfen kann«, sagte Maja dankbar.

»Ich freue mich«, sagte Evim. »Ich habe lange nicht mehr eine so interessante Sammlung gesehen. Das wird spannend. Vielen Dank, dass ihr an mich gedacht habt, Kurt und Heiner. Aber jetzt muss ich los, ich habe noch einen Termin. Bis bald! Dann bringe ich mehr Kartons mit.«

»Mach's gut, Junge«, sagte Heiner.

»Ihr seid genial. Er ist ein Glücksfall.« In ihrem Überschwang umarmte Maja Heiner. Dann sah sie Evim nach, der seine lange Gestalt in seinen knallgrünen Willi fädelte und mit einem fröhlichen Hupen davonfuhr.

»Ja, ja«, sagte Kurt amüsiert. »Wenn du dreißig Jahre jünger wärst und nicht deinen Sebastian hättest, könntest du dich glatt in ihn verlieben ...« Maja wandte sich um und sah, dass er sie beobachtet hatte. Zu ihrem Ärger wurde sie rot. Sie fühlte sich ertappt. Aber niemals würde sie Sebastian eintauschen wollen, auch nicht gegen einen Evim!

»Ich bin nur froh, dass er uns hilft. Im Übrigen kann er sich vor Freundinnen bestimmt kaum retten.«

»Nö.« Heiner schüttelte den Kopf. »Er ist Single. Er sagte, die Frauen haben ein Problem mit dem, wofür er sich interessiert.«

»Ein Problem mit Trödel und Antiquitäten?« Das fand Maja schwer vorstellbar.

»Nein, er hat noch ein anderes Interessengebiet. Ehrenamtlich. Muss er dir mal selber erklären. Ich habe es nicht verstanden.«

»Gut. Ich frag ihn, wenn es mal passt.« Jetzt war sie neugierig geworden.

»Wie schön, dass dir endlich jemand hilft«, sagte Sebastian, als sie später telefonierten. »Sonst wäre ich doch noch gekommen, um dir beizustehen. Ich bin übrigens so froh, hier arbeiten zu dürfen. Es ist dermaßen spannend, der Austausch mit den Kollegen hier! Aber nachts höre ich die Zikaden rundherum, die noch viel lauter sind als deine Grashüpfer, und dann vermisse ich dich furchtbar.«

Das war der Hauptgrund, warum sie sich von allem so überfordert gefühlt hatte, stellte Maja fest. Sebastian war sonst immer da gewesen, um mit ihr gemeinsam alle Probleme zu lösen und ihr Mut zu machen. Das ging auf Distanz eben doch nicht ganz so gut.

Einschlafen fiel ihr ohne ihn auch immer noch schwer. Vor allem heute. Die Truhe ließ Maja auf einmal keine Ruhe mehr. Sie wollte nicht, dass die Motten sich noch woandershin ausbreiteten. Wenn sie die Uniformen gefressen hatten, würden sie sich auf die Suche machen. Und außerdem musste doch noch etwas anderes darin sein, so schwer, wie das Ding war.

Sie stand wieder auf. Die alten Herren schliefen, und das Haus war still bis auf das gelegentliche Knarzen alter Dielen. Maja machte sich noch einmal gründlich auf die Suche nach dem Schlüssel. Durch die offenen Fenster kam der Duft von Jelängerjelieber und Lavendel herein. Maja durchstöberte Clemens' altes Zimmer, dann Elsies und fand dabei eine hinreißende Kollektion ausgeblasener und geschmückter Ostereier zum Aufhängen, die Evim sicher gefallen würde – oder sollte sie sie behalten? Vor ihrem inneren Auge tauchte ein renoviertes Frühstückszimmer auf, lichtdurchflutet an einem Frühlingstag, voller heiter gestimmter alter Menschen und mit einem großen Osterstrauß auf dem Büfett.

Den Schlüssel fand sie am Ende in der Schublade, in der Clemens' Pfeifensammlung aufbewahrt wurde. Zwischen Tüchern aus Samt lagen die Pfeifen in allen Formen und Materialien, und direkt neben der Meerschaumpfeife, mit der sie ihn oft am Lilienbeet hatte sitzen sehen, lag ein großer, schwerer Schlüssel. Maja wusste sofort, dass er passen würde.

Das Licht im Flur oben war noch nicht erneuert worden und würde kaum ausreichen, den Inhalt der Truhe zu untersuchen, aber Maja konnte nicht warten. Sie wollte zumindest einen Blick hineinwerfen. Sie nahm die Taschenlampe und stieg die Treppe hinauf.

Der Schlüssel drehte sich überraschend leicht im Schloss, dafür war der Truhendeckel umso schwerer. Maja klappte ihn mit aller Kraft auf und lehnte ihn hinten an die Wand.

Ja, da lagen die Uniformen, säuberlich gefaltet, wie es beim Militär gelehrt worden war. Ach, was brachten sie Clemens zurück! Mit Tränen in den Augen nahm Maja sie heraus. Der Stoff war voller Mottenlöcher, aber sie sah Clemens' große, liebe Gestalt vor sich, hörte seine Schritte, seine Stimme, wie er nach Elsie rief, wie er eine Geschichte oder von seinen Reisen erzählte. Da waren auch die Kapitänsmützen … wie gut hatte er darin ausgesehen!

Maja schnäuzte sich, dann legte sie Jacken, Hosen und Mützen in einen Karton. Eine Taschenuhr und ein Fernglas barg sie in ihrem Zimmer in einer Schublade. Die würde sie behalten. Doch da war noch mehr in der Truhe.

Ganz unten, unter der Kleidung, kamen zwei große Kisten zum Vorschein. Lederbezogen. Sie passten so genau in die Truhe, dass Maja sie nicht herausnehmen konnte. Doch als sie versuchte, eine davon zu öffnen, ließ sich deren Deckel ganz leicht anheben.

Samttücher. Auch die Kiste war innen mit Samt ausgeschlagen, tiefblau diesmal. Königsblau.

Akribisch darin eingebettet lagen Reihen von hellen, gewölbten Gegenständen, die sich kühl und seidig glatt anfühlten.

Maja richtete den Strahl der Taschenlampe darauf und sah das Glänzen von Perlmutt.

Ganz vorsichtig hob sie eine der runden Formen ins Licht.

Nelly

Weimar

2018

24

Countdown zum Dreißigsten

»Vielen Dank für die Zeitschrift, liebe Nelly«, sagte Josef Römer, während Nelly seine Medikamente sorgfältig in die dafür vorgesehene Wochenbox mit den vielen Kästchen einsortierte. »Die Dame muss sehr viel Freude auf dieser Reise gehabt haben! Ihre Worte haben so viele kostbare Erinnerungen in mir geweckt. Wissen Sie, dass auch ich einmal einen Garten gehabt habe?«

»Nein, das haben Sie noch nie erwähnt.« Nelly verschloss sorgfältig die Medikamentenschachteln, stellte sie in den Schrank und beschloss, sich die Zeit zu nehmen, Josefs Geschichte zu hören. Irgendwie würde sie die Viertelstunde schon wieder hereinholen. Josef war nun schon der dritte Patient, der ihr seine Erinnerungen erzählte, nachdem sie die Zeitschrift verteilt hatte.

Beate hatte ihr nämlich, eine Woche nachdem sie zurückgekehrt waren, ein wenig verschämt ein paar Seiten in die Hand gedrückt, die mit ihrer zittrigen Handschrift bedeckt waren. »Nelly, ich musste das mit unserer Reise einfach aufschreiben! Ich habe an deinen Artikel über unsere nächtliche Aktion gedacht und dann überlegt, das kann ich doch auch. Ich kann aufschreiben, was mich bewegt und was ich wichtig finde. Ich weiß nicht, ob du etwas damit anfangen kannst, aber es hat mir gutgetan. So habe ich alles noch einmal erlebt und weiß, dass ich es nicht vergessen werde. Außerdem soll es auch ein Dankeschön an dich und an Remy sein.«

Nelly hatte den Artikel gelesen, vor Rührung ein paar Tränen verdrückt, dabei vieles noch einmal erlebt und schließlich den Text in den Computer getippt und an Remy geschickt. Remy hatte alles noch ein wenig gebügelt und Beate um Erlaubnis gebeten, es veröffentlichen zu dürfen. Beate wusste gar nicht, wohin mit ihrem Stolz und ihrer Freude. Die Beleghefte hatte Nelly auf Beates Wunsch unter den anderen Patienten verteilt.

»Ich weiß nicht, wem ich sie sonst geben soll«, hatte Beate gesagt. »Meine Freundinnen sind ja alle schon gestorben. Vielleicht macht es den anderen alten Leuten Mut.«

Auf jeden Fall hatte die Schilderung von Beate bei den alten Leuten allerhand Geschichten aufgestöbert.

»Wir hatten diesen Garten, als wir frisch verliebt waren, meine Emma und ich«, sagte Josef. »Dort wuchs ein Pfirsichbaum. Sie glauben nicht, wie köstlich diese Pfirsiche geschmeckt haben! Und wie wunderschön sie leuchteten, wenn sie reif wurden, dieses warme und goldene Orangerot in allen Schattierungen, und die Haut der Früchte war so weich wie die von Emma. Wir haben zusammen unter dem Baum gelegen, in den Himmel gesehen und uns die Pfirsiche geteilt. Das ganze Leben lag vor uns und schmeckte danach. Es war ein Traum, Nelly. Dieses Aroma werde ich nie im Leben vergessen, und die Farben auch nicht.«

»Was ist denn daraus geworden?«, fragte Nelly.

»Ach, wir bekamen unsere Tochter, und ich wurde ganz woandershin versetzt, in eine Großstadt. Beruflich ging es aufwärts, und wir waren immer glücklich. Nur einen Garten hatten wir nie wieder. Es hat nicht gepasst. Ich hatte ein gutes Leben, Nelly. Das ist das Einzige, was ich vermisst habe, so ein Stück Erde. Wenn ich an Glück denke, denke ich an Pfirsiche und wie die Sonne durch die Blätter fiel, wenn ich mit Emma darunter saß, und wie es duftete.«

Immerhin kann ich zuhören, dachte Nelly, während sie zur nächsten Patientin fuhr. Sie war sich seit ihrer Rückkehr ein wenig überflüssig vorgekommen. Amanda war von ihrer Vertretung ganz begeistert gewesen. Offensichtlich lief der Laden auch bestens ohne Nelly.

Die nächste Patientin war Beate. Nelly fand wieder einmal keinen Parkplatz und musste ihr Auto einen halben Block entfernt in eine Lücke quetschen. Also lief sie das letzte Stück. Dabei kam sie an einer Schule vorbei. Auf dem Pausenhof trainierte eine Klasse mit ihrem Sportlehrer. In einer anderen Ecke war es grün. Durch den Zaun hindurch entdeckte Nelly Hochbeete mit Wegen dazwischen, doch was genau da in den Beeten wucherte, konnte sie nicht erkennen. Kartoffeln vielleicht und Mohrrüben zwischen Kapuzinerkresse und Ringelblumen. Radieschen, die schon blühten, weil sie keiner geerntet hatte. Eine Gruppe Kinder und eine Frau waren dort beschäftigt, doch die Lehrerin wirkte überfordert und die Kinder unmotiviert.

»Leo, du wolltest doch unbedingt die Mohrrüben pflanzen, es wäre schön, wenn du dich jetzt auch darum kümmern würdest. Das fließt immerhin in deine Note ein, so war es doch ausgemacht. Und du Nadja, was ist denn jetzt mit deinen Tomaten? Warum bindest du sie nicht an das Gerüst, wie wir es oben an der Tafel gezeichnet haben? Ihr wolltet doch unbedingt den Schulgarten anlegen. Und jetzt habt ihr keine Lust mehr?«

»Aber Frau Riemeister, da wachsen Brennnesseln! Die tun mir weh!«, beschwerte sich ein Mädchen. »Ja, und dort sind sooo viele Nacktschnecken, das ist eklig«, meinte ein blonder Junge.

Nelly ging nachdenklich weiter. Wie schade, dass die Kinder die Lust verloren hatten, es war doch eine so gute Idee gewesen.

Beate wartete schon. Sie saß ein wenig aufrechter in ihrem Stuhl als noch vor ein paar Wochen. Immer wieder hatte sie gesagt, wie froh sie war, dass der Rittersporn und die Geschichte ihres Mannes nun so einen schönen Platz gefunden hatten. Oft hielt sie den Bernstein in der Hand, den Remy ihr geschenkt hatte. Nelly erzählte Beate von Josef und seinem Pfirsichbaum, während sie sich auch hier um die Medikamente kümmerte.

»Wie schade, dass er nie wieder einen Garten hatte«, sagte Beate. »Seit wir im Geschichtengarten waren, wünsche ich mir selbst immer mehr, einen zu haben, auch wenn ich weiß, dass ich es nicht mehr könnte. Der Rittersporn ist schön und gut, aber der Balkon ist wirklich sehr klein. Ich würde doch so gerne wieder wenigstens ein wenig mehr machen, so wie bei unserer Aktion damals. Es muss ja nicht bei Nacht sein.« Sie lachte auf.

Da kam Nelly eine Idee.

Als sie zu ihrem Auto zurücklief, waren die Schulkinder gerade am Zusammenpacken. »Da liegt noch eine Schaufel, Jens!«, rief die Lehrerin. Nelly trat an den Zaun. »Frau Riemeister?«, sagte sie. Erstaunt trat die Lehrerin näher. »Ja? Kennen wir uns? Sind Sie eine Mutter?«

»Nein, entschuldigen Sie bitte. Ich leite einen mobilen Pflegedienst. Ich ging vorhin hier vorbei und habe dabei Ihren Unterricht mitbekommen. Nun hätte ich einen Vorschlag. Das klingt vielleicht merkwürdig, aber trotzdem, hätten Sie irgendwann einmal ein paar Minuten Zeit für mich? Ich richte mich ganz nach Ihnen.« Nelly schätzte die Frau auf nur wenig älter als sie selbst. Und sie wirkte sympathisch, sonst hätte Nelly sich gar nicht getraut, sie anzusprechen.

»Es ist die letzte Stunde«, sagte Frau Riemeister. »Ich muss noch einiges erledigen, aber wenn Sie möchten, können wir uns in zwanzig Minuten an der Ecke im Café Behring treffen. Ich trinke da sowieso auf dem Heimweg immer einen Kaffee.«

Nelly verschob die nächsten Patientenbesuche telefonisch eine Stunde nach hinten. Kurze Zeit später saß sie im Schatten einer Linde an einem wackeligen Tisch der Lehrerin gegenüber. Frau Riemeister lud Nelly nicht nur zu Kaffee, sondern auch zu einem Stück Kuchen ein.

»Ich bin froh, mit jemandem über meine gescheiterte Idee reden zu können«, sagte sie. »Es fing erst alles so gut an. Die Kinder waren an der frischen Luft, jede Gruppe hatte für ein Beet zu sorgen, und sie waren voller Ideen und Eifer. Alle brachten Samenpäckchen mit, und sie freuten sich riesig, als die ersten Keimlinge aufgingen. Sie haben über die Fortschritte Tagebuch geführt und nie das Gießen vergessen. Normalerweise machen wir das gar nicht im Unterricht, sondern haben nachmittags eine Arbeitsgemeinschaft.« Frau Riemeister rührte in ihrem Kaffee. »Na ja, aber dann kamen Läuse und Schnecken, einem Mädchen krabbelte eine Spinne über den Arm, jemand fasste in eine Brennnessel. Die einen Radieschen wurden gar nicht erst rund, die anderen platzten auf, und die Mohrrüben hatten Würmer. Gut, vieles klappte auch, aber irgendwie hatten sie wohl nicht damit gerechnet, dass man nicht nur saubere Erdbeeren ernten kann, ohne auch Unkraut zu zupfen, und dass alles eben nicht nur Vergnügen ist, sondern auch Arbeit macht. Es liegt wohl daran, dass es Stadtkinder sind.« Die Lehrerin zuckte mit den Schultern. »Ich weiß gerade überhaupt nicht mehr, wie ich ihr Interesse wiederbeleben soll. Aber aufgeben möchte ich auch nicht! Es war ein ganz schönes Stück Arbeit, das Kollegium und die Direktorin und dann noch den Hausmeister davon zu überzeugen, ein Stück vom Pausenhof abzuzweigen, um Beete anzulegen. Es hat nur geklappt, weil zum Beispiel das Insektensterben neuerdings auf dem Lehrplan steht.«

»Sehen Sie, und genau da setzt meine Idee an.« Nelly schob ihr zwei Hefte von *Mervins Garten* hinüber. »Ich habe zwei Artikel angestrichen, die Sie interessieren könnten. Da geht es um Senioren, die ich betreue. Viele davon sehnen sich nach ihrem Garten zurück oder einfach danach, wieder einmal Erde in den Händen zu spüren und etwas wachsen zu sehen. Einige sind einsam oder kommen zu wenig raus. Da dachte ich, wir könnten uns vielleicht gegenseitig helfen.«

Sie erläuterte ihren Plan. Frau Riemeister hörte aufmerksam zu, blätterte in den Heften, dann reichte sie Nelly die Hand. »Das klingt gut. Versuchen wir es doch einfach. Ich bin Lena. Die AG ist immer dienstagnachmittags, würde das passen?«

»Perfekt!« Nelly war hochzufrieden. Das war leichter gewesen, als sie gedacht hatte. Nun musste sie nur noch Beate, Josef und ein paar andere überzeugen.

»Und das hat geklappt?«, fragte Manuel und bemühte sich, den Weinkorken aus der Flasche zu bekommen.

»Na, ist doch kein Wunder. Die alten Leute sind spitze. Die haben mich schon bei der Nachtaktion beeindruckt«, meinte Lilo und hielt ihm die Gläser hin.

Sie saßen zu dritt auf Nellys geliebter alter Picknickdecke im Park an der Ilm. Nelly hatte die beiden angerufen. Nach ihrem Erfolg hatte sie das Bedürfnis zu feiern. Ausnahmsweise mit Gleichaltrigen. Mit jemandem, mit dem sie auf der Wiese sitzen konnte. Aber mit guten Freunden, mit Gleichgesinnten, und ganz bestimmt nicht mit einem Typ wie David, der »alles irgendwie nur grün« fand und mit diesem Grün nichts anfangen konnte. Wenigstens war er ehrlich gewesen. Aber war es denn zu viel verlangt, dass sie sich von einem eventuellen Partner wünschte, dass er sich auch ein wenig für das begeistern konnte, was ihr am Herzen lag? Oder wenigstens ihre eigene Freude verstehen?

Nelly mochte den von David geschmähten Park an der Ilm. Sie mochte den Blick auf Goethes Gartenhaus und stellte sich vor, darin zu wohnen. Sie mochte den Fluss. Sie mochte alle Jahreszeiten hier, die Frühlingswiesen mit den Butterblumen, den Duft im Sommer, die flammend bunten Bäume im Herbst. Und die stille Gemeinschaft der Menschen, die hier zufrieden auf den Wegen wandelten. Es lag so eine Ruhe über dieser Landschaft und die Gewissheit, dass es viel Schönes auf der Welt gab. Goethe war hier am liebsten gewesen. Der Ort hatte ihn inspiriert. Nelly hatte hier immer besonders stark das Gefühl, dass das Leben sich lohnte, egal, was gerade schiefging.

Sie dachte an die Fahrt nach Rügen, die Dürre unterwegs, die verbrannten Felder und die wenigen Schmetterlinge. Hier gab es in diesem Jahr auch fast keine, und die Grashüpfer waren erschreckend leise in diesem Spätsommer. Nelly vermisste das freudig vibrierende Zirpen im hohen Gras. Lag es nur an diesem trockenen Wetter, oder hatte das Insektensterben auch schon den Park erreicht? Hier wurde nicht mit Pestiziden gespritzt. Aber sie hatte in der Zeitschrift gelesen, dass die Nährstoffe, die durch die Überdüngung der Felder in die Luft gerieten, vom Wind überallhin getragen wurden und die Wiesen, die mageren Boden benötigten, dadurch gefährdeten. Viele Arten von Wildblumen gingen so verloren. Stickstoff zum Beispiel ließ Brennnesseln und andere Pflanzen so hoch und dicht werden, dass sie nicht nur viele zartere Arten verdrängten. Sie warfen auch mehr Schatten. Dadurch wurde es in den Wiesen kälter, trotz der Klimaerwärmung. Das war schlecht, denn viele Larven von Insekten entwickelten sich am Boden, und die hielten die Kälte nicht aus.

Es machte Nelly Angst.

Umso wichtiger war es, dass auch Kinder lernten, sich mit Insekten anzufreunden und diese nicht eklig zu finden. Dass sie etwas darüber erfuhren, wie Pflanzen und die Zusammenarbeit mit den Bestäubern funktionierten.

Darum war ihr heute nach Feiern gewesen.

»Gibt es einen Anlass?«, hatte Lilo gefragt, als Nelly sie zum Picknick eingeladen hatte. »Hast du Geburtstag?«

»Nein, aber wir können ja feiern, dass ich noch NICHT dreißig bin.« Dieser Gedanke gefiel ihr immer besser, während sie Salate in Dosen verpackte und die schönsten Papierservietten heraussuchte. Seit sie Remy kennengelernt hatte und wusste, was sie alles auf die Beine stellte, fühlte sie, dass es auch für sie an der Zeit war, etwas zu tun. Spätestens an ihrem dreißigsten Geburtstag wollte sie ganz genau wissen, was ihr nächstes Ziel war. Sie hatte Remy von dem zweiteiligen Glücksstein im Park erzählt, mit dem soliden Quader als Basis, auf dem die Kugel im Gleichgewicht ruhte. »Das gefällt mir«, hatte Remy gesagt. »Ich habe das Fundament für mein Glück im Geschichtengarten gefunden. Und mit Noah natürlich.«

Eine solche Basis wenigstens wollte Nelly für sich bis zu ihrem Geburtstag finden. Das waren nur noch ein paar Monate. Der Countdown lief sozusagen. Mit ihrem neuen Projekt hatte sie immerhin bereits einen Schritt vorwärts gemacht, auch wenn sie noch nicht wusste, wohin das führen würde.

»Und die Schulkinder haben es akzeptiert, dass du mit fremden Omas und Opas dort aufgekreuzt bist?«, erkundigte sich Lilo mit vollem Mund.

»Ja, ich war auch erstaunt. Erst haben sie skeptisch geguckt. Und dann haben sie wahrscheinlich gehofft, dass ihnen diese Omas und Opas die Arbeit abnehmen und das Unkraut rupfen würden. Aber da kannten sie Beate und Josef noch nicht.«

»Das hat sich dann wohl schnell geändert«, meinte Manuel belustigt.

»O ja. Die haben da auf ihren Rollatoren gesessen und den Kids Geschichten erzählt – über die Kräuter und das Gemüse, wie wichtig es im Krieg war, alles selbst anbauen zu können, wie viel besser es schmeckt als das, was man im Supermarkt kauft, und was man sonst noch alles damit anfangen kann. Sie haben ihnen beigebracht, wie man Möhren verzieht und Tomaten richtig stützt. Nebenbei haben sie Rezepte für Erdbeereis zum Besten gegeben, ganz zu schweigen von dem Märchen vom Radieschenkobold.« Nelly lachte auf. »Die Kinder haben bei all dem gar nicht gemerkt, wie sie unterdessen geschuftet haben! Ihre einzige Sorge war, ob die alten Leute auch ganz bestimmt wiederkommen. Ob sie mal den Rittersporn auf Beates Balkon sehen dürfen, und ob Josef ihnen helfen würde, ein Blumenbeet nur für Bienen und Schmetterlinge anzulegen. Außerdem hat er versprochen, ihnen einen Kasten zu bauen, in dem sie Raupen großziehen und ihnen beim Verpuppen zusehen können. Die Lehrerin war restlos glücklich über unser gelungenes Experiment. Nun muss sie nur noch dem Rektor beibringen, dass wir etwas Dauerhaftes daraus machen möchten.«

Nelly war auch glücklich über diesen Erfolg. Doch noch lieber wollte sie selbst so etwas aufbauen, ohne eine Lehrerin, einen Rektor oder Amanda fragen zu müssen. Sie wollte etwas Eigenes!

»Über diese Zusammenarbeit von Senioren und Schülern solltest du auch einen Artikel schreiben«, schlug Manuel vor und schenkte Wein nach. Die Abendsonne färbte den Himmel rötlich und spiegelte sich in den Gläsern.

»Das ist eine gute Idee. Mach das«, sagte Lilo. »Nelly, es ist so schön hier! Das wusste ich gar nicht. Wir sollten öfter einen Ausflug machen, Manu. Das regt zu Neuem an. Wir kommen zu wenig aus der Gärtnerei raus.«

Nelly genoss die Gesellschaft ihrer Freunde. Sie fühlte sich zuversichtlicher als seit langem. »Ja, den Artikel sollte ich schreiben. Das hat Beate auch schon gesagt. Wenn ich es nicht mache, tut sie es, hat sie gedroht. Ich denke, wir schreiben ihn zusammen.« Ein Eichhörnchen hüpfte mit großen Sprüngen an ihnen vorbei und schnupperte an den Rosen, die an Goethes Gartenhaus wucherten. Dann sah Nelly, wie es auf den Glücksstein sprang, oben auf der Kugel Männchen machte und sich umsah.

Ich kriege das hin, dachte Nelly. Das Richtige wird passieren. Hier, mitten auf der Wiese, spüre ich das. Goethes Garten hat ihm den Stoff für seine Gedichte und Geschichten zugeflüstert, und die Gleichgesinnten, mit denen er sich umgab, haben auch ihn inspiriert.

Man muss nur die richtigen Menschen zusammenbringen, hat Remy gesagt. So wie ich damals Amanda gefunden habe. Dann kommt etwas in Bewegung.

Maja

Lenzerwische

2018

25

Rätsel

Das, was sich so kühl und glatt anfühlte und so hell im Schein der Taschenlampe glänzte, war das eine Muschel? Oder ein riesiges Schneckenhaus? Auf den ersten Blick wirkte das Perlmutt milchig silbern, doch als Maja das Ding in ihrer Hand im Licht bewegte, gewahrte sie alle Regenbogenfarben darin. Aber nicht nur das. Die glatte Oberfläche war von feinen dunklen Linien durchzogen. Maja spürte sie unter ihren Fingern, ehe sie es sah. Sie waren eingeritzt.

Maja entdeckte Masten, Segel, einen Rumpf. Ein Schiff! Hier hatte jemand äußerst detailgetreu einen stolzen Dreimaster gezeichnet, um den Möwen herumflogen. Am Bug spritzte Gischt. Für einen Augenblick konnte Maja das Meer riechen, hörte die Wellen aufschäumen und die Möwen rufen, während der Wind in den Segeln knatterte, so lebendig war die Zeichnung. Sie hielt die Taschenlampe noch näher an ihren Fund. Ganz hinten unter dem Heck des Bootes entdeckte sie zwei Buchstaben. Initialen. C.K.

Clemens Kolmar! Dieselben Buchstaben waren winzig klein in allen Zeichnungen im Buch vom kleinen Grashüpfer Tim versteckt.

Das war doch unmöglich? Die Zeichnungen im Buch waren sehr schlicht, nicht weil es sich um ein Kinderbuch handelte, sondern weil Clemens mit seiner versehrten Hand nicht feiner zeichnen konnte. Er hatte auch mit dem Schreiben Schwierigkeiten gehabt. Niemals wäre er zu so zarten, raffinierten Details fähig gewesen.

Aber der Unfall war ja erst gegen Ende seiner Jahre als Kapitän gewesen, fiel Maja dann ein. War Clemens vielleicht in jüngeren Jahren bereits künstlerisch tätig gewesen? Aber warum hatte er das dann nie erwähnt? Und Elsie auch nicht? Hatte sie überhaupt gewusst, dass sich diese Kisten unter Clemens' Uniformen befanden? Sicher nicht, dachte Maja. Elsie hatte erwähnt, dass er nach dem Ende seiner Karriere die Uniformen eigenhändig so sorgfältig in die Truhe gepackt hatte. Das hatte er sich nicht nehmen lassen. Es war ja auch der Grund, warum Elsie den Inhalt auf gar keinen Fall hatte anrühren wollen. Alles sollte so bleiben, wie Clemens es hinterlassen hatte.

Was waren das nur für große Muscheln? In Majas Unterbewusstsein rumorte es. Irgendwo hatte sie so etwas schon einmal gesehen.

In einem der Zimmer knarzte eine Diele, wie es häufig geschah, wenn das Haus nachts abkühlte. Maja zuckte zusammen, blickte auf die Uhr und beschloss, schleunigst ins Bett zu gehen.

Für heute legte sie das ungewöhnliche Kunstwerk wieder in sein blaues Bett aus Samt.

Sie träumte unruhig in dieser Nacht, aber irgendwann war ihr eingefallen, wo sie gesehen hatte, was sie suchte. Noch vor dem Frühstück klopfte sie bei Kurt an der Tür.

»Sag mal, Kurt, du hast doch so viele deiner Bücher mitgebracht. Ist zufällig noch die Biographie von John F. Kennedy dabei, die du dir nach der Wende gekauft hast? Du hast sie mir mal gezeigt, und ich würde gerne etwas nachsehen.«

Kurt war gerade dabei, sich aus dem Bett in seinen Rollstuhl zu hieven. Maja hatte sich schon lange abgewöhnt, ihm ihre Hilfe anzubieten. Auch wenn es ihm jetzt schwerer fiel als noch vor ein paar Jahren, bestand er doch darauf, sich dieses letzte Stück Selbständigkeit zu bewahren, solange es irgend ging.

»Sicher. Ich glaube, im zweiten Regal von unten. Das dicke Buch mit dem rot-weißen Einband, ja, das.« Kurt gehörte zu den angenehmen Menschen, die keine umständlichen Fragen stellten, wenn man vor dem Frühstück ungewöhnliche Anliegen hatte.

Maja holte sich das Buch, hockte sich auf die Fensterbank und blätterte ungeduldig darin herum. Es enthielt mehr Fotografien, als sie in Erinnerung hatte, doch dann fand sie, was sie suchte. »Ich wusste es! Hier!« Triumphierend tippte sie mit dem Finger auf eine Abbildung.

»Worum geht es denn?« Jetzt wurde Kurt doch neugierig.

»Ich wusste, dass ich so etwas schon einmal gesehen habe. Scrimshaw! Die Technik heißt Scrimshaw. John F. Kennedy hat diese Werke gesammelt.«

»Ich weiß, aber wie kommst du darauf?«

»Ich hab was gefunden. Was weißt du über Scrimshaw?«

Kurt zog sich mit einiger Mühe seinen Pullover an. Maja wartete ungeduldig, bis sein Kopf wieder aus dem Kragen auftauchte. »Mit Scrimshaw vertrieben sich früher die Seeleute auf den Walfängern und später auch auf anderen Schiffen die Zeit«, erklärte er. »Sie hatten all diese Nebenprodukte an Bord – Walfischknochen, Hörner, Walrosszähne. Und sie mussten sich ablenken, von der Kälte, von der Seekrankheit, von der Sehnsucht nach ihren Frauen, von der Angst vor Gefechten. Also polierten sie die Knochen mit getrockneter Rochenhaut und fingen an, mit Messern, Feilen oder Nadeln Zeichnungen in die

Knochen zu ritzen. Mist!« Kurt hatte seinen Gürtel in den Maschen seines Pullovers verheddert und befreite unwirsch den Dorn der Schnalle. »Dann färbten sie sie mit einer Mischung aus Lampenruß und Öl, das in die Ritzen eindrang. Oder Tinte. Anfangs waren es sehr grobe Bilder. Aber die Männer entwickelten sich weiter, benutzten irgendwann sogar Lupen. Durch verschiedene Tiefe und Dichte der Linien und Punkte lernten sie, Schattierungen, lebendige Effekte und Tiefenwirkung zu gestalten. Es entstand eine Art Wettbewerb. Die Seeleute erzählten schließlich ganze Geschichten auf diese Weise. Sie schrieben manchmal sogar längere Texte unter die Zeichnungen. Da gab es Jagdszenen, Schlachten, oder sie verewigten ihre Liebsten. Das brachten sie dann ihren Frauen mit, oder sie verkauften die Sachen in den Häfen, um etwas zu ihrer kargen Heuer dazuzuverdienen. Messergriffe zum Beispiel, Spielfiguren, Knöpfe oder Tabakdosen. Es gab viel, was man aus den verzierten Knochen herstellen konnte.« Endlich fertig angezogen, lehnte Kurt sich erleichtert zurück. Er war ganz in seinem Element. »Manche hoben ihre Werke als Erinnerung auf, als eine Art besonderes Tagebuch. Später geriet diese Kunst in Vergessenheit. Kennedy aber hat die alten Stücke gesammelt, die mittlerweile zum Teil sehr wertvoll sind, und dadurch kam manch moderner Künstler wieder auf den Geschmack. Heute darf man natürlich keine Walknochen mehr verwenden und benutzt zertifizierte fossile Mammutzähne, die es massenweise gibt, oder Rinderknochen.«

»Woher kommt denn der seltsame Name?«, wollte Maja wissen.

»Scrimshaw? Das hat man nie genau herausgefunden. Manche sagen, es sei ein Nachname gewesen, andere, es wäre von einem

Eskimowort abgeleitet oder man hätte die Tätigkeit des Einritzens *scrimmen* genannt.«

»Gab es das auch auf Muscheln? Oder Schnecken?«

»Ja, auf den Schalen von Perlbooten hat man das auch gemacht. Man nennt sie auch Nautilus. Heutzutage sind die Viecher geschützt. Leider noch nicht sehr lange. Es sind sogenannte lebende Fossilien. Damals waren die oft Beifang in den Fischernetzen, weil sie nur langsam schwimmen. Dann hat man die gestreifte Kalkschicht entfernt und darunter das glatte Perlmutt genutzt. Verrätst du mir jetzt, warum das alles auf einmal so wichtig ist?«

»Ich muss dir was zeigen.« Maja lief hinauf in den Flur. Kurze Zeit später legte sie die schneckenförmige Schale in Kurts Hände. Im Morgenlicht glänzte sie weniger geheimnisvoll als bei Nacht, dafür umso schöner. Sie war bei Tag auch größer als gedacht.

»Ja, das ist tatsächlich ein Perlboot! Ein großes Exemplar.« Kurt strich ehrfürchtig über das Bild des Schiffes, genau wie Maja es getan hatte. »Ausgesprochen feine Kunst! Gib mal das Lineal, bitte.« Er maß den Durchmesser der Nautilusschale. »Dreiundzwanzig Zentimeter! Meines Wissens werden sie höchstens fünfundzwanzig Zentimeter groß.«

»Schau mal auf die Signatur.« Maja deutete darauf.

»Gibst du mir meine Brille, bitte? Und die Lupe«, bat Kurt.

Er betrachtete die Zeichnung und die Buchstaben lange und sehr genau.

»Kein Zweifel«, sagte er schließlich und legte die Lupe beiseite. »Das war Clemens! Er schrieb später die Buchstaben etwas anders, aber es ist doch unverkennbar seine Signatur.«

»Hast du das gewusst? Dass er so was gemacht hat, meine ich?«

Maja konnte ihren Blick kaum von dem Schiff wenden, das jetzt wirkte, als würde es sich auf den Wellen heben und senken. Das lag natürlich daran, dass Kurts Hände ein wenig zitterten. Dennoch war es, als stünde Clemens auf einmal hier bei ihnen im Raum.

Kurt schüttelte den Kopf. »Er hat es nie erwähnt, und ich schwöre, ich habe dieses schöne Stück niemals zu Gesicht bekommen. Wo hast du es gefunden?«

»In der Truhe im Flur, unter seinen Uniformen.« Maja erwähnte nicht, dass dort noch mehr solche Schätze lagerten. Aus irgendeinem Grund wollte sie diese erst allein betrachten. Es war ein wenig, als würde sie Clemens wiederbegegnen. Mehr noch, als würde sie etwas von ihm erfahren, was wahrscheinlich nicht einmal Elsie gewusst hatte.

Kurt schien ähnlich zu denken. »Clemens muss es vor seinem Unfall gemacht haben. Er hat fast nie von seinem Leben, bevor er Elsie kennenlernte, gesprochen. Und ich war ja noch ein Kind, als Clemens längst unterwegs auf großer Fahrt war. Damals habe ich ihn verehrt, aber nur ganz selten zu Gesicht bekommen. Ich wusste nichts von ihm, außer, wie beeindruckend er in seiner Uniform aussah und was für Abenteuer er erlebte. Vom Krieg hat er mir Knirps natürlich nichts erzählt. Erst als der Zweite Weltkrieg ausbrach, hat er mir seine ganze Abneigung anvertraut.« Er gab Maja das Perlboot zurück. »Seltsam, dass er Elsie dieses wundervolle Stück nicht geschenkt hat.«

»Hat sie es dir gegenüber auch nie erwähnt?«

»Nein. Sie kann nichts davon gewusst haben, sonst hätte sie es bestimmt voller Stolz erzählt. Möglicherweise wollte er nicht daran erinnert werden, dass er aufgrund seiner Verletzung diese Kunst nicht mehr ausüben konnte.«

»Ja, das kann gut sein. Über Dinge, die man nicht ändern kann, hat er nie geklagt. ›Das bringt nichts‹, hat er immer gesagt. ›Was vorbei ist, ist vorbei, und es kostet nur unnötig Kraft und Zeit, darüber zu grübeln.‹«

Kurt lächelte. »Ja, das sagte er mir auch, als ich in den Rollstuhl kam. Damals war ich ein wenig ärgerlich auf ihn. Es hörte sich so einfach an, und das war es ganz und gar nicht. Später sah ich ein, dass er recht hatte.«

Maja umarmte ihn. »Ich mache jetzt schnell Frühstück. Tut mir leid, dass du so lange warten musstest.«

»Oh, das war es wert.«

Es war Samstag. Rita kam heute nicht, Evim bestimmt auch nicht, Heiner war übers Wochenende bei einem Bekannten zu Besuch, und Kurt hatte sich noch einmal in die Biographie von John F. Kennedy vertieft.

Maja nahm sich vor, in aller Ruhe dem Inhalt der Kisten auf den Grund zu gehen. Vorher aber wollte sie noch etwas über Perlboote erfahren. Sie konnte sich noch nicht vorstellen, was für ein Wesen in diesen wunderschönen Schalen leben könnte.

Sie setzte sich mit ihrem Laptop in die Küche. Es war so tröstlich dort, denn hier fühlte sie sich Elsie manchmal noch am nächsten.

Perlboote schwammen schon seit fünfhundert Millionen Jahren durch die Ozeane, erfuhr sie. Sie waren direkte Nachfahren der ausgestorbenen Ammoniten, von denen man nur noch Versteinerungen kannte. Früher lebten sie in allen Meeren, heute gab es sie nur noch im Westpazifik und im Indischen Ozean. Zu Majas Erstaunen handelte es sich weder um Schnecken noch um Muscheln. Perlboote gehörten vielmehr zu den Kopffüßern, wie die Kraken. Allerdings besaßen sie viel mehr Fangarme als diese, nämlich bis zu neunzig.

»Beeindruckend!«, murmelte Maja. Von den Schnecken unterschieden sich ihre Gehäuse durch den Aufbau. Wenn ein Perlboot wuchs, baute es eine neue, größere Kammer an sein Gehäuse. So konnten bis zu dreißig Kammern entstehen. In der jeweils neuesten lebte das Tier, das niemals seine Schale verließ. Wie einfach, dachte Maja, sie müssen nie nachdenken, was sie als Nächstes machen wollen! Sie bauen einfach nur eine neue Kammer, in der sie mehr Platz haben.

Anders als die kurzlebigen Kraken konnte ein Perlboot bis zu zwanzig Jahre alt werden. Sie lebten bis zu sechshundert Meter tief, weshalb man vieles von ihnen noch gar nicht wusste, und stiegen nachts bei Mondlicht an den Riffwänden auf, um Nahrung zu suchen. Sie mochten langsame Beutetiere wie Krebse, da sie selbst nur langsam schwimmen konnten. Ihre Nahrung zerkleinerten sie mit ihrem Schnabel, der dem eines Papageis ähnelte.

Aufgrund ihrer gemächlichen Fortbewegungsart gerieten diese wundersamen Wesen oft als Beifang in die Netze. Fatalerweise waren sie als Souvenirs geschätzt, weshalb sie längst vom Aussterben bedroht waren. Zum Glück standen sie nun unter strengem Schutz, was leider oft umgangen wurde.

Maja schloss den Laptop mit einem etwas unbehaglichen Gefühl. Am besten erzählte sie niemandem, dass Clemens eine ganze Kiste mit den Schalen gesammelt hatte. Wenn er die wirklich in seiner Jugend erstanden hatte, wahrscheinlich von den Fischern gekauft oder sogar selbst aus den Netzen geholt, dann hatte er nicht ahnen können, dass diese Tiere viel später einmal dermaßen in Gefahr geraten könnten. Doch wie sollte sie beweisen, wie alt die Schalen waren? Sicher gab es eine wissenschaftliche Methode, mit der man das feststellen konnte, aber das war bestimmt nicht billig. Und wollte sie das wirklich öffentlich machen?

Andererseits, wenn solche alte Sammlerstücke wertvoll waren, so wertvoll, dass sie in Museen standen und sie ein amerikanischer Präsident gesammelt hatte, vielleicht konnte sie damit sogar den Umbau der Badezimmer finanzieren? Ob sie sich Evim anvertrauen sollte ?

Wie gut würde ihm ihre Entdeckung gefallen! So etwas Schönes durfte doch bestimmt nicht weitere Jahrzehnte im Dunkeln schlummern? Es wollte gesehen und bewundert werden. Das Bild auf der kostbaren Schale hatte etwas unwiderstehlich Magisches, es zog Blick und Hände an, und selbst wenn sie es weglegte, fuhr das Schiff noch hell durch Majas Gedanken. Sicher war es eines, auf dem Clemens einst unterwegs gewesen war.

Doch was würde Evim über Clemens denken? Besser nicht grübeln!, fiel ihr dann ein. Entschlossen stand sie auf. Ehe sie sich den Kopf zerbrach, musste sie erst herausfinden, um was es überhaupt ging.

Maja öffnete die Türen aller Zimmer, damit genug Tageslicht in den Flur fiel. Die Kisten passten so genau in die Truhe und steckten so fest, dass sie sie nicht hinausbekam. Da würde sie wohl doch Evims Hilfe benötigen. Vorerst hob sie ein Perlboot nach dem anderen aus der ersten Kiste und legte sie behutsam auf eine Decke. Sie waren alle von ähnlicher Größe. Manche schimmerten dunkler, manche hatten einen Stich ins Goldgelbe, andere waren fast schneeweiß, wieder andere beinahe silbern.

Auf jedem davon befand sich ein Bild, und jedes trug Maja mit seinem Zauber in eine andere, lebendige Landschaft.

26

Alte Blüten

Neunzehn waren es insgesamt. Neunzehn Perlboote, deren Schalen lange Zeit in Clemens' Händen gelegen haben mussten, während er die zarten Bilder in das Perlmutt ritzte. Immer standen seine Initialen darunter und oft auch eine Ortsbezeichnung, wenn das Bild eine Landschaft darstellte und nicht ein Schiff.

Fünf Schiffe gab es, zählte Maja. Der Rest stellte Inseln dar, Küstenlandschaften mit Kiefern oder Palmen, Häusern oder Kirchen, Leuchttürmen, Felsen oder Dünen. Indien, stand da, Madagaskar, Bahamas, New York, Kanada, aber auch Riga, St. Petersburg, Helsinki, Gotland, Spitzbergen. Spitzbergen, da waren Nordlichter über einer Reihe kleiner schneebedeckter Häuser zu sehen. Clemens hatte mit farbiger Tinte experimentiert, um sie grün leuchten zu lassen. Wahrscheinlich war er damit nicht zufrieden gewesen, denn bei allen anderen Bildern hatte er nur schlichte dunkle Farbe in die Ritzen gerieben. Vielleicht war diese einmal tiefschwarz gewesen, jetzt aber hatte sie ein warmes Braun angenommen. Maja gab ihm recht. Die bunte Farbe passte nicht ganz, nicht zu dem verhaltenen Regenbogen, der sowieso allgegenwärtig in dem Perlmutt lag.

Die mit blauem Samt ausgeschlagene Kiste hatte er wohl extra anfertigen lassen. In vier ordentlichen Fünferreihen waren die Vertiefungen angelegt, in denen seine Werke selbst während eines Sturms im Bauch eines Schiffes sicher geruht hätten.

Nur die zwanzigste Vertiefung war leer bis auf einen zusammengerollten Zettel, der mit einem Gummi zusammengehalten wurde. Das Gummi, mit den Jahren spröde geworden, zerfiel, als Maja es abstreifen wollte. Zum Vorschein kam Clemens' Handschrift, so vertraut, dass Maja sofort einen Kloß im Hals bekam. Dies war seine Schrift, wie sie sie kannte, ein wenig ungeschickt durch seine Verletzung und zudem ein wenig zittrig durch sein Alter.

Ich möchte hier erklären, daß Perlboote zu meiner Zeit nicht als gefährdet galten. Wir haben damals nicht gewußt, was die Menschheit in der Natur noch alles anrichten würde. Perlboote als Beifang waren so häufig, dass damals mancherorts kaum jemand wußte, wohin damit. Ja, sie waren als Souvenir beliebt, doch bei weitem nicht in dem Maße wie heute. Die Fischer in Indonesien waren bitterarm, der Verkauf einer solchen Schale half ihnen für Tage, ihre Familie zu ernähren. Ich versichere, daß keines jener Tiere, deren Gehäuse ich meine Erinnerungen anvertraut habe, mit Absicht gefangen und getötet wurde. Es gab für mich kein anderes Medium, das schön genug dafür war. Die Perlboote tragen das sanfte Leuchten des Mondes in sich, die Wärme einer südlichen Abenddämmerung, den verhaltenen Zauber der weißen nördlichen Nächte und das Leuchten eines nebligen Herbstmorgens über dem Meer. Nur auf ihnen konnte ich bewahren, was ich festhalten wollte.

Seit 1930 habe ich kein einziges Perlboot mehr erworben. Ich hoffe zutiefst, daß diese liebenswürdig langsamen, uralten Geschöpfe, die wirken wie aus einem Traum, langfristig überleben werden. Daß der Mensch bald lernt, Herz und Verstand besser zu gebrauchen und rücksichtsvoller mit allen Lebewesen umzugehen, die diesen Planeten mit uns teilen müssen.

Clemens Kolmar im November 1979

Als er das geschrieben hatte, war er sechsundachtzig gewesen, zwei Jahre vor seinem Tod. Maja hatte gehofft, dass er auf dem Zettel vielleicht eine Anweisung hinterlassen hatte, was mit diesem Schatz geschehen sollte. Vielleicht hatte er nicht darüber nachdenken wollen. Oder er hatte einfach darauf vertraut, dass Maja schon das Richtige tun würde.

Aber was nur *war* das Richtige? Wie gerne hätte sie ihren Großvater jetzt gefragt! Oder wenigstens Elsie.

Blieb nur Kurt. Oder doch Evim?

Maja blickte lange auf den Zettel. Die Schrift brachte ihr Clemens so nahe, dass sie das vergilbte Papier nur schwer wieder aus der Hand legen konnte. Doch seine Erklärung konnte noch einmal wichtig werden, je nachdem, was sie mit der Sammlung tun würde. Ein Museum würde gewiss einen Nachweis verlangen, und dies war das Einzige, was einem Zertifikat auch nur entfernt nahekam. In dieser Absicht hatte er das bestimmt geschrieben.

Schließlich verstaute sie den Zettel sorgfältig in einer durchsichtigen Hülle und legte ihn zurück in die Kiste, danach die Perlboote eins nach dem anderen.

Dann wandte sie sich der zweiten, identischen Kiste zu.

Der Deckel öffnete sich lautlos. Irgendwie war es unheimlich, wie der dicke Samt alle Geräusche verschluckte. Warum vermutet man bei alten Dingen immer, dass sie knarren, quietschen oder knirschen?, dachte Maja irritiert.

Sie hatte mehr Perlboote derselben Art erwartet. Schließlich war Clemens auf der ganzen Welt unterwegs gewesen. Da hätte es sicherlich genug Orte für Landschaftsszenen gegeben.

Stattdessen erblickte sie auf dem ersten Perlboot, das sie aus der Kiste nahm, etwas völlig anderes.

Eine Blüte. Eine Taglilie! Der Kelch wirkte durch die raffinierten Schattierungen verblüffend dreidimensional und öffnete sich zu Maja hin. Einen Augenblick glaubte sie, sie könne den Duft wahrnehmen, eine Mischung aus Vanille und Zitrone. So roch die gelbe Sorte »Sommermorgen«, die neben »Piratenfeuer« im Beet an der Schiffsstatue blühte.

Darunter stand jedoch ein anderer Name: »Miyajima Surprise«.

Aber da stand noch mehr. Viel mehr.

»Manchmal haben die Männer ganze Texte eingeritzt«, hatte Kurt erzählt.

Das war hier der Fall.

Auch diesmal handelte es sich erkennbar um Clemens' Schrift. Maja sah es an der Art, wie er das S und das R an den unteren Enden der Striche kringelte. Und doch war sie viel fließender, verschnörkelter und insgesamt wesentlich altmodischer. Wie eng aneinandergeschmiegt, kurvten die Zeilen über die Rundung der Schale. Es sah wunderschön aus, doch Maja verzweifelte daran, die Worte zu entziffern, auch weil die Buchstaben so klein waren. Als Erstes erkannte sie ein Datum am Ende.

1913.

Vor über hundert Jahren hatte Clemens das geschrieben! Eine Gänsehaut lief über Majas Rücken. Wenn sie doch nur den Text lesen könnte!

Er hatte Lilien also schon immer geliebt, nicht erst, seit er Elsie kennengelernt hatte. Das war in den späten dreißiger Jahren gewesen. Maja rechnete nach. 1913 war Clemens zwanzig. Damals war man in dem Alter wohl wesentlich erwachsener als heute. Zu dem Zeitpunkt war er schon fünf Jahre zur See gefahren. Und trotzdem – weshalb interessierte sich ein zwanzigjähriger Seemann für Lilien?

Er hat schon in seiner Jugend einmal in einem Garten gearbeitet, fielen ihr Elsies Worte ein. Doch mehr hatte ihre Großmutter nicht darüber gewusst. Clemens hatte es wohl nur ein einziges Mal erwähnt. Maja selbst wusste nur, dass Clemens der Sohn eines Fischers gewesen war und von klein auf mit im Fischerboot gesessen hatte, bis er dann mit fünfzehn als Schiffsjunge anheuerte.

Sie hielt das Perlboot ins Sonnenlicht, um die Schrift möglicherweise besser erkennen zu können, und dann gleich wieder schnell in den Schatten. Sonnenlicht war bestimmt nicht gut für die alte Farbe. Maja holte sich die Lupe.

Das Wort »Sterne« konnte sie gerade entziffern, und weiter unten »ohne« und »Ewigkeit«, doch weiter kam sie nicht. Sie legte das Perlboot beiseite und untersuchte die anderen. Auch in dieser Kiste lagerten genau neunzehn, nur lag diesmal nichts im zwanzigsten Fach. Auf allen waren Lilien zu sehen. Jedes Mal eine andere Sorte. Auch wenn sie alle nur monochrom gezeichnet waren, erahnte Maja doch durch die Schattierungen die Farben, zumindest erschien es ihr so.

Alle Formen waren vertreten, die schlanken, langen Trichterblüten, die kurzen, gefüllten, die mit den breiten Blütenblättern und die mit den spitzen. Weinrote, zartgelbe, feurige und welche mit einer dunklen Mitte. Beinahe alle waren beschriftet, mit ihrem deutschen und ihrem lateinischen Namen. *Hemerocallis*, so hieß die Gattung der Taglilien, abgeleitet von den griechischen Wörtern für Tag und Schönheit, das hatte Clemens Maja schon früh gelehrt. Und stets standen ganze

Sätze darunter, dort, wo auf der Schale noch Platz dafür war. Die geschwungenen Zeilen zogen zarten Strömen gleich unter den Bildern vorbei bis in die letzten schimmernden Winkel, manchmal so dicht, als wären sie zu einer Haut auf dem Gehäuse geworden.

Am Ende stand immer eine Jahreszahl. Auf 1913 folgte 1914 und so weiter, jedes Jahr kam genau einmal vor bis auf 1920, das auf zwei Schalen stand.

Mit den Jahren wurden die Darstellungen der Blüten stetig kunstvoller und die Schalen mit mehr Bedacht ausgewählt; es war deutlich zu erkennen, wie der junge Clemens an Expertise und Erfahrung gewann.

Maja hatte die Schalen bis auf die erste nicht aus der Kiste gehoben, sie wollte sie nicht durcheinanderbringen. Die Zeichnungen waren jetzt bei Tageslicht auch so gut zu erkennen. Doch nun meinte sie, auf der zweiten könne die Schrift doch etwas leserlicher sein und nahm sie heraus. Dabei entdeckte sie, dass sich auf der Rückseite ein weiteres Bild befand.

Es war keine Lilie. Auch kein Schiff oder eine Landschaft.

Es war das Porträt einer Frau.

Nicht Elsie. Natürlich nicht Elsie, die war ja überhaupt erst 1919 geboren! Aber wer war es dann?

Ein Name stand nicht darunter. Aber eines war sicher: Es war mit Liebe gezeichnet. Und mit Sehnsucht.

Maja starrte eine Weile darauf. Damit hatte sie nicht gerechnet. Es war unheimlich, wie lebendig das kleine Gesicht mit dem langen Zopf, dem hochgeschlossenen Kragen und den klaren Augen sie aus dem matten Glanz des Perlmutts melancholisch anlächelte.

Wie alt mochte diese Frau gewesen sein, damals? So alt wie Clemens? Ein wenig jünger vielleicht? Neunzehn, so wie Elsie, als sie Clemens dann viel später kennenlernte? Dann wäre sie jetzt hundertzweiundzwanzig, wenn sie noch leben würde. Doch das Bild wirkte so frisch, als hätte Clemens sein Werk erst gestern aus der Hand gelegt. Es war so anders als ein altes Foto oder ein Ölgemälde. Vielleicht, weil die Wölbung der Perlbootschale dem Porträt Dreidimensionalität verlieh, oder war es das Farbspiel der glatten Oberfläche?

Oder auch nur der Ausdruck?

Maja mochte dieses Gesicht. Sie wollte unbedingt wissen, wer diese Frau war und wie sie geheißen hatte. Doch auch hier konnte sie nur ein Wort entziffern: … *vermisse* …

Entschlossen legte sie eines der losen Samttücher auf ein Tablett, bettete die ersten drei Schalen darauf und machte sich auf die Suche nach Kurt.

Zu ihrer Überraschung war er den ganzen Weg bis zur Schiffsstatue gerollt und saß dort in seinem Stuhl neben den Bänken. »Ich dachte, hier ist es vielleicht kühler«, sagte er. »Außerdem sind die Pflanzen in diesem Beet wenigstens noch grün.«

Maja setzte sich neben ihn. »Ja, hier habe ich am meisten gegossen. Ich kann es nicht ertragen, wenn den Lilien etwas geschieht. Es wäre, als ob Clemens noch einmal stirbt. Ich dachte immer, er hängt so daran, weil sie ihn mit Elsie verbinden. Für sie hat er damals den Garten gerettet, und so haben sie sich verliebt. Aber nun scheint es, dass die Lilien schon vorher eine Bedeutung für ihn hatten.« Sie wischte sich den Schweiß von der Stirn und wünschte, sie hätte etwas zu trinken mitgebracht. »Wenn ich darüber nachdenke, fällt mir ein, dass

Elsie eigentlich immer nur von den Rosen und den Beerensträuchern gesprochen hat. Die Lilien hat sie kaum erwähnt in dem Zusammenhang der Gartenrettung. Vielleicht hat Clemens die dann erst gepflanzt. Sieh mal, was ich in der zweiten Kiste gefunden habe! Ich brauche deine Hilfe.«

Sie stellte das Tablett auf seine Knie. Erstaunt betrachtete er die Zeichnungen der Blüten, dann die Blüten im Beet. »Verblüffend«, murmelte er. »Obwohl sie nicht farbig sind, erkennt man sie sofort.«

»Und sieh hier.« Maja drehte die Schale mit dem Porträt um. »Weißt du, wer das ist? Hat Clemens je von ihr erzählt?«

Kurt schüttelte den Kopf. »Clemens war da anders. Er prahlte nie mit Frauengeschichten wie so viele Seeleute. Eigentlich sprach er nie von Frauen. Auch nicht, bevor er Elsie kennenlernte. Entsprechende Männerwitze darüber ließen ihn völlig kalt.« Er drehte die Schale hin und her. »Diese Frau sieht reizend aus, findest du nicht? Wunderschön! Das hätte ich Clemens nie zugetraut, dass er so zeichnen kann. Ich glaube es nur, weil seine Signatur darunter steht. So etwas ist schon mit einem Stift schwierig. Aber mit einer Nadel? Da kannst du nichts korrigieren. Es darf kein einziger Fehler passieren. Nicht bei einem Porträt.«

»Ich hoffe, dass du vielleicht die Schrift entziffern kannst. Sie ist irgendwie altmodisch. Die Buchstaben sind anders. Ich komme nicht damit klar. Ich hab auch die Lupe mitgebracht.« Gespannt reichte Maja ihm das Etui. Zum Glück warf eine der dicken Weiden Schatten über die Bank, so dass die Sonne die alten Zeichnungen nicht gefährdete. »Nimm diese hier, das ist die erste.«

»Hmmm.« Kurt kniff die Augen zusammen. »Ja, das hat

Clemens eindeutig mit Hilfe einer Lupe geschrieben, wie einige der alten Künstler, sonst hätte er nie so viel Text auf der Schale untergebracht.« Maja platzte fast vor Ungeduld.

Endlich begann Kurt.

Liebste, eben stand ich noch auf Deck unter dem weiten Himmel. Die Sterne brannten so hell und so einsam, daß es mich geschmerzt hat, ohne Dich zu sein. Ein kalter Wind weht, und ich denke daran zurück, wie es in Deinem Garten ist, wo die Lilien brennen und Dein Lächeln auf mich wartet. Nichts anderes kann mich mehr wärmen. Ich kann nicht glauben, daß es nur ein Jahr her ist, daß wir uns zum ersten Mal begegnet sind, und nicht eine Ewigkeit. Es ist, als hätten wir uns schon immer gekannt, als wärest Du schon immer die Antwort auf alle meine Fragen gewesen, und ich hätte es nur nicht gewußt.

Kurt räusperte sich.

»Jetzt die«, drängte Maja, nahm ihm die Schale ab und reichte ihm die zweite. Sie wusste immer noch nicht, wie die Frau hieß!

Ich flüsterte Deinen Namen, und im selben Augenblick fuhr ein frischer Wind in die Segel und trieb das Schiff vorwärts, auf dem langen Weg von Dir fort und zurück. Cecilia! Weil ich meine Sehnsucht nicht in das Meer schreiben kann, notiere ich sie auf Perlmutt, das aus dem Wasser geboren ist. Die Perlboote sind so schön und so geheimnisvoll, sie könnten Dir verwandte Wesen sein, so wie alle Wunder, denen ich begegne. Doch Du allein bist es, die meine Welt hell macht. Der Gedanke an Dich trägt mich durch die Stürme in dieser rauhen See. Du bist mein Kompaß, verläßlicher als jedes Instrument.

Kurt legte die Schale zurück, griff nach der dritten und betrachtete erneut das Porträt.

»Cecilia also«, flüsterte Maja.

Kurt suchte nach dem Beginn der Zeilen.

Cecilia, meine Cecilia, Deine Liebe gibt mir stets neue Kraft, wenn diese mir verlorengegangen ist. Ich vermisse Dich und hoffe sosehr, daß es umgekehrt ebenso ist und ich Dich aus der Ferne stützen kann. Blüht die Lilie schon, deren Knolle ich Dir aus Asien mitgebracht habe, oder ist sie unterwegs erfroren? Du wirst sie zum Leben erwecken, ich weiß es, so wie Du es mit mir getan hast! Die Welt, die ich sehen darf, war noch niemals so bunt und so kostbar, denn mein Sehen ist ein anderes geworden durch Dich. Doch der glücklichste und wundersamste Ort ist und bleibt mir Cecilias Garten.

Kurt legte die Lupe beiseite und lehnte sich zurück.

»Ich habe es wirklich nicht gewusst«, sagte er mehr zu sich selbst. »Warum nur hat er sie nie erwähnt? Das war nicht nur eine Liebelei. Das war …«

»… eine ganz große Liebe«, sagte Maja. *Aber Elsie hat er ebenso geliebt. Ich weiß es.*

Letzteres hatte sie nicht laut ausgesprochen, aber Kurt warf ihr einen scharfen Blick zu. »Zweifle nie an seiner Liebe zu Elsie, hörst du? Du hast die beiden doch zusammen erlebt. Man kann mehr als einmal lieben im Leben, auch wenn es immer anders ist. Das ist gut und richtig so.«

Kurt hatte auch nie von Frauen gesprochen, fiel Maja auf. Aber es war nicht der Zeitpunkt, ihn danach zu fragen.

»Was ist nur aus Cecilia geworden?«, fragte sie.

Kurt zuckte mit den Schultern. »Ich weiß es nicht. Der Krieg?

Clemens fuhr damals für die HAPAG, aber dann wurde er einberufen und musste auf einem Hilfskreuzer dienen, wie auch später, im Zweiten Weltkrieg. Vielleicht ist Cecilia in der Zeit etwas zugestoßen?« Er sah plötzlich erschöpft aus.

»In der Kiste sind noch viel mehr Schalen mit Text. Aber das hat Zeit. Jetzt gehen wir ins Haus, wo es kühler ist, und ich mache uns Limonade«, beschloss Maja.

Doch sie hätte zu gern erfahren, wo und wie sich die zwei kennengelernt hatten. Wo dieser Garten war und wie Clemens und Cecilia die Zeit miteinander verbracht hatten. Obwohl auf den Schalen so wenig Platz für Details war, hoffte sie inständig, dass Clemens die Geschichte seiner ersten Liebe zu Ende erzählt hatte.

Immerhin ahnte sie jetzt, warum Clemens die Lilien so geliebt hatte.

27

Darum also

Maja war erst spät eingeschlafen. Bilder von Clemens und Cecilia waren immer wieder durch ihre Gedanken gezogen. Im Halbschlaf erschien das feingezeichnete Porträt von Clemens' erster großer Liebe vor ihren Augen und wirkte fast lebendig.

Als sie am nächsten Morgen in die Küche trat, sah sie durch das Fenster, dass Lisa gekommen war und draußen bereits den Frühstückstisch gedeckt hatte.

»Hallo, Mama! Nachdem du mir gestern das Bild von diesen wunderschönen Perlbooten geschickt hast, musste ich einfach kommen und mir das ansehen. Also hatten wir doch einen Künstler in der Familie, auch wenn mir das Talent anscheinend fehlt! Außerdem wollte ich wissen, wie es dir geht. Da bin ich heute ganz früh einfach losgefahren.«

»Wie schön!« Dankbar umarmte Maja ihre Tochter. »Es geht mir gut. Aber diese Geschichte lässt mich nicht los. Du könntest mir nachher helfen, die Kisten aus der Truhe zu heben, das geht nur zu zweit.«

Kurt biss mit Appetit in eines der frischen Brötchen, die Lisa mitgebracht hatte. »Ich habe gut geschlafen«, erklärte er. »Ich kann dir gern noch die Schrift auf den anderen Perlbooten vorlesen. Übrigens wird Scrimshaw auch in *Moby Dick* erwähnt, ist mir eingefallen.«

»Ach, daher kam mir das komische Wort bekannt vor«, meinte Lisa.

»Stellt die Kisten doch in das kleine Zimmer neben meinem«, schlug Kurt vor. »Das wird ja gerade nicht benutzt. Hier draußen ist es zu sonnig für die schönen Stücke.«

Für Lisas geschickte Finger war es kein Problem, die Kisten aus ihrem langen Schlafplatz am Boden der Truhe zu heben. Sie schlossen zum Glück so dicht, dass die Motten keinen Weg zu dem Samt gefunden hatten. Lisa und Maja stellten die Kisten auf den Tisch in dem Zimmer, wo Kurt schon neugierig wartete. Andächtig standen sie davor. Nun, da alle achtunddreißig Perlboote vor ihnen lagen, in den dunkelblauen Samt gebettet, wirkte Clemens' Vermächtnis atemberaubend schön. Maja hatte die Rollos ein wenig heruntergelassen, um Sonne und Hitze auszusperren. In dem gedämpften Licht schien das Perlmutt wie von innen zu strahlen, und immer war da dieses verhaltene, regenbogenfarbene Schimmern.

»Hier. Bitte.« Maja reichte Kurt die nächste Schale. Er räusperte sich und die beiden lauschten gebannt.

Mit uns ist es nun durch diesen vermaledeiten Krieg wie mit Deinen Taglilien. Wir haben immer nur so schmerzlich wenig Zeit füreinander, daß jeder gemeinsame Tag wie eine Blüte der Lilien ist, die sich mit der tiefsten ihrer möglichen Farben zum Himmel öffnet und Duft verströmt in dem Wissen, daß sie nur diesen einen Tag hat. Darum halte ich sie fest, diese kostbaren Blüten, auf diesen Bildern und nicht auf allzu vergänglichem Papier. Auf daß sie doch ein Stück Unvergänglichkeit bewahren mögen, für uns als Vorbild und Hoffnung.

Leise tauschte Lisa eine Schale nach der anderen, um die Magie von Kurts Stimme, der Clemens' lang vergangene Worte in die Gegenwart holte, so wenig wie möglich zu unterbrechen.

Unter Deinen Händen gedeihen die Taglilien im Frieden und als Zeichen für Zuversicht und Leben, während die Welt um uns in Schutt und Asche fällt. Du erschaffst Neues und machst Dir einen Namen als Züchterin, und das unter Männern! Ich bewundere Dich so, Liebste, daß Du für die Sorte Cecilias Glück *in einem anderen Land die verdiente Anerkennung gewonnen hast. Es ist dunkel und kalt hier, und die, die sie unsere Feinde nennen, sind um uns, doch Deine Liebe macht auch aus der Ferne für mich alles heller. Immer. Jedes Mal, wenn ich in meiner Kajüte ein Licht anzünde, drehe ich es zweimal linksherum, so wie wir es uns versprochen haben. Ich weiß, daß Du es ebenso hältst. Einmal für Dich, einmal für mich, beides für uns. Immer, wenn ich dies tue, spüre ich Dich neben mir am Strand von Usedom, und wir sehen das Licht des Leuchtturms auf der Oie kreisen.*

Auf der einen Seite dieser Schale war wieder eine Lilie, auf der anderen inmitten der Schrift der Leuchtturm abgebildet.

Lisa stockte beim Auswechseln der Schalen. »Mama, du weinst ja.«

Maja schniefte. Kurt reichte ihr wortlos ein Taschentuch. »Es ist nur, weil ich jetzt weiß, warum er die Kerzen immer linksherum gedreht hat. Er tat es bis zum Schluss. Er hat Cecilia nie vergessen!«

»Sie waren also zusammen auf Usedom.« Lisa reichte Kurt das nächste Perlboot. »Sicher seid ihr deswegen immer in den Ferien dort gewesen.«

Maja ließ das Taschentuch fallen. Waren sie also nicht wegen eines Helmuts dorthin gefahren, sondern wegen ganz anderer Erinnerungen, die Clemens nicht einmal mit Elsie teilen konnte?

Auch in der schlimmsten Schlacht und an dem fernsten Ort, an den es mich verschlägt, gibt es einen Abend. Dann bist Du mir schmerzlich und glücklich nahe, meine Cecilia, denn ich sehe den Himmel rot und feuerfarben glühen und denke daran, daß Deine Lilien die gleichen Farben tragen und Du Dein zauberhaftes Reich darum den »Sonnenuntergangsgarten« getauft hast. So ist das Ende eines jeden Tages für mich ein Garten, wenn ich voller Ungewissheit, was morgen geschehen wird, auf der Brücke stehe und das Licht über dem Meer sich für uns trotzig und grandios aufbäumt, ehe es verlöscht.

»Ich hätte nicht gedacht, dass Urgroßvater sich so blumig ausdrücken konnte«, sagte Lisa.

»Er war ja damals so jung! Mit zweiundzwanzig habe ich selbst ganz furchtbare Liebesgedichte geschrieben«, sagte Kurt. »Du würdest dich schieflachen, wenn sie der Nachwelt erhalten geblieben wären.«

Aber Maja war schon wieder den Tränen nahe. Sie sah den jungen, einsamen Clemens vor sich, der den Krieg hasste und trotzdem auf dem Hilfskreuzer dienen und für seine Leute sorgen musste, und der so voller Leidenschaft und Sehnsucht war, dass er in den Nächten bei schlechter Beleuchtung Wort für Wort in das Perlmutt ritzte.

Ich ertrage diesen Krieg nur, weil ich in Gedanken jederzeit zu Dir in den Garten reisen kann. Unsere Zuflucht, unser Paradies! Ich stelle mir vor, wie ich mit Dir dort eines Tages wieder in die Erde greifen darf, die Knollen hineinbette, sie angieße in dem Wissen, daß etwas Wundervolles daraus wachsen wird, und leben und strahlen und duften. Etwas, das Sinn ergibt und das wir beide zusammen auf den Weg gebracht haben, glücklich und mit Liebe.

Auf dieser Schale ergänzte ein weiteres Porträt die Lilienblüte. Insgesamt gab es drei Porträts von Cecilia. Auf jedem sah sie eine Spur älter und eine Spur schöner aus.

Im Krieg hatte Clemens sich bestimmt öfter ablenken müssen, darum gab es wohl in einem dieser Jahre zwei Schalen. Sicherlich hatte er Monate für jedes Werk benötigt. Viel Freizeit würde er nicht gehabt haben.

Während ich meine Gedanken und meine Erinnerung an Deine Blumen in den langen einsamen Stunden hier den Perlbooten anvertraue, tröstet es mich zu wissen, wie groß Deine Freude ist, wenn ich Dir diese Geschenke bringe, die alles sind, was ich Dir gerade zu geben habe. Du sagst, wenn Du die Perlboote in der Hand hältst, dann bin ich bei Dir, dann spürst Du meine Liebe. Es gibt Dir Kraft, sagst Du, und darum versuche ich, daß jedes Bild noch schöner wird, jedes Wort noch überzeugender, dabei gibt es keine Worte für das, was uns verbindet. Doch hier, in den jetzt südlicheren Häfen, höre ich nun wenigstens die Stimmen der Grashüpfer. Das Lied des Spätsommers, *wie Du es nennst, weil es anfängt, wenn die Tage schon kostbar und ein wenig wehmütig werden und diesen warmen Glanz bekommen. Sie tragen mich zurück in Deinen Garten, zu Dir, wo es uns umgeben hat. Du sagtest, sie singen für uns und von allem, was gut ist. So machen sie mir Mut und erzählen von dem, was im Leben am kostbarsten ist.*

»Darum das Buch vom Grashüpfer Tim. Und darum konnte er von ihrem Lied nie genug bekommen.« Maja hatte sich nie gefragt, wie Clemens auf seinen kleinen grünen Helden gekommen war.

»Wenigstens hat er den Krieg überlebt, und den nächsten auch noch«, sagte Lisa leise.

Es tut mir so leid, daß ich diese eine Fahrt noch machen muss, doch wenn ich wieder bei Dir bin, werden wir für immer eins sein! Erst war es der Krieg, der uns trennte, wie ein früher Frost die Lilien beugt. Nun, nach der kostbaren Zeit mit Dir, muß ich uns versorgt wissen, um das neue Leben mit Dir zu beginnen. Du weißt, mein Lohn aus dieser letzten Fahrt wird uns das bescheidene gemeinsame Dasein ermöglichen, nach dem wir uns so sehnen. Ich kann von nun an fischen, genau wie früher, und ich werde Dir mit Deinem Taglilienversand helfen. Ich werde Dir alles Geschäftliche abnehmen, meine tüchtige Liebste, so daß Du der Welt die Blüten schenken kannst, die sie dringender benötigt denn je.

Solange die Blumen in Deinem Garten nie aufgeben, weißt Du, daß ich bei Dir bin, in jedem Traum wie in jedem wachen Gedanken. Ich habe die ganze Welt befahren, doch Dein kleines Reich auf Usedom ist der einzige Ort, an dem ich nun noch sein möchte.

»Aber warum hat er dann weiter auf die Schalen geschrieben, wenn er doch nach dieser Fahrt bei Cecilia geblieben ist?«, fragte Lisa. »Da sind noch so viele.«

Sie fanden einen Teil der Antwort gleich danach. Denn 1921 änderte sich der Ton völlig.

Ich kann nicht anders, Liebste. Ich muß meine Worte weiter in das Perlmutt schneiden, als könntest Du sie noch lesen. Ich muß Blüten verewigen, die sich trotz allem täglich öffnen, als könntest Du sie noch sehen. Du hast sie geschaffen, in ihnen lebst Du fort, ich muß sie festhalten, wie ich Dich nicht halten konnte. Ich muß! Der Schmerz in meinen Fingern hilft, den Schmerz um Dich zu ertragen, und Schlaf bleibt mir ohnehin fern.

Lisas Hand zitterte ein wenig. Sie nahm die zweite zur Hilfe, damit sie keine der kostbaren Schalen fallen ließ. »Der arme Clemens! Cecilia muss etwas geschehen sein. Aber was?«

Ich wollte niemals wieder zur See fahren, wollte bei Dir bleiben als einfacher Fischer. Nun treibt es mich fort wie einen Irrsinnigen. Doch kein Sturm ist heftig genug, als daß ich meinem Schmerz davonfahren könnte, kein Sonnenaufgang nimmt mir die schlaflose Trauer. Wenn dieselbe Sonne untergeht, bin ich im Geiste unweigerlich wieder in Deinem Garten und sehne mich nach Dir. Selbst im Nordmeer glaube ich, die Grashüpfer singen zu hören, und in ihr Lied verwoben Deine Stimme, die nach mir ruft und mich trösten möchte. Ich schreibe von Dir, weil nur die Anstrengung meiner Hände die Qual ein wenig lindert.

Auch Kurts Stimme war jetzt belegt. »Er hat sich nie anmerken lassen, dass er eine solche Trauer in sich trägt. Er war immer stark für mich, wenn ich ihn gebraucht habe.«

»Für mich auch«, sagte Maja. »Wie furchtbar muss es für ihn gewesen sein, als er dann auch noch meine Mutter so früh verlor. Seine Tochter«, fügte Maja hinzu.

»Zum Glück hatte er Elsie«, sagte Lisa und stellte die Frage, die auch Maja schon umgetrieben hatte. »Glaubt ihr, dass Elsie von Cecilia wusste?«

»Es spielt überhaupt keine Rolle, ob Elsie es wusste.« Kurt blickte streng über seine Brille. »Sie hat den ›Elbschwarm‹ durch zwei Diktaturen und einen Krieg geführt. Sie wusste, wie viel älter Clemens war als sie, und sie war eine lebenskluge Frau. Sie wird mit Sicherheit nie angenommen haben, dass Clemens all die vielen Jahre, bevor er sie kennenlernte, wie ein Mönch gelebt hat. Mit Elsie hat das alles nichts zu tun. Aber ich nehme an, sie hat ihn vor der Einsamkeit gerettet, so wie er sie vor der Verzweiflung gerettet hat. Sie haben sich gegenseitig gebraucht. Darum haben sie eine so wunderbare und glückliche Ehe geführt.«

Maja seufzte. »Nur, weil ich weiß, wie glücklich er schließlich noch geworden ist, kann ich das hier aushalten. Lies zu Ende, Kurt.«

Und so lasen sie von Clemens' Trauer, die sich mit den Jahren wandelte und mit ihm reifte, jedoch nie abschwächte. Lasen von den Ländern, die er ruhelos bereiste und den Menschen, die er dort kennenlernte.

Es gibt viel Wut und Elend, Cecilia, aber auch so viel freundliche Menschen und Schönheit auf der Welt, und so viel Erstaunliches. Die Schönheit ist es, die mich das Leben ohne Dich überhaupt ertragen läßt. Darum gebe ich nicht auf, weil diese Schönheit mir in den dunkelsten Momenten stets Kraft gibt. Du hättest gewollt, daß ich sie sehe und daß sie mich vor Ehrfurcht so erschauern läßt, weil sie mitunter sogar größer ist als der schlimmste Schmerz. Manchmal benutze ich die Pfeife, die Du mir einst geschenkt hast, die Meerschaumpfeife mit dem Schiff, und denke dabei nach. Wußtest Du, daß es Ameisen gibt, die das Vielfache ihres Körpergewichts tragen können? Seit du gegangen bist, fühle ich mich manches Mal, als müßte ich genau das tun. Und siehe da, ich kann es, auch wenn ich nicht begreife, wie das sein kann! Vielleicht ist es nur, weil die Sonne noch immer auf- und untergeht, weil ich weiß, daß in vielen Gärten die Liliensorten blühen, die Du geschaffen hast, und weil ich innerlich in größter Not noch immer Zuflucht in Deinem Usedomer Garten finde, ganz gleich, wohin es mich gerade verschlagen hat. In mir blüht er weiter.

»Aber was ist ihr nur passiert?«, fragte Lisa ungeduldig, als sie Kurt schließlich die letzte Schale gab, mit der Jahreszahl 1930.

»Das werden wir wohl nie erfahren«, sagte Maja.

Zehn Jahre, Cecilia, Liebste, seit Du mir genommen wurdest. Zehn Jahre, und ich sehe Dich in jeder Taglilie, die mir begegnet. Wußtest Du, daß man die einfache Sorte, mit der Du einst Deine Zucht begonnen hast, Bahnwärterlilien *nennt, weil sie so pflegeleicht sind, daß sie oft am Bahndamm nahe der Wärterhäuschen blühen? Ich kann an Land keine Reise machen, ohne daß ihre flammenden Farben mir von Dir erzählen. In mir bleibst Du für immer lebendig. Die Trauer um Dich ist ein Teil von mir geworden, doch sie benötigt keine Worte mehr. Auch meine Hände besitzen nicht mehr so viel Kraft. Neunzehn war Deine* Glückszahl, *sagtest Du, da wir uns an einem* Neunzehnten *kennengelernt haben. Neunzehn Perlboote, und von nun an will ich schweigen und dieses Zeugnis unserer Geschichte verschließen. Ich bin jetzt alt genug, um zu wissen, daß der wahre Schatz in der Erinnerung an Dich liegt, daß er nicht verlorengeht und immer kostbarer wird, je länger ich lebe.*

Still legte Lisa die Schale zurück. Als die Türklingel durch das Haus schrillte, zuckten sie alle drei zusammen. Maja sah aus dem Fenster. »Das ist Evim.« Sie wandte sich zu Lisa. »Mach bitte die Kisten zu, und dann das Zimmer. Ich möchte noch nicht, dass Evim sie sieht. Das ist zu persönlich. Was wir mit den Perlbooten machen, möchte ich nur mit euch entscheiden.«

Sie ging hinaus. Evims heiteres Lächeln zu sehen tat ihr gut. Er strahlte so viel Leichtigkeit aus, das konnte sie jetzt gebrauchen.

»Hallo, Maja, gute Nachrichten. Die Buchstützen und Briefwaagen haben ein schönes neues Zuhause gefunden, wo man sich darüber freut, und ich kann dir eine nette kleine Summe überweisen. Außerdem hätte ich einen Interessenten für die Pfeifensammlung. Ich kann sie gleich mitnehmen, wenn du möchtest.«

Der Gedanke schmerzte, aber Maja wusste, dass sie keine andere Wahl hatte. Die Pfeifen konnten hier nicht herumliegen, bis sie zu Staub zerfielen. Besser, jemand wusste sie zu würdigen. Sie in der Schublade zu lassen machte Clemens nicht wieder lebendig. »Ja, gerne«, sagte sie und ging voraus. »Nur eine möchte ich als Andenken an meinen Großvater behalten. Ich habe ihn so oft damit gesehen.« An Spätsommerabenden, am Lilienbeet, wenn die Grashüpfer sangen.

»Aber natürlich«, sagte Evim. »Nimm sie heraus, dann packe ich den Rest vorsichtig ein. Ich habe einen Spezialkarton mitgebracht, damit ihnen nichts geschieht.«

Während Evim beschäftigt war, ging Maja mit der Meerschaumpfeife in der Hand hinaus. Sie musste nachdenken.

Im Vorbeigehen fiel ihr Blick auf den Stapel der Zeitschrift *Mervins Garten*, die Elsie in den letzten Jahren so gern gemocht und aus der Maja ihr bis zuletzt vorgelesen hatte.

Vielleicht war das wie ein kleiner Schubs von Elsie, oder war es, weil die Pfeife in ihrer Hand früher schon Clemens beim Nachdenken geholfen hatte? In Majas Kopf jedenfalls tauchte eine Idee auf.

28

Ein Platz für Lilien

Maja spazierte durch das hintere Gartentor hinaus und stieg auf den Deich. Unten lag die Elbtalaue still in der Spätsommersonne. Zum Großteil war alles noch grün, doch auch hier gab es inzwischen braune Stellen. Der Pegelstand der Elbe war nach den langen Dürrewochen ungewöhnlich niedrig. Trotzdem war die Landschaft hier so lieblich, wie sie es seit dem Fall der Mauer und der Rückverlegung des Deiches gewöhnt war.

Die Glückskatze streunte ein paar Meter entfernt zwischen blühendem Mädesüß und Goldrute umher. Tief in Gedanken wanderte Maja auf der Deichkrone entlang, nickte entgegenkommenden Fahrradfahrern zu und war erleichtert, als sie deren stetiger werdendem Strom entkommen und den Pfad zur Elbe hinunter einschlagen konnte. Die wilde Möhre stand so dicht, dass Maja sich einen Weg hindurch bahnen musste, immer auf der Hut vor den Brennnesseln.

Sie konnte sich nicht erinnern, dass der Strand schon einmal so breit gewesen war. Dort, wo sich die trocken gefallenen Steine häuften, blühten Disteln, dicke rotviolette Pompons wie von unsichtbaren Cheerleadern hochgehalten. Schmetterlinge tummelten sich um sie herum, Tagpfauenaugen, Admiral, Kleiner Fuchs. Auch einen Aurorafalter entdeckte sie und sogar einen Schwalbenschwanz.

Maja watete ein Stück ins Wasser, um sich die Füße zu kühlen, und setzte sich dann auf einen Stein im Schatten einer

Eiche. Es war eine von fünfen, die in regelmäßigen Abständen nebeneinanderstanden, alle gleich dick, alle knorrig und gebeugt von derselben Anzahl erlebter Jahre. Überall am Fluss entlang sah man solche Gruppen, in denen die Bäume wirkten wie Geschwister. Das waren die sogenannten »Eiseichen«, die man gepflanzt hatte, ehe es die Deiche gab.

Wenn nach den damaligen oft strengeren Wintern im Frühling bei Tauwetter das Eis aufbrach und gewaltige Schollen in Bewegung gerieten, trieb die Strömung sie flussabwärts und schob sie in den Kurven an die Ufer und sogar über das Land. Dann waren gewaltige Kräfte am Werk und große Zerstörung die Folge. Um das Land davor zu schützen, wurden diese Eichen gepflanzt, die die Schollen daran hinderten, weiter ins Landesinnere geschoben zu werden. Viele jener Eichen standen noch immer da und prägten das Gesicht der Prignitz als stumme Zeugen einer vergangenen Zeit. Manche trugen noch die riesigen Narben, welche das Eis in die Stämme geschlagen hatte.

Clemens hatte so sicher und fest in Majas Leben gestanden wie diese Eichen am Ufer des Flusses, hatte sie geschützt und ihr Halt gegeben. Und das trotz all seiner Narben, die er, wie sie nun wusste, in sich trug. Sie hatte immer angenommen, dass die gelegentliche Traurigkeit, die ihn vor allem auf Usedom umgab, mit den beiden Kriegen zusammenhing, die er durchlebt und gehasst hatte, und mit dem Verlust seines Freundes Helmut. Ob dieser vielleicht sinnbildlich für seine Trauer um Cecilia gestanden hatte, diese Frage war nun offen. Vielleicht war die Antwort darauf gar nicht so wichtig. Wichtig aber war ihr Gefühl, dass sie Clemens noch einen Dienst erweisen musste.

Maja selbst ließ die Frage keine Ruhe, was mit Cecilia geschehen war. Doch was zählte, war etwas anderes. Die Lilien!

Die Taglilien, die in den letzten Jahren mehr schlecht als recht im Lilienbeet überlebt hatten. Sie musste sich viel mehr darum kümmern, nun, da sie wusste, was sie Clemens wirklich bedeutet hatten. Waren es die Sorten, die Cecilia einst gezüchtet hatte? Waren es vielleicht die Letzten ihrer Art? Hatte Clemens sie mitgebracht, als er Elsies Garten wieder in Ordnung brachte, oder hatte er sie neu angeschafft?

Das alles wollte Maja herausfinden, vor allem aber musste sie dafür sorgen, dass die Lilien auch noch woanders weiterblühten. Zur Sicherheit. Taglilien mochten zwar Sonne, aber sie liebten es auch feucht. Maja hatte Mühe gehabt, sie ausreichend zu gießen. Manche hatten darum ihre Knospen abgeworfen. Was, wenn die Pflanzen doch einmal ganz vertrockneten? Besser, sie erhielten anderswo auch noch eine Chance. Sie waren ohnehin so dicht geworden, dass die Horste unbedingt geteilt werden mussten.

Maja wusste den perfekten Ort dafür. Diese Lilien und die Geschichte dazu hatten zweifelsohne einen Platz in dem Geschichtengarten auf Rügen verdient, von dem sie in der Zeitschrift gelesen hatte. Genau für solche Erinnerungen war jener Garten schließlich angelegt worden. Ein merkwürdiges Gefühl der Dringlichkeit überkam sie. Vielleicht war es eine Flucht vor all den Entscheidungen, die sie jetzt treffen musste, vor der vielen Arbeit, die anstand, vor den wieder stärker werdenden Rückenschmerzen, ihrer Sehnsucht nach Sebastian und vor ihrer Sorge um Lisa, die ihren Rückschlag noch nicht vollständig weggesteckt hatte. Egal. Aus welchen Gründen auch immer, sie würde sich zwei Tage Auszeit nehmen. Würde die Lilien in einen Topf setzen, die Geschichte von Clemens und Cecilia aufschreiben, wie es den Vorgaben der Gartenbetreiber entsprach, und nach Rügen fahren, um die Knollen dort einzupflanzen. Es waren nur etwas über drei Autostunden. Eine Übernachtung würde ausreichen. Zwar war noch Hochsaison und dort vielleicht alles ausgebucht, aber sie würde ihren Schlafsack mitnehmen. Als sie noch jung waren, hatte sie mit Sebastian oft irgendwo im Auto übernachtet oder am Strand geschlafen. Maja lächelte bei dieser Erinnerung. In den Dünen im Windschutz liegend, Sebastians Wärme neben sich, während über dem Meer die Sonne aufging …

Als Maja zum Haus zurückkam, saßen Lisa und Evim einträchtig auf der Treppe. Lisa sprang auf. »Mama, Evim meint, er könnte die Sammlung von Marionetten aus Bali auch noch mitnehmen. Er kennt einen Interessenten. Weißt du, die, vor denen ich mich früher immer gefürchtet habe, weil sie so böse gucken. Was meinst du? Ich könnte ihm beim Einpacken helfen. Dann weiß ich, dass sie endlich weg sind.« Aber sie lächelte.

»Ich hatte selbst Angst vor ihnen, als ich klein war«, gab Maja zu. »Das wäre schön, Evim.«

»Ich habe Evim Fotos von meinen Bildern gezeigt«, erzählte Lisa munter weiter und fuchtelte vielsagend mit ihrem Handy. »Er findet sie gut! Er sagt, ich soll ihm mal drei vorbeibringen, er stellt sie im Laden aus und glaubt, jemand würde sie kaufen. Er findet, ich solle nicht aufgeben. Und ich glaube, er hat recht. Mich hat nämlich etwas zu neuen Mustern inspiriert.« Sie zwinkerte Maja zu und malte mit dem Zeigefinger einen Kringel in die Luft. Das sollte wohl die Spirale eines Perlbootgehäuses darstellen.

Maja hatte Lisa lange nicht mehr so lebendig gesehen.

Sie sandte Evim, der schon auf dem Weg zum Auto war, um einen Karton zu holen, einen dankbaren Blick nach und beschloss, die Gunst der Stunde zu nutzen. »Lisa, könntest du vielleicht morgen noch hierbleiben? Über Nacht? Jemand muss sich um Kurt kümmern. Heiner kommt zwar nachher wieder, aber der kann das nicht. Und von Rita will ich nicht so viele Überstunden verlangen. Ich möchte nämlich nach Rügen fahren.« Sie setzte sich zu ihrer Tochter auf die Treppe und erklärte ihren Plan.

»Das finde ich gut«, erklärte Lisa. »Na klar bleib ich. Ich hab sowieso gerade keine dringenden Aufträge. Und ich kann Evim helfen. Wir sollten auch mal im Keller sichten, was da ist.«

Maja seufzte. »Da habe ich mich noch überhaupt nicht rangetraut.«

»Soll ich für dich die Geschichte schreiben?«, fragte Kurt. Maja hatte gar nicht gesehen, dass er heraus auf die Terrasse gefahren war. »Ich habe die Vorgaben im Heft gelesen. Dann kann Lisa sie an diese Remona Kreyhenibbe mailen, und wenn du ankommst, ist das Schild schon fertig.«

»Das wäre toll. So was kannst du viel besser als ich. Danke, Kurt!«

Maja suchte sich einen Blumentopf und ging eine Lilie ausgraben. Die Blütezeit war fast vorüber. Doch im nächsten Jahr würden die Knollen wieder austreiben und ihre zarten, eleganten, grasartigen Blätter dem Himmel entgegenstrecken. Sie entschied sich für das orangerote »Piratenfeuer« und eine strahlend warmgelbe Sorte. Vielleicht war das ja »Cecilias Glück«, die von Clemens erwähnte preisgekrönte Züchtung.

Später suchte sie im Internet nach Taglilienzüchtern des

frühen zwanzigsten Jahrhunderts. Sie erfuhr, dass die Züchtung winterharter Taglilien in Europa begonnen hatte, aber in den 1920er Jahren die Amerikaner zunehmend die Führung übernahmen. Hatte nicht Clemens geschrieben, dass Cecilia »anderswo« Anerkennung erhalten habe? War das vielleicht in Amerika gewesen? Gut möglich, dass sie im kriegsgeschüttelten Europa keine Chance gesehen und ihre Knollen nach Übersee geschickt hatte. Maja erfuhr auch, dass sich die Anzahl der Sorten zwischen 1910 und 1920 von sechsundvierzig auf sechsundsechzig erhöht hatte. 2015 waren es dann schon achtzigtausend registrierte Sorten.

Cecilia wäre demnach eine Art Pionierin auf dem Gebiet gewesen. Doch darüber wusste das Internet nichts.

Sie würde Remona Kreyhenibbe fragen, beschloss Maja. Die war Journalistin und besaß den Ruf, ausgefallene Dinge herausfinden zu können.

Der Garten war jedenfalls auf Usedom gewesen. Aber wo genau? Ob es ihn immer noch gab? Sosehr Maja auch nachdachte, sie konnte sich nicht erinnern, dass Clemens bei all ihren Ausflügen früher auf der Insel irgendeinen Hinweis darauf gegeben hatte.

Auch das eine Frage für Remona Kreyhenibbe.

Und dann war da noch die Sache mit dem Schiff. Auf der ersten Schale, die ein Schiff zeigte, war Maja der Name auf dem Bug aufgefallen. *Theodora B.* Sie war sich nicht sicher, aber irgendwo in ihren Erinnerungen geisterte einer jener Besuche am Kriegerdenkmal auf Usedom herum. Dort hatte unter den vielen Namen auch der Name »Helmut« gestanden. Und hatte Clemens nicht an diesem Tag erzählt, dass er gemeinsam mit Helmut eine Prüfung bestanden und danach auf einem Schiff namens Theodora gefahren war? Vor dem Krieg? Dann war es vielleicht die letzte unbeschwerte Fahrt gewesen, die Clemens und Helmut absolviert hatten.

Im Internet gab es auch über ein Schiff mit diesem Namen nichts.

Maja ging hinauf und packte sorgfältig zwei der Perlboote in ihre Reisetasche. Das mit dem Schiff darauf und das mit einer Lilie und dem Text, in dem Cecilias Erfolg erwähnt wurde.

Majas Herz machte einen Sprung, als sie über die Brücke nach Rügen fuhr. Wie gut es tat, das Meer wiederzusehen! Nach ihrem Wochenende auf Usedom mit Sebastian im Herbst war ein Gefühl der Enttäuschung in ihr geblieben, weil sie die Magie ihrer Kindheitstage dort nicht wiedergefunden hatte. Jetzt aber atmete sie die unverkennbare Seeluft tief ein und spürte, wie beim Anblick der kühlen blauen Weite einiges von der Anspannung der letzten Tage von ihr abfiel. Es tat gut, einmal herauszukommen und etwas ganz Neues zu sehen. Auf Rügen war sie noch nie gewesen, aber die Alleen mit den alten Bäumen waren jenen in der Prignitz recht ähnlich.

Ehe sie auf den Parkplatz vor dem Geschichtengarten fuhr, hielt sie am Jasmunder Bodden, stieg aus und setzte sich dort ein Weilchen ans Wasser, die Arme um die Knie geschlungen. Die Spätsommersonne färbte das Wasser in einem warmen Goldton, in dem sich der Himmel spiegelte. Der Bodden wirkte wie aus flüssigem Licht. Ein Reiher flog dicht darüber hinweg, ein Fisch sprang, Bienen summten im Fieberklee am Ufer.

Maja saß da, verlor sich in dem Anblick und vergaß für eine Weile alle ihre Sorgen.

Mit dem Lilientopf im Arm trat sie durch das Tor unter dem Bogen mit dem Schild »Mervins Garten« und blieb einen Augenblick stehen. Der Duft von Rosen und Lavendel hüllte sie ein. Rechts und links vom Weg blühte eine Fülle von Salbei in Weiß, Blau und Rot, dazwischen Ringelblumen und Löwenmäulchen. Hier und da hingen wie eine Wolke Cosmeablüten auf langen, dünnen Stielen.

Rechter Hand lag ein Blockhaus, dessen Tür offen stand.

»Hallo?«, rief Maja.

In der Tür erschien eine schlanke junge Frau mit einem dunklen Pixiehaarschnitt und auffallend hellen blauen Augen. »Oh, hallo!«

»Entschuldigen Sie, ich habe keine Klingel gesehen«, sagte Maja. »Ich bin Maja Kolmar, ich hatte mich angemeldet.«

»Ja, ich weiß Bescheid. Ich bin Remona Kreyhenibbe. Herzlich willkommen in ›Mervins Garten‹! Warten Sie, ich hole kurz Ihr Schild, es ist schon fertig. Dann begleite ich Sie. Der Geschichtengarten liegt weiter hinten auf dem Grundstück. Hier vorne konzentrieren wir uns nach einem historischen Vorbild auf insektenfreundliche Pflanzen.«

Kurze Zeit später erschien Remona wieder, das Schild in der Hand. »Gefällt es Ihnen?«

Maja bewunderte die zarten Zeichnungen am Rand und wie schön und würdevoll die Worte über Clemens und Cecilia ausgedruckt wirkten. »O ja, sehr.«

»Kommen Sie, hier entlang, bitte.« Remona folgte einem der vielen Wege. »Eine sehr schöne Geschichte steuern Sie unserem Garten da bei. Wir freuen uns«, fuhr sie fort. »Normalerweise lasse ich die Gäste allein in den Garten gehen und in aller Ruhe den richtigen Platz für ihre besondere Pflanze finden, einen, der sie am meisten anspricht. Aber bei Ihrer Geschichte ist uns etwas aufgefallen. Ich hätte es wohl nicht gemerkt. Aber meine junge Cousine Kyana, die gestern hier war, weil sie an den Wochenenden im Garten aushilft, die ist noch in dem Alter, in dem man sich unendlich viele Dinge merken kann. Darum entdeckte sie das. Ich möchte Ihnen etwas zeigen. Soll ich Ihnen den Topf abnehmen?«

»Danke, das geht schon.« Gespannt folgte Maja Remonas langen Schritten.

Sie kamen an kleinen, verwunschenen Pavillons vorbei, an Hügeln und Steingärten, kleinen Hecken und vielen bunten Beeten jeder Form. Überall standen Gießkannen und bequeme Bänke.

Schließlich blieb Remona stehen und zeigte auf ein Büschel zarter hellgrüner Blätter. Eine Taglilie! Allerletzte, sehr zierliche Blüten waren noch offen, mit einer rotgelben Zeichnung. Diese Sorte kannte Maja nicht.

»Lesen Sie das Schild«, bat Remona.

Diese Lilie hat meine Mutter im Krieg bei einem Angriff auf Peenemünde aus dem Garten ihrer verstorbenen Schwester Cecilia gerettet. Das war ihr wichtiger als all ihre Habseligkeiten. Ich habe Cecilia leider nicht mehr kennenlernen dürfen, doch durch die vielen Erzählungen meiner Mutter von Cecilia und ihrem ›Sonnenuntergangsgarten‹ war sie für mich stets so etwas wie eine Märchenfee, der gute und beschützende Geist meiner Kindheit. Ihr Motto, es zu machen wie die Blüten, die sich jede nur für einen Tag öffnen, aber unverdrossen immer wieder von neuen gefolgt werden, hat mir in schweren Zeiten oft geholfen. In diesem Garten sollen die Blüten nun für immer von Cecilia erzählen, und auch von meiner Mutter Claire, die wusste, was manchmal wichtiger ist als alles andere.

In Dankbarkeit, Helene

Maja musste sich auf eine Bank setzen. Ihr war, als wäre sie einem Geist begegnet. Remona setzte sich neben sie.

»Hier im Garten duzen wir uns eigentlich alle. Wäre das in Ordnung? So ist es leichter, Geschichten zu teilen. Ich bin Remy.«

»Gern. Maja.« Sie fühlte sich ratlos. Hier gab es eine Antwort, ehe sie eine Frage gestellt hatte. Oder?

»Kyana ist die Blumen- und Namensgleichheit sofort aufgefallen«, sagte Remy. »Es handelt sich bestimmt um dieselbe Cecilia, oder was meinst du?«

Ein Rotkehlchen hüpfte heran und sah fragend zu Maja auf. Unter dem Blatt eines Farns entdeckte sie einen Frosch mit goldglänzenden Augen. Es war so lebendig hier und so friedlich. Allmählich fasste sie sich. »Ganz sicher! Das ist unglaublich. Ich bin mit so vielen Fragen hierhergekommen. Ich hoffte, als Journalistin könntest du mir weiterhelfen. Ich hatte nicht damit gerechnet, dass hier bereits ein Hinweis auf mich wartet. Remy, wer ist Helene? Wo lebt sie?«

Remy schüttelte bedauernd den Kopf. »Das darf ich dir leider nicht sagen. Wenn der Autor der Geschichten nicht ausdrücklich mit vollem Namen unterschreibt, sind unsere Informationen vertraulich.«

29

Ideen

Das musste Maja erst einmal verdauen. Aber Remy hatte selbstverständlich recht. In diesem Garten waren sehr persönliche Geschichten zu finden. Natürlich mussten die Verfasser geschützt werden.

»Ich könnte aber an Helene schreiben und sie fragen, ob sie sich bei dir melden möchte. Was waren denn deine Fragen?«, erkundigte sich Remy.

»Es lässt mir keine Ruhe, nicht zu wissen, was mit Cecilia geschehen ist. Und mit ihren Lilienzüchtungen. Wenn auf ihren Garten eine Bombe gefallen ist, gibt es dann bis auf diese eine hier, die Helenes Mutter gerettet hat, irgendwo noch andere? Ist sie als Züchterin aktenkundig oder längst vergessen? Und vor allem, wo war dieser ›Sonnenuntergangsgarten‹?«

Remy legte ihre Hand beruhigend auf Majas, die jetzt erst bemerkte, dass sie vor Aufregung ein Blatt ihrer Lilien im Topf zerpflückt hatte. »Lass uns erst einmal diese hier gut einpflanzen. Dann trinken wir einen Tee und überlegen, was wir machen können. Möchtest du sie neben der anderen Lilie einsetzen oder lieber einen anderen, eigenen Platz suchen?«

Maja schüttelte den Kopf. »Nein, sie gehört auf jeden Fall genau hierher. Wenigstens die beiden sollen zusammen sein.« Sie griff sich einen der Spaten, die an den Bäumen lehnten, und begann, ein Loch zu graben.

»Das Ganze geht dir wirklich nahe, oder?«, fragte Remy.

»Das kann ich gut verstehen. Ich will solche Fragen auch immer geklärt wissen. Manchmal muss man lernen, offene Geschichten zu ertragen, aber das ist schwer. Und meistens lohnt es sich, nicht aufzugeben und den Rest herauszufinden.« Plötzlich lächelte sie. »Oft kann man dabei das Ende sogar ändern, habe ich herausgefunden.« Sie ging eine Gießkanne füllen. Als sie wiederkam, klopfte Maja bereits die Erde fest. Die beiden Lilien standen jetzt nebeneinander, als wäre es immer so gewesen. Remy reichte ihr die Gießkanne. »Ich gehe schon mal voraus ins Blockhaus und mache Tee. Eistee, genau genommen. Es ist immer noch zu heiß für alles andere. Kommst du nach? Ich denke, du möchtest vielleicht noch einen Augenblick allein sein.«

Remy hatte recht. Maja brachte den Spaten zurück an seinen Platz und setzte sich bei den Lilien auf einen Stein. Wie vorhin am Wasser wurde es ruhig in ihr. Die beiden Lilien, deren letzte Blüten sich zueinander neigten, hatten etwas Versöhnliches. Der Anblick gab ihr das Gefühl, dass die Geschichte von Clemens und Cecilia, die jahrzehntelang auf dem Boden einer Truhe geruht hatte, befreit war und wieder in Bewegung zu kommen schien. Zum Licht hin, in die Wärme, in die Sonne, wie eine Pflanze. Und mit dem Rauschen von Wellen und den weiten Himmel darüber. Das gab Maja Kraft und Zuversicht. Beides konnte sie gerade gut gebrauchen.

Wenig später saßen sie auf der Terrasse des Blockhauses inmitten der Blütenpracht und des Bienensummens. Libellen flirrten umher.

»Ich hatte gehofft, als Journalistin könntest du vielleicht herausfinden, ob es um 1916 eine eingetragene Taglilienzüchterin namens Cecilia gegeben hat«, sagte Maja.

»Das habe ich schon vergeblich versucht«, sagte Remy. »Aber ich habe noch eine andere Idee. Wenn sich dieser ›Sonnenuntergangsgarten‹ auf Usedom befand, dann wäre es doch möglich, dass Cecilia dort und woanders an der Küste oder auf den Inseln Ableger verschenkt, verkauft oder eingetauscht hat. Ich weiß, das ist extrem lange her, aber es ist doch trotzdem möglich, dass ihre Lilien in einigen Gärten in der Gegend noch wachsen. Meine Zeitschrift wird gerade dort viel gelesen, also wie wäre es, wenn wir darin eine Suchanfrage starten? Du könntest mir ein paar Fotos von den Sorten bei euch im Garten schicken, und ich schreibe noch einen Artikel dazu über das, was wir von Cecilia wissen. Vielleicht meldet sich der ein oder andere Leser, was meinst du?«

Majas Aufregung stieg wieder. »Das ist eine wunderbare Idee. Aber ich habe noch etwas, das ich dir zeigen möchte.« Sie nahm das Perlboot mit der Lilie darauf aus ihrer Tasche und wickelte es behutsam aus dem blauen Samt. Remy machte große Augen. »Ooooh! Du hast eines mitgebracht!« Ehrfurchtsvoll betrachtete sie es. »Als ich deinen Text für das Schild gelesen habe, habe ich mir das nicht im entferntesten so bezaubernd vorgestellt. Was für ein Kunstwerk! Wenn wir auch davon ein Bild abdrucken, ist uns die Aufmerksamkeit der Leser gewiss.« Sie wandte sich zum Blockhaus um. »Heiko!«, rief sie.

Ein junger Mann mit einem fröhlichen Ausdruck und wachen Augen trat heraus. »Ja? Oh, hallo.« Er nickte Maja zu. Remy winkte ihn heran. »Maja, Heiko ist hier für fast alles zuständig, vor allem aber für die Website und Fotos. Darin ist er ein Ass. Dürfte er dein Perlboot ins rechte Licht rücken?«

»Sehr gerne.« Maja reichte es ihm. Er betrachtete es ebenso

ehrfurchtsvoll wie Remy. »Donnerwetter. Das ist ja mal eine lohnende Aufgabe für mich! Gebt mir ein bisschen Zeit.« Er verschwand wieder im Haus.

»Da ist noch was.« Maja wickelte das zweite Perlboot aus und gab es Remy. »Hast du jemals von einem Schiff mit dem Namen *Theodora B* gehört? Mein Großvater muss darauf gefahren sein, wahrscheinlich schon vor dem Krieg. Vielleicht in dem Jahr, als er Cecilia kennenlernte. Ich weiß nicht, ob er da bereits Kapitän war. Unter Umständen ist ein gewisser Helmut Liening auch auf dem Schiff gewesen. Im Internet habe ich jede Menge Lienings gefunden, aber keinen Helmut. Sein Name ist auf dem Heldendenkmal in Koserow auf Usedom eingraviert. Ich dachte, vielleicht hätte man einen Enkel oder Urenkel nach ihm benannt, aber es sieht nicht so aus.«

Remy betrachtete das Schiff. »Das ist auch so wunderschön! Ich liebe solche Dinge. Du solltest es unbedingt ausstellen, meinst du nicht? Gibt es davon auch noch mehr?«

»Ja, noch achtzehn Stück. Hast du denn eine Möglichkeit, etwas über dieses Schiff herauszufinden?«, bohrte Maja nach. »Es ist aber nicht so wichtig, ich bin nur neugierig. Clemens hat so oft von Helmut gesprochen, und ich dachte immer, wir wären deswegen so oft nach Usedom gefahren. Jetzt denke ich, dass wir wegen Cecilia und seinen Erinnerungen dort waren und er den Namen Helmut nur als Deckung benutzt hat.«

»Wenn jemand etwas darüber weiß, dann auf jeden Fall hier an der Küste. Wir nehmen es mit in den Artikel. Die neue Ausgabe geht in wenigen Tagen in Druck, aber ich schiebe den Artikel noch hinein. Heiko wird diese Eile nicht gefallen, aber wenn das einer hinbekommt, dann er. Moment, bitte.« Sie lief ins Haus und blieb eine Weile verschwunden, dann kam sie wieder heraus und hielt Maja triumphierend ihr Tablet vor die Nase. »Sieh mal!«

Auf zwei Bildern erstrahlten die beiden Perlboote. Der Hintergrund war völlig schwarz, dafür waren sie so beleuchtet, dass die Regenbogenfarben wunderbar zur Geltung kamen, und die Zeichnungen auch. Noch nie waren sie so deutlich und die Schrift so leserlich gewesen. »Meisterhaft«, staunte Maja.

»Ich muss jetzt leider los.« Remy blickte auf die Uhr. »Ich habe einen dringenden Termin. Tut mir leid. Es hat mich sehr gefreut, dass wir uns kennenlernen konnten! Die Geschichte fasziniert mich ebenso wie dich. Sobald ich etwas weiß, melde ich mich bei dir.« Hastig trank sie ihren letzten Schluck Tee. »Ich bin mir ziemlich sicher, dass wir Reaktionen bekommen werden.«

»Das wäre wunderbar, Remy. Vielen herzlichen Dank!«

Maja war erleichtert. Es sah aus, als würde sie vielleicht irgendwann doch noch erreichen, wofür sie gekommen war.

Helene. Helenes Mutter hatte Claire geheißen und war Cecilias kleine Schwester gewesen. Also war Helene Cecilias Nichte! Sie hatte Cecilia nicht mehr kennengelernt, aber es klang doch so, als ob sie einiges über sie wusste. Hoffentlich war sie bereit, darüber zu sprechen.

Aber bis diese Helene sich meldete, falls überhaupt, würde sich Maja in Geduld fassen müssen. Heiko kam heraus und gab ihr die Perlboote zurück.

»Vielen Dank! Die Fotos sind wunderbar geworden. Ich breche dann auch mal auf.« Maja verstaute ihre Schätze sorgfältig in der Tasche. Der Himmel färbte sich bereits rot. Auch wenn es noch nicht viel kühler geworden war, die Tage wurden doch schon merklich kürzer.

»Wo bist du denn untergekommen?«, erkundigte sich Heiko.

»Weiß ich noch nicht. Ich such mir irgendwo ein Zimmer oder schlafe im Auto. Ich habe einen Schlafsack dabei.« Maja hatte sich noch keine großen Gedanken gemacht.

»Oh, ich fürchte, das wird unbequem. Und ein Zimmer findest du jetzt nicht. Ich mach dir einen Vorschlag. Im Blockhaus gibt es eine breite Bank. Da legen wir ein paar Decken drauf, und dann geht das mit deinem Schlafsack.«

»Wirklich? Das wäre ja großartig.«

»Abgemacht.« Er setzte sich und warf ihr einen bewundernden Blick zu. »Finde ich cool, dass du noch einfach irgendwo im Schlafsack schläfst.«

Maja musste lachen. »In meinem Alter, meinst du?«

Er wurde rot. »Entschuldige.«

»Nichts zu entschuldigen. Aber es tut mir leid, dass ich euch so viel Arbeit mache. Es war Remys Idee, den Artikel schnell noch in die neue Ausgabe zu schieben. So eilig ist es ja eigentlich gar nicht, nach all den Jahren.«

»Doch. Wenn man einmal neugierig geworden ist, dann ist es eilig. Ich bin auch gespannt, was dabei herauskommt. Diese Kunst deines Großvaters ist echt beeindruckend. Weißt du schon, was du damit machen wirst?«

»Keine Ahnung. Diese Entscheidung überfordert mich gerade völlig. Ich kann mir nicht vorstellen, etwas so Schönes und Persönliches von Clemens aus der Hand zu geben. Andererseits hat Remy recht. Es sollte ausgestellt werden, wo viele es sehen können.«

»Meistens findet sich für so etwas eine unerwartete Lösung. Du glaubst nicht, was Remys Zeitschrift schon alles ausgelöst hat. Was hältst du davon, wenn ich uns einen kleinen Salat zum

Abendessen mache? Und dazu gönnen wir uns ein Glas Wein. Der Abend ist so schön. Meine Freundin wird auch bald hier sein. Sie arbeitet drüben im Ruderclub. Sie ist schwanger.« Er sagte es voller Stolz.

»Wie schön!« Maja lächelte und dachte unwillkürlich an Lisa. Wie gut, dass Evim sie hatte ablenken können. Die beiden schienen sich auf Anhieb zu verstehen. Das war aber bei Evim auch wirklich nicht schwierig.

Als Heiko im Haus verschwunden war, rief sie Sebastian an und erzählte ihm die Neuigkeiten des Tages und davon, wie schön es hier war.

»Ja«, sagte er. »Du, ich habe auch festgestellt, wie herrlich es in der Nähe des Meeres ist. Wenn ich wieder bei dir bin, wird das das Einzige sein, was ich vermissen werde. Die hohen Wellen, der Geruch von Tang, das Licht über dem Horizont. Lass uns doch einfach öfter an die Küste fahren!«

»Das machen wir. Und du musst unbedingt den Geschichtengarten sehen.«

Maja lehnte sich zurück und genoss den Spätsommerabend, der bereits ein wenig nach Herbst roch, die Kühle, die nun vom Wasser heraufwehte, die Farben der Blüten, die sich in der Dämmerung veränderten.

Für einen Augenblick glaubte sie, eine ungewöhnlich große, grünliche Nachtmotte vorüberfliegen zu sehen, mit lang ausgezogenen Flügeln. Aber als Maja den Kopf wandte, war sie verschwunden.

Evim, Lisa, Heiner und Kurt saßen gemütlich im Schatten und aßen Eis und Kuchen, als Maja wieder im »Elbschwarm« ankam.

»Mama, wir haben ganz viel aufgeräumt. Du kannst dir nicht vorstellen, was da alles im Keller war!«, begrüßte Lisa sie.

»Nein, das kann ich wirklich nicht«, gab Maja zu.

»Es gibt eine ganze Sammlung verschiedener Blasebälge, mit denen Menschen auf der ganzen Welt ihre Feuer angefacht haben«, fiel Heiner ein. »Die sind richtig schön. Manche mit Schnitzereien, andere mit Beschlägen. Das ist Kultur- und Zeitgeschichte. Man muss nur ein paar Messingteile etwas polieren und das Leder hier und da ein bisschen flicken.«

»Und dann? Sie sind bestimmt hochinteressant, aber das kann doch nicht alles im Haus bleiben! Wenn wir hier ein Seniorenheim einrichten wollen, dann brauchen wir jede Menge Lagerplatz für Hilfsmittel.« Maja fühlte, wie die Leichtigkeit, die sie auf Rügen gespürt hatte, sich schon wieder verflüchtigte und einer Verzagtheit Platz machte. Sie wusste allzu gut, was alte Menschen benötigten. Pakete mit Windeln, Desinfektionsmittel, Gehhilfen, Stützkissen, Bettpfannen, Verbandszeug. Das alles brauchte Platz. Viel Platz.

»Ich finde ein Museum, wo es hinpasst«, versprach Evim. »Und für die Fossilien auch, die Ammoniten, die versteinerten Haifischzähne und die Muscheln.«

»Und eines für die Armbrustkollektion«, ergänzte Lisa.

Maja fuhr sich durch die Haare. Das klang beängstigend. Sie würden niemals fertig werden!

»Evim hat noch eine gute Idee gehabt«, fuhr Lisa fort. Sie sah glücklich aus, viel lebendiger als in der letzten Zeit. Dafür war Maja dankbar. Trotzdem fühlte sie sich auf einmal erschöpft. Sicher lag es an der langen Autofahrt. Für ihren Rücken war die auch nicht gerade gut gewesen.

»Lass deine Mutter erst mal zur Ruhe kommen«, sagte Kurt

und klopfte auf den Stuhl neben ihm. »Setz dich, Maja, und trink was. Der Kuchen, den Evim mitgebracht hat, schmeckt hervorragend.«

Evim schien den ganzen Betrieb übernommen zu haben. Doch der Kuchen schmeckte wirklich, musste Maja zugeben. »Ist Rita denn gar nicht hier gewesen?«

»Nein, sie hat angerufen. Ihre Tante ist krank, sie musste ein paar Tage hinfahren. Aber wir sind prima klargekommen, stimmt's, Kurt?«, fragte Lisa fröhlich.

»Natürlich. Aber erzähl doch mal, wie es war, Maja«, sagte Kurt. »Hast du noch etwas in Erfahrung bringen können?«

Maja berichtete.

»Ist ja ein Ding, mit der Helene«, befand Lisa. »Und jetzt warten wir also ab, ob diese Remy über ihre Zeitschrift etwas herausfindet? Wird sich da jemand melden?«

»Ich weiß es nicht. Das ist wohl eher unwahrscheinlich. Aber ich hoffe darauf, dass Helene einverstanden ist, mit mir zu sprechen. Ich weiß natürlich nicht, wie alt sie schon ist und ob sie noch etwas damit zu tun haben möchte. Aber so, wie ihre Geschichte klang, denke ich, dass sie vielleicht gern von Cecilia erzählen wird. Bis sie sich meldet, können wir nur abwarten.« Maja schob ihren Teller weg. Jetzt ging es ihr besser. »Was war das eigentlich für eine Idee von Evim?«

Der breitete die Arme aus. »Euer schönes Haus ist so riesig. Da könnte man eines der großen Zimmer als Museum ausbauen. Eine andere Art Aufenthaltsraum. Gemütlich, mit den alten Stühlen und so. Ich dachte nur, ganz alte Menschen haben vielleicht gern ganz alte Dinge um sich. Die sind ihnen vertraut. Die kennen sie von früher. Spinnräder und alte Radios. Die Dampfmaschinenmodelle und die von den Lokomotiven. Schreibmaschinen, Nähmaschinen. Die schöne Kaffeemühle. Die Pendeluhr zum Aufziehen. So was.« Evim sah Maja fragend an. »Dann könntest du ein paar von den Erinnerungen im Haus behalten, und es wäre gut für die Leute. Ich meine ja nicht das Gerümpel und die zu exotischen Dinge. Aber die schönen alten Sachen, mit denen diese Menschen noch aufgewachsen sind. Sie würden sich zu Hause fühlen.«

Maja sah ihn verblüfft an. »Das ist tatsächlich ein Therapieansatz bei Demenzkranken«, fiel ihr ein. »Vertraute Dinge aus ihrer Kindheit helfen solchen Patienten, sich gut zu fühlen und geistig wieder reger zu werden.«

»Ich mag diese Sachen, auch ohne dement zu sein«, erklärte Heiner.

»In den Zimmern wollen die Leute ihre eigenen Sachen haben, aber für die Aufenthaltsräume wäre das doch gut«, sagte Lisa. »Oder, wenn dir das nicht gefällt, dann könnten wir eines der vielen Nebengebäude renovieren und ein Museum einrichten. Das wäre auch toll. Die Bewohner würden es lieben, wenn sie durch den Garten dorthin gehen könnten.«

Unwillkürlich sah Maja es vor sich. Die Vorstellung weckte ihre alte Begeisterung. Die leuchtenden Augen der anderen rührten sie. Und Elsie würde es gefallen, wenn Clemens' gesammelte Dinge wenigstens zum Teil im »Elbschwarm« bleiben konnten.

Sie dachte an Remy, deren Zeitschrift und Geschichtengarten einmal auch nicht mehr als eine Idee gewesen waren. Und nun war der Garten ein blühender, glücklicher Ort, an dem sich Menschen und ihre Geschichten trafen. Sie dachte wieder an ihre frühe Vorstellung von alten Menschen, die im Garten Beeren pflückten.

»Na, dann lasst uns mal loslegen«, sagte sie. »Morgen mache ich im Keller mit, nachdem ich den Garten gegossen habe.«

Doch all diese Entrümpelung und vor allem die Renovierung würden so viel kosten. Viel zu viel! Sie würde doch etwas von Wert verkaufen müssen. Vielleicht gab es einen Sammler, der die Perlboote mit den Schiffen darauf kaufen mochte? Sie würde gleich nachher an Remy schreiben und sie bitten, das noch mit in ihren Artikel zu nehmen. Clemens musste es doch freuen, wenn der »Elbschwarm« durch den Verkauf ein neues Leben bekam und gleichzeitig seine Kunst für viele Leute sichtbar wurde. Maja würde dafür sorgen, dass sein Name deutlich sichtbar dabeistand, und ein großes Foto von ihm.

Die anderen Perlboote aber, die mit den Lilien und der Geschichte darauf, die würde sie niemals aus der Hand geben.

»Gut, dass Evim uns hilft«, sagte Maja beiläufig abends beim Abwasch zu Lisa.

Ihre Tochter warf ihr einen amüsierten Blick zu. »Ich weiß, was du denkst, Mama. Aber wir verstehen uns einfach nur gut. Das Letzte, was ich jetzt gerade brauche, ist eine Beziehung. Aber Evim ist schwer in Ordnung. Er hat mir wieder Mut gemacht. Ich habe ganz viele neue Ideen im Kopf. Irgendwie geht es mir besser hier draußen am Fluss! Ich überlege, ob ich meine Schneiderei nicht hierher verlegen sollte und in der Stadt nur noch zwei Verkaufstage in der Woche mache. Oder meine Sachen einfach nur online verkaufen.«

»Du willst mit Mitte zwanzig in einem Altersheim wohnen?« Das konnte sich Maja nun doch nicht vorstellen.

Lisa zuckte mit den Schultern. »Mal sehen. Manchmal muss man doch einfach etwas Verrücktes machen. Und ich verstehe mich super mit Kurt und Heiner. Sie sind fabelhaft. Warum nicht auch mit den anderen zukünftigen Bewohnern? Ich habe mir die alte Remise angesehen. Evim sagt, die könnte man dafür prima ausbauen.«

»Na, wenn Evim das sagt.« Nachdenklich polierte Maja die Pfanne. Später ging sie allein zum Teich hinunter.

»Der ›Elbschwarm‹ ist voller Überraschungen«, sagte sie zu den Karpfen. »Und die Menschen auch.«

30

Ankommen

Nach einer Woche eifrigen weiteren Aufräumens in den verschachtelten Katakomben des Kellers hatte sich Maja endlich wieder einmal einen Nachmittag für den Garten gegönnt. Der einzige Vorteil des Kellers war gewesen, dass es dort kühl war.

Lisa hatte schon vor Tagen zurück in die Schneiderei gemusst, und Evim konnte ja nur zeitweise helfen. Er hatte eine ganze Ladung kaputter Gartenmöbel, Eimer voller längst fest gewordener Farbe und Rollen verschimmelter Tapeten abtransportiert. Zusammen mit einem mottenzerfressenen ausgestopften Dachs, der sich seinem Gesichtsausdruck nach über den Tod hinaus seine schlechte Laune bewahrt hatte. Wie der Dachs in den Keller gekommen war, konnte sich niemand erklären. Clemens hatte ausgestopfte Tiere gehasst. Vielleicht war es noch von Elsies Vater gewesen.

Zwischen all dem hatten sie eine Sammlung zerbrechlicher Vogeleier gefunden, von der Evim hellauf begeistert war. Sie waren sogar beschriftet, exotische Vögel, von denen Maja noch nie gehört hatte, und auch einige Straußeneier waren dabei. »Da weiß ich, wer sich darüber freut«, sagte er aufgeregt.

Allerdings hatte es ewig gedauert, die Eier sicher zu verpacken. Und der Keller war immer noch nicht leer. Maja war jetzt sogar froh, sich wieder draußen in der hellen Hitze zu befinden. Die Sonne auf ihrem Rücken brannte die Gedanken an staubiges Gerümpel aus ihrer Seele und verscheuchte jede Menge Geister.

Zärtlicher noch als früher entfernte sie das Unkraut um die Lilien herum, schnitt verdorrte Stängel und Blätter ab, lockerte die Erde und bemerkte, dass erste gelbe Blätter von den Bäumen trieben. Es war Anfang September, und weil die Bäume in diesem Jahr so große Trockenheit hatten erleiden müssen, würde der Herbst sicher früh kommen. Wie mochte es wohl nächstes Jahr hier aussehen? Maja erlaubte sich zu träumen, stellte in Gedanken da ein Hochbeet auf und dort eine weitere Bank, verlegte gepflasterte Wege, die für Rollatoren geeignet wären und dachte darüber nach, die schweren Gartenwerkzeuge durch solche aus Aluminium zu ersetzen, damit sie für die Senioren leichter zu handhaben waren.

Die Lilien standen viel zu dicht, sie hatten sich trotz allem vermehrt. Die gewaltigen Horste mussten dringend ausgegraben werden, geteilt und neu eingepflanzt. Maja setzte probehalber den Spaten an, doch sofort durchfuhr ein brennender Stich ihren Rücken. Die Erde war nach der langen Dürre trotz des Gießens viel zu hart. Das würde warten müssen, bis ihr jemand half oder der Boden wieder durchweicht war. Vielleicht konnte man das ausnahmsweise auch noch im Frühling machen. Maja ärgerte sich über ihre Schwäche. Sie war doch so voller Tatendrang! Das mit dem Spaten hätte sie vielleicht noch geschafft, wenn nicht Kurt zunehmend Hilfe beim Anziehen gebraucht und sie nicht täglich mit ihm Gymnastik hätte machen müssen, weil Rita noch immer fort war.

Das Telefon klingelte in ihrer Tasche. Mit Mühe streifte sie die Gartenhandschuhe ab und fischte es heraus.

»Maja? Hier ist Remy. Ich habe gute Nachrichten! Ich habe endlich Helene erreicht. Helene Bender heißt sie, soll ich dir sagen, und sie lebt in Koserow auf Usedom. Sie hat sich erst eine Nacht Bedenkzeit auserbeten, aber nun hat sie mir gesagt, dass sie dich sehr gerne sprechen würde. Aber nicht am Telefon. Sie möchte nur mit dir persönlich reden und fragt, ob du sie vielleicht besuchen möchtest. Jetzt, da sie sich dazu entschlossen hat, scheint sie es eilig zu haben. So bald wie möglich wäre ihr am liebsten, soll ich dir ausrichten. Und dass sie sich auf dich freut. Als ich … Wie bitte, Heiko? Moment bitte mal, Maja!«

Maja hörte, wie Remy im Hintergrund mit Heiko sprach. Sie war froh über die kleine Unterbrechung. Ihr Herz klopfte. Cecilias Nichte! Sie war tatsächlich bereit, mit Maja zu sprechen. Das konnte doch nur bedeuten, dass sie etwas zu erzählen hatte? Maja konnte kaum erwarten, es zu hören. Aber sie konnte doch jetzt hier nicht schon wieder weg! Wenn doch nur Rita zurückkäme! Oder sollte sie Lisa noch einmal um Hilfe bitten? Vielleicht könnte sie probehalber eine Weile tatsächlich hier arbeiten? Sie könnte ihre Nähmaschinen in eines der leeren Zimmer stellen … Ihre Gedanken überschlugen sich. Sie würde das Meer wiedersehen!

»Hallo, Maja, bist du noch dran? Hier kommen gerade noch mehr Neuigkeiten rein.«

»Ja?« Maja setzte sich auf eine der grünen Bänke. Ein Tagpfauenauge landete auf der sonnenwarmen Schiffsskulptur und schlug langsam mit den Flügeln, als wolle es auch zuhören.

»Heiko hat gerade eine E-Mail erhalten. Von einem gewissen Jochen Liening. Er kennt den Frachter! Die *Theodora B.* Tatsächlich besitzt er sogar ein Modell von diesem Schiff. Und er hat ein sehr großes Interesse daran, die Perlbootsammlung für sein Hotel zu erwerben. Er würde sie dort ausstellen … Maja?«

Maja suchte nach Worten. Das war ein bisschen viel auf einmal. Es war eine Sache, an einen Verkauf zu denken, und eine andere, dass es auf einmal eine reale Möglichkeit wurde. Immerhin, es war ja kein Fremder! Dass dieser Jochen mit Nachnamen Liening hieß, konnte kein Zufall sein. Es gab einen Zusammenhang zu Clemens. Vor allem aber brauchte sie Geld für die Umbauten und Renovierungen.

»Ich weiß nicht, was ich sagen soll, Remy.«

»Verhandeln musst du selbst, da kann ich mich nicht einmischen«, sagte Remy. »Aber ich habe mich erkundigt. Dieser Jochen Liening hat ein gutgehendes Hotel in Zinnowitz. Viele Gäste würden die Kunstwerke deines Großvaters dort zu Gesicht bekommen. Und das auf Usedom, wo er so gern gewesen ist. Vielleicht wäre es genau das Richtige? Wenn du Frau Bender wirklich besuchen willst, dann könntest du dich ja auch gleich mit Herrn Liening treffen. Ich schicke dir seine E-Mail-Adresse, ja? Der Rest liegt bei dir.«

Ein weiteres gelbes Blatt rieselte vor Majas Füße.

Es wurde Zeit, dass die Dinge in Bewegung kamen. Sie musste Entscheidungen treffen. So bald wie möglich. Der Winter war keine gute Zeit für Entscheidungen. Überhaupt, aufschieben war nie gut. Dafür war sie dann doch schon zu alt und die Zeit zu kostbar. Heiner und Kurt mussten bald Gewissheit darüber haben, ob sie bleiben konnten. Und Maja fand es selbst zunehmend schwierig, mit einer ungewissen Zukunft zu leben.

»Vielen Dank, Remy. Du hast mir sehr geholfen.«

»Viel Glück. Melde dich, wenn du Hilfe brauchst. Wegen der

Lilien hat noch kein Leser geschrieben, aber wenn, lasse ich es dich sofort wissen. Alles Gute, Maja. Ach so, und die Adresse von Frau Bender schicke ich dir natürlich auch.«

Maja saß noch eine Weile dort. Schließlich sammelte sie die Gartenwerkzeuge ein, räumte sie auf, goss die Lilien gründlich und warf ihnen einen letzten Blick zu.

Dann ging sie hinein. Sie würde Lisa fragen, ob diese noch ein paar Tage kommen konnte. Dann musste sie nur noch an Jochen Liening schreiben und ein Hotel buchen, denn diesmal wollte sie sich Zeit für die anstehenden Gespräche nehmen und ein richtiges Bett gönnen. Usedom! Das war nichts, was sie im Vorbeigehen erledigen konnte.

Wenige Tage später war sie unterwegs. Im »Elbschwarm« arbeitete Lisa an neuen Bildern, und Rita war auch wieder da. Maja konnte sich erst mal auf ihre Mission konzentrieren.

An der Straße blühte eine Fülle von Goldrauten, und immer mehr Herbstlaub wehte über abgeerntete Felder. Die Erde war so trocken, dass dort Staubteufel tanzten, wie Maja sie noch nie gesehen hatte, richtige Trichter, die wie Geister über den Boden irrten. Daneben auf den Weiden kauten Kühe mit beruhigender Gleichmütigkeit Futter, das ihnen die Bauern hingeworfen hatten, weil das verdorrte Gras längst nicht mehr ausreichte. Maja sehnte sich nach dem Meer. Jeder Meter, den sie sich ihm näherte, steigerte ihre Ungeduld. Der niedrige Wasserstand der Elbe bedrückte sie schon lange.

Je älter ich werde, desto wohler tut mir die Nähe zum Wasser, ging ihr durch den Kopf.

In den Birken rechts und links wucherten weiß blühende Trichterwinden so dicht, dass es aus dem Augenwinkel wie

Schnee wirkte. Sie waren nie im Winter auf Usedom gewesen, fiel Maja ein. Wie es dort wohl war, bei Schnee und Eis? Das wollte sie irgendwann erleben, beschloss sie. Nein, nicht irgendwann. Bald! Wann, wenn nicht jetzt? Nun, da sie Rentnerin war? Für einen Augenblick war sie voller neuer Freude über ihre Freiheit und drückte unwillkürlich aufs Gaspedal, bis sie erschrocken den Fuß herunternahm. Wenn sie ein Seniorenheim aufbauen und leiten wollte, dann war da für absehbare Zeit keinerlei Freiheit in Sicht. Aber immerhin gehörte das auch zu den Dingen, die sie tun wollte. Es war sogar ihr ältester Traum. Man konnte eben nicht alles haben. Das zumindest hatte sie ihr Alter gelehrt.

In Züssow musste sie an der Bahnschranke halten. Nachdenklich sah sie zu, wie die kleine Bäderbahn vorbeiratterte.

Clemens und Cecilia hatten so entsetzlich wenig Zeit gehabt … Was sie wohl über Cecilia erfahren würde?

Sie hatte sich ein Zimmer im Hotel Forsthaus Damerow genommen, weil dort eines frei war und weil es so nahe an Frau Benders Adresse lag. Als sie ankam, war das Zimmer noch nicht fertig, weil es noch zu früh war. Das machte gar nichts, denn Maja war hungrig. Die Kisten mit den Perlbooten, die sie mitgebracht hatte, ließ sie im Tresor verstauen, dann setzte sie sich auf die Restaurantterrasse mit Blick über eine Wiese, dahinter Wald. Für einen Moment schloss sie die Augen, sog begierig die Luft ein. Hier roch es nach – nach Usedom eben. Nach Kindheit.

Als sie mit Sebastian hier gewesen war, war ihr das nicht aufgefallen. Wahrscheinlich konzentrierte man sich auf ganz andere Dinge, wenn man allein war. Und sie waren ja hauptsächlich am Strand gewesen.

»Was darf ich Ihnen bringen?«, fragte ein freundlicher Kellner. Majas Blick fiel auf eine Tafel an der Hauswand. »Eine belgische Waffel, bitte. Mit Vanilleeis. Und Kirschen. Und Sahne«, beschloss sie.

Das hätten ihr Clemens und Elsie auch spendiert. Heute war nicht der Tag, um Kalorien zu zählen. Sie brauchte gute Nerven, und außerdem … außerdem war sie glücklich, stellte sie zu ihrer Überraschung fest. Einfach, weil sie hier war.

Mit Frau Bender war sie erst morgen verabredet. Maja brauchte ein wenig Zeit für sich. Allein. Auf Usedom. Ihr wurde erst jetzt klar, dass sie die Gelegenheit benutzt hatte, um zu tun, was Sebastian schon seit Monaten tat: Sie nahm sich eine Auszeit. Vom Alltag. Von allem. Nur für sich.

Vielleicht war das ein spätes Geschenk von Clemens und Elsie. Oder von Clemens und der unbekannten Cecilia?

Seit dem Nachmittag im Lilienbeet schien sie Maja gar nicht mehr so unbekannt. Außerdem waren da ja noch die Porträts.

Die Waffel schmeckte unverschämt gut. Wie viel Freude doch etwas so Einfaches bereiten konnte! Lange schon hatte Maja Essen kaum noch bewusst genossen. Da war ja immer Elsie gewesen, und die Sorge um sie, und dann noch Kurt, danach Heiner statt Elsie, dabei Sebastians Abwesenheit, Lisas Krise und immer all die anderen Sorgen und wartenden Aufgaben.

Auch die kühle Brise tat ihr gut. Am Himmel kreisten Möwen unter Wolken, die sich zunehmend dunkler färbten. Das Licht wurde diffus, fast unwirklich, dann begann es ganz sanft zu tröpfeln. Die Terrasse um Maja herum leerte sich rasch. Das gedämpfte Stimmengewirr verstummte. Sie legte den Kopf in den Nacken und spürte die Tropfen auf ihrem Gesicht. Wie lange hatte sie keinen Regen mehr erlebt? Seit dem Gewitter in der Nacht, als Elsie gestorben war?

»Möchten Sie sich nicht hineinsetzen?«, fragte der freundliche junge Kellner. Maja hatte ihn nicht kommen hören.

»Danke. Ich möchte gern zahlen und dann noch einen Augenblick sitzen bleiben.«

Er kassierte und verschwand dann schleunigst hinter den letzten Gästen in das heimelig beleuchtete Innere des efeubewachsenen Hauses. Maja aber blieb sitzen, auch als der Regen stärker wurde. Es tat unendlich gut. Der Rest ihrer Müdigkeit und Anspannung wurde mit den Tropfen weggespült, die auf den Tischen eine hypnotische Musik trommelten. Einige Leute, die unter aufgespannten Regenschirmen vorübereilten, sahen sie merkwürdig an. Maja war das völlig egal. Noch ein Vorteil des Älterwerdens. Es hatte für sie keine Bedeutung mehr, was andere von ihr dachten. Hier schon gar nicht. Niemand kannte sie. Fast wünschte sie sich, das könnte so bleiben.

Später wies man ihr ein kleines Zimmer direkt unter dem Reetdach zu, mit Blick auf den Wald, hinter dem das Meer lag. Weil das Haus in einem rechten Winkel gebaut war, sah sie zugleich auf das moosbewachsene Reet des Daches gegenüber, mit gemütlich geschwungenen Gauben über den Fenstern. Die Regentropfen liefen wie silberne Perlen an den Reethalmen herunter.

Maja stand lange unter der heißen Dusche, wickelte sich dann in einen bereitliegenden flauschigen Bademantel und setzte sich an das Fenster, das oben einen charmanten Rundbogen besaß. Draußen über dem Wald und der Terrasse flogen

Schwalben in einer Art blitzschnellem, verblüffend elegantem Ballett auf der Jagd nach Mücken. Maja hätte ewig zusehen können. Sie spürte einen Frieden in sich wie noch nie, und je mehr es regnete, desto tiefer wurde er.

Sie hatte während ihrer beruflichen Tätigkeit so viele alte Menschen in den Tod begleitet, hatte so zahlreichen ihrer Geschichten über so viele Zeiten und so viele Leben gelauscht. Das hatte sie bereichert, mit Demut und Dankbarkeit erfüllt und gleichzeitig jede Menge Kraft gekostet. Sie war ein wenig müde davon, stellte sie fest.

Dieser neue, ihr unbekannte Frieden, diese innere Ruhe, die ihr in diesem Augenblick von dem Ort, von dem Regen, von dem Innehalten zwischen Vergangenheit und Zukunft geschenkt wurde, war verlockend. Unwillkürlich wünschte sie sich mehr davon. Das Gefühl ähnelte jenem, das sie als Kind erfüllt hatte, wenn sie morgens über die Treppenstufen gesprungen war, weil sie wusste, dass ein Tag in Elsies Garten bei den Lilien und den Grashüpfern auf sie wartete. Nur war es jetzt anders gefärbt. Nicht mehr so einfach und selbstverständlich wie damals. Dafür reifer, klarer. Und ganz ihr eigenes. Sie hatte es sich verdient.

Die Schlichtheit des Zimmers trug ebenfalls dazu bei. Eine angenehme Abwechslung von dem riesigen, vollgestopften »Elbschwarm«, sosehr sie an dem alten Hallenhof auch hing. Hier gab es nur ein Bett, einen Stuhl, einen Tisch, eine Lampe, einen Schrank und eine Kofferablage. Alles solide und gemütlich auf einem moosgrünen Teppich. Genau, was man brauchte – kein Stück zu viel und keines zu wenig.

Draußen den Himmel und die Bäume, den Regen und die Vögel.

Absolut perfekt.

Auf die Uhr hatte sie nicht mehr gesehen, seit sie heraufgekommen war. Wozu auch? Hinter dem Wald ratterte alle halbe Stunde leise die Bäderbahn vorüber, mal in die eine, später in die andere Richtung. Von den Autos auf der Straße, die sich auch irgendwo dort befand, hörte man hier gar nichts.

Jetzt ließ das Plätschern allmählich nach. Am Ende der Wolke war der Regen voller Licht.

Als auch das letzte Tröpfeln aufhörte, waren Majas Haare getrocknet. Sie zog sich eine dicke Strickjacke und feste Schuhe an und ging hinaus.

Zum Strand wollte sie heute Abend nicht mehr, dafür war es zu spät und außerdem lockte von der dem Meer gegenüberliegenden Seite des Hotels ein rotgoldenes Leuchten. Dort ging die Sonne unter, erinnerte sie sich plötzlich. Dort musste das Achterwasser sein! Das Achterwasser, vom Peenestrom gespeist, nachdem er aus dem Stettiner Haff kam. Nach der Müritz und dem Bodensee war es mit sechzehn Quadratkilometern Deutschlands drittgrößtes Gewässer, denn der Bodensee gehörte ja zum Teil zur Schweiz. Das hatte ihr Clemens einmal erzählt.

Sie folgte einem Schild, auf dem »Kanu-Anlegestelle« stand, einen Pfad entlang zu einem Deich ähnlich jenem hinter dem »Elbschwarm«. Sie stieg hinauf und auf der anderen Seite wieder hinunter, wo verwaist ein kleiner hölzerner Steg mit einer Plattform am Ende ins Wasser ragte. Dorthin ging sie und lehnte sich über das Wasser, das im Abendlicht in sanften Kurven wie ein heller Strom auf sie zulief. In der Ferne, wo sich das Schilf zur großen Wasserfläche hin öffnete, konnte sie im Hintergrund wie einen Rahmen die beiden Landzungen erkennen, den Gnitz und den Lieper Winkel. An diese Namen hatte sie ewig nicht mehr gedacht, und doch fielen sie ihr sofort wie selbstverständlich wieder ein.

Dann rutschte die Sonne endgültig unter der schweren Regenwolke hervor und tauchte alles in ein flammendes Orangerot, leuchtender als jede Lilie und doch in denselben Farben. Das glühende Licht erfüllte das Wasser, ohne darin zu verlöschen, färbte die Wolken von unten und verwandelte das Grün der Wiese in glänzendes Gold.

Diesen Zauber hatte sie schon einmal gekannt und geliebt. Und es gab ihn so nur hier. An genau dieser schmalsten, kaum mehr als dreihundert Meter breiten Stelle Usedoms, zwischen Meer und Achterwasser am Ende eines Tages.

31

Cecilias Nichte

Um Frau Bender zu finden, musste sie genau diesem Pfad folgen, stellte Maja am nächsten Morgen fest. Aus den Informationen des Navis war sie nicht ganz schlau geworden. Auf der Karte endeten an der Stelle sämtliche Wege im Nichts. Schließlich hatte sie aufgegeben und die nette Kellnerin gefragt, die ihr den Frühstückstee serviert hatte.

»Gehen Sie Richtung Kanu-Anlegestelle und folgen Sie einfach dem Weg nach rechts, es sind nur ein paar hundert Meter«, hatte diese erklärt.

Daher also. Der Weg auf dem Deich war der Karte wahrscheinlich gar nicht bekannt. Es war ja nur ein Trampelpfad auf der Deichkrone.

Maja hatte unter dem Reetdach traumlos und tief geschlafen. Als sie aufwachte, fiel ihr Blick auf einen großen schmiedeeisernen Schlüssel, der als Dekoration mitten in dem verschnörkelten Gitter am Fußende des Bettes baumelte. Ob er ihr Hoffnung machen sollte? Vielleicht war es gar der Schlüssel zur Lösung all ihrer Probleme? Es war albern, aber irgendwie gab er ihr Zuversicht.

Immer noch getragen von dieser Stimmung und gestärkt von dem leckeren Frühstück, um das sie sich ausnahmsweise nicht hatte kümmern müssen, machte sie sich auf den Weg. Das Licht über dem Wasser wirkte heute völlig anders. Der Himmel war immer noch verhangen, aber nicht mehr von schwerem Grau, sondern von einer leichten, flauschigen Wölkchenschicht. Es war so windstill, dass sich die Schilfhalme auf der Wasseroberfläche spiegelten, ja sogar die Möwen, die darüber segelten. Maja bog nach rechts ab und stellte fest, dass der Pfad hier recht schnell zu einem einigermaßen befestigten Weg wurde. In einer großzügigen Kurve führte er um die schmale Bucht herum, in der das Achterwasser auslief. Kurze Zeit später sah sie drei Segelboote in einem kleinen Hafen schaukeln. Nein, einen Hafen konnte man es wohl kaum nennen, oder doch? Eine dunkle Erinnerung formte sich in Maja, aber sie wusste sie nicht einzuordnen. Auch war sie abgelenkt von den vielen Wildblumen, die hier an den Seiten des Deiches blühten. Sie hatte gedacht, sie würde alle Wiesenpflanzen kennen, aber mit dieser Fülle hier war sie überfordert. Was war nur dieses Breitblättrige? Und dann der Klee! Natürlich kannte sie Rotklee, aber so riesige und saftige Büsche davon hatte sie noch nie gesehen. Ein paar Schritte weiter tat sich rechter Hand Richtung Meer eine Lücke in den Weiden und Silberpappeln auf. Am Fuße des Deiches entdeckte Maja eine tiefliegende Ziegelmauer, und, in dem Pfosten an ihrer Ecke, eine bunte, gläserne, wie ein Fenster eingelassene Rosette. Sie stellte einen Kompass dar, jede Himmelsrichtung in einer anderen Farbe. Das Glas war nicht völlig durchsichtig. Umso schöner kamen die Farben zur Geltung.

Genau diesen gläsernen Kompass in der Ziegelmauer hatte Remy ihr in Helene Benders Auftrag beschrieben.

Maja folgte einem kaum sichtbaren Pfad den Deich wieder hinunter über eine schmale hölzerne Brücke, die über einen Graben führte. Sie fand sich auf einem Stück kurzgeschnittener Wiese zwischen zwei weißen, hölzernen Gartentoren wieder.

Die schlichten geraden Latten des einen waren mit zarten Gräsern bemalt worden, die des anderen mit den Ranken einer Trichterwinde. Und auch das Grundstück, zu dem dieses andere Tor gehörte, war umfriedet von einer niedrigen Ziegelmauer mit einer erhöhten Ecke, in die eine Glasrosette eingelassen war. Nur zeigte das gläserne Rund hier keinen Kompass.

Stattdessen eine orangerote Taglilie.

Maja musste zweimal hinsehen, um es zu glauben.

Auf jedem der beiden Grundstücke stand ein schlichtes, eingeschossiges, pfirsichfarben gestrichenes Haus mit einem dunklen, moosbewachsenen Ziegeldach und schneeweißen Türen und Fenstern. Der Eindruck war so freundlich und heiter, dass Maja unwillkürlich lächeln musste. Das zweite Haus war genau spiegelverkehrt gebaut, so dass es wirkte, als würden die Zwillingshäuser sich wie gute Nachbarn über die niedrigen Mauern hinweg unterhalten.

Und in welchem wohnte nun Frau Bender? Nirgendwo rührte sich etwas. Die Mauerkronen waren mit Clematis und Wein bewachsen. In beiden Gärten blühten violette und weiße Astern und blauer Eisenhut zwischen Lampenputzer- und Diamantgräsern, in deren Blütenrispen Tropfen funkelten. Maja hätte sich das ewig ansehen können, doch sie wurde immer neugieriger, und schließlich war sie nicht zum Träumen hier.

Dann entdeckte sie über den Haustüren zwei hölzerne Schilder: »Haus Cecilia« und »Haus Claire.«

Die Namen dieser pfirsichfarbenen Zwillingshäuser waren mit Sicherheit kein Zufall. Maja entschied sich kurzerhand für »Haus Claire«. Claire war schließlich die Mutter von Frau Bender gewesen, so hatte es auf dem Schild im Geschichtengarten gestanden. Sie versuchte, den Knauf des Tores zu drehen, und war überrascht, wie leicht es sich öffnen ließ. Maja trat einen Schritt hinein. »Hallo? Ist da jemand?«, rief sie. »Frau Bender? Ich bin Maja. Maja Kolmar, wir haben einen Termin!«

»Hier! Hinter dem Haus! Kommen Sie herein, bitte!« Die Stimme war kaum zu vernehmen neben dem sanften Wind, der plötzlich durch die Silberpappeln fuhr. Maja ging zwischen den Blumenbeeten hindurch an dem Haus vorbei und fand sich in einem größeren Garten wieder, der sich hinter der Ziegelsteinmauer zwischen den Deich und die Hecke aus Silberpappeln und Vogelbeeren schmiegte. Ihr Blick fiel erst auf die Reste von Taglilienblättern, die zwischen herbstlich welkenden Stauden in den Beeten standen, dann entdeckte sie eine überdachte hölzerne Terrasse hinten am Haus.

»Ich bin hier«, sagte die Stimme jetzt lauter.

Maja näherte sich der Terrasse und sah einen Schaukelstuhl, in dem eine zierliche alte Dame mit schneeweißem Haar saß.

»Entschuldigen Sie, das Aufstehen fällt mir nicht mehr leicht«, sagte die Dame und machte eine Geste hin zu zwei Krücken. »Herzlich willkommen, ich freue mich, dass Sie gekommen sind, Maja Kolmar!« Sie sah zu Maja auf, die sich kaum traute, ihre schmale, zerbrechliche Hand zu drücken. Doch die Augen in dem feinen Gesicht waren klar und voller Lebendigkeit, und das Lächeln vorsichtig, aber herzlich. Maja war sich ziemlich sicher, dass diese Frau nichts sagen würde, was sie nicht auch meinte.

»Remona Kreyhenibbe hat mir ein wenig von Ihnen erzählt«, sagte Frau Bender. »Möchten Sie etwas trinken? In dem Fall würde ich Sie bitten, etwas aus der Küche zu holen.«

Maja winkte ab. »Vielen Dank, aber ich habe gerade erst gefrühstückt. Darf ich Ihnen vielleicht etwas holen?« Sie wusste ja, wie oft die alten Leute zu wenig tranken, und musste sich beherrschen, Frau Bender nicht aus Gewohnheit zu umsorgen.

»Später gern. Setzen Sie sich doch, bitte.« Frau Bender beugte sich ein wenig vor und musterte Maja ungeniert, aber nicht unangenehm. Maja setzte sich ihr gegenüber in einen Korbstuhl, dessen türkisfarbene Kissen in Kombination mit dem pfirsichfarbenen Haus der Szene einen recht karibischen Anstrich verliehen. Frau Bender trug eine Strickjacke über einem Sommerkleid und wirkte nicht wie jemand, der jemals frieren könnte. Maja dagegen war froh über ihren eigenen Pullover, den sie in der Morgenkühle übergestreift hatte. Nach der dauerhaften Sommerhitze in der Prignitz war sie die kühle Meeresluft nicht mehr gewöhnt. Außerdem verursachte die Tatsache, dass sie hier einem lebendigen Teil von Clemens' und Cecilias Vergangenheit gegenübersaß, ihr unvermutet Gänsehaut. Was auf den Perlbooten geschrieben noch eine romantische Geschichte gewesen war, wurde auf einmal erschütternd real.

»Sie sind also die Enkelin von Clemens Kolmar.« Es war keine Frage, es war eine Feststellung, und irgendwie erschien es Maja auch wie eine Prüfung.

»Ja. Clemens war mein Großvater und gleichzeitig wie mein Vater. Ich habe meine Eltern früh verloren und bin bei ihm und meiner Großmutter Elsie aufgewachsen.«

»Elsie«, wiederholte Frau Bender. »Hat sie ihn glücklich gemacht?« Ihr Blick war forschend.

»Ja«, sagte Maja mit fester Stimme. Sie war sich nicht sicher, was Frau Bender hören wollte, aber sie würde diese Fremde nicht anlügen und auch nichts Schlechtes über ihre Großeltern behaupten, nur um sie zu schonen.

Plötzlich lächelte Frau Bender. Ein Netz von Fältchen erschien in ihren Augenwinkeln und ließ sie paradoxerweise viel jünger wirken. »Gut. Das ist gut! So, wie er mir beschrieben wurde, hatte er das verdient. Ich war als kleines Mädchen auch ein bisschen in ihn verliebt, obwohl ich ihn nie kennengelernt habe. Meine Mutter hat immer so begeistert von ihm erzählt, wissen Sie. Sie war ja selbst noch ein Backfisch, als Cecilia sich mit Clemens verlobt hat. Sie schwärmte auch für ihn. Völlig harmlos, natürlich.«

Maja musste lächeln. Den Ausdruck »Backfisch« für einen Teenager kannte sie von ihren Senioren. Sie begann, sich gelöster zu fühlen.

»Wie alt war denn Cecilia damals?«, fragte sie.

»Cecilia war neunzehn, als sie Clemens kennenlernte, und er zwanzig. Meine Mutter Claire war fünf Jahre jünger als ihre große Schwester, also vierzehn. Sie erinnerte sich an jedes Detail und erzählte immer wieder davon.« Frau Bender blickte versonnen zu den Beeten hinüber, wo sich Distelfinken um reife Sonnenblumensamen balgten. »Es war die letzte glückliche Zeit vor dem Krieg und der schweren Zeit danach. Darum hielt sie sich lange daran fest. Es dauerte, ehe sie selbst an Liebe denken konnte.« Frau Bender sah Maja fragend an. »Wie ist das bei Ihnen mit der Liebe, Frau Kolmar?«

Maja lächelte sie unwillkürlich an. Bei all diesen Geschichten aus der Vergangenheit von Krieg und Verlust war der Gedanke an Sebastian so wunderbar klar und voller Gewissheit. »Ich bin seit über dreißig Jahren glücklich verheiratet.«

Frau Bender nickte. »So war es bei mir und meinem Mann auch. Was hatten wir es doch gut hier! Manchen Menschen erscheinen diese modernen Zeiten schwierig, und für viele sind sie das wahrscheinlich auch. Trotzdem haben wir es so viel besser. Bisher hat kein Krieg unser Leben zerstört. Clemens und Cecilia hätten gewiss längst geheiratet, wenn er nicht einberufen worden wäre.« Nachdenklich drehte sie an ihrem Ehering. »Ich hätte niemals gedacht, dass ich von den Perlbooten noch einmal etwas hören würde, seit meine Mutter mir davon erzählt hat. Das Bild davon in der Zeitschrift ist wunderschön. Noch schöner, als meine Mutter es beschreiben konnte.«

Maja hatte eines mit einem Porträt von Cecilia mitgebracht. Nun wickelte sie es aus dem samtenen Tuch. »Hier können Sie jetzt sogar das Original sehen.«

»Wirklich? Wie aufmerksam von Ihnen!« Ehrfürchtig nahm Frau Bender das Perlboot entgegen. In dem verhaltenen Licht des Vormittags schien das Perlmutt den Himmel zu spiegeln. Cecilias Gesicht darauf wirkte lebendig. »Unglaublich«, flüsterte Frau Bender.

»Ich habe gelesen, was Sie auf dem Schild im Geschichtengarten geschrieben haben«, sagte Maja leise. »Cecilia muss Ihnen viel bedeutet haben, obwohl Sie sie nicht mehr gekannt haben.«

Frau Bender nickte. Behutsam reichte sie Maja wieder die Schale und lehnte sich zurück. »Darf ich Maja sagen? Ich bin Helene.«

»Freut mich sehr, Helene.«

»Vielleicht holst du uns jetzt doch etwas zu trinken. In der Küche stehen zwei Gläser und eine Karaffe mit Sanddornschorle.«

Die Küche war nicht zu klein und nicht zu groß. Sie war angenehm schlicht und dennoch gemütlich eingerichtet. Maja hielt einen Moment lang inne, bevor sie das Tablett hinaustrug und dachte: Hier in diesem Haus, auf diesem Grundstück, an diesem Ort erscheint alles so klar und machbar. Als ob Zweifel hier niemals nötig seien.

Sie goss Helene ein und stellte ihr das Glas in Reichweite. Die leichte Säure des Sanddornsafts war erfrischend. Maja trank das halbe Glas leer, ohne es zu merken.

»Ich bin 1933 geboren«, begann Helene. »Meine Mutter war da schon zweiunddreißig. Sie hat es schwer gehabt. Sie war kaum erwachsen, als der Erste Weltkrieg zu Ende ging. Die Zeiten waren hart, die meisten Männer gefallen, in Gefangenschaft oder verletzt, und Claire kümmerte sich außerdem rührend um ihre kranke Mutter. Die Liebe kam spät für sie, aber dann war sie glücklich mit meinem Vater, Konrad. Aber als ich sechs Jahre alt war, musste mein Vater in den nächsten Krieg, und er kam wie so viele nicht zurück.«

»Das tut mir sehr leid«, sagte Maja traurig.

»Ich kann mich kaum an ihn erinnern, aber für meine Mutter war es furchtbar. Damals begann sie, sich selbst und mich zu trösten, indem sie Geschichten von früher erzählte. Von ihrer großen Schwester Cecilia und ihrem schneidigen Verlobten, dem Ersten Offizier Clemens Kolmar. Und von Cecilias zauberhaftem Garten.«

»Damals war Clemens noch nicht Kapitän?«

»Nein, dafür war er ja viel zu jung. Cecilia hatte ihn auf einem Frühlingsfest kennengelernt, ich glaube, es war der Tanz in den Mai 1913. Es muss wohl Liebe auf den ersten Blick gewesen sein. Zumindest hat das meine Mutter erzählt. Sie bewunderte ihre große Schwester. Sie sei so schön und so liebenswürdig gewesen, erzählte sie. Aber Cecilia interessierte ihre eigene Schönheit nicht. Sie kniete am liebsten in den Beeten, von oben bis unten mit Erde beschmutzt, und kümmerte sich um ihre Blumen. Da gab es eine Taglilie in den Farben des Sonnenuntergangs, die sie am meisten liebte. Sie versuchte, verschiedene Farbvariationen davon heranzuzüchten. Das gelang ihr jedoch erst richtig, als Clemens ihr von einer Fahrt eine Knolle aus Asien mitbrachte, eine bis dahin hierzulande unbekannte Sorte. Aus beiden entstand eine neue Farbe, die sie ›Cecilias Glück‹ nannte. Ein Seemann, der ein Freund der Familie war, nahm die Pflanze mit nach Übersee und reichte sie dort bei einem Wettbewerb ein. Bei uns gab es so etwas noch nicht. Und Cecilia gewann tatsächlich! Obwohl es zunächst in der Jury eine Diskussion gegeben hatte, ob eine Frau überhaupt teilnehmen durfte. Doch Menschen, die Blumen lieben, haben häufig weniger Vorurteile und einen freieren Geist. Von da an war sie nicht mehr aufzuhalten.« In Frau Benders Stimme schwang Stolz mit. Auch wenn sie ihrer Tante nie begegnet war, fühlte sie sich ihr eindeutig verbunden. Sicher weniger wegen der Verwandtschaft mit ihr, sondern weil Cecilia für ihre Zeit offenbar eine entschlossene Frau gewesen war, die wusste, was sie wollte.

»Ich hätte sie gern kennengelernt«, sagte Maja. »Nicht nur, weil Clemens sie so geliebt hat. Und den Garten hätte ich auch sehr gern gesehen.«

Frau Bender nickte. »Ich auch. Wenn meine Mutter mir vor dem Einschlafen von ihr erzählte, stellte ich mir Cecilia als eine Art Prinzessin vor, die mich gleich an der Hand nehmen und in diesen Garten führen würde. In ihren ›Sonnenuntergangsgarten‹, in dem Lilien in allen Schattierungen und Formen die Farben des Abendhimmels über dem Meer widerspiegelten. Wir würden barfuß über das Gras gehen und zwischen den Beeten hindurchlaufen, und der Duft der Lilien würde so süß sein, dass man ihn beinahe sehen könnte wie einen goldenen Nebel.« Frau Bender lächelte. »Was man sich eben so vorstellt als Kind. Wir wohnten in einer engen, dunklen Souterrainwohnung mitten in Zempin. Vor dem Fenster war nur ein schmaler Streifen Erde, auf dem Cecilias letzte Lilie um das Überleben kämpfte. Wir hatten wenig zum Heizen und kaum etwas zu essen. Da braucht man große Träume! Ich hörte die Geschichten meiner Mutter immer noch gern, als ich eigentlich schon zu groß dafür war.«

»Wo war denn der ›Sonnenuntergangsgarten‹?«, wollte Maja wissen. Die Frage, was mit Cecilia geschehen war, konnte sie dadurch noch ein wenig aufschieben. Sie ertappte sich selbst bei dem Wunsch, das wahre Märchen möge nicht enden.

»Er lag in Zempin am Waldrand in einer Senke, Richtung Meer gesehen rechts vom heutigen Strandaufgang 7 B. Das Haus, in dem Cecilia und Claire mit ihren Eltern lebten, war hellgrün wie der Frühling. Das Frühlingshaus im ›Sonnenuntergangsgarten‹. Da musste man doch glücklich sein, oder? Das war der Stoff für Geschichten, wie man sie in den dunklen Jahren nötig hatte. Es hatte schließlich auch gute Zeiten gegeben, vor dem Krieg. Cecilias Eltern ging es finanziell nicht schlecht, ihr Vater war ein recht erfolgreicher Kaufmann. Sicher war sie auch ein wenig verwöhnt, wenn ich es mir heute überlege. Aber was macht das schon? Wenn ich hungrig und frierend und schlaflos in meinem Bett lag, hat mich der Gedanke an die schöne, lachende Cecilia und ihren Garten getröstet. Es hat mir den Glauben an das Gute im Leben bewahrt. Clemens, Cecilias große Liebe in der Uniform der kaiserlichen Marine, der war natürlich das Tüpfelchen auf dem I. Ein Märchen braucht einen Prinzen.«

»Für Clemens war es genauso«, sagte Maja. »Wenn man die Texte auf den Perlbooten liest, wird klar, dass ihm der Gedanke an sie in den Kriegsnächten auf dem Schiff Kraft gegeben hat. Der Gedanke an sie und an den Garten mit den Lilien und den Grashüpfern.«

»Ja. Ihr Leben war kurz, aber nicht umsonst. Das ist ein Trost. Die Grashüpfer waren auch ihr wichtig, und ich nehme ihr Lied nie wahr, ohne an Cecilia zu denken. Hier hört man sie häufig um diese Zeit. Einer der Gründe, warum ich diesen Ort so liebe. Hören Sie?« Helene hob den Finger, und beide lauschten. Ja, wie ein Echo des Windes zirpte es in dem höheren Gras unten am Graben.

»Clemens hat sogar ein Kinderbuch über die Grashüpfer geschrieben«, sagte Maja. »Ich schicke dir eins zu, wenn du möchtest.«

»Sehr gerne. Ich freue mich darauf. Wusstest du, dass Cecilia gesagt haben soll, sie wolle bei ihrer Hochzeit keine Musik? Sie wünschte sich, dass der Pfarrer sie im Garten traut, wo man nur die Wellen, die Vögel und die Grashüpfer hören würde. ›Liebe ist ganz einfach, wenn sie richtig ist‹, meinte sie, ›da braucht man nicht so ein Brimborium veranstalten.‹«

»Und dann ist es nie dazu gekommen«, sagte Maja traurig.

»Nein. Deswegen habe ich meine Mutter immer rechtzeitig unterbrochen. Ich wollte das Ende der Geschichte nicht hören.«

32

Cecilia

Maja goss Helene und sich selbst noch einmal nach. Geduldig wartete sie, bis Cecilias Nichte schließlich fortfuhr. »Ich weiß nicht, ob du es wusstest, aber Clemens war maßgeblich am sogenannten ›Kieler Matrosenaufstand‹ beteiligt, der später zur Novemberrevolution und damit zum Ende des Kaiserreichs führte. Damals sollten große Teile der Hochseeflotte in eine Entscheidungsschlacht gegen die Briten geschickt werden. Viele Besatzungsmitglieder verweigerten das, weil es ein sinnloses Himmelfahrtskommando gewesen wäre. Es hätte unzählige Leben gekostet in einem Krieg, der im Grunde bereits zu Ende war. Außerdem hatte man mit der Spanischen Grippe zu kämpfen, die damals weltweit unter den Soldaten wie auch der Zivilbevölkerung wütete und viele Millionen Tote forderte, viel mehr noch als der Krieg. Die Flotte wurde daraufhin nach Kiel zurückbeordert und viele verhaftet, darunter auch Clemens. Später musste er dann helfen, einen Großteil der Flotte zu versenken, damit die Schiffe nicht in die Hände der Feinde gerieten. Clemens kam nach dieser schweren Zeit im Frühsommer 1919 endlich zurück nach Usedom.«

Maja lauschte aufmerksam. Kein Wunder, dass Clemens nie von seinem Leben vor Elsie gesprochen hatte.

»Cecilia verlebte noch einmal ein paar glückliche Wochen mit ihm. Sie wollte nun so schnell wie möglich heiraten, aber Clemens konnte auch stur sein. Damals besaßen alle nicht mehr viel, außer dem Nötigsten. Cecilias und Claires Vater war gestorben und ihre Mutter krank. Clemens, der sich nun nicht nur für Cecilia, sondern auch für ihre Familie verantwortlich fühlte, bekam im Herbst eine lukrative Fahrt auf einem Handelsschiff angeboten. Es ging um Tee, Gewürze und Medikamente aus Asien, und er setzte sich in den Kopf, diese eine Fahrt noch zu machen. ›Wir haben durch den Krieg so lange warten müssen, nun kommt es auf ein weiteres halbes Jahr nicht an. Ich kann dich nicht heiraten, wenn ich nicht für dich sorgen kann‹, sagte er. ›Hinterher gebe ich die Seefahrt auf. Ich werde wieder Fischer und bleibe bei dir.‹«

»Ja, das hat er auch auf die Perlboote geschrieben«, sagte Maja.

Helene seufzte. »Das war damals eben so. Man heiratete nicht, wenn man nicht für seine Frau sorgen konnte. Cecilia fügte sich. Die beiden genossen diesen Sommer, man begann schon wieder zu tanzen und zu lachen und zu leben. Jedenfalls wenn man jung und dem Krieg und der Seuche davongekommen war.

Dann verabschiedete sich Clemens, und Cecilia stürzte sich in die Züchtung ihrer Lilien. Die Beete, die sie im Krieg zu einem Gemüsegarten gemacht hatte, verwandelte sie wieder in Blumenbeete. Sie begann, auf Märkten die Knollen gegen Waren einzutauschen und fing schließlich sogar einen kleinen Versandhandel an. Die Leute hatten wieder Sehnsucht nach Schönem, und eine Blume im Garten war kein allzu teures Vergnügen. Cecilia hatte immer mehr Erfolg. Sie war stolz darauf. Vor allem aber lenkte sie das ab. Denn nicht lange nach Clemens' Abreise bemerkte sie, dass sie schwanger war.«

»Oh.«

»Ja, oh. Ein uneheliches Kind war damals keine Kleinigkeit, auch wenn es nach dem Krieg nicht ganz so eng gesehen wurde. Cecilia machte sich Sorgen. Aber sie wollte Clemens nichts davon schreiben, denn sie wusste, dass er sich Vorwürfe machen würde und nicht einfach so nach Hause kommen konnte.« Helene machte eine Pause.

»Wenn es dich zu sehr ermüdet, kannst du mir das auch morgen weitererzählen. Ich bin noch ein paar Tage hier«, sagte Maja besorgt. Helene winkte ab. »Nein, dann geht es mir die ganze Nacht im Kopf herum. Es ist so lange vorbei. Wir sollten die alten Geschichten eigentlich besser ruhen lassen. Aber du hast ein Recht darauf, es zu wissen. Sonst lässt es dir auch keine Ruhe.«

»Danke dir. Es bedeutet mir viel.«

»Cecilia hätte ihr Kind Anfang Juni zur Welt gebracht. Aber dazu kam es nicht. Die Spanische Grippe, die man nach der zweiten Welle überwunden glaubte, flackerte im Frühjahr 1920 in mehreren Ländern noch einmal auf, unter anderem in Australien und Amerika. Cecilia traf in Zinnowitz auf einen amerikanischen Kapitän. Er fragte sie nach dem Weg, zum Dank spendierte er ihr einen Kaffee und so sprach sie eine Weile mit ihm. Er unterhielt sie mit Geschichten von Erlebnissen auf der Hochsee. Sie hörte ihm gern zu, weil ihr diese Anekdoten Clemens für eine kleine Weile näherbrachten. Doch als er bezahlte und aufstand, wurde ihm schwindelig. Cecilia half ihm in sein Zimmer im Hotel und sorgte dafür, dass ein Arzt gerufen wurde. Zwei Tage später bekam Cecilia rasende Kopfschmerzen, Husten und hohes Fieber, und am übernächsten Tag war sie tot. Noch zwei andere hatten sich angesteckt, ein Zimmermädchen im Hotel und ein Verkäufer. Sie waren die letzten Opfer dieser furchtbaren Pandemie.«

Maja schluckte. »Hätte sie … hätte sie überlebt, wenn sie nicht schwanger gewesen wäre?«

»Vielleicht. Während der dritten Welle verhielt sich das Virus nicht mehr ganz so gnadenlos wie während der zweiten. Dennoch traf gerade diese Krankheit ausgerechnet die Jungen, Gesunden und Kräftigen am härtesten. Außerdem ist es müßig, darüber nachzudenken.« Frau Bender sah zu der Perlbootschale hinüber, die Maja auf dem Tisch abgelegt hatte. »Clemens war unterwegs und nicht erreichbar. Als er schließlich voller Vorfreude vor der Tür stand, war es meine Mutter, die ihm die Nachricht überbringen musste. Sie hat ihm nicht gesagt, dass Cecilia schwanger war. Warum sollte er sich unnötig Vorwürfe machen? Ich glaube, es hat ihm tatsächlich niemand jemals erzählt.«

»Sicher nicht. Das hätte er erwähnt in all den Jahren, in denen er danach auf den Perlbooten seine Trauer niedergeschrieben hat. Konnte er denn wenigstens an der Beerdigung teilnehmen?« Maja schluckte an ihren Tränen; ihr tat das Herz weh für Clemens. Seine ganze Welt musste zusammengebrochen sein, und das nach allem, was er schon durchgemacht hatte.

Helene nickte. »Cecilia hatte darum gebeten, dass ihre Asche auf dem Streckelsberg verstreut würde. Dort, wo man den Leuchtturm der Greifswalder Oie sehen konnte, der sich linksherum drehte. Dort hatten sie sich oft getroffen, Clemens und Cecilia. ›Hier oben gibt es keinen Krieg, keine Krankheit, keine Sorgen. Hier zählen nur wir beide‹, hatte Clemens oft zu ihr gesagt.«

»Ja, dort oben ist die Welt fern, wenn man auf das Meer blickt, das so weit unten liegt«, erinnerte sich Maja. »Darum also ist er mit mir so gern dorthin gewandert! Wo haben Cecilia und Clemens sich noch getroffen?«

»Meine Mutter erzählte mir, dass Cecilia ihn dort im Wald auf dem Streckelsberg die Namen aller Pflanzen gelehrt hat. Im Frühling waren die Leberblümchen wie ein blaues Meer.«

»Später hat er dann mir diese Namen beigebracht«, sagte Maja zärtlich.

»Es gab auch eine große weiße Pergola vor einer Bank auf der Steilküste, auf dem Weg von Koserow nach Loddin«, fuhr Helene fort. »Nichts wollte daran ranken. Die Rosen, die gepflanzt wurden, hielten dem Seewind nicht stand. Aber Clemens und Cecilia machten ein Spiel daraus sich vorzustellen, was dort alles ranken und blühen könnte. Waldrebe, Geißblatt und Trichterwinde. Efeu oder Wein. Blauregen vielleicht. Wenn sie einmal ein Haus hätten, beschlossen sie, dann würden sie eine große Pergola mit allem bepflanzen, was ihnen in die Hände kam. Und natürlich würde es eine Bank darunter geben, auf der sie sitzen könnten. Sie waren glücklich, als sie diese Pläne schmiedeten. Sie hatten viele glückliche Tage, trotz allem. Sie wussten die wenigen zu nutzen, die ihnen gegeben waren. Kennst du die alte Feldsteinkirche in Koserow?«

Maja nickte. »Ja, dort waren wir auch. Da gab es eine kleine inzwischen zugemauerte Seitentür, dort stand Clemens immer eine Weile und war ganz nachdenklich.«

»Ja. Auch dort trafen sie sich oft. Oder bei den Salzhütten am Strand, wo früher die Heringe eingelegt wurden. Jetzt ist dort das kleinste Standesamt Deutschlands. Damals stellten sie sich manchmal vor, dass es ihnen genügen würde, in einer solchen schlichten Holzhütte zu wohnen, so nahe am Strand, nur sie beide. ›Die haben aber keine Fenster, nur Dachluken‹, hatte Clemens eingewandt, doch Cecilia sagte: ›Das macht nichts, es genügt, wenn wir den Himmel sehen. Wir haben uns, und schließlich gibt es draußen im Meer eine ganze Stadt voller Reichtümer.‹ Und dann erzählte sie ihm Sagen von Vineta.«

»Später hat er die dann mir erzählt.«

»Oft fuhr er sie in einem Ruderboot im Achterwasser herum. Meine Mutter durfte manchmal mit. Sie haben sogar im Dunkeln gefischt, mit Laternen am Boot«, erinnerte sich Helene. »Meine Mutter schwärmte häufig davon, wie romantisch das war.«

Sie schwieg. Beide sahen das Boot vor sich, mit den jungen, lebensfrohen Menschen darin.

»Vielen Dank, Helene«, sagte Maja schließlich. »Durch deine Erinnerungen an die Geschichten deiner Mutter sind beide so lebendig für mich geworden. Jetzt kann ich mir Clemens als jungen Mann vorstellen, und ich weiß, dass er glückliche Zeiten mit Cecilia hatte. Das macht es leichter. Wie kommt es, dass Clemens im Besitz aller Perlboote war? Auch jenen aus den Jahren, als Cecilia noch lebte? Hatte er sie nicht Cecilia schenken wollen?«

Helene nickte. »Er hat Cecilia von jeder Fahrt ein oder zwei mitgebracht. Sie waren Cecilias größte Schätze. Sie wusste, wie viel Liebe und Arbeit darin steckte, sie waren der Beweis seiner Liebe. Doch Claires Mutter konnte den Anblick nicht ertragen. Sie gab sie ihm zurück, schließlich waren es ja seine Erinnerungen und seine Kunstwerke. Er wollte Claire und ihre Mutter unterstützen, doch sie baten ihn, nicht wiederzukommen. Es tat zu weh. Also überschrieb er ihnen eine beträchtliche Summe und ging. Meine Mutter erzählte, dass sie ihn dabei beobachtet hat, wie er im Gehen noch eine Lilienknolle im Garten ausgrub, sorgfältig einwickelte und mitnahm.«

Maja setzte sich gerade. »Wirklich? Dann stammen manche der Lilien in Elsies Garten vielleicht doch noch davon ab. Vielleicht hat er sie in einen Topf gepflanzt und immer mit sich genommen, bis er Elsie kennenlernte. Obwohl, eher hat er sie bei Freunden untergebracht. Es ist ja kaum vorstellbar, dass er sie auf seinen Fahrten als Kapitän mitgeführt hat. Seit er dann bei Elsie war, waren die Taglilien eindeutig seine Lieblingspflanzen. Er hat extra Beete dafür angelegt. Sieh mal.« Sie zeigte Helene Fotos von dem runden Platz mit dem Schiff und den Lilienbeeten. »Er hat die Sorten nach und nach gesammelt. Aber bestimmt hat er die Erste mitgebracht, als er kam.«

»Wie schön!«, sagte Helene und betrachtete das Bild lange.

»Was ist aus Claire und ihrer Mutter geworden? Und aus dem Garten?«, fragte Maja.

»Claires Mutter starb Jahre später, nachdem Claire sie lange gepflegt hatte. Sie bemühte sich, die Lilien am Leben zu halten. Es gelang ihr nur zum Teil. Sie hatte weder die Zeit noch Cecilias grünen Daumen. Dann verliebte sich Claire und heiratete meinen Vater, und kurz darauf wurde ich geboren. Nachdem er im Krieg fiel, verloren wir das Haus – ein Unglück, das unsere Rettung war – und zogen in die Souterrainwohnung, von der ich schon erzählte. Gegen Ende des Krieges wurde Peenemünde bombardiert, doch einige Bomben schlugen auch woanders ein. Eine traf das grüne Frühlingshaus mitsamt dem älteren Ehepaar, das inzwischen darin lebte. Und den Garten. Meine Mutter lief hin und rettete die einzige Lilie, die sie noch finden konnte. Sie pflanzte sie in den Streifen Grün vor unserem Fenster. Es war das Einzige, was ihr von Cecilia geblieben war.«

Helene deutete auf die Lilien im Beet. »Ich war Lehrerin in Greifswald und hatte lange wenig Zeit, mich um einen Garten zu kümmern. Wir besaßen gar keinen, nur ein Stückchen Grün im Hinterhof. Dort pflegte ich Cecilias Lilie. Doch ich habe leider auch nicht den grünen Daumen meiner Tante. Einmal wäre sie mir eingegangen, wenn nicht ein Mann namens Mervin damals in der Nachbarschaft nach Gartenarbeit gefragt hätte. Er pflanzte sie neu ein und machte irgendetwas mit der Erde. Seitdem gedieh sie zu meiner großen Freude wieder. Das war das einzige Grüne in unserem häuslichen Leben. Mein Mann war auch vielbeschäftigt. Kinder waren uns nicht vergönnt. Als ich pensioniert wurde, zog es mich jedoch zurück auf die Insel, und auch mein Mann sehnte sich nach Ruhe. Durch eine alte Freundschaft gelangten wir an dieses Grundstück. Es hat mich sofort verzaubert. Gleich nebenan liegt Lüttenort, das ist die schmalste Stelle Usedoms. Es sind nur ein paar Minuten zum Meer, und auf dieser Seite blicken wir auf das Achterwasser. Wir verkauften das Haus in Greifswald und bauten hier die beiden kleinen. ›Haus Cecilia‹ vermieteten wir an Feriengäste, so hatten wir immer ein zweites Einkommen.«

Lüttenort. Der Name weckte eine Erinnerung in Maja. Darüber würde sie später nachdenken.

»Wir hatten viele glückliche Jahre hier«, fuhr Helene fort. »Mein Mann ist dann vor zehn Jahren gestorben. Aber der Blick aufs Achterwasser und die ganze Landschaft haben mir immer Kraft gegeben. Ich fand Trost darin, weil ich wusste, dass jeden Abend hier die Sonne untergehen würde, in demselben Farbenspiel, wie es einst die Taglilien in Cecilias ›Sonnenuntergangsgarten‹ boten. Es beweist, dass immer ein neuer Tag kommt.«

»Das klingt so schön versöhnlich und friedlich«, fand Maja. War das nicht genau der Frieden, nachdem sie sich gestern bei dem Regen im Hotelzimmer gesehnt hatte?

»Das ist es auch. Um mich immer daran zu erinnern, habe ich

das Fenster in der Ziegelmauer mit dem Lilienbild bestellt, als ein Sturm das alte zerbrochen hat. Früher war es auch ein Kompass wie auf der anderen Seite. Ein Kompass genügt, zwei braucht man nicht. Aber eine tägliche Erinnerung an das, was einem Kraft gibt, kann nicht schaden.« Helene lächelte ein wenig verlegen und zeigte auf die welkenden Lilienblätter im Beet. »Ich habe sogar eine Zeitlang versucht zu tun, was Clemens bei euch im Garten getan hat. Ich habe nicht nur die übrig gebliebene Lilie gepflegt und vermehrt, sondern mich auch in der früheren Nachbarschaft des ›Frühlingshauses‹ erkundigt, ob es noch Ableger gibt. Ich habe tatsächlich vier Frauen gefunden, die in ihrem Garten Lilien hatten, die aus Cecilias Zucht stammen könnten. Vielleicht haben ihre Großmütter mit Cecilia getauscht oder ihr Knollen abgekauft. Niemand wusste es mehr genau, bis auf eine davon. Ich bestellte trotzdem noch einige Sorten aus einem Katalog und begann, unseren Garten nach dem alten Vorbild von Cecilias ›Sonnenuntergangsgarten‹ anzulegen. Es gibt noch eine Skizze davon, die sie einmal gemacht hat. Man muss die Sorten so kombinieren, dass sie das ganze Farbspektrum ergeben, am besten in runden Beeten, formal angeordnet, aber mit natürlichen Stellen dazwischen, zur Auflockerung. Nur, ich habe wohl beim besten Willen und bei aller Liebe leider kein Talent zum Gärtnern, schon gar nicht für Lilien, und außerdem verließen mich bald die Kräfte. Dann gab es auch noch einen Rohrbruch und der halbe Garten musste aufgerissen werden, um neue Leitungen zu verlegen. Davon hat er sich nicht erholt. Inzwischen bin ich fünfundachtzig.« Helene zuckte mit den Schultern. »Darum ist dieser Garten nicht mehr als ein gescheiterter Versuch und eine liebenswerte Wildnis. Nur gelegentlich kommt ein junger Bekannter und reißt das schlimmste Unkraut heraus, damit die letzten Lilien noch atmen können. Man muss seine Grenzen kennen. Die Geschichte von Cecilias schönem Garten, die mich als kleines Mädchen getröstet hat, die bleibt mir ja für immer.«

»Ich habe im Internet nach einer Taglilienzüchterin zu jener Zeit namens Cecilia gesucht, aber ich habe nichts gefunden. Es wundert mich nicht, weil die Daten von damals aus so einem speziellen Randgebiet wie der Taglilienzucht wahrscheinlich niemals digitalisiert wurden«, sagte Maja.

»Unter dem Namen Cecilia konntest du sie auch nicht finden«, sagte Helene. »Sie nannte ihren kleinen Handel mit den Knollen *Clemencilia.*«

Maja starrte sie an, dann fühlte sie, wie sich ein Lächeln auf ihrem Gesicht ausbreitete. »Das ist schön. Das ist so schön!«

Eine schnelle Suche in ihrem Handy förderte auch dazu nichts zutage, aber es war einfach berührend, es zu wissen. »Remona hat ja in ihrem Artikel einen Aufruf gestartet, ob jemand noch weitere Sorten hat. Ich muss ihr schreiben, dass sie den Namen *Clemencilia* nachtragen soll. Ich würde so gern einige davon im ›Elbschwarm‹ in die Lilienbeete pflanzen.«

»Ja, ich habe es gelesen. Ihr habt heute so viel bessere Möglichkeiten, Erkundigungen einzuziehen«, sagte Helene. »Ich bin gespannt, ob sich jemand meldet. Was wirst du jetzt tun? Erzählst du mir auch noch etwas von dir?«

»Gern, aber ich glaube, du solltest etwas essen. Wer kümmert sich eigentlich um dich?« Helenes Magen hatte vernehmlich geknurrt, und Maja selbst ging es nicht viel anders. Zu viel Vergangenheit war anstrengend und machte Appetit.

»Ach, es gibt jemandem im Ort, Frau Burggraf. Sie ist auch nicht mehr die Jüngste, aber sie kommt regelmäßig vorbei und hilft mir beim Duschen, macht ein wenig sauber und meine Wäsche und kauft sogar ein. Sie hat in der Gefriertruhe jede Menge Menüs hinterlegt, die ich mir nur in der Mikrowelle warm machen muss. Oder im Backofen. Wie wäre es mit Kartoffelpuffern? Hättest du Lust, mit mir zu essen?«

»Nur, wenn ich mich darum kümmern darf.«

»Die Kartoffelpuffer müssen nur eine Weile in den Ofen. Du findest sie oben rechts in der Gefriertruhe. Und im Kühlschrank steht Apfelmus, das hat Frau Burggraf selbst gemacht. Es ist vorzüglich.«

Sie aßen draußen, in dem heimeligen Frieden innerhalb der Ziegelmauern, während über dem Achterwasser Möwen segelten und der Wind ab und zu ein paar Silberpappelblätter zu ihnen herüberfliegen ließ. Der Himmel war jetzt aufgerissen und die Sonne warm. Maja erzählte ein wenig vom »Elbschwarm«, von Clemens und Elsie und ihrer eigenen Familie. Von ihren Sorgen erwähnte sie nichts.

Nach dem Essen wusch Maja ab und half Helene, sich zum Mittagsschlaf hinzulegen. »Ich bleibe noch ein paar Tage hier«, sagte sie. »Wenn du magst, komme ich vor meiner Abreise noch einmal vorbei und zeige dir die anderen Perlboote. Ich wusste nur nicht, ob dir das vielleicht zu viel ist.«

»Das wäre sehr schön«, sagte Helene und schloss erschöpft die Augen. Dann öffnete sie sie noch einmal. »Übrigens, Maja, wenn du und dein Sebastian hier einmal Ferien machen wollt, ich vermiete das Haus drüben nur noch sehr selten. Und nur noch an Menschen, die ich kenne. Es ist mir zu mühsam geworden, das ganze Drumherum. Aber du und dein Mann, ihr wäret jederzeit herzlich willkommen.«

»Oh, vielen Dank! Das ist sehr lieb von dir. Sebastian hat schon gesagt, er möchte öfter einmal ans Meer, wenn er wieder in Deutschland ist. Ich werde sicher darauf zurückkommen.«

Der Gedanke war verlockend, dachte Maja, als sie auf den Deich stieg. Ein paar Wochen hier, an diesem friedlichen, verwunschenen Ort zwischen den Wassern, zu zweit, ohne irgendwelche anderen Dinge, die einen ablenken. Das wäre paradiesisch.

Während sie hier wäre, könnte sie Helene ein wenig im Garten helfen und sich um die Lilien kümmern. Vielleicht fand dann ja sogar Sebastian ein wenig Freude an der Gartenarbeit. Den ganzen Tag am Schreibtisch zu sitzen war nicht gut für ihn.

Maja wusste noch immer nicht, wie sie die offenen Fragen der Zukunft lösen sollte, aber eines schien machbar, und das nahm sie sich fest vor. Sie würde mit Sebastian herkommen, irgendwann, und sich wieder einmal ein paar Tage Auszeit gönnen, genau hier im »Haus Cecilia«.

33

Lüttenort

Maja war zu aufgewühlt, um zurück ins Hotel zu gehen. Außerdem hatte sie zu lange gesessen. Sie brauchte unbedingt Bewegung. Laufen war gut, wenn man zu viele Emotionen in sich trug. Bewegung, Luft, einen Schritt nach dem anderen, das hatte ihr schon immer geholfen. Außerdem zog diese Landschaft sie magisch an.

Lüttenort. Da waren sie doch gewesen, früher? Auf den Spaziergängen. Es hatte eine Bedeutung für sie gehabt. Doch sie kam nicht darauf. Schon nach wenigen Metern kam sie an ein ausgeblichenes Schild, das nach rechts zeigte, Richtung Meer. *Lüttenort, 300 m.*

Maja bog also wieder vom Deich ab und folgte dem Weg durch ein Dickicht aus Kartoffelrosen und jungen Weiden. Sie hörte die Bäderbahn, näher hier, und dann öffnete sich der Blick. Vorn lag der Graben, über den eine hölzerne Brücke führte, dahinter eine Böschung zum schmalen Gleis der Bahn hin, dahinter dann die Straße. Auf der anderen Seite der Deich, der zweite, der nicht das Achterwasser, sondern das Meer in Schach hielt, wenn die Sturmfluten kamen.

Und dann entdeckte Maja hinter einem Zaun einen Garten, und an diesen Garten erinnerte sie sich. Dort war sie schon gewesen, vor langer Zeit! Durch den Zaun erblickte sie vertraute Figuren. Ein Wildschwein, einen Drachen, andere Tiere, menschliche Figuren. Auch abstrakte Gebilde. Und dazwischen immer diese niedrigen, geschwungenen Mauern aus runden weiß gestrichenen Feldsteinen, die die Beete eingrenzten. Man konnte darauf Platz nehmen und träumen, Moos wucherte in den Ritzen, und Eidechsen wohnten dort. Alles wirkte heiter und verspielt.

Es war der Garten eines Malers, der hier gewohnt hatte und mit dem Clemens locker bekannt gewesen war. Otto Niemeyer-Holstein.

»Er ist ungefähr in meinem Alter und hat hier 1933 das Grundstück gekauft«, hatte Clemens erzählt. »Das war damals noch eine Brache. Ich war gerade zwischen zwei Fahrten, und wir kamen ins Gespräch. Er war wie ich einberufen worden und seit seiner Rückkehr ein strikter Kriegsgegner. Den Ort hatte er beim Segeln entdeckt und sich sofort in ihn verliebt. Er wollte einen Malergarten anlegen und hierherziehen. Ich half ihm beim Anlegen des Gartens und auch noch einmal später, als er seine Schwiegermutter hier versteckt hat. Seine Frau war Halbjüdin. Otto Niemeyer war zu der Zeit als Schrankenwärter tätig und hatte dadurch Kontakt zu deutschen Offizieren, die er auch nach Hause einlud, als Tarnung. Wer hätte in einem solchen Haus das Versteck einer Jüdin vermutet? Ich bewundere ihn für diesen Mut, und ich mag auch manche seiner Bilder. Nicht alle. Er verträgt es, wenn ich ihm das sage.«

Zu Hause im »Elbschwarm« hing sogar ein Bild des Malers, eine winterliche Szene am Achterwasser. Maja mochte es, obwohl es recht abstrakt war. Ihm war eine Stimmung eigen, die sie anzog. Genau wie dieser Ort.

Sie waren damals ein paarmal nach Lüttenort zum Kaffee eingeladen gewesen. Während die Erwachsenen sprachen, erforschte Maja den Garten. Die weiß gestrichenen Feldsteinmauern hatten es ihr angetan, und die Figuren auch. Sie unterhielt sich mit ihnen, vor allem mit dem Wildschwein aus Bronze freundete sie sich an. Stockrosen und richtige Rosen blühten überall. An der Skulptur eines wandernden Menschen schlang sich eine dicke Efeuranke um dessen Knöchel wie eine Fessel. Maja fand das unheimlich, und doch zog es sie an. Die Skulptur war so kalt und hart, und die Pflanze so weich und so grün! Der Anblick war wie ein Schatz, so bizarr wie Clemens' Schätze aus aller Welt im »Elbschwarm«. Es gab noch mehr davon in diesem eigenartigen Garten, in dem Erwachsene scheinbar wie Kinder gespielt hatten, um die seltsamen Bänke und Gestalten zu konstruieren, auf die man überall in verborgenen Winkeln stieß. Sie drängten sich nicht auf, man musste sie entdecken und erobern. Wenn man dann fortging und sich nach einigen Schritten noch einmal umdrehte, glaubte man, sie seien alle verschwunden, und fragte sich, ob sie nur ein Traum gewesen waren.

Das Wildschwein war tatsächlich nach all den Jahrzehnten immer noch da. Es stand versonnen auf der Wiese hinter dem Zaun, als ob es über eine Frage nachdachte, die die Welt bewegte.

Heute war das Atelier ein Museum. Der Garten und die Ausstellung waren geöffnet. Maja überquerte die Brücke und trat durch das Tor. Auch hier gab es eine weiße Pergola. Vielleicht hatte Clemens das damals angeregt? Der Weg führte hindurch, Schwarzäugige Susanne und Hopfen wucherten daran. Dahinter tauchte das eigenwillige kleine weiße Haus auf, an das sie sich dunkel erinnerte. Rosen rankten an Spalieren die Mauern hinauf. Wie im »Elbschwarm«.

Maja zahlte Eintritt für ein modernes, flaches Gebäude, in dem sich nun die Ausstellung der Bilder befand. Sie spazierte hindurch, erkannte manche wieder, fand einige schön und andere nicht, genau wie Clemens. Draußen gefiel es ihr noch besser, und sie war froh, wieder die Sonne auf der Haut zu spüren. Lange wanderte sie durch den Garten, entdeckte alle Ecken neu und fand sogar die Skulptur wieder, um deren Fuß sich noch immer Efeu schlang, dicker nun. Jemand musste ihn jedoch zwischendurch zurückgeschnitten haben.

»Schön, dass du noch da bist«, sagte Maja zu der Figur. Es war tröstlich, dass dieser Ort ebenso annähernd unverändert war wie der Wald und der Blick vom Streckelsberg, und vor allem das Achterwasser. Vom Garten aus blickte man hier in den kleinen Hafen. Von dort waren sie manchmal mit Otto Niemeyer auf dessen Boot zu einer kurzen Segeltour aufgebrochen, erinnerte sich Maja.

Elsie wurde leider leicht seekrank. Maja dagegen hatte es genossen. Im Hotel gab es Kajaks zu leihen, fiel ihr ein. Vielleicht würde sie das morgen tun. Sie hatte ja Zeit. Der Termin mit dem Hotelbesitzer in Zinnowitz, der an den Perlbooten mit den nautischen Motiven interessiert war, war erst am Nachmittag.

Maja hatte sie sorgfältig von allen Seiten fotografiert, falls sie sich wirklich davon trennen würde.

Zögernd verließ sie schließlich das Haus zwischen den Deichen an dieser schmalsten, so zerbrechlichen Stelle der Insel. Zu Cecilias Zeiten hatte es die Deiche noch nicht gegeben, sie waren erst in den dreißiger Jahren gebaut worden. Aber auch sie konnten die Macht des Meeres nicht immer aufhalten. Vor zwei Jahren erst hatte eine Sturmflut den Deich beschädigt und fünfundzwanzig Meter Sand abgetragen. Maja hatte es auf einer der Tafeln in der Galerie gelesen. Das Land veränderte sich ständig. Wie die Menschen und die Geschichten. Auch der Streckelsberg verlor an seiner bröckelnden Steilküste etwa achtzehn Zentimeter pro Jahr. Das Material wurde woanders angeschwemmt, am Peenemünder Haken. Eines Tages würde der Berg ganz verschwinden.

Als Maja am Achterwasser entlang zum Hotel zurückging, war es, als wäre sie diesen Weg nicht nur früher mit Clemens und Elsie, sondern unzählige Male seitdem gegangen, so vertraut schien er ihr.

Am nächsten Vormittag gab es vom Forsthaus aus eine geführte Kanutour. Für Maja war noch ein Platz frei.

Kurze Zeit später tauchte sie ihr Paddel in das silbrige Wasser. Die Sonne schien. Dafür blies ein launiger Herbstwind raue Wellen in das Achterwasser. Voller Stolz stellte sie fest, dass sie mit dem leichten, schmalen Boot immer noch besser zurechtkam als die meisten der fünf anderen Teilnehmer.

»Auf dem Wasser duzt man sich, sonst outet man sich sofort als Landratte«, erklärte der Ranger, der sie führte. »Ich bin Knut. Stellt mir so viele Fragen, wie euch einfallen.«

Maja war heute gar nicht versessen auf Fragen. Sie wollte die Atmosphäre auf der weiten, hellen Wasserfläche spüren, wollte den Lüttenort und die pfirsichfarbenen Zwillingshäuser aus der Ferne sehen, den Kormoranen nahe kommen und den springenden Fischen. Sie hielt sich am Ende der Gruppe. Dennoch hörte sie viel von dem, was Knut erzählte. Er war ein wahres Lexikon, und man spürte, dass er für die Landschaft und den

Naturschutz brannte. Außerdem hatte sie mit dem Wind zu kämpfen, der sie mit enormer Kraft abwechselnd aufs offene Wasser hinaus- oder in den Schilfgürtel hineindrücken wollte.

»Schilf wächst nur im Flachen, ab einer Wassertiefe von sechzig Zentimetern und weniger«, erklärte Knut. »Daher wissen wir, wo es tief wird. Der gesunde Schilfgürtel hier ist wichtig für die Wasservögel. Achtzig Prozent von Usedom sind Naturschutzgebiet. Windräder werden hier nicht gebaut, weil es zweihundertachtzig Vogelarten auf Usedom gibt, allein dreizehn Greifvogelarten wie den Roten Milan und den Seeadler. Die Seeadler vermehren sich neuerdings wieder gut. Trotzdem gibt es große Probleme, selbst der Bestand der Stockenten nimmt dramatisch ab, seit 2016 auf einer Pelztierfarm in Mecklenburg-Vorpommern von fahrlässigen Tierschützern die Minks befreit wurden. Minks haben keine natürlichen Feinde. Sie schwimmen hervorragend und vernichten Jungvögel und Gelege. Auch der Marderhund und der Waschbär sind eingewandert und erbeuten Vögel.«

»Und wie geht es den Fischen?«, wollte jemand wissen.

»Schlecht. Das Wasser wird ständig wärmer. Es gibt immer weniger Fische. Heute existieren nur noch vier Fischer am Achterwasser. Und die Ostsee ist krank. An den Küsten ist die Wasserqualität gut, aber in den Untiefen sammeln sich Nitrat und andere Schadstoffe. Auch der Zustrom von Wasser aus der Nordsee ist geringer geworden.« Knut paddelte eine Weile schweigend weiter, dann redete er von neuem gegen den Wind an. »Den Peenestrom, der das Achterwasser speist, nennt man auch den Amazonas des Nordens. Er ist der einzige Strom in Deutschland, der praktisch nie begradigt wurde, deswegen gibt es hier unter anderem noch viele Biber und wilde Orchideen. Er ist ein Refugium für Fauna und Flora. Das Achterwasser ist ein Boddenwasser, also ein Süßwasser, und stellenweise bis zu drei Meter tief. Das Gefälle der Peene ist übrigens so gering, dass sie bei manchem Windeinfluss auch rückwärts fließen kann. Verrückt, oder?«

Maja genoss es hier draußen. Das wollte sie mit Sebastian auch einmal machen. Obwohl es bei dem Wind extrem anstrengend war.

Knut versorgte sie immer wieder mit interessanten Fakten. »Übrigens, Kormorane haben kein Sättigungsgefühl. Sie stopfen sich ohne Ende voll. Wenn du einen Kormoran triffst und er taucht ab, anstatt wegzufliegen, dann ist er vollgefressen.«

Oder: »Seeschwalben können nicht tauchen, sie fangen Fische im Flug, indem sie nur mit dem Schnabel ins Wasser eintauchen. Toll, oder?« Ja, das war verblüffend. Maja hatte nicht darauf geachtet, aber nun bewunderte sie die Flugkunst der zierlichen Vögel.

Nach einem sehr leckeren Mittagessen im Forsthaus telefonierte sie mit Lisa.

»Hier ist alles in Ordnung, Mama. Du, die Perlboote haben mich wirklich zu neuen Motiven inspiriert. Die sind erst richtig interessant, kein Wunder, dass ich mit den anderen keinen Erfolg hatte. Ich kann hier richtig gut arbeiten. Evim hat mir geholfen, Platz zu machen. Und die alten Herren sind topfit.«

»Ihr braucht mich wohl gar nicht?«

Lisa lachte. »O doch! Auf Dauer könnte ich mich nicht um alles kümmern. Bloß nicht. Das ist dein Ding. Aber ein paar Tage ist es wirklich kein Problem, also genieß deine Zeit, Mama, ja? Wir sind schon so gespannt, was du erzählst.«

»Wäre es wirklich okay für dich, wenn ich die Hälfte der Perlboote verkaufe?«

»Ja, Mama, klar, du brauchst doch das Geld. Wenn du einen guten Platz für sie findest. Aber nicht die anderen mit den Blumen.«

»Nein, ganz bestimmt nicht. Die werden uns immer an Clemens erinnern. Mach's gut, mein Mädchen.«

Maja packte die Kiste in ihr Auto und fuhr nach Zinnowitz, wo sie mit Jochen Liening in der Lobby seines Hotels verabredet war.

Sie war ein wenig nervös. Sie war es nicht gewöhnt zu verhandeln. Schade, dass Luca in London war. Ihr Sohn war ein guter Geschäftsmann. Das Reisebüro hielt jedenfalls große Stücke auf ihn.

Maja sah sich in der Lobby um, die großzügig, geschmackvoll und dennoch gemütlich eingerichtet war. An den Wänden gab es edel ausgeleuchtete Vitrinen, in denen Handwerk aus der Gegend ausgestellt war, Töpferkunst, Bernsteinschmuck, auch alte Werkzeuge.

Ein Mann kam auf sie zugeeilt. Sein Händedruck war fest und warm, sein Blick offen und sein Lächeln freundlich. »Frau Kolmar? Jochen Liening. Guten Tag, wie schön, dass Sie kommen konnten! Folgen Sie mir in mein Büro?«

Maja war erleichtert. Irgendwie hatte sie sich ihn anders vorgestellt, ein wenig verschlagen und gaunerhaft. Wie kam sie nur darauf? Sie amüsierte sich über sich selbst und folgte ihm in sein schlichtes Büro.

»Setzen Sie sich doch bitte. Ach nein, warten Sie, ich möchte Ihnen erst etwas zeigen. Sehen Sie hier!« Er winkte sie zu einem Sideboard, auf dem das mächtige Modell eines Schiffes stand.

»Die *Theodora B*. Mein Großvater hat das Modell angefertigt. Helmut Liening war mein Urgroßvater. Er ist so jung gefallen, dass mein Großvater seinen Vater nie kennengelernt hat. Er ist nach seinem Tod geboren worden. Darum wollte er das Schiffsmodell, um irgendein Stück von seinem Vater greifbar zu haben. Helmut hatte Annelore, das war meine Urgroßmutter, wohl so viel von seiner ersten großen Fahrt und den glücklichen Tagen auf der *Theodora B* erzählt, dass diese Geschichten das Einzige waren, was sie von ihm weitergeben konnte.«

Maja bewunderte das alte Modell, das mit allen Details ausgestattet war. Fast konnte sie den Wind in der Takelage hören, die Wellen, die an den Bug schlugen, und die Stimmen junger Männer in der Uniform der kaiserlichen Marine, die darauf geschäftig hin und her eilten. »Das ist ja großartig.«

»Aber jetzt setzen Sie sich doch«, bat er. »Kaffee kommt gleich. Ich bin so gespannt auf Ihre Schätze!«

»Ist Ihnen der Name Clemens Kolmar ein Begriff?«, fragte Maja.

»O ja. Aus den Erzählungen meiner Urgroßmutter ist überliefert, dass ein Clemens der beste Freund meines Urgroßvaters war und dass sie nach gemeinsamer Ausbildung zusammen auf der *Theodora B* gefahren sind, als Erster und Zweiter Offizier.«

Eine Kellnerin brachte ein Tablett herein, schenkte ihnen Kaffee ein und stellte einen Teller mit Gebäck auf den Tisch.

»Vielen Dank, Veronika«, sagte Jochen Liening. Als sich die Tür wieder geschlossen hatte, fuhr er fort. »Da gab es noch eine Geschichte. Helmut hatte sich wohl auf einem Fest, kurz nachdem sie nach jener Fahrt wieder an Land gegangen waren, in eine Cecilia verguckt. Ein paar Tage später stellte er sie seinem

Freund vor. Aber wie es manchmal so ist …« Er breitete die Hände aus.

»Cecilia verliebte sich statt in Helmut in Clemens«, beendete Maja den Satz für ihn.

Er nickte. »Angeblich war er sehr verletzt und wollte die Freundschaft mit Clemens beenden. Doch kurze Zeit darauf verliebte er sich seinerseits in Annelore. Vielleicht hat er geahnt, dass er nicht mehr lange leben würde, denn er bestand auf einer Blitzhochzeit, was damals wirklich nicht üblich war. Helmut besaß keinen Pfennig. Aber er war als impulsiv bekannt. Verantwortung tragen und einen kühlen Kopf behalten war wohl eher Clemens' Sache. Der war immerhin Trauzeuge. Helmut meinte, er wäre nun sogar dankbar, dass Clemens ihm Cecilia abspenstig gemacht hatte. Annelore passte so viel besser zu ihm. Tja, und dann mussten sie beide in den Krieg, Clemens und Helmut, wieder beide auf demselben Schiff. Nicht auf der *Theodora B.* Sie gerieten in ein Gefecht. Helmut wurde getroffen und starb wenig später an seinen Verletzungen. Annelore brachte den gemeinsamen Sohn zur Welt und zog ihn in den schweren Zeiten allein groß. Clemens tauchte danach in unserer Familiengeschichte nie wieder auf. Außer eben als der sehr gute Freund, mit dem Helmut seine glücklichen Zeiten auf See erlebt hatte.«

»Dann gab es diese Freundschaft also doch.« Maja erzählte ihm davon, dass sie von Cecilias Existenz jetzt erst erfahren und sich gefragt hatte, ob Clemens' Trauer um Helmut vielleicht nur ein Vorwand gewesen war, regelmäßig nach Usedom zu kommen. Nun wusste sie, dass Clemens ehrlich gewesen war, wenn sie gemeinsam am Heldendenkmal gestanden hatten. Und sie war froh für ihn, dass ihm das die Gelegenheit gegeben hatte, hier auch um Cecilia zu trauern und seinen Erinnerungen nachzuhängen, ohne mit Elsie darüber sprechen zu müssen und sie womöglich zu verletzen.

Nun öffnete sie die Kiste und gab Jochen Liening das Perlboot mit dem Bild der *Theodora B* in die Hand. Sie sah die ehrliche Begeisterung in seinen Augen.

»Das ist wunderschön!«, sagte er ehrfürchtig. »Was für ein Künstler muss Ihr Großvater gewesen sein!«

Er betrachtete die anderen Perlboote eines nach dem anderen eingehend. Maja sah, wie behutsam seine Hände damit umgingen. Schließlich schloss er die Kiste wieder. »Liebe Frau Kolmar, es wäre mir eine große Ehre, wenn ich diesen Schatz erwerben dürfte!« Er sah Maja voller Ernst an. »Ich verspreche Ihnen, mit größter Sorgfalt damit umzugehen und sie in Ehren zu halten. Ich würde sie in einer gesicherten Vitrine in der Lobby ausstellen, wenn es Ihnen recht ist, in der besten von allen. Sie werden dort hervorragend zur Geltung kommen und vielen Gästen große Freude machen. Es haftet ihnen so ein Zauber an. Das wissen die Leute zu schätzen. Natürlich wird ein Porträt Ihres Großvaters und sein Name mit ausgestellt. Und für Sie ist jederzeit ein Zimmer frei. Was meinen Sie, könnten Sie mir dieses Vermächtnis Ihres Großvaters anvertrauen? Lassen Sie sich Zeit mit der Entscheidung. Ich möchte Sie auf keinen Fall zu etwas drängen. Aber ich sage Ihnen ehrlich, ich wünsche mir sehr, jeden Tag daran vorbeigehen und einen Blick darauf werfen zu dürfen.«

Maja horchte einen Augenblick in sich hinein, dachte an Clemens und Cecilia und wusste, dass die Perlboote nach Usedom gehörten. Sie hätte sie diesem Mann wahrscheinlich auch gegeben, ohne etwas dafür zu bekommen. In einer der Vitrinen würde Clemens' Kunst wunderbar zur Geltung kommen, so wie sie es verdiente.

»Wir machen das gleich«, sagte sie entschlossen.

Dass Jochen Liening trotz all ihrer Sympathie für ihn ein tüchtiger Geschäftsmann war, darüber machte sie sich keine Illusionen. Darum verhandelte sie noch ein wenig, nur aus Prinzip und um herauszufinden, ob sie es konnte. Obwohl ihr die Summe, die er anbot, unverschämt hoch erschien. Sie war wesentlich höher als das, was nach Sebastians gründlichen Recherchen diese Sammlung alter Scrimshaws mindestens wert war.

Als sie das Hotel mit einem unterschriebenen Vertrag verließ, war ihr ein wenig schwindelig. Mit diesem Geld konnte sie im »Elbschwarm« eine Menge anfangen. Und sie hatte das Gefühl, das Richtige getan zu haben.

Nun konnte sie ihren Traum vom Seniorenheim tatsächlich in Angriff nehmen. Doch vorher hatte sie noch etwas zu erledigen.

34

Helene

Am nächsten Morgen packte Maja ihren Rucksack und wanderte ein weiteres Mal hinter dem Hotel am Achterwasser vorbei auf dem Deich entlang. Vorbei an den Zwillingshäusern, vorbei an dem kleinen Hafen, vorbei am Garten des Malers. Im Graben an der Holzbrücke blühte süß duftender rosafarbener Wasserdost. Bei den Pflanzen mit den großen Blättern, die hier am Ufer wuchsen und auch auf der Wiese, handelte es sich um Japanischen Flügelknöterich. Diesmal nahm sich Maja die Zeit, sie mit ihrer App zu identifizieren. Im Gegenlicht wirkten seine Blätterpaare wie grüne Kirchenfenster. Wenn der Wind sie bewegte, sah es aus, als ob der Knöterich tatsächlich damit fliegen wollte. Einige der Blätter trugen bereits eine glühende Herbstfärbung.

Maja sah ihnen eine Weile zu, bevor sie die Gleise der Bäderbahn überquerte. An der Straße musste sie lange warten, bis sie hinübergehen konnte. Hier herrschte erstaunlich viel Verkehr. Warum hatten es all diese Autos nur so eilig? Brauchte man wirklich so viele? Schließlich fuhr hier die Bahn. Aber sie war ja selbst mit dem Auto gekommen. Sie hatte sich davor gefürchtet, sonst die kostbaren Kisten mit den Perlbooten zu verlieren. Nächstes Mal, wenn sie mit Sebastian hierherkam, würden sie unbedingt die Bahn nehmen, beschloss Maja.

Auf der anderen Seite überquerte sie den Deich, spazierte durch ein Wäldchen und gelangte schon nach wenigen Schritten an den Strand. Heute war es noch einmal mild. Das Meer lag im warmen herbstlichen Sonnenlicht, funkelte und glitzerte. Es war kaum jemand hier, vielleicht weil es noch früh am Morgen war. Der Sand war frisch geeggt und wirkte dadurch wie ein flauschiger Teppich. Knut hatte erzählt, dass die Menschen hier so viel Müll hinterließen, vor allem Zigarettenkippen, dass der Strand jeden Tag mit Maschinen, die diesen Müll heraussammelten, durchpflügt werden musste. Maja schämte sich für die Menschheit, aber immerhin war der Sand durch das Pflügen so locker, dass er sich an ihren Füßen anfühlte wie Schaum. Es war aber schwer, darin zu laufen, weil sie bis zum Knöchel darin versank. Sie lächelte glücklich, als sie die Blätter der Filzigen Pestwurz wiedererkannte, die genauso am Fuß der Dünen standen wie vor fünfzig Jahren, als sie damit gespielt hatte.

Sie war froh, als sie den Flutsaum erreichte, wo der Sand fester wurde. Jetzt lief sie schnellen Schrittes an den Wellen entlang Richtung Streckelsberg, der vor ihr im Morgendunst lag. Sie fühlte sich frei und glücklich. Das Wasser war so glasklar! Sie konnte jede Muschel darin erkennen und Schwärme kleiner silberner Fische.

Eine Stelle aus Clemens' Buch kam ihr in den Sinn.

»Wozu sind wir eigentlich da, Großvater?«, fragte der kleine Grashüpfer Tim, als er nicht mehr ganz so klein war. Er übte jetzt viel, aber die Flügel an den Beinen zu reiben und damit Töne zu erzeugen, fand er doch viel schwieriger, als es aussah.

»Damit der Sommer eine hellgrüne Stimme bekommt, Tim. Sonst würde seiner Musik etwas fehlen. Das Lied der Grashüpfer erzählt vom Glück zu leben. Es darf niemals verstummen, damit die Menschen und die Tiere es nicht vergessen.«

Ich vergesse es nicht, Clemens, dachte Maja. Hier und jetzt würde ich es am liebsten selbst singen.

Vom Wald her hatte der Wind rote, grüne und gelbe Herbstblätter geweht, die jetzt in den Wellen wirbelten. Es sah aus wie ein lebendiges Mosaik. Maja hätte ewig zusehen können, doch als sie stolperte, hob sie wieder den Blick. In der Ferne sah sie, vom Dunst verwischt, die Silhouetten der Kräne im Hafen von Swinemünde. Sie wirkten wie riesige urzeitliche Wesen.

Auch die Birkensamen, die auf den Spaziergängen mit ihren Großeltern im Wald durch die Luft getrieben waren wie gold leuchtender Schnee, waren wieder unterwegs wie ein Segen von Clemens. Nicht nur im Wald. Der Wind hatte sie ebenfalls bis auf das Meer getragen. Nun wurden sie wieder angespült und zeichneten den Wellensaum auf dem dunklen Sand nach wie mit goldener Tinte. Dazwischen entdeckte Maja eine daumennagelgroße Krabbe, auch sie goldbraun mit winzigen schwarzen Punkten auf dem ganzen Körper, selbst auf den winzigen Scheren. Gerade schien hier alles golden zu sein. Nicht nur die Blätter, das Licht und die allgegenwärtigen Birkensamen. Sogar Majas Stimmung.

Die Strandkörbe hatte sie hinter sich gelassen. Hier war es so einsam, dass sie ihren Rucksack absetzte, sich auszog und in die Wellen stürzte. Für einen Augenblick blieb ihr die Luft weg, so kalt war das Wasser schon, doch dann war es herrlich. Sie schwamm so weit hinaus, wie sie es wagte, dann kehrte sie wieder um. Die winzigen Fische begleiteten sie, silberne Blitze um sie her.

Als sie sich wieder angezogen hatte, kribbelte ihr ganzer Körper. Der Rucksack schien kaum noch etwas zu wiegen, und ihre Füße waren nicht mehr müde.

Im Vorübergehen erblickte sie oben am Hang die große, weiße Pergola. Vielleicht war es nicht mehr dieselbe, aber jedenfalls gab es noch eine. Es wuchs immer noch nichts daran. In Gedanken pflanzte Maja Waldreben und Schwarzäugige Susanne.

Nun war sie fast am Streckelsberg. Sie verließ den Strand und erklomm eine der leiterähnlichen Treppen, die die Steilküste hinaufführten. Das war eine Herausforderung. Die Stufen waren steil und wollten gar nicht aufhören. Das hatte sie einfacher in Erinnerung gehabt.

Als sie oben war, schmerzte ihr Rücken, aber sie war stolz auf sich. Sie hätte auch den einfachen Weg gehen können. Doch gewollt hatte sie diesen.

»Wenn du erst einmal herausgefunden hast, was dir wichtig ist, Tim, dann gelingt es dir auch.«

Jetzt war es nur noch ein kleines Stück durch den Wald. Es duftete nach Sonnenwärme auf Kiefern, nach Pilzen und nach dem Meer, das nun in der Tiefe lag. Bald erreichte sie die höchste Stelle. Hier gab es eine Bank, knorrige Wurzeln und die Reste der Beobachtungsstation für die Raketentests in Peenemünde.

Wie weit man hier blicken konnte! Es war jedes Mal wieder verblüffend. Hier war sie mit Clemens und Elsie gewesen. Hier hatte Clemens einst mit Cecilia gestanden, fern der Welt, allein mit ihrer Liebe und ihren Träumen.

Maja saß lange auf einer Wurzel, aß ein Brötchen und trank Saft dazu. Sie hob die Thermosflasche gen Himmel. »Auf euch, Clemens, Cecilia, Elsie!«, sagte sie in den Wind. »Die Grashüpfer werden immer von euch erzählen.«

Dann nahm sie zwei Tüten aus dem Rucksack. In einer davon befand sich eine Schaufel, in der anderen die Knolle einer Lilie. Um diese Zeit waren nur noch einige welke Blätter daran. Doch das machte nichts. In ihrem Inneren schlummerten sämtliche genetischen Informationen und alle Kraft, die sie brauchte, um im nächsten Jahr wieder Blätter und Blüten zu treiben. Blüten, die sich unermüdlich in einen ganzen, kostbaren Sommertag hinein öffnen würden. Orangerot wie der Sonnenuntergang, denn es war die Sorte »Piratenfeuer« aus dem »Elbschwarm«. Zum Glück war die Erde noch nass von dem kürzlichen Regen. Maja suchte eine versteckte Stelle ein Stück abseits. Sie achtete darauf, dass dort genug Sonnenlicht hinfallen würde und dass man von hier aus durch die Bäume das Meer sehen konnte.

Dort vergrub sie die Knolle. »Für euch«, sagte sie leise, während sie die Erde zärtlich festklopfte.

Weil das Laufen so schön war, wanderte sie noch hinunter bis zum Kölpinsee. Zu ihrer Freude gab es dort noch immer Tretboote in Schwanenform. Manche Dinge waren einfach zeitlos, gerade die kleinen, albernen Freuden. Sie trank einen Kaffee, gönnte sich Pflaumenkuchen und machte sich auf den Rückweg, diesmal unten am Strand entlang. Hier lagen Wellenbrecher aus aufgeschütteten schwarzen Felsen draußen vor der Küste. Manche der Felsen aber strahlten in der Ferne weiß von den Klecksen der Seevögel, die sich darauf sonnten. Es war ein Bild der Kontraste, das Blau und Grün der Wellen, das Schwarz und Weiß von Felsen und Gischt, Möwen und Kormoranen, und dazwischen die bunten Blätter im Wind und auf dem Wasser. Majas Füße waren jetzt wieder müde, doch sie vergaß es, als sie mit den wehenden Blättern den Strand entlanglief und manchmal einen Tanzschritt machte. Sie fühlte sich jung.

Später besuchte sie wie versprochen Helene. Sie brachte ihr die Kiste mit den übrigen Perlbooten mit, damit sie alle in Ruhe lesen und betrachten konnte.

Schließlich legte Helene das letzte Boot in die Kiste zurück und sah Maja aufmerksam an. »Du fährst morgen nach Hause, nicht wahr?«

Maja nickte. »Ich muss mich dringend um den ›Elbschwarm‹ kümmern. Jetzt, wo ein bisschen Kapital da ist, muss ich die Renovierungen und den Ausbau anleiern und hoffen, dass sich ein Platz für alles findet, was ich vorher noch loswerden muss. Von dem Papierkram ganz zu schweigen. Ohne Ende Bedingungen und Genehmigungen! Ich bin da gar nicht auf dem neuesten Stand, das muss ich alles noch herausfinden. Ich möchte vor dem Winter wenigstens so weit sein, dass die beiden alten Herren vernünftige Badezimmer haben und alle Hilfsmittel bekommen, die sie brauchen. Und eine ausgebildete Pflegerin, die sich um sie kümmert, wenigstens zeitweise. Ich kann nicht die ganze Zeit vor Ort sein, jedenfalls nicht, wenn mein Mann zurück ist. Es gibt unglaublich viel zu tun.«

»Ja, du hattest mir von deinen Plänen erzählt. Aber ich möchte dir auch etwas erzählen, Maja.« Helene drehte ihr Glas auf dem Tisch, ohne es zu merken. Allerdings rechtsherum.

»Ich habe ebenfalls eine Vision«, fuhr Helene fort. Ein kleines Lächeln saß in ihren Mundwinkeln, wehmütig, so als wisse sie, dass diese Vision niemals Wirklichkeit werden würde. Ich mag sie, dachte Maja. Diese herzlichen, leuchtenden Augen. Die sind jung geblieben.

»Die Frau, die sich nebenbei so nett um mich kümmert, wird das nicht mehr lange tun können«, sagte Helene. »Dann werde ich wohl einen mobilen Pflegedienst in Anspruch nehmen müssen, so einen wie den, in dem du früher gearbeitet hast. Aber sehr viel lieber wäre mir etwas anderes. ›Haus Cecilia‹ drüben steht so leer. Ich würde mir wünschen, dass dort jemand einzieht, der mir sympathisch ist und dem ich vertrauen kann. Es ist ein schönes Haus. Natürlich kein Luxus, aber wenn man die Landschaft hier mag, gibt es keinen besseren Ort. Diese Person könnte sich dann um mich kümmern. Ich bin nicht anspruchsvoll. Gut, irgendwann einmal werde ich sicher noch pflegebedürftiger. Aber ich bin keine anstrengende Patientin, so viel kann ich versprechen. Das Einzige, was ich mir wünsche, ist, dass ich hierbleiben kann, so lange es geht. Aber das ist noch nicht alles. Wenn diese Person Interesse an dem Garten hätte, vielleicht sogar an den Lilien ...« Ihre Stimme klang sehnsüchtig. »Dann würde ich mir wünschen, dass der Garten oder vielleicht sogar beide als Einheit nach dem alten Vorbild Cecilias angelegt werden. Als Naturgarten, mit viel Platz für Insekten und den richtigen Pflanzen für Bienen. Aber vor allem mit den Taglilien. Vielleicht hat Remona Erfolg, und es melden sich noch mehr Menschen, die Ableger besitzen? Oder wir suchen einfach schöne Tagliliensorten zusammen, die in einen neuen ›Sonnenuntergangsgarten‹ passen würden. Wenn man von hier aus über den Deich blickt, dann sieht man den Sonnenuntergang. Was also wäre ein besserer Ort für solch einen Garten? Wenn sich die Lilien vermehren, könnte man auf dem Deich sogar Ableger verkaufen, so wie es eine Nachbarin mit Strickmützen und Marmeladen tut. Ich hätte etwas Sinnvolles zu tun! Wenn es schön wird, können wir sogar einen kleinen Eintritt nehmen und mit Lüttenort zusammenarbeiten. Die Leute spazieren erst dort durch den Garten und die Ausstellung, dann bei uns durch den Garten. Wir würden die Gegenwart damit ein wenig bunter machen, die Insekten und die Taglilien fördern und dabei gleichzeitig die Erinnerung an Clemens und Cecilia wachhalten.« Helene nahm einen Schluck, etwas außer Atem. Sie redete selten so viel. »Wenn du gerne kochst, könnten wir für die Gäste sogar kleine Spezialitäten anbieten, zum Beispiel gefüllte Taglilienblüten. Cecilia hat das manchmal gemacht, meine Mutter schwärmte davon. Es gibt viele Rezepte mit Taglilien, ich hatte nur nie genug Knospen, es wäre schade gewesen, sie zu essen … Ach Maja, entschuldige bitte! Ich mag gar nicht aufhören, weil ich ahne, dass du ablehnen wirst.«

Maja versuchte zu begreifen, was Helene da vorschlug. O ja, sie konnte sich das wunderbar vorstellen! Genau wie Helene sah sie alles vor sich. Für einen Augenblick hätte sie nichts lieber getan, als sofort mit dem Anlegen des Gartens zu beginnen. Dieses Grundstück war nicht so riesig wie das des »Elbschwarms«. Dieses hier war gerade so groß, dass sie sich liebevoll um jedes Detail kümmern könnte. Sie würde mit Sebastian in diesem pfirsichfarbenen Haus wohnen dürfen und den Sonnenuntergang über dem Achterwasser sehen, das sie schon seit ihrer Kindheit geliebt hatte. Und auf der anderen Seite das Meer, nur ein paar hundert Meter entfernt.

Nein. Das war unmöglich! Leider.

Sie öffnete den Mund, aber Helene schüttelte den Kopf und hob die Hand.

»Liebe Maja, schon gut. Mir ist völlig bewusst, dass du das Haus in der Prignitz nicht im Stich lassen wirst. Ich finde es wunderbar, was du da planst. Und ich hoffe, wenn ich einmal wirklich pflegebedürftig werde und eben nicht hierbleiben kann, dass du dann dort einen Platz für mich hast. Aber ich musste es zumindest einmal aussprechen! Du bist mir sympathisch, ich könnte dir vertrauen, und die nötige Erfahrung im Pflegebereich hast du auch. Durch die Taglilien und ihre Geschichte gibt es sogar eine Verbindung zwischen uns. Das ist beinahe wie eine Verwandtschaft. Aber so wie die Dinge liegen, kann ich dir nur von Herzen alles Gute für deine Pläne wünschen. Ich werde noch eine Weile so weitermachen, und vielleicht läuft mir ja irgendwann jemand über den Weg, der frei ist und Zeit dafür hat.«

»Ich fühle mich sehr geehrt, Helene.« Maja hatte den unklaren Eindruck, dass Helene noch etwas für sich behalten hatte. »Das Angebot ist wirklich sehr, sehr verlockend. Aber ich habe dem ›Elbschwarm‹ etwas versprochen, und ich habe diesen Traum schon so lange. Dies ist meine allerletzte Chance, ihn zu verwirklichen. Nun kann ich dank Clemens damit beginnen.«

»Es ist ja auch so eine … eine …« Für einen Augenblick wirkte Helene verwirrt, als sie nach einem Wort suchte. Genau wie Elsie. Es gab Maja einen Stich, und fast kamen ihr die Tränen, weil sie Helenes schönem Herzenswunsch nicht nachkommen konnte. »… wunderglückliche Idee mit dem Seniorenheim«, erklärte Helene. »Ich sehe es schon vor mir, wie jeder dort ein wenig gärtnern kann. Ich werde dich auf jeden Fall besuchen kommen.«

»Unbedingt, und wenn ich dich persönlich abhole!« Maja umarmte Helene zum Abschied. »Bis bald. Ich melde mich.«

»Warte. Ich habe gestern eine Knolle von Cecilias letzter Lilie aus der Erde gezogen«, sagte Helene stolz und reichte ihr eine Tüte. »Für deinen Garten. Und noch etwas: Wenn ihr einmal hier Urlaub machen wollt, du und dein Sebastian, dann solltest du das ›Haus Cecilia‹ wenigstens gesehen haben. Du musst doch wissen, ob es dir gefällt. Hier. Geh doch kurz hinüber.« Helene zog einen Schlüssel aus ihrer Tasche.

Diesem Argument konnte sich Maja nicht widersetzen.

Sie trat durch das eine Tor hinaus und durch das andere gegenüber hinein. Als sie die weiße Tür öffnete, roch sie, dass das Haus schon lange unbenutzt war, aber es war ein sauberer Geruch, nur eben einsam und ein wenig abgestanden. Sie ging durch die stillen Räume und stellte fest, dass das Haus von innen größer war, als es von außen wirkte. Es gab ein kombiniertes Ess- und Wohnzimmer und einen offenen Küchenbereich. Die Fenster waren riesig. Das Ganze wirkte hell und luftig, klar und übersichtlich. Außerdem entdeckte sie ein großzügiges Schlafzimmer und drei weitere kleine Räume, alle mit großen Fenstern. Ein Gästezimmer für Luca und Lisa wäre also vorhanden, wenn die beiden im Urlaub kommen wollten, wenigstens für ein paar Tage. Sogar ein Arbeitszimmer für Sebastian, der es nie fertigbrachte, in einem Urlaub gar nichts zu tun.

»Wir kommen bestimmt einmal«, sagte sie, als sie Helene den Schlüssel zurückgab. »Ich weiß nur noch nicht, wann ich mich dafür freimachen kann. Vielleicht im Frühling.«

Im Hotel packte sie ihre Sachen, damit sie am nächsten Morgen ganz früh losfahren konnte. Zum Abschluss lief sie noch einmal zum Achterwasser hinunter, stand lange auf dem Deich und beobachtete den Farbwechsel des schwindenden Lichts am Himmel und auf dem Wasser. Sie konnte sich nicht losreißen, bis die Mücken über sie herfielen.

Selbst dann noch verkroch sie sich tief in ihre Jacke und wartete, bis nur noch ein mattes Glühen über dem fernen Ufer lag.

35

Eleonore

Auf der Fahrt nach Hause ging Maja in Gedanken durch, was sie mit dem Geld von Jochen Liening als Erstes machen würde. Er hatte zugesagt, ihr Fotos zu schicken, sobald die Perlboote in der Vitrine ausgestellt waren. Sie freute sich darauf und bereute es nicht. Ein Teil von Clemens war nun wieder auf Usedom, wo er in seinem Leben vor Elsie glücklich gewesen war.

Der Ableger von Cecilias Lilie befand sich dagegen in ihrem Kofferraum auf dem Weg zum »Elbschwarm«. Dorthin, wo Clemens später ein Zuhause gefunden hatte und mit Elsie glücklich gewesen war. Maja wusste, dass es ihn gefreut hätte. Es war eine nachträgliche Versöhnung. Zwei Hälften seines Lebens, die sich die Hand reichten.

Nicht zu vergessen die Lilie im Geschichtengarten.

Mit dem Geld würde sie zuerst den Treppenlift einbauen, überlegte sie. Vielleicht wollte Kurt dann in eines der größeren Zimmer oben umziehen, auf jeden Fall aber blieb ihm der Zugang zum Obergeschoss nicht mehr verwehrt, und vor allem konnte sie damit eine der nötigen Auflagen erfüllen. Später einmal würde es einen richtigen Fahrstuhl geben. Erst aber sollte es an den Umbau der Badezimmer gehen, danach musste der Flur gestrichen werden und dann nach und nach die Räume. Nur galt es immer noch, jede Menge Möbel loszuwerden, denn in jedem Zimmer mussten neue Betten installiert werden, zum Teil Pflegebetten. Und Griffstangen an den Wänden. Und … und … und …

Das Land, durch das sie fuhr, schien noch brauner geworden zu sein. So viel wie auf Usedom hatte es hier wohl nicht geregnet, jedenfalls nicht genug, um das Defizit des Sommers aufzuholen. Als sie auf das Grundstück fuhr, wirkte es wie eine Oase. Auch hier gab es inzwischen dürre Stellen, aber die Beete waren grüne Inseln, die Dahlien noch in voller Blüte und die Astern wie violette Wolken.

In der Auffahrt standen stapelweise Kisten, Möbel, Gartengeräte, kaputte Fahrräder, zerfetzte Lampenschirme und anderes undefinierbares Gerümpel. In einem der alten Ställe hörte sie Lisa lachen. Maja runzelte die Stirn. War das alles dort drin gewesen, und wo um Himmels willen sollte es bleiben? Hatten sie bisher nicht immer nur so viel aus dem Haus geräumt, wie Evim mitnehmen konnte? Es würde wahrscheinlich Tage dauern, das hier alles fortzuschaffen.

Sie stellte ihre Tasche ab und trat in den Stall. Lisa stand auf einer Leiter und strich die Wände. Evim war damit beschäftigt, eine neue Fensterscheibe einzusetzen.

»Hallo«, sagte Maja. »Was wird das denn hier?«

»Ach, Mama, schön, dass du wieder da bist. Das wird das Museum!«, sagte Lisa. »Evim ist großartig, der kann sogar Fenster einbauen und Strom für die Lampen legen.«

»Moment. Das war so nicht besprochen! Ich möchte, dass nur ein richtiger Elektriker Strom verlegt. Ich muss Auflagen erfüllen, und außerdem möchte ich beim Strom keine Kompromisse machen. Das ist viel zu gefährlich!« Maja fühlte sich überrumpelt. »Und das Zeug da draußen war alles hier drin?«

»Keine Sorge, Maja, ich habe mal Elektriker gelernt«, versicherte Evim.

»Evim, wenn dem wirklich so ist, deine Künste in allen Ehren, aber ich muss das nachweisen können. Und ich möchte gefragt werden.«

»Ich zeige dir mein Zertifikat. Und ich habe im Haus nichts angefasst«, entgegnete er. »Lisa dachte nur, dann könnten wir hier schon die Sachen einräumen, die für das Museum geeignet wären, ehe ich sie noch aus Versehen mitnehme.«

Maja atmete tief durch. »Das ist ja im Prinzip richtig. Aber das kann da draußen nicht so bleiben.«

»Das ist meine Schuld, Mama. Ich hab mir doch in dem Schuppen auf der Gartenseite eine Werkstatt eingerichtet, damit ich hier arbeiten kann. Den haben wir schnell ausräumen müssen. Deswegen ist das so viel Zeug. Es regnet ja nie, deswegen dachten wir, das geht.«

Evim stellte die Fensterscheibe beiseite. »Ich fange gleich an, die Sachen aufzuladen.«

Maja schüttelte den Kopf. »Jetzt, wo du schon einmal dabei bist, bau mal besser das Fenster fertig ein. Sonst kleben an Lisas frisch gestrichenen Wänden gleich wieder die Fliegen.«

Maja ging ins Haus und wollte sich einen Kaffee machen. Auf der Autobahn hatte es einen Stau nach dem anderen gegeben. Das war anstrengend gewesen. Ihr Rücken schmerzte vom langen Sitzen und den Schlaglöchern. Dazu schwirrten all die vielen Eindrücke und Gefühle der letzten Tage noch in ihrem Kopf herum. Außerdem vermisste sie das Licht über dem Achterwasser jetzt schon. Sie brauchte dringend einen Moment Ruhe! Erst einmal wieder richtig ankommen. Sie war ja nicht nur durch Orte, sondern auch durch Zeiten gereist.

In der Küchentür wäre sie fast mit einer ihr völlig fremden

alten Frau zusammengestoßen. Diese schob einen Rollator vor sich her, auf dem ein Glas Saft gefährlich schwappte. Eine offene Tafel Schokolade lag daneben. Dunkle Augen unter buschigen Brauen betrachteten Maja prüfend. »Wer sind Sie denn?«

»Das wollte ich Sie auch gerade fragen.« Maja schwankte zwischen Belustigung und Ärger. »Ich bin Maja Kolmar. Und Sie kommen gerade aus meiner Küche.«

Ein strahlendes Lächeln erhellte das Gesicht der alten Dame. »Oh, wie schön. *Die* Maja! Ich habe schon so viel von Ihnen gehört. Ich bin doch Eleonore!«

Maja fühlte, wie sich Verwirrung auf ihrem Gesicht ausbreitete. Eleonore sah sie verwundert an, dann fing sie an zu lachen. »Sagen Sie nur, Ihre Tochter hat Ihnen nichts von mir erzählt. Da, nehmen Sie ein Stück Schokolade. Das beruhigt.« Sie schob Maja auffordernd den Rollator vor den Bauch.

»Nein, danke. Könnten Sie mich bitte aufklären?« Sie hätte zu gern ihren Kaffee gehabt, aber sie kam an Eleonore nicht vorbei.

»Ich bin eine Bekannte von Heiner. Ich war mal seine Zimmernachbarin. Sie wissen doch, dass wir alle aus dem Heim rausmussten. Mein Neffe hat mich aufgenommen. Ging ja alles holterdiepolter. Aber der war nicht begeistert, das kann ich Ihnen sagen, und seine Frau schikaniert mich nur. Ich bin ihnen lästig.« Auf einmal sah Eleonore klein, sehr alt und hilfsbedürftig aus. Maja spürte, wie ihr Ärger verflog. »Heiner hat mir vorgeschwärmt, wie unglaublich schön es hier ist, und dann hat er Lisa gefragt, und Lisa hat mich einfach abgeholt. Ich dachte, das wäre in Ordnung. Sie hat gesagt, Sie machen hier ein Heim auf.« Eleonore sah Maja flehentlich an. »Es ist so zauberhaft hier! Ich war noch nirgends, wo es so schön ist. Ich habe auch schon

Unkraut aus dem Beet gezogen, da, wo es die armen Johannisbeeren beinahe erstickt. Ich kann mich nützlich machen. Ich habe mir schon immer ein Beet gewünscht. Nur ein kleines. Ich mache Ihnen auch gar keine Arbeit. Ich kann beinahe noch alles alleine. Nur nicht den Rücken waschen. Und ich bezahle alles, das Essen und die Miete und alles, was Sie wollen. Ich bekomme Pflegegeld. Irgendwie geht das schon.«

»Noch nicht. Wir haben ja noch nicht geöffnet. Da kann ich auch kein Geld nehmen. Sie müssten vorerst als unser Gast bleiben. Setzen Sie sich doch erst mal hin.« Maja schob Eleonore Richtung Küchentisch und Stühle, damit sie endlich an ihre Kaffeemaschine kam. »Möchten Sie auch einen Kaffee?«

»Nein, der bekommt mir gar nicht.« Eleonore blieb stehen und blickte bekümmert, doch dann erhellte sich ihr Gesicht. »Wenn ich das Wohnen nicht bezahlen darf, dann kann ich doch mit dem Geld für alle einkaufen gehen.«

»Wir finden schon eine Lösung«, sagte Maja erschöpft. Lisa hätte ihr wirklich Bescheid sagen können. Andererseits, wenn der ›Elbschwarm‹ ein Heim werden sollte, dann konnte sie sich wohl kaum beschweren, wenn hier drei alte Leute wohnten. Wenn ihr das schon zu viel war, wie sollte es dann jemals funktionieren? Irgendwo musste sie ja anfangen. Diesen Anfang so zu gestalten, dass man zuallererst die Zahl der Bewohner steigerte, war mit Sicherheit nicht die beste Idee. Aber nun war es wohl so.

»Ich lasse Sie lieber mal in Ruhe«, sagte Eleonore. »Sie sehen müde aus. Es tut mir leid, dass ich so eine Überraschung bin. Aber seien Sie Ihrer Tochter bloß nicht böse. Sie war wirklich sehr fleißig! Sie und dieser hinreißende junge Mensch da draußen sind die ganze Zeit dabei, Dinge hin- und herzuschleppen.«

»Ich wünschte nur, sie würden sie auch *weg*schleppen«, sagte Maja und lauschte erleichtert auf das Gluckern der Kaffeemaschine. Eleonore warf ihr einen halb mitleidigen, halb belustigten Blick zu und verschwand Richtung Garten.

Anscheinend hatte sie Lisa alarmiert, denn die kam kurze Zeit später in die Küche gestürzt, wo Maja in der Hoffnung auf einen Augenblick des Friedens am Tisch ihren Kaffee trank.

»Mama, es tut mir so leid! Ich habe ganz vergessen, es dir zu sagen. Weil, stell dir vor, Evim hat in seinem Laden wirklich mehrere Bilder von mir verkauft. Es gibt sogar noch Anfragen.« Sie setzte sich Maja gegenüber. Auf der Nase trug sie einen himmelblauen Farbklecks. Maja konnte ihr nicht böse sein. »Wir haben doch so viele Zimmer. Und Eleonore war so unglücklich. Die essen dort fast nur Fleisch, und Eleonore isst eben keins. Sie bekam keine frische Bettwäsche. Und sie ist nie rausgekommen. Das geht doch nicht, wo hier so viel Platz ist! Das hätte Elsie auch so gesehen. Es soll ein glücklicher Ort für alte Menschen werden, das hast du selbst gesagt. Und jetzt geht das ja auch, wo du Clemens' Kunstwerke so gut verkauft hast.«

»Schon. Aber nur, wenn wir uns statt um Museen und Kunst vielleicht doch lieber erst um die praktischen Aspekte kümmern wie zum Beispiel Badezimmer und Haltestangen«, erklärte Maja.

»Ja, wir räumen auch ganz bestimmt gleich alles weg. Evim sagt, in zwei Tagen ist die Einfahrt wieder frei.« Lisa wirbelte wieder davon.

»Lisa! Warte!«

»Ja?« Die himmelblaue Nasenspitze lugte noch einmal um den Türrahmen.

»Ist da was zwischen Evim und dir?«

Lisa lachte schallend und kam noch einmal herein. »Hättest du was dagegen?«

»Nein. Ich könnte es sogar sehr gut verstehen. Ich würde mich für dich freuen.«

»Mama!«

»Und?«

Sie schüttelte den Kopf. »Nee, bestimmt nicht. Da hab ich jetzt gar keinen Kopf für. Und wenn, dann nicht mit Evim. Keine Ahnung warum, aber ist eben so. Vielleicht, weil ich nicht stundenlang im Sand herumkriechen mag. Ist mir zu langweilig.« Weg war sie, ehe Maja sie fragen konnte, was sie damit meinte. Aber sie hatte ohnehin Wichtigeres zu tun.

Sie trank ihren Kaffee aus und ging dann, den Lilienableger einzupflanzen. Das wollte sie allein tun. Vielleicht würde sie dort ein wenig Ruhe finden.

Zunächst polierte sie die bronzene Schiffsskulptur, bis sie glänzte. Dabei fiel ihr auf, wie herbstlich es geworden war. Es gab schon kahle Äste. Die ganz späten Chrysanthemen öffneten sich langsam, der Ananassalbei schob flammend rote Blütenrispen in Richtung des klaren Himmels. In den Baumwipfeln sammelten sich Starenschwärme, bereit zu ihrem Flug in den Süden, und ganz weit oben zogen Kraniche in dieselbe Richtung. Maja blickte ihnen sehnsüchtig nach. Vielleicht waren sie auch über Usedom geflogen. Und im Frühling würden sie dort entlang zurückkehren.

Sie ertappte sich dabei, dass sie das Einpflanzen der Lilie hinauszögerte. Wenn sie das getan hatte, wäre ein Kapitel abgeschlossen, und sie würde keinen Grund haben, so schnell nach Usedom zurückzukehren. Denn ihre Pflichten lagen jetzt für geraume Zeit hier. Den Urlaub mit Sebastian im pfirsichfarbenen Haus hatte sie sich zwar fest vorgenommen, aber bis sie sich das erlauben konnte, würde es lange dauern. Außerdem musste Sebastian dazu erst einmal nach Deutschland zurückkehren. Er war inzwischen einfach zu lange fort!

Heute Morgen am Telefon hatte seine Stimme kratzig geklungen. »Ich habe mir eine Erkältung eingefangen«, erklärte er auf ihre Frage, ob ihm etwas fehle. »Es ist nicht schlimm, aber *du* fehlst mir. Deine Halswickel, dein heißer Zitronensaft, deine Liebe. Ich kann mir selbst helfen, aber deine Nähe ist für mich die beste Medizin. Es wird Zeit, dass ich nach Hause komme! Sind ja zum Glück nur noch ein paar Wochen.«

»Länger darf es auf keinen Fall dauern. Ich brauche dich auch«, hatte sie gesagt. »Pass bloß auf dich auf. Und die Liebe gegen den Schnupfen kann ich durchs Telefon schicken.«

»Ich spüre schon, wie es hilft«, sagte er.

36

Auf der anderen Seite der Mauer

Maja schwor sich, dass Sebastian und sie nie wieder so lange voneinander getrennt sein durften. Wenn er bei ihr gewesen wäre, wäre er vielleicht nicht krank und sie nicht so erschöpft. Dann hätten sie gemeinsam über die unangemeldete Eleonore gelacht, über die Haufen Sperrmüll in der Auffahrt und die nervtötende Bürokratie. Nichts wäre ihr dann so schwer erschienen wie jetzt.

Nimm dich zusammen, Maja, befahl sie sich. Da war schließlich Lisa, und Luca in London, und Sebastian würde bald wieder bei ihr sein. Außerdem war da immer noch Kurt. Und Heiner. Ach ja, und jetzt Eleonore. Gegen ihren Willen musste Maja lächeln. Selbstmitleid half nun wirklich niemandem weiter, auch ihr nicht.

Energisch fing sie an einer Stelle zu graben an, die ihr richtig erschien. Dort, wo man sie von Clemens' Lieblingsplatz auf der Bank aus sehen konnte und wo sie in guter Gesellschaft zwischen den anderen Lilien war. Sie bettete die Knollen behutsam hinein, füllte Erde darauf, drückte sie fest und wässerte sie.

»Liebe Grüße von Cecilia, Clemens«, flüsterte sie.

Majas Zopf fiel nach vorn, als sie sich nach der Schaufel bückte, und sie glaubte, wesentlich mehr graue Strähnen darin zu sehen als noch vor einigen Wochen. »Bald ist nix mehr mit Piratenfeuer, Clemens«, murmelte sie. War es wirklich schon fünfzig

Jahre her, seit Clemens ihre Haarfarbe mit den kupferroten Taglilien verglichen hatte?

Genau hier war das gewesen. So wie es aussah, würde sie auch die Jahre, die ihr blieben, hier verbringen. Warum auch nicht? Hier hatte sie immer hingehört. Hier fühlte sich neuerdings sogar Lisa zu Hause.

»Ich konnte noch nirgends so gut arbeiten, Mama«, hatte sie gestern erst am Telefon wieder gesagt. »Irgendwas inspiriert mich hier. Vielleicht hat Clemens ja etwas von seiner Kreativität in der Atmosphäre hinterlassen, was meinst du? Evim hat gesagt …«

Aber Maja war es müde zu hören, was Evim gesagt hatte. Sie sehnte sich nach Sebastian und seinem klugen Rat. Er kannte sie schließlich am besten von allen. Außer Kurt, der ihr das Lesen beigebracht und seither auf jede Frage eine Antwort gewusst hatte.

Allerdings immer nur, wenn sie ihn darum gebeten hatte. Das schätzte sie an ihm. Darum war sie irritiert, als er sie am Abend immer wieder seltsam ansah, so als wollte er ihr unbedingt etwas sagen.

»Hast du etwas auf dem Herzen, Kurt?«, fragte sie schließlich.

Geschickt schwang er sich auf seinen immer noch erstaunlich starken Armen aus dem Rollstuhl ins Bett. »Ach, ich möchte mich nur entschuldigen, dass ich das mit Eleonore nicht verhindert habe. Sie tat mir leid. Aber ich denke, du hast gerade reichlich genug andere Dinge zu tun, als dich auch noch um einen dritten Gast zu kümmern.«

»Ist schon gut, Kurt. Es ist ja nur der Anfang. Das muss gehen. Ich übe einfach schon mal.«

»Willst du das wirklich noch, Maja?«, fragte er. »Oder ist es vielleicht wie früher eine deiner ›Einschleifen‹? Würde funktionieren, ist aber noch nicht ganz das Wahre?«

In diesem Augenblick gab es in der Küche einen Knall und die Sicherung flog heraus. Sie saßen im Dunkeln. Über dem Karpfenteich leuchtete die letzte Sichel des Mondes. Als er voll war, war es der Weinmond, dachte Maja.

Von unten kam Lisas Stimme. »Sorry, Mama, das war meine Schuld! Ich habe die Küchenmaschine in die falsche Steckdose gesteckt.«

»Ich geh in den Keller und mach das. Und morgen rufe ich wegen der Stromgeschichte endlich den Elektriker an«, rief Maja hinunter.

Sie war Lisa beinahe dankbar. So musste sie Kurts Frage weder ihm noch sich beantworten.

Wenige Wochen später jedoch beantwortete sie sich von selbst.

Draußen rundete sich in diesen Tagen der Nebelmond des Novembers. Man nannte ihn auch Windmond. Das Wetter machte beidem alle Ehre. Draußen war es auf einmal so ungemütlich, dass die alten Leute kaum noch hinauswollten. Wenn doch, hinterließen die Reifen von Kurts Rollstuhl im Untergeschoß überall schlammige Spuren. Es zog, weil die Handwerker den Treppenlift einbauten und ständig Werkzeug holen mussten. Heiner erklärte den Männern, was sie alles falsch machten, und Eleonore, die längst nicht mehr so selbständig war, wie sie behauptet hatte, wuselte in dem Versuch zu helfen mit einem Mopp mitten im Chaos herum.

Maja versuchte, alles im Auge zu behalten, und dachte dabei über Lisas Frage beim Frühstück nach. »Sag mal, Mama, wo stellen wir eigentlich den Weihnachtsbaum hin? Papa ist doch dann wieder da. Wir könnten einen richtig großen nehmen. Die alten Leute sollen doch ein schönes Weihnachten haben, findest du nicht? Und Luca kommt auch.«

Weihnachten! Daran hatte Maja bei allem anderen noch keinen einzigen Gedanken verschwendet, dabei kam es mit Riesenschritten auf sie zu. Fast kam es ihr vor wie eine Drohung, dabei liebte sie es doch so. Natürlich hatte Lisa recht. Wo war noch der Weihnachtsschmuck? Auf dem Dachboden? Siedend heiß fiel ihr ein, dass auf dem Dachboden noch ebenso viel Gerümpel lagerte, wie im Keller und in den Nebengebäuden gewesen war. Das durfte da oben gar nicht sein. Dagegen gab es inzwischen Brandschutzbestimmungen.

Ein Gefühl drückender Beklommenheit lastete immer schwerer auf ihr. Wie sollte sie das alles nur schaffen? Seit Eleonore da war und beim Waschen und Anziehen noch mehr Hilfe benötigte als Kurt, schmerzte ihr Rücken ständig. Sie musste sich dringend nach einer Pflegerin umsehen. Doch es war noch viel zu früh für Arbeitsverträge …

Zu allem Überfluss spukte ihr Usedom im Kopf herum. Immer wieder schlichen sich die Wildblumen auf dem Deich, der Morgennebel über den Wiesen, das Abendlicht auf dem Achterwasser in ihre Gedanken. Das goldene Flirren auf dem Streckelsberg und der feine Sand an den Füßen.

Aber dort war jetzt auch November. Maja entschloss sich, erst einmal Kaffee für alle zu kochen, vor allem für die verstimmten Handwerker. Das war wenigstens machbar. Sie stapelte gerade Tassen auf ein Tablett, als in der Diele ein Poltern ertönte, dann ein Aufschrei und ein Klirren. Maja rannte hin, gefolgt von Rita, die aus dem Keller kam.

Dort lag Kurt auf dem Boden. Der Rollstuhl hatte sich in einem Kabel verfangen und war umgestürzt. Die Räder drehten sich noch. Mit schmerzverzerrtem Gesicht sah er zu Maja auf.

»Es tut mir leid. Ich habe nicht aufgepasst. Ich glaube, ich habe mir die Hand gebrochen.«

Maja fuhr ihn nach Dömitz zum Arzt. Lisa kam mit. Maja lud die beiden aus und fuhr weiter, bis sie an der Festung Dömitz einen Parkplatz fand. Da klingelte ihr Handy. Lisa. »Mama, das dauert hier, und im Wartezimmer sind keine Stühle frei. Geh ruhig ein wenig spazieren. Ich melde mich.«

Also wanderte Maja hinüber in die Festung. Wie oft war sie dort mit Clemens gewesen! Nach dem Mauerbau hatte das Gelände im Sperrgebiet gelegen, aber ab 1973 waren Burg und Museum wieder zugänglich gemacht worden. Ursprünglich war es eine Rundburg aus dem dreizehnten Jahrhundert gewesen und später von einem mecklenburgischen Herzog zu einer beeindruckenden fünfeckigen Bastion ausgebaut worden. Maja hatten die dicken Mauern und Türme stets fasziniert. Sie fühlte sich seltsam geborgen dort.

Anders war es unten in den Katakomben. Wenn man in das Gewirr aus dunklen Gängen hinabstieg, kam man in niedrige Räume, die einst auch als Kerker dienten. Kalt war es dort und finster. Die Mauern waren unvorstellbar dick, das sah man in den engen Nischen, an deren Ende schmale Öffnungen ein wenig Licht und Luft hereinließen.

Als Kind war Maja immer ganz nahe bei Clemens geblieben. Wenn sie das kleine schimmernde Quadrat aus Grün und Sonnenlicht am anderen Ende sah, das so unendlich weit weg und unerreichbar schien, fühlte sie sich einsam und voller

Furcht. Da draußen war das Leben. Und sie waren hier unten. Sie fröstelte. Wie es wohl gewesen war, hier eingeschlossen zu sein und das Grün nie erreichen zu können? »Lass uns wieder gehen, Clemens«, sagte sie dann. Und wollte beim nächsten Mal trotzdem wieder hier herunter.

Auch jetzt stieg sie die Treppe hinab und blickte durch die Nische auf das kleine, helle Bild des Tages auf der anderen Seite der dicken kalten Mauer. Ein paar letzte bunte Blätter zitterten dort im Innenhof an einem Baum. Sie dachte an all die zum Teil vergeblichen Kämpfe, die hier einst stattgefunden hatten.

Bis ihr einfiel, dass sie in den Katakomben kein Netz hatte und Lisa sie nicht erreichen konnte.

Kurt wurde geröntgt, seine Diagnose bestätigt und die Hand geschient. Zum Glück war es kein komplizierter Bruch. Eine Operation blieb ihm erspart. Maja half ihm ins Bett, wobei ihr ein scharfer Schmerz durch den Rücken schoss.

Es würde dauern, bis Kurt das wieder selbst konnte – falls überhaupt. Manchmal vergaß Maja sein Alter, aber heute sah man es ihm an.

In der milden Novemberdämmerung ließ sich Maja vor der Tür auf die Treppe sinken. Sie brauchte unbedingt noch einmal frische Luft. Sie wäre gern noch zum Karpfenteich gegangen, aber ihr fehlte die Kraft dazu.

Kurts Frage fiel ihr wieder ein. War das mit dem Heim nur eine Einschleife? Die eine Weile halten mochte, aber nicht ganz das Richtige war und ihr womöglich nur zeigte, dass sie es nie ganz schaffen würde?

Die Schmerzen im Rücken ließen nicht nach. All die Gedanken an die weiteren Umbauten und Aufräumarbeiten, den

Berg an wartenden Formularen, das bevorstehende Weihnachtsfest und die Rückkehr von Sebastian, mit dem sie so gern die verlorene Zeit aufholen wollte, schlugen über ihr zusammen wie eine Flutwelle, die alle Selbstbeherrschung mit sich riss.

Jetzt kam ihr Elsie in den Sinn und ihre Küchenwaage. Wie viele Gewichte würde Maja brauchen, um ihre augenblicklichen Probleme aufzuwiegen?

So viele Gewichte habe ich gar nicht, wurde ihr klar. Diesmal nicht. Es wiegt alles zu schwer.

Sie brach in Tränen aus und vergrub das Gesicht in den Händen.

Wie oft hatte sie hier im letzten halben Jahrhundert schon hier gesessen und um jemanden oder etwas geweint?

Sie wusste nicht, wie lange sie da gehockt hatte, als neben ihr eine Stimme erklang.

»Manchmal muss man einsehen, dass ein alter Traum nicht mehr passt. Dass man es nicht mehr kann oder vielleicht auch nicht mehr will.«

Maja schniefte, wischte sich die Augen und sah, dass Eleonore sich zu ihr auf die Treppe gesetzt hatte. Der Himmel wusste, wie sie wieder hochkommen würde. Ihre sonst eher spöttischen Augen blickten sanft und auf einmal sehr weise.

»Seit ich denken kann, wollte ich aus diesem Haus einen glücklichen Ort für alte Menschen machen. Aber ich schaffe es nicht!« Es brach aus Maja heraus, ohne dass sie es wollte. »Ich kann es nicht mehr. Es ist zu spät.« Die Tränen liefen schon wieder.

»Ja. Sie sind nun mal keine dreißig mehr. Ihre Arbeit haben Sie schließlich nicht ohne Grund aufgeben müssen. Im Übrigen *ist* es dank Ihnen gerade schon seit Monaten ein solcher Ort«, sagte Eleonore gelassen. »Ich kenne das. Man hat einen Traum so lange, bis man sich daran gewöhnt wie an seine Augenfarbe. Und später an die Falten. Dann wird es sehr schwer, ihn loszulassen. Aber das Leben ist nie einfach. Und wäre es nicht seltsam, wenn sich die Menschen ändern würden, ihre Träume aber nicht? Die Hosen, die Ihnen mit zwanzig gepasst haben, tun es heute auch nicht mehr. Davon geht die Welt nicht unter.« Sie kramte im Korb ihres Rollators und reichte Maja ein Taschentuch. »Weinen Sie ruhig. Das gehört zu Abschieden dazu. Es spült den ganzen Mist aus dem Hirn. Und dann putzen Sie sich die Nase und fragen sich, was für Träume Sie heute noch haben. Neue Hosen haben Sie ja auch gefunden.«

Maja fing an, unter Tränen zu lachen. Sie schnäuzte sich heftig. Dann bekam sie einen Schluckauf.

»Nur Menschen können über ihren Schatten springen, kleiner Tim.«

Damals war es ihr nicht gelungen. Es hatte nur bis über die Treppe gereicht. Doch vielleicht konnte sie es jetzt endlich?

»Außerdem, warum sollte aus diesem wunderbaren Haus und Garten nicht trotzdem werden, was Sie sich vorgenommen haben?«, fragte Eleonore. »Wer hat denn gesagt, dass *Sie* das alles machen müssen?«

Maja starrte sie sprachlos an.

In der Auffahrt hielt ein Auto mit laufendem Motor. Ein Junge stieg aus und rannte auf Maja zu. Er wedelte mit einem Brief. »Ich soll das hier abgeben«, schnaufte er. »Wir wohnen ganz am anderen Ende der Straße. Der Briefträger hat ihn aus Versehen in unseren Kasten gesteckt. Ich soll Ihnen sagen, es tut Papa leid, dass er es nicht gleich gemerkt hat. Das hat schon eine Weile bei uns rumgelegen.«

»Danke«, sagte Maja. Der Kleine stob davon. Für Post interessierte sich Maja gerade gar nicht, aber es war ein Reflex, auf den Absender zu blicken. Inzwischen war es ganz dunkel geworden, aber im Licht der Laterne über der Tür konnte sie die Schrift gerade noch entziffern.

Remona Kreyhenibbe, »Mervins Garten«, Rügen.

»Etwas Interessantes?« Eleonores Augen entging nichts. »Gehen Sie nur hinein und lesen Sie. Der junge Evim kann mir aufhelfen. Der kommt da gerade aus dem Schuppen.«

Evim sollte sie so verheult auf keinen Fall sehen. Dankbar flüchtete Maja nach drinnen, bis hinauf in ihr Zimmer. Sie wusch sich das Gesicht, atmete tief durch und stellte fest, dass sich eine seltsame, erschöpfte und doch befreiende Ruhe in ihr ausbreitete.

Endlich war sie ehrlich gegenüber sich selbst gewesen.

Auch Kapitulation kann Stärke sein. In irgendeinem Fortbildungsseminar hatte das die Dozentin verkündet. Damals hatte Maja es nicht verstanden. Nun begann sie, es zu begreifen.

Sie setzte sich auf die Fensterbank und vertiefte sich mit wachsender Freude in den Brief.

Bei Remy hatten sich tatsächlich allmählich immer mehr Leser gemeldet, die Ableger verschiedener Sorten von Lilien besaßen. Zum Teil ließen diese sich auf Cecilias Zucht zurückführen, zum Teil waren sie selbst gezüchtet und suchten einen Platz.

Aber das war nicht alles.

Als Maja den Brief zu Ende gelesen hatte, wusste sie, was sie wollte. Diese Gewissheit war so glasklar in ihr wie das Wasser auf Usedom.

Gleichzeitig geriet sie in eine Panik, die sie von sich nicht kannte.

Was würde Sebastian davon halten?

Und vor allem: Was, wenn Frau Bender inzwischen jemand anderen für das Haus am Achterwasser gefunden hatte? War es dafür auch zu spät?

Nelly

Weimar

2018

37

Ein Wink aus Rügen

Der Artikel, den Nelly und Beate über die Arbeitsgemeinschaft der Senioren und der Biologieschüler geschrieben hatten, fand ein großes Echo, als er in *Mervins Garten* veröffentlicht wurde. Die Bilder dazu waren einprägsam schön – die Kinder und die alten Leute zusammen im Schulgarten, alle stolz und freudestrahlend, die Hände voll gemeinsamer Ernte in allen Farben. Salat, Tomaten und Kohlrabi, Kürbis und Karotten, sogar Melonen nach diesem warmen Sommer. Und Blumen.

»Das hat viele Menschen angeregt, es nächstes Jahr im Kleinen nachzumachen. Innerhalb der Familie oder im Freundeskreis zum Beispiel, oder sogar in einem Kiez. Auch Lehrerinnen haben Interesse gezeigt«, schrieb Remy. »Das sind genau die Geschichten, die unsere Zeitschrift so besonders machen. Manchmal denke ich, wir können nichts bewegen, und dann geschieht doch wieder so etwas. Vielen Dank dafür.«

Nelly hatte Remy beim Wort genommen und ihr zweimal für ein paar Tage einen ihrer Patienten nach Ahrenshoop geschickt. Erst Hanna Bergmann, dann Gottlieb Heger. Beide hatten es in ihrer eigenen überhitzten Wohnung kaum noch ausgehalten.

Es war noch immer heiß. Der Sommer ging in einen Herbst über, der ihm in seiner trockenen Unerbittlichkeit kaum nachstand. Sie hatten viel erlebt und viel zu erzählen, und Remy war begeistert von den Interviews, die sie mit beiden geführt hatte.

Die alten Leute waren kaum wiederzuerkennen gewesen, als sie zurückkehrten, so gut hatte ihnen der Anblick von Meer und Gärten und der Austausch mit den Menschen getan. Und dann kamen sie auch noch in die Zeitschrift!

»Mir scheint, die sind in den Zaubertrank gefallen«, hatte Amanda erstaunt gesagt, die lieber Comics las als Bücher.

Nelly wünschte sich auch einen Kessel mit Zaubertrank. Sie fühlte sich müde, ungewöhnlich unlustig. Ihr fehlte eine Perspektive. Alle Überlegungen schienen im Sande zu verlaufen oder waren einfach zu kühn, um jemals verwirklicht werden zu können. Sie wollte sich nicht mit Remy vergleichen, die so viel erreicht hatte, aber sie tat es dennoch.

Ihr dreißigster Geburtstag im Dezember rückte immer näher. Dabei hatte sie sich doch selbst etwas versprochen! Sie hatte ihre Versprechen anderen gegenüber immer gehalten. Bis jetzt. Nun aber machte sich eine seltsame Furcht in ihr breit.

»Liebe Nelly, was soll das? Wozu diese Torschlusspanik?«, fragte Lulu amüsiert. »Du wirst dreißig! Nicht fünfzig. Nicht sechzig. Schau mich an! Was soll ich denn sagen?«

»Ach, Lulu. Du wolltest nie was anderes als dieses Lokal. Die ›Distel‹ macht dich glücklich.«

»Und du wolltest einmal unbedingt *Nellymandas Pflegeteam.*« Lulu polierte ein Glas. »Da kannste stolz drauf sein, wie das läuft.«

»Ja. Das ist auch gut. Aber nun bin ich da rausgewachsen. Das kann doch nicht alles sein. Meine alten Leute sind nicht glücklich. Es muss noch besser gehen. Ich bin eben kein so zufriedener Mensch wie du. Vielleicht bin ich ja chronisch und unheilbar unzufrieden?«

Lulu lachte schallend. »Du? Du bist doch schon zufrieden, wenn man dich mitten auf eine Wiese setzt.«

»Mhhh. Hast du nicht einen neuen Cocktail, den du an mir ausprobieren kannst?«

»Immer. Haste schon den mit dem rosa Pfeffer versucht?«

Nelly hatte sich mittlerweile immerhin sachkundig gemacht. Was man alles für Auflagen erfüllen musste, um ein kleines Seniorenheim zu eröffnen. Personalführung, Mitarbeitermotivation, Qualitätsmanagement, Angehörigenarbeit, Pflegeberatung, Recht für Sozial- und Gesundheitsberufe. Das hatte sie alles schon für den Aufbau des Pflegedienstes gebraucht. Ihre Qualifikation reichte aus, bis auf einen Aufbaukurs in Rechnungswesen. Den holte sie vorsichtshalber an drei Wochenenden nach. So was war schließlich nie nutzlos, und es gab ihr das Gefühl, wenigstens etwas zu tun.

Ihr Traum von dem Heim mit Garten nahm in ihrem Kopf immer mehr Gestalt an. Gleichzeitig erschien er ihr so groß, dass sie davor verzagte. Wie gelähmt blickte sie darauf wie die sprichwörtliche Maus auf die Schlange.

Allein würde sie das niemals schaffen. Sie wagte nicht einmal, damit zu beginnen, ein Objekt zu suchen.

Amanda hatte das Vorhaben rundweg abgelehnt. »Nein. Ich kann damit leben, wenn du bei *Nellymanda* rauswillst. Ich komme gut klar. Aber dieser Pflegedienst ist mein Baby, und ich bin total zufrieden damit. Es fängt ja gerade erst richtig an, sich zu rechnen. Und was würde aus unseren Klienten werden? Du weißt genau, dass es hier nicht so viele Pflegedienste gibt.«

»Wir könnten sie mitnehmen.«

»Die wirst du kaum alle in einem kleinen Heim unterbringen

können. Die meisten werden nicht von hier wegwollen. Viele haben Angehörige und ihre gewohnten Ärzte in der Stadt. Du weißt selbst, dass das Unsinn ist! Nee, Nelly. Ich wünsch dir Glück, aber deinen Hirngespinsten musst du ohne mich nachjagen. Und jetzt sause ich los, eine von uns muss ja schließlich arbeiten.«

Nelly hatte ihr bekümmert nachgesehen. Das war nicht fair. Sie hatte ihre Arbeit nie vernachlässigt. Doch sie konnte Amanda verstehen.

Sie ging ihr altes Adressbuch durch, aus ihrer Ausbildungszeit, rief hier und da an. Aber alle waren zufrieden mit ihrem Job, oder sie hatten Kinder und keine Zeit für etwas Neues. Und schließlich gab Nelly entnervt auf.

Vielleicht sollte es einfach nicht sein, jedenfalls nicht jetzt. Sie war traurig und ärgerte sich über sich selbst.

»Was ist los, Nellymädchen?«, fragte ihre Mutter am Telefon. Sie hatte schon immer sofort an Nellys Stimme gemerkt, wenn etwas sie bedrückte.

»Ach, eigentlich nichts. Herbstblues«, meinte Nelly.

»Das geht vorbei. Notfalls kommst du her und lässt dir den Meereswind um die Ohren pusten. Das hilft immer.«

»Vielleicht mach ich das.«

Als Nelly auflegte, dachte sie an Ahrenshoop und was für eine Aufbruchsstimmung sie dort gespürt hatte. Da war sie voller Unternehmungslust gewesen. Und jetzt?

Eigentlich liebte sie den Herbst mit all seinen Farben und seiner Frische. Doch in diesem Jahr ging der Zauber an ihr vorbei. Sie ärgerte sich über sich selbst. So oft wie möglich ging sie an der Ilm spazieren. Sie brauchte kein Meer, so schön es da auch war. Sie liebte den Fluss und seine ruhige Strömung. Er hätte höchstens etwas breiter sein können, um all ihre Grübeleien davonzuspülen.

Sie seufzte und beschloss, einfach weiter ihrer gewohnten Arbeit nachzugehen. Darüber freuten sich zumindest ihre Schützlinge.

Eine Woche später fand sie nach dem Dienst einen handschriftlichen Brief aus Rügen vor. Sie zog nicht einmal ihre Handschuhe und Mütze aus, bevor sie sich hinsetzte, um ihn zu lesen. Nie fühlte sie sich so lebendig und verstanden wie im Austausch mit Remy Kreyhenibbe.

Liebe Nelly,

ich wollte das nicht in einer Mail schreiben. Es ist mir zu wichtig. Manchmal mag ich Papier immer noch lieber. Man kann es in die Hand nehmen. Einige Angelegenheiten verdienen das.

Ich habe Dir damals ja erzählt, wie wichtig ich es finde, die richtigen Menschen zusammenzubringen und dass dann erstaunliche Dinge geschehen können. Jetzt denke ich, da ist jemand, den Du kennenlernen solltest.

Du hast mir an jenem Abend in Ahrenshoop von Deinem Traum berichtet, und ich fand ihn so schön. Das kleine, gemütliche Seniorenheim mit einem Garten, der auf die Bewohner zugeschnitten ist und ihnen die Möglichkeit zum Gärtnern gibt. Du bist ja mit einigen Aktionen wie dem nächtlichen Frühlingspflanzen und der Schüler-Senioren-Kooperation schon in dieser Richtung aktiv gewesen, und die Reaktionen meiner Leser darauf haben mir gezeigt, was für einen großen Bedarf es dafür gibt.

Nun habe ich Neuigkeiten für Dich. Durch unseren Geschichten-

garten habe ich eine Frau namens Maja Kolmar kennengelernt. Sie ist auch in der Altenpflege tätig gewesen und hatte schon lange einen ähnlichen Plan wie Du. Nur ist sie viel älter und aufgrund gesundheitlicher Probleme berentet. Sie hat ein Haus mit einem großen Garten an der Elbe und war im Begriff, ein Seniorenheim daraus zu machen. Doch sie hat sich körperlich damit übernommen – und nun wird sie an anderer Stelle gebraucht. Trotzdem möchte sie unbedingt, dass das Haus genau diesem von ihr erträumten Zweck zugeführt wird. Sie sagt, sie habe es ihm versprochen. Ich denke, Du verstehst vielleicht, was sie meint.

Maja hat Gelder für den Umbau und die Renovierung aufgetrieben, auch wenn das nicht ganz ausreichen wird. Aber Du sagtest ja, Du hättest auch ein wenig angespart. Maja kennt das Haus und das Grundstück in allen seinen Eigenheiten. Sie möchte Teilhaberin bleiben und unterstützend und beratend weiterhin an dem Projekt mitwirken. Doch sie wäre nur gelegentlich vor Ort und würde jemandem, der jünger als sie ist und das alles mit Mut, Kreativität und viel Lust an der Sache übernehmen würde, freie Hand lassen. Ich mag sie, und ich mag Dich. Meine Menschenkenntnis hat mich noch nie getäuscht, nur darum mache ich Euch beiden überhaupt diesen Vorschlag.

Es gibt eine gewisse Helene, eine pflegebedürftige Seniorin auf Usedom, die etwas mit Maja verbindet und die unbedingt möchte, dass sie zu ihr zieht und ihre Pflege übernimmt. Diese Aufgabe könnte Maja körperlich gut bewältigen. Außerdem sehnt sie sich nach Usedom. Wegen ihres Plans mit dem Seniorenheim aber, den sie nicht aufgeben wollte, hatte sie Helene abgesagt. Nur: Helene ist stur und gibt nicht auf. Sie hat noch vor Maja gemerkt, dass diese ihr Vorhaben nicht mehr stemmen kann. Also hat sie sich an mich gewandt und mich gefragt, ob ich nicht weiß, wie wir Maja aus ihrer Klemme helfen können, damit sie auf die Insel kommen und Helene pflegen kann. Damit wäre sowohl ihr als auch Helene gedient, und vielleicht auch Dir. Ich würde mich nicht einmischen, wenn ich da nicht sehr zuversichtlich wäre.

Beim Lesen von Helenes Brief habe ich sofort an Dich gedacht. Ich habe Dir ja erzählt, dass ich glaube, der Geschichtengarten führt manchmal dazu, dass sich Dinge fügen. Nicht nur Blumen wachsen darin. Manchmal wachsen an den Geschichten auch die Menschen. Darum fühle ich mich jetzt ein bisschen verantwortlich.

Das Haus an der Elbe scheint mir, als wäre es ein guter Platz für Deinen Traum. Ich habe Maja zugehört, und ich habe Bilder gesehen. Ich kann mich irren. Aber möchtest Du es Dir vielleicht einmal unverbindlich ansehen? Das Grundstück liegt in der Prignitz, direkt am Deich, inmitten der Elbtalauen. Das ist die sogenannte Lenzer Wische, *ein Biosphärenreservat. Es könnte Dir gefallen. Wische heißt nämlich Wiese.*

Ich habe Maja zuerst geschrieben, und dann hat sie mich angerufen. Wir haben lange gesprochen. Sie wäre einverstanden, dass Du sie besuchst und sie Dir alles zeigt. Inzwischen hat sie sich eingestanden, dass man manchmal einen alten Traum loslassen muss, wenn es Umstände erfordern, gegen die man machtlos ist. Es ist wie mit allen Dingen oder Beziehungen, an die man sich zu fest klammert. Es bekommt ihnen nicht. Und dahinter wartet immer etwas Neues, wenn man die Augen offen hält und Geduld hat.

Das mit der Geduld ist allerdings eine schwierige Sache. Ich arbeite selbst immer noch daran, sie zu lernen. Gerade die Pflanzen und die Insekten, die oft ein jahrelanges Larvenstadium durchlaufen, lehren es mich wie sonst nichts. Ich freue mich schon darauf, eines Tages Deinen Garten für die alten Leute zu besuchen. Was könnte lohnender sein als ein Garten für glückliches Altern? Ich freue mich schon auf weitere Beiträge für die Zeitschrift.

Nun habe ich Euch einen kleinen Stups gegeben, Maja und Dir. Der

Rest liegt allein bei Euch. Ich bin gespannt und wünsche Euch beiden von Herzen das Beste.

Maja Kolmars Telefonnummer steht mit ihrem Einverständnis unten.

Liebe Grüße,
Remy

Nelly blieb lange sitzen, wie sie war, in Mütze und Handschuhen. Ihre Gedanken fuhren Karussell, bis ihr schwindelig wurde. Endlich bemerkte sie, dass sie zu sehr schwitzte, um überhaupt richtig denken zu können. Sie bekam keine Luft, sie musste raus hier. Und sie wusste auch, wohin. Wenigstens war sie schon fertig angezogen. Sie sprang auf, trank hastig ein Glas Wasser und verließ die Wohnung, sogar ohne nach ihren Kräutern zu sehen.

Dass sie die noch nicht gegossen hatte, fiel ihr erst im Auto ein. Schon hatte sie wieder Bilder im Kopf. Dort, in dem Garten mitten in Wiesen, da hätte sie doch bestimmt Platz für einen richtigen Kräutergarten? Eine Kräuterspirale sogar, erhöht gebaut, damit die alten Leute davon ernten und daran arbeiten konnten, ohne sich bücken zu müssen. Mit einem Handlauf außen, an dem sie sich mit einer Hand festhalten konnten und mit der anderen pflücken.

Es gab Schürzen für Gärtner, in die man Werkzeuge stecken konnte, und kleine Körbe fürs Ernten, die man daran hängen konnte. So etwas könnten die Senioren bekommen, damit sie die Hände frei hatten.

All die Pläne, die sich in ihr aufgestaut und sie frustriert hatten, sprudelten jetzt hervor. Dabei war es doch viel zu früh dafür!

Es gab ja tausend Zweifel und offene Fragen.

Immerhin gäbe es dort einen breiteren Fluss, stark genug, um ihre Sorgen zu tragen.

»Was machst du denn schon wieder hier? Hast du was vergessen?«, fragte Beate erstaunt. Nelly war am Morgen schon auf der üblichen Pflegerunde bei ihr gewesen. »Ich freue mich natürlich, dich zu sehen, aber es gibt so was wie Feierabend, auch für dich.«

Diesmal zog Nelly Mütze und Handschuhe aus. »Ich hab nichts vergessen. Aber vielleicht was gefunden. Hier. Lies mal, bitte!« Sie drückte Beate Remys Brief in die Hand, reichte ihr die Lesebrille und ließ sich in einen Sessel fallen.

Beate warf ihr einen forschenden Blick zu. »Mach dir mal lieber einen Tee. Du siehst blass aus. Lass dir Zeit. Ich lese langsam.« Sie vertiefte sich in Remys Zeilen.

Beate hatte recht. Remy rappelte sich auf und machte ihnen beiden eine Tasse. Als sie ins Zimmer zurückkehrte, legte Beate den Brief gerade zur Seite. Ihre Augen funkelten. »Wann fahren wir?«

»Wir?«

Beate nahm die Tasse entgegen. Ihre Augen waren jetzt unsichtbar, weil ihre Brille vom Dampf beschlug. Irritiert nahm sie sie ab. »Natürlich wir! Du brauchst mich als Testperson. Wenn du wissen willst, ob sich in diesem Haus und Garten alte Leute wohlfühlen könnten und ob es überhaupt geeignet ist, dann musst du genau diese alten Leute fragen«, sagte sie streng. Dann lächelte sie spitzbübisch. »Außerdem lasse ich mir doch so eine Fahrt nicht entgehen.«

»Aber es ist November. Kalt und feucht. Dein Rheuma …«

»Ach was!« Beate wischte das Rheuma mit einer abfälligen Handbewegung beiseite. »Wenn man in einen Garten fährt, braucht man keine Angst vor dem Winter zu haben. Auch nicht, wenn man alt ist. Man muss sich höchstens vorsehen. Wir nehmen ja den Rollator mit. Was ist los mit dir? Die wunderbare Remy serviert dir eine Lösung auf dem Silbertablett. Warum guckst du so bedröppelt? Solch eine Gelegenheit bekommt man nur einmal.«

»Ich habe Angst«, gab Nelly zu. »Einen theoretischen Plan zu haben ist einfach. Aber wenn es dann auf einmal wahr werden könnte, dann ist das – ziemlich groß. Ich weiß nicht, ob ich das kann. Ob es fair wäre, es überhaupt zu versuchen. Dieser Maja gegenüber, und dem Haus. Und den zukünftigen Bewohnern. Was, wenn ich das nicht schaffe? Keinen Kredit bekomme? Mich finanziell völlig übernehme? Oder sonst einen schlimmen Fehler mache?«

»Ob du das kannst, wirst du nie herausfinden, wenn du es nicht versuchst«, sagte Beate gelassen. »Natürlich wirst du Fehler machen. Das tun wir alle. Na und? Du hast doch gar keine Wahl, als es dir anzusehen. Sonst bleibst du unzufrieden. Sogar noch viel unzufriedener als vorher. Das mit *Nellymandas Pflegedienst* hast du doch auch geschafft, warum soll es dann diesmal nicht funktionieren, wo du inzwischen so viel mehr Erfahrung hast? Außerdem bist du nicht allein mit der Sache. Da ist diese Maja. Du hast Freunde. Lulu, Lilo, Manuel. Und vor allem hast du uns. Josef, Hanna, Herrn Heger, mich. Wir sind die Alten. Wir sind die Experten. Frag uns. Also: Wann fahren wir?«

Nelly gingen die Einwände aus. Sie gab jeden Widerstand auf und begann allmählich, sich zu fühlen wie einst an Weihnachten kurz vor der Bescherung. »Aber natürlich machst du das, Nellymädchen!«, würde ihre Mutter sagen, wenn sie ihr davon erzählte. »Sieh dir deinen Vater und mich an. Wir haben es auch geschafft. Der Laden läuft. Und das in unserem Alter.«

»Geht klar, Beate«, beschloss sie. »Ich rufe Maja Kolmar an.«

Auf der Heimfahrt hielt sie kurz bei ihren alten guten Geistern Goethe und Schiller und sah zu ihnen auf.

Die beiden Herren blickten recht ermutigend, fand sie.

38

Der »Elbschwarm«

»Natürlich machste das!« Lulu reichte den Brief zurück über den Tresen, nachdem sie ihn gelesen hatte. Sie klang, als gäbe es nicht den leisesten Zweifel daran, dass Nelly eigenhändig ein Seniorenheim aufbauen konnte.

»Aber, Lulu …« Weiter kam sie nicht.

»Du hast lange genug Hummeln im Hintern gehabt, Mädchen«, sagte Lulu. Die warme Zuneigung in ihren Augen passte nicht zu ihrem barschen Tonfall, aber gerade dieser Ton tat Nelly jetzt gut. »Du brauchst 'ne neue Herausforderung. Hast doch schon bewiesen, was du kannst! Den anderen und dir selber. Erfahrung haste inzwischen auch. Also glaub endlich an dich!«

»Findest du das wirklich vernünftig?« Nelly nahm einen Schluck ihres Drinks, der diesmal eine erstaunliche violette Farbe besaß. Er schmeckte entfernt nach Pflaumen.

»Vernünftig! Was is'n schon vernünftig? Das weiß man immer erst hinterher. Steht in diesem Brief irgendwas, was unvernünftig klingt?«

»Keine Spur!« Lilo schob sich neben Nelly auf einen der Barhocker, Manuel nahm auf der anderen Seite Platz. Nelly hatte den beiden eine Kopie des Briefs geschickt und sie um ihre Meinung gebeten. Nun musste sie sich die wohl auch anhören.

»Organisieren kannst du. Das haben wir ja bei den Aktionen erlebt«, sagte Manuel ruhig.

»Und die nötige Phantasie hast du auch«, ergänzte Lilo mit funkelnden Augen. »Und dieses Grundstück! Ich kann gar nicht erwarten, es in die Finger zu bekommen.«

Nelly sah sie verblüfft an. »Ihr würdet mir helfen? Das sind aber viereinhalb Stunden Fahrt von hier.«

»Das lassen wir uns nicht entgehen. Du wirst ja wohl ein Gästezimmer haben. An einem langen Wochenende kann man viel bewegen. Oder an mehreren. Um die Senioren musst du dich selber kümmern, aber beim Anlegen des Gartens kannst du uns bestimmt gebrauchen. Du willst doch Hochbeete, damit sie sich nicht bücken müssen. Und Manuel hat eine Idee mit Kraterbeeten. Das ist eine hochmoderne Supersache.«

Lilos Unternehmungslust war ansteckend. Nellys Aufregung stieg.

»Kraterbeete?«

Manuel nickte. »Ich erklär es dir. Du hast doch viel Platz, nicht wahr?«, fragte er.

»Noch habe ich gar nichts.«

»Mal angenommen, du hättest. Sieh her.« Manuel zog Zettel und Bleistift aus seiner Brusttasche. »Kraterbeete sind toll in Zeiten des Klimawandels. Sie speichern Feuchtigkeit und schützen die Pflanzen vor dem Wind. Bei Hitze ist es im Beet durch die Verdunstung kühler als außerhalb, bei Kälte dagegen wärmer. Im Winter kannst du sie sogar abdecken und als Frühbeet benutzen.« Er zeichnete eine Art Trichter im Querschnitt. »Um es anzulegen, suchst du eine sonnige Stelle und markierst einen Kreis von mindestens zwei Metern Durchmesser. Dann hebst du den Boden darin kegelförmig aus, an der tiefsten Stelle ungefähr zwanzig Zentimeter. Den Aushub mischst du mit Humus und baust damit einen Wall um den Krater, etwa einen

Meter breit, im Norden etwas höher als im Süden. In die Mitte legst du normalerweise einen Trittstein und in die Südseite wird eine kleine Treppe gebaut. Bei den Senioren schlage ich vor, wir bauen größer und ersetzen die Treppe durch eine feste Rampe und den Trittstein in der Mitte durch eine kleine Plattform mit einer Bank. Oder noch besser, wir ziehen auf halber Höhe rundherum eine Bank, dann können sie im Sitzen an der Kraterwand gärtnern, sozusagen. Wie beim Hochbeet, nur geschützter. Jeder Bewohner könnte einen eigenen Krater bekommen, oder sie machen es zu zweit, das fördert die Freundschaft – vielleicht kommen sie sich dabei sogar näher?« Manuel zwinkerte Nelly zu und fuhr fort zu zeichnen. »Dann kann gepflanzt werden. In der Mitte die Pflanzen, die es feucht lieben. Da kann sogar ein kleiner Teich entstehen. Weiter außen die Pflanzen, die halbtrockene, sonnigere Standorte mögen. Zum Beispiel Gemüse. Auf dem Wall oben Kräuter, die es gern sonnig und trocken haben. Außen dann im Norden Gehölze für den Windschutz, im Süden Stauden. Zum Beispiel.«

»Das ist ja eine tolle Sache«, sagte Nelly erstaunt. »Ich wette, die Leute werden es mögen, einen eigenen Bereich zu haben.«

»Wir würden dir das anlegen. Wir suchen dafür schon länger ein Versuchsgelände. Mal wieder eine Win-win-Situation«, sagte Manuel. »Ich bin gespannt, was du berichtest, wenn du dort warst. Ob da vielleicht ein brachliegendes Feld oder so was ist, das dafür geeignet wäre.«

»Ansehen musst du es dir auf jeden Fall«, erklärte Lilo. »Alles andere ergibt sich von selbst. Du wolltest doch vor deinem Dreißigsten eine neue Aufgabe finden. Die Zeit wird knapp. Und gekniffen wird nicht. Außerdem bist du nicht allein. Beate hat recht. Sie ist alt. Um Menschen wie sie geht es. Sie ist eine

Expertin. Vertrau ihr.« Sie blickte streng, lächelte dabei aber verständnisvoll. »Was für ein Abenteuer! Wann fahrt ihr?«

Nelly gab sich geschlagen. »So bald wie möglich. Vielleicht übermorgen, wenn Beate trotz Novemberwetter fit genug ist. Ich rufe Maja Kolmar nachher an.«

»Die Zeit ist günstig. Wenn es dir dort im November gefällt, wird es dir immer gefallen«, meinte Lilo.

Das stimmte wohl.

Noch hingen letzte goldene Blätter an den Bäumen. Vor dem grauen Himmel wirkten sie besonders leuchtend. Manchmal wirbelte ein Windstoß einige über die Straße. Eines blieb hinter dem Scheibenwischer stecken. Beate betrachtete es gedankenverloren.

»Diese Blätter sind wie wir«, sagte sie. »Die alten, aber auch die jungen Menschen. Wir suchen alle einen Platz. Die einen für eine Weile, die anderen für länger, und wieder andere für den Rest ihres Lebens. Ich bin wirklich gespannt auf den Hof an der Elbe. Wenn diese Maja ihr Leben lang Altenpflegerin war und der Meinung ist, dass es ein glücklicher Ort fürs Alter sein kann, dann wird sie damit richtigliegen.« Sie warf Nelly einen Blick zu. »Aber du darfst nicht vergessen, wie jung du selbst noch bist. Wenn du das wirklich machen willst, musst auch du dort glücklich sein können.«

»So jung bin ich auch nicht mehr. Außerdem liegt das Haus an der Elbe. An einem Fluss kann ich gar nicht unglücklich sein. Ups, ich glaube, hier muss ich abbiegen!«

Es war eine liebliche, stille Landschaft, durch die sie fuhren. Trotzdem war Lenzerwische gar nicht so leicht zu finden. Sie kamen durch kleine Dörfer, deren Namen Nelly bei Google

Maps nicht finden konnte. Es war, als ob sie nicht existierten. »Wahrscheinlich sind sie so klein, dass sie nicht angezeigt werden«, vermutete Nelly.

Die Nachmittagssonne mogelte sich allmählich zwischen den Wolken hindurch, tauchte alles in ein warmes Licht und machte deutlich, wie erstaunlich grün diese Landschaft war, auch nach diesem Extremsommer und im November noch. Schließlich fanden sie einen schlichten hölzernen Wegweiser, der eine schmale, sandige Straße entlangwies.

Zum »Elbschwarm«.

Nelly folgte ihm. Beate klammerte sich an die Armlehne, als sie über den sandigen, unebenen Weg rumpelten. Sie fuhren an einem Feld vorbei, auf dem Gründüngung halbherzig zwischen Flecken von Brennnesseln wuchs. Hier die Kraterbeete, dachte Nelly. Man müsste nur den Weg besser befestigen …

Es folgte eine verwilderte Wiese mit Obstbäumen, dann fuhren sie an einer Reihe von Schuppen und ehemaligen Ställen vorbei, die sich in diversen Stadien von Verfall oder Renovierung befanden. Dahinter begann ein Garten. Nelly sah Johannisbeersträucher, Stachelbeerbäume und Phlox, der noch ein wenig blühte.

Als der Weg endete, parkte sie neben zwei anderen Autos vor einer kleinen Scheune. Sie half Beate heraus und klappte den Rollator auf. »Vorsicht, die Unebenheiten!«, warnte Nelly, aber Beate hörte nicht hin. Sie marschierte bereits los, den Pfad entlang, der von hier aus um eine Gruppe Rosenbüsche herumführte. Einige zerzauste Blüten hingen zwischen Hagebutten noch an den Zweigen.

Dann lag das Haus vor ihnen.

Verwitterte Klinkersteine, ein warmes Rot in der tiefstehenden Sonne. Altersdunkles Fachwerk. An der Wand überall Kletterrosen und dazwischen weiße Bänke. Ein bemoostes Dach mit vielen größeren und kleineren Giebeln. Die Fensterläden und Türen waren freundlich hellgrün gestrichen, auch wenn die Farbe ein wenig abblätterte.

Das Dach wirkte ungemein beschützend. Es war so ausladend, dass wohl eine Menge Leben darunter Platz fand.

Das ganze Haus empfing sie wie eine Umarmung.

Nelly wurde kurz schwindlig. Sie fühlte sich einen Augenblick lang desorientiert. War sie nicht schon einmal hier gewesen? Nein, ganz sicher nicht, das konnte nicht sein. Doch, in ihren Träumen! Wenn sie auf der Wiese an der Ilm gelegen hatte, mit Blick auf Goethes Gartenhaus, und sich ausgemalt hatte, wie es einmal sein sollte, dort, wo sie ihr ganz eigenes Leben leben wollte – da hatte es beinahe genauso ausgesehen wie hier. Die Bilder und Zeiten verschwammen ineinander. Nelly stolperte.

»Hoppla«, sagte Beate. »Auf die Unebenheiten achten!« Aber sie lächelte. »Sehr schön hier, nicht wahr?« Sie ließ sich auf einer der Bänke nieder und schnupperte an einer Rose.

»Mehr als schön.« Nelly konnte sich nicht sattsehen.

»Oh, das ist aber viel zu kalt. Kommen Sie lieber herein!« Jemand kam mit viel Schwung die wenigen Treppenstufen herunter. »Hier gibt es eine Rampe für den Rollator. Und Sie sind bestimmt Nelly! Wir hatten telefoniert. Ich bin Maja.«

Maja war ein wenig kleiner als Nelly. Ein lederner Reif hielt ihre langen kupferroten Haare zurück, in denen zahlreiche silberne Fäden glänzten. Nelly mochte ihr Lächeln und ihren herzlichen Blick sofort. Ihr Händedruck war warm und fest. »Ja, und das ist Beate«, stellte Nelly vor. »Meine Expertin. Sie haben es zauberhaft hier! Ich weiß gar nicht, wo ich zuerst hinsehen soll.«

»Danke. Mir fällt gerade ein, vielleicht sollte ich Ihnen erst das Gelände zeigen, solange es noch hell ist. Beate könnte sich solange schon drinnen bei einer warmen Tasse Tee erholen.«

»Das wäre schön. Vielen Dank, Frau Maja!« Beate ließ sich in eine geräumige Küche geleiten. Staunend betrachtete Nelly die uralten Balken, die sich schräg durch die unteren Räume zogen. Wie herrlich gemütlich das war! Man bekam den Eindruck, dass dieses Haus schon alles ausgehalten hatte und einem hier so gut wie nichts passieren konnte.

Ein hochgewachsener, nur wenig gebeugter alter Herr mit buschigen Augenbrauen und einem breiten Lächeln kam herein, auf einen Stock gestützt. »Ach, Heiner«, sagte Maja zu ihm, »würdest du dich um unseren Gast Beate kümmern und ihr einen Tee machen? Ich möchte Nelly den Garten zeigen, solange die Sonne noch scheint.«

»Höchst erfreut«, sagte Heiner. Nelly zögerte, aber Beate warf ihr einen amüsierten Blick zu. »Geh nur. Ich denke, ich bin in bester Gesellschaft.«

Draußen führte Maja sie als Erstes an einen Teich, der hinter dem Haus lag. Auch hier standen Bänke, und ein kleiner Steg ragte in das Wasser hinein. »Das ist mein Lieblingsplatz«, sagte Maja. »Wenn ich Sorgen habe oder nachdenken muss, sitze ich hier und spreche mit den Karpfen.« Sie lächelte ein wenig verlegen. »Wenn Sie – ach, wollen wir nicht du sagen?«

»Gerne. Danke.« Nelly betrachtete beeindruckt die Silhouetten der großen Fische, die sich gelassen unter der Oberfläche bewegten.

»Wenn du den ›Elbschwarm‹ wirklich übernehmen würdest, müsstest du dich gut um die Karpfen kümmern. Das ist eine Bedingung.«

»Sehr gerne. Das mögen die alten Leute bestimmt, wenn sie hier sitzen und ihnen zusehen können.«

»Ja, das tun sie. So, dahinten ist der Obstgarten. Leider ein wenig verwildert. Und hier ein Gewächshaus, das ist noch gut zu gebrauchen, auch wenn es in letzter Zeit außer Betrieb war. Wunderbar für Tomaten und Gurken, sogar Melonen. Dort hinten ist eine kleine Birkenallee, da kann man gut kurze Strecken spazieren gehen. Das da sind Nebengebäude für Fahrräder und Geräte, und dort arbeitet gerade meine Tochter Lisa, vorübergehend. Aber auch, wenn sie hier gerade wunderbar geholfen hat, sie wird nicht bleiben wollen, ein Seniorenheim zu führen ist nicht ihr Gebiet. Sie ist Schneiderin und Künstlerin.«

Während Maja sprach, folgten sie einem geschwungenen Weg an Blumenbeeten vorbei. Dort standen winterbraune Stauden voller Samenkapseln, denen man noch ansah, wie üppig sie im Sommer geblüht hatten. Nelly fühlte sich noch immer wie im Traum. »Hier ist ein weiterer Lieblingsplatz von mir«, sagte Maja schließlich und blieb stehen.

Ein runder Platz mit gebogenen grünen Bänken lag vor ihnen. In der Mitte gab es ein rundes Beet, in dem die bronzene Skulptur eines Schiffes auf einer Welle den Mittelpunkt bildete.

Auch hinter und zwischen den Bänken gab es Beete, aber um das Mittelbeet herum war viel freier Platz.

»Das sind die Lilienbeete meines Großvaters. Ich hatte dir am Telefon davon erzählt«, sagte Maja. »Auf dem Platz hier haben wir früher mit Freunden und Nachbarn spontan kleine Konzerte gegeben oder Aufführungen und Sommerfeste veranstaltet. Ich dachte immer, man sollte das wieder aufnehmen. Die alten Leute würden es lieben. Man kann hier auch gut tanzen.«

Nelly spürte ein Kribbeln. Ja! Sie sah es bereits vor sich.

Ein Sommerabend, vielleicht auch ein Erntedankfest nach glücklich getaner Gartenarbeit. Jemand, der Gitarre spielte. Laternen oder Fackeln. Wassermelone, Eis und Leckeres vom Grill. Die Leute würden ihr Alter vergessen. Oder es genießen. Sie würden nicht daran denken, sich vor dem Winter zu fürchten, und wenn die Kälte dann kam, dann hätten sie genug Erinnerungen, um sie durch die dunklen Tage zu tragen.

Und Hoffnungen auf neue Saaten in einem neuen Frühling.

Das könnte wunderbar werden.

»Maja«, sagte Nelly, »willst du wirklich – möchtest du wirklich weg von hier?«

Sie war kaum eine Stunde hier und hatte jetzt schon Angst. Angst, dass dies hier nur ein Traum war, eine Seifenblase, eine ganz und gar unmögliche Hoffnung.

Maja blickte eine Weile über die Beete hinweg schweigend in die Ferne.

Es war so ruhig hier. Eine Amsel flötete kurz, dann war es wieder novemberstill. Kein Summen oder Zirpen mehr, hier draußen am Rande der Prignitz gab es nicht einmal Autoverkehr. Nelly meinte, ihr Herz klopfen zu hören.

Dann wandte sich Maja ihr wieder zu. Sie sah Nelly geradewegs in die Augen. »Nein«, sagte sie. »Ich möchte nicht weg von hier. Aber ich möchte woanders *hin*. Ich habe mir die Entscheidung nicht leicht gemacht. Ganz im Gegenteil. Nun ist sie dafür endgültig und richtig. Ich weiß jetzt, dass ich das hier nicht meistern kann. Ich werde in etwas über einem Jahr sechzig. Mir fehlt die körperliche Kraft. Der ›Elbschwarm‹ hat verdient, dass er zu dem wird, was ich ihm einmal versprochen habe. Aber es ist eine Aufgabe für jemand anderes.« Sie klang sehr entschieden. Wie jemand, der sich völlig sicher ist. »Mich rufen eine neue Aufgabe, ein neuer und trotzdem ebenso altvertrauter Ort und ein neuer Traum. Ich habe mit meinem Mann in langen Skypesitzungen alles schon besprochen. Er muss sich unser zukünftiges Heim zwar noch ansehen, aber wir sind zuversichtlich.« Sie hielt Nellys Blick fest. »Nur, im Stich lassen könnte ich das hier alles niemals. Bei dem Mangel an Pflegekräften allerdings, den wir im Land haben, und der Abgelegenheit hier draußen – da wird es sehr, sehr schwer, jemanden zu finden. Und nicht nur irgendjemanden, sondern die richtige Person.« Sie machte eine Pause. »Mit anderen Worten, ich befürchte, du bist meine einzige Chance.«

Die beiden Frauen sahen sich an.

»Und du meine«, sagte Nelly leise. »Vor allem dieser Hof. Ich werde in einer Woche dreißig. Bis dahin hatte ich mir etwas vorgenommen. Ich träume schon lange von einem Haus für alte Menschen, das ein glücklicher Ort sein kann und einen Garten für die Bewohner um sich hat. Und noch länger träume ich selbst davon, in einem Haus wie diesem leben zu dürfen. Wann soll das passieren, wenn nicht jetzt?«

Majas Ausdruck verlor den tiefen Ernst und wich einem vorsichtigen Lächeln. »Remy hat gesagt, man muss die richtigen Menschen zusammenbringen, um Dinge möglich zu machen. Sie meint, dass der Geschichtengarten dabei hilft. Ich denke, das stimmt. Ich glaube, dass Gärten allgemein das möglich machen. Komm, ich zeige dir noch etwas!«

Nelly ging wie auf Federn neben ihr. Am liebsten wäre sie

gehüpft. Plötzlich war sie sich vollkommen sicher. Sie gehörte hierher.

Blieb nur noch, dass sie sich über die Konditionen einig wurden. Und dass sie ihre Zweifel loswurde. Nicht, ob dies der richtige Ort war, sondern ob sie schaffen konnte, wovor Maja kapituliert hatte.

Über dem Karpfenteich stieg leichter Nebel auf, als Maja sie an den vielen Rosen vorbei auf die andere Seite des Hauses führte. Der Himmel färbte sich schon rötlich. Der Weg führte hier nach oben, und dann öffnete Maja ein weißes Tor. »Das ist der Deich«, erklärte sie. »Obendrauf verläuft der Elberadweg. Im Sommer musst du auf die Radfahrer achten.«

Jetzt aber war hier niemand. Nur eine dreifarbige Katze saß mitten auf dem Weg und betrachtete Nelly fragend. Eine Glückskatze.

Dann, unten auf der anderen Seite des Deichs, breiteten sich die Wiesen in ihrer ganzen Weite vor ihr aus. Die grünen Elbauen in einem geheimnisvoll aufsteigenden, von der Abendsonne beleuchteten Dunstschleier. Zwischendurch ragten Gruppen dicker, knorriger Eichen und Weiden, beinahe blattlos jetzt, wie feine Kohlezeichnungen in den Himmel. Ein Schwarm Stare kreiste über ihnen.

»Früher stand hier die Mauer«, sagte Maja leise. »Das heißt, an dieser Stelle war es ein metallener Gitterzaun.«

Das war schwer vorstellbar, ein solch tiefer Frieden lag über der Landschaft. »Jetzt nehmen wir im Sommer manchmal einen Gartenstuhl und setzen uns einfach hier an den Deichhang, um den Tag ausklingen zu lassen. Leider ist es jetzt schon zu spät, dir den Fluss zu zeigen. Er liegt gleich hinter den

Bäumen. Du brauchst nur ein paar Minuten auf dem Deich nach rechts zu laufen, dann kommt ein Pfad, der hinunter zum Elbestrand führt. Ein Kraftort, wenn man nachdenken möchte.«

»Das glaube ich. Ich kenne einen ähnlichen Fluss, obwohl er schmaler ist. Da bin ich am liebsten.«

Aber auch das weite Grün hier war fast wie ein Fluss. Nelly konnte sich von dem Anblick kaum losreißen. Doch dann fuhr ein kalter Wind von unten hoch und ließ sie beide frösteln. Die Dämmerung kam mit Macht.

»Lass uns hineingehen. Ich zeige dir eure Zimmer, dann könnt ihr euch ausruhen«, sagte Maja. »Später gibt es Abendessen. Alles andere besprechen wir am besten morgen.«

Die Küche war verwaist bis auf eine ältere Frau, die resolut mit Geschirr klapperte. »Das ist Rita«, stellte Maja vor. »Sie hat früher meine Großmutter betreut und kommt schon seit Jahren regelmäßig hierher. Ich wüsste gar nicht, was wir ohne sie machen sollten.«

Rita schüttelte Nelly kräftig die Hand. »Schön, dich kennenzulernen! Ich darf dich doch duzen? Beate schwärmt in den höchsten Tönen von dir. Sie ist übrigens im Wohnzimmer.«

»Rita hat versprochen zu bleiben, falls du übernimmst. Sie kennt sich mit allem aus und kann dich einführen«, sagte Maja.

»Oh, das wäre ja wunderbar. Danke, Rita, das macht mir Mut!«

»Wir werden viel zu tun haben, unterschätz das nicht«, sagte Rita nach einem langen, prüfenden Blick. Dann lächelte sie. »Aber wir packen das schon. Maja ist ja auch nicht aus der Welt.«

»O nein, ganz und gar nicht«, versicherte die. »Du müsstest sogar damit leben, Nelly, dass ich mich gelegentlich einmische. Nur beratend natürlich. Und nur, wenn du es möchtest. Ich werde wohl regelmäßig auftauchen, einfach nur, weil ich unbedingt wissen will, wie es weitergeht.« Sie lächelte verlegen. »Ich hänge so am ›Elbschwarm‹, weißt du.«

Nelly fühlte, wie ihr Mut zunahm. »Maja, es wäre mir sehr lieb, wenn du beteiligt bleibst, in welcher Form auch immer. Am Anfang gehört dir doch sowieso noch fast alles, wenn wir das mit der von dir vorgeschlagenen großzügigen Ratenzahlung an dich statt an eine Bank machen. Ich glaube, je mehr hier daran mitwirken, desto besser. Ich bin für deinen Rat und deine Erfahrung dankbar. Und ich möchte alle Geschichten über das Haus hören.«

»Das klingt gut«, sagte Rita und machte sich wieder am Herd zu schaffen.

»Ja«, sagte Maja. »Sehr gut. Ach Nelly, ich freue mich so! Die Zukunft wird für uns beide ein Abenteuer. Egal, wie alt wir sind.«

»Für uns auch«, sagte Heiner, der mit einem leeren Glas in die Küche kam. »Frau Nelly, Ihre Beate ist ja ein Feger! Die hat uns beim Skat in Grund und Boden gespielt. Werden Sie noch mehr solche interessanten Mitbewohner hier anschleppen?«

»Heiner!«, protestierte Maja erschrocken. »Beate ist hier nur zu Gast.«

»Da wäre ich mir nicht so sicher«, meinte Heiner und spähte in den Kühlschrank. »Haben wir noch Schnaps?« Dass er selbst eigentlich nur vier Wochen hatte bleiben wollen, schien er vergessen zu haben. Von seinem Fortgang war schon lange nicht mehr die Rede.

In dem geräumigen Wohnzimmer fanden sie Beate und Kurt am Tisch vor einem knisterndem Kaminfeuer. Kurt mischte Karten und wirkte ein wenig perplex. Beates Ausdruck hingegen erinnerte an eine Katze, die den Milchtopf ausgeleckt hat. »So vernichtend hat mich noch nie jemand geschlagen«, klagte Kurt und betrachtete sein Gegenüber anerkennend. »Das schreit nach einer Revanche. Nach mehreren, genau genommen.«

»Dafür werden wir Gelegenheit genug haben«, erklärte Beate.

»Wir müssen doch morgen Nachmittag zurück, Beate«, erinnerte Nelly sie.

»Vielleicht. Aber nur zum Packen.« Beate lehnte sich zurück. »Ich habe beschlossen, hier einzuziehen. Es gefällt mir. Und du wirst auch hier sein. Also!«

»Aber … das geht doch nicht. Einfach so.« Nelly kam nicht hinterher.

Beate fixierte sie streng. »Natürlich geht das. Du wolltest meine Meinung hören. Ob man sich hier wohlfühlen kann, wenn man alt ist. Heiner hat mir alles gezeigt. Und ich sage dir, ja, dieses Haus ist geeignet. Ich fühle mich hier wohl. Und ich bleibe! In meinem Alter kann man keine Zeit mehr verschwenden. In meiner ollen Wohnung mit dem Minibalkon hält mich nichts. Ich nehme ein, zwei Möbel mit, und den Rittersporn natürlich. Der Rest kann entsorgt werden. Fertig!« Kurt rückte etwas näher an sie heran. Heiner kam mit einem Tablett herein und stellte sich auf der anderen Seite neben Beate.

»Und da hört man immer, alte Leute seien nicht bereit für Veränderungen!« Rita kam herein, öffnete die Flasche auf Heiners Tablett und begann, Portwein in Gläser zu füllen. »Für mich ist das in Ordnung, Maja. Und Nelly. Nehmt mal einen Schluck, ihr seht aus, als könntet ihr den gebrauchen. Beate kann unser Gast sein wie Heiner und Eleonore, bis wir endgültig eröffnen. Darauf kommt es jetzt auch nicht mehr an.«

»Vielleicht ist das ganz gut«, sagte Nelly mehr zu sich selbst. »So können wir herausfinden, wo überall Verbesserungsbedarf ist.«

Maja nickte. »Das stimmt. Sie sind wirklich Experten. Außerdem kann Beate Eleonore Gesellschaft leisten, wenn die Männer zu frech werden.«

Heiner warf ihr einen gekränkten Blick zu, dann lachte er. »Macht euch keine Sorgen. Wir kümmern uns schon um Beate.«

Maja und Nelly tauschten einen Blick. Sie wussten beide, dass es so einfach nicht war. Allein schon die Medikamente, die man im Auge behalten musste.

Doch so hatten sie es ja gewollt.

»Ich bin schließlich auch noch da. Meistens.« Rita ging von einem zum anderen, bis jeder ein Glas hatte. »Trinken wir auf die Zukunft. Und die Zuversicht. Und vor allem auf Elsie und Clemens!«

39

Evims Geheimnis

Nachdem Nelly sich vergewissert hatte, dass Beate gut versorgt war und schlief, kuschelte sie sich in dem ihr zugewiesenen Zimmer unter dem breiten Dach unter die Decke und lauschte, wie ein feiner Schauer auf das Fensterbrett tröpfelte und der Wind gelegentlich leise pfiff. Sie fühlte sich geborgen. Viel mehr als in der Wohnung, die sie von ihren Eltern übernommen hatte.

Ihren Kräutern würde es hier auch gefallen.

Sie rief ihre Mutter an und berichtete von dem Tag. »Würde es euch etwas ausmachen, wenn ich eure alte Wohnung in Weimar aufgebe?«

»Aber nein, Nellymädchen. Wir haben nie erwartet, dass du ewig dortbleibst. Als du mir von diesem Angebot an der Elbe erzählt hast, habe ich schon mal bei meiner Freundin Martina nachgefragt. Die haben eine Tochter, die ausziehen will, weißt du. Die würde sich freuen. Sie hat noch keine eigenen Möbel und übernimmt alles, was du nicht haben willst.«

»Mama, ihr seid großartig. Glaubst du denn, ich würde das hier schaffen?«

»Aber natürlich, warum denn nicht? Du bist tüchtig und du wünschst es dir. Schenk es dir zum Dreißigsten, Nellymädchen. Übrigens, dein Vater will dir noch was dazu sagen.«

»Jawohl«, kam seine Stimme. »Wir haben so lange schon überlegt, was wir dir schenken können. Deine Mutter dachte ja an einen Bauchtanzkurs auf Hawaii …«, von hinten kam empörter Protest, »… aber jetzt finden wir die Gelegenheit wunderbar, dir finanziell ein bisschen zu helfen. Wir investieren und helfen dir mit den Raten. Was meinst du? Wir werden stille Teilhaber. Wir mischen uns auch nicht ein …«

»Höchstens ein kleines bisschen!«, rief ihre Mutter im Hintergrund. Nelly sah ihr verschmitztes Lächeln vor sich.

Nelly hatte einen Kloß im Hals. »Was ist, wenn ich mir wünsche, dass ihr euch einmischt? Ich brauche euch alle! Danke, Papa. Das ist das schönste Geschenk, dass ihr mir machen könnt.«

»Liebend gern, mein Mädchen. Wir sind stolz auf dich.«

Nelly sprang aus dem warmen Bett und stellte sich ans Fenster. Draußen war es stockdunkel bis auf die Laternen an der Hauswand, die die kahlen Rosenzweige und die letzten Blüten beleuchteten. Und zwischen Wolkenfetzen der Mond.

Dieses riesige, verwunschene alte Haus würde *ihr* gehören! Ihr, den alten Menschen und ihrem Traum. Nelly ließ alle Zweifel los. Die Freude in ihr sprudelte über. Ehe sie es sich versah, war ihr ein Juchzer entfahren, ein Jubelschrei, wie ihn das Haus wohl lange nicht mehr gehört hatte.

Erschrocken schlug sie sich die Hand vor den Mund, doch kurze Zeit später klopfte es leise an der Tür und Maja, ebenfalls im Nachthemd, steckte den Kopf herein. »Alles in Ordnung?«

»Entschuldige bitte, Maja. Ich war nur gerade so glücklich. So zufrieden und voller Vorfreude war ich noch nie. Es ist, als ob auf einmal alles, was ich mein Leben lang gelernt und gemacht habe, einen Sinn ergibt, weil es zu diesem Ort und diesen Möglichkeiten geführt hat.«

Maja kam herein und stellte sich neben Nelly ans Fenster.

»Weißt du was? Mir geht es genauso. Der ›Elbschwarm‹ wird in guten Händen sein, ich kann weiterhin Teil der Geschichte sein, und trotzdem darf ich nach Usedom ziehen, mich bei Helene im Rahmen meiner Möglichkeiten nützlich machen und den Liliengarten anlegen. Ich kann es kaum noch erwarten. Und Sebastian will auch ans Meer ziehen, seit er nach Kalifornien gegangen ist.«

Die Regentropfen verstummten. Der Mond spiegelte sich im Karpfenteich.

»Nicht mehr lange bis Dezember«, sagte Maja. »Der Vollmond im Dezember heißt der Kalte Mond, er wird aber auch der Heilmond genannt. Eine gute Zeit, um anzukommen und Frieden mit sich zu schließen.«

»Ja«, sagte Nelly. »Und sich ganz neu auf die Zukunft zu freuen.«

Am nächsten Morgen war es bedeckt, aber windstill.

Beate hatte gut geschlafen und versprach Kurt und Heiner eine weitere Partie Skat. »Es ist so gemütlich hier drinnen. Nelly, du wolltest ja ohnehin an den Fluss, oder?«

»Ja, den wollte ich ihr zeigen.« Maja blickte bekümmert. »Aber ich kann heute Vormittag nicht. Da hat sich der Mann von der Bank angekündigt. Wir wollen etwas wegen dem Vertrag besprechen, den Sebastian und ich mit Helene Bender machen.«

»Ich finde das auch allein, kein Problem«, meinte Nelly, die es kaum abwarten konnte, am Elbestrand zu stehen. Dieser Fluss würde von nun an ihr Freund in allen Lebenslagen sein, der sie beruhigte und ihr beim Denken half, wenn sie das brauchte.

Draußen vor dem Fenster erklang Geklapper und Stimmen.

Majas Miene hellte sich auf. »Lisa und Evim können dir doch die Gegend zeigen! Lisa ist meine Tochter, ich habe dir ja schon von ihr erzählt. Und Evim ist der hilfreiche Heinzelmann, der dieses Haus von allem Überflüssigen befreit. Sie lassen bestimmt beide gern mal die Arbeit liegen. Ich organisiere das eben mal.«

So fand Nelly sich bald zwischen Lisa und Evim den Deich entlangwandern. Beide besaßen ein ansteckendes Lachen. Nelly fühlte sich zunehmend wohl. Es tat doch gut, zur Abwechslung mal unter Menschen in ihrem Alter zu sein. Sie mochte Lisas funkelnde Augen und das herzliche Lächeln Evims. Seine Augen waren so dunkel, dass es schwer war, darin zu lesen.

»Ich finde es super, dass du den ›Elbschwarm‹ übernehmen willst«, schwatzte Lisa munter drauflos. »Für meine Mutter ist es wirklich zu viel, das macht mir schon lange Sorgen. Und ich kenne mich nicht aus im Altenpflegebereich, sosehr ich Kurt und die anderen mag, aber es ist nicht mein Gebiet. Dafür hänge ich an dem Haus. Ich habe erst in den letzten Wochen gemerkt, wie wohl ich mich hier fühle. Hier kann ich kreativ sein. Weißt du, meine Mutter denkt, ich will nicht bleiben. Aber wenn es dir recht wäre, dann hätten wir da einen Plan, Evim und ich. Ich weiß nur nicht, ob du ihn hören willst.«

»Überfall sie doch nicht gleich damit«, sagte Evim.

»Aber vielleicht hilft es ihr, davon zu wissen!«

»Ich will es hören. Unbedingt. Gleich, wenn wir am Fluss sind«, sagte Nelly belustigt. »Da kann ich besser denken.«

Wie schön es war, hier auf dem Deich entlangzugehen. Rechts die alten Höfe, links die Auen mit den Baumsilhouetten. Fast bedauerte sie es, als Lisa auf einen schmalen Pfad abbog, der im hohen herbstbraunen Gras kaum zu erkennen war.

Und dann standen sie am Ufer. Breit und gemächlich floss die Elbe vorbei. Das Grau des verhangenen Himmels spiegelte sich darin und wurde zu Silber. Der Strand bestand teils aus feinem Sand, teil aus Kies, in dem Kräuter wuchsen. Es roch nach Wasser und Freiheit und Abenteuer und ein bisschen wie ihr Zuhause an der Ilm.

Hier war Platz für jede Menge Gedanken. Und ganz bestimmt konnte man diesem Fluss alles anvertrauen. Er hatte breite Schultern.

Nelly setzte sich glücklich auf ein Stück Treibholz und ließ eine Handvoll Sand durch ihre Finger rinnen. »Dann schießt mal los!«

Lisa setzte sich dazu und begann zu erzählen. Von den vielen exotischen Sachen, die Clemens gesammelt hatte. Wie sie angefangen hatten zu sortieren und wie vieles zu schade war, um es wegzugeben. Evims Idee, dass alte Menschen gern von vertrauten Dingen umgeben waren, vielleicht sogar aus ihrer Jugend, vor allem, wenn sie ein wenig dement waren. Von der Idee mit dem gemütlichen Museumsraum, in dem man sich aufhalten konnte. »Erst wollten wir es im Haus machen, aber da ist kein Platz, nicht auch noch dafür. Und dann kamen wir auf die ganzen Nebengebäude, wo so viele Räume sind, um die es schade wäre, wenn sie nicht genutzt würden. Wir haben angefangen, die Sachen in einem davon zu sammeln, die für das Museum geeignet sind. Du glaubst übrigens nicht, was noch alles auf dem Dachboden ist!«

»Keine Sorge, alles, was nicht zu gebrauchen ist, bringe ich noch weg«, fiel Evim ein. »Du bist nicht allein mit dem ganzen Zeug.«

»Jedenfalls«, fuhr Lisa unbeirrt fort, »habe ich hier in den letzten Wochen gearbeitet. Aber das Schneidern ist nicht mehr so spannend, ich würde mich gerne mehr auf meine Kunst konzentrieren. Nur, davon kann ich nicht leben.«

»*Noch* nicht«, warf Evim ein.

»Da kam mir die Idee, wir könnten doch ein Museumscafé daraus machen. Die alten Leute würden es lieben, wenn sie nur über den Hof gehen bräuchten und in einem Café sind. Ich backe gern. Ich dachte mir, wenn du mich das Gebäude dafür pachten ließest, das wir schon gestrichen haben, dann würde ich dir statt einer monatlichen Zahlung alle Vorhänge und Sofabezüge und was sonst so nötig ist schneidern. Die muss man nämlich alle erneuern. Und auch sonst kann ich ein bisschen helfen bei allem, was so anfällt. Rita unterstützen sozusagen. Die ist auch nicht mehr die Jüngste. Ich könnte Einkäufe übernehmen. Oder Ausflüge mit den Bewohnern machen. Ich kenne mich ja hier aus. Und den Garten gießen. All so was eben. Was meinst du?« Lisa sah Nelly ein wenig ängstlich an. »Also, ich würde mich riesig freuen, aber ich will mich nicht aufdrängen oder so. Bloß, Mama hat gesagt, du brauchst alle Hilfe, die du kriegen kannst.«

»Wo sie recht hat, hat sie recht.« Nelly musste gar nicht erst nachdenken. »Lisa, nichts wäre mir lieber als das. Ich bin es gewohnt, mit einer Kollegin zusammenzuarbeiten. Ich kann und möchte das hier gar nicht allein machen. Ich werde sowieso Leute einstellen müssen. Überleg es dir bloß nicht noch mal anders! Das Café ist eine wunderbare Idee. Sie werden es total genießen. Ich kenne meine alten Leute.«

»Siehst du. Ich wusste, sie würde nicht nein sagen.« Evim lächelte an Nelly vorbei zu Lisa hinüber.

»Und jetzt müssen wir zurück.« Lisa stand auf. »Ich habe

einen Termin in Dömitz, ich muss da Material abholen, und in der Apotheke die Medikamente für Kurt und Eleonore.«

»Ich könnte dich fahren und Nelly etwas zeigen, während du das erledigst«, schlug Evim vor. »Damit sie ein wenig die Gegend kennenlernt.«

»Sehr gerne. Ich muss nur kurz nach Beate sehen«, beschloss Nelly.

Beate ging es gut. Sie hatte schon wieder gewonnen und war nicht abgeneigt, nun auf Backgammon umzusteigen. Maja war mit der Wäsche beschäftigt. »Fahrt nur. Die Einzelheiten unseres Vertrags können wir heute Abend besprechen. Ihr bleibt ja jetzt doch noch bis morgen.« Das hatten sie beim Frühstück beschlossen. Nelly wollte alles sehen und noch Bilder machen, auch vom Garten, damit Manuel und Lilo den Winter über die Gestaltung planen konnten.

Sie setzten Lisa in Dömitz ab, wo man Ärzte, die Apotheke und die Bank fand und alle größeren Erledigungen machen konnte. Dann fuhren sie ein kurzes Stück weiter.

»Ich kenne übrigens durch meinen Trödelladen jede Menge Menschen in der Gegend«, sagte Evim. »Gerade bei älteren Leuten helfe ich oft mit handwerklichen Tätigkeiten. Ich kann Werbung für euch machen, wenn das Heim offiziell eröffnet wird. Oder soll es Residenz oder Domizil heißen, wie es neuerdings üblich ist?«

»Auf gar keinen Fall! Es heißt weiter einfach ›Elbschwarm‹. Es soll genau das sein, ein *Heim* – wo man sich daheim fühlen kann. Bestenfalls der Schwarm der alten Leute.«

Evim nickte zufrieden. »Das ist gut.«

»Danke für das Angebot mit der Werbung. Ich weiß gar nicht, ob das nötig sein wird. Erzähl mir einfach, wenn dir jemand einfällt, der dringend einen Platz braucht. So viele Zimmer werden wir nun auch nicht haben«, sagte Nelly ein wenig bekümmert. »Sie füllen sich viel zu schnell! Da ist Beate, und wahrscheinlich noch ein oder zwei weitere meiner ehemaligen Patienten. Maja kennt auch noch welche aus ihrer aktiven Zeit, die angefragt haben. Und gestern bekam ich eine Nachricht von meiner Freundin, deren Vater Heinrich jetzt ebenfalls einen Platz sucht. Der Bedarf ist einfach riesig!«

Evim warf ihr einen verständnisvollen Blick zu. »Das glaube ich. Aber jetzt würde ich dir gerne was zeigen. Maja hat erzählt, du magst Wiesen und so. Und du solltest wissen, was dich umgibt, wenn du hier leben willst.«

Er hielt auf einem Parkplatz. Den Ort hatten sie schnell hinter sich gelassen und standen nun mitten in einer Weite, die ganz andere Farben trug als die Auen am Deich. Sie waren gedämpft. Schattierungen von Braun, Rot, Gelb und dunklem Grün flossen ineinander. Zusammen ergab das einen erstaunlich bunten Mehrklang von verhaltener, aber umso eindringlicherer Schönheit.

»Wo sind wir?«, fragte Nelly.

»Das sind die Binnendünen bei Klein Schmölen. Ein Teil vom Biosphärenreservat. Es ist eine einzigartige Landschaft. Viele Menschen wissen gar nicht, dass die Eiszeit auch weitab vom Meer Dünen hinterlassen hat. Das hier sind die größten Binnenwanderdünen Europas. Manche von ihnen sind bis zu dreißig Meter hoch. Du hast nicht nur von oben einen Wahnsinnsausblick auf das Elbtal und die Löcknitz. Auf dem Sandtrockenrasen gedeihen hier noch seltene Tier- und Pflanzenarten, die einen solch mageren Boden zum Leben brauchen. Vorwiegend wachsen Hornkraut, Reiherschnabel, Mauerpfeffer, Sandthymian und Karthäusernelke. Du kannst Braunkehlchen, Heidelerche, Rotmilan und Wendehals beobachten. Es gibt jede Menge Libellen- und Tagfalterarten. Sogar den Schwalbenschwanz!«

Sie waren unterdessen ausgestiegen. »Schmetterlinge? Hier gibt es noch viele Schmetterlinge?« Nelly sah sich staunend um. Ihr wurde leicht ums Herz. Wie sehr es sie belastet hatte, dass sie auf den Wiesen an der Ilm kaum noch Schmetterlingen begegnet war, fiel ihr erst jetzt auf.

Dies war ein Land der Hoffnung.

»O ja. Und die Grashüpfer, die Maja so liebt. Sie hat mir das Buch ihres Großvaters geschenkt und mir erzählt, was sie ihr bedeuten. Das Lied des Sommers. Das Lied vom Schönen im Leben. Sie hat so recht! Die Grashüpfer und ihr Zirpen sind ein Symbol für die Wiesen, für das, was wichtig ist. Der Steppengrashüpfer zum Beispiel kommt ausschließlich hier vor. Wir tun alles, um seinen Lebensraum und überhaupt die Artenvielfalt zu erhalten.«

»Wir?«

Sie folgten nun einem Pfad mitten in diese malerische Landschaft hinein. Nelly war, als würde sie geradewegs in ein Aquarell spazieren. Eine solche Szenerie hatte sie noch nie gesehen. Die gewaltigen Sanddünen waren ein eigenartiger, grandioser Hintergrund für den vielfältigen Bewuchs. Hier herrschte eine ganz eigene Stimmung, es wirkte fast ein wenig unwirklich.

»Ich arbeite ehrenamtlich hier im Naturschutzgebiet. Dieser Ort lässt mich nicht los. Er wirkt bei jeder Beleuchtung anders. Du glaubst nicht, was hier im Frühling alles blüht! Man kann stundenlang an einem Fleck sitzen und die Blüten und Samen betrachten, man entdeckt immer etwas Neues. Dieses Zusammenspiel der Farben ist auch wie ein Lied, nur still.« Er grinste ein bisschen schief. »Das versteht allerdings nicht jeder. Meine letzte Freundin hat sich von mir getrennt, weil es ihr zu langweilig war, dass ich hier einen großen Teil meiner Freizeit verbringe. Vor allem bei dem Projekt, das wir gerade begonnen haben. Es kommt da vorne hinter der Kurve. Eigentlich erzähle ich es schon gar niemandem mehr.«

Nelly dachte an David. *Nur grün eben.* O ja, sie wusste, was Evim meinte.

»Hier«, sagte Evim und zeigte auf ein rechteckiges Gelände, das mit einem hohen Maschendrahtzaun abgesperrt war. »Hier versuchen wir, die Sand-Silberscharte zu retten«, erklärte er. »Das ist eine Pflanze, die lange verschollen war. Man nennt sie auch die Kornblumenartige Jurinee. Sie trägt blaue Blüten, und Schmetterlinge und andere Insekten mögen sie. 1995 hat man sie hier in den Binnendünen wiederentdeckt. Seitdem haben sich ihre Lebensbedingungen verschlechtert. Kiefern breiten sich aus, zu viele Nährstoffe sammeln sich an, zu viele Menschen verlassen die Wege und treten die Pflanzen mit Füßen. Nun wollen wir ihr Überleben sichern. Ihre Wurzeln reichen bis zu zweieinhalb Meter tief in den Boden, das macht sie so widerstandsfähig. In Zeiten des Klimawandels, wenn wir wohl immer mehr extreme Sommer bekommen werden wie den in diesem Jahr, ist das wichtig, weil sie damit ideal an Trockenheit angepasst ist.« Evim blickte auf einige kleine Pflanzen, die wie Ausrufezeichen im Sand standen, mit so viel Stolz wie eine Großmutter auf ihre Enkel. Nelly gefiel das. »Wir tragen den

Oberboden auf der Fläche ab, damit die Silberscharte nährstoffarme Bedingungen vorfindet, wie sie sie braucht, und dann pflanzen wir vorgezogene Keimlinge. Der Zaun schützt sie vor Tieren und Menschen, und wir werden genau beobachten, ob und wie die jungen Pflanzen gedeihen. Aber entschuldige.« Er zuckte mit den Schultern. »Ich langweile dich bestimmt. Ich wollte nur, dass du einen Eindruck von der Einzigartigkeit der Gegend bekommst, in die du ziehen wirst.«

»Evim«, sagte sie. »Das interessiert mich sehr. Ich finde das nicht langweilig. Ganz im Gegenteil. Das ist total spannend. Und es ist unglaublich schön hier! Können wir noch nach oben auf die Düne gehen?«

Er lächelte erleichtert. »Sehr gerne. Der Rundwanderweg führt hier entlang.«

Der Weg wurde überraschend steil. Aber Nelly musste ohnehin ständig stehen bleiben, um die Muster im Sand zu bewundern, die der Wind hineingemalt hatte. Wellenmuster wie am Meer. Dann Inseln aus feinem, rotem Gras dazwischen, die sich mit Flächen aus silbriger Flechte abwechselten. Zudem waren überall Tafeln aufgestellt, die weitere erstaunliche Fakten verrieten und Tiere und Pflanzen vorstellten.

Unterwegs berichtete Nelly Evim von ihrem Kummer über den Rückgang der Schmetterlinge. Dann vom Geschichtengarten und den jungen Mädchen dort, die sich für den Naturschutz einsetzten. »Darum möchte ich auch unbedingt etwas tun«, erklärte sie. »So wie du. Ich dachte, wenn die jungen Leute das können, dann können die alten das auch. Man muss ihnen nur die Gelegenheit dazu geben. Wenn wir den Garten hier erneuern, dann können wir auch Bienenbeete anlegen und organisch gärtnern, Totholzhaufen, Nistkästen und Sandflächen für die Bienen bauen und noch viel mehr. Das ist gut für die Artenvielfalt, und meine Leute fühlen sich nicht mehr so nutzlos. Der Natur mit Respekt begegnen und sie schützen, das können wir doch nur alle zusammen schaffen.«

Evim strahlte. »Da helfe ich gern, wenn ihr dabei im ›Elbschwarm‹ Unterstützung gebrauchen könnt.«

Manchmal bückte er sich und bedeckte die Wurzeln einer Pflanze wieder, die der Wind freigelegt hatte. Nelly mochte es, wie behutsam seine Hände mit den zarten Wesen umgingen.

Zu ihrer eigenen Überraschung erzählte sie weiter, von dem Park an der Ilm, von Goethes Gartenhaus und Davids Bemerkung. Und auch vom »Stein des guten Glücks«. Die feste würfelförmige Basis, auf der die Kugel des bewegten Lebens ruhte, vollkommen im Gleichgewicht.

»Das gefällt mir«, sagte Evim.

»Ich glaube, hier im ›Elbschwarm‹ habe ich diese Basis endlich gefunden«, gestand Nelly.

Das war das Empfinden, das in ihr stetig wuchs, seit sie im Garten vor dem Haus gestanden und sich umgesehen hatte. Es tat gut, es auszusprechen. Warum sie es ausgerechnet Evim erzählte, wusste sie nicht.

»Ich kenne da einen Steinmetz«, sagte Evim nachdenklich. »Er würde dir bestimmt ein gutes Angebot machen, falls du einen solchen Glücksstein im Garten des Elbschwarms aufstellen möchtest. Am Karpfenteich vielleicht, wo du ihn vom Fenster aus sehen kannst.«

Nelly sah ihn an. »Das hatte ich mir vor langer Zeit einmal vorgenommen, als ich noch keine Ahnung hatte, wo mein Wunschort einmal sein würde. Woher weißt du das?«

Er schmunzelte. Rechts erschien ein Grübchen. »Es erscheint

mir logisch. Hoppla!« Sie waren kurz vorm Gipfel. Hier wurde es noch steiler. Nelly hatte im losen Sand den Halt verloren und war auf die Knie gefallen. Evim reichte ihr die Hand und zog sie hoch. Er hielt sie fest, bis sie ganz oben waren.

Hier stand eine verwitterte Bank, ein einfaches Brett schief auf zwei Pfählen, die in den Sand geschlagen waren. Nelly setzte sich, auch wenn es eigentlich viel zu kalt dafür war. Erstens, weil sie völlig außer Atem und zweitens, weil die Aussicht von hier so überwältigend war.

»Grandios, nicht wahr?« Evim setzte sich neben sie, auf die Seite, von welcher der Wind kam. Gleich wurde ihr wärmer. Sie wollte jetzt eine ganze Weile nichts tun, als genau hier mit ihm zu sitzen.

Er schien zu wissen, dass es ihr die Sprache verschlagen hatte. Der Blick über das weite Land brauchte keine Worte.

So saßen sie lange schweigend nebeneinander.

Nelly freute sich mehr denn je auf die Zukunft, die anscheinend noch mehr Möglichkeiten versprach, als sie geahnt hatte.

Maja

Usedom

2018

40

Zwei Fische mit Herz

»Und? Was sagen Sie, Sebastian?« Helene Bender beugte sich gespannt vor, während Maja den Kaffee eingoss. Im Kachelofen bullerte ein Feuer, und auf dem Adventskranz, den sie mitgebracht hatten, brannte die erste Kerze.

Sebastian nickte bedächtig und schenkte Helene dann sein strahlendes Lächeln, das Maja während seiner Abwesenheit so vermisst hatte. »Was meiner Frau gefällt, sagt mir in den allermeisten Fällen auch zu. Ich habe keinerlei Einwände, solange wir als Erstes das Fenster in meinem Arbeitszimmer abdichten. Dort zieht es wie Hechtsuppe. Dafür ist der Ausblick unschlagbar. Danke, mein Engel!« Er nahm Maja die Tasse ab. »So ähnlich hatte ich mir das vorgestellt, als ich in Kalifornien aus meiner Pension auf die Bucht blickte und dachte, es wäre doch eigentlich schön, den verbleibenden Rest unseres Lebens am Meer zu verbringen. Zumal Maja immer von Usedom geschwärmt hat. Dass es jetzt so schnell dazu kommt, damit hatte ich natürlich nicht gerechnet.« Maja setzte sich neben ihn, und er griff nach ihrer Hand. »Aber die Geschenke, die einem das Leben unverhofft macht, sind schließlich die schönsten. Ich nehme es dankend an.«

»Es ist kein Geschenk«, sagte Helene. »Der Vertrag ist absolut korrekt. ›Haus Cecilia‹ steht nicht mehr so traurig leer, ich bekomme eine gute Miete und eine herzliche und kundige Pflege noch dazu. Und nicht vergessen, Sie haben jederzeit das

Vorkaufsrecht, auch auf mein Haus – dann können Sie das später einmal vermieten.«

»Ich hatte auf einmal solche Angst, dass du schon eine andere Pflegerin gefunden hast, die in das Haus zieht«, gestand Maja. »Bei dem Gedanken habe ich erst gemerkt, wie gern ich hier leben möchte.«

»Ach was. So schnell gebe ich nicht auf! Das habe ich noch nie getan.« Helene schmunzelte verschmitzt. »Ich habe gemerkt, dass du deine Kräfte überschätzt hast und in einem Dilemma steckst. Und wie sehr es dir hier gefällt. Da fiel mir die gute Remy ein. Sie ist so patent und kennt unzählige Leute. Ich dachte an ihren Spruch, dass man nur die richtigen Menschen zusammenbringen muss. Da dachte ich, genau das brauchen wir. Und ich habe recht behalten.« Zufrieden rührte sie in ihrem Kaffee.

»Vielen Dank für dein Vertrauen in mich!« Maja war immer noch gerührt, dass Helene so viel an ihr gelegen war.

»Du hast mich gleich an Cecilia erinnert«, erklärte Helene. »Nicht an die wirkliche, ich habe sie ja nie kennengelernt. Aber an diejenige, die ich mir vorgestellt habe, damals in den Kriegstagen, wenn meine Mutter von ihr und Clemens und den glücklichen Tagen im ›Sonnenuntergangsgarten‹ erzählt hat. Die, die in meiner Phantasie zu meiner guten, trostreichen Fee wurde. Und außerdem bist du die Einzige, die den Liliengarten neu anlegen kann, ganz im Sinne von Clemens und Cecilia. Wie sehr ich mich darauf freue! Das wird gut, ihr werdet sehen.« Sie deutete in Richtung des hinteren Gartens. »Dort stehen bereits Kartons mit Knollen, die die Leser von Remys Zeitschrift geschickt haben. Sie mögen die Geschichte. Sie werden den Garten ansehen kommen, wenn wir so weit sind und die ersten Lilien blühen.«

»Und später verkaufen wir Ableger oben auf dem Deich«, sagte Maja verträumt. »Wie im ›Elbschwarm‹. Sebastian, habe ich dir schon erzählt, dass Lisa und Nelly die alte Tradition mit Elsies verzierten Töpfen wiederaufleben lassen wollen? Sie meinen, das wäre ein tolles Projekt für die Bewohner, Töpfe zu verzieren, mit Ablegern zu bepflanzen und auf dem Deich anzubieten. Sie werden sie Elsie-Töpfe nennen. Elsie wäre begeistert.«

»Irgendwann einmal möchte ich mit euch mitkommen und den ›Elbschwarm‹ besichtigen«, sagte Helene. »Aber vorerst freue ich mich, dass ich den Winter beruhigt und gut versorgt hier verbringen kann. Ihr wollt doch so bald wie möglich einziehen, oder?«

»Ja.« Sebastian lehnte sich zurück und streckte behaglich seine langen Beine Richtung Ofen aus. »Ich muss noch eine Abhandlung fertig schreiben, über die Ergebnisse aus meiner kalifornischen Forschung. Eine Zeitschrift wartet darauf. Das kann ich hier gut machen, dafür reichen Tisch und Stuhl. Wo könnte man sich besser konzentrieren als auf einer Insel im Winter? Und Maja möchte gern Weihnachten hier feiern. Das Haus ist ja möbliert, also werden wir erst einmal hierbleiben und in aller Ruhe sortieren, was wir übernehmen und was wir aus Leipzig mitnehmen wollen. Dann renovieren wir, ehe der Möbelwagen kommt. Wir zahlen noch ein paar Monate Miete in Leipzig, dann können wir alles in Ruhe abwickeln und die letzten Sachen erst holen, wenn man nicht mehr mit Eis und Schnee rechnen muss.«

»Ich möchte nur mitnehmen, was wir wirklich unbedingt brauchen«, erklärte Maja. »Clemens' Souvenirs in allen Ehren, aber von Gerümpel und vollgestopften Räumen habe ich ein für alle Mal genug. Ab jetzt möchte ich es einfach. Nur an den Blumen werden wir nicht sparen.«

»Davon kann man nie genug haben«, bekräftigte Helene.

»Und ich brauche sowieso nur meine Bücher«, sagte Sebastian zufrieden. »Und vielleicht einen guten Grill für den Garten. Nun kann sich ja kein Nachbar von oben oder unten mehr beschweren.«

»Den sollst du haben.« Maja küsste ihn.

Später wanderten sie Hand in Hand am Achterwasser entlang, eingemummelt gegen den Winterwind, der vom Meer her blies. Maja blieb stehen und sah zurück auf die pfirsichfarbenen Zwillingshäuser, die an den Deich gekuschelt in ihren Gärten lagen. Dahinter in der Hecke die roten Vogelbeeren und die Silberpappeln, an denen letzte Blätter weiß leuchteten. Auch die gläsernen Rosetten in der Backsteinmauer glühten in der tiefstehenden Dezembersonne. Das Schilf flüsterte im Wind, und der Himmel spiegelte sich blau im Wasser. Wenn sie von ihrem Spaziergang zurückkehrten, würde die Sonne genau hier untergehen.

Sebastian folgte ihrem Blick und legte seinen Arm um sie. »Wir werden hier glücklich sein.« Er sagte es mit derselben Gewissheit, die sie längst auch selbst spürte.

Das Licht über dem Achterwasser und am Meer den von Birkensamen besprenkelten goldenen Spülsaum mit den tanzenden Herbstblättern darin wollte Maja nie wieder in ihrem Leben missen.

Sie wanderten an Lüttenort vorbei. Maja zeigte Sebastian die Skulptur vom Wildschwein und den ganzen verwunschenen

Garten. Dann gingen sie den Deich entlang immer weiter, weil es so schön war, und setzten sich für einen Augenblick auf eine der vielen Bänke.

»Der Businessplan, den Nelly aufgestellt hat, ist gut durchdacht«, sagte Sebastian. »Ich habe ihn von einem sachverständigen Kollegen prüfen lassen, wie du mich gebeten hast. Er sagt, er sieht keine Mängel oder Widersprüche. Es scheint alles einleuchtend und machbar. Unwägbarkeiten gibt es immer. Aber es will ja auch niemand mit dem Heim reich werden.«

»Nein. Nelly hält dafür die Preise für die Zimmer so niedrig wie möglich. Sie sollen erschwinglich bleiben. Natürlich muss sich der Unterhalt rechnen, und Gehälter zahlen muss sie auch. Das wird schon werden. Sie hat so viele tolle Ideen! Lass uns weitergehen, es wird kalt.« Maja hängte sich bei Sebastian ein. Nie wieder wollte sie so lange von ihm getrennt sein. Nun, da sie Clemens' und Cecilias Geschichte kannte, war ihr umso mehr bewusst, wie wertvoll die Zeit war, die man miteinander hatte. »Nelly will auch ein paar Zimmer für Bewohner freihalten, die sich dort nur vorübergehend aufhalten. Verhinderungspflege, wenn die Angehörigen mal nicht können, oder wenn jemand einfach ein paar Wochen aus der Stadt herausmuss, aus gesundheitlichen oder seelischen Gründen. Zum Beispiel einige von ihren oder meinen ehemaligen Patienten.«

»Das klingt gut. Was für Pläne hat sie noch?«

»Sie will Großeltern-Enkel-Tage veranstalten, an denen die Familien der Bewohner kommen und mit ihnen gärtnern und ernten, und abends gibt es ein Fest. Dann können die Enkel erleben, was ihren Großeltern Freude macht und sie fit hält und was am Ende wichtig ist, und die Großeltern können ihnen zeigen, wie man gärtnert und erntet.« Maja lachte. »Und Evim hat Nelly die Idee in den Kopf gesetzt, eine Gartendusche zu bauen. Mit Solarheizung und Sitz und Haltestangen und allem. Er meint, es sei auch für Senioren ein Erlebnis, unter freiem Himmel duschen zu können.«

»Warum auch nicht? Finde ich gut«, sagte Sebastian. »Können wir so was in unserem neuen Garten auch machen?«

»Wir können von jetzt an alles machen, was wir wollen.«

Während Maja es aussprach, wurde ihr erst klar, dass das stimmte. Sie hatten keine Verpflichtungen mehr, die sie überforderten. Alles war möglich.

Clemencilias Garten. Die Worte kamen ihr in den Sinn, als hätte sie jemand geflüstert.

Ja, so würde sie den neuen Liliengarten nennen, wenn Helene einverstanden war.

Maja spürte, dass sich hier auf Usedom ein Kreis schloss. Für Clemens, Cecilia und sie selbst. Das machte sie unendlich zufrieden. Sie dachte an Clemens' Worte auf einem der Perlboote: *Ich habe die ganze Welt befahren, doch Dein kleines Reich auf Usedom ist der einzige Ort, an dem ich nun noch sein möchte.*

Das galt nun auch für sie. Indem sie sich für die Insel und das Anlegen des neuen »Sonnenuntergangsgartens« entschieden hatte, hatte Maja zum fünften und letzten Mal ihre alte Haut abgelegt wie die Grashüpfer. Wie diese würde sie nun ihre Flügel ausbreiten können. Dieser Garten und die Zwillingshäuser neben Lüttenort am Achterwasser taugten voll und ganz zu ihrem neuen Lebenskern, wie Elsie es genannt hatte.

Ehe sie es sich versahen, waren sie bis zum Hafen von Zempin spaziert. Dort gönnten sie sich einen Glühwein. Sie tranken ihn an der hölzernen Skulptur von den zwei verliebten Fischen, die mit Glaskugeln und Herzen verziert waren und zuversichtlich in den Himmel lächelten. Maja mochte diese Statue sehr. Sie erschien ihr wie ein Sinnbild von Usedom und die Überschrift über ihre Zukunft.

Hinter ihnen lagen die Häuser von Zempin, bunt wie in der Karibik, honiggelb, taubenblau, frühlingsgrün. Eine Atmosphäre von heiterer Leichtigkeit wehte hier über allem, auch bei dem schlechtesten Wetter.

Maja blickte über die Bucht. Genau hier war es gewesen, wo vor so langer Zeit der junge Clemens in Sommernächten gefischt hatte, zusammen mit Cecilia in einem der vielen Boote, die ein Feuer am Bug trugen, das sich im Wasser spiegelte.

Auf dem Rückweg erzählte Maja Sebastian, wie es hier im Sommer war. Leises Froschquaken im Graben. Das Flirren der Libellen, das Bienensummen im süßduftenden rosafarbenen Dost. Und der Chor der Grashüpfer natürlich. Die geschützten Wiesen hier waren ein Paradies für sie. »Und du glaubst nicht, was alles für Wildblumen am Deich blühen! Der rote Klee ist hier so groß und saftig wie nirgends sonst. Es gibt Vogelwicke in Rosa, Blau und Violett. Schafgarbe in Violett, Rosa und Weiß. Hasenklee, Seifenkraut, Graukresse, Rainfarn… All die alten Freunde, deren Namen mir Clemens und Elsie damals beigebracht haben. Elsie konnte wundervolle Kränze daraus binden.«

»Ich erinnere mich«, sagte Sebastian. »Vor allem an den, den du bei unserer Hochzeit getragen hast.«

Als die Zwillingshäuser wieder in Sicht kamen, ging die Sonne gerade unter und färbte das Achterwasser so rot wie den Himmel.

»Das können wir bald jeden Abend sehen«, sagte Maja glücklich. »Sogar aus der Dachluke.«

»Was ist das?«, fragte Sebastian, als ein geheimnisvolles, tragendes Geräusch erklang, und dann von der anderen Seite wie eine Antwort noch einmal.

»Die Graureiher. Die wirst du hier noch oft hören.« Für Maja klang es vertraut. So als könne sie die großen, würdevollen Vögel beinahe verstehen. Als hätte der Mensch ihre Sprache einst gekannt und nur vergessen.

Während Sebastian das Tor öffnete, kniff Maja die Augen zusammen. Für einen Augenblick hatte es ausgesehen, als ob aus dem Gras ein Nachtfalter aufgeflogen wäre, grünlich und mit langgezogenen Flügeln. Hatte sie so einen nicht im Herbst im Geschichtengarten gesehen? War es dafür nicht längst zu kalt? Doch das Haus war lange unbewohnt gewesen. Sicher hatten ihn ihre Schritte und Stimmen aus der Winterruhe geweckt, und die Laterne am Tor, die gerade angesprungen war, lockte ihn hervor. Der Schmetterling war wie ein Gruß vom Sommer, ein herzliches Willkommen.

Auch die Laterne über der Haustür schaltete sich nun ein. »Komm ins Warme«, sagte Sebastian und nahm ihre Hand.

Epilog

Still stand ich hinter einer der alten Eichen im Garten. Ihr gewaltiger Stamm und ihre mehreren hundert Jahre schützten mich davor, entdeckt zu werden. Von hier aus konnte ich den »Elbschwarm« liegen sehen. Jetzt, Mitte Dezember, gab es die ersten kalten Tage. Zuvor hatte es endlich mehrfach geregnet, und das Land atmete auf. Ein Kälteeinbruch hatte nun pünktlich zu Nellys dreißigstem Geburtstag für ein wenig Schneegriesel gesorgt. Die weißen Kristalle lagen auf dem Dach zwischen dem Moos, und auch auf den Zweigen der Tanne am Karpfenteich, an der eine Lichterkette durch die Dämmerung funkelte. Noch schöner war der Reif, der die trockenen Samenstände der Stauden in den Beeten und die winterkahlen Stachelbeerbäumchen mit feinen weißen Litzen überzogen und jeder einzelnen Hagebutte einen Spitzenkragen verliehen hatte.

In der anderen Richtung hatte ich freien Blick auf die schlafenden Lilienbeete. Um die Schiffsskulptur war ebenfalls eine zarte Lichterkette gewunden, die sich in den kupfernen Segeln spiegelte.

Aber dies war nicht das einzige Licht, denn auf dem freien Platz brannte ein Lagerfeuer und erhellte die vielen Gesichter der Menschen, die sich redend und lachend oder sinnend darum versammelt hatten.

Manuel und Lilo hatten es sich nicht nehmen lassen, zu Nellys

Geburtstag zu kommen. Und da sie ohnehin mit dem Bus ihrer Gärtnerei fahren mussten, hatten sie nicht nur Lulu mitgebracht, sondern auch noch Amanda mit Josef und zwei anderen von Nellys Patienten. Nellys Eltern waren aus Rügen gekommen und in ein angeregtes Gespräch mit Beate, Kurt und Heiner verwickelt, während Eleonore mit Rita diskutierte. Remy war da und schoss überall Bilder für einen Artikel. Manuel und Lilo wanderten zwischen den Beeten herum und fachsimpelten, was man alles damit anstellen könnte.

Lisa lief mit einem Tablett herum und verteilte Glühwein und Zimtsterne, die ich bis hierher riechen konnte. Nelly saß dicht neben Evim auf einer der Bänke, die mit dicken Kissen und Decken belegt waren, und sah dabei zu, wie er auf einer Gitarre leise Weihnachtslieder spielte. Doch dann wechselte er die Melodie und spielte »Happy Birthday«. Alle hörten auf zu reden und sangen mit. Nelly sah glücklich aus. Sie trug neue Blumenohrringe, kleine goldene Sonnenblumen.

Ich war zufrieden. Nun konnte ich gehen. Nur nach Maja musste ich noch sehen, ob es auch ihr gutging. Wo war sie nur?

Ich sah mich um und entdeckte sie hinter dem Schmetterlingsflieder. Dort stand auch eine Bank, und darauf saß Maja mit Sebastian. »Wie geht es dir, mein Engel, wenn du das so siehst?«, fragte er sie gerade. »Schmerzt es dich nicht doch, dein altes Zuhause an Nelly gegeben zu haben?«

»Hin und wieder schon. Es ist mir verflixt schwergefallen. Ich muss mich noch daran gewöhnen.« Maja kuschelte sich an ihn. »Aber es war richtig, und der ›Elbschwarm‹ ist jetzt in besten Händen. Nelly hat viel mehr Ideen und Energie als ich. Moderner eben. Genau das, was das Haus und der Garten brauchen. Ein zukunftsträchtiges Konzept. Außerdem wird jetzt genau das daraus, was ich mir gewünscht habe. Und ich freue mich so auf Usedom und ›Clemencilias Garten‹! Das wird ein Paradies. *Unser* Paradies.« Sie küsste ihn. »Die Hauptsache ist sowieso, dass du bei mir bist.«

»Das sehe ich auch so.« Sebastian zog sie noch fester an sich.

»Und jetzt mein Geschenk«, verkündete Evim in dem Moment. »Komm!« Er fasste Nelly bei der Hand und zog sie mit sich. Die anderen folgten neugierig.

Ich zögerte, aber Maja ging an mir vorbei und winkte mir mitzukommen. »Warum versteckst du dich?«, fragte sie. »Wir wissen doch alle längst, dass du da bist.«

Etwas verlegen folgte ich ihr zum Karpfenteich. Dort, unter einem Rosenbusch nicht weit vom Steg, stand etwas unter einem Tuch.

»Bist du bereit, Nelly?«, fragte Evim.

»Es ist eine genaue Kopie«, erklärte Lilo. »Wir haben alle zusammengelegt«, und dann zählten sie im Chor herunter: »Drei … zwei … eins …!

Kurt zog das Tuch herunter. Und da stand er im Garten des »Elbschwarms«, so fest, als hätte er immer schon hierhergehört.

Der Stein des guten Glücks.

Danksagung

Zuallererst danke ich meinen beiden guten Geistern: erstens Heike Dewald, der treuen »Patentante« meiner Bücher. Sie hat mir auch diesmal mit großem Engagement geholfen, Stolpersteine im Manuskript aufzuspüren, und mir mit ihrem Enthusiasmus immer wieder Mut gemacht. Und sie erzählt auf ihrem vielfältigen und hochinteressanten Bücherblog »Irve liest« von meinen Geschichten und bringt sie den Lesern nahe.

Zweitens ist da Christina Hinz, die nicht nur im Manuskript Unkraut jätet, wenn nötig, sondern auch unermüdlich dafür sorgt, dass die Blumen in meiner Schreibstimmung nicht verwelken.

Ich danke dem netten Führer der Kajaktour im »Hotel Forsthaus Damerow«, der sich als eine wahre Schatztruhe voller Informationen erwies. Ebenso den engagierten Zuständigen, die sich um den verwunschenen Künstlergarten Lüttenort kümmern.

Und auch dem unvergesslichen Himmel über dem Achterwasser.

Vor allem aber danke ich Britta Wulf, die mit mir die traumhafte Gegend um Lenzerwische erkundet hat, stets voller inspirierender Ideen steckt und sich auch von den mitunter schwierigen bzw. verwirrenden Straßenverhältnissen nicht hat beirren lassen. Ohne sie und den netten Aufenthalt im »Landhaus Elbeflair« würde es die Geschichte vom »Elbschwarm« am Deich so nicht geben.

Natürlich waren auch die vielen anderen unermüdlichen Helfer wieder tätig.

Ich danke Dr. Ronald Henss, der jede Menge Fehler aufspürt, kaum dass ich sie gemacht habe, meiner geduldigen Lektorin Susanne Kiesow, Katinka Bock und dem gesamten Team vom Fischer Verlag für die Unterstützung und gute Zusammenarbeit, die auch in diesen für den Verlag so schwierigen Zeiten wieder so viel Freude gemacht hat. Die Coronakrise hat ihnen allen sehr viel Flexibilität und noch mehr Kreativität als sonst schon abverlangt, Nerven wie Stahlseile und einen unermüdlichen Einsatz. Irgendwie haben sie heiter alle Hindernisse bewältigt, und davor ziehe ich meinen Hut.

Ein großes Dankeschön geht auch diesmal an alle Leserinnen und Leser, die meinen Geschichten weiterhin von ihrer Zeit schenken. Besonders freue ich mich über all die lieben Zuschriften. Es werden immer mehr, und das gibt mir die Kraft, weitere Geschichten zu wagen.

Zuletzt noch ein Dankeschön an die Grashüpfer, die immer wieder vom Sommer und von Liebe singen. Ich hoffe, wir werden sie noch lange hören können.

Leseprobe aus

Die Hoffnung der Marienkäfer

von

Patricia Koelle

Der fünfte Band
der Inselgärten-Reihe
erscheint im Frühjahr 2022.

1

Das Leben weben

Leonie bemerkte erst jetzt, dass sie vor Kälte ganz steif geworden war. Vor allem im Nacken fror sie. »Ich hätte einen wärmeren Schal mitnehmen sollen«, sagte sie zu einer Blaumeise, die erschrocken aufflog, als sie von der Bank aufstand. Sie wusste nicht, wie lange sie da allein im launigen Vorfrühlingswind gesessen hatte. Nach dem Vorfall am Morgen immer noch tief in Gedanken, spazierte sie durch den kleinen Ort zurück, den sie noch kaum besichtigt hatte. Vor einem Schaufenster blieb sie stehen, unwiderstehlich davon angezogen.

Eine Decke in warmen Rot- und Orangetönen war darin über einen alten Schaukelstuhl gebreitet. Ein Spinnrad stand daneben, und an einer gespannten Schnur hingen Geschirrtücher, eine Weste und ein Poncho, alles in klaren, leuchtenden Farben, von denen sie sich sogar hier draußen erwärmt fühlte. Leonie blickte auf das Schild über der Tür.

Handweberei

Eine dunkle Erinnerung flog ihr zu, an den Werkunterricht in der Schule. Ein kleiner hölzerner Webrahmen, ein »Schiffchen«, das sie durch Fäden geschoben hatte, eine Walze, die man drehte, buntes Garn, dessen Reihen sich zusammenfügten zu einem Stück Stoff, das sich gut anfühlte und irgendwann zu einem schiefen Topflappen wurde, den ihr Vater in Ehren hielt.

Leonie öffnete die Tür, an der eine Glocke freundlich bimmelte. Hier würde sie sich aufwärmen können, ein wenig umsehen, vielleicht sogar einen Schal erwerben. Sie hatte sich lange nichts mehr gekauft, wozu auch? Es hatte gar keinen Grund dafür gegeben, fiel ihr mit einem kleinen Schrecken auf. Nichts hatte ihr mehr viel bedeutet.

Eine zierliche Frau saß an einem Webstuhl, der Leonie gewaltig erschien. An den Wänden und auf Tischen hingen und lagen noch mehr Tücher, Stoffe, Decken, Jacken. Die Frau blickte auf und lächelte Leonie zu. »Guten Tag, kann ich etwas für Sie tun?«

»Guten Tag. Ich möchte mich nur umschauen. Es sieht alles so schön aus.« Leonie wusste gar nicht, wo sie zuerst hinsehen sollte. Am liebsten hätte sie alle Stoffe berührt.

»Gern, lassen Sie sich Zeit. Und Anfassen ist erlaubt.« Die Frau nickte ihr ermutigend zu. »Sogar erwünscht.«

Es roch gut hier, nach Wolle, Leinen und anderen Dingen, und die Geräusche, die der Webstuhl machte, waren anheimelnd. Fast als würde er etwas erzählen, in einer Sprache, die sie nur noch nicht verstand.

Zum ersten Mal fiel Leonie auf, dass Stoffe gar nicht flach sind. Viele davon hatten Erhebungen, Muster, die man mit geschlossenen Augen spüren konnte. Wie kleine Landschaften. Sie befühlte härtere Stoffe und anschmiegsame, leichte und schwere, feste und lockere, mit Fransen und ohne. Sah, wie das Licht die Farben veränderte, wenn draußen eine Wolke über die Sonne glitt, oder sie unter dem künstlichen Licht in der hinteren Ecke lagen. Sie betrachtete genauer, wie die Fäden verschränkt waren, versuchte zu entziffern, wie die Muster entstanden sein konnten. Dabei fiel ihr auf, dass sie da draußen im Park auf der Bank vorhin genau dasselbe versucht hatte: herauszufinden, wie die Muster in ihrem Leben zustande gekommen waren, und die Knoten darin. Und die Fehler, so wie bei diesem Geschirrtuch, dessen Preis heruntergesetzt war, weil beim Weben ein roter Faden nicht über, sondern unter dem grünen verlief. So war das mit den Fäden, mit den roten sowieso. Man verlor sie manchmal aus den Augen.

»Daher kommt der Ausdruck, den Faden zu verlieren. Aus der Weberei«, sagte die freundliche Frau, die vom Webstuhl aufgestanden war und Leonie über die Schulter blickte. »Wie auch viele andere Redewendungen. An dem Tag war ich abgelenkt. Mein Sohn hatte Liebeskummer. Da habe ich den Fehler nicht rechtzeitig bemerkt und konnte ihn nicht mehr rückgängig machen. Wenn Sie das Geschirrtuch wollen, mache ich Ihnen einen Sonderpreis. Ich bin übrigens Birgit.«

Dann stimmten ihre Gedanken also. Das Leben der Weberin hinterließ seine Spuren in dem Stoff. Und das Weben hinterließ Spuren in der Sprache. Leben und Weben, das klang nicht nur ähnlich, das hatte auch einiges gemeinsam.

Wenn sie begreifen könnte, wie das Weben ging, vielleicht würde sie dann auch lernen, wie sie die Fäden ihres Lebens ordnen konnte, damit das Gewebe wieder hielt und einen neuen Sinn ergab? Möglichst in freundlicheren Farben als in letzter Zeit.

»Gerne«, sagte sie. »Aber ich möchte mich noch weiter umsehen. Es gefällt mir alles so gut!«

»Das freut mich. Lassen Sie sich Zeit. Sind Sie Kurgast hier?«

»Ja.«

»Wie schön. Wenn Sie Fragen haben, ich bin wieder am Webstuhl.«

Leonie spazierte weiter durch den Laden und entdeckte überall Schönes. Auch eine kleine Stoffente in heiteren Gelb- und Blautönen, in die sie sich sofort verliebte. Der Preis war wesentlich höher als bei dem Geschirrtuch, doch sie setzte den Vogel entschlossen neben die Kasse, wo Birgit das Tuch bereitgelegt hatte. Dann sah sie der Weberin eine Weile zu, wie diese die Pedale des Webstuhls bediente, so dass sich die Längsfäden auf eine komplizierte und ausgeklügelte Weise hoben und senkten und Birgits flinke Hände das Schiffchen mit dem andersfarbigen Garn quer hindurchfliegen lassen konnten. Reihe legte sich an Reihe und wurde immer wieder mit einem Balken zusammengeschoben. Direkt vor Leonies Augen entstand ein neuer Stoff! Aus den Garnen wurde eine Farbfläche, die den Blick anzog und deren Anblick wohltuend war. Auch der Rhythmus, der Birgits Arbeit bestimmte, besaß etwas Beruhigendes, fast Hypnotisches. Den Geräuschen, die dabei entstanden, hätte Leonie ewig zuhören können. Überhaupt wäre sie am liebsten hiergeblieben. Der ganze Vorgang hatte so etwas Konkretes, Greifbares, Handliches. Er mochte hochkompliziert sein, aber man hatte ihn im Blick, und Birgits Hände besaßen die Kontrolle darüber.

Eben doch anders, als es mit dem Leben war. Da war es schwieriger, alles im Blick zu behalten.

»Wie fangen Sie denn an, wenn Sie eine Idee für einen Stoff haben?«, fragte Leonie.

Birgit ließ die Hände ruhen und sah auf. »Setzen Sie sich doch. Möchten Sie einen Kaffee?«

»Gern.«

Birgit verschwand um eine Ecke. Leonie umkreiste den Webstuhl und betrachtete fasziniert die Pedale, Walzen, Rahmen, Balken und Hebel, die sich zu einem komplexen Ganzen fügten.

Birgit kehrte mit einem Tablett zurück und winkte Leonie in eine enge, aber gemütliche Sitzecke. »So, was wollten Sie wissen?«, fragte Birgit und schob ihr eine Tasse und einen Teller mit Keksen hin.

»Ärgern Sie sich sehr, wenn Ihnen beim Weben so ein Fehler passiert?«, platzte sie heraus.

Birgit lachte. »Ja, anfangs schon. Aber es geschieht nicht mehr oft, und wenn doch, lehrt es mich etwas über mich selbst. Es zeigt mir, dass ich unkonzentriert war, und oft wird mir dabei bewusst, was mir gerade wichtig ist oder mich belastet. Das ist ganz gut so. Meist behalte ich so einen Stoff dann, weil er mich an etwas Bestimmtes erinnert. Und außerdem gibt so ein Fehler dem Gewebe auch einen ganz eigenen Charakter.«

Der heiße Kaffee tat gut, und Birgits Worte auch. Leonies Eindruck, dass sie hier etwas lernen konnte, verstärkte sich. Das, was Birgit gerade gesagt hatte, hätte ihr heute früh geholfen, als sie so plötzlich hinausgelaufen war und alle vor den Kopf gestoßen hatte.

Hier in diesem Laden voller Farben und Fäden lag vielleicht der Schlüssel zu ihrer Zukunft, den sie so dringend suchte.

»Sie hatten gefragt, wie ich anfange, wenn ich eine Idee habe«, fuhr Birgit fort. »Es ist so, dass das Weben an sich nur das Tüpfelchen auf dem i ist. Die Belohnung sozusagen. Denn bevor man überhaupt beginnen kann, ist eine Menge Arbeit nötig. So einen Webstuhl muss man nämlich gewissermaßen programmieren wie einen Computer, bevor man mit dem Stoff loslegt. Ich muss mich für die Art von Garn und für die Farben entscheiden und für ein Muster, das ich mir vorher ausdrucke. Ich muss überlegen, welche Größe und Dichte das Gewebe haben soll und wie viele Stücke ich daraus machen will … ach, und noch vieles mehr. Das kann man nicht so eben mal erklären.« Birgit nahm einen Schluck Kaffee und lehnte sich zurück. »Ah, eine Pause tut gut!« Sie lächelte. »Interessiert Sie das wirklich?«

Leonie nickte eifrig. »Doch. Ich habe das Gefühl, es ist gerade genau das Richtige für mich. Sie sagten, es gibt viele Ausdrücke im Alltag, die aus der Weberei stammen. Welche denn noch, außer dem ›verlorenen Faden‹?«

»Zum Beispiel ›sich verzetteln‹. Die langen Längsfäden, die auf den Webstuhl gespannt werden, damit man nachher mit dem Schiffchen die Querfäden hindurchschießen kann, die nennt man die ›Kette‹. Die geplante Reihenfolge dieser Kettfäden heißt ›Zettel‹. Wenn man sich irgendwie verzählt, dann hat man sich eben verzettelt und kriegt nur mit viel Mühe die Fäden wieder zusammen.«

Leonie nickte und nahm sich einen Keks. Im Verzetteln war sie letztens Meisterin gewesen. So viel hatte sie schon begriffen. Hoffentlich konnte man lernen, die Fäden wieder zusammenzubekommen.

»Wie lange sind Sie denn noch hier?«, erkundigte sich Birgit. »Sie könnten einen Kurs bei mir machen. So was biete ich an. Ich hätte in den nächsten Wochen Zeit. Um diese Jahreszeit gibt es nicht so viele Interessenten, es sind noch nicht viele Kurgäste hier. Und den Zusatzverdienst könnte ich auch gebrauchen. Ich spare für einen weiteren Webstuhl.«

»Wirklich?« Leonie spürte eine freudige Aufregung, wie sie sie schon lange nicht mehr gekannt hatte. »Das wäre ja perfekt!

Ich habe eine Verlängerung bekommen. Ich bin noch eine Weile hier.«

Birgit lächelte. »Und die älteren Patienten in der Kurklinik sind nicht ganz die richtige Gesellschaft für Sie, was?«

»Auf Dauer nicht«, gab Leonie zu. Sie schätzte Birgit auf etwa ihr eigenes Alter. Vielleicht etwas jünger.

»Na, dann, zu welcher Tageszeit sind Sie denn mit Ihren Behandlungen fertig?«

»Am Spätnachmittag meistens.«

»Gut, sagen wir um sechzehn Uhr dreißig? Am besten täglich, denn es gibt viel zu lernen. Oder ist Ihnen das zu viel?«

»Nein, gar nicht«, versicherte Leonie eifrig. Sie konnte es kaum erwarten, die Fäden in der Hand zu spüren.

Über den Preis wurden sie sich schnell einig.

»Wie ist das mit den Farben?«, hakte Leonie nach, während sie den Kaffee austranken. Farben, das war das Thema, das sie nach heute früh am meisten beschäftigte. »Wie entscheiden Sie sich für eine Auswahl, wenn Sie einen Plan machen?«

Birgit dachte nach. »Na ja, ich habe natürlich Lieblingsfarben. Zum Beispiel Weinrot und Seeblau. Manchmal richte ich mich nach Kundenwünschen, die oft überraschend sind. So ein Stoff ist ja eine große Fläche, die man beim Weben lange vor sich hat. Das wirkt aufs Auge, aufs Hirn und auch auf die Seele. Am liebsten lasse ich mich von der Natur inspirieren. Dort kommen so viele Farben gemeinsam vor, die man sonst nicht so verbinden würde. Zum Beispiel habe ich in einem Jahr bei der Apfelblüte entdeckt, wie schön Grün und Weiß zusammen aussehen.« Birgit war die Leidenschaft für ihr Handwerk deutlich anzumerken.

Diese Leidenschaft möchte ich auch wieder für etwas spüren, erkannte Leonie voller Sehnsucht.

Birgit stand auf. »Sind wir uns also einig? Möchten Sie den Kurs machen?«

»Unbedingt. Ich freue mich sehr!« Leonie sah sich suchend um. »Mir fällt ein, ich brauche unbedingt noch einen Schal. Einen warmen.«

Birgit zeigte ihr ein Regal in der Ecke. »Dann sehen Sie sich doch dort mal um. Ich komme gleich wieder. Ich hole noch schnell den Vertrag für den Kurs und eine Broschüre, da können Sie schon einiges über das Weben nachlesen.«

»O ja, gerne, danke.«

Birgit verschwand, und Leonie inspizierte die Ware in dem Regal. Sie entdeckte mehrere Farbkombinationen, die ihr sehr gut gefielen, und merkte, dass sie bereits zu überlegen begann, wie sie diese verändern würde, wenn sie womöglich eines Tages selbst etwas Ähnliches herstellen konnte. Ihre Phantasie, so lange vergessen und vernachlässigt, begann sich wieder zu regen.

Sie fand einen Schal in Karminrot, zart von Blautönen durchzogen, den sie gar nicht wieder loslassen mochte, weil das Gewebe so weich war. Ein anderer in Braun- und Gelbschattierungen gefiel ihr, weil er sie an etwas erinnerte, das sie vorhin auf ihrem Weg hierher gesehen hatte. Aber auch einer in fröhlichem Gelb und Orange sprach sie an. Andererseits war der weniger warm. Doch es wurde ja bald Frühling. Obwohl, vorhin hatte sie so gefroren … Leonie seufzte. Das hatte ihr früher so gar nicht ähnlich gesehen, dass sie sich einfach nicht entscheiden konnte und hilflos fühlte. Und das nun sogar bei einer so trivialen Entscheidung für einen bloßen Schal! Wie sollte das nur weitergehen? Da musste sie raus. Die Kur, gegen die sie sich so lange gesträubt hatte, war wohl wirklich notwendig gewesen.

Sonst hätte sie ja auch diesen wunderbaren Laden nie gefunden.

Leonie entschied sich für den wärmeren Schal und legte die anderen, die sie aus den Fächern gezogen hatte, ordentlich zurück. Dabei kippte ein Stapel um, den sie noch gar nicht entdeckt hatte. Leonie richtete ihn gerade. Der untere Schal aber fiel dabei zu Boden. Als sie ihn aufhob und das Garn sah, erstarrte sie.

Das Tuch war in denselben vielschichtigen Grüntönen gewebt, die sie heute Morgen so aus der Fassung gebracht hatten. Die auf dem Bild, vor dessen Anblick sie Hals über Kopf geflüchtet war.

Doch diesmal war sie ihnen ganz nahe. Diesmal hatte sie sie in der Hand. Sie kamen förmlich auf Leonie zu und umhüllten sie mit ihrem Leuchten. Leonie klammerte sich an den Stoff, verlor sich in dem weichen Gefüge aus Farben und war auf einmal wieder sieben Jahre alt.

Leonie

1974

2

Verbotenes Paradies

»Aber warum denn nicht, Uli? Warum darf ich nicht in den Garten?«

Leonie stellte diese Frage, seit sie sich erinnern konnte. Die Antwort war unweigerlich dieselbe. »Weil es Familie Marchands Haus und Garten ist und sie das nicht möchten.« Ihr Vater beantwortete die Frage mit unendlicher Geduld, ebenfalls seit sie sich erinnern konnte.

»Aber ich bin doch jetzt schon größer. Ich falle bestimmt nicht mehr in den Teich!« Das war einer der Gründe, die man ihr genannt hatte. Frau Marchand befürchtete, ein so kleines Kind könnte im Teich ertrinken und dass es dann ihre Schuld sei. Und dass sie in die Beete treten oder die Blumen abreißen würde. Leonie war es schleierhaft, warum jemand auf den Gedanken kommen sollte, Blumen abzureißen.

»Sie wollen unter sich bleiben und nicht gestört werden. Es ist ihr gutes Recht«, erklärte Uli zum zigsten Male. »Wir gehen morgen einfach in den Grunewald, ja? Oder zum See, wenn du möchtest. Du darfst es dir aussuchen.«

Leonie gab auf. Für diesmal. See war auch schön. Dort konnte man hölzerne Boote ausleihen, und Uli ruderte sie aufs Wasser hinaus, wo sie ein Picknick machten und den Haubentauchern und Schwänen und dem Graureiher zusahen. Manchmal sprang sogar ein Fisch.

Und doch verstummte der Ruf jenes Gartens nie, der auf dem Grundstück so verlockend hinter dem Tor und den herabhängenden Ranken des wilden Weins leuchtete. Leonie war sich sicher, dass er gerade sie meinte. Dass er wollte, dass sie ihn in all seinen Winkeln erforschte und endlich herausfand, woher alle diese wechselnden Grüntöne kamen. Und was die Farben ausmachte, die im Frühjahr in dieser unerreichbaren nahen Ferne wie eine Welle aufbrandeten, im Wind tanzten und raschelten. Wo all die Bienen hinflogen und die Schmetterlinge, die an Leonie vorbei um die Hausecke dort verschwanden, wo sie nicht hinkonnte.

Sie nannte Uli nicht Vater. Erst im Kindergarten bemerkte sie, dass das eigentlich so üblich war. Bei ihr war eben einiges anders. Sie hatte keine Mutter, und die Freunde, die mit Uli Skat spielten und Leonie Geschichten erzählten und ihr Kekse mitbrachten, nannten ihn natürlich alle Uli und nicht Vater. Sie kannte es einfach nicht anders. Wenn sie einschlief, hörte sie die Männer unten lachen und die Karten mischen und wusste, es war alles in Ordnung. Sie konnte gut dabei einschlafen. Später brachten sie ihr Schach bei, und als sie in die Schule kam, gab es immer jemanden, der ihr bei den Aufgaben half. Gerd war für Mathe zuständig, Franz für Biologie und Eddie für Englisch. Manchmal spielten sie auch auf ihren Gitarren oder tanzten zu Musik, und Leonie tanzte mit. Eigentlich fehlte ihr keine Mutter. Natürlich war es traurig, dass sie an einer Embolie gestorben war, als Leonie geboren wurde. Eine Embolie stellte sie sich so ähnlich vor wie Pegasus, das geflügelte weiße Pferd. Vielleicht hatte sie die Mutter in den Himmel getragen.

Aber Uli war immer für Leonie da. Er konnte jedes Problem

lösen. Nur das mit dem Garten nicht. Eine Mutter hätte Leonie vielleicht bei der Hand genommen und das Tor einfach aufgemacht und zu Frau Marchand gesagt, dass das nicht richtig war mit dem Verbot. Dass das ganze Grün doch für alle reichte und Leonie bestimmt keine Blumen klauen würde. Eine Mutter hätte es vielleicht nicht ganz so genau genommen mit dem, was erlaubt und was verboten war. Uli jedoch hielt sich immer daran. »Das musst du in der Schule auch«, sagte er, »und später, wenn du arbeiten gehst. Besser, du übst von Anfang an. Wenn man sich daran hält, muss man auch nie ein schlechtes Gewissen haben. Von einem schlechten Gewissen bekommt man nur Bauchschmerzen.«

Leonie fügte sich aber nur, weil sie schon manchmal gehört hatte, wie Herr Marchand den Briefträger anschrie. Und Frau Marchand, die nette Brigitte, die ihr helfen kam und die Leonie manchmal durch das Fenster im Souterrain einen Lutscher zusteckte. Sie wollte nicht, dass einer von ihnen Uli anschrie, nur weil Leonie über das Tor hinweg den Ruf des Gartens zugehört hatte. Uli arbeitete zwar nicht für die Marchands. Er war Klempner bei einer Firma. Aber Uli und Leonie durften billig in der kleinen Wohnung unten wohnen, weil er im Winter Schnee schippte und im Sommer kehrte, die Garagentore ölte und alle kaputten Rohre und Wasserhähne reparierte, die immer wieder einmal in dem großen alten Haus tropften. Es war eine schöne Wohnung, hell und mit einem Kamin, in dem man Feuer machen konnte. Sie wollten nicht ausziehen. Woanders hätten sie sich ja auch keinen Garten leisten können, sagte Uli.

Außerdem war da etwas, das den verbotenen Garten erträglich machte. Denn vor der Wohnungstür, die an der Seite des Hauses lag, auf der die Marchands nie vorbeigingen, gab es ein kleines Stück Rasen. Davor verlief eine niedrige Steinmauer, auf der man gemütlich sitzen konnte und die meistens warm von der Sonne war. Wenn man die Schuhe auszog, konnte man unter den nackten Sohlen das kühle Gras spüren und dabei so stillsitzen, dass die Bienen im Klee sich nicht gestört fühlten. Daneben erhoben sich rechts und links Pfeiler aus roten Backsteinen, und an den Pfeilern wuchsen zwei alte Rosen. Eine gelbe und eine weiße, deren Blütenblätter zarte rosa Ränder bekamen, wenn sie sich weit geöffnet hatten. Sie waren so alt, dass ihr Stamm und ihre Äste ganz knorrig waren. Man sah ihnen an, dass sie viel erlebt und vielen Wintern getrotzt hatten. Aber Uli beschnitt sie jedes Jahr sorgfältig, und Leonie half ihm, sie zu düngen, und dann blühten sie den ganzen Sommer lang immer wieder. Wenn ein Windstoß kam, ließen sie Blütenblätter auf Leonie und das Gras herabrieseln. Und manchmal trieben sie wie Schnee durch die offene Tür in die Wohnung, und Leonie legte Bilder daraus.

Die Bienen mochten die Blüten auch. Sie tauchten so tief hinein, dass sie ganz darin verschwanden, und Leonie wäre auch gern klein genug gewesen, um das zu können. Dann hätte sie auch heimlich in den verbotenen Garten spazieren können und niemand würde sie sehen. Eine Weile lang legte sie das Buch von Nils Holgersson unter ihr Kopfkissen. Der war so winzig gezaubert worden, dass er auf einer Wildgans mitfliegen konnte. Aber es nützte nichts. Leonie schrumpfte nicht auf Bienengröße.

Die Rosen immerhin waren ihre Freunde, und sie stellte sich einfach vor, dass sie ein Tor zu einer Welt waren, in die sie eintreten durfte, wenn sie erwachsen war. Eine Welt, in der ihr all die Farben und Grüntöne gehörten, wann immer sie wollte, und mit ihnen die Blumen, deren Duft zu ihr herübertrieb und die sie nicht sehen konnte.

Leonie sah Uli zu, wenn er zum Monatsende am Tisch saß und ausrechnete, ob das Geld für ihre neue Schulmappe reichen würde oder die Wanderstiefel, die er sich wünschte. Meistens bekamen sie das hin, und wenn nicht, machte er Überstunden, und dann ging es eben im nächsten Monat.

Leonie hockte sich zu den Rosen und flüsterte ihnen ein Geheimnis zu. »Wenn ich groß bin, werde ich ganz viel Geld verdienen. So viel Geld, dass ich den Marchands das Haus abkaufen kann. Dann gehört der Garten uns und niemand kann mich mehr aussperren.« Uli wollte sie das nicht erzählen, damit er nicht traurig wurde, weil das Geld noch nicht reichte. Aber die Rosen würden ihren Plan nicht verraten. Sie vertraute ihnen völlig.

Die Rosen waren stark von all den Jahren, in denen der Regen fiel und die Sonne auf sie schien und Uli sie düngte und Leonie ihnen die Geschichten erzählte, die sie von Ulis Freunden gelernt hatte. Doch im Frühling hatten sie ein ziemlich großes Problem. Denn wenn die Blätter und die ersten Knospen endlich zu sehen waren, dann kamen auch die Läuse. Die schwarzen und die grünen und die gelben, ganze Familien von ihnen stürzten sich auf die zarten Triebe. Es wurden sehr schnell ganze Armeen, und sie waren alle hungrig. Sie saugten den Saft aus, und die Knospen begannen zu welken. Leonie war untröstlich und sehr wütend auf die Läuse. Sie wollte, dass Uli etwas dagegen tat und die Knospen rettete, die doch Blüten werden sollten. Er wusste ja sonst immer eine Lösung.

Aber Uli setzte sich auf die Mauer und zog Leonie auf seinen Schoß. »Siehst du die Blaumeise da?«

»Ja. Und eine Kohlmeise auch.«

»Siehst du, was sie machen?«

»Sie essen die Läuse. Aber sie schaffen es nicht. Es sind viel zu viele!«

»Ja, aber stell dir vor, wir würden die Läuse jetzt vergiften, und es wären keine mehr da. Was würden die Meisen denn dann fressen? Womit würden sie ihre Jungen füttern?«

»Die sollen die Mücken essen.«

Uli schmunzelte. »Stell dir mal, vor, wir hätten kein Brot mehr zum Frühstück. Bloß noch Marmelade. Würde dir das gefallen?«

Leonie dachte nach. »Nee. Du meinst, das wäre bestimmt nicht gut für die Meisenkinder?«

»Ja, da bin ich mir ganz sicher. Viele Vögel sind auf die Läuse angewiesen. So viele Mücken oder Raupen gibt es doch um diese Jahreszeit noch gar nicht.«

»Die Raupen sollen sie ja auch gar nicht fressen. Da werden doch Schmetterlinge draus!« Leonie war erschrocken.

»Siehst du. Und deswegen ist es gut, dass es die Läuse gibt.«

»Aber die Knospen!« Leonie war den Tränen nahe, weil Uli die nicht retten wollte.

»Ja, diese werden nicht mehr blühen. Aber wenn du lange genug wartest, dann kommen die Retter. Wie in den Märchen.«

»Was für Retter?« Leonie wurde neugierig und vergaß ihre Tränen.

»Die Marienkäfer«, verkündete Uli triumphierend. »Sobald es wärmer wird, kommen sie aus ihren Winterquartieren und verstecken ihre Eier unter den Blättern und in den Ritzen von der Rinde. Ein einziger Käfer kann viele hundert Eier legen. Und aus all den Eiern schlüpfen Larven, die sehr, sehr hungrig sind. Sie fressen bis zu fünfzig Läuse oder Spinnmilben am Tag, das heißt, sie saugen sie aus. Außerdem fressen sie sogar Schimmelpilze wie den Mehltau, den unsere Rosen überhaupt nicht mögen. Denn die Larven müssen wachsen und sich dreimal häuten, ehe sie zu einer Puppe werden.«

»Wie bei den Schmetterlingen?«

»Ja, ganz genau. Eine Woche später oder etwas mehr werden dann Käfer daraus. Am Anfang haben sie noch keine Punkte, da wirst du sie vielleicht nicht erkennen, aber nach ein paar Stunden sind sie dann fertig. So ein Käfer frisst in seinem Leben bis zu fünftausend Blattläuse. Du wirst sehen«, Uli strich Leonie die Haare aus dem erhitzten Gesicht, »dann geht es den Rosen ganz schnell wieder gut!«

»Aber davon werden die Knospen doch nicht wieder heile.«

»Nein, diese nicht. Aber die Rose treibt dann neue, und das sind umso mehr. Erinnerst du dich denn nicht, wie schön sie letztes Jahr war? Sie schafft das jedes Mal. Die Läuse sind nicht nur für die Meisen wichtig. Auch für die Käfer!« Er lächelte sie an. »Die Marienkäfer und auch die Schmetterlinge, die du so gern magst, sind der beste Beweis dafür, dass es zwischen Menschen und Insekten ein Band gibt. Wir helfen uns gegenseitig. Aber das geht nur, wenn man sie leben lässt. Nicht, wenn man sie vergiftet und ihnen ihre Lebensräume wegnimmt. Du willst doch nicht, dass es eines Tages keine Marienkäfer mehr gibt, weil wir die Läuse vernichtet haben?«

Nein, das wollte Leonie natürlich nicht. Sie ließ so gern einen Marienkäfer ihren Finger hochkrabbeln, was so nett kitzelte, und sah dann zu, wie er in den blauen Himmel davonflog. Möglicherweise sogar in den verbotenen Garten. Vielleicht nahm er einen Gruß von ihr mit. Außerdem behauptete Eddie, dass sie Glück brachten. Davon hatte Leonie allerdings noch nichts gemerkt. Sonst hätte sie ja schon mal durch das Tor gedurft.

»Aber das dauert ja alles noch so lange! Ich will, dass die Rose *jetzt* blüht«, widersprach sie.

»Liebe Leonie, wenn du mit Blumen befreundet sein willst, dann musst du Geduld haben. Sie brauchen Zeit zum Wachsen und zum Blühen, genau wie du. Erst muss es warm werden, denn sie brauchen genug Sonne und Regen und gute Erde, in die sie ihre Wurzeln strecken können. Den Himmel zum Hineinwachsen. Und eben auch die Zeit, mit den Läusen und anderen Problemen fertigzuwerden. Das macht sie stark. Du wirst doch auch immer besser im Schach, je öfter du spielst.«

Das stimmte. Darauf war sie stolz. Neulich hatte sie Gerd zum ersten Mal geschlagen. »Wenn du Schach gut kannst, wirst du mit jedem Problem fertig«, hatte der gesagt. »Es lehrt dich nämlich, wie du es klug anpacken musst.«

Die Rosen konnten das anscheinend. »Bist du denn ganz sicher, dass die Marienkäfer kommen?«, fragte sie Uli. »Wo sind sie denn im Winter?«

»Ich bin absolut sicher, dass sie kommen«, versprach er. »Die Marienkäfer sind nämlich Meister der Geduld. Von ihnen kannst du lernen. Alle richtigen Gärtner haben viel Geduld. Vertrau den Käfern. Wenn es kalt wird, sammeln sie sich in großen Gruppen, damit sie sich gegenseitig wärmen können und im Frühling gleich einen Partner finden. Dann suchen sie sich einen geschützten Platz in einem Laubhaufen oder unter einem Stein, vielleicht auch in einem hohlen Baum oder unter einem Stück Rinde. Feucht sollte es dort sein. Da können sie sogar einschneien oder einfrieren, und es macht ihnen nichts aus. Ihr Herzschlag wird ganz langsam, damit sie kaum Energie verbrauchen. Und so warten sie auf den Frühling, wenn es warm wird und sie herauskommen können. Egal, wie kalt und dunkel und langweilig es ist, sie warten einfach, bis eine bessere, richtige Zeit für sie gekommen ist.«

Dann mache ich das auch so, mit dem Garten, beschloss Leonie. Ich habe Geduld und warte, bis ich groß bin und ihn kaufen kann.

»Ja, vertraue unbedingt den Käfern«, sagte auch Franz, als sie ihm berichtete, was Uli ihr erklärt hatte, und ihn fragte, ob er glaubte, dass die kleinen Helfer wirklich kommen und die Rosen retten würden. »Vertrau ihnen, denn du weißt ja: Marienkäfer sind Glückskäfer. Wenn du nicht auf das Glück vertraust, dann kommt es nämlich auch nicht.«

Also wartete Leonie. Die Läuse wurden immer mehr und die Knospen verwelkten. Dann, eines Tages, entdeckte sie komische längliche Wesen, viel größer als die Läuse. Sie waren schwarz und hatten gelbe Punkte. »Siehst du, das sind die Larven!« Uli freute sich mit ihr. »Alles wird gut.«

Bald darauf flogen viele Marienkäfer umher, und alle, die Leonie irgendwo sah, nahm sie auf den Finger und setzte sie an die Rosen. Wenig später gab es neue Knospen, viel mehr diesmal. Die Läuse waren fort. Die Blüten öffneten sich und begannen zu duften.

Im Herbst passte Leonie auf, dass nicht alles Laub aufgefegt wurde, wenigstens unter den Rosen. Sie brachte Steine mit und legte sie daneben. Und im Dezember entdeckte sie im Winkel des Kellerfensters eine große Gruppe Marienkäfer, die eng aneinandergeschmiegt auf dem feuchten Holz saßen. Sie bewegten sich nicht. Es hatte geschneit, und sie waren wie von Eis überzogen.

»Nein, die sind nicht tot«, tröstete Uli sie. »Warte ab und du wirst sehen!«

Leonie glaubte ihm nicht. Bis sie im Frühling beobachtete, wie die Käfer begannen, munter davonzukrabbeln, viele davon zu zweit.

Es würde noch furchtbar lange dauern, bis sie erwachsen war und genug Geld verdient hatte, um den Garten kaufen zu können. Aber wenn die Käfer so lange ausharren konnten, voller Hoffnung auf andere Zeiten, dann würde sie das auch können.

Leseprobe

Leonie

Bad Oeynhausen

3

Silbertropfen

Sie hatte es tatsächlich gekonnt. Aber sie war irgendwann nicht wieder aufgetaut, dachte Leonie jetzt, während sie auf den Schal starrte, der dieselben flirrenden, warmen Grüntöne trug wie damals der verbotene Garten, in den sie nur von weitem hatte über den Zaun hineinspähen können. Der Stoff hatte diese Erinnerungen in ihr endgültig geweckt, die das grüne Bild an der Klinikwand bereits heute früh so unvermutet in ihr geweckt hatte. Da hatte sie noch nicht gewusst, warum sie das Bild so beunruhigte.

Sie hatte inzwischen geschafft, was sie sich damals schon vorgenommen hatte. Sie war erfolgreich geworden, erfolgreicher als ihre Kollegen und Konkurrenten, weil Geduld ihre große Stärke war. Das hatte sie vielen voraus. Sie hatte Geld verdient, reichlich Geld. Aber dann hatte sie sich nicht mehr bremsen können. Sie hatte so viel Geduld gehabt, dass sie nicht mehr damit aufhören konnte.

Den Garten, der ihr Traum gewesen war, gab es nicht mehr. Das Haus war längst verkauft und abgerissen worden. Moderne Wohnblocks erhoben sich dort, wo Leonies unerreichbares Märchenland gewesen war.

»Es muss doch nicht gerade dieser Garten sein«, hatte Uli sie getröstet. »Du kannst dir einen ganz eigenen suchen. Es würde dich glücklich machen. Du kannst es dir jetzt leisten. Warte nicht zu lange.«

Doch damals war ihr Sohn klein gewesen. Eliot war nicht gern draußen. Er liebte seine Eisenbahn, seinen Computer, Metallbaukästen. Technik eben. Und vor allem sein Klavier.

Leonie hatte sich halbherzig nach Häusern mit Gärten umgesehen. Aber sie wollte nicht weit weg von ihrem Büro. Nicht nur deshalb sagte ihr nichts zu, was der Makler ihr anbot.

Vielleicht später einmal. Vielleicht wenn sie noch mehr Rücklagen hatte. Vielleicht musste sie einfach noch länger Geduld haben, um zu finden, was sie schon immer gesucht hatte.

Also hatte sie Geduld, und noch mehr Geduld. Und irgendwann war sie von all dieser Geduld bedeckt und erstarrt gewesen wie die Marienkäfer im Fensterwinkel vom Frost, und ist einfach nicht mehr aufgetaut.

»Ist etwas passiert?«, fragte Birgit hinter ihr erschrocken. »Sie sehen aus, als hätten Sie ein Gespenst gesehen.«

»Ja, habe ich wohl sozusagen«, gab Leonie zu. »Diese Farben haben mich an etwas erinnert.«

»Das tut mir aber leid, wenn es eine schlechte Erinnerung war.«

Leonie schüttelte den Kopf. »Nein. Es war gut. Es war ganz wichtig. Ich nehme diesen Schal in Grüntönen, er ist wunderschön.«

Als sie draußen war, entdeckte sie einen Blumenstand an der Straße und nahm einen Strauß Narzissen und Tulpen mit. Sie musste sich noch bei jemandem entschuldigen.

Leonie hatte sich morgens bei der Kreativstunde große Mühe gegeben, sich nichts anmerken zu lassen. Schwester Diana war so nett und kümmerte sich rührend um die Patienten, brachte ihnen interessante Techniken bei und war voller Anerkennung, wenn etwas gelang. Und dann war Leonie doch eine Träne entwischt und auf die Porzellantasse gefallen, die sie zu bemalen versuchte. Vielleicht waren es auch zwei oder drei gewesen. Die Pinselspitze und die zarten Gräser verschwammen vor ihren Augen. Die anderen blickten überrascht auf und wandten sich dann diskret wieder ihren eigenen Werken zu.

Bis sie den Pinsel hingeworfen hatte und wortlos aus dem Raum gestürmt war. Draußen lehnte sie sich einen Augenblick an die kühle, betont heiter gestrichene Wand des Klinikflurs.

Sie hatte keine Ahnung, warum sie weinte. Dieser Kurs machte ihr doch Freude! Auch wenn sie sich anfangs albern vorgekommen war, sich mit so nutzlosen Dingen zu beschäftigen. Letzte Woche hatten sie Knüpfen gelernt, davor getöpfert. Meisterwerke hatte sie nicht zustande gebracht, aber es war erholsam gewesen, nur an den nächsten Knoten zu denken. Vielleicht war es, weil sie sich zunehmend am falschen Ort fühlte? Die meisten anderen hier waren so viel älter als Leonie mit ihren zweiundfünfzig Jahren. Sie redeten hauptsächlich über ihre neuen Hüftgelenke.

Nein, es hatte an dem Bild gelegen, das im Werkraum an der Wand hing und Leonie stetig unruhiger machte, je öfter es ihr ins Auge fiel. Es war abstrakt, in Grüntönen gehalten, aber auf den zweiten und dritten Blick begannen sich Büsche und Bäume anzudeuten, Gras vielleicht, und ganz hinten eine Ahnung von Licht, von Sonne auf Blüten. Nichts Bedrohliches, ganz im Gegenteil, und doch zog und zerrte es an etwas in Leonies Innerstem und weckte eine tiefe Traurigkeit.

Sie brauchte dringend frische Luft. Wie blind stieg Leonie aus dem Kellergeschoss nach oben, holte ihre Jacke aus dem engen Zimmer und ging hinaus. Es war nicht weit bis zum Sielpark. Heute war es windig, aber mild, auch wenn die Bäume noch kahl waren und nur einige Büsche erste grüne Blättchen zeigten.

Sie war die Wege entlanggelaufen, an Rabatten mit Farbklecksen aus Krokussen und Winterlingen vorbei und an einsamen Statuen, dann über eine Brücke, unter der dunkel die Werre floss. Leonie blieb stehen und sah hinunter auf zwei Erpel, die sich dort um ein Entenweibchen stritten. Das warf den beiden einen Blick zu und verschwand im Schilf, wo es nach Käfern tauchte, die noch langsam waren von der Kälte im Wasser.

So ein Fluss hat es gut, dachte Leonie. Der hat sein vorgeschriebenes Bett, da muss er einfach immer nur vor sich hin fließen und nicht darüber nachdenken, wo entlang es richtig ist. Doch dann fielen ihr Biber ein, die Staudämme bauten und Menschen, die Ufer begradigten, Schlammlawinen, die einen Flusslauf blockieren und Erdbeben, die ihn verschieben konnten. Überschwemmungen, die alle Konturen auflösten. Nein, der Fluss hatte es wohl auch nicht leichter.

Der wärmer werdende Wind fuhr ihr in die Haare und schlug sie ihr um die Ohren. Irritiert strich sie sie zurück und wanderte weiter. Darum musste sie sich kümmern. Immer hatte sie einen akkuraten Pagenschnitt getragen, hatte auf ein adrettes Aussehen geachtet, wie es sich für ihren Beruf gehörte. In letzter Zeit hatte sie das schleifen lassen. Nicht die Kleidung, aber zum Friseur zu gehen war einfach zu viel gewesen. Sie hatte immer diese Schmerzen hinter den Augen, hinter der Stirn, dann auch weiter hinten. Das hätte sie nicht auch noch ertragen, dass jemand ihre empfindliche Kopfhaut berührte.

Die Kopfschmerzen zermürbten Leonie, bis sie sich fühlte wie aus dünnem Pergamentpapier. Und dann kam schließlich der Schwindel hinzu.

»Wir haben jetzt wirklich alle organischen Ursachen ausgeschlossen«, hatte ihre Ärztin gesagt, die Leonie schon lange kannte und der sie vertraute. »Und auch alle Nahrungsmittelunverträglichkeiten und möglichen Allergien. Ihr Zustand, liebe Frau Seiler, muss andere Ursachen haben. Stress, unbewältigte Probleme? Sagen Sie es mir.« Doch Leonie hatte keine Worte gefunden. Nicht einmal Bilder in ihren Gedanken. Nur Nebel und den Strudel aus Schmerzen, der sie immer tiefer in sich hineinzog. »Ich würde Ihnen dringend eine Kur vorschlagen«, verkündete die Ärztin in das hilflose Schweigen hinein. »Sie sind selbständig. Da geht das doch relativ einfach. Spricht irgendetwas dagegen?« Ihre Augen unter dem weißen Pony blickten gütig und verständnisvoll. »Wie geht es eigentlich Eliot? Ist er noch in Spanien?«, fragte sie, als keine Antwort kam. Wahrscheinlich wollte sie daran erinnern, dass sie wusste, dass Leonies Sohn längst schon keine Ausrede mehr war. Frau Dr. Herder hatte ihn behandelt, seit er ganz klein gewesen war. Sie hatte seine Pubertät mitbekommen, sein Stipendium an der Musikhochschule in Madrid und dass er jetzt, mit siebenundzwanzig, dort in einem renommierten Orchester Geige spielte. Sie war ein wandelnder Computer, was ihre Patienten anging.

»Ja, es geht ihm gut«, sagte Leonie. »Ich denke, er ist glücklich. Ich höre es an seiner Stimme. Und die Kritiken sind alle hervorragend.«

»Dann ist es nicht er, der Ihnen Sorgen macht.« Dr. Herder klappte mit einem kleinen Knall die Patientenakte zu. »Also, dann machen wir das mit der Kur, ja? Ich schreibe Ihnen das nötige Attest, und Sie kümmern sich darum.« Sie sah über ihre Brille, der Blick jetzt auf einmal streng. »Und ich meine *jetzt*. Nicht mehr aufschieben.«

Dr. Herder war nicht die Erste, die Leonie zum Handeln drängte. Schon einige ihrer Kunden hatten sie auf ihr offenbar mitgenommenes Aussehen und sogar auf ihre mangelnde Konzentration angesprochen. Sie würde ihren guten Ruf verlieren, wenn sie so weitermachte. Das Wort aber, das ihr den endgültigen Anstoß gab, war Dr. Herders Aussage, dass Leonie sich in einem ›Zustand‹ befände. Das machte ihr Angst. Da wollte sie raus. Vor allem weg von diesen unablässigen Kopfschmerzen.

Und so hatte sie sich Mitte Februar in diesem Kurort wiedergefunden, der auf sie wirkte wie eine völlig fremde Welt. So still. So viele alte Menschen. So völlig entfernt von der breiten, turbulenten Straße, in der ihr Büro zwischen hohen Häusern voller Arztpraxen lag. Hier ging es nicht um Aktien und Goldpreise, Fonds, Risiko und Stop-Loss-Limits. Nicht um Kredite für neue Röntgenapparate oder Investitionen in weitere Räume. Stattdessen sprach man über Arthrose oder das Essen in der Klinik, über Herzrasen und Psychosomatik. Darüber, ob die Kardiologin wohl ein Verhältnis mit dem Koch hatte und ob sich der junge Psychologe wirklich diesen Sportwagen leisten konnte. Es wirkte so trivial auf Leonie, und die Ruhe war beängstigend. Leer.

Die Behandlung begann ihr schließlich dennoch gutzutun, oder vielleicht gerade deswegen. Besonders die Massagen. Doch neuerdings musste sie auch noch in diese Gesprächsgruppe. Der Arzt hatte das einfach in ihren Behandlungsplan geschrieben, zu der Wassergymnastik und der Rückenschule, dem autogenen Training und dem Kreativkurs.

Dort gab es noch andere mit Kopfschmerzen. Sie saßen im Kreis, wo Leonie sich albern vorkam. Das letzte Mal, als sie so gesessen hatte, war auf einer Klassenfahrt ins Fichtelgebirge, wo sie »Der Plumpsack geht um« gespielt hatten. Das war dreiundvierzig Jahre her.

Dies hier war kein Spiel. Jeder musste seine Schmerzen beschreiben, reihum. Wie diese sich anfühlten, wann sie auftraten. Leonie hörte zu und stellte zu ihrem Erstaunen fest, dass es guttat, nicht mehr die Einzige mit diesem Problem zu sein. Sie hatte ein schlechtes Gewissen bekommen, als sich keine körperliche Ursache dafür gefunden hatte. War sie denn so eine empfindliche, hysterische Person, dass sie sich das alles nur einbildete? Nun aber erfuhr sie, dass es anderen ähnlich ging wie ihr. Und dass sie sich auch alle schämten.

»Das brauchen Sie nicht mehr«, sagte die Therapeutin energisch. »Nun haben Sie ja den ersten Schritt getan, etwas zu ändern. Ursachen gibt es immer. Wir müssen sie nur finden. Was machen Sie denn alle beruflich?«

»Finanzberaterin«, sagte Leonie, als sie dran war. »Spezialisiert auf Arztpraxen.«

»Gut. Nun bekommen Sie Hausaufgaben«, erklärte die Therapeutin zum Schluss und verteilte leere Zettel. »Bis zum nächsten Mal schreiben Sie auf, warum Sie genau diesen Beruf ergriffen haben.«

»Ich habe keinen Beruf«, sagte einer.

»Kein Problem. Dann schreiben Sie auf, warum das so ist.«

Die anderen in dieser Gruppe waren zum Teil sogar jünger als

Leonie, aber sie waren alle ambulante Patienten und eilten aus der Klinik, sobald die Stunde zu Ende war. Leonie aß im Speisesaal mit den alten Menschen zusammen zu Abend, und dann saß sie in ihrem Zimmer am Tisch und versuchte, etwas aufzuschreiben. Doch alles verschwamm, der Schmerz pochte in ihren Schläfen und sie flüchtete schließlich ins Bett.

Bis jetzt hatte sie immer noch nichts geschrieben. Heute früh war gleich Sport gewesen, dann die Kreativgruppe. Manchmal war der Behandlungsplan so vollgestopft, dass sie gar nicht zum Nachdenken kam. Darüber war sie im Grunde froh. Aber dann hatte das grüne Bild sie völlig durcheinandergebracht. Sie hatte noch immer nichts geschrieben. Und jetzt irrte sie hier herum.

Sie ließ den Fluss fließen und lief weiter. Das Gras auf den gepflegten Flächen begann nach der langen Ruhepause gerade wieder zu wachsen und den Winter hinter sich zu lassen. Die Halme richteten sich auf, aus Braun wurde hoffnungsvolles Hellgrün. Leonie wünschte, sie würde sich genauso fühlen. Immerhin waren die Kopfschmerzen heute erträglich, sie hatten sich zurückgezogen, als würden sie den Atem anhalten und auf etwas warten.

Vor sich entdeckte sie im Morgenlicht einen riesigen Schatten. Sie legte ihre Hand über die Augen und den Kopf in den Nacken, um zu erkennen, was es war. Eine gewaltige, breite Wand stand da, auf beiden Seiten von Pfählen gestützt. Drum herum lief ein Bohlenweg, an dem entlang Bänke standen. Leonie vernahm ein Plätschern. Die Wand war dunkel, und doch glänzte sie unwirklich silbern.

Das musste die Anlage zur Salzgewinnung sein, von der sie

gelesen hatte. Gradierwerk nannte man das. Es war der Nachbau einer historischen Anlage und stand hier, weil es den Kurgästen guttun sollte, die salzhaltige und durch die Aerosole gereinigte, feuchte Luft in seiner Nähe einzuatmen.

Die Wand stand da mit ihren acht Metern Höhe so fest und aufrecht, wirkte so beruhigend solide, dass sie Leonie seltsam anzog, ebenso wie das gleichmäßige Rieseln der Sole, die aus einem Brunnen darüber gepumpt wurde.

Gebaut war sie aus dicht gepackten Büscheln von Schwarzdornreisig, an denen das Wasser langsam und gleichmäßig herabrieselte. Dadurch verdunstete es und der Salzgehalt erhöhte sich.

Leonie sog die Luft tief ein. Sie war tatsächlich angenehm und roch nach Salz. Noch andere Düfte waren darin, nach Leben, Holz, Gewürzen und ein bisschen nach Meer. Auf dem Bohlenweg zu laufen war auch angenehm. Ihre Schritte klangen gedämpft und vermischten sich mit dem Rieseln. Jetzt, da sie ihm so nahe war, klang es lauter und dennoch melodisch. Sie hätte ewig zuhören können. Als sie die Wand einmal umkreist hatte, setzte sie sich auf eine der Bänke. Der Sitz war kühl und feucht, aber das war ihr egal. Sie wollte hier sitzen und die Ruhe und eigenartige Kraft aufsaugen, die von diesem Bauwerk ausging, diese Luft atmen, die ihre Lunge weit machte, und an gar nichts denken. Es wurde wunderbar leer in ihrem Kopf. Das Plätschern rieselte wohltuend durch ihre Seele wie das Wasser über die Reisigbündel.

Das Salz und die Verwitterung der dünnen Äste hatten ein Muster auf die Wand gemalt, Streifen aus Weiß-, Gelb-, Rot- und Brauntönen, die so harmonisch ineinanderliefen wie das Plätschern. Oben, wo die Wand endete und der Himmel begann, glitzerten die Tropfen mal silbern, mal regenbogenfarben, als wären sie aus geschliffenem Glas.

Mit diesen Farben kehrten die Gedanken zurück. Ein Echo der Traurigkeit, die sie angesichts des grünen Bildes überfallen hatte. Aber auch eine vage Erinnerung an ein Glitzern und winzige Regenbögen vor einem Rausch aus Farbe.

Der Strudel aus Erschöpfung, Verlorenheit und den wachsenden Zweifeln, in welchen sie in den letzten Monaten immer tiefer hineingeraten war, kam zur Ruhe, löste sich auf in dem Raunen des Wassers und dem Funkeln. Er brach sich einer Welle gleich an der soliden Wand und versickerte an deren Fuß.

Und da wusste sie es. Sie würde nicht zurückkehren in das Leben, das sie hierhergebracht hatte. Es war gar nicht mehr ihres. Schon längst nicht mehr. Sie hatte nur nicht lange genug angehalten, um das zu bemerken. Sie hatte sich selbst überholt, war gestolpert und gestürzt.

Was nun kam, wusste sie nicht. Sie sah nur das Gleißen der Tropfen vor dem Himmel. Nichts war darin erkennbar. Doch es war Zeit für die Zukunft. Die Vergangenheit hatte unterschiedliche Spuren von Farbe in ihr hinterlassen, genau wie das Wasser an der Reisigwand. Nun musste sie nur noch herausfinden, was für einen Sinn das Bild ergab, das sie gezeichnet hatten.

Welch ein Glück, dass sie auf dem Rückweg auf Birgits Laden gestoßen war, dachte Leonie jetzt, als sie die Klinik wieder betrat. Nun wusste sie, was sie wollte.

Sie ging geradewegs zum Kreativraum und klopfte. Schwester Diana war da und räumte das Material auf.

»Ich muss mich entschuldigen, dass ich vorhin fortgelaufen bin«, sagte Leonie.

»Das macht doch nichts. Ich habe ja gesehen, dass es Ihnen nicht gutging. Kann ich irgendwie helfen?«

»Danke, nein, jetzt ist alles gut. Ich habe Ihnen etwas mitgebracht.« Leonie reichte ihr die Blumen.

»Oh, wie schön!« freute sich Schwester Diana. »Was für ein Glück, dass jetzt Frühling wird. Den können wir alle gebrauchen. Das ist auch besser für die Nerven.« Sie zwinkerte Leonie zu.

»Ja, das finde ich auch«, sagte diese erleichtert.

»Schöner Schal«, sagte Schwester Diana. »Ist der aus der Handweberei?«

»Ja. Ich werde dort einen Kurs machen.«

»Das ist eine gute Idee. Eine wunderbare Künstlerin, die Birgit Zehner. Und so eine nette.«

Jetzt musste Leonie nur noch ihre »Hausaufgaben« machen und aufschreiben, warum sie ihren Beruf ergriffen hatte.

Und warum sie ihn aufgeben würde.

Sie stieg in ihr Zimmer hinauf und setzte die kleine Ente auf das Fensterbrett. Der Vogel blickte heiter und optimistisch. Genauso fühlte sich Leonie. Und ungewohnt leicht.

Da fiel ihr auf, dass ihre Kopfschmerzen verschwunden waren.